全新譯校 經典新版世界名著 2

Gone with the Wind

飄

〈下〉

〔美〕瑪格麗特・密契兒 著
劉澤漫 譯

目錄

Contents

chapter

chapter 28 夢魘

寒冷的天氣隨著一場致命的霜凍驟然降臨。寒風從門檻下直往屋裡灌，打得鬆動的窗玻璃發出單調的叮噹聲。樹枝上連最後一片葉子也落下來了，光禿禿的，只有松樹依然蒼翠，挺立在那裡，輝映著灰沉沉的天空。饑餓伴著寒風肆虐著整個喬治亞州，滿是車轍的紅土大道凍得猶如火石一樣堅硬。

思嘉麗痛苦地想起那次方丹老太太跟她的談話。兩個月前，那天下午距現在，就像已時隔多年，那時她告訴老太太，她已經經歷了她可能碰到的最壞處境，這是發自心底裡的話。可如今回想起來，那簡直幼稚得可笑，是個女學生的誇大之詞。在謝爾曼的部隊第二次經過塔拉之前，她本來已有了小小的一筆財富，包括食品和現金在內，同時還有幾家比她富有的鄰居，有一些足以讓她度過冬天的棉花。現在棉花燒光了，食品被搶走了，金錢也因爲買不到吃的而失去了它的意義。比起她來，幾家鄰居的處境更糟糕。至少她還有那頭母牛和那隻牛犢子，有幾隻小豬和那匹馬，而鄰居家除了藏在樹林裡和埋在地底下的那點東西以外，什麼也沒有了。

現在塔爾頓太太和四個女兒不得不住在監工的屋子裡。塔爾頓家所在的費爾希爾農場已經被燒個精光，洛夫喬伊附近的芒羅家如今也成了一片火海後的廢墟。米莫薩農場的木板廂房也燒掉了，正屋靠它厚厚的一層結實灰泥，加上方丹家的婦女和奴隸們用濕毛毯和棉被拼命的撲打才被救下來。鑒於那個北方佬監工希樂頓從中調停，卡爾弗特家的房子又一次逃過了，但是那裡已沒有一頭牲口、一隻家禽甚至一粒玉米。

在塔拉，乃至全縣，面臨的問題就是填肚子的問題。除了剩下未收的一點山芋、花生，以及能在樹林裡抓到的一些獵物外，大多數家庭一無所有。即使在平時比較富裕的日子裡，他們也不得不把剩下的這僅有的東西跟那些更不幸的朋友們分享。可是，沒有東西分享的日子很快就到來了。

如果波克運氣夠好，在塔拉他們還能夠吃到野兔、鯰魚和負鼠。別的時候就只有少量的山胡桃、牛奶、炒橡子和山芋充饑了。他們常常挨餓，思嘉麗覺得她時時會遇到向她伸出的手和充滿乞求的目光。他們的這副模樣快要把她逼瘋了，因爲跟他們一樣，她自己也在經歷餓肚子的痛苦！

她吩咐把小牛殺了，因爲那寶貴的牛奶被牠喝掉太多了。那天晚上，每個人都吃了很多牛肉，以致大家都不舒服。她知道，還得宰小豬，可是她一直往後拖，希望把豬崽養大點再說。豬崽還很小呢，要是現在就把牠們宰了，那也不會吃很長時間，可是如果再過些時候，就會多得多了。

每天晚上她都要跟媚蘭討論，要不要派波克騎馬出去用聯邦政府的鈔票買些糧食回來。不過，由於擔心有人會把馬擄去，擔心有人把錢從波克手裡搶走，她們才沒有下定決心。她們不知道北方佬軍隊現在打到哪裡了。可能他們遠在千里之外，也可能近在河對岸。有一回，實在逼急了，思嘉麗便準備自己騎馬出門找吃的，可是全家人都害怕她碰上北方佬死活不同意，她才勉強放棄了自己的計畫。

波克會到很遠的地方去找吃的，有的時候整夜都不回來。有時他帶些獵物回來，有時帶幾個玉米棒子或者一袋豌豆。有一次他帶回來一隻公雞，說是在林子裡捉到的。全家人覺得有些慚愧，因爲正如同他偷來豌豆和玉米一樣，知道這是偷來的。

在第二天的晚上夜深人靜時，他來敲思嘉麗的門，拖出一條受了嚴重槍傷的腿給她看。思嘉麗替他包紮時，他很尷尬地解釋說，他在費耶特威爾試圖鑽進一個雞窩，不料被人家抓到了。思嘉麗只含淚輕輕拍了拍波克的肩膀，沒有再追問那是誰家的雞窩。

雖然黑人又蠢又懶，有時讓人很生氣，可是他有一顆用黃金也難以買到的忠心，一種與白人主子一條心的忠誠，他們會冒著失去生命的危險給一家人找吃的。

要放在以前，波克這種行爲就是一件性質很惡劣的事了，沒準要吃一頓鞭子。要是在從前，思嘉麗肯定會狠狠地責罵他一通。

「親愛的，你必須記住，」愛倫曾經說過，「對於那些由上帝託付給你管理的黑人，在物質生活和道德兩方面，你都是要負責任的。他們就像小孩子一樣沒法約束住自己，你必須明白，你得阻止他們誤入歧途，而且你要隨時隨地給他們樹立一個好榜樣。」可現在思嘉麗把這番訓誡全然拋到了腦後。而今她默許偷竊，哪怕是去偷那些比她境況更糟糕的人家，並且一點也不覺得這是違背道德的事。事實上，那種爲人處世的道德準則，在思嘉麗心目中已無足輕重。她決定不懲罰也不責備波克，相反，卻爲他的受傷感到非常內疚和難過。

「你要更加小心。波克，我們可是少不得你啊！沒有你，我們沒法生活下去。你一直是一個善良而忠實、很完美的人。」聽了這句讚揚的話，波克忍不住眉飛色舞，小心地撫摸著那條包紮好了的腿。

「那聽起來真是太好了，思嘉麗小姐。你覺得我們什麼時候會有錢呢？」

「我不知道，波克，但是你放心，我總會有的。」她視而不見地瞥了他一眼，深情的目光非常嚴厲，看得他不安地蠕動著。

「這場戰爭一結束，我們就不會再挨餓受凍了。我們每天都能吃到烤雞，人人都可以穿得漂漂亮亮，而且……」她沒有繼續說下去。因為塔拉農場有一條特別嚴格的規矩，一條由思嘉麗自己制定和強迫執行的規矩，那就是誰也不准談他們以前吃得多麼好，或者說假如有條件的話，今天可以吃什麼。

波克偷偷溜出了房間，她卻還在情緒激動地盯著遠處，回憶那早已消逝的往年。那時她一方面極力想要獨佔艾希禮的愛情，一方面又要周旋那十來個圍著她轉，可又並不討人喜歡的男朋友。還有些小錯誤要想辦法瞞著大人，有些亂吃飛醋的女孩要你去故意嘲笑或安慰，還要挑選不同款式的衣服和不同花色的料子，要試梳不同的髮型等。此外，還有一大堆瑣事要考慮決定。可現在，生活倒是簡單極了。現在唯一關鍵的就是得到足夠的食物以免挨餓，有足夠的衣裳好避免受凍，還需要一個沒有太多漏洞的屋頂來遮風避雨。

就是在這些日子裡，思嘉麗一而再、再而三地夢見那場糾纏了她好幾年的夢魘。這個夢的內容一直一成不變，但夢中的恐怖氣氛卻一次比一次強烈。夢中，她來到一個荒涼而且古怪的地方，大霧瀰漫，伸手不見五指，而且寂靜得可怕。她腳下的地面搖搖晃晃，鬼怪不時地出沒；她迷了路，像黑夜裡迷路和嚇壞了的孩子一樣，又冷又餓，又很擔心濃煙中，在她周圍悄悄潛伏著的東西。她很想大喊大叫，可是就是怎麼也喊不出聲來。

迷霧中，似乎什麼怪物偷偷地伸出無情的雙手，張開十指抓住她的衣裙，要把她拖到她腳下正在搖晃的地底下去。後來，意識模糊中記得有個什麼地方，她知道那裡可以躲避，可以得到幫助，那裡是個安全而溫暖的天堂。不過它在哪裡呢？在那雙手抓住她拖到腳下的流沙中去之前，她可以趕到那裡嗎？

她突然發瘋似的飛跑起來，穿過濃霧，呼喊著，尖叫著，伸出兩隻胳膊在空中胡亂地抓著，但那潮濕的霧中什麼也抓不著。天堂在哪裡啊？她要是能找到就好了！要是找到了它，她就安全了！可是恐懼使得她兩腿打戰，饑餓使她頭腦發暈。她發出一聲絕望的尖叫然後醒過來，只見媚蘭正滿臉焦急地俯身瞧著她，一邊還在用手使勁搖她，祈求她清醒過來。

每次一空著肚子去睡覺，她就一而再、再而三地做這個夢。它來得太頻繁了，它使她害怕到極點，以致她常常不敢去睡覺，有時候她也一遍遍地安慰自己，這樣的夢事實上沒什麼可怕的，什麼東西也沒有。的確，夢中除了霧什麼也沒有，沒有任何東西好叫她這樣恐懼的。壓根兒什麼也沒有……但是她一想起要陷到大霧瀰漫的地方就恐懼極了，後來不得不和媚蘭睡在一起。

在這種壓力下，她變得臉色蒼白，人也憔悴了。那張漂亮的圓臉不見了，顴骨突了出來。

耶誕節期間，法蘭克·甘迺迪領著一支小小的隊伍從徵購部來到了塔拉，他一路給軍隊徵集糧食和牲畜，但沒收到什麼東西。除了法蘭克本人，其他的都是些殘疾人，不是缺一條胳膊就是瞎了一隻眼睛，再就是一瘸一拐的，關節僵直了。他們大多數人穿著北軍俘虜的藍色上衣，因此有一瞬間，塔拉的人很驚慌，以為是謝爾曼的人又返回來了。

他們就待在種植園裡過夜，睡在客廳裡的地板上。好幾個星期以來，他們一直在沒有屋頂的露天宿營，躺在松針和硬梆梆的地板上。雖然他們滿臉長滿髒髒的鬍子，一身的破衣爛衫，但卻都是些有教養和禮貌的人，經常在快活地閒談，讚美別人，開玩笑，很高興能像很久以前那樣的生活。在這大宅子裡，圍著漂亮的女人度過耶誕節是夢寐以求的。他們對戰爭沒那麼在乎，喜歡編造些可怕的謊言來逗小姐們歡笑，這所已經被洗劫一空的房子第一次瀰漫著輕鬆愉快的氛圍，並且這種節日的氣氛持續了好幾天。

「這跟我們過去開家庭晚會的時候差不多，對不對？」蘇倫高興地低聲對思嘉麗說。

蘇倫已經開始胡思亂想了，覺得又有一個她的情人在屋子裡，那雙眼睛一直死死盯著法蘭克·甘迺迪不放。思嘉麗驚奇地發現她竟然漂亮起來了，即使她那病後消瘦的容貌並沒有徹底康復。她的兩頰上升起了紅暈，眼睛也在閃著喜悅的光芒。

「她一定是喜歡上他了。」思嘉麗不屑地想，「就算是法蘭克這樣一個寒磣的人。我猜她要是有了丈夫，她也很可能變得富有人情味。」卡琳也看起來活潑了些。

吃晚飯的時候，媚蘭也令大家吃驚不小。她硬是克服了自己的羞澀，幾乎變成生氣勃勃的人。她又笑又樂。思嘉麗很明白，生理和精神兩方面，媚蘭都在勉強自己，因爲在任何男性面前，她都是非常拘謹的。此外，她的身體還沒有徹底好過來。她堅持說自己十分健康，甚至做的事情比迪爾茜還要多，可是思嘉麗明白她實際上是在硬撐著。每當她拿起某個東西時，臉色就會發白，而且用力過多就會頹然坐下來，好像兩腿支持不住一樣。但是今天晚上，她也跟蘇倫和卡琳那樣，盡可能讓那些士兵過一個快樂的耶誕節。只有思嘉麗對這些客人不是很在意。

嬤嬤把晚飯擺在士兵們面前，有乾豆、燉蘋果和花生。士兵們把部隊分給他們的食物——烤玉米餅和肋肉也拿了出來。難怪軍人們說，這是好幾個月以來他們吃得最豐盛的一頓飯了。但看見他們吃，思嘉麗心裡很不高興。他們每吃一口都不僅讓她感到憤怒，而且還有點提心吊膽，擔心他們發現波克頭天殺了一隻小豬。

現在小豬的肉還掛在食品間，她已經警告過全家人，要是誰敢對客人說這件事或談到關在沼澤地裡的另外幾隻小豬，她就會把他的眼睛挖出來。整隻小豬會被這些餓鬼一頓就吃光的，況且一旦他們知道還有幾隻活的，就會把牠們全部帶走。

她同時也擔心著那頭母牛和那匹馬，要是徵購隊把她的牲口弄走了，塔拉農場就很可能無法度過這個冬天。真後悔當初把牠們藏到沼澤地裡，而非拴在牧場那頭的樹林中。牠們是無法取代的啊！讓部隊去養活部隊吧，她可不關心部隊吃什麼。養活她自己一家人，這對她已經夠艱難的了。

那些軍人又從自己的背包裡取出一種叫做「通條卷子」的點心來，思嘉麗頭一次看到這種聯盟軍的食品。這是一種螺旋形食品，他們讓她咬一口嘗嘗，她當真咬了一點，發現原來熏黑的表層下面是沒放鹽的玉米麵包。士兵們把玉米粉加水和好，有鹽就加點鹽，然後把麵團放到營火上烤，這樣就做成了「通條卷子」。

像冰糖一樣堅硬的卷子，吃起來就如同嚼木頭一般毫無味道。媚蘭和她相對而視，兩人臉上的表情流露了同一個想法……「如果他們光吃這種東西，怎麼去打仗？」

這頓飯吃得十分快樂，連心不在焉地坐在首席位置的傑拉爾德，也竟然設法從模糊的意識中搬來了不可捉摸的笑容和一點主人應具有的禮貌。那些軍人興致勃勃地談論著，婦女們百般討好，也是滿臉微笑……這時思嘉麗忽然扭過頭去，想向法蘭克．甘迺迪打聽有關皮蒂姑媽的消息，但這時，他臉上的表情卻使她忘記了自己想要問的話。

原來，法蘭克正在向房子裡四處張望，他有時瞧瞧傑拉爾德那雙孩子般恍惚的眼睛，有時望著裝飾品全部被搶走的壁爐，或者沒鋪地毯的地板，再或者哪些彈簧鬆了、墊子被狠心的北方佬用刺刀割開了的沙發，餐具櫃上已經被打碎的鏡子，再或者有時看看牆壁上以前掛相框的地方留下的方塊，餐桌上的簡陋餐具，女孩身上精心補綴過的舊衣裳，還有已經給韋德改成蘇格蘭式短裙的那個麵粉袋等。

他在回憶戰前他所熟知的那個塔拉農場，法蘭克臉上溢滿厭倦、憂傷和無可奈何的憤怒神情。他愛蘇倫，尊重傑拉爾德，喜愛她的姐妹，對農場也有發自內心的好感。自從謝爾曼的部隊掃蕩了喬治亞州以後，他在這個州徵集軍需用品時，隨處可見很多恐怖的景象，可是從沒有使他像在塔拉農場這樣觸動他的心弦。他想要給奧哈拉一家，特別是蘇倫做點事情，但是又毫無辦法。他下意識地搖頭慨嘆，自責不已，這時發現思嘉麗在盯著他。他看到她臉上漾著怒火，卻又一臉驕傲的神情，尷尬得趕緊低頭盯著自己的盤子。

亞特蘭大陷落後，郵路截斷長達四個月，現在北方佬到底到了哪裡，聯盟軍部隊打得如何，亞特蘭大和老朋友們的情況怎麼樣，所有這些，她們都無從得知。她們盼望得到一點消息。由於工作關係常常在這個地區四處跑動的法蘭克無疑是個很棒的通信者，甚至比信使還要好，因爲從梅里以北一直到亞特蘭大，差不多每個人都跟他有親屬關係或者認識他，他常常能夠提供一些有趣的小道消息。他告訴她們，聯盟軍隊在謝爾曼撤出之後，收復了亞特蘭大，不過由於謝爾曼已經把它們完全燒毀，這次收復也意義不大了。

「可我以爲，亞特蘭大在我離開的那天晚上就已經被燒了，」思嘉麗有點疑惑不解地說，「我還以爲那是我們自己的小夥子們幹的好事呢！」

「啊，思嘉麗小姐！不是這樣的，」法蘭克驚奇地回答，「我們可從來沒放火燒過我們自己人住的任何一個城鎮！你知道，我們燒的只不過是些避免落到北方佬手中的那些倉庫和軍需品，還有兵工廠和彈藥。只有這些而已。」

「那裡的人們怎麼樣了？他……他殺過人嗎？」

「他殺死了一些，不過不是用槍打死的。」那個獨眼大兵冷冰冰地說。「一開進亞特蘭大，他就警告市長，城裡的人全部都得搬走，不能留下一個活人。那時許多老人經不起奔波，許多病人不應該被移動，還有小姐太太們，她們……她們也是不應該被移動的。結果在千年難遇的狂風暴雨中，他把他們成百上千地趕出城外，把他們扔在拉甫雷迪旁邊的樹林裡，然後傳消息給胡德將軍，叫他來把他們領走。由於經不起那種折騰，有很多人患肺炎死了。」

「唔，他幹嘛要這樣呢？他們對他根本不會有什麼危險！」媚蘭高聲嚷道。

「他說他要讓他的人馬在城裡休整，」法蘭克接著說，「他讓他們在城裡一直休息到十一月中旬才撤走。臨走時，他把一切都燒光了。」

「唔，不會什麼都燒光吧！」小姐們很沮喪地說。

難以想像，那個她們熟悉的人口眾多、駐滿了軍隊的城市，就這樣轉眼變成一片廢墟了。因爲媚蘭出生在那裡，她簡直要哭出聲來了。思嘉麗的心情也十分沉重，因爲除了塔拉以外，那是她最鍾愛的地方了。

「還沒有全燒光，唔。」很明顯，她們臉上的神情使法蘭克感到有點尷尬，才急忙糾正說。因爲他不想讓小姐太太們煩惱，女人一煩惱，他也就跟著煩惱起來，不知該怎麼辦好。他不能把最糟的事情告訴她們。讓她們從別人那去知道這些事好了。

他絕不能告訴她們軍隊開回亞特蘭大進城時所看見的場景，那無數聳立在廢墟上的熏黑的煙囪，那一堆堆殘留的垃圾和堆積在街道的殘磚碎瓦，那些已經被燒死帶著焦黑的枝丫，還迎著寒風在地上撐持的古樹等。他希望小姐們永遠也不要得知北軍挖掘墓地的悲慘場面，因爲那將會成爲她們一輩子也難以擺脫的噩夢。查理斯・漢密爾頓和媚蘭的父母全部埋在那裡，到現在墓地上的情景還經常使法蘭克噩夢連連呢。北方佬士兵爲了拿到給死者殉葬的大量珠寶，於是挖掘墓穴，劈開棺木。他們搶掠屍體上的東西，撬掉棺材上的金銀名牌，連上面的銀飾品或銀把手也不放過。在劈碎的棺木中間雜亂地拋撒著屍體和骨頭，暴露在風吹日曬之下，沒有比這更慘絕人寰的景象了。

法蘭克也不敢告訴她們城裡貓狗的遭遇。小姐太太們特別喜歡餵養小動物的，由於主人被強行撤走，成千上萬挨餓的動物變得無家可歸到處流浪，牠們的下場也如同墓地上的屍體那樣。那些受驚的動物忍凍挨餓，變得如同林子裡的牲畜那般粗野了。牠們弱肉強食，互相等待著對方成爲犧牲品好供自己飽餐一頓。同時在那片廢墟上頭的凜冽天空中，有好多兀鷹嘴裡叼著動物的腐屍殘骸，不停地盤旋飛舞。

法蘭克煞費苦心，想找些緩和的話題，能夠讓小姐們感到好過些。

「有些離得遠的房子就沒有著火，如教堂和共濟會會堂也都還在，還有爲數不多的店鋪。但是商業區和五點鎮鐵路兩邊的建築物……是的，女士們，城市的那個部分全被夷爲平地了。」

「那麼，」思嘉麗痛苦地喊道，「鐵路那頭查理斯留給我的那個倉庫也變成廢墟了嗎？」

「要是靠近鐵路的話，那就沒有了，但是……」他忽然微微一笑，他怎麼事先沒有想到這一點呢？

「女士們！你們值得高興起來，你們皮蒂姑媽的房子還依然在那裡呢。它雖然損壞了一些，但畢竟還在。」

「啊，它是如何逃過一劫的呀？」

「我想是因爲這樣，那房子是磚造的，還有亞特蘭大僅有的一個石板屋頂，似乎也沒有燒起來，儘管落上了一些火星，而那一帶的火勢並不太大，再加上它又是城市最北端的一幢房子，當然倖免了。不過，也同樣被駐紮在那裡的北方佬軍隊損壞了不少。他們甚至把護牆板和樓梯上的紅木欄桿也卸下來當柴燒了，但是這都算不了什麼！至少從外觀來看，那房子還是完好的。上星期我在梅里碰到皮蒂小姐時……」

「她怎麼樣？你見過她了？」

「不錯，我告訴她，她的房子還在，她就決定馬上回家去。他們在梅里確實待煩了，大批大批的亞特蘭大市民都已經回來了。謝爾曼沒有攻佔梅里，可是所有人都擔心，威爾遜的突擊大隊可能不久會打到那裡，他比謝爾曼還要壞上千百倍。」

「可是，要是房子都沒有了，還要冒冒失失地跑回來，他們豈不是太傻了嗎？」

「思嘉麗小姐，他們都住在臨時帳篷、棚屋和小木屋裡，有的六七家擠在一起。我們都很明白亞特蘭大人的特性。如同查爾斯頓人要蹲在查爾斯頓城那樣，他們死心塌地要蹲在那個城市裡，即使北方佬再來，再燒一次，也無法阻止他們回家。恕我直言……亞特蘭大人……媚蘭小姐，都固執得像騾子。我要告訴你們，那些最早回來的人全部是些絕頂聰明的角色，而那些最晚才回來的，恐怕就連他們房基上的一塊石頭、一根棍子和一塊磚都找不到了，因爲大家都在全城四下找東西來重新修建他們的房子。就在前天，我們看見梅里韋瑟太太和梅貝爾小姐，還有她們家的黑人老婆子，她們推著一輛獨輪車，在外面不停地撿磚頭。米德太太也告訴我，她正在打算等大夫回來再蓋一所小木屋。她說她第一次到亞特蘭大時，這地方還叫馬薩斯威爾，當時住的就是小木屋，那麼如今再住一次，也不會有什麼困難。當然，她只是開玩笑而已，但從這你看得出來，他們的感覺是怎樣的。」

「我覺得他們的精神都已經振作起來了，」媚蘭驕傲地說，「你難道不這樣以爲嗎，思嘉麗？」

思嘉麗點點頭，她心裡也偷偷地感到高興和自豪，爲這個作爲第二故鄉的城市。像法蘭克說的，那裡的人很愛衝動和魯莽冒失，可也正因爲如此，她才喜歡它。它洋溢著一種跟她本人很相似的不惜冒險的精神，不像一些較老的城市那樣冥頑不靈。

「我喜歡亞特蘭大。」她心裡暗想，「就算北方佬再燒一次，也別想叫我們一蹶不振。」

「要是皮蒂姑媽回亞特蘭大，思嘉麗你看，我們最好回去跟她住在一起。」媚蘭打斷思嘉麗的想像，忽然這樣說。

「否則，她一個人住在那裡會被嚇死。」

「就算這樣，親愛的，我怎麼能離開這裡呢？」思嘉麗有點滿不在乎地問，「假如你急於回去，我不會阻止你，你自己回去好了。」

「唔，我並不是那個意思，親愛的。」媚蘭嚷道，語氣有點著急了，「很顯然，你不能離開塔拉，看我多麼粗心！而且……而且，我覺得，彼得大叔和廚娘也能照看好姑媽的。」

「沒有人想阻攔你。」思嘉麗很率直地說。

「你知道我不願意離開你。」媚蘭回答說，「更何況我……假如沒有你，我簡直就會被嚇死了。」

「隨你自己了，你也不用勸我回亞特蘭大。也許他們剛剛蓋好幾間房子，謝爾曼就又回來把它給燒了。」

「他不會再回來了，」法蘭克說，他的臉還是顯得很沉重，儘管他一直在努力控制。「他已經越過喬治亞州去海濱了。這個星期他打下了薩凡納，據說他們正在開向南卡羅萊納。」

「薩凡納已經被他們攻下了？」

「是的，小姐們。不管怎樣，薩凡納是保不住的。」

「可是，胡德將軍的部隊到底在哪裡呢？」媚蘭趕忙插進來。「要是在薩凡納的話，他肯定會守得住的。」

「媚蘭小姐，你不知道嗎，」法蘭克略帶訝異和責備的神情，「胡德將軍一直在田納西作戰，想把北方佬從喬治亞拖出去，根本就沒有到那一帶去過。」

這時媚蘭又插嘴說：「在梅里時，你們有沒有見過威爾克斯家的英迪亞和霍妮？她們是不是……她們聽說過有關艾希禮的消息沒有？」

「唔，你要知道，媚蘭小姐，假如我們有艾希禮的消息，我們早就從梅里趕過來告訴你了。」法蘭克說，「沒有，她們沒有什麼消息，可是……你不用替艾希禮著急。我知道，媚蘭小姐，你已經很長時間沒收到他的信了，但是你不能奢望一個關在牢獄裡的人給你寫信，你說對嗎？話又說回來，北方佬牢獄裡的情況沒那麼壞。畢竟北方佬那裡能吃得飽，還有大量的藥品和毯子。他們不像我們這樣……我們連自己的肚子也照顧不了，俘虜就更別提了。」

「唔，北方佬的東西是不少，」媚蘭十分痛苦地大聲說，「但他們就是不給俘虜。甘迺迪先生，你明明知道他們是不給的。你這樣說，無非是想叫我好過些罷了。你知道我們的小夥子在那邊凍得要死，餓得要命。啊，要是我能夠把北方佬從這地球上全部消滅掉，那才好呢！啊，我明白艾希禮已經……」

「不許這樣說！」思嘉麗驚叫道，她的心都跳到喉嚨了。只要沒有人提到艾希禮已經死了，她就相信他仍然活著，心裡總是還有一絲希望，不過她覺得要是她聽到別人講出那個死字，艾希禮便會在這一瞬間死掉。

「聽我說，你不需為你丈夫憂心，威爾克斯太太。」那個獨眼大兵插進來安慰她，「在第一次馬納薩斯戰役後，我被北方佬俘虜過，後來才交換回來的。我在牢獄裡時，他們一直給我吃那個地方的肥肉，以及烤雞和熱餅乾……」

「我想你是在騙我吧。」媚蘭略帶笑容說，這時，思嘉麗第一次看到她對一個男人顯露出一點興奮的神情。

「我倒很想為你們唱一支聖誕歌呢，假如你們全都到客廳裡來。」媚蘭接著說，很開心地換個話題，「鋼琴是北方佬沒辦法帶走的唯一的一樣東西了。蘇倫，它是不是走調很厲害？」

「厲害著呢。」蘇倫答道，含笑招呼著法蘭克。可是當他們一起走出飯廳時，法蘭克有意落在後面，拽住了思嘉麗的衣袖。

「我可以跟你單獨談談嗎？」

一時間，思嘉麗驚慌失措，他們兩人站在爐邊，這時法蘭克在眾人跟前裝出的快樂神情已經消失，思嘉麗發現他像個老頭。他的臉又乾又黑，那薑黃色的鬍鬚稀疏散亂，有些已逐漸發白。他不自在地咳了幾聲，又心不在焉地搔著鬍鬚，這才用一種傷心不已的神色開始對她說話。

「我很為你母親感到傷心，思嘉麗小姐。」

「我們還是不要談這個吧。」

「還有你爸……他怎麼成了這個樣子，是從……」

「是的，你能夠看得出的，他是……他有點精神失常了。」

「當然他很愛你媽媽。」

「唔，請不要再說了……甘迺迪先生。」

「對不起，思嘉麗小姐。」他不自在地不停地挪動他的雙腳。

「其實，我是想向你爸爸提個請求，可現在，我看是沒什麼用了。」

「或許我能幫忙，甘迺迪先生。你看……現在我是這兒的一家之主啊！」

「我，那太好了。」法蘭克剛要打算開口又難爲情地搔起鬍鬚來。

「事實是……嗯，我打算向蘇倫小姐求婚，思嘉麗小姐。」

「你的意思是說，」思嘉麗又驚又喜地喊道：「你追求她已經好幾年了！你從未向我爸提過嗎？」

法蘭克的臉霎時紅了，像個羞澀而怯懦的孩子，尷尬地咧嘴笑了笑。

「你看，畢竟我比她大這麼多，我……我不清楚她是否答應我。而且……那麼多漂亮的年輕小夥子在塔拉農場附近轉悠……」

「哼！」思嘉麗心想，「哪輪得到她呀！他們是在圍著我轉。」

「而我不知道她會不會接受我。我從來沒問過她，但她應該知道我的感情。我……我想我應該首先徵得奧哈拉先生的同意，現在我手裡一個錢也沒有，思嘉麗小姐，把實情告訴他。請恕我直言，我以前是很富有的，但如今我只剩下一匹馬和身上穿的衣服了。你知道，入伍時我賣掉了家裡的地，把所有的錢都買了聯盟的債券，但如今這債券連印刷的紙張費都不值了。現在我身無分文，卻向蘇倫小姐求婚，我知道，這未免太魯莽了，我也曾想過，可是……可事情就是這樣。

我開始想，我們也不知道這場戰爭結果到底會怎麼樣。我們對任何事情都沒有把握，因此……因此我想，假如我們訂了婚，那對我和她來說，都將是很大的安慰。思嘉麗小姐，假如愛情還有點價值的話，你該相信，就算沒有任何物質的東西，蘇倫小姐也是富裕的。」

他說最後幾句話時，那態度是嚴肅的，雖然思嘉麗覺得有趣，卻也頗受感動。怎麼世界上還有人愛蘇倫呢。她很不理解，在她看來，她這妹妹是個自私自利的怪物。

「好了，甘迺迪先生，」她溫和地說，「我能替爸做主，這很好，他一直很看重你，他一直在盼著蘇倫跟你結婚。」

「他真的是這樣想的嗎？」法蘭克急忙追問，面露喜色。

「當然是真的。」思嘉麗忍住一聲冷笑答道。因爲她想起傑拉爾德經常在飯桌上對著對面的蘇倫粗暴地大喊：「小姐！怎麼樣，你那位火熱的情郎還沒有把那件事情提出來嗎？要不然我替你問問他的意思吧？」

「今天晚上我就去問問她。」甘迺迪說，這時他臉上的肌肉忍不住地顫抖，他抓住思嘉麗的手用力搖著，「你真是太善解人意了，思嘉麗小姐。」

「我會叫她自己來找你的。」思嘉麗微笑著說著朝客廳走去。鋼琴走調得很嚴重，但有的和絃聽起來依舊很美。媚蘭正在開始演奏，放開嗓子領著大家高唱《聽啊，報信的天使們在歌唱》。

思嘉麗停下腳步。她忽然回頭，面朝法蘭克。

「你說這對你來說就像是世界末日一樣，那是什麼意思？」

「我直說吧。」他慢悠悠地回答，「戰爭已經持續不了多長時間了。但我希望你不要拿我的話去驚嚇其他的太太小姐。我們已沒有新的兵源去補充部隊，而相反逃兵卻愈來愈多……

「你知道，士兵們知道自己的家人在挨餓時，他們受不了了，所以他們要盡力去養活他們。我不能責怪他們，但是這確實削弱了軍隊呀。而且軍隊是不能餓著肚子打仗的，但是糧食卻一點也沒有了。你知道，我的任務就是徵集軍糧，我瞭解這些。自從收復亞特蘭大以來，我就一直在這整個地區東跑西跑，可弄到的食物還不夠一隻鳥吃的。在薩凡納以南三百英里的地區，這種情況也一樣嚴重。鐵路早已被切斷，軍隊都在挨餓，現在子彈也用完了，也沒有新槍支，而且也不可能弄到皮革來做鞋……所以，末日就要到了，你看。」

思嘉麗一直尋思著打發波克趕著馬和車子，帶著那些聯邦鈔票和金幣，出去到鄉下收購糧食和做衣服的面料。可是，要是法蘭克說的這些話是真的……可是梅里並沒有淪陷。那兒肯定會有糧食的。等到徵購隊上了路後，她就要派波克到梅里去，雖然那匹馬有被軍隊擄去的可能，也要冒險一試。看來她非冒這個險不可了。

「甘迺迪先生，好吧，今晚我們別談那些難過傷心的事了。」思嘉麗說，「你先到我母親的辦事房裡去，我這就叫蘇倫去找你，這樣你便可以……你們就可以私下裡好好談談了。」

法蘭克紅著臉，微笑著，思嘉麗看著他走後，悄悄溜出飯廳。

「太遺憾了，目前他還不能娶她，」她心中暗想，「不然就可以省去一張吃飯的嘴。」

chapter 29 劫後餘生

第二年的四月，約翰斯頓將軍重新回來，率領過去的殘餘部隊，在北卡羅萊納向北軍表示投降，戰爭就此宣告結束。不過，這個消息是在兩星期後才傳到塔拉的。這下塔拉的人就有很多的事情忙了，鄰居們也一樣忙碌。

波克從梅里帶回瓜菜和棉籽回來以後，幾乎什麼活也不幹了，他覺得自己平安地帶回了滿車的穿用物品，還有種子、家禽、玉米粉、醃肉和火腿，很了不得。他在路上耽擱了五個星期，這也是思嘉麗最爲焦躁不安、極度難熬的日子。但因他這一趟跑得極爲成功，而且還剩下那麼多錢帶回來，思嘉麗並沒責怪他。精明的她懷疑，他之所以還剩下這麼多錢，是因爲他並沒有用錢買那些家禽和大部分食物。波克認爲，既然沿路有的是無人照管的雞籠和方便的熏臘室，他要是再花錢去買，那就未免有點太犯傻了。

既然他們有了很多吃的，人人便想過得舒服些，都忙著想辦法回到以前生活的常態。每個人都有事情要做，而且事情太多，似乎永遠也忙不完。去年的乾棉籽必須清除出去，好騰出地來栽種新的，園子裡的野草必須得拔掉，還得劈木柴，並且開始著手修葺那些被北方佬肆意燒毀的牲口棚圈。

波克不得不每天巡看兩次他設下的野兔網，河邊的釣線也要經常去換釣餌。而屋裡，還要有人做飯、洗碗、擦地板、餵雞、養豬、撿雞蛋。為了躲開北方佬或法蘭克・甘迺迪的徵購隊回來把那頭母牛也趕走，必須有人趕牠到沼澤地附近去放牧，要擠奶，還要有個人全天看著牠。就連小韋德也有屬於自己的工作，每天早晨，他煞有介事地提著籃子出門，去拾些小樹枝和碎木片來生火。

縣裡最早從戰場上回來的人是方丹家的小夥子們，投降的消息就是他們帶回來的。亞可克斯還有皮靴穿著走路，托尼卻光著腳，騎著一頭光背騾子。在家裡時，托尼總是要千方百計佔便宜。經歷了四年日晒雨淋之後，他們變得更黑更瘦，也更結實了，加上在戰爭中沒時間刮掉的那臉亂蓬蓬的黑鬍鬚，現在完全如同陌生人一樣。

在趕往米莫薩的途中，他們急於回家，只在塔拉停留了一下，吻了吻幾位小姐，並告知她們投降的消息。他們說一切都過去了，全部結束了。從亞特蘭大一路南來時，他們經過朋友們家原來的住宅處，發現只剩下殘留的一個又一個煙囪，感到自己家倖免的希望愈來愈渺茫。聽了小姐們告訴他們沒有被燒的喜訊，他們才長長地呼了一口氣，而且，思嘉麗告訴他們，薩莉怎樣瘋狂地騎著馬來通報消息，她又是怎樣靈巧地跳躍籬笆的。聽到這些，他們都笑得直拍大腿。

「她真是個勇敢的女孩，」托尼說，「遺憾的是喬犧牲了。她命太苦了，你們家裡還有沒有一點煙草，思嘉麗？」

「沒有，不過，還有兔兒煙[1]，是爸放在玉米棒子裡抽的。」

「我還不至於落到那個地步。」托尼說，「不過以後也可能會這樣。」

1. 兔兒草屬鳳仙花類植物，有香味，可充當煙草。

「迪米蒂·芒羅還好嗎？」亞可克斯關心而又不好意思地問，這叫思嘉麗隱約地想起他是喜歡薩莉的妹妹的。

「唔，眼下她跟她姑媽住在費耶特威爾。很好，你知道，他們在洛夫喬伊的房子給燒掉了。所以，她家裡其他的人都住在梅里。」

「他想知道的是……迪米蒂有沒有跟鄉團某位勇敢的上校結婚？」托尼取笑他說，亞可克斯憤憤地回過頭來用眼睛瞪著他。

「她還沒有結婚。」思嘉麗饒有興味地回答說。

「假如她結婚了，也許還好些，」亞可克斯沮喪地說，「你看這鬼世界……思嘉麗。請原諒我的粗話。可是當你家裡的黑人全都解放了，牲口也沒了，身上一個子兒也沒有的時候，你怎麼好意思開口請求一個女孩子同你結婚？」

「你知道，迪米蒂是不會在意這些的。」思嘉麗說。她之所以能真心對待迪米蒂，並說她的好話，那是因爲亞可克斯·方丹從來都不在她的情人之列。

「那才更丟自己的臉呢……再一次請你原諒，我確實不該說這些無禮的話，我是說我不會要求任何女孩嫁給一個要飯的。即使她不計較這些，可我自己在乎呀！」

思嘉麗還在前面的迴廊和小夥子們說話，可一聽到投降的消息，媚蘭、蘇倫和卡琳早已偷偷溜進屋裡。小夥子們穿過農場後面的田地回家去了，思嘉麗才進來，看見幾位女孩一起坐在愛倫辦事房裡的沙發上哭泣。她們所喜愛和期盼的美麗的夢想徹底破滅了，她們犧牲丈夫、愛侶和朋友而爲之奮鬥的主義徹底失敗了。可是對思嘉麗來說，這根本沒有什麼好哭的。聽到消息，她冒出來的第一個念頭就是：那頭母牛再也不會被偷走了！那匹馬也安全了。那些銀器可以從井裡全部撈出來了，每人可以擁有一副刀叉了。我們用不著提心吊膽，而且可以趕著車子到鄉下四處尋找吃的了。

這多令人寬慰呀！聽到馬蹄聲，她再也不會嚇一大跳了。最令人高興的就是塔拉安全了！不錯，南方的主義已然死亡，可是這關她什麼事呢？思嘉麗原來就討厭戰爭，喜歡和平。平日裡，她看見星條旗在桿上升起時從沒有什麼激情，聽見南部聯盟的軍歌也絲毫沒有肅然起敬的感覺，她之所以能熬過令人厭惡的護理工作和窮困，還有圍城時期的恐懼和最後幾個月的饑餓生涯，並不是因爲這種狂熱的感情在支撐著。

過去四年，她經歷了太多的曲折，不知什麼時候，那個穿著舞鞋，佩著香包的女孩偷偷地不見了，取而代之的是一個瞪著綠眼睛的女人，她不惜躬身去做許多卑微的工作，破產之後她已一無所有，只能牢牢抓住這片紅土地。

現在，她站在穿堂裡，聽著女孩們哭泣，心裡卻忙著打自己的小算盤。「我們以後要種更多的棉花，比以往的任何一年都要多得多。明天，我要派波克到梅里去再買一些種子。如今北方佬再也不會來燒了，我們的軍隊也已經沒有徵收的必要了。今年秋天棉花會堆得像天一般高呢！我的好上帝！」

她邁步走進那間小小的辦事房，沒有搭理坐在沙發上抽泣的幾位女孩，獨自坐到寫字檯前，拿起筆來，計算一下手頭的餘錢還能買多少棉籽。

「戰爭結束了。」一想起這些，她就感到滿懷興奮，順勢放下手中的筆。戰爭既然結束了，艾希禮就會……如果艾希禮還活著，他肯定會回家來呀！她不曉得媚蘭在哀悼主義的時候是否也想到了這一點。

「不久我們就會收到信……不是信，不，我們還收不到信。但是很快……啊！反正我們會知道的！」

可是日子一天天滑過，接著是一個一個星期的流逝，依舊沒有艾希禮的消息。南方的郵務還未恢復正常，偶爾有個從亞特蘭大來的過客捎來皮蒂姑媽的一張字條，她在急切地懇求女孩們回去，可是艾希禮卻毫無音信。

南方投降後，一直存在於思嘉麗和蘇倫之間關於那匹馬的矛盾眼看著就要爆發了。既然北方佬不會再回來了，蘇倫很寂寞，很想去拜訪鄰居。她很懷念過去那種快樂的社交生活，因此也渴望去看望朋友們，就算沒有別的原因，就是去瞭解瞭解縣裡其他的人家也像塔拉一樣破落，自己心裡也會覺得好受些。但是思嘉麗堅決不同意，那匹馬是用來幹活的，比如，從林地拉木頭，耕地，讓波克出去收購糧食等。星期天，牠就有特權在牧場上啃草根休息休息。要是蘇倫一定要去訪鄰會友的話，她完全可以步行。

從出生到去年，蘇倫總共還沒有走過上百碼的路，如今叫她步行外出，她可接受不了。因此她整天待在家裡抱怨，有時哭鬧，動不動就說：「要是母親還在就好了，哼！」這時照她常說的那樣，思嘉麗便給她一記耳光，而且下手那麼重，打得她尖叫著倒在床上不肯起來，同時引來全家的一陣極大的驚慌。不過從那以後，蘇倫倒是哭得很少了，至少在思嘉麗面前是這樣。

但是思嘉麗說她要讓那匹馬得到歇息，這只是事實的一半。另一半是在投降後的頭一個月裡，她已經趕著馬和車子把全縣所有的朋友和鄰居拜訪了一遍。老朋友和原有種植園的景象使她勇氣大減，連她自己都不願承認。

由於薩莉的勞苦奔波，方丹家境況算是最好的，可是這也只是跟其他處境更慘的鄰居相比較而言。自從那天方丹老太太領著大家撲滅大火、救出房子後，她累得犯了心臟病，到現在還沒有完全康復。老方丹大夫失去了一隻胳膊，也還在逐漸康復，亞可克斯和托尼在犁耙等農活方面都是新手。

思嘉麗去拜訪時，他們倚在籬笆上跟她握手打招呼，而且調侃她那輛搖搖晃晃的破車，不過因爲他們取笑她時，也等於在取笑他們自己。她提出要向他們買些玉米種，他們很愉快地答應了。米莫薩的人們都很歡迎她，堅持要送給她玉米種，分文不取。她把一張聯邦鈔票放在桌上，但無論如何他們就是不肯接受。思嘉麗只好收下玉米種，然後悄悄地將一張一美元的票子塞到薩莉手裡。

八個月前，思嘉麗剛回到塔拉時，薩莉曾經出來對她的來訪表示歡迎。儘管那時她面黃肌瘦，但很輕鬆活潑。可現在那輕鬆活潑的精神完全消失了，完全變成了另外一個人，彷彿她的整個世界都被聯盟軍投降的消息打碎了似的。

「思嘉麗，」她抓住那張票子低聲說，「當初爲什麼要打這場仗呢？我親愛的喬！啊，還有我那可憐的孩子！」

「我也不知道我們爲什麼要打仗，我也不在乎，」思嘉麗說，「而且我對這些毫無興趣。我從來對戰爭就不感興趣。戰爭與女人無關，只是男人的事，目前我關心的是一個好的棉花收成，用這一美元給小喬買件新衣服。上帝知道他確實很需要，我不想免費拿你們的玉米，雖然亞可克斯和托尼都那樣客氣。」

兩個小夥子跟著她來到車旁，扶著她上了車。他們顯示了方丹家所特有的那種輕鬆的神氣。儘管穿得破破爛爛，但仍然彬彬有禮，不過，思嘉麗畢竟看見了他們那窘困的光景，在駛離米莫薩時，她的心情難免有些悲涼。

思嘉麗已無力再到塔爾頓家去了。那四個小夥子都已經不在了，房子也給燒毀了，一家人擠在監工的小屋裡，還有什麼好看的。可是蘇倫和卡琳都要去，媚蘭也認爲如果不去拜訪一下，慶祝一下塔爾頓先生從戰場上回來，實在是不合禮節。一個星期天她們一塊兒前往。這是最悲慘的一家了。

她們趕車駛過住宅的廢墟，望見比阿特里斯．塔爾頓坐在牧場周圍的籬笆頂上，胳膊下夾著一條馬鞭，身上穿著破舊的騎馬服，一雙充滿憂鬱的眼睛茫然無助地凝視著前方。一個羅圈腿的小個子黑人蹲在她旁邊，原來他是替她馴馬的，而今，也像他的女主人那樣顯得鬱鬱寡歡。從前，圍場裡有許多文靜的母馬和嬉戲奔跑的馬駒，可眼下空蕩蕩的，只剩下塔爾頓先生在停戰後騎回家來的那匹騾子了。

「全都沒了，我的那些寶貝，如今我真不知道該怎麼活下去！」塔爾頓太太一邊說，一面從籬笆上爬下來。

假如是不熟悉的人聽了這話，肯定以爲她是在說她死去的四個兒子，可是塔拉農場的女孩們心裡明白，她心中只有她的馬。

「我那些漂亮的馬全部都死光了。啊，我可憐的乃利！」她反反覆覆地說。

吉姆．塔爾頓完全變樣了，他蓄了滿臉鬍鬚，走出監工房來歡迎這幾位小姐，親切地吻了吻她們。他那四個穿著補丁衣裳的紅頭髮女兒也跟著走了出來，全家人臉上都有一種刻意裝出的快活神情，這更使思嘉麗骨子裡感到了一絲涼意，比米莫薩斯的痛苦還要徹骨冰涼。

塔爾頓家的人說，這段時間他們很少有客人來拜訪，堅決挽留幾位小姐吃午飯，並且要打聽一下外面的各種消息。這裡的氛圍使思嘉麗感到壓抑，她不想在這裡多加逗留，可是媚蘭和她的兩個妹妹卻希望多待一會兒，結果四人不得不留下來吃飯，吃得很簡陋，只有特地招待她們的醃豬肉和乾豆。

塔爾頓的女孩們談論起補衣服的竅門，彷彿是在說最有趣的笑話，一直咯咯地笑個不停。媚蘭將話題接下去，繪聲繪色地談起在塔拉農場經歷的種種苦難，但是說得輕鬆而有風趣，她的這種本領是出人意料的，思嘉麗更是驚嘆不已。思嘉麗自己幾乎什麼也不說。缺少了那四個優秀的塔爾頓小夥子在抽菸，取笑，走動，屋子裡顯得冷冷清清，沒什麼意思。

在整個午餐席上，卡琳很少說話，一吃完，她就走到塔爾頓太太身旁，向她不斷地低聲說著什麼。塔爾頓太太的臉色變了，清脆的笑聲也隨之停止，她伸出一隻胳膊摟住卡琳纖細的腰身，站起身來。她們一離開，思嘉麗覺得在這屋裡再也無法繼續待下去了，便跟著起身離開了。

思嘉麗清楚地看見，她們沿著那條穿過花園的便道走去，走向墳地那邊去。可眼下她也不好再回屋去，那樣會顯得太沒禮貌。既然大家都清楚塔爾頓太太正裝出堅強的樣子，在竭力壓抑著，卡琳幹嘛偏要把她拉出來，去看小夥子們的墳墓呢？

「上個星期，我們才把這碑立起來。」塔爾頓太太驕傲地說。「塔爾頓先生專門到梅里用車接回來的。」

墓碑！這得花多少錢呀！思嘉麗突然間不像先前那樣爲塔爾頓一家感到難過了，連飯都吃不上的困難時刻，還能花這麼多錢來立墓碑。而且每塊墓碑上都刻有好幾行字。刻的字愈多表示花的錢就愈多。看來這家人準是瘋掉了！更何況把三個小夥子的遺體拉回家來，更是費了不少錢。至於博伊德，他們卻一直沒有找到他的一絲痕跡。

布倫特和斯圖爾特的墳墓前面有一塊石碑，上面是這樣刻著的：「活著時，他們是可愛而快活的，而且至死也沒有分離。」另一塊石碑上刻著博伊德和湯姆的名字，還有幾行是拉丁文。因爲她在費耶特威爾女子學校念書時就想方設法逃避拉丁文課，因此她也看不明白。

所有這些花在墓碑上的錢全部是浪費！她心裡非常生氣，他們全是些傻瓜！好像是她自己的錢給糟蹋掉了一樣。

卡琳的眼睛亮得出奇。「我看這很好。」她指著第一塊墓碑低聲說。對任何一件傷感的事物，卡琳都會忍不住動心。

「是的。」塔爾頓太太說，她的聲音很溫柔，「我們覺得這很適合……他們差不多是同一個時候死的，斯圖爾特先生先走一步，緊接著便是布倫特，他扛起他丟下的那面旗幟。」

趕著車回塔拉時，思嘉麗一聲不吭，她在思考著在那幾家看到的情形，並且不由自主地回憶這個縣從前的繁華景象。那時家家金錢滿櫃，賓客盈門，下房區住滿了黑人，整整齊齊的棉花地裡一眼望去全部是白花花的一片，令人喜不自勝！

「媚蘭，」她說，「南方的女孩子會怎麼樣呢？」

「你這話是什麼意思？」

「沒有人娶她們了，將來她們會如何？我的意思是，媚蘭，你看，所有的小夥子都死了，整個南方成千上萬的女孩就只能一輩子當老處女了。」

「而且永遠也不會再有孩子了。」媚蘭說，在她眼裡這是極爲重要的事。

對蘇倫來說，這想法已經不是什麼新鮮事了。她突然放聲大哭起來，從耶誕節以來，她還未聽到任何有關法蘭克·甘迺迪的消息。現在他早已把她忘了，她不知道究竟是因爲郵路不暢通的緣故，還是他僅僅在玩弄她的感情。也可能他是在戰爭最後幾天犧牲了！後一種可能性看起來更大，因為一種犧牲了的愛情多少還有點莊嚴的意味，就如同卡琳和英迪亞．威爾克斯的情況那樣。假如成為一個被遺棄的未婚妻，則顯得太可憐了。

「啊，看在上帝的分上，求你別哭了好嗎？」思嘉麗有點不耐煩地說。

「唔，你們可以說得很輕鬆，」蘇倫還在繼續抽泣，「因為你們結過婚而且有了孩子，大家都知道有人娶過你們。可是，看看我！你們真壞，詛咒我會成為老處女。」

「噢，住嘴！你知道我有多討厭一直叫叫嚷嚷的人。你很清楚他會回來娶你的，儘管那個黃鬍子老頭沒有什麼頭腦，他並沒有死。但是換做我的話，我就寧可當一輩子老小姐也不嫁給他。」

「哎，犧牲了咱們那麼多的漂亮小夥子，南方會怎麼樣啊？」媚蘭傷心地說，「要是今天他們依然活著，南方又將會變成什麼樣子？那我們就能夠充分動用他們的勇氣、他們的力量和他們的智慧了。思嘉麗，我們這些有孩子的人還必須要把孩子撫養大，讓他們代替那些已經死去的人，成為像死者一樣英勇的男子漢。」

此後沒過多久，有一天在日落時分，凱薩琳．卡爾弗特騎著一匹思嘉麗沒見過的瘦騾子到達塔拉。那畜生擺著一副可憐樣，低垂著兩隻耳朵，跛著腳，而凱薩琳也差不多跟牠一樣憔悴。她那褪色的方格布衣裳是從前僕人穿的那種款式，一頂遮陽帽只用繩子簡單地繫在下巴底下。她沒下馬徑直來到前面走廊口，思嘉麗和媚蘭正在看落日，趕忙走下臺階去歡迎她。凱薩琳臉色蒼白，就像思嘉麗去拜訪他們那天凱德的臉色一樣，彷彿一說話，她的臉就會破裂一樣。但是她向她們點頭招呼時，她的腰背筆直，頭顱也依然高昂著。

突然，思嘉麗想起威爾克斯家舉行野宴當天，她和凱薩琳一起低聲討論瑞德・巴特勒的場景。那天的凱薩琳身穿著天藍色蟬翼紗裙子，飾帶上佩戴著玫瑰花，穿著嬌小的黑天鵝絨便鞋，腳腕上是一圈花邊，顯得那麼的漂亮和活潑！可現在這個女孩只剩下個騎在騾子背上的硬直的身軀，那股精神勁兒一點也找不到了。

「謝謝你們，我就要結婚了。」她說，「我只是來告訴你們一聲，我就不下馬了。」

「什麼？」

「你要跟誰結婚？」

「凱薩琳，真是太好了！」

「什麼時候？」

「明天。」凱薩琳淡淡地說，可是她的聲音有些異樣，臉上的笑容也立刻收斂了，「我明天就要結婚了，我來通知你們，在瓊斯博羅……可我不打算邀請你們大家。」

她們沉默地琢磨著這句話的意思，莫名其妙地抬頭望著她。

「親愛的，那是我們認識的人吧？」後來媚蘭才開口問道。

「是的，」凱薩琳簡潔地說，「是希爾頓先生。」

思嘉麗甚至連「啊」一聲也講不出來了，凱薩琳突然低下頭來，看著媚蘭低聲而自暴自棄地說：「媚蘭，你要是敢哭出來，我會死的。我可承受不了。」

媚蘭不說一句話，只輕輕拍著凱薩琳那隻穿家製布鞋的正掛在鞍鐙上的腳。她的頭低低地垂著：「這樣我也受不了，也用不著拍我！」媚蘭把手輕輕放下，但依然沒有抬頭。

「好，我只是來告訴你們一聲而已。我必須走了。」她那蒼白而憔悴的臉這時又板起來。

「凱德怎麼樣了？」思嘉麗急忙問。她完全懵了，不知道說什麼才好，好不容易才想起這個問題，藉此來打破這尷尬的沉默局面。

「他快要死了。」凱薩琳的口氣中似乎絲毫不帶一點感情，「只要我能安頓好，就不用擔心他死後誰來照看我，他就可以放心而平靜地死去。再說，明天我那位繼母和她的孩子們就都要回北方定居了。好，我要走了。」

媚蘭抬頭一看，正遇見凱薩琳的目光。此情此景令媚蘭眼睫毛上淚珠瑩瑩，她的眼睛裡滿是理解的神情，凱薩琳假裝出微笑的樣子，如同一個強忍著不哭的勇敢男孩。思嘉麗對這些都難以理解，她還在絞盡腦汁地尋思凱薩琳·卡爾弗特要嫁給監工這個事實……凱薩琳，一個富裕農場主的女兒；凱薩琳，除思嘉麗外，她在縣裡比任何一個女孩擁有更多的男朋友。

凱薩琳俯下身子，媚蘭踮起腳尖，她們親吻了下。然後凱薩琳使勁地抖動韁繩，那匹老騾子就開始向前走去。

望著她的背影，媚蘭的眼淚簌簌地從臉上淌下來。思嘉麗瞪大眼睛看著她，還是覺得莫名其妙。

「你看她是不是不正常了，你知道她是不會愛上他吧，媚蘭？」

「愛？啊，思嘉麗，千萬不要提這樣恐怖的事了！啊，可憐的凱德！可憐的凱薩琳！」

「媚蘭，已經沒什麼人好讓女孩們仔細挑選了，就跟我前天說的那樣，她們還是得嫁人。」

「啊，老處女也沒什麼丟人的呀，她們不一定非得要嫁人呀！看看皮蒂姑媽。那麼一來，卡爾弗特家就全完了。啊，思嘉麗，叫波克快點備馬，你火速去追上她，讓她回來這裡，跟我們一起住！」

「哎喲，我的天！」思嘉麗叫了起來，媚蘭要讓別人到塔拉來住的那種認真的態度，使她感到吃驚極了。

思嘉麗正要這樣說，她絕沒有要在家裡多養活一張嘴的意思了。但是一瞧見媚蘭驚恐的臉色，便停止不說了。

「她不會願意來的，媚蘭。」她改口說，「她為人那麼高傲，怎麼肯接受別人的賑濟呢。」

「這倒是真的，這倒是真的！」媚蘭惶惑地說，目送著凱薩琳背影。那團紅塵一路漸漸遠去，慢慢地消失了。

「你跟我們在一起，也已經好幾個月了，」思嘉麗心裡暗想，看著自己的小姑，「但你從未想過你是在依靠別人的接濟過日子。我想你永遠也不可能看到這點。你是個未被戰爭改造過的人，好像什麼事也不曾發生過，所以思想行為一如以往……就像我們仍然非常富足，有的是糧食，多來幾個客人也沒什麼了不起的，用不著精打細算。我想我下半輩子只好繼續把你這個包袱背下去了，但我可不想把凱薩琳也背上！」

chapter 30

歸鄉

戰爭結束之後，他們迎來了第一個炎熱的夏天，也就是在這時，塔拉的隔離狀態被打破了。火車將約翰斯頓的殘餘部隊從北卡羅萊納運到亞特蘭大，他們在那裡下車後就只得長途跋涉步行回家了。從那之後好幾個月裡，一些衣衫襤褸，滿臉鬍鬚、走壞了腳又常常餓著肚子的人，都是些復員回家的聯盟軍士兵，源源不絕地翻過紅土山到達塔拉農場，他們在屋前陰涼的臺階上歇息，要吃的，還要在那裡過夜。等到這股人流過去後，一批來自維吉尼亞軍隊中的疲乏的老兵又來了，接著是從西部軍復員的人，儘管他們的家可能已經被毀滅，他們的親人也早已逃散抑或死掉了，他們還要趕回南邊去。他們大部分是步行，只有極少數幸運的人騎著瘦骨嶙峋的馬和騾子。

回家去啊！士兵心中唯一的想法就是回家去！有些人很愉快，也有些人沉默憂鬱，他們感覺一切都已結束，沒有什麼可以放在心上，如今只有回家一事支撐他們活下去了。

回家去啊！回家去啊！其他的他們什麼也不想談，不談打仗也不談受傷，不談坐牢也不談以後。以後，他們也許還要接著打仗，他們要把他們曾經如何搞惡作劇，如何搶東西，如何衝鋒和餓肚子，如何連夜行軍和受傷住院等，全部告訴自己的兒子以及孫子，只是眼下不想談起這些。

他們有的瞎了一隻眼，有的缺胳膊斷腿，但絕大多數都帶著槍傷，雖然現在還不打緊，要是他們活到七十歲，每到陰雨天這些槍傷是要痛的。

不管老的還是少的、健談的還是沉默寡言的、富有的種植園主還是面色灰黃的窮苦白人，他們都有兩點共同的東西，即蝨子和痢疾。對於受蝨子折磨的尷尬局面，聯盟軍士兵已經習慣了，他們已經毫不在意，甚至在婦女面前搔起癢來也依然泰然自若，至於痢疾——婦女們巧妙地稱之爲「血污」。歷時四年的半饑半飽狀態，四年粗糙的、半生不熟和腐爛發黴的配給食品，它現在已在他們身上起作用了。

「這些聯盟軍部隊裡就沒有一個士兵的肚子是好的。」嬤嬤一面流著汗，在爐子上煎黑莓根湯藥，一面這樣刻薄地加以評論。

黑莓根是愛倫生前拿來治這種病的主要藥方。嬤嬤當然學會了這門技巧，「據我看，擊垮咱們部隊的反倒是咱們自家的肚腸，而不是北方佬。男人們總不能一面拉肚子一面打仗。」

嬤嬤也不管他們的腸胃情況到底怎樣，給所有的人吃這個藥方；全部的人都聽話地皺著眉頭吃她給的這種黑湯，也許，在很遠的地方曾經也有如此嚴厲的黑女人用無情的手餵他們喝過藥。

在住宿方面，嬤嬤的態度也同樣沒有商量的餘地。凡是身上有蝨子的士兵都不能進入塔拉農場。她把他們攆到後面茂密的灌木林裡。扔給他們一盆水和一塊含強鹼的肥皂，讓他們脫下軍服，仔仔細細地刷洗一番，還準備了床單和被褥供他們把赤裸的身子暫時遮蓋住，然後她用一口大鍋把他們的衣服煮過，直到蝨子完全消滅爲止。女孩們強烈地抗議，說這樣做，士兵們太沒有顏面了，嬤嬤說，若是將來女孩們有一天發現自己也有蝨子，那豈不是更丟臉嗎？

她們迫不及待地向每一個士兵打聽艾希禮的下落。但是這些士兵誰也沒聽說過他，同時也不想說失蹤的事。只要他們自己還活著就足夠了，誰還有心情去管成千上萬沒有標明姓氏的墳。蘇倫也經常打探甘迺迪先生的情況。

每次失望之後，一家人都盡力給媚蘭加油。顯然，艾希禮沒有死在獄中。要是他真的死了，北方佬監獄裡的牧師肯定會寫信的；他不久就要回來了，可是他所在的監獄離這裡有一段距離。唔，親愛的，你知道，如今的郵路糟糕成什麼樣子，艾希禮要是也像這些人是步行的話……至於他爲什麼沒寫信，就算在那些已經恢復郵政的地方也很不可靠，丟三落四的。不過或許……或許他在回家的路上死了呢。要真是那樣，也應該會有北方佬女人寫信通知我們！媚蘭……北方佬女人，呸！……媚蘭，北方佬女人也是有善良的人呀。上帝不可能讓整個民族沒有幾位善良的婦女！思嘉麗，唔，肯定有！你記得在薩拉托加那一次，我們不是就遇到了一個很好的北方佬女人嗎？思嘉麗跟媚蘭說說那個女人吧！

「好吧！」思嘉麗答道，「她質問我們家養了幾隻獵狗用來追趕黑人！我同意媚蘭的看法。我從沒見過一個好的北方佬，無論男的女的，但是你別哭，艾希禮一定會回來的。媚蘭，但是要走很遠的路，而且可能……也許他沒有弄到靴子呢。」

想到艾希禮赤腳走路，思嘉麗也快哭了。其他的士兵穿著破衣爛衫，用麻布袋和破氈條裹著腳，一瘸一拐走路，這和她無關。可是艾希禮落得那麼狼狽可不行：他應該身著整潔的戎裝，騎一匹風馳電掣的快馬，帽子上插著羽毛，蹬著雪亮的靴子，威風凜凜、英姿颯爽地趕回家來。要是想像著艾希禮也已經淪落到跟這些士兵同樣的境遇，她就降到了最後一層地獄。

六月的一個下午，全部塔拉農場的人都殷切地看著波克打開頭一個半熟的西瓜，他們聚集在後面走廊上，這時他們突然聽見屋前車道上馬蹄踏著碎石的聲音，百里茜慢悠悠地起身朝前門走去，剩下的人留在後面熱烈地討論，假如門外的來客又是一個士兵的話，到底要不要把西瓜藏起來，或者留到晚餐時再吃。

媚蘭和卡琳悄聲嘀咕，說也應當分給士兵一份，可在蘇倫和嬤嬤的支持下，思嘉麗暗示波克趕忙去把西瓜藏起來。

「別傻了，女孩們！實際上我們自己還不夠吃呢，如果外面還有兩三個餓急了的士兵，我們大家連嘗一口的希望也沒有了。」思嘉麗說。

波克不知如何是好，緊抱著那個小西瓜站在那裡，這時只聽見百里茜在高聲喊叫：「思嘉麗小姐！媚蘭小姐！趕快出來呀！我的上帝！」

「是誰呢？」思嘉麗驚叫道，媚蘭緊跟著她，從臺階上跳起來穿過堂直往外跑，其他的人也隨即一哄而出。她想肯定是艾希禮。唔，也許……

「皮蒂小姐家的彼得大叔！是彼得大叔！」

他們一起跑向前面的走廊。皮蒂姑媽家那個頭髮花白的高個子老暴君，正在從一匹尾巴細長的老馬背上吃力地爬下來。老馬背上還捆著一塊皮褥做馬鞍用呢。他那寬大的黑臉上既有看到老朋友的快樂神情，又有慣有的嚴肅。

大家都跑下臺階歡迎他，無論黑人白人都爭著跟他握手，提出各種不同的問題，可是媚蘭的聲音響過任何其他人的：「姑媽沒生病吧，是嗎？」

「沒有，感謝上帝！只是有點不舒服，太太。」彼得回答說，先是責備地看一眼媚蘭，接著看看思嘉麗，這樣一來，她們便突然感到內疚，可是也不清楚是因爲什麼。

「她不太舒服，而且她對你們兩位年輕小姐十分生氣，而且說實在的，我也有氣。」

「爲什麼，彼得大叔！到底是什麼……」

「你們都別想為自己找藉口。皮蒂小姐不是給你們寫過信，要求你們回去嗎？可你們總是回信，藉口說這個老種植園事情太多，不能回去，我看見她邊看邊哭。」

「彼得大叔，可是……」

「你們和我同樣明白，她從沒一個人單獨生活過，從梅里回來後，她就一直不停地挪著兩隻小腳走來走去。你們怎麼能狠心把皮蒂小姐一個人丟開不管，讓她獨自擔驚受怕呢？她叫我來跟你們說清楚，因為我知道，她不明白你們為什麼在她需要你們的時候不管她。」

「好了，別說了！」嬤嬤嚴厲地說，一聽人家把塔拉叫做「老種植園」，她便再也控制不住了。毫不稀奇，一個生長在城裡的黑人根本搞不清農場和種植園的區別。「難道我們就沒有困難的時候了？我們這裡就不需要思嘉麗小姐和媚蘭小姐？不但需要而且需要得更厲害。假如皮蒂小姐真的需要，為什麼不去請求她哥哥的幫助？」

這時，彼得大叔狠狠地瞪了她一眼。

「很多年前，我們就跟亨利先生斷絕了交往，況且我們如今老得走不動了。」他回過頭來瞪著幾位小姐。「她的朋友多半都已經死了，另一半住在梅里，再說現在的亞特蘭大處處都是北方佬大兵和新放出來的下流黑人。你們年輕小姐們應該感到慚愧，把可憐的皮蒂小姐獨自丟在那裡不管不問。」

兩個小姐拉長著臉，默默地聽著訓斥，但是一想到皮蒂姑媽竟然派彼得來責怪她們，並要把她們帶回亞特蘭大，她們就感覺她有點太誇張了，便實在壓制不住，忍不住前俯後仰地大笑起來。

自然，波克、迪爾茜和嬤嬤看見這位對她們親愛的塔拉妄加誹謗的人得到了應有的藐視，也跟著樂得大聲哄笑起來。蘇倫和卡琳也咯咯地笑著，甚至傑拉爾德的臉上也露出笑容。只有彼得除外，一會兒把重心移到這隻腳上，一會兒又移到那隻腳上，兩隻腳趾張開的大腳便不停地動來動去，心裡的火氣越來越大。

「你怎麼了？黑老頭兒，」嬤嬤咧著嘴問，「你是不是太老了，保護不了你的女主人？」

彼得感到自己受了極大的侮辱。「老了?!我老了？誰說的，太太！我還能跟以前一樣保護皮蒂小姐。逃難時我不是一路護送她到梅里了嗎？北方佬打到梅里時，她嚇得整天暈乎乎的，難道不是我在保護著她嗎？難道不是我弄到這匹老馬把她帶回亞特蘭大，而且一路保護著她和她爸的銀器嗎？」彼得理直氣壯地為自己辯護，挺著身子站得筆直。「我說的是態度如何，而不是誰來保護。」

「誰的態度？」

「眼睜睜地看著皮蒂小姐獨個兒住在那裡，我不滿的是有些人所採取的態度，對那些獨自生活的未婚小姐，人們淨說壞話。」彼得接著說，皮蒂在他心目中還是個十六歲的豐滿而迷人的小姐，需要受到庇護，不能讓別人對她說三道四。

「我是絕不能讓人家非議她的。而且，太太……我也絕不會答應隨便什麼人住進來給她做伴，我已經跟她說過了『現在你還有自己的親骨肉，她們是來陪伴你的最佳選擇』。可現在她的親骨肉拒絕了她，皮蒂小姐還是個孩子，況且……」

思嘉麗和媚蘭聽到這裡，笑得更響亮了，由於支撐不住，便一屁股坐到了臺階上。最後媚蘭擦掉快活的眼淚，開口說話。

「可憐的彼得大叔啊！對不起，我笑你了，真不好意思！我是真心道歉。請寬恕我吧。思嘉麗小姐和我暫時還不能回去。也許九月收過棉花之後我就回去。姑媽派你一路跑來，就是爲了讓你用這匹骨瘦如柴的小馬把我們帶回家去嗎？」

彼得被她這樣一問，那張皺巴巴的黑臉上也顯示出又抱歉又狼狽的神情，腦袋馬上耷拉下來，就像烏龜把頭縮進殼底下一樣。他突出的下嘴唇馬上縮回去了。

「媚蘭小姐，我真的是老了，我一時間忘了她派我幹什麼來了，我給你帶了封信來，那是非常重要的一封信。皮蒂小姐不信任郵局或任何其他人，叫我親自送來。」

「一封信？誰的？給我的？」

「唔，那是……皮蒂小姐對我說『彼得，你要悄悄地告訴媚蘭小姐』，我說……」

「艾希禮！他死了！艾希禮！」媚蘭從臺階上猛地站起身來，一隻手放在胸口。

「不是，太太！不是的！」彼得叫嚷著，他的聲音提高到了近乎吼叫的地步，一面在破上衣胸前的口袋裡不停地摸索，「他還活著，這就是他寄來的信。他要回來了。他……我的上帝！扶住她，嬤嬤！讓我……」

「你這老笨蛋！不許你碰她！」嬤嬤怒氣衝衝地吼著，掙扎著盡力扶住媚蘭癱軟的身子不讓她倒下。「你這老黑猴子！還說悄悄地告訴她呢！你來抱住她的腳，波克、卡琳，托住她的頭。現在咱們先把她抬到客廳裡的沙發上去。」

全部的人都圍著暈倒的媚蘭七嘴八舌地大聲嚷嚷，手忙腳亂，有的跑去打水，有的跑去拿枕頭，只有思嘉麗除外。一時間，思嘉麗和彼得大叔兩人被留在人行道上沒人管了。

一聽到他的話，思嘉麗就從臺階上跳了起來，現在就站在那像生了根似的，一動不動，眼睛直呆呆地看著這個手裡無力地搖著那封信的老人。彼得那張又老又黑的面孔表現出可憐巴巴的樣子，像一個受了母親責備的孩子似的，他那莊嚴的神氣已不復存在。

思嘉麗立時說不出話，也挪不動腳，只是在心裡吶喊：「他沒有死！他就要回來了！」這消息既沒有給她帶來喜悅，也沒有使她激動萬分，而是使她墜入了一種目瞪口呆的麻木狀態。

這時彼得大叔開口說話了，他的聲音就像來自一個遙遠的地方，哀傷又給人以安慰。

「我們的一個親戚，威利．伯爾先生給皮蒂小姐捎回了這封信。威利先生跟艾希禮先生待在同一間牢房，威利先生設法弄到了一匹馬，所以他很快就回來了。可艾希禮先生是靠著步行，所以……」

思嘉麗把信從他手裡搶過來，信封上寫的收信人是媚蘭，一看就知道是皮蒂小姐的字跡，不過對此她毫不在乎，便把它拆開了，裡面掉出了一個由皮蒂小姐封了的字條。信封裡裝著一張折疊過的信箋，由於被帶信人裝在骯髒的口袋裡，現在變得灰乎乎的而且有點皺巴巴的了。在信的開頭，艾希禮是這樣寫的：「瓊斯博羅『十二橡樹』，或喬治亞亞特蘭大薩拉．簡．漢密爾頓小姐轉，喬治．艾希禮．威爾克斯太太收。」

她抖著手把信箋打開，她默默地看著：「我就要回到你身邊來了，親愛的……」開始潸然淚下，她沒辦法再繼續看下去，覺得自己再也無法承受這種快樂了，只覺得心在發脹，於是她抓住那封信緊緊貼在胸口，飛快地跳上臺階，跑進穿堂，穿過那間鬧哄哄的客廳，徑直來到愛倫的辦事房。

這時候，塔拉農場所有的人都擠在客廳裡搭救不省人事的媚蘭，不斷忙碌著。可思嘉麗顧不上這些。她把門關好，鎖上，突然地倒在那張下榻的舊沙發裡，哭著，笑著，瘋狂地吻著那封信。

「親愛的，我馬上就要回到你身邊了。」她反覆地念著。

常識告訴他們，除非艾希禮長了翅膀，不然要從伊利諾回到喬治亞，他就得走上好幾個星期，甚至幾個月，但是大家還是天天翹首以望，只要有軍人在塔拉的林蔭道上出現，心就忍不住急跳起來。好像每一個破衣爛衫的人都可能是艾希禮，就算不是艾希禮，那個士兵也可能知道一點關於艾希禮的消息，或者帶來皮蒂姑媽寫的另一封關於他的信。

不管黑人白人，每一次聽到腳步聲，他們就跑向前面的走廊。每個人只要看到穿軍服的人影，無論是在柴堆旁、在牧場上還是在棉花地裡勞動的，就都放下一切飛奔過去。因爲誰都不願意當艾希禮到家時自己不在屋裡。收到那封信以後的一個月裡，農田裡的活兒幾乎陷於停頓狀態。思嘉麗是最不樂意看到這種狀況的人。不過，既然自己都無法安心工作，就沒法要求別人認真勞動了。

然而，時間一星期一星期過去，艾希禮還是沒有回來，也沒有得到任何關於他的消息，於是塔拉農場又恢復了原先的秩序。但是思嘉麗心裡產生了一種恐懼感，那就是擔心艾希禮在路上出了什麼事。羅克艾蘭離這裡那麼遠，也可能他獲釋出獄時，身體就特別虛弱或者有病呢。加上他身無分文，何況所走過的區域又全部是憎恨聯盟軍的地方。要是她知道他現在在哪裡，她倒情願寄些錢給他，甚至願意把她手頭全部的錢都寄去，只要他能夠坐火車趕回來就好，就算讓全家的人都餓肚子也無所謂了。

「我就快要回到你身邊來了，親愛的。」她剛看到這句話，只顧著開心，覺得它似乎意味著他就要回到她身邊來了。可如今頭腦冷靜下來，她才發現他原來是要回到媚蘭身邊。難怪，最近媚蘭一直是高興地唱個不停，在屋子裡四處走動。

有時思嘉麗恨恨地想起，媚蘭在亞特蘭大生孩子時爲什麼沒有死？假如她死了，事情就好辦多了！那樣她就可以找個合適的時機嫁給艾希禮。每每想到這些，她也並不急於向上帝懺悔，告訴他她並非這個意思，現在她對上帝已不再恐懼了。

士兵還在陸陸續續地趕回來，有時一個兩個，有時十幾二十個，大部分都是餓著肚子的。她再次詛咒富裕時期養成的好客習慣，它規定對任何一個旅客，不管貴賤，都得留下住一晚，而且要以盡可能體面的方法，連人帶馬好好地款待一番。她知道那個時代永遠過去了，可是家裡剩下的人卻並不這麼想，那些士兵也不這樣想，因此每個士兵照樣受歡迎，好像自己就是盼望已久的客人一樣。

士兵們去了一群，又來一撥，沒完沒了，她的心也漸漸硬了起來。他們吃的可是塔拉農場賴以生存的糧食呀，是她思嘉麗辛辛苦苦種下的蔬菜，還有她從遠處買來的食品。現在只剩下少量的聯邦鈔票和那兩個金幣了。戰爭已經結束，他們再也不會擋在她和危險之間了。她爲什麼要養活這群餓癆鬼呢？所以，她命令波克，只要家裡來了士兵，伙食必須儘量節省一些。這個命令一經發出，她便知道媚蘭說服波克在她的盤子裡只盛上很少的食品，把剩餘的大部分食物全部給了士兵。

「你不能再這樣下去了，媚蘭。」思嘉麗責罵她，「如果你不多吃點，會病倒的。你病倒，我們還得照顧你。讓這些人挨餓去吧。他們忍受得了，他們已經熬了四年，再多熬一會兒也沒有多大關係的。」

媚蘭回頭看著她，臉上露出一種激動的神情，她還是第一次從這雙寧靜的眼睛裡看到。

「啊，思嘉麗，請不要責備我！就讓我這樣做吧，你不明白這樣做我有多麼開心。每次我把東西省下來給挨餓的人吃，我就想像或許在路上某個地方，也會有個女人把她的午餐給我的艾希禮一點，這樣我的艾希禮就能早日回家了。」

思嘉麗沉默不語地走開了。從那以後，媚蘭留意到，雖然思嘉麗每吃一口都要抱怨，但家裡有客人時，餐桌上的食品的確豐盛了些。

有的士兵病得太重，無法繼續趕路時，思嘉麗把他們放到床上，心裡非常不樂意。因為每留下一個病人就意味著多添一張吃飯的嘴。何況還得需要人去護理，這就意味著少一個勞動力來拔草、打籬笆、鋤地和犁田。

有個臉上剛剛長出淺色茸毛的小夥子，被一個到費耶特威爾去的騎兵無情地拋棄在前面走廊上，騎兵發現他躺在大路邊一直昏迷不醒，便把他橫搭在馬鞍上，帶到最近的一戶人家。塔拉農場的小姐們猜想，他一定是謝爾曼逼近米列奇威爾時，從軍事學校徵調出來的一個學生。不過因為他沒有醒過來便死了，而且從他的口袋裡也找不出什麼有用的線索來，結果誰也沒有弄明白他的身分。

這是個挺英俊的男孩，顯然是個紳士，而往南去的路上，那兒肯定有位母親在守望著各條大路，掛念著他到底在哪裡，什麼時候會回家來，就像思嘉麗和媚蘭懷著焦急萬分的心情凝視著每一個來到她們屋前的有鬍子的人一樣。她們把這個小夥子埋葬在她們家的墓地裡，緊挨著奧哈拉的三個孩子的墓。當波克往墓穴填土時，媚蘭忍不住地放聲痛哭，心想不知道有沒有陌生人也在給艾希禮的長長的身軀做著同樣的事。

如同那個無名無姓的小夥子，還有一個叫威爾．本廷的士兵，是在昏迷中由一個夥伴放在馬鞍上帶來的。姑娘們把他抬到床上，威爾得了肺炎，病情十分嚴重，她們擔心他可能馬上就會進墓地跟那個小夥子做伴。

他一頭淡紅色的頭髮，一張典型的南喬治亞山地窮白人痢疾患者的蠟黃臉，一雙沒精打采的藍眼睛，就算是在昏迷中，這雙眼睛也透出堅忍和溫和。他有一條腿被平膝截掉了，裝上了一段木頭。她們據此推斷他是個山地窮人，就像她們剛埋葬的那個小夥子很明顯是個農場主的兒子一樣。

關於她們怎麼會知道這個，那就很難說清楚了。當然，威爾並不會比許多來到塔拉的優秀紳士更骯髒、頭髮更蓬亂、身上長更多的蝨子。即使在神志不清的情況下，說話也不會比塔爾頓家的雙胞胎更不符合語法規範。可是就像她們分得出純種馬和劣等馬一樣，她們很明白，他絕不是她們這個階層的人。然而，這並不妨礙她們竭力來挽救他。

別看他那麼瘦，經過精心護理後，他竟然活過來了。他的生命還真是夠頑強。終於有一天，他睜開淡藍色的眼睛，完全看清楚周圍的一切，看見卡琳坐在他身邊捻著念珠禱告，早晨的陽光照耀著她的金黃頭髮。

「但願我沒有給你帶來很多的麻煩。」他用平淡而單調的聲音說，「我是不是在做夢呢，小姐。」

他長時間靜靜地躺在那裡，凝望著窗外的木蘭樹，也很少麻煩別人，他康復得很慢。可以看得出，卡琳喜歡上他那種平靜而自在的默不作聲的神態。她甘願整個炎熱的下午都守護在他身邊，靜靜地給他打扇子。

最近卡琳好像沒有什麼話要說，只是猶如個幽靈一般，乖巧地幹著她力所能及的一些事情。

每次思嘉麗不敲門走進她房裡，都會看到她跪在床邊默默的祈禱。一見這情景，思嘉麗就氣不打一處來。她覺得祈禱的時代早已過去，要是上帝認為應該這樣懲罰她們，祂不等你祈禱就會那樣做了。對於思嘉麗來說，宗教只是個平等交易的過程罷了，為了得到恩賜，她便承諾說要規規矩矩做人，但是在她看來，上帝已經一次又一次違約，她就覺得自己對祂也沒有什麼好歉疚的了。因此，每當她看見卡琳本來應當午睡或縫補衣服時，卻跪在那裡祈禱，便以為她是在逃避她分內要做的事。

一天下午，威爾．本廷坐在椅子上休息時，思嘉麗對他提到了這件事。令人吃驚的是他竟然平淡地回答：「思嘉麗小姐，由她去吧。這使她感到心裡舒服。」

「心裡舒服？」

「是的，她在為你媽和他禱告。」

「『他』是誰？」

他的睫毛是沙色的，淡藍色的眼睛注視著她，一點吃驚的樣子也沒有，似乎再也沒有什麼東西能使他吃驚或是激動了。或許他見過太多的大風大浪，再也不會感到大驚小怪了。思嘉麗不清楚她妹妹的心事，他也不認為有什麼異常的地方。他認為這是很自然的事，正像他覺得卡琳很願意跟他這個陌生人說話一樣，都是很自然的。

「那個名叫布倫特什麼的人，她的情人，在葛底斯堡英勇犧牲的那個小夥子。」

「她的情人？」思嘉麗簡單地重複，「胡說！她的情人？他和他哥哥全都是我的情人。」

「是的，她對我說過，看來似乎全縣大多數的小夥子都是你的情人。不過，這沒關係，被你拒絕之後，他便成了她的情人，因此他最後一次回家休假時，他們就已經訂婚了。她說她為他祈禱便覺得心裡舒服，因爲他是她唯一喜歡過的小夥子。」

「哼，胡編亂造！」思嘉麗說，依稀感到有根嫉妒的小刺狠狠扎進她的心裡。她好奇地看著這個身材高挑的男人，平靜的眼睛一眨也不眨。看來這就是卡琳整天癡癡地發呆和默默祈禱的原因所在。看來他已經清楚她家裡連她自己也懶得去發現的狀況了。可是，她心裡的創傷會慢慢癒合的。當然，她自己早已經把查理斯忘得一乾二淨了。很多女孩子對自己的情人乃至丈夫的傷悼最終都會消失。她還知道一個亞特蘭大的女人，她在戰時連續死過三個丈夫，可到現在依然不放棄引起男人的注意。

聽她講了這些，威爾直是搖頭。「卡琳小姐不是你說的那種人。」他果斷地說。

威爾很喜歡人家跟他談話，雖然他自己沒有什麼話好說，但他卻是一個很善解人意的聽話者。思嘉麗和他談起許多問題，諸如除草、鋤地和播種，還有怎樣養豬餵牛等，對此他也提出自己的建議，因爲以前他在南喬治亞照管過一個小小的農場，並且擁有兩個黑人。他明白，如今他的奴隸已經解放，農場也已雜草叢生，甚至長出小松樹來了。他僅有的親姐姐，多年前便跟著丈夫移居到了德克薩斯，因此他成了孤家寡人。可是跟他在維吉尼亞失掉的那條腿相比，所有這些都是他不值得一提的悲哀。

每天黑人抱怨滿腹，蘇倫嘮嘮叨叨、哭哭啼啼，傑拉爾德又沒完沒了地追問她，愛倫在哪裡，這時威爾在身邊，她便感到非常寬慰了。她可以把一切都告訴他，甚至對他講自己殺死那個北方佬的事，而當他毫不猶豫一個勁兒地稱讚她「幹得漂亮」時，她更是樂得眉飛色舞。

事實上，全家所有的人都喜歡找人說說自己心中的煩惱，喜歡到威爾的房裡去坐坐……嬤嬤也是這樣，她原來疏遠他，理由是他不僅出身門第不高，又僅有兩個奴隸，可如今態度來了一個一百八十度的大轉彎。

等到他可以在屋裡四處走動後，他便著手編製橡樹皮的籃子，修理被北方佬損壞的傢俱。他的手很巧，會用刀子雕刻東西，還給韋德做了幾個玩具，所以韋德喜歡整天在他身邊。屋子裡有了他，大家覺得安全多了，出去工作時，便經常把韋德和兩個嬰兒留在他那裡，除了媚蘭，只有他更會哄那兩個愛哭愛鬧的娃娃，他能像嬤嬤那樣毫不費力地照顧他們。

「思嘉麗小姐，你們對我真好。」他說，「畢竟我只是個跟你們沒有任何關係的過路人，我給你們帶來這麼多的麻煩和苦惱，所以我想留在這裡，幫助你們做點事，如果你們方便的話，我想待到我能夠稍稍報答你們的恩情的時候為止。當然，我永遠不可能完全報答。救命之恩是怎麼也償還不了的。」

就這樣，他留了下來，漸漸地，塔拉的一大部分負擔便悄悄地從思嘉麗肩上轉到了他那瘦弱的雙肩上。

九月，摘棉花的時節降臨了。威爾·本廷坐在前面臺階上，思嘉麗在他旁邊，他用平淡而細弱的聲音不斷地談起軋棉花的事，說費耶特威爾鄰近的那家新的軋棉廠收費太高了。可是那天他在費耶特威爾聽說，要是他答應把馬和車子借給廠主使用兩個星期，收費就可以減少四分之一。他還沒有答應這筆交易，打算跟思嘉麗商量以後再說。

思嘉麗仔細打量著這個靠在廊柱上、嘴裡嚼著乾草的瘦子。像嬤嬤通常說的那樣，威爾確實是上帝專門造就的一個人才。思嘉麗常常納悶，要是沒有他，塔拉農場怎麼能夠熬得過那幾個月？他話不多，也從不顯得對周圍正在進行的事情有太大興趣，也不顯露自己的才能，可是他卻摸得清塔拉每個人的每一件事。而且他一直在工作，一聲不響、耐心地、勝任地工作著。雖然他只有一條腿，卻幹得比波克還要快。當哪匹馬得了怪病，或母牛犯胃痛不能幹活了，威爾便整夜守著牠們，給牠們看病。

他是個精明的人，這點贏得了思嘉麗對他的尊重。他早上帶一兩筐蘋果、地瓜或是其他蔬菜出去，回來時就能帶來種子、布料、麵粉和其他必需品。她明白她自己絕買不到這些東西，他的確可稱得上是個精通買賣的人。

漸漸的，他不知不覺地成了家裡的一員，晚上就睡在傑拉爾德臥室旁邊那間小梳妝室裡的帆布床上。他絕口不提離開塔拉，思嘉麗也小心翼翼從不問起，生怕他走。她有時想，假如威爾還是個有抱負的男人，他就會回去，即使他已經沒有家了。不過就算有這種苗頭，她還是依然熱情地祈禱，希望他永遠留在這裡不走。

她覺得，要是卡琳還有一點點判斷力，她應當看出威爾對她是有好感的。如果威爾向她提出要娶卡琳，她會對他感恩戴德。如果在戰前，威爾肯定不是個理想的求婚者。即使他不是個窮白人，但也壓根算不上農場主階級。他只是個普通的山地人，一個文化程度不高的小農，也不太懂得奧哈拉家族在上流社會的那一套禮節。

他說話有文法上的錯誤，事實上思嘉麗老是揣測他到底能不能算個上等人，最後的結論是不能。媚蘭卻盡力爲他爭辯，她說任何人只要能像威爾一樣心地善良，尊重和體貼別人，就算是上等家庭的人。思嘉麗知道，假如愛倫還活著，看到自己的女兒竟然要嫁給這樣一個男人，一定是會暈過去的。但是如今被現實所迫，思嘉麗已遠遠脫離了愛倫的教導，那麼這種事也就沒有必要去煩惱了，現在找個男人可不容易。可女孩子總要嫁人，塔拉也必須有個男人來幫助管理。只是卡琳仍一味沉溺在她的《祈禱書》裡，離周圍的現實世界愈來愈遠，她待威爾非常客氣，彷彿他只是她的哥哥。

「假如卡琳對我爲她做的事有一點感激之情的話，她就會跟他結婚，不讓他離開這裡。」思嘉麗憤憤不平地想，「但是，她偏要整天像個幽魂般，整天想那個傻男孩，還不見得他就真正地喜愛過她。」

她也不知道是什麼原因讓威爾仍留在塔拉。她發現，他跟她之間是那種男人與男人之間做生意時採用的態度，這使她感到快樂，又使她受益。對迷迷糊糊的傑拉爾德，他也十分恭順。一切都聽她的吩咐，實際上他不過是把思嘉麗看做這一家的主人。

她同意他的主意，將馬租出去，即使這樣一來，全家就暫時沒有交通工具可供使用。尤其蘇倫對這一點不停地抱怨，她最大的樂趣是威爾趕車出門辦事時，跟他一起到瓊斯博羅和菲耶特維爾去玩。好像她是全家最受寵愛的人，探聽縣裡人所有的傳聞，喜歡拜訪老朋友，並且感覺自己又變成從前塔拉的奧哈拉小姐了。

蘇倫從不放過任何離開農場的機會，到鄰居們中去炫耀自己，因爲人們還不清楚她近來常在家裡起床拔草。思嘉麗心想，端架子小姐足有兩個星期不能出去閒逛了，這樣一來，我們得忍受她的嘮叨和叫嚷。

媚蘭懷中抱著嬰兒，跟大家一起坐在前廊上，後來爲了方便小博在上面爬，又在地板上鋪了條舊毯子。自從看過了艾希禮的信以後，媚蘭每天不是迫不及待地盼望，就是興高采烈地唱歌，但是她顯得越發蒼白而消瘦了。她毫無怨言地做著自己分內的工作，老方丹大夫診斷她有婦女病，而且與米德大夫持一致的看法，說她壓根兒不該生小博，如果她再生孩子就活不成了。

「今天在費耶特威爾，我撿到一樣可愛的小東西，」威爾說，「我想你們小姐們看了會開心的，便把它帶回來了。」他從後面褲袋裡摸出那個印花布小包，那是卡琳給他做的，裡面襯著樹皮，然後又從小包裡掏出來一張聯盟政府的鈔票。

「要是你覺得聯盟政府的鈔票很可愛，我可不敢恭維。」思嘉麗說，因爲她一見聯盟的錢就氣憤不已，「這樣的錢，我們剛才從爸的衣箱裡找到了三千美元，隨後嬤嬤就拿去堵閣樓牆壁上的破洞，以避免受風著涼。說實話，我想我也會那樣做的，那樣這票子還算有點用處。」

「『不可一世的凱撒大帝，物是人非，變成了泥土』呢，」媚蘭面帶苦笑地說，「還是不要那樣吧，思嘉麗，把鈔票留給韋德，有一天他會引以爲豪的。」

「唔，我對專橫的凱撒大帝毫無興趣。」威爾寬容地說，「可是媚蘭小姐，我所理解的和你剛才所說關於韋德的話是相同的。請看，有首詩貼在這張鈔票背面。我明白對於詩，思嘉麗小姐沒有什麼興趣，但是我想這一首她可能會喜歡。」

他把鈔票反過來，背面貼著一塊粗糙的褐色包裝紙，紙上用很淡的土製墨水寫著幾行字。威爾清了清嗓子，緩慢而艱澀地念起來。

「題目爲《寫在一張聯盟鈔票上》。」他說。

現在在這人世間已絲毫沒有用處，
在最困難的時期更是相當於零——
它作為一個已經滅亡了的國家的證物，
朋友，請你保留好並出示於人。

出示給那些人，他們還樂意傾聽，

這玩意兒所提到的那些愛國志士，

曾經夢想的有關一個在風暴中誕生，

但後來破敗了的自由國家的故事。

「噢，多美的詩句啊！多感人的詩句啊！」媚蘭喊起來，「思嘉麗，千萬別把那些鈔票給嬤嬤拿去堵牆壁，它不光是一張紙……就如同詩裡說的那樣，它是『一個滅亡國家的標誌』！」

「啊，你不要發神經了！媚蘭！紙就是紙，何況我們正缺紙用。嬤嬤又常常埋怨閣樓上的一些牆縫，我都聽得快煩死了。等韋德長大以後，我想我會有很多的聯邦鈔票給他，而不是這些聯盟的廢紙。」

她們仍在激烈地爭論著，威爾則一直拿那張鈔票在毯子上逗著小博爬著玩。

這時，他抬起頭，手搭涼棚朝車道上看去。「那邊有人來了，」在陽光中，他眨巴著眼睛說：「又是個大兵。」

思嘉麗朝他凝望的方向看去，那裡出現了一個熟悉的人影。雪松樹下慢吞吞地走來一個滿臉鬍子的男人，一個穿著藍灰色混合襤褸軍服的男人。他疲憊地低著頭，拖著腳步履艱難地走著。

「我還以爲不會有大兵來了呢。」思嘉麗說，「希望這不是個餓癆鬼。」

「我想他肯定是餓壞了。」威爾簡潔地說。

媚蘭站起來。「我想我還是去看看他，再叫迪爾茜多準備一份飯吧。」她說，「並且告訴嬤嬤，不要急著讓這可憐蟲脫下衣服和……」

說到這裡，她忽然沒聲音了，思嘉麗回過頭來，不解地看著她。媚蘭瘦弱的手放到喉嚨處，緊緊抓著，好像很痛苦地在撕扯著。思嘉麗看見她白色皮膚下的血管跳得很快。她的那雙褐色的眼睛也瞪大到了嚇人的程度，臉色更蒼白。思嘉麗心想，她馬上要暈倒了，便趕緊跳起來扶住她的胳膊。

可是一剎那間，媚蘭就把她的手甩開，飛奔下臺階，如同一隻輕盈的小鳥似的，迅疾地朝碎石道上飛跑而去，兩隻胳膊直挺挺地伸著，褪色的裙子在她身後一飄一飄的。接著，思嘉麗明白了，像是挨了當頭一棒。

那個人抬起頭，那是一張長滿金黃鬍鬚、髒兮兮的臉，他停住腳步，站在那裡注視著房子，似乎是疲憊得再也挪不動一步了。

看到這裡，思嘉麗頭昏目眩，後退幾步，靠在走廊一根柱子上。她的心臟忽而停止不動，忽而加速急跳，眼睜睜地看著媚蘭投入那個士兵骯髒的懷抱，他也俯下頭去親吻她。思嘉麗欣喜若狂，向前跑了兩步，但威爾緊緊拽住她的胳膊，阻止了她。

「別去打擾他們。」他悄悄地對她說。

「放開我，你這渾蛋，快點放開我！那是艾希禮！」

他還是沒有鬆手的意思。

「他到底是她的丈夫，不是嗎？」威爾語氣平靜地說。

這時思嘉麗低下頭，用惶惑的神情看著他，心裡翻江倒海，從他的眼睛深處，她看到了理解和同情。

chapter 31
真愛

一八六六年一月一個寒冷的午後，思嘉麗獨自在愛倫的帳房裡寫信，為了應付皮蒂姑媽，她努力地解釋著艾希禮一家和她不能回去的原因。並且知道皮蒂姑媽一定沒有看完全文，就會放下信，然後拿起筆再寫一封更加哀傷的信：「我一個人都要嚇死了……」

沒一會兒就感覺手快凍僵了，天氣非常寒冷，於是她停下筆，不斷地揉搓著雙手，腳使勁向專門用於冬天取暖的棉絮裡伸著。可憐的奧哈拉家的大小姐啊，甚至沒有一雙好鞋子，這雙早已磨破的鞋，還用破爛的地毯勉強墊著，雖然腳掌沒有挨著地，一點兒也感覺不到溫暖。就在同一天，威爾牽著馬到瓊斯博羅釘馬掌，她非常的不高興，這年頭人沒鞋穿，馬卻有雙好「鞋」。

她又拿起筆打算繼續寫信時，聽到威爾從後門走進來，於是放下手中的筆。隨口喊了一聲，他應聲進屋。威爾的兩隻耳朵都被凍得發紅，頭髮看上去很亂，但是嘴角卻含著笑意。

「思嘉麗小姐，」他問，「你有多少錢？」

「你是想要娶我，所以來盤問我的家私嗎？」她有點不高興地問道。

「當然不，我只是隨便問問。」

她抬起頭看著他，威爾的表情一臉凝重，看不出什麼來，但她內心有種不祥的感覺，肯定有什麼事情發生。

「我一共有十個金幣，」思嘉麗攤牌說，「就這麼多了。」

「不夠，小姐。」

「做什麼不夠？」

「納稅。」他一邊說，一邊瘸著腿挪到壁爐旁烤火。

「納稅？」她不自覺地又重複了一遍，「威爾，我們不是已經付過了嗎？」

「是繳過，但不夠，我也是剛聽說的。」

「這到底是怎麼回事？」

「小姐，我知道你心煩，但這件事非常重要，我不得不告訴你，他們要的數目太大，據我所知，塔拉的稅款在全縣排第一。」

「我們已經繳過了，怎麼還讓我們繳啊？」

「小姐，你平時不經常出門，不知道此時的瓊斯博羅已經變成了什麼樣子，如今它已不是小姐們可以去的地方；此時的瓊斯博羅，早成了那些南方走狗和北方佬們的天下，他們掌握著一切，另外就是那些往常耀武揚威的黑傢伙們，白人都不敢上街——」

「繳稅跟這些有什麼關係？」

「小姐，你不要急，很快我就要說到了，塔拉的稅被定得很高，每年向我們徵收一千包棉花。我認爲這件事有蹊蹺，就到附近一個酒吧去打聽，還真有那麼回事，有人看上了塔拉，於是把它的稅款定到足以使人破產的高價，接著再透過政府拍賣，他們就可以非常廉價地收購塔拉。究竟是誰在打塔拉的主意，這我還不知道，但是我遇到了凱薩琳的丈夫，那個鼠頭鼠腦的希爾頓，當我向他說起這件事時，他好像知道什麼似的。」

威爾將他所知道的消息平靜地說完後，接著坐下來按摩他的半截腿，他的義肢裝得不好，一到冷天就腿疼。

天啊！看他心緒不定的樣子，她的塔拉可能快保不住了！

思嘉麗和兩個男人有著非常默契的分工，家裡、地裡的生產和經營由她來負責，外面的所有事由威爾和艾希禮經營，到瓊斯博羅和費耶特威爾全都是他們倆去。

他們在飯桌上談戰後重建的事，她根本不感興趣，猶如她從前對父親的戰爭話題打不起精神來一樣；當然，有些事她也有所耳聞，像什麼南方亂黨趁火打劫加盟共和黨，還有北方佬湧入南方大發橫財，一個提包就是所有的家當；還有黑人事務所，她聽說現在的黑人變得無法無天，但長這麼大，她沒見過無法無天的黑人是什麼模樣，有些事，兩個男人存心瞞著她。

在戰爭結束後，她以為可以從頭再來，但事實並非如此。重建時期可能比戰爭時期還要動亂，他們不想打破她的癡夢，只會多一個人苦惱。即便他們當著面談論一些問題，也是避重就輕，避開中間重要的環節。

艾希禮曾說過，北方佬把南方變成了他們的殖民地，南方正面臨著無情的打擊和摧殘。在北方佬的掌控之下，她理想中的公平社會已不存在了。更糟糕的是，北方佬組建了專門為黑人「服務」的黑人事務所，他們掌握著地方政府，制定為他們服務的法律，組成人員就是那些從農場裡跑出來的黑奴。更可惡的是，事務所唆使黑奴向他們的老主人「討債」，塔拉農場的管家威爾克森成了分所的所長，他的副手就是希爾頓。

這兩個人唯恐天下不亂，極其囂張，說黑人與白人生來平等，相互之間可以通婚，還承諾把主人的土地分給他們，每人四十畝，再加一頭騾子。最可恨的是，他們還無中生有，找來編造的白人凌辱黑人的「事例」，煽動黑人對白人的仇恨，這塊土地從來以和諧寧靜、主僕情深而聞名，此時卻掀起了仇恨的狂潮。

威爾特意不讓思嘉麗和他們打交道，通常什麼事都瞞著她處理。可是眼前這件事，他沒了主意，並且關係到塔拉的存亡，他必須告訴她。

「可恨的北方佬！」思嘉麗憤怒地道：「他們還讓不讓人活了？燒毀我們的房子，我們沒有吃的喝的，還指使那些壞蛋來迫害我們。」

思嘉麗怎麼也沒想到會發生這樣的情況，對於即將到來的春天，她充滿了嚮往，認爲有了收穫，一切都會好起來，可現在幻想破滅了。

「稅款到底是多少？」

「三百美元。」

她被驚呆了，這對她來說簡直是天文數字。

「我的上帝啊！」她顫著音，話音斷斷續續。「我們去哪裡湊這三百美元呀？」

「是的，小姐，就像湊彩虹，湊星星，湊月亮一樣困難。」

「威爾，他們不能拍賣塔拉——」

他的眼睛裡充滿著怨恨，她呆呆地望著他。

「小姐，他們能，什麼事他們都幹得出來，請不要介意我粗魯，這他媽的究竟是什麼社會！他們規定在一八六五年民主黨中繳稅超過兩千美元的，沒有選舉權，軍人只要是官銜在上校以上的，全部沒有選舉權，連聯邦政府裡的官員，甚至小到公證員都沒有選舉權；但南方叛黨有，北方佬和提包客有，他們還欺騙說是什麼赦免，然而只要有一點身分、地位和金錢的全都失去了選舉權。我反而符合他們的標準，因為一八六五年我還是個窮鬼，更沒有得到一官半職，只要宣誓效忠他們就能得到選舉權，但我不願去，他們如果能做得好一點，我也許會宣誓效忠他們，但他們的所作所為太讓人寒心了，我希望這一生不要有選舉權，也不願意和威爾克森、希爾頓那種走狗，斯萊特里、麥金托什那些窮白人為伍。現在就是他們這幫人說話管用，說讓你繳多少你就得繳多少，白人一點地位都沒有，就連黑人殺死白人也不會被判絞刑，而且——」

他說著說著停住了，一副愧疚的樣子，他和她都想到了一個單身白種女人不幸的遭遇。這是眾人皆知的事。「黑人為所欲為，有事務所和北方佬軍隊做保護，我們一點辦法也沒有，只能坐以待斃，因為我們沒有選舉權。」

「選舉？」思嘉麗困惑地問道，「這關稅款什麼事？威爾，你不要再想什麼選舉了，重要的是塔拉……好在塔拉名氣很大，人們都知道它是個不錯的農場，我們可以想辦法把它抵押出去。」

「小姐，你真是聰明一世，糊塗一時呀，這會大家都自身難保，誰還有錢買你的農場？你能抵押給誰呢？人們可是正在打塔拉的主意呢。」

「我還有個鑽石耳環，我去賣了它。」

「耳環？一般人家連排骨都買不起，誰還會有閒錢買這東西，要是你有十個金幣，就算富豪了。」

兩個人立即陷入無語，思嘉麗心裡有種拿雞蛋往石頭上碰的感覺，雞蛋不是其他人，正是自己。

「怎麼辦好呢，小姐？」

「我也想不出辦法呀。」她無力地回答。長期以來，她這麼拼命，心力交瘁，到最後，還是掙脫不了命運的控制。不過她已經學會了面對困難，她堅信這次也一樣，沒什麼過不去的關卡。

「我還是沒主意。」她說，「千萬別和我爸說，我不想讓他擔憂。」

「我知道。」

「這件事你跟其他人提過嗎？」

「我在第一時間就只告訴你。」

這點她倒是毫不懷疑，她這裡是「壞」事聚焦點，只要誰有棘手事都會來找她，好像她就是耶穌一樣。

「威爾克斯先生現在在哪兒？可能他會有辦法。」

思嘉麗感到驚訝，威爾的神情在艾希禮回來那天她就目睹過，他好像什麼都知道。

「在果園修理圍欄，我來時聽見斧子聲了，他好像也沒錢。」

「我跟他商量商量，難道不可以嗎？」她無奈地說，腳上用勁兒蹬掉了取暖的棉絮。他也不發火，繼續在火旁烤手。

「外面天冷，你還是戴上圍巾吧，小姐。」

圍巾在樓上，她根本沒心思去想，她急切想見到艾希禮，想把自己的煩惱說給他聽，她懷著祈禱的心情，期待和他單獨會面。

自從他回來以後，兩人就沒有單獨在一起過，總是有別人在場，尤其是纏人的媚蘭，像個影子似的，時不時地摸摸他，好像只有這樣才能確定他是真實的。

這個小姑簡直是她的眼中釘，媚蘭那副「卿卿我我」的樣子，讓她有種說不出的不自在。她一定要找他談談，就他們兩人。

她朝著斧聲向果園走去，塔拉幾英里長的圍欄被北方佬毀了，爲了修繕它，艾希禮在劈木頭。這是項大工程，就像塔拉農場的事好像總是做不完。

思嘉麗覺得茫然無助，她憎恨清貧的生活，憎恨日復一日的勞作，要是艾希禮是她丈夫該多好啊！他寬闊的肩膀可以承受一切，而她什麼也不用管。

轉過一叢石榴樹，她看見他正在擦汗。艾希禮穿著一身破爛的衣服，襯衣是傑拉爾德的，穿在他身上很短，爸爸這件衣服，一般是參加法院開庭或者野餐時才穿。他這副寒磣樣，使她心如刀割，她關心他勝過關心自己，爲了他，她又開始抱怨上帝。

她的艾希禮天生就該過最奢華的生活，應該穿綢裹緞，應該在豪華的大廳裡與和他一樣有地位的人談天說地，聽音樂，寫些怪異的詩句。

她可以忍受別人的孩子衣不蔽體，塔拉的女孩穿的有失體面，威爾一個人幹幾個人的活兒……但不能承受她的艾希禮受苦，哪怕她自己來幹活，她也捨不得讓他受苦，在她心中，他超過了所有。

「據說林肯也幹過這活，看來我也大有作爲。」他自嘲地對向自己走來的思嘉麗說。

她不高興他的說話態度，總是當做玩笑一般。她把威爾帶來的消息大概說了一遍，說完頓覺渾身輕鬆，可他一直沉默不語，看見她在寒風中顫抖，他把幹活時因熱脫下來的外衣裹在她身上。

她忍不住打破平靜：「我們必須想辦法去弄錢。」

「不錯，」他說道，「可是又能有什麼辦法呢？」

「你說呢？」她生氣地反問道，她並不要求其他的，哪怕他也沒法子，說上一句「我也毫無辦法，非常抱歉」就行。

他笑笑說：「據我所知有一個有錢人——瑞德．巴特勒。」

她也有所耳聞，皮蒂姑媽信裡提到過，說瑞德去了亞特蘭大，用著好馬好車，口袋裡錢多得往外流，可他的錢肯定來路不正，人們謠傳聯邦有一批黃金在他手上。

「我不想提到這個壞蛋，」她直截了當地說道，「考慮我們現在該怎麼辦吧？」

他扔掉斧子，環視四周，他的眼神是她體會不到的。「我有一個辦法，」他說道，「塔拉同南方一樣，有一個不可預知的將來。」

她對他的話十分惱怒，就連掛在嘴邊的那句話：「我不管什麼南方，我只在乎塔拉，想知道我們下一步怎麼走」也沒說出來，艾希禮幫不了她，這是鐵一樣的事實。

「不但過去和將來都是這樣，凡是一種文明被毀滅，那些非常聰明而又有力量的人生存下來，而愚昧而懦弱的人則被淘汰，但是能看到『諸神的毀滅』還算不錯。」

「你看到什麼？」

「諸神的滅亡，很可惜，我們過去就沒把自己當過神。」

「我求你了，艾希禮，別只說這些沒用的話，我們一定不能被他們淘汰。」

她的驚慌失措把他拉回到了現實，他緩緩地捧起她的手，讓手心對著他。

「這是我有生以來見過的最漂亮的手，」說話間，他不自覺地吻了吻她的手心，「它之所以漂亮，是因爲這雙手有力量，那麼多繭，每一個都代表一枚勳章，它是爲了父親，爲了妹妹，爲了媚蘭，爲了孩子，爲了黑人，爲了我，才經受折磨。我清楚你想表達什麼，『這個傢伙就會沒腦地胡扯，說什麼神不神的，卻不關心活著的人怎麼樣？』對嗎？」

她點頭表示默許。手被他握著真好，她多麼希望被他一直握著，但他放下了她的手。

「我清楚，你想讓我幫你想辦法，但我愛莫能助。」

他盯著地上的斧子和木頭，從他的眼睛裡，她讀到了絕望。

「思嘉麗，我的家，我的錢都沒了，現在的我一無所有。屬於我的世界崩潰了，我幫不上你。現在我唯一能做的就是加緊讓自己學習更像一個農人，如果沒有你的熱情，我們簡直不知該怎麼生活，你照顧我的家人，我一生都忘不了你的恩惠。我對你充滿了感恩，我越來越感覺到自己的無能，但沒有辦法，我害怕現實，我嚮往過去的時代，我不敢、不願意也不想面對現在這個社會，你瞭解嗎？」

她用力地點點頭，其實她沒全部瞭解他，但她似乎看到了光明，他正在對她說心裡話，她完全相信她就要進入他的心靈了。

「我不願正視現實的脾氣是我的壞毛病，戰爭之前，我的生活就像影子，我向來不喜歡事物的輪廓過分清楚，我喜歡生活在詩情畫意中，像鏡花水月。」他停下來，寒風凍得他打了一個哆嗦，「換句話說，我是個懦夫。」

她聽不大懂前面那些話，但最後這一句，她聽得非常清楚，站在她面前的這個身材魁梧體形優美的男人，一看就知道是正統的上等人出身，唯有英武豪俊的家族才能培養出這麼出色的男人。她對他在戰爭中的驍勇表現一清二楚，那種表現絕不是一個懦夫所爲，他是她心中獨一無二的英雄。

「你不要輕視自己，站在葛底斯堡的大炮上重振軍威的人是懦夫嗎？難道一個將軍會親自寫信給一個懦夫的妻子嗎？還有——」

「那是一種外在的表象，」他疲憊地說道，「戰爭就像在喝香檳一樣，它能使英雄醉倒，也能讓懦夫趴下，戰場上不是你死就是我活，傻瓜也會奮勇作戰。我說的不是那回事，我所克服不了的逃脫心理，比我第一次聽見炮聲就想棄甲而逃還要糟糕。」

艾希禮慢慢地說著，好像他在受著良知的折磨，如果換作別人這樣說話，她可能沒心思聽，而且會認定人家故作玄虛；但對於他的說法和做法卻能完全認同。

不過，他的話令她費解，茫然若失，她禁不住打起了寒戰。「艾希禮，你有什麼可逃脫的？」

「是一種說不出的東西，我不適應和現實的差距，我奢望和生活保持一個恰到好處的距離，那樣的生活才完美，才是我想要的。就像十二橡樹那樣，它完美無缺像一尊希臘雕像，而我就是這種生活的一部分，它不存在了，我就失去了依賴。我不知道爲什麼在這兒劈木頭，我總是覺得生活在虛幻之中，想掙脫一切過於真實的事物。思嘉麗，我也在逃避你，因爲你富有活力，你堅強地生活在現實的世界，而我懦弱，我沒有辦法不生活在我的幻想之中，我們是截然不同的兩類人。」

「可是，可是你怎麼能接納媚蘭？」

「她是我夢裡的一部分，是一個貼切的幻象，我多想沒有戰爭，我完全可以躲在『十二橡樹』過我的生活，可是戰爭強迫我和現實『擁抱』，粉碎了我的夢想。在戰場上，我親眼目睹和自己一起長大的夥伴被炸得肢體粉碎，只要槍聲響起就會有人死去，還有戰馬臨死前撕心裂肺的嘶吼，這些我都能接受。最糟的是：我不得不和別人來往，因爲只有和別人交往，我才更加清楚地認識到，從前如夢一樣的生活是如此不諳現實。戰爭讓我明白，我沒辦法和我之外那些有血有肉、有聲有色生活在現實中的人來往，爲了生活，我必須和他們步調一致，思嘉麗，你那麼堅強，生活主宰在自己手中。但我不能，大千世界已沒有我藏身之處，沒有屬於我的領地，我非常的恐懼。」

艾希禮訴說著自己無盡的哀傷，她瞭解他此刻的心情，卻很難走進他的內心，她極力想抓住那些詞彙，幫助自己明白，但它們就像鳥兒落到了她的手心又展翅飛走了。她覺察到有一根無情的鞭子在笞打著他，卻弄不懂是誰拿著那根鞭子。

「我的小天地已經不復存在，從我打死第一個人的那一瞬間，我就明白了這一點，我從一個生活的無關者走上了前臺，擔當一個小角色，我的演技一般，但我已經回不到後臺，後臺不復存在，它被一些陌生人掌控並肆意摧毀。過去我以為戰爭過去了，我又可以回到我的世界裡，然而戰爭過去了，但我們所面臨的生活卻更加艱難，比我在俘虜營還要悲慘，這樣活著，生不如死……你能明白嗎？」

她一直在用心聆聽，卻越聽越模糊，摸不著頭腦，聽到他問她，就回答說：「如果你是怕我們挨餓的話，哦，希禮，我一定會想出辦法來的，我們一定會度過難關，我知道我們會有辦法的。」

他用灰色的大眼睛盯著她，眼裡露出欽佩的神色，然後很快又把目光轉移開，她知道她沒能讀懂他的意思。每次她跟他談話時，總像是各說各話似的，但是她太愛他了，每次當他的目光不再注視她，她總會有種從太陽裡走到夕陽中的感覺。她有一種衝動，想把他摟在懷裡，讓他知道她是活生生的人，而不是他的什麼遙不可及的夢幻。她多麼期盼兩人心有靈犀，從上次他站在她家的臺階上向她露出笑顏時，這種渴望就沒有終止過。

「挨餓是難受的，」他說道，「我知道，但我不怕，我恐懼的是不得不面對現在的生活，而我曾經美好的天地一去不復返。」

她很傷心，他的話她不明白，媚蘭卻不同，總是和他談什麼星星、月亮、詩歌，都是些沒有價值的東西。他膽怯什麼，她還是不清楚，因爲她只擔心挨餓，被趕出塔拉，而這卻不是他怕的，她不明白，在這個世界上還有什麼比挨餓受凍、背井離鄉更可怕。

「哦。」她的口吻像個以爲漂亮的包裡有好東西的孩子，但打開後卻發現什麼都沒有後發出失望的嘆息似的，她用心地聽，希望能聽明白，但到最後還是一無所獲。他會意地笑了一下，笑裡帶著內疚。

「思嘉麗，對不起，什麼叫恐慌，我想你根本就不明白，因爲你的人生字典裡沒有這個詞彙，你有雄獅一樣的氣魄，但你的想像力卻沒成熟，我真的很羡慕你這兩種品性，你那麼堅強，從不逃脫。」

「逃脫！」她總算抓住了一個重要的字眼，這是他們的共同點，她也厭煩現在的生活，不願爲了生活而受苦，想到這兒她有些激動。

「你錯了，艾希禮。」她嚷嚷道，「我也想逃脫，我討厭這裡的一切。」

她的話並沒有引起回應，他的眉毛一彎，表示不可能，她則非常自然地把手放在他的肩頭。

「你聽著，」她說得很快，一句緊接一句，「跟你說句心裡話，我恨透了目前的鬼日子，再也不想這樣生活下去了，爲了生存，我必須下地勞作，拼死拼活，我受夠了。艾希禮，我看我們南方是沒得救了，我們成了人家手中的棋子，任人宰割，南方是北方佬還有不可一世的黑奴們的世界，我們根本沒有立足之處，希禮，你帶我離開這兒吧。」

他驚訝地望著她，看到她的臉泛著紅暈。

「就是這樣，我們逃走，離開這個鬼地方，一定有人可以管那些自己管不了自己的人。艾希禮，不要再想了，帶我離開吧，我們去墨西哥，那兒正招募軍官，我們一定會生活得很好，什麼事我都肯爲你做，反正你又不愛媚蘭——」

他嘴動了動，想說什麼，但被她連串的話語擋回去了。

「你不是對我說過，愛我超過她，你不會不記得你說過的話吧，我理解，你的心一如從前，你說過，她只是個夢。希禮，帶我離開這兒，我們才是真正幸福的一對。」她又加了一句，「老方丹醫生說了，媚蘭不可能再生孩子，我能替你生——」

思嘉麗停住嘴，肩膀被他抓得很疼，胸口一起一伏的。

「『十二橡園』那天的事，我們說好忘記的。」

「不可能，我忘不了，你也忘不了，你敢說你不愛我？」

他深吸了口氣，迅速回道：「我不愛你。」

「你在騙我。」

「就算是吧，」他靜如止水地說，「這種事沒什麼好討論的。」

「你——」

「你瘋了嗎？思嘉麗，照顧她們是我該做的。退一步說，即便我不愛媚蘭，也不愛孩子，但我怎麼能忍心丟棄她們？我怎麼能讓媚蘭痛不欲生？還有你，就算你不想過這樣的生活，你怎麼捨得丟下父親，丟下妹妹，丟下親人不管，你怎麼能做得出來？」

「可以的，我做得出來，我厭煩他們，我厭煩這樣的生活——」

他把身上湊近她，她的心砰砰地跳，等待著他的擁抱，但他只摸了一下她的肩頭而已，把她當成需要安慰的孩子了。

「我能理解，你擔負著三個男人的擔子，我一定會幫忙你，不給你找麻煩——」

「想幫我，」她憤怒地說道，「只有一個辦法，就是帶我離開這兒，我想離開這裡。這裡沒有什麼東西值得我留戀的。」

「是的，沒有，」他毫無表情地說，「除了名譽。」

她無奈地低下頭，雙手抱著臉痛哭流涕。他有點驚慌失措，在他眼裡，她這樣剛強，是不會哭的，但此時她站在他跟前哭泣，使他憐惜之情油然而生，不禁把她摟入懷中。

她的頭緊貼著他的胸膛，他是那般輕柔地安慰她：「親愛的，我的寶貝，不哭，不哭。」

他感覺到她在他懷裡發生了奇特的變化，她的身體緊緊貼著他，全身散發著迷人的溫柔與熱情，如火如荼的熱切目光吸引著他。她美麗的嘴唇因熱情而燃燒著！他情不自禁地吻了她。

他們緊緊地擁抱在一起，她感覺自己彷彿融化在他的身體裡，他瘋狂地吻著她，似乎是要吻一生一世。

時間不知過了多久，就在她深深陶醉在他們的激情裡時，身子被猛地推開了，她順勢抓住圍欄才沒被摔倒。她用充滿愛情光芒和勝利喜悅的眼神望著他。

「你愛我，你是愛我的，快說呀！」

他抓住她肩頭的手在戰慄，這種抖動讓她高興，她把自己貼向他，他又推開她一點，用雙眼注視著她，她看到剛才他眼裡琢磨不定的神情消失了，取而代之的是被壓抑的苦楚和絕望。

「不行，」他吼道，「嘉麗，再這樣下去我就要對你無禮了。」

她開心地笑了，笑得十分燦爛，忘了身在何處，只記得和他接吻是多幸福的一件事。

他突然抓緊她使勁搖晃，她的頭髮被搖散下來，他對她吼著，也在對自己吼著。

「不行！」他叫道，「我們不能這樣！不能！」

她擔心自己的頭被他搖斷，她的頭髮遮擋住了她的視線，不明白他是怎麼了，最後她驚慌地甩開了他，靜靜地看著他，他的額頭上冒著細小的汗珠。

「都怪我，不關你的事，再也不會發生了，我會帶媚蘭離開。」

「離開？」她絕望地叫著，「我不許你離開！」

「我已經決定了，我必須離開，發生這樣的事，我不能再待在這兒，我，我擔心會再發生——」

「但你是愛我的，希禮，你不能走——」

「是，我是愛你，我愛你，行了吧。」他放肆地靠近她，嚇得她急忙倒退。

「我愛你，沒錯，我是愛你，你的堅強，你的熱情，你的勇敢，你的冷漠，我統統都愛。你明白我有多愛你嗎？為了這份愛，我幾乎糟蹋了好心收留我全家的塔拉，為了這份愛，我差點把世界上最好的妻子不予理睬，為了這份愛，我幾乎想在這地上就要了你——」

她的大腦完全不聽控制，情緒達到熱情的高峰接著又跌到了低谷，她有點茫然若失，但還是強擠出了一句話：「你想要我，卻又不敢要我——看來你並不愛我。」

「你怎麼才能懂得我？」

兩個人靜靜地站著，她冷得全身發抖，好累，很想轉身離開，但她全身毫無力氣，一點也動不了了。

「你變了心，不再要我了，」過了許久，她打破僵局，「我現在一無所有，你要走，家也快要沒了，這個世界上再也沒有值得我留戀的東西。」

他盯著她看了好久，從地上抓起一把紅土。

「不，」他的臉上浮現了她常見的笑，似乎是嘲諷她，也像是在嘲諷自己，「有一樣東西，你愛它超過愛我，儘管你沒有察覺到，它就是塔拉。」

他將那把紅土放進她無力的手裡，合攏住她的手，現在四隻手都消失了剛才的激情。

她看了看泥土，又看了看他，一時沒弄懂他的意思，但有一點她看清楚了，他還是從前的他，誰也沒能改變他，他會永遠守著媚蘭。他也會永遠愛她，永遠和她保持距離，絕不會再和她發生越軌的事，任憑她燃起怎樣如火的熱情，也不可能把他融化，在他心中，忠誠、誓言、名譽比她更重要。

這時紅土在手心裡涼冰冰的，她一直低頭看著它。

「是的，」她耳語道，「不錯，我還有它。」

一開始她覺得希禮的話沒有意義，認爲泥土不過就是泥土罷了，但是當她想到塔拉那片紅土地，記起自己爲它付出了許多汗水；將來她要保有它，還要付出更多的努力。

她望著冷漠如初的艾希禮，奇怪她激揚的激情去了哪裡？她麻木了，對塔拉，對希禮都是。

「你用不著離開，」她平靜地說，「我絕不會讓大家挨餓的，你不用擔心，今天這樣的事，我發誓不會再發生了。」

說完她便掉頭離開，一面把凌散的頭髮綰起來，艾希禮目送著她，看著她把肩膀挺得筆直，使他深深地感動，把這種情感裝進了自己的靈魂深處。

chapter 32 拯救塔拉

思嘉麗緊緊握著那把紅土，靜靜地從後門走回去，此時此刻她誰也不希望碰到，一句話也不願意說，她幾乎失去了知覺，除了無盡疲憊，一切都離她漸漸遠去。

捏著這把紅土，她覺得充實和富有，可就在剛剛，她甚至還揚言要把它像塊破布一樣扔掉！瘋了，一定是瘋了，這片紅土地對她來說是獨一無二的，怎麼可能拋棄呢？

現在回想，如果希禮真的帶她離開，她會毫不留情地離開塔拉，可有一種傷痛必將伴隨一生，那就是對塔拉永不乾涸的溪水、紅色的山坡、黑色的松林的眷戀。

她正打算把門關上，突然傳來一陣馬蹄聲，什麼時候來不好，偏在這個時候。她沒一點兒心思，想藉故頭疼回臥室，可她清楚地看見了一架嶄新的馬車，所有行頭都是新的，連馬鞍都是，還奢華地鑲滿了銅片。肯定不是她的熟人，她認識的人裡現在沒有這麼有錢的，她停在門口沒動。

馬車停在門前，從車裡下來一個人，是強納斯·威爾克森，塔拉過去的總管。強納斯的「故事」她聽說了，他當上了黑人事務分所的所長後，巧取豪奪，欺上瞞下，現在富得流油；但當他趕著奢侈的馬車，穿著講究的衣服出現在眼前時，她還是有點不適應。

他帶了一個女人，正從馬車上扶她下來；那女人的衣服色調華麗，令她大飽眼福，她記不清有多久沒看過這麼時尚的衣服了。

她望著那女人上下看，紅豔豔的大格呢外衣，看來現在寬裙邊早已不合潮流了，那件黑色天鵝絨上衣那麼短，原來現在的女人流行穿如此短的外套。帽子也別具一格，癟癟地貼在那女人的頭頂上，外形很特別。帽帶的繫法也很有特色，不是繫在下巴，而是繫到後面的流蘇下，她還覺察到帽子流蘇的顏色和那女人的髮色也不怎麼般配。

待那女人一轉臉，她看見了一張熟悉的面孔，擦著濃濃的白粉，甚至一眨眼就會掉下來。

「我的天，這不是埃米·斯萊特里嗎？」她叫了出來。

「是我，夫人。」埃米露出奉承的笑臉迎面走來。

埃米？就是那個曾經幹出下賤勾當，和管家生出孩子的埃米，還是愛倫給孩子洗的禮，對，就是這個可恨的女人把傷寒傳染給母親，讓她們的愛倫永遠離開了。

眼前這個不要臉的女人，打扮得光彩照人，走到塔拉的臺階上，似乎自己是這裡的女主人。失去母親的悲痛化作了一股強勁的仇恨油然而生，似狂風暴雨般震撼著她。

「你這個賤貨，不許你踏進我家的門，」她猛地大吼一聲，「給我滾！滾！」

埃米嚇得不知所措，驚訝地望著強納斯；他氣得直打哆嗦，卻無計可施，只得裝作高雅地不露聲色。

「跟我夫人說話，請你尊重點。」他說道。

「夫人？」她嘲笑著，笑聲裡夾雜了傲慢和藐視，「是嗎？你竟然也有夫人了，而我母親是被你們害死的，今後還有哪個人會給你們生的野種洗禮？」

埃米驚叫著要躲開，被強納斯一把抓住。「我們來探望——探望老朋友！」他沉不住氣地大聲怒吼，「我們有重要的事要商量！」

「你？朋友？」思嘉麗的言語要多刻薄就有多刻薄，「你也配和我們交朋友？埃米全家一直靠我家施捨，結果到頭來卻以怨報德，害死了我母親。至於你？你算什麼東西?!你，你是因為和這個女人生下了野種，才被我爸趕出我家的，這一點我相信你記得很清楚。立刻給我滾，要不然別怪我不客氣，我立即叫威爾和艾希禮先生出來。」

埃米聽見這幾句話，甩開強納斯，跳上馬車，她那晶亮的皮鞋閃了一下。強納斯被思嘉麗氣得渾身發抖，面紅耳赤，活像一隻被激怒的火雞。

「你要什麼威風？你們的情況我非常瞭解，你現在連鞋都穿不上，連你老爸也瘋了……」

「滾！滾！」

「別當我不知道你窮得連稅都付不起，你撐不了幾天的，因為埃米非常喜歡這兒，我真心實意想給你們個好價錢，買下這房子，你卻要派頭。好，走著瞧，我一分錢都不會給你。愛爾蘭瘋子！等到政府拍賣塔拉時，你會後悔的，到時我要把這裡全部買下來，就連傢俱一塊兒買，我要成為塔拉的主人。」

原來是這樣，這兩個狼心狗肺的東西在打塔拉的主意，他們在這兒受過侮辱，現在想用另一種方式報仇。

思嘉麗肺快氣炸了，可惜手裡沒有槍，否則她一定會像那天對準北方佬一樣開槍的。

「告訴你，我就算把房子一塊一塊地拆掉燒了，在地裡全撒上鹽，你們也別想踏進塔拉半步！」她恨之入骨地憤怒叫喊著：「快滾呀！快滾！」

強納斯接著嘟囔幾句後，才回到馬車裡，靠在正在擦眼淚的埃米身邊，迅速把車趕走了。在他們掉轉馬車的時候，思嘉麗萌生一個念頭，朝他們吐了口唾沫，這原本是孩子的把戲，但她還是這樣做了，吐完果然舒服多了，她有點後悔沒當著他們的面吐。

這天殺的下流胚竟敢跑來神氣地向她示威，他們不可能買塔拉，只是說說過把癮罷了，無恥之徒，多麼囂張，住塔拉？他們也配?!不對，他們怎麼不可能呢？她細細一想，立刻被恐慌代替了憤怒，他們有錢，完全可以住在這裡，住進她心愛的塔拉。

她竟然沒有辦法，只能讓他們扣押這裡的一切：桌子、椅子、鏡子，母親最喜歡的梨木傢俱，還有祖傳的銀器。儘管許多東西被北方佬折騰得面目全非，但對她來說，這裡的所有一切都是寶貴的。

緊緊地靠在門板上，她心裡恐懼極了，比那天北方佬的搶劫還殘忍，北方佬最多是當著她的面把塔拉燒了；可他們，他們卻要住在這兒，玷污這裡的聖潔。

他們一定會炫耀地說，奧哈拉家怎麼樣，顯赫吧，還不是被我們趕走了。想到塔拉要遭受奇恥大辱，思嘉麗悲痛萬分，她必須想個法子，可是精力根本無法集中，恐懼和憤怒控制了她的心情。車到山前必有路，一定會有辦法，難道這個世界上就沒有有錢人了嗎？

錢又不可能跑，一定在什麼人手裡，忽然她想起了艾希禮開玩笑時說的一句話：「據我所知有一個有錢人——瑞德．巴特勒。」

對呀！就是他——瑞德，想到這兒，她迅速走進客廳，把門關上，拉上窗簾，不想再有人來打攪。她一個人在黑暗中思考，這麼簡單的方法，怎麼早沒想到呢？「我要跟瑞德商量，把鑽石耳環賣給他，抵押也行，等將來有了錢再贖回來。」

想到這兒，一顆懸著的心立即放鬆了很多，用這筆錢去繳稅款，強納斯肯定會大吃一驚，還可以當面嘲笑他！但是還沒來得及高興，心頭又立刻起了一層陰雲。

「我今年繳上了稅款，他們明年一定會提高稅額，年復一年，每年都要面臨這個問題，權力掌控在他們手裡，他們想怎麼整我都可以，到最後也擺脫不了。即便我的棉花豐收了，他們也會想出別的法子收走，說是南方聯邦的，無論怎麼說，我的棉花就可能泡湯了，最後也擺脫不了被趕走的厄運。那麼我這輩子都會永遠擔驚受怕，每天都害怕他們會佔有我的塔拉，不管累死累活，最後還是竹籃打水一場空。」

「不行，我可不樂意今天發明天的愁，明天發後天的愁，在愁怨中生活，我要吃飽穿暖，我要睡覺安穩，三百美元救的是今年，我要找個永遠不會發愁的辦法……」

想來想去，她感覺很自然，也很順理成章的，一個「方法」油然而生，辦法是嫁給瑞德。

她想起了他的面孔，雪白的牙齒，嘲諷人的眼神，就是他，她還清楚地記得那個晚上。那時北方佬正攻擊亞特蘭大，瑞德在皮蒂姑媽家的門廳用他熱乎乎的大手拽住她，和她說了很多熱情似火的話：「我想得到你超過任何一個女人，我等你比等任何女人都有耐性……」

「我得嫁給他，」她想這事就像想別人的事一樣，「這樣就再也不用擔憂什麼錢不錢的了。」多好呀！她的塔拉可以永遠地存在下去，她也再不用爲錢生氣。大家都可以衣食無憂！

她覺得自己老了好多，今天發生的事太多，每一件都讓她頭疼，先是高得要命的稅款，接著就是讓她悲痛絕望的艾希禮，還有那個差點把她氣昏的壞蛋強納斯。

一個人能有多少情感，經過輪番「洗禮」之後，她成了一具皮囊，要不怎麼可能做出這樣的決定，怎麼會嫁給一個自己從來都不愛且憎恨的男人，怎麼能夠嫁給自己厭煩的男人？但是她想不過來，也沒時間想。

「他把我丟棄的那天，我把話都說死了，不過沒關係，我有辦法讓他不會想起，」她自信地想道，「男人都一樣，頂不住幾句甜言蜜語的誘惑，我要裝得很真誠的樣子，說自己一直都深愛著他，當時是因爲害怕才慌不擇言……他一定會信以爲真。」

「有一點千萬要小心，塔拉的困難說什麼也不能讓他知道，不然他就會認定我關心的是他的錢，而不是他的人了，反正塔拉現在的真實狀況他也不知道，就連皮蒂姑媽也不太明白。等他和我一結婚，就一切都解決了。到那時候他不管也不行了，妻子家有困難，他總不至於坐視不管吧。」

「妻子」這個字眼扎了她一下，做瑞德．巴特勒的太太？一股「逆流」還沒升起又恢復了平和。結婚對她來說感覺很不好，和查理斯短暫的婚姻已經讓她厭煩，嫁人就是那麼回事。更讓人噁心的是查理斯在蜜月裡的行爲，他在她身上迫不及待地抓來抓去，笨手笨腳的樣子，然後就有了韋德。

「不想了，結婚後再想……」

突然，她的後背一陣冰涼，記起在亞特蘭大，那夜他們的對話，她問他是不是打算向她求婚，他當時用嘲諷的語調說：「寶貝，我是個不結婚的男人。」

要是他此刻還是那種想法呢？不管她怎麼誘惑他，他都不上鉤呢？天哪！他那種人，沒準早把她拋到腦後去追求別的女人了！

「我想要你超過想要任何女人……」有這個墊底，她又有了自信，她握緊雙拳，指甲幾乎掐到肉裡了，她暗下決心：「如果他忘了我，我會喚醒他的記憶；如果他不想娶我，我會想辦法讓他想要我。」

思嘉麗想，退一萬步講，就算不結婚，只要他願意要她，她就可以有錢。

做出這個最後決定，她的靈魂深處有三大障礙：一是母親的教誨，她這樣做，就是出賣肉體，母親在天有靈，假如能看到，必定不會原諒她的放肆行爲；二是從小信仰的宗教，她將受到嚴重懲罰，死後非下地獄不可；第三，也是最讓她不能說服自己的，就是對艾希禮深切的愛，她的打算一旦真的實行，等於出賣她自己，對她來說這比什麼都難過。

唉！愛倫畢竟已經離開人世了，她堅信自己會得到原諒；宗教？她不是在犯罪，而是爲了塔拉，爲了塔拉所有的人，她犧牲自己，上帝懲罰她時會明斷的，結果如何，就交給上帝決定吧；那麼希禮呢？他要她嗎？剛才他還在瘋狂地吻她呢，但他死都不肯帶她離開！奇怪的是，在她眼裡，和希禮私奔不會受到譴責，但和瑞德就……

痛失愛情她不怕，違背最親愛的母親的教育她不怕，外人戳她的脊梁骨她不怕，她是一個很現實的人。沒有什麼放不下的，她失去了所有，做出這個決定後，她就完全成了另外一個人，一個與過去的思嘉麗徹底分裂的人。掙脫了束縛，她突然感到前所未有的愜意，是啊，一個一無所有的人還怕什麼呢？

她最重要的人生目的就是嫁給瑞德，一結婚就可以大功告成。如果她的目標不能達到呢？她還是完全可以從別的什麼人那兒弄到錢，反正她是下了決心要拿自己換回塔拉。

實際上做情婦到底是怎麼一回事她還沒弄明白，她爲自己的將來做了一點規劃，就算真做了瑞德的情婦，他有可能把她安置在亞特蘭大，就像人們說他養的那個妓女貝爾．沃特琳一樣。那樣的話，他就得多花些錢，就算給她離開塔拉的一些補償費，她最擔憂的莫過於再生出個孩子來。

「以後再想吧。」她不願意再去深思，怕想多了會讓自己改變主意。想到要去「戰鬥」，她充滿了鬥志，自然的昂首挺胸，這一「仗」可不是好打的，畢竟今非往昔；過去她是公主，瑞德圍著她轉，如今她成了窮人，優勢在他手上。

「不，我還要做高傲的公主，在他面前，我要保持高高在上的姿態。」

她揚起高傲的頭，走到傷痕累累的破鏡子前一照，天啊！那個孱弱的女人是誰？那個女人兩頰深陷，面色暗淡，面容憔悴，那一定不是全縣出了名的美貌的思嘉麗·奧哈拉小姐！」她焦急地想道，「我太瘦了，瘦得不成人樣了。」

漂亮的臉蛋是她唯一能用的籌碼，這使她在鏡中重新打量自己，她看著自己瘦骨嶙峋的小臉，因爲太瘦而突出的兩根鎖骨，天啊！她的胸部什麼時候竟然變得這麼小，小得和媚蘭的差不多了，她向來看不起女孩拿絲棉墊胸脯，現在她也不得不用這方法了。

更讓她悲哀的是她的衣服，又破又舊，一看她的穿著，瑞德就會知道是怎麼回事了；他喜歡女人穿華麗服飾，那次她脫掉喪服，穿上那件漂亮的綠色圓裙，再配上他送的帶著綠色羽毛的帽子，他喜出望外，說了一大通肉麻的話。

瑞德向來喜歡女人，生活裡也一定少不了女人，像皮蒂姑媽說的，肯定會有許多女人任他挑來選去。可是我有一樣東西是別的女人都沒有的：堅定的決心。

她憑一件好衣服，就可以征服天下，但是，找遍全家，連一件沒補丁的衣服都找不到。

「哎，怎麼會這樣？」

她無助地看著千瘡百孔的家：愛倫的綠色毛毯已經破成了一塊兒抹布，又髒又破，家裡的東西幾乎都破破爛爛的。她感到屋裡空氣沉悶，光線昏暗如同她的心緒一般，她打開百葉窗，讓柔和的光線照進房間，她靠在天鵝絨的窗簾上，看著窗外蒼茫的牧場和墓地那兒黑森森的雪松。她的臉貼在那蒼綠色天鵝絨的窗簾上，柔軟的感覺非常舒服，她不禁將臉在上面磨蹭起來，然後她突然停住，將窗簾抓在手裡看著。

一分鐘後，她把沉重的大理石桌子從房間的一頭推到窗子下，桌子底下的輪子發出尖銳的叫聲。她撩起裙子，爬上桌子，伸手去拉掛窗簾的粗棍。然而即使踮著腳，搆起來也十分困難，她發力用勁往下拽，這下連著釘子帶窗簾棍還有其他的東西，稀裡嘩啦散落一地。

客廳的門開了，是嬤嬤，她生氣地望著思嘉麗，詫異和恐慌出現在她的臉上。

「你拽愛倫小姐的窗簾幹嘛？」她問道。

「我有事，你在外面偷聽什麼？」她像隻貓似的跳下桌子，手上握著她的「戰利品」——沾滿灰塵的窗簾。

「偷聽？這麼大動靜還有必要偷聽嗎？」嬤嬤伸了伸腰板，正想和思嘉麗辯論。「你打算做什麼，這是愛倫小姐喜愛的東西，我不許你胡來。」

思嘉麗並不在意，眼裡充滿喜悅的光芒。「幫我把閣樓上的衣服紙樣取下來，嬤嬤。」她一面叫一面推攘著嬤嬤碩大的身軀，「我要做件新衣服。」

嬤嬤感覺到似乎有什麼事要發生，要她拖著兩百磅的身體爬閣樓可不是鬧著玩的，思嘉麗小姐鬼鬼祟祟的舉動怎能不令她懷疑。趁思嘉麗沒注意，她把窗簾搶到手。

「你竟把主意打到愛倫小姐的窗簾上來了，這可不成，只要我有一口氣，你就不能這麼做。」

思嘉麗本想發作，可是馬上止住了，臉上浮現出笑容，嬤嬤看到女主人臉上的變化，知道思嘉麗在玩花樣，下決心就是不讓思嘉麗拿到。

「嬤嬤，你真是小氣，我是有用處的，我要穿著去亞特蘭大借錢。」

「借錢幹嘛要穿新衣服？現在小姐們都沒有新衣服穿，再說大家都曉得你是愛倫小姐的女兒，你穿舊衣服沒人會看不起你。」

女主人的臉陰下來了，要起了倔脾氣，像傑拉爾德，和愛倫一點都不像。

「嬤嬤，皮蒂姑媽來信說范妮週六結婚，我去參加婚禮一定要穿新衣服，明白嗎？」

「你身上穿的這件有什麼不好，我看不比范妮的禮服差，再說范妮家也不富裕。」

「我無論怎樣都得有一件新衣裳，你不明白，錢對我們有多重要！不繳稅就……」

「稅款的事我知道，但……」

「你知道？」

「上帝賜給我耳朵，就是為了聽的，威爾嗓門那麼大，想聽不到也不行。」

照這麼看來，嬤嬤是什麼都知道了。思嘉麗很詫異，為了打聽消息，嬤嬤走路那麼大動靜卻完全能讓自己變成一陣輕風。

「也好，既然你都知道了，強納斯的事……」

「是的，我聽說了。」嬤嬤聽到管家的名字，憤怒的眼睛裡冒著火。

「那你就別固執了，我必須借到這筆錢，我們需要錢！」思嘉麗一隻手握成拳頭，敲著另一隻手，「想想，嬤嬤，他們要把我們趕出塔拉，讓那個可恥的埃米來住，還要躺在愛倫睡過的床上。所以我要去借錢，你就別再為了一個窗簾跟我爭辯了。」

嬤嬤像隻大象，不斷地倒換兩隻腳，轉移著身體的重心。

「當然，小姐，我不願意被趕走，更不願意埃米住進來，可是……」嬤嬤接著問道：「為什麼非得穿新衣裳，你要向誰去借錢？」

「我……我，」思嘉麗支吾著道，「這是我的事，你不要問。」

嬤嬤狠狠盯了她一眼，彷彿瞧破了思嘉麗的心事，她的目光具有獨特的穿透力，思嘉麗從小每次做錯事時，就會看到這樣的眼神，思嘉麗垂下了眼皮。

「我不明白借錢還要穿新衣裳是怎麼回事，而且，你又沒說去向誰借。」

「我不能告訴你，窗簾你給不給我，衣服你幫不幫我做？」她不高興地問。

「好吧，」嬤嬤態度軟化下來，「窗簾的裡可以製成襯裙，花邊拆下來可以做褲邊。」

思嘉麗拿過窗簾時，看到嬤嬤閃過一個狡黠的笑容。

「小姐，媚蘭小姐會陪伴你去？」

「不。」思嘉麗答道，嬤嬤的用心她漸漸有點明白了，「我自己去。」

「這是你的意思，」嬤嬤斬釘截鐵地說，「我也有我的，我決意和你一起去，你到哪兒，我就跟到哪兒，寸步不離。」

思嘉麗能想像得到，嬤嬤就像是一隻又黑又老的看門狗厄布魯斯[2]一樣，無時無刻不用瞪大的雙眼監視著她，她心想不妙，只得施展一點手腕，她拍著嬤嬤的肩膀，撒嬌著說：「嬤嬤你真好，可是你光想著要照顧我，他們怎麼辦呢？」

嬤嬤說道，「別在我面前耍你那點小伎倆，我還不清楚你嗎，你的第一塊尿布是我換的，你就算說破了嘴，我也要一定陪你去，我不放心你一個人去，不然愛倫小姐的靈魂都會不安啊。」

2. 指希臘神話中守地獄之門的惡狗。

「我住皮蒂姑媽家，皮蒂姑媽一定會照顧我的，這還不行嗎？」思嘉麗急道。

「不行，我知道皮蒂小姐人不錯，但有些事她不瞭解。」

顯然，嬤嬤不想再做不必要的爭論，說完轉身就離開了。走廊裡很快傳來她打雷般的聲音。

「百里茜，到閣樓把小姐的衣服紙樣取下來，順便找把剪子，快點。」

「這可怎麼辦呀？」思嘉麗獨自叫苦，「沒法甩掉她，帶著她還不如帶隻警犬呢。」

晚餐過後，爲了那件新衣服，家裡所有的女人都忙碌開了，思嘉麗和嬤嬤把衣服紙樣鋪在餐桌上，兩個妹妹拆窗簾的內襯，媚蘭則拿著刷子掃去窗簾布上的灰塵。

男人們則在一旁抽菸，興致盎然地看著忙碌的女人們。受到思嘉麗心情的感染，家裡人不明究理地跟著她快樂起來，她眼裡充滿光芒，臉上也紅彤彤的，一個勁兒地笑，塔拉已經許久許久沒聽到她的笑了。

傑拉爾德今天非常開心，看著女兒高興地在房間裡走來走去，他也來了精神，只要能摸得著思嘉麗，就高興地拍拍自己的女兒。他們都知道思嘉麗要去亞特蘭大借錢，並且拿塔拉作爲抵押。思嘉麗刻意把這件事說得非常簡單，說來年的棉花一收穫，就能把塔拉贖回來。

問到向誰去借錢時，她詭秘地說：「憑我的漂亮，往那兒一站就會有人爭著『管閒事』的。」

「一定是巴特勒船長。」媚蘭猜測說，大家的笑聲淹沒了這句話，在塔拉，每個人都知道思嘉麗痛恨瑞德，每次提到他，思嘉麗都會說「瑞德這個壞蛋」。

平時小氣的蘇倫，那晚竟然把自己漂亮的花領子大方地借給思嘉麗，小妹卡琳也一再要求讓姐姐穿她的鞋，這雙鞋是整個塔拉最好的一雙。

「他們並不知道即將要面臨的災難，他們以爲自己是姓奧哈拉，還是威爾克斯，就不會有什麼可怕的事發生。甚至於那些黑人也那麼想，哎，他們真是一班傻子呢。他們依然照舊的思想那麼生活，什麼都不能使他們改變了。他們以爲這種情形是暫時的，所以他們不肯改變自己，以適應這個改變的環境。他們總以爲上帝會創造出神蹟，殊不知上帝不會有神蹟，現在得由我來製造奇蹟。而我的奇蹟就寄託在瑞德身上……是啊，除了我在變化，沒有什麼在變化，如果可以的話，我也是不想要變化的。」

思嘉麗要試穿做好的衣服，於是男人們離開了餐廳，波克照常去安排傑拉爾德睡覺。威爾和艾希禮在門廳的燈下靜靜地待著，威爾嘴裡咬著菸，像隻反芻的家畜，他的臉上竟然有一種憂慮的神情。

「去亞特蘭大借錢，」威爾慢慢地說，「我不贊成，我一點也不贊成。」

回想起下午她離開的一剎那，失魂落魄，卻又昂著頭。希禮爲自己的無計可施感到傷心，她的勇敢更令他悲痛；對她的勇敢，他由衷地佩服，但他清楚不論他怎麼說，她都不會懂得。

「這都怨我，」他十分懊悔地想，「是我把她逼到這一步的。」

他要是把關於她的讚美之詞都說出來，她肯定會瞪著滿是疑惑的大眼睛望著他；她有著不同尋常的意志，從來不把困難放在眼裡，兵來將擋，水來土掩，就算知道贏不了，也會赴湯蹈火。但是，在這四年裡，和她一樣勇敢的人他見多了，他們不畏懼困難，勇往直前，最後沒有人逃脫失敗的命運。

他看了威爾一眼，心想，思嘉麗穿著用窗簾趕製的新衣，戴著修飾公雞毛的帽子，視死如歸地去打天下的豪情，威爾是不會明白的。

chapter 33 投機客

次日亞特蘭大的清晨，寒風刺骨，漫天烏雲密佈，思嘉麗和嬤嬤下了火車。環顧四周，思嘉麗努力尋找自己可能熟悉的人，想讓別人把她們帶回皮蒂姑媽家；然而一個認識的也沒有。

運貨的馬車寥寥無幾，載人的就更加少得可憐了；總共只有兩輛，都濺滿了泥巴；其中一輛是轎車，另一輛是篷車。一個衣著華貴的女人和一個軍官坐在篷車裡面！

天啊，一看見那藍色的制服，思嘉麗就感覺無比的恐慌；雖然皮蒂姑媽在信裡已經提過亞特蘭大四處都是大兵，但是當一個活生生的北方佬軍官站在她的面前的時候，她還是免不了要膽戰心驚！因爲就是這樣的制服在搶劫和縱火，並意味著對她的追逐和侮辱。

思嘉麗想起了一八六二年的那個早晨，當時她正是新寡，自己一個人第一次到亞特蘭大；下了車，見到的是一個多麼繁華的車站啊：車水馬龍，熙熙攘攘，貨車客車南來北往運輸著貨物和傷患的繁忙情景，大呼小叫的人群十分熱鬧，使她興奮地忘掉愁緒，戰爭前的亞特蘭大是多麼有魅力啊！可是，現在居然要步行去皮蒂姑媽家。

但是，思嘉麗仍舊抱著信心：只要到了桃樹街，就肯定會碰到熟人的！熟人就一定會載她們的！

就在她們那裡東張西望的片刻，一輛馬車跑了過來，馬車上探出一個黑人的頭來：「太太，要車嗎？兩美元，可以到城裡的任何地方。」

嬤嬤瞪了那人一眼，「趕你的車吧，黑鬼！」

嬤嬤拎起帆布口袋，裡面包著思嘉麗新的天鵝絨長袍，把包著自己衣服的包裹夾在胳膊底下，領著思嘉麗穿過遍地是煤渣和污水的路面，沿著狹窄的人行道向桃樹街方向走去。

儘管思嘉麗很想坐那輛車，不想走路；可是爲了不和嬤嬤發生摩擦，她還是忍住了，沒有說話。

她們匆忙地往前走，思嘉麗望著兩邊的街景，心裡是壓抑不住的悲傷。拐了彎，她們走上桃樹街的一瞬間，抬眼一看，思嘉麗忍不住大叫了起來。雖然皮蒂姑媽在信裡提到，這地方已經幾乎都被夷爲平地了，但是當殘忍的現實呈現在眼前時，思嘉麗還是不敢置信！傷心得快哭出聲來。

「亞特蘭大啊亞特蘭大！你承受住了北方佬的大炮和烈火，現在又獲得了重生！還要像你過去一樣的宏偉和壯大！」順著桃樹街，跟著嬤嬤，思嘉麗邊想邊走。

像她第一次來的時候那樣，桃樹街擁擠熱鬧，但是內容已經有了很大的差異。原來運送傷患的馬車已經被運送木料和磚瓦的馬車取代，過去衣冠整潔和彬彬有禮的路人被滿街粗俗的陌生面孔所替代，很多自由了的黑人百無聊賴地站在路邊。靠著牆，看馬戲一般地看著街道上來來往往的人們。

「這都是些剛獲得自由的黑鬼！」嬤嬤用鼻子哼了聲，「瞧他們這副德性，全是一群流氓樣，沒有一個體面的！」

「是啊，不打折扣的流氓！」思嘉麗也這樣想。因爲他們都緊緊地盯著她看！不過，那些穿藍色制服的大兵比黑人更讓思嘉麗厭惡。

「這些無恥之徒我永遠也不會習慣的！」思嘉麗捏著拳頭想，「我們快走，快離開這些可恨的東西！」她對嬤嬤說。

「好，等我把眼前這個黑鬼踢開！」嬤嬤說著，用包袱把前面一個慢悠悠閒逛的黑人撞到一邊，「天啊，我不喜歡這裡！到處都是北方佬和黑鬼！」

「過了這一段就會好一些了吧！」

踩著泥濘路面上的墊腳石，她們順著桃樹街步行著，人越來越少了。前面是衛斯理教堂，一八六四年，思嘉麗曾經匆匆忙忙地跑去找米德大夫時，在這裡停下來歇了口氣！思嘉麗看著它，禁不住冷笑一聲。北方佬的炮火和媚蘭生孩子帶給自己的驚慌爲什麼會這麼大呢？現在看來，根本算不上什麼，只要生命還在，那些戰火或者破壞又算得了什麼呢？母親的死和父親的精神失常、夜以繼日的工作和擔驚受怕的生活，和那比起來明顯沉重得多啊！經過戰爭的洗禮後，思嘉麗再看問題就有深度了。

這時候，順著桃樹街，一輛轎車跑了過來。思嘉麗立刻站到路邊，想看看是不是自己認識的人，忽然看見一個戴著高皮帽的頭從窗口伸出來，頭髮是那種紅得發光的顏色！

思嘉麗幾乎喊出聲來！是貝爾．沃特琳！她們都認出了對方，臉上都顯出驚奇的神色，思嘉麗情不自禁向後退了一步！車中女人也因爲厭惡把頭縮了回去。

上帝啊，貝爾．沃特琳竟然是自己來到亞特蘭大第一個遇見的熟人！

「她是誰？」嬤嬤問。「她像是認識你卻沒跟你打招呼！還有那頭紅得發亮的頭髮，那樣的頭髮塔爾頓家也沒見過啊！她的頭髮是染的？」

「是的。」思嘉麗不假思索地說。

「上帝啊，你認識一個染頭髮的女人？」

思嘉麗沒有回答。

「她是誰？做什麼的？」嬤嬤好奇地追問。

「一個壞女人。我不認識她！」思嘉麗乾脆地說。

「天啊！」回頭看著遠去的馬車，嬤嬤不禁嘆息著，嘴張得快連下巴都要掉下來了。

自從她和愛倫在二十年前離開薩凡納後，還沒有見過妓女呢！她對剛才沒有看清楚貝爾．沃特琳的臉感到十分遺憾！

「穿得那麼華貴，坐這麼好的車，還有馬車夫給趕車……天啊，上帝安的什麼心啊！難道壞女人可以享受生活，好人卻要遭遇苦難！饑寒交迫還不算，腳上連雙鞋都沒得穿啊！」嬤嬤絮叨地說。

「上帝早已遺忘我們了！」思嘉麗憤怒地說，「當然，你不用告訴我我也知道，聽見我這樣說，母親會在墳墓裡翻來覆去地不安心！」

思嘉麗覺得自己也沒有比貝爾．沃特琳高貴到哪兒去，因爲她的計畫要是順利，她不也要靠那個養貝爾．沃特琳的男人養活嗎？想到這一點，雖則她原來的決心並沒有動搖，卻不由地感到不舒服了。於是她告訴自己不要再想，加緊步伐向前走去。

她們來到米德大夫家的門前停住，僅剩下幾級臺階和一條走道，其餘的都沒有了；惠廷家更是被夷爲平地，就連地基和煙囪的殘骸也沒有留下！埃爾辛太太家的房子，新翻蓋了兩層樓。邦內爾家的房子修繕得一般，破破爛爛的非常難看。最奇怪的是所有的窗戶後面都沒有人伸出頭來看！連個人影兒都看不到。思嘉麗感到非常鬱悶。

新石板的房頂和紅色的磚牆，皮蒂姑媽家出現在了她的眼前，思嘉麗心砰砰跳著。上帝太仁慈了，皮蒂姑媽的這座房子竟沒有被戰火夷為平地。

這會兒，彼得大叔拎著籃子走了出來，望見思嘉麗和嬤嬤走過來，臉上立刻蕩漾開一種興奮，又像是不敢接受眼前是真實的笑容！

「天啊，遇到這個老頭我實在太高興了，高興地想親吻他！」思嘉麗這樣想著，喊叫了起來，「彼得大叔，趕緊去把皮蒂姑媽的嗅鹽拿來！真的是我啊！」

晚上，很多的玉米粥和乾豌豆擺上了飯桌。思嘉麗一邊吃一邊想著，等有一天她有了錢，這兩種食物絕不會再出現在飯桌上。無論要付出多大的籌碼，她都要弄到錢不可，賺比塔拉農場的稅還要多好多的錢！哪怕是要她殺人她也做！

在昏紅的燈光下的夜晚，思嘉麗詢問皮蒂姑媽家裡的經濟狀況怎麼樣？她也明白皮蒂姑媽不可能幫助她。按說這個問題實在提得很唐突，但皮蒂姑媽因為有思嘉麗給她作伴，高興地不得了，也不覺得有什麼唐突不唐突的了。她痛哭流涕地說她也不曉得那些田地、房屋、現金都到哪裡去了。

亨利叔叔剛才告訴她，已經沒有錢可供她繳地產稅了。除了自己住的這所房子外，她一無所有；這房子還是媚蘭和思嘉麗共同擁有的。亨利叔叔的錢只能勉強繳這座房子的稅，每個月只能給她少數生活的費用。

「亨利說他的生活也非常艱難，快彈盡糧絕了！當然，他可能在誇大其詞，自己有很多錢卻說沒錢，為的是不給我！」

思嘉麗知道亨利叔叔不會這樣的，從他寫給自己的幾封大談查理斯的資產的信裡可以看出來。爲了保住查理斯給思嘉麗留下來的那點財產，這位老律師費了很大的勁兒，做出了很大的犧牲來替她繳稅金。

「他的確沒有錢了。」思嘉麗正盤算著，「從名單上把他和皮蒂姑媽都排除吧，除了瑞德，別的人都不用指望了！只能這樣辦了！就讓皮蒂姑媽自己提起瑞德來，我再順理成章地邀他來家裡做客。」

這樣打算著，思嘉麗笑容可掬地握住了皮蒂姑媽的胖手。

「好姑媽，別說什麼錢呀的，咱們不談這些煩心事了，說點高興的事吧！怎麼樣？你快點告訴我有關那些老朋友們的事呀！梅里韋瑟太太怎麼樣了？梅貝爾呢？她的孩子是不是早回來了？還有埃爾辛太太和米德大夫夫婦？」

這樣一轉移話題，皮蒂姑媽立刻把剛才的不愉快都忘記了。她簡直不厭其煩地說著那些老鄰居們現在的狀況，在哪兒住，吃什麼、穿什麼、幹什麼……

北方佬縱火燒城時摧毀了米德大夫的家，在小費爾和達西相繼犧牲後，他們就再沒有信心來重建了；當然，重建的錢也沒有了。米德太太說她永遠沒有什麼家了，沒有子孫的家庭能叫家嗎？

在感到無盡空虛中，他們和埃爾辛太太住到了一起，埃爾辛太太好歹把房子修葺了起來。和他們住在一起的還有惠廷太太，邦內爾太太說，如果能把自己的房子租給北方佬軍官的話，她也搬過去住。

「那怎麼住得下啊？埃爾辛太太、范妮、還有休……」思嘉麗疑惑地問。

「埃爾辛太太和范妮睡在客廳裡，休睡在閣樓上。」皮蒂姑媽解釋。所有朋友的詳細家務安排她都非常清楚，「親愛的，我原本是不想提的，但是埃爾辛太太把他們都當成是房客啦！」皮蒂姑媽小聲地說，「的確！她在開旅館！你想這種情形可怕不可怕！」

「真厲害！」思嘉麗談論道。「塔拉農場假如有這樣一批房客的話，我們也不可能這樣窮啊！」

「思嘉麗，你怎能這樣說呢？你母親要是知道你想收人家房錢，在墳墓裡也會大為不安的！當然，這樣做純粹是為生活所迫，僅憑埃爾辛太太做點縫補的活計、范妮畫瓷器，是維持不了生計的。我們的孩子都困難到了這種境地，我真想哭！」

「對了，我忘了告訴你，我曾經寫信給你嗎？我信裡是不是說明天晚上范妮．埃爾辛就要結婚了，你必須去參加！要是知道你回來了，埃爾辛太太必然會邀請你去的。除了現在的穿著以外，我真希望你還有其他的行頭，不是說這件不合適，而是……太舊了。啊，你有這麼漂亮的長袍，太好了！這可是亞特蘭大淪陷以來第一個婚禮啊！聽說婚禮上會有蛋糕和酒，還有舞會！我真不知道埃爾辛太太家怎麼會如此有錢呢？她們是很窮的啊！」

「范妮是要嫁給誰啊？在達拉斯．麥克盧爾死了以後……」

「天啊，你可不能責怪范妮，不是每個人都像你忠於查理斯那樣忠於自己死去的丈夫的！他叫什麼來著？讓我想想，我總是記不住他的名字——似乎是湯莫吧！他母親和我很熟，一起讀過拉格蘭奇女子學院，姓湯莫林森，是拉格蘭奇人，他母親是……讓我認真想一想啊……姓……對了對了，伯金斯，伯金斯！是斯巴達人，出身很好，就是，就是……不清楚我究竟該不該說……為什麼范妮要嫁給他呢？」

「怎麼了？他是酗酒？還是……」

「不不，親愛的，他的品格完美無缺，不過……他下身受了傷！一顆開花彈打在他的腿上……那個，我不好說，總之他還可以走路，可走路的姿勢非常難看！我不懂她為什麼一定要嫁給他呢。」

「女孩總是要嫁人的嘛！」

「也不一定啊！」皮蒂姑媽道，「我就一直沒有嫁人啊！」

「啊，親愛的，我不是說你！你如此的討人喜愛，大家都知道你紅得很，老法官卡爾頓老是向你拋媚眼呢！」

「上帝啊，思嘉麗，別說了！」皮蒂姑媽咯咯地大笑起來，心情也明顯好了。

「不管怎麼說，范妮儘可以找個好一點的男人，我不相信她會真的愛上湯莫！我也不相信她會對達拉斯．麥克盧爾沒有一絲眷戀……反正她和你不一樣，你對查理斯忠貞不渝的愛太感人了，假如你想改嫁，一定早就改嫁好幾次了！你的堅貞是媚蘭一直和我提起的！儘管別人在背後說你是個只顧自己快活、沒心沒肺的女人！」

對自己的評價，思嘉麗處之泰然，她跟皮蒂姑媽東拉西扯，希望皮蒂姑媽會談到瑞德身上去。她曉得不能馬上問起瑞德，那樣的話會引起皮蒂姑媽的疑心，事情就難辦了。

像是一個孩子好不容易得到了說話的機會，皮蒂姑媽一直不停地講著。接著她說起那班共和黨人在亞特蘭大做了很多缺德事，鬧得一塌糊塗，又怎樣在這裡煽動黑人，灌輸那些黑人腦袋裝滿危險的想法。

「上帝啊，他們竟然想讓黑人也參加投票選舉！你說這天底下還有比這更荒謬的事嗎？雖然……我所見過的彼得大叔是個非常禮貌、非常文明的黑人，可他並不是什麼共和黨人呀！達不到彼得大叔這種涵養的人是不會參加什麼選舉的。現在那班黑人驕傲的不得了，你在街上走路要當心，就連在大白天，他們也可能把姑娘們弄到路邊的泥濘裡去！假如有哪位紳士出來阻撓的話，他們會把他抓去坐牢……親愛的，我剛才說了沒有，瑞德·巴特勒船長被抓進監獄了！」

「瑞德·巴特勒？」

就是這樣壞透的消息也讓思嘉麗感恩不盡了。

「沒錯，就是他！」皮蒂姑媽興奮得兩頰發紅，腰也挺得筆直，「他殺了一個欺負白人婦女的黑鬼，被抓進去後聽說要被處絞刑呢！想想，瑞德·巴特勒船長可能要被處以絞刑！」

思嘉麗恐慌絕望地望著眼前的胖老太太，什麼也說不出來；皮蒂姑媽認爲是自己的話起了作用，說得更帶勁兒了。

「當然，他們還沒有拿到確鑿的證據，但是的確有人殺死了一個侮辱白人婦女的黑鬼！北方佬很生氣，最近一段日子以來，總是有氣焰囂張的黑鬼被人殺掉！雖然他們不能證明瑞德·巴特勒船長殺人，但是正如米德大夫所說的，他們一定會找一個替罪羊，懲戒凶犯的事肯定是要做的！大夫認爲假如他們真把瑞德·巴特勒殺了，那將是北方佬幹的第一件好事！可是我就不明白……上帝啊，上星期五咱們家還款待過他呀！他還帶了隻我喜歡的鵪鶉！還提到你來著！說他之前得罪了你，你永遠也不會原諒他了。」

「他要在監獄裡關多久？」

「那誰曉得！也許會一直關到絞刑的那一天吧！也許他的殺人罪最後根本無法定論！但是他們管什麼證據不證據，北方佬只要逮住一個絞殺了，就達到目的了，管他有沒有罪呢！」皮蒂姑媽說到這裡，放低了聲音說：「你有沒有聽說過三K黨[3]？我想你們那兒也一定有的。但是對你們女人家，希禮肯定是不會說的。

「三K黨十分秘密，晚上扮成魔鬼，騎著馬四處亂轉，偷了錢的提包黨人和氣焰囂張的黑鬼是他們尋找的目標，有的時候只是警告，叫他們立刻離開亞特蘭大！有的時候用鞭子打，有的時候就殺死他們！殺了人後，把屍體拋在容易發現的地方，還把一塊三K黨的牌子放在上面！這讓北方佬非常惱火，他們叫嚷要殺一儆百呢！可是休．埃爾辛說，巴特勒船長不一定會被絞死；由於北方佬斷定他知道那筆錢的下落，就是沒有說出來，正想方設法讓他說出來。」

「什麼錢？」

「上帝啊，你這也沒聽說嗎？我記得不是寫信告訴你了？親愛的，塔拉農場消息實在太封閉了！當初瑞德．巴特勒穿著美麗的衣服、乘著華麗的馬車回來時，還鬧得滿城風雨呢，因爲他的口袋裝著大把大把的鈔票，而我們卻在爲下鍋的米發愁！大家都忿忿不平，一個總是說聯盟政府壞話的投機商人竟然撈了這麼多的錢！他的錢是怎麼賺來的，這一點人們都想知道，但是大家都沒有膽量問，我問他，他便嘻皮笑臉地回答：『放心，不是正當賺來的！』你是清楚的，他這個人沒有真話！」

「他的錢不是跑封鎖線賺來的嗎？」

「有一小部分是，他的錢比如是一缸水的話，封鎖線那部分只占一滴水那麼多吧！所有人都肯定，連北方佬也斷定他是得了什麼財寶，大家都相信聯盟政府上百萬的錢是落在他手裡了。」

3.三K即Ku Klux Klan，奉行白人至上，排斥有色人種的一個極端秘密組織。

「什麼?上百萬?」

「對啊，我的寶貝!你說南方聯盟的黃金儲備金哪兒去了呢?肯定落到一些人手裡!瑞德·巴特勒正是這些人之一!當初北方佬以爲是戴維斯總統從里士滿撤退時帶走的，可是他們抓到他一查，才發現他一個子兒也沒有!金庫裡面什麼都沒有，因而大家斷定這些錢一定是被跑封鎖線的商人帶走了!」

「上百萬……可是……瑞德·巴特勒船長不是把數千包棉花賣到英國去了嗎?」

皮蒂姑媽異常興奮地說：

「棉花可不光是他的，也有政府的棉花在裡面。你也曉得戰爭期間棉花在英國賣到什麼價錢，是任你開價，要多少錢給多少錢!他是政府的全權代理人，原說賣了棉花的錢就買軍火回來，但封鎖線越來越緊的時候，槍支彈藥就無法運進來了，軍火也不必買了，這筆錢由他跟別的封鎖線商人先存在英國的銀行，當然不是用政府的名義，而是用私人名義存的。這樣一來，就很難說清楚哪些是政府的錢，哪些又是他自己的錢了!北方佬以殺害黑人的罪名抓瑞德·巴特勒，一直在迫使他說出那筆錢的下落，戰爭結束過後，所有的錢都歸北方佬所有了……可是瑞德·巴特勒所有事都是一問三不知!米德大夫的意思是即使絞死都算便宜他了。

「親愛的，你怎麼了?你的臉色怎麼變成這樣?沒事吧?頭暈嗎?我說這麼久是不是讓你煩了?我曉得他追求過你，但我以爲你早就把他忘到一邊去了呢!從人品方面，我始終沒有喜歡過他呀!他是個無賴……」

「他跟我不相干，」思嘉麗說，「圍城時，我和他發生過一場激烈的爭吵……現在他在什麼地方?」

「就在公共廣場的那個消防站裡。」

「消防站？」

看見思嘉麗驚訝的樣子，皮蒂姑媽笑了。

「是啊，消防站成了北方佬的監獄，消防站四周的營房裡駐紮著他們的軍隊，瑞德．巴特勒就關在那裡！思嘉麗，你知道嗎，我昨天聽說了一件很有意思的事是關於巴特勒船長的！他那個人很愛面子，是個完完全全的花花公子！自從他被北方佬關在那兒，不讓他洗澡，他就每天鬧著要洗澡，北方佬沒辦法，就把他押到廣場中心，那裡有一些水，北方佬整團的人都用那裡的水洗澡！但是巴特勒船長說他寧願保留南方聯盟的污垢，也不願意洗北方佬的澡……」

皮蒂姑媽津津有味的說著，思嘉麗卻是一句也沒聽進去，此時她的腦子裡只有兩個念頭，一個是瑞德有大筆的錢；另一個是瑞德此刻在監獄裡。他被看押在監獄裡而且非常有可能被處以絞刑這一點是她始料未及的，她的腦子裡全部是錢，她此刻太需要錢了，沒有心思再為什麼絞刑之類的事分心！對米德大夫的話，她甚至完全認可，絞刑對他而言實在是有點太便宜了，任何一個男人為了自己的私心在戰爭時期拋棄一個女人，都應該殺一百次的！

只要想辦法和他結了婚，待他被絞死後，那些財產就順理成章地歸自己所有了！假使無法馬上結婚，那……或許在他獲釋以後嫁給他，抑或是……無論什麼都可以！反正先從他那裡得到一筆貸款……假如他隨後被絞死，她也就不用還錢了。

霎時間，思嘉麗的思緒同火焰般燃熾起來……雖然自己可能又一次要淪為寡婦，但同時也得到大量的財富，有了錢，塔拉農場就能重建了，有了錢，就可以雇用很多工人，在廣闊的土地上種上棉花！有了錢，她就能吃好穿好，蘇倫、卡琳和小韋德可以吃更營養的東西，養得白胖些；

她還可以請人來教韋德，她的小韋德就不會成爲一個沒有眼界的閉塞孩子。有了錢，她還可以請醫生給爸爸看病；有了錢，她就可以爲艾希禮做些什麼……

「是嗎？思嘉麗？」皮蒂姑媽突然停止獨白，徵詢地問道。

思嘉麗從虛幻的想像中清醒過來，望見嬤嬤正警惕地站在門口看著她！嬤嬤已經站在那兒多久、觀察了她多久她並不清楚。從她的目光看，她似乎聽了許久。

「思嘉麗小姐好像累了，我看她最好去休息！」嬤嬤說。

「我是累了。」思嘉麗無力地站起來，看了看嬤嬤，說：「我可能著涼了，皮蒂姑媽！如果明天我休息一天，不陪你去拜望鄰居，你不會介意吧！以後拜客的時候多著呢！明天晚上范妮的婚禮我是一定要參加的，假如我真感冒的話，就沒法去了！所以最好的方法就是讓我休息一天！」

嬤嬤摸了摸思嘉麗的手，看了看她的臉，心急的說：「你的手冷得像冰似的，快去躺下吧！我給你煮點熱茶！」

「我太粗心了，」皮蒂姑媽站了起來，拍了拍思嘉麗的肩膀，「我只顧自言自語，竟然忽視你了，寶貝，你明天休息一天吧，我會陪著你的！……啊，不行！我不能陪你了，我已經答應邦內爾太太，明天要去陪她呢！她現在臥病在床。嬤嬤，你在這兒太好了！明天你和我一起去吧！」

嬤嬤催著思嘉麗上樓，邊走邊絮叨著，思嘉麗乖乖地跟著。如果她能夠打消嬤嬤的疑慮，嬤嬤明早就會和皮蒂姑媽出去，等她們出去後，她就可以溜去監獄探望瑞德了！

chapter 34 美人心計

上床後，她睡不著，聽見外面淅淅瀝瀝的下起雨來，生怕泥濘的道路弄髒她的新衣。

次日清晨，雨停了。她睜開眼，陽光射進窗口來，立覺精神振奮。她故意賴在床上，不時地假咳了幾聲，待聽到大門關上的聲響，她飛快地從床上跳下來，拿出那套新行頭著手穿戴，一邊思考著今天的計畫。

經過一晚的休息，此刻她的氣色非常好，她跑到皮蒂姑媽屋裡的穿衣鏡前打扮起來，戴上那頂佩戴著華麗羽毛的帽子，帽子上的雞毛簌簌抖動著，綠色的帽子使她綠色的眼睛襯得分外突出！想不到一件新衣服有那麼大的效力。她越看越得意，不由得上前去跟鏡子裡的自己親了個嘴，然後她圍上母親留下的圍巾。可恨那條圍巾有些褪色了，跟這身新衣服很不搭配。

她打開皮蒂姑媽的衣櫃，挑了一件外套，這是皮蒂姑媽在禮拜天時才捨得穿的，接著戴上從塔拉帶來的那對鑽石耳環，來回搖著腦袋欣賞，耳環發出清脆動聽的叮噹聲。等會兒跟瑞德說話時，她一定要多晃動幾下。

然後她查看皮蒂姑媽的手套，皮蒂姑媽除了手上戴的那一副，就沒有另外的手套了！女人家不戴手套，是大失體面的事，但是離開塔拉農場後，思嘉麗就一直沒有戴過！在塔拉這幾個月的勞動，把她的手磨得很難看，沒辦法，她只得拿一副皮蒂姑媽的手籠套起來。

她再對著鏡子照了照，總算打扮得像點樣，現在看見她的人，再不會有人疑心她很窮了。其實別人怎麼看都沒關係，最重要的是不能讓瑞德起疑！絕不能讓他識破自己的企圖，必須讓他感到自己是出於對他的關心才去的。

她踮著腳下了樓，偷偷地溜了出去。爲了避人耳目，她特地從一條小巷穿了過去，繞過一片廢墟，走到候車點，一陣陣冷風吹進她的裙子，她打起寒噤來，抖擻著等有順路的馬車好坐上一程。一輛破舊的貨車過來，趕車的是個消瘦的老太太，嘴上滿是鼻煙渣兒，戴著一頂破舊的太陽帽。思嘉麗請求再三，老太太才不情願地讓思嘉麗上了車，顯然思嘉麗的穿著打扮並沒有給老太太什麼好印象。

「她大概是把我當做什麼壞女人了。」思嘉麗想，「不過這次她可能是猜對了！」

到了市中心廣場後，思嘉麗向老太太致謝，下了車；環視四周，見沒有人注意她，趕緊擰了擰兩頰，讓臉紅潤點，又使勁咬了咬嘴唇，咬得嘴都疼了，又整理了下帽子，才更有信心。

市政府的大樓是在戰爭中保存下來的爲數不多的建築，昏淡的天空下，以大樓爲中央的廣場顯得有幾分悲涼和衰敗；廣場上搭著一排排滿是灰塵的軍營。北方佬的軍人遍地都是，自己在敵人的營盤裡，要怎麼去找著瑞德呢。

思嘉麗看了看前面的消防站，那裡戒備森嚴，鐵鎖堅固，還有一道沉重的鐵槓橫在門上。瑞德就在裡面。她怎麼對站崗的北方佬說呢？他們又會怎麼說她呢？堅定的思嘉麗挺起了胸膛！

是啊，她連北方佬都敢殺，還有什麼好怕的呢？她沿著墊腳的石頭鋪出來的小路緩慢地向前走，直到哨兵擋住了她。

「有什麼事嗎？太太！」這是最文明的問法了。

「我想進去看一個人，一個……犯人。」

「是嗎？但是我們有嚴格的探監規定，而且……」那哨兵搔著腦袋說，「太太，你別哭啊！你去那邊的哨兵司令部跟咱們的長官說吧，他們會讓你進去的。」

思嘉麗對那士兵微微一笑，那個哨兵轉身對另一個哨兵說：「比爾，你帶這位太太去總部。」一個留著絡腮鬍的大個子兵迅速走了過來。

思嘉麗向他道謝後，跟著大個子兵走了。

「小心點，不要讓小石子把腳給崴了！最好把衣服提起來些，不然都弄髒了！」一邊走，那個大個子兵一邊叮囑著，還幫忙扶著思嘉麗。他說起話來帶有沉重的鼻音，那是北方佬的發音特徵；卻很溫柔，也非常有禮貌。原來北方佬裡也有好人呀。

「這樣寒冷的天，太太出門很不容易啊！」大個子兵寒暄地道，「走了非常遠的路吧？」

「對啊，從亞特蘭大那一頭過來的！」思嘉麗被這種溫柔的說話方式所溫暖，暫時感覺不那麼冷了。

「這樣冷的天氣並不適合你們小姐太太們出門啊！」大個子兵善意地說，「非常容易感冒的！好了，見到沒，前面就是總部了。」

「這……就是你們的總部？」

望著廣場對面的房子，思嘉麗差點哭了。原來這是一個多麼迷人漂亮的地方啊，她不知在這裡參加過多少次舞會，現在合眾國的國旗竟然飄揚在骯髒的房頂上！

「是的，這就是咱們的哨兵指揮處了。你自己進去找隊長吧！太太。」

思嘉麗撫摸著臺階上的白玉石護欄，走了進去。

思嘉麗感覺全身上下都火辣辣地發起燒來，臉漲得通紅。各種各樣的氣味瀰漫著整間屋子，煙草、柴火、皮革味、身體的汗臭味……牆上到處是破碎的壁紙，藍色的軍裝和帽子掛在上面，地上是燒得滋滋作響的柴火，桌上堆滿了文件和紙片，周圍是一群穿著藍色制服的軍官。

「我想見隊長。隊長是哪一位？」思嘉麗吞了口唾沫說。

「我是。」一個敞著上衣的胖子答。

「我想看一個犯人，瑞德・巴特勒。」

「又是瑞德・巴特勒！這傢伙真是交際廣闊啊！」隊長將嘴裡的雪茄拿了下來，笑道：「你又是他什麼人？家屬嗎？」

「我……我是他的妹妹。」

隊長又笑了。

「他的妹妹可真多啊，昨天才剛來過一個呢！」

聽到他這樣說，思嘉麗臉頓時紅了。昨天來的很可能就是貝爾・沃特琳那個賤人，只有她還和瑞德・巴特勒有交往！此時這些北方佬顯然是把她認作那種人了！不，她不能容忍這樣的羞辱！不能遭受這樣的待遇，即便爲了塔拉農場的前途！

想到這兒，思嘉麗扭頭想要離開。當她的手已經抓住門把的瞬間，一個衣冠整齊的年輕軍官走過來。

「請等一下，太太，你可以先在爐子邊溫暖的地方坐上一會兒。我爲您想想辦法。你叫什麼名字？昨天來的那個……那位女士他拒絕接見呢。」

思嘉麗在爐火旁的一把椅子上坐了下去，對那個軍官說出自己的名字。

年輕軍官披上大衣匆匆出去了，思嘉麗把腳伸到火堆邊，這才覺察到腳都凍麻了！

不一會兒，窗外傳來一陣笑聲。是瑞德的聲音！門開了，伴著一陣冷風，瑞德走了進來！

瑞德．巴特勒沒有戴帽子，隨便地披了一個披肩在身上，鬍子也沒有刮，看來髒兮兮的；但是看上去心情似乎不錯，一看見思嘉麗，立刻笑顏逐開地叫了起來：「思嘉麗！」

他熱情地拉起她的手，像過去一樣富有激情和活力，在思嘉麗還沒有反應過來時，瑞德已在她面頰上親熱地吻了起來，鬍子扎得思嘉麗癢癢的。

瑞德用力地抱緊了她，說：「我的乖妹妹！」

思嘉麗對他利用時機占她便宜的行爲感到十分窘迫，卻又無法擺脫，只好報以微笑，心想：他可真是一個十足的流氓，即使被關也沒有改變他！

胖隊長對年輕軍官小聲地責備著：「這不符合規定，他應該在監獄裡和她見面的。」

「別這樣嘛，這位太太快凍壞了呢。」年輕軍官求情說。

「好吧，那這是你的責任了。」

「放心，各位先生，」瑞德摟著思嘉麗說，「我保證我這位妹妹可沒有帶什麼斧頭鋸子之類的工具來幫我越獄！」

大家都笑了。

思嘉麗環視四周，天啊，這麼多軍官在這兒，她怎麼好和瑞德開口呢？難道他的案子有這麼嚴重，需要這麼多人看著他嗎？

那個年輕軍官看出了思嘉麗的緊張，推開門對外邊的兩個士兵說了幾句，那兩個士兵就拿起槍向門外走去。

「你們有話要說，可以到那間屋子裡去談，可是別想逃跑，門外就是哨兵！」

「思嘉麗，瞧，我把他們嚇成這樣！」瑞德說，轉身鞠了一個躬，「謝謝，你太好了！」然後拽著思嘉麗的胳膊向那個昏暗的房間走去。

房間又小又暗，還非常冷，瑞德拉上門，轉過身來，盯著思嘉麗；思嘉麗知道他要幹什麼，趕緊把頭扭開，但是在扭開的瞬間向他眨了眨眼睛。

「現在我不能吻你嗎？」

「只能額頭，像個哥哥那樣。」思嘉麗說。

「不，那我寧願等你讓我好好親一親。」瑞德用目光搜索著思嘉麗的嘴唇，貪婪地停在那裡。說：「我很高興你來看我！思嘉麗，自從我被抓以來，你是第一個來探望我的正經人！你是什麼時候到城裡來的？」

「昨天下午。」

「昨天下午到，今天一大早就來看我了?!天啊，你真好！」瑞德臉上露出思嘉麗從來沒見過的笑容。思嘉麗低下頭，有點難爲情。

「是啊，我聽皮蒂姑媽說起你的事，整晚都沒有睡好，所以天一亮立刻就來了。我……一直在擔心，瑞德，我心裡很難過……」

「是嗎，思嘉麗！」瑞德語氣十分溫柔，甚至有點顫抖。

他那黑糊糊的臉看不到平時那種嘲諷的意味。在他銳利的注視下，思嘉麗越發覺得難爲情，將頭低下，看來事情進展比她想的要順利。

「能見你一面，並且聽到這樣的話，我進監獄也毫無遺憾了！剛剛他們告訴我你的名字時，我真有點不相信自己的耳朵！那天晚上，我出於衝動得罪了你，心想你不會原諒我了，現在你肯來看我，表示你已經寬恕我了。」

聽他提到那天晚上的事，思嘉麗的怒火呼地一下又上來了！她抬起頭來，耳環跟著叮噹作響。

「不，我並沒有原諒你。」她撇著嘴說。

「天啊，我的願望又一次破滅了！但你替我想一想，爲了國家，我在雪地裡戰鬥，並且得了最嚴重的痢疾，我吃了許多苦，難道你要讓我的希望就這樣破滅嗎？」

「我不想聽有關你的那些……經歷，」思嘉麗仍舊撇著嘴，但是上翹的眼角給了他一個輕笑，「那天晚上你太可惡了，所以我無法原諒你，你想想，你竟然那樣扔下我不管，我可能會發生各種意外。」

「可是你並沒有出什麼意外啊！對你的能力我有絕對的信心，我知道你會安全地回到家，路上也不會碰到什麼北方佬的！」

「我不懂，你爲什麼會幹出那種蠢事，在最後關頭入伍？你不是常說只有笨蛋才會入伍，把自己的身子送給人當槍靶?!」

「思嘉麗，你放過我吧！每當想到這一點我都無地自容啊！」

「你那樣對我，也應該感到慚愧啊！」

「你誤會了，關於丟下你的事，我一點兒也不覺慚愧。我慚愧是自己入伍的事。當初我穿著晶亮的靴子，雪白的襯衫，不知怎麼會冒然地從軍去。後來我跑過雪地，靴子破了，大衣也丟了，肚子也餓得要命，卻不曾想過要逃走。現在想想，真是笨啊。可是我也沒辦法，現在不用講理由了，只要你原諒我就行了。」

「我並沒有原諒你！我覺得你像一隻可憐的獵狗！」思嘉麗在說最後這個詞的時候，有一種愛撫的意味，似乎在說「寶貝兒」似的。

「不要騙我，你已經原諒我了！假如只是出於一點仁慈之心，一般年輕的太太小姐們是不敢穿過北方佬的崗哨到監獄來探望我的！甚至還是精心打扮來的呢！思嘉麗，你這身衣服真是太美麗了，感謝上帝，你沒有披著破爛衣衫或者穿著黑衣喪服來看我！我現在看到那些裹在黑紗裡的女人真是厭惡極了！看來你的日子還可以嘛！轉個身，讓我仔細欣賞欣賞。」

他果然注意到她的衣服了！他也該注意到的，不然就不是瑞德．巴特勒了。思嘉麗開心地在屋子裡旋轉起來，張開兩臂，裙子隨著旋轉起來，露出裡面的襯裙和褲腿。

瑞德的眼睛盯著思嘉麗渾身上下，細細地品味著，恐怕疏忽了什麼。這種毫不掩飾的目光讓思嘉麗感到全身不自在。

「看來你的日子過得不錯啊，不然不會打扮的這麼美，要不是門口有兩個北方佬站在那兒，我真想……放心，親愛的，坐下吧，我不會像上次那樣趁機佔你便宜的！」他假裝悔恨的樣子，摸了摸臉頰，「老實說，思嘉麗，想想我爲你做的，你不覺得那天晚上你有點自私嗎？我頂著生命的危險，爲你偷來一匹馬，一匹上好的馬啊！結果換來的是你的厭惡和一個耳光。」

思嘉麗坐了下來。談話並沒有完全按照她的計畫進行，剛才他表現的是那麼熱情，對她的到來是如此歡迎，怎麼一下子變了呢！

「你的犧牲一定要求有獎勵嗎？」

「當然，你瞭解，我是個自私自利的傢伙；我不會平白無故地付出代價，我要獎勵。」

她搖動著耳環說：「瑞德，你實在不至於這麼壞的，你不過是故意說說罷了。」

「哈哈，我說嘛，你真是變了！」他笑著說，「怎麼竟然變成基督徒了？我一直向皮蒂姑媽打聽你，可是她沒有告訴我你變得更女人味了。好了，思嘉麗，談談你自己，分手後你都做了些什麼？」

思嘉麗說：「謝謝，塔拉農場過得還可以，比過去好多了。只有在謝爾曼的軍隊剛剛開走的那段時間十分艱苦，好在他沒有把房子全燒了，家裡的牲口也被趕到沼澤地藏了起來，逃過一劫！今年我們的棉花大豐收，當然和從前相比是差了很多，可是我們畢竟只有那幾個能下地的人啊！爸爸說明年會好起來的！瑞德，你說，在鄉下真是沒趣啊！沒有舞會、沒有宴會，人們唯一談論的話題就是日子有多苦！煩人死了！所以我到亞特蘭大來玩玩，打算在這兒做幾件有品味的衣服，然後到查爾斯頓探望姨媽，要是能夠再有舞跳，那就再好不過了。」

她自覺這番話措辭得宜，既不把自己說得太有錢，也沒有說得太窮！心裡得意極了。

「你不用跳舞，只要穿上跳舞的衣服就夠美的了！我想鄉下的情人都玩膩了才是你想來這兒的真正原因，想到這兒來找個特別的，是吧？」

思嘉麗暗暗心喜，瑞德在外邊跑了這許多日子，對這一帶的情形完全不瞭解，其實方丹兄弟、芒羅家的窮孩子們，瓊斯博羅和費耶特威爾的紈褲子弟……他們不是忙於耕地，就是忙於餵養牲口，跳舞調情這類的事早就顧不上了，思嘉麗咯咯地笑了起來，彷彿瑞德說對了似的。

「瞧你說的，真是的！」

「思嘉麗，你真是沒心肝呢！不過，正是這樣你才更有魅力！」那種嘲諷的表情又浮現在瑞德臉上，可是思嘉麗能感覺出他是在讚揚她！

果然，瑞德又接著說了：「思嘉麗，你真的太有意思了！我自己都不明白，比你美麗、比你聰明、脾氣好的女人很多，可是唯獨你讓我念念不忘。」

聽他說其他女人比她還美麗、聰明，思嘉麗不禁生起氣來；可是一聽說他一直沒有忘記她，便又高興起來。他果然沒有忘記自己！這樣事情就順利多了，現在她只要把話題轉到他自己身上，向他表明她也沒有忘記他，然後——

她捏了捏他的胳膊，露出兩個酒窩來：「瑞德，你這不是在調侃我這鄉下姑娘嗎？我很明白，那天晚上你拋下我以後，就徹底把我給忘了！有那麼多漂亮的法國小姐、英國太太在你左右，你還會想起我？可是我並不是專門來打聽這些有關我自己的廢話的，我來的目的……是……」

「什麼？」

「哦，瑞德，我爲你擔憂！你什麼時候才能離開這個鬼地方啊？」

他立即緊緊地抓住了她的手，放在自己的胳膊上：「謝謝你爲我擔驚受怕，至於什麼時候能出去，那就不知道了，或許他們要把繩索放得更長一點吧！」

「什麼？繩索？」

「是的，我希望吃足苦頭後，我就可以離開了。」

「他們不會真的把你絞死吧？」

「會，只要他們能夠再弄到一點對我不利的證據。」

「哦，天啊，瑞德！」思嘉麗把手放在胸口上叫了一聲。

「你真的爲我心痛？如果你真是爲我心痛，那在遺囑裡我一定會提到你的。」他的黑眼睛緊緊地盯著她，同時將她的手握得更緊了。

他怎麼提起遺囑來了！她深怕自己的神色被他看出破綻，急忙低下眼睛，想岔開話題，但此時已晚！一絲狡猾的笑意從他的眼中閃過。

「按照北方佬的意思，我應該立即立好遺囑，許多人對我的經濟狀況十分感興趣。外面有傳言，說聯盟政府有一筆錢被我吞了。」

「真有這回事嗎？」

「虧你問的出來，你總知道聯盟政府只有一台印刷機，並沒有造幣場呢。」

「那麼你那許多錢是哪兒來的呢？是投機來的嗎？皮蒂姑媽說——」

「你還真會問話。」

該死的傢伙，他一定有那筆錢！

思嘉麗很興奮，想要把話說得再溫柔點。

「瑞德，這真的讓我不安，難道你就沒有什麼方法擺脫目前的狀況嗎？」

「我的座右銘是：『天無絕人之路。』」

「什麼意思？」

「意思是也許有吧，我的小傻瓜！」

她豎起眉，望了他一眼，之後又垂下頭：「絕不能讓他們把你絞死。你那麼聰明，一定會有辦法獲得自由的！到那時候……」

「怎麼樣？」他急切地問，靠她更近了一點。

「我……」思嘉麗裝出一副害羞的模樣來，欲言又止。「瑞德，對不起……那天晚上，我說的話……那時我非常非常擔心，而你卻又那麼……」

思嘉麗聲音極低地說著，看見瑞德的手把她握得更緊了。「所以，所以當時我想，我永遠永遠也不可能原諒你，然而，當昨天皮蒂姑媽一對我提起你被關，我馬上被……被嚇呆了，所以今天……」

她抬起頭來，用一種哀傷的目光看著瑞德的眼睛。

「瑞德，假如你被絞死了，我會受不了的！你看我……」

由於經受不住瑞德眼中那奪人眼目的熾烈，思嘉麗竟感到自己快要哭了。她暗暗地想：「我是不是真的該哭出來呢？如果那樣會不會更自然？」

揣著複雜的心情，思嘉麗思考著。

她緊閉著雙眼，試著要擠出眼淚；又把頭揚起，好讓他親吻。此時，他的嘴馬上就要和自己的唇沾到一起了！誰知抬了半天頭，瑞德並沒有吻她！

思嘉麗失望的睜開眼睛，偷偷地看見他正捧著自己的手輕輕的吻著！吻過一隻手後，又把另一隻手放到臉上。

她原本期待他會有粗魯的舉動，不想他竟如此溫柔，讓她有點措手不及。她想看清楚他臉上的表情，但是他的頭低著，她看不見。思嘉麗怕他突然抬頭看見她的表情，馬上把眼簾垂了下來，她知道自己臉上一定洋溢著勝利喜悅之情。她以為他馬上就該向她求婚了，或許至少是說他愛她了，接著就……

哪知就在她偷偷注視他的時候，瑞德把她的手翻了過來，她倒抽一口冷氣，這是她的手嗎？上面滿是厚繭和水泡，指甲碎裂不堪，參差不齊，思嘉麗嚇得立刻往回抽手，但是瑞德死死地握住它不放。

瑞德仍然沒有抬頭，她還是沒法看到他的臉。瑞德冷冷地把思嘉麗的兩隻手並排放在一起，默默端詳著。

「看著我，」他抬起頭，緊緊盯著思嘉麗，鎮靜地說，「別裝了！這樣的手，還說在塔拉過得舒服？棉花很賺錢，出來旅遊？你的手長期在幹什麼？」

思嘉麗用力想把自己的手拿回來，可是他用力的抓著，就是不放手。

「這完全不是一位貴太太的手啊！」瑞德把她的手輕輕地放到自己的膝蓋上。

「你給我閉嘴！」思嘉麗大聲喊道。

這一聲喊出口，她覺得暢快多了，剛才實在太壓抑了。

「我的手做什麼工作，你管得著嗎？」嘴上這樣說，思嘉麗心底卻怨恨自己怎麼不把皮蒂姑媽的手套戴上呢？自己的手這般難看她竟然沒有留意到，被他發現了，看來原先的計畫泡湯了！上帝啊，怎麼恰巧就在他要表白的時候露了馬腳呢？

「你的手我當然管不著。」瑞德往椅背上一靠，冷冷地說。

「看你說的，我只不過上周騎馬沒戴手套而已！」

「胡扯！明明是用這雙手幹活，爲什麼要騙我說不是呢？爲什麼一定要說塔拉的一切都好呢？」

「瑞德……」

「我看你就直說吧，你到底來幹什麼？我幾乎被你的虛僞給矇騙了，還以爲你真的很在乎我，在爲我著想呢！」

「是呀，一點也沒錯！」

「算了吧，你巴不得我被絞得高一些呢。你的心事明明白白地寫在臉上了，就像艱辛的勞作寫在你的手上一樣！你對我必然有所求，而且這種需求還非常急迫，才裝模作樣地來誘惑我。你為什麼不開門見山地直接說呢？那樣你會更有勝算的——你知道，我最欣賞的就是女人的坦白，你卻偏偏不肯坦白，跑到這兒，吊著叮噹作響的耳環，像個妓女誘惑嫖客一樣風騷！」

這最後一句話，他並沒有特意加重語氣，但是卻像無情的鞭子抽在思嘉麗身上！她求婚的計畫完全破滅了。如果他大發雷霆，或者惡語重傷，像別的男人那樣，她還能應付，無奈他的話語這麼冷酷平靜，讓她不知道該如何是好。儘管他是個犯人，北方佬就在外面，但是思嘉麗卻覺得瑞德十分危險，惹他不得！

「這也怪我的記憶力太差，我明知道你同我一樣，不會有什麼瞞得住的秘密；那麼你究竟是打什麼詭計呢？漢密爾頓太太？讓我來猜一猜，你一定是天真的認為我要向你求婚？」

思嘉麗面孔漲得緋紅，沒有回答。

「難道你忘了我說我永遠不結婚？」

思嘉麗仍是不說話。

瑞德暴躁喊道：「忘記沒？告訴我！」

「沒有。」思嘉麗無助地說。

「那那你就是一個完完全全的賭徒了！」瑞德嘲諷地說，「你是想碰碰運氣，是吧？你認為我被關在監獄裡，沒有機會靠近女人，見了你就可能饑不擇食？」

「你剛才的確快上鉤啦？假如不是因為我的手，你早就……」思嘉麗懊悔地想著。

「好了，不管你的動機如何，現在我們差不多說明白了，你現在有沒有勇氣告訴我，你為什麼來誘騙我和你結婚呢？」

他的語氣帶著溫和的商権口吻，這讓思嘉麗又產生了一絲希望！當然結婚看來是沒有什麼希望了，但她如果手段靈活些，也許還是能借到一筆款子。於是她裝出一種求和的表情來。

「哦，瑞德，你可以給我非常大的幫助，只要你存點好心的話。」

「我再喜歡不過的就是對別人存有好心了。」

「那我想請你再幫我一把。」

「看來我們這位磨硬手心的太太終於要說出她的目的了，探監肯定不是你的目的，那是為了什麼呢？爲了錢？」

他開門見山地說，讓思嘉麗本來計畫中的含蓄和迂迴的計策都沒用了。

「瑞德，借我三百塊吧？」

「這才是實話！你嘴上說的是愛，心裡想的是錢！多乾脆的女性啊！很急著要嗎？」

「是的，當然，也不是非常急，但是我的確需要。」

「三百塊，數目不小啊，你要用它幹什麼？」

「繳塔拉農場的稅。」

「所以你是來借錢的，既然你是和我談生意，我也和你談生意了；你說要拿什麼當抵押呢？」

「什麼？」

「抵押！就是我投資的擔保品，我可不希望我的錢付諸東流！」瑞德的語氣很溫和，好像沒有什麼別的意思。

「我的耳環。」

「我不感興趣。」

「塔拉農場。」

「我現在要農場做什麼？」

「你……你可以用它來……它是一個相當好的農場啊！我會用明年的棉花來還你。」

「我覺得靠不太住。」瑞德身子往椅子上一坐，把兩手都放進衣袋裡，「棉花的價格一天天下跌，現在日子艱難，錢越來越值錢！」

「哦，瑞德，你還在拿我尋開心嗎？你不是有好幾百萬的財產嗎？」

他注視著她，目光中掠過一絲狠毒的光芒。

「你不是一切都很順利，那筆錢你不是非常需要，是嗎？」

「看在上帝的分上，瑞德，你……」

思嘉麗著急地說。她的聰明和勇氣現在消失的無影無蹤。

「啊，請聲音輕一點，你想讓外面的北方佬都聽見嗎？思嘉麗，有沒有人告訴過你，你的眼睛像貓！一隻黑夜中的貓。」

「瑞德，別這樣，我什麼都告訴你吧！剛才我說的話都是騙你的，我過得十分糟糕，爸爸……精神失常了……母親死後他就變成這樣，完全幫不上我的忙，他簡直成了孩子。家裡能幫忙幹活的人太少，棉花沒有人種，吃飯的人倒有十三個，而稅金越來越高……瑞德，我把什麼都告訴你了。這一年來，我們一直在忍饑挨餓的死亡線上掙扎，你大概不能瞭解，我們從來沒吃飽過，你可能沒有體會過挨餓的滋味吧！衣服也沒有，孩子都在受凍，疾病不斷……」

「那你這身漂亮衣服又是從哪裡弄來的呢？」

「是拿我母親的窗簾改的。」因為心急，思嘉麗沒來得及編造謊言來掩飾這件有失面子的事，「饑寒交迫我還能忍受，可是如今提包黨人卻要來收稅，稅提得非常高，而且要馬上交。我手裡除了一個五元金幣，其他什麼都沒有；但是稅金我一定得繳，我不能失去塔拉！你明白嗎，假如繳不出稅金的話，我就要永遠失去我的塔拉了；可是我無論如何都不能失去它！我絕不能失去它！」

「那你爲什麼不一開始就跟我說實話，反而用那麼一大套東西來戲弄我敏銳的心靈呢？你明知我遇見美麗女人，心就會發軟！好了，別哭，思嘉麗，除了這一招以外，你什麼招術都用過了，這招我怕我抵抗不了。當我明白你要的其實是我的錢而不是我這個人的時候，我的感情立即被失落和悲傷撕成了碎片！」

思嘉麗記起每當瑞德嘲諷別人的時候，實際說的是赤裸裸的真話，她急忙抬起頭看著他，難道她真的傷害了他的感情，難道他真的對她有意？剛才他看我的手時，是不是已經準備求婚了？或者不是正式求婚，也像前兩次那樣要我做他的情人嗎？如果他真的對我有意思，我還是能收服他的。

「我不喜歡你的抵押品，我不是墾植家，你沒有其他的東西可以拿出來了嗎？」

好吧，終於說到重點了，她深深吸了一口氣，正視著瑞德的眼睛，既然剛才她的虛僞面具被揭穿了，那就沒必要再裝了。

「我，還有我自己。」

「是嗎？」

「是的。」思嘉麗的眼睛變成了湖綠色，連下巴都由於緊張而變成了方形。「你還記得圍城那時候，在皮蒂姑媽家的那個晚上嗎？你說過你是要我的！」

瑞德向後一躺，打量著思嘉麗；臉上現出一種莫測高深的表情，眼睛裡好像有什麼東西在閃動，沒有說話。

「你說，你從來沒有那樣想擁有一個女人！如果你還想要我的話，你可以立刻得到我。瑞德，隨便你讓我幹什麼都行，可是看在上帝的分上，先給我開一張支票吧！我一定說話算話，絕不食言！你要我立字據的話也可以。」

他一副怪樣子看著她，弄得思嘉麗搞不清楚他在想些什麼？是接受還是拒絕？她感覺自己的臉發燙了。

「瑞德，這筆錢我馬上就要！如果我繳不上稅的話，塔拉農場就會被那個無恥的監工佔有，我們就要被趕出去了。」

「別急呀，我還想聽聽你怎麼敢肯定我還要你呢？又怎麼確定自己值三百塊呢？大多數女人是沒有那麼高價的！」

思嘉麗感覺受到了奇恥大辱，臉漲得更紅了。

「我不懂你爲什麼一定要保有塔拉，你大可以放棄那個農場，你不是還有皮蒂姑媽家一半的產權嗎？」

「上帝啊，你難道真的不懂我的心？那裡是我的家，我絕不能丟棄塔拉！不，絕不！只要我還有一口氣！」思嘉麗哭道。

「愛爾蘭人真是個不好對付的民族啊。」他向後仰了仰，將椅背躺平了，把兩隻手從衣袋裡抽了出來，「有許多東西並不值得被看重，例如土地就是沒有意義的東西，他們偏偏看得很重！實際上這塊地和那塊地之間有什麼區別啊！現在思嘉麗，讓我們把事情說個明白，你的意思是我給你三百元，你就做我的妻子，是嗎？」

「是的！」

這個「是」字極不容易出口，此刻她說了出來，心情輕鬆許多。

「不過，我記得我厚著臉皮向你提出同一個要求的時候，受到你的嚴厲反對，你還十分狠毒地咒罵我，說不願意養一群野孩子——不，親愛的，我不是在揭什麼傷疤，你奇怪的想法我實在很難琢磨。你不情願爲了自己的享受做這件事情，可是爲了塔拉卻願意做了。我的觀點又一次被證實了，即一切所謂的品德事實上都是個代價問題罷了。」

「得了，瑞德，你要是存心想羞辱我，就這樣無休止說下去吧，但是你最好先把錢給我！爲了塔拉我能夠接受，無論什麼我都能承受！」

現在思嘉麗平靜多了，她知道瑞德就是這種人，現在他趁人之危，自然要儘量羞辱她，以洩從前的不平之氣以及報復他剛才受到的欺騙。然而爲了塔拉，她能夠忍受。一剎那間，她想像著在仲夏天氣，午後的天空藍湛湛的，她昏昏欲睡地躺在塔拉草地上濃密的苜蓿裡，仰望飄浮的朵朵白雲，吸著花叢中的縷縷清香，靜聽著悅耳的蜂鳴。這是多悠然神往的境界啊。爲了這個，還有什麼不值得犧牲的呢。

思嘉麗揚起頭：「你能把錢給我了嗎？」

瑞德．巴特勒似乎正在洋洋得意地享受著什麼，他的答覆卻很殘酷：「不，我不打算給你。」

這完全出人意料，思嘉麗一下呆了。

「我不打算給你錢，就是想給你也沒辦法！我身上一分錢也沒有。我確實有些錢，但是不在這兒，我也不想告訴你在哪兒，我有多少！如果我現在開支票給你的話，北方佬就會像老鷹撲小雞似的撲了上來，那樣，那時我們誰也休想拿到它了。」

思嘉麗的臉色變得很難看，鼻子兩邊的斑點都顯了出來，那張歪曲的嘴和傑拉爾德在農場要殺人的時候幾乎是一個樣子！

她騰地站了起來，大叫一聲，隔壁屋子裡嗡嗡的說話聲頓時停止了。

瑞德像一頭豹子似的衝了上來，一把捂住她的嘴，另一隻手緊緊摟住了她的腰。思嘉麗在他的懷裡拚命掙扎著，又咬又踢，狂叫著以發洩心中的怨恨、憤怒、委屈和絕望，當然最主要的還有她那被刺傷的自尊心。

思嘉麗彎著腰，用力掙扎著想掙脫瑞德的束縛，想掙脫他那似乎鐵一般的胳膊！她的胸腔幾乎要爆炸了，她緊箍著的胸衣勒得她快要斷氣了。那隻捂住她嘴的手已經兇狠地卡進了她的兩顎之間，他棕黑的臉突然發白，目光也變得非常熾熱和嚴肅。思嘉麗被他舉了起來，他將她高高地緊壓在他的胸脯上，抱著她在椅子上坐下，任憑她繼續掙扎不放手。

「上帝，我親愛的乖乖，別叫了，再喊他們就進來了！安靜一點，難道你要北方佬看見你現在的這副模樣嗎？」

她已顧不得誰看見她怎樣了，她怒火萬丈，一心要殺了瑞德，突然一陣眩暈使她神志恍惚，瑞德的手妨礙了她的呼吸，她的胸衣像一根迅速縮緊的鐵帶，兩隻緊抱著她的胳臂使懷著仇恨和憤怒的她渾身顫抖。她眼前的一切正漸漸模糊，他那張俯視她的臉在迷霧中旋轉起來，直到她再也看不見他——思嘉麗陷入了昏迷。

待她知覺恢復清醒的時候，只覺全身酸軟無力，迷迷糊糊的不清楚是怎麼回事。她發現自己躺在椅子上，帽子被摘下來了，瑞德正在拍打著她的手腕，黑亮的眼睛急切地看著她。那個好心的年輕隊長正在往她嘴裡灌進白蘭地，可是酒灑出來，流到了她脖子上。其他軍官在一旁不知所措地走來走去，小聲議論著。

「我暈過去了？」自己的聲音彷彿來自一個很遙遠的地方，思嘉麗莫名地驚慌起來。

「先把這杯酒喝了。」瑞德把酒接了過來。

她這時記起來，憤怒一下又沸騰了起來，可是她全身乏力，連發火的力氣也沒有，只能無力地瞪視著他。

「看在我的分上，快喝了吧。」

她喝了一口便嗆得咳嗽起來；瑞德又把杯子送到她嘴邊，她又喝了一大口，辛辣的液體從喉管一下流進了她的體內。

「我看她似乎已經好多了，非常感謝各位先生。」瑞德說，「她一聽說我馬上要被處絞刑就受不了啦！」

幾個軍官都退了出去，只有那個年輕隊長還待在門口。

「還有什麼事情需要我做的嗎？」

「沒有了，謝謝。」

軍官出去了，隨手關上了門。

「要再喝一點嗎！」瑞德說。

「不。」

「喝了吧！」

她又喝了一大口，熱流流遍全身，兩條酸軟的腿好像也有了些力氣！她想站起來，但是被瑞德給按住了。

「放開我，我要離開！」

「現在還不行，再等一會兒，你還站不穩！」

「我寧願倒在路上，也不願意待在這兒！」

「我怎麼忍心讓你倒在路上。」

「讓我走，我恨你。」

瑞德狡黠地笑了：「這才是你說的話，你恢復正常了吧？」

她只好躺下來，想從剛才的怒氣中攝取點力氣，支持著自己站起來；但是她太疲累了，疲倦得不想去恨誰，以致對一切都不怎麼在乎了。她孤注一擲的賭博賭輸了，連自尊心都輸掉了！最後的一線希望就此破滅，塔拉農場和所有人的命運已經被判定了！

思嘉麗閉著眼睛，聽著身旁瑞德沉重的呼吸，逐漸恢復了體力。她睜開眼睛，看見他的面孔，怒氣又油然而生，當她顯出一副蹙額不悅的神氣來時，瑞德那種笑又出現了。

「看來你是真的好多了，從你眉頭一皺的神態就能看出來。」

「沒錯，我完全好了，瑞德．巴特勒，你是個徹頭徹尾的流氓！我一開口你就已經猜透我的想法，也已經決定不給我錢，可是你還讓我一直說下去，你應該阻止我……」

「那不是放棄了一個聽故事的機會嗎？那太可惜了。我在這裡缺乏可供消遣的娛樂，我還沒聽過這麼令人滿意的故事呢！」瑞德又像以往那樣嘲諷地大笑起來。

她一聽這笑聲立刻跳了起來，抓起她的帽子，扭頭就想往外走。他一把抓住了她的胳膊。

「先別離開，你是不是感覺徹底好了，可以說正經話了？」

「讓我離開！」

「這麼說你大概是好了，那麼我問你，我是不是你玩弄這把戲的唯一人選？」瑞德的目光銳利，警惕地察看著思嘉麗的臉。

「這跟你有什麼關係呢？」

「很有關係，你的釣線上還有沒有別的男人？告訴我！」

「沒有。」

「不，我不相信你沒有五六個替補的人選，他們之中必定會有人接受你的建議！對這一點我很有把握，所以想給你一個小小的忠告。」

「我不需要你的忠告。」

「我還是要告訴你。目前我能給你的，大概也只有忠告了。當你計畫從一個男人身上得到什麼的時候，千萬不能像對我這樣，直截了當地說出來，要盡可能巧妙些，要更加誘惑一些，那樣效果會更好。其實你很懂得這一套，但是剛才，你要把你的……抵押品給我的時候，卻顯得像鐵釘一樣生硬。我曾經在距我二十步遠的決鬥手臉上看見過你這樣的表情，那可不是令人舒服的景象。它激不起男人胸中的熱情。掌控男人是不能用這樣的東西的，親愛的，看來你快要把早年受的訓練忘得一乾二淨了。」

「我該怎麼做不需要你來教訓。」她疲憊地戴上帽子說道。

她不明白，他怎能在自己脖子上套著絞索，和面對她的可憐處境時還這麼開心地說笑。她甚至沒有注意到他的兩手捏著拳頭插在衣袋裡，似乎對自己的無能為力在做著不懈的反抗。

「振作起來吧，」瑞德一邊說，一邊看著她把帽帶繫好，「你可以來看我的絞刑，那樣可能會讓你覺得舒服些！那時候，我們兩人之間的新仇舊恨——包括這一次的，就一筆勾銷了！我會在遺囑裡提到你，這點請你放心。」

「謝謝，可是他們要是遲遲不給你絞刑的話，我納稅的日期也就耽擱了！」思嘉麗突然發出一聲和瑞德一樣的獰笑。

chapter 35

橫刀奪愛

思嘉麗從監獄出來的時候，天空灰暗陰沉，淅淅瀝瀝地下著小雨。廣場上的士兵們都躲到屋子裡避雨了，大街上幾乎沒有行人，更別說有車了。她一路艱難地走著，白蘭地的熱勁漸漸消退，寒風吹得她瑟瑟發抖，冰冷刺骨的雨點迎面向她打來。

皮蒂姑媽那件薄薄的外套沒過多久就被雨水淋透了，濕糊糊地貼著她的身子。那件天鵝絨新衣也糟踏得差不多了，人行道上的磚塊多已損壞，而且很多路段幾乎根本沒有磚塊了，思嘉麗的鞋一陷進去再拔出來都很困難，鞋經常陷在泥裡。每回她彎下腰去用手提鞋時，衣服的前襟便落在泥裡。

她懶得繞過泥坑，隨意踏到裡面，提著沉重的衣裙徑直走過去。她感覺到濕透的裙子和褲腿邊緣冰冷地糾纏在腳踝上，可是她已不再去關心這套衣裳的命運了，儘管在它身上她曾經押了那麼大一筆賭注。她只覺得寒冷、沮喪和絕望。

看她狼狽不堪地在泥濘的道路裡提鞋、在雨水中前行，路上的黑人全都對著她笑。思嘉麗慶幸瑞德不在場，否則他一定會哈哈大笑的。他們竟然敢笑話思嘉麗・奧哈拉小姐！思嘉麗真想統統把他們打死！

她沿著華盛頓大街走去，此時周圍的景色同她的心情一樣地陰沉。這裡一點也沒有她在桃樹街見到的那種喧鬧和歡樂氣氛，這裡曾經有過許多漂亮的民房，現在卻成荒廢的草地，眼前只有淒風冷雨、泥塵和光禿禿的樹，寂靜與荒涼。她的雙腳多麼濕冷，回家的路又是多麼長啊！

她聽到背後馬蹄蹚水的聲音，停住腳回頭去看，要是趕車的是個白人，她便央求他帶上一程。

雨霧中，馬車飛快駛來，駕車的人從防雨布後面探出頭來，她隱約覺得這人的面貌似曾相識。她走上前一看，那人反而不好意思的輕咳了一聲。

趕車人看到她，馬上用一種熟悉的聲音驚喜地喊道：「這不是思嘉麗小姐嗎？」

「啊，法蘭克．甘迺迪先生！」她喊道。

「真高興看到你！」法蘭克興奮得不知所措，立刻跳下來，熱情地和思嘉麗握手，扶她上車。

「思嘉麗小姐，你怎麼一個人跑到街上來，你不知道最近這裡很危險嗎？看把你淋的，趕快用這條毯子把腳包上吧！」

看他像隻咯咯叫的母雞忙著照料她，她一動不動，樂得享受他的殷勤和好意。這時只要有一個男人在身邊，即便是法蘭克這樣的男人也好，尤其是在經受了瑞德的打擊後，思嘉麗這種感覺就更強烈了。

在他鄉能看見老鄉是件讓人興奮的事。她觀察到甘迺迪穿得不錯，馬車也是新的；但他非常削瘦，眼睛黃而污濁，臉上爬滿了皺紋，金黃色的鬍子稀稀疏疏的，上面還沾著煙草汁，而且有點蓬亂，好像他在不斷地搔抓它似的。然而，與思嘉麗到處見到的那些愁苦、憂慮和疲憊的面孔比起來，他還算是精神煥發的。

「非常高興見到你！」法蘭克熱情地說，「我不知道你到城裡了，上周我還遇見了皮蒂小姐呢；她沒提起你要來！有沒有其他人跟你一道來？」

他在想蘇倫呢，這可笑的老傻瓜！

「沒有。」她邊說邊用那條暖和的舊毛毯把身子裹好，試圖把脖子也蓋上。「我自己來的，事先也沒有通知皮蒂姑媽說我要來。」

法蘭克吆喝了一聲，馬車隨即開始小心地在泥滑的街道上行駛起來。

「塔拉農場的人都好嗎？」法蘭克問。

「是的，還可以。」

思嘉麗知道自己該想出點什麼來說說才好，可是實在沒心情說什麼。她的心情沮喪得像鉛一般沉重，所以她一直裹著毯子，沒有主動和他說話。獨自思忖：「現在我不想塔拉的事，以後再去想吧，到那時就不會像現在這樣難受了。此刻要是能找一個話題讓這個老頭一路說下去就好了，這樣自己就可以只說『好』、『是啊』、『你真棒』之類的話就行了。」

「法蘭克先生，真是沒有想到會在這裡遇見你啊！我知道自己太不應該了，沒有同老朋友們保持聯繫，可是我聽說你在馬里塔呀，怎麼又跑到亞特蘭大來了？」

「思嘉麗小姐，我在馬里塔做了非常多的生意！我現在已經在亞特蘭大落戶。難道蘇倫小姐沒有告訴你我開店的事？」

她隱約記得蘇倫好像提及過法蘭克和他的店，可是她根本沒注意蘇倫說的話。只知道法蘭克還活著，而且總有一天蘇倫會被他接走！

「沒有啊，她一句也沒說！」思嘉麗撒謊道，「你都開店啦？看你多能幹呀！」

聽蘇倫連提都沒提過他，法蘭克有點傷心；但是思嘉麗一句讚美話又讓他高興不已。

「是啊，我開了個店，感覺還很不錯！大家都說我天生就是個生意人。」說著說著他自己就按捺不住笑了起來，這笑讓思嘉麗有些厭煩！她暗想：看這個自命不凡的老傻瓜！

「是啊，甘迺迪先生，你無論幹什麼都一定會成功的。不過，你怎麼竟會開店來了呢！我記得前年耶誕節，你說過你手裡一分錢也沒有了。」

法蘭克乾咳了幾下，搔了搔鬍子，尷尬地說：「說來話長，思嘉麗小姐！」

真是謝天謝地！她心想。這可以讓他打開話匣子不停說下去，不到家不甘休了。於是她大聲道：「你就說給我聽吧！」

「上次我到塔拉農場搜集軍需的事你還記得嗎？就在那之後不久，我便積極行動起來。我的意思是投身於真正的戰爭。因爲我已經沒有別的事好幹了。我想既然我的身體還可以，爲什麼不去參加戰鬥呢，於是我就去當了騎兵，直到肩膀上挨了一顆小小的子彈。」

思嘉麗聽了說：「多可怕呀！」

他顯得很自豪，「這沒有什麼大不了的！只不過是點皮肉傷罷了。後來我被送進南邊一家醫院，快要好起來的時候，不料北方佬的突擊隊衝了過來。乖乖，那可真叫緊張啊！我們事先一點風聲也沒聽到，當時的命令是：只要能夠行走的人都得幫忙把軍備資源和醫院設備搬到鐵路上去運走。我們剛裝好一列貨車時，北方佬衝進了城鎮的一端，於是我們只好迅速從另一端撤出去。上帝，多可怕的一幅景象呀，我們坐在車頂上，看見我們堆放在車站上來不及運走的東西被北方佬焚燒的場景！思嘉麗小姐，那可是長達半英里的物資啊！我們最後兩手空空逃了出來！」

「太嚇人了！」思嘉麗用誇張的語氣說。

「是啊，真是可怕至極！我們就又回到亞特蘭大，因爲火車只能到這兒了！這其實是戰爭快結束前不久的事，有許多東西沒有人認領，像瓷器、帆布床、床墊、毯子之類，我敢說大部分都是北方佬的東西！這或許是我們投降的條件吧？」

「噢。」思嘉麗心不在焉地應著。此刻她感覺暖和過來，開始有睏意了。

「我至今仍不明白我到底做得對不對，」他帶點困惑的口氣說。「不過在我看來，這批物資對北方佬毫無用處，但當時我們的人可都是用現金把那些東西買回來的啊！所以我認爲它們應該是屬於南方聯盟政府或者南方聯盟的人的資產。你明白我的意思嗎？」

「唔。」

「我很高興你贊同我的看法，思嘉麗小姐，太好了！可是我的良心上總有點過意不去。有不少人勸我說：哎，忘了它吧，可是我無論如何也忘不了！哪怕我只做了一丁點虧心的事情，我就感覺再也抬不起頭來了。你說我做的到底對不對啊？」

「當然對，」她說，但思嘉麗其實一點也不明白這個老傻瓜一直不停地念叨些什麼，一個人到了這個年紀，應該學會不去介意那些雞毛蒜皮無關緊要的事，可他卻總是這樣膽小怕事，小題大作，像個老處女似的。

「聽你這麼說我就安心了，剛投降那會兒，我身上除了十塊錢，別的一無所有。你知道嗎，我在瓊斯博羅的房子被他們燒了，我不知道該怎麼辦，我就用我身上僅有的那十美元，把一家已經毀壞的鋪子修了修，又把我剛才說的那些東西搬進去，就這樣做起了買賣；當然，我賣得很便宜，因爲我總覺得這些東西我拿著有點不心安理得！我把賣貨賺的錢又買了東西，就這樣生意越來越好，賺了很多錢！」

錢！這個字把思嘉麗的注意力一下拉回到法蘭克身上。

「你說你賺錢了？」

一見思嘉麗對自己的話很感興趣，法蘭克就又來了精神。像思嘉麗這樣一位他做夢也不敢想的美人竟然對他感興趣，真使他受寵若驚！

他有意減慢車子的速度，好繼續講他的故事。

「思嘉麗小姐，我還算不上是百萬富翁呢，尤其是和過去比起來，我曾經有那麼多的錢，現在相對就太少了！不過我今年賺了一千美元。其中的五百元用在進新貨、修理店鋪和交納稅金上，實際淨賺的是五百元。從眼前興旺的發展趨勢看，明年我應該能賺兩千元。這筆錢對我來說極爲重要，因爲，我正計畫去做一件事，思嘉麗小姐！」

聽見他提起錢，思嘉麗來了興趣。用她那兩扇濃密而不怎麼馴順的眼睫毛微微地覷著他，同時挪動身子向他靠近了一點，說：「法蘭克先生，你這話的意思是……」

他笑了笑，抖了抖手中的韁繩：「我說的完全是些生意上的事，叫你生厭了，像你這樣的美人是不用管什麼生意不生意的！」

「我對做生意一竅不通，可是我非常感興趣！請繼續說下去吧！我不懂的地方你可以解釋給我聽嘛！」

「好吧，告訴你，我打算開一家鋸木廠！」

「什麼？」

「就是一個用來鋸木頭和加工木頭的工廠！我現在還沒買到手，不過已經在計畫了。就在桃樹街那頭，有個叫約翰的人正好有一家這樣的工廠，他想賣掉它！因爲他急需一筆錢，所以想賣給我，同時願意幫我經營工廠，我按周給他工資。這附近除了寥寥可數的幾家鋸木廠外，全讓北方佬給毀了。因而誰要是擁有這樣一家工廠，就等於有了賺錢的機器！大批的房子被北方佬燒毀，人們現在瘋了似的蓋新房子，木料供不應求，很難弄到！人們源源不斷地湧進亞特蘭大，鄉下人由於沒有黑奴幹活，無法再經營農業和種植業，只好進城來找出路；還有北方佬和提包黨人，他們也一批一批地往這兒湧，想來搜括我們的地皮。我告訴你，亞特蘭大不久就會成爲一個大城市！所有人都要住房子，而蓋房子就要用到木料，要木料就必須有鋸木廠！所以我想儘快買下這家鋸木廠，越快越好，只要再收一兩家的欠款我就能買了！到明年這個時候，我的手頭就會非常寬裕了！」

「當然，我爲什麼這麼急著賺錢你是明白的。」他臉紅了，又呵呵地笑起來。

他是在想蘇倫，思嘉麗感到很厭惡。她想了想，如果開口向他借三百元的話，他肯定會推託，找各種藉口，因爲這錢是他辛辛苦苦賺來的，只想著來年春天可以和蘇倫結婚，如果此時被借走，就不得不延遲婚期了，即使她設法博得他的同情，讓他答應借錢給她，蘇倫如果知道了也決不會允許的。她明白她已經是老小姐了，所以無論如何也不會容許任何人來推遲她的婚期。

說到蘇倫，成天唉聲嘆氣的，不知道她身上究竟有什麼迷人的地方，竟然鬧得這個老白癡成天圍著她轉？蘇倫不配有這樣一個丈夫，更不配成爲鋸木廠的老闆娘！如果她有了錢，肯定會擺出讓人作嘔憎恨的臭架子來，而不會爲塔拉農場拿出一分錢的！

是的，蘇倫肯定不會的！她只會貪圖自己的享受，也不會管塔拉是否因交不起稅金而落入別人的口袋或者被燒得一乾二淨，只要她自己能穿上漂亮衣裳，同時拐得一個「太太」的稱號就行了。

想到蘇倫貪圖榮華的醜態和塔拉農場面臨的危險，思嘉麗不禁怒火中燒，感到人生太不公平了。她生怕法蘭克發現她臉上的表情。趕忙把頭扭向一邊，從馬車裡向泥濘的街道望去，她想她快要失去所擁有的一切了，而蘇倫呢——突然間，她萌生了一個想法。一個重大的決定在思嘉麗心裡產生了！

蘇倫不配享有鋸木廠和店鋪，也不配擁有法蘭克！她要把這些東西全部掌控到自己的手裡來！她想起了塔拉農場，想起了強納斯．威爾克森——那條毒蛇已經爬到了她們家的臺階上來挑釁了，她所擁有的全部就要被他吞噬了！瑞德狠心地拒絕了她，上帝竟然又給她送來了甘迺迪！

「但是，我怎麼才能讓他忘掉蘇倫，得到他呢？」思嘉麗緊握拳頭，茫然地向雨中凝望。「既然我都能讓瑞德幾乎要向我求婚了，對付這個老白癡我準能辦得到的！」

想到這兒，思嘉麗轉過頭來，上下打量著法蘭克：他的確不算英俊，牙齒太難看了，呼吸中還夾雜一股酸臭的味道，幾乎老得可以當爸爸了。另外，他還有點神經質，膽小怕事，嘮嘮叨叨，這些都是在男人身上最糟糕的特質……不過他至少是個上等人，勉強和他生活在一起，總比和瑞德生活在一起要好得多啊！他更容易被我操縱。

搶蘇倫的未婚夫，這一點並沒有引起她良心上的不安。要知道，正是道德上的徹底破產促使她到亞特蘭大來找瑞德的，事到如今，自己窮得早已沒有選擇的權利，把妹妹的情人據爲己有便顯得只是小事一樁，不值得爲它傷腦筋了。

好了，既然想好了！她挺直了腰身，暫時忘記了腳上的潮濕和難受，瞇著眼睛望向法蘭克，甘迺迪被她看得心驚肉跳，竟然不知所措。思嘉麗立刻把目光移開了，因爲她突然想起了瑞德的話——她在決鬥場的對手眼中看過這樣的目光，這樣的目光是絕對不可能激發男人的熱情的！

「怎麼，思嘉麗小姐，你是不是冷了？」

「是啊，」思嘉麗可憐楚楚地說，「要是我把手放進你的衣服口袋裡，你不會介意吧！我的手套都濕透了！」

「啊，啊——當然不會了！真是的，看我這老糊塗，一路上只顧這麼喋喋不休地閒聊，聊得都昏頭了！也沒想到你在受凍，需要馬上烤烤火呢！快，薩利！對了，我還沒來得及問你呢，這樣的鬼天氣裡你跑出來幹什麼呀？」

「我到北方佬的總部去了一趟。」思嘉麗不假思索地回道。

法蘭克聽了大吃一驚，兩道灰黃的眉毛幾乎直豎起來。「可是，思嘉麗小姐！那些大兵——」

「上帝啊！讓我想出一個最完美無缺的謊言來吧！」思嘉麗暗暗地祈禱。

她思索著，一定不能讓他知道她去見瑞德這件事，瑞德向來被甘酒迪認為是天下最可恥的無賴，一個正派女人是不應該和他說話的！

「我剛才去那兒……是看看……看看是不是有什麼軍官要買我的針線活兒帶回去送給他們的妻子，我繡的花非常好看呢！」

他驚訝地向後一靠，心中升起一股恐慌和憐憫的感情：「你竟然……到北方佬那兒去？天啊，你不應當去的。你父親一定不曉得，皮蒂姑媽也一定不知道吧？」

「天啊，要是你告訴皮蒂姑媽，我就完了！」思嘉麗哭了起來。

哭的效果十分有效，法蘭克不知如何是好！他的舌頭頂著上牙床，顫抖著說：「天啊，天啊！」一個念頭從他的腦子裡飛過，就是抱住她，把她的腦袋放在自己的懷裡拍一拍，安慰她，可是這樣的事他從來沒做過，他不知道該怎麼辦。

思嘉麗哭得更厲害了。時而說上一兩句話，讓法蘭克感到塔拉農場的經濟狀況一定非常糟糕。老奧哈拉先生還是嚴重精神恍惚的狀況，家裡沒有足夠的糧食，所以思嘉麗只能親自出馬，跑到亞特蘭大來賣針線活兒來了。

這時，法蘭克發現她的頭已經依在自己的懷裡，他覺得自己沒有動過她的頭啊，她的頭是怎麼靠過來的呢？沒錯，思嘉麗正軟弱無力地靠在他的胸前抽泣呢！

這對他來說是一種又興奮又新奇的感覺，他小心翼翼地拍著她的肩膀，起初還是怯生生的，後來發現她並不反抗便變得膽大起來，拍得也更起勁了。

這是個多麼惹人憐愛的可人兒啊，但同時又是那麼的堅強，居然想試著憑自己的針線活兒賺錢，但是，不管怎麼說，她不應該和北方佬打交道啊！

「好，我保證不告訴皮蒂小姐，但是思嘉麗小姐，你一定要答應我，以後別這麼做了啊！你要想想，你可是你父親的女兒啊！」

思嘉麗那彷徨翠綠的眼睛搜尋著他的目光。

「可是，甘迺迪先生，我必須得想辦法生存下去啊！我得照顧我那可憐的孩子，如今沒有一個人管我們了啊！」

「你是多麼勇敢的女人啊！」法蘭克堅定地說，「但是，我想你不應該做這樣的事！你的家人會因此蒙羞的！」

「那，我要怎麼做才好呢？」思嘉麗那雙淚盈盈的眼睛望著他，好像他是上帝，掌握著一切生存的門道。

「是啊，現在這種局勢，我也不確定，但是將來一定會有辦法的！」

「我就知道你一定會有辦法的，法蘭克，你最能幹了！」

過去她從沒這麼叫過他，這是頭一次，法蘭克興奮得幾乎叫出聲來，這可憐的小姐一定是急糊塗了，就連自己說走了嘴都沒有察覺！

一種受信任的激動使他感到萬分愉快，心想：「要是我能爲蘇倫小姐的姐姐做些什麼就好了！」他掏出一條紅色的大手帕遞給她，她接過來擦了擦眼睛，然後衝他燦爛地一笑。

「你看看，我真是一個可笑的小笨蛋，你千萬別笑話我呀！」思嘉麗用抱歉的口吻說。

「你絕不是小笨蛋！你是十分勇敢又非常美麗的女人，你把一副十分沉重的擔子挑在自己肩頭，是個有責任心的人！我想皮蒂小姐大概幫不上你的忙吧！聽說她的財產都已經沒有了，亨利·漢密爾頓先生自己的狀況也好不到哪兒去！但願我有個家可以接待你！等我和蘇倫小姐成家後，我向你保證，思嘉麗小姐，我們家永遠有你和小韋德的一席之地，你們永遠是我最歡迎的人！」

現在是時候了！思嘉麗覺得上天還是眷顧她的，又賜給了她這麼好的機會！她馬上表現出一副吃驚和難爲情的樣子張著嘴欲言又止的。

「天啊，思嘉麗小姐，你不會沒聽說吧！明年春天我就要成爲你的妹夫了！」法蘭克用一種神經質的快樂口吻說道。

接著，他發現思嘉麗眼裡滿含淚水，驚恐地問：「怎麼了？蘇倫小姐沒有生病吧，難道她出了什麼事？」

「沒有，她沒生病！」

「一定發生什麼事了，你快告訴我。」

「啊，我不能！天啊！真丟人，我還以爲她早就告訴你了呢！」

「思嘉麗小姐，到底怎麼回事呀！你快告訴我吧！」

「啊，甘迺迪先生，我不該說的！我以爲你……以爲你已經收到了她寫給你的信了呢！」

「什麼信呀？」他急切地問。

「她竟然對像你這樣的一個好人做出那種事情來……」

「她做了什麼？」

「她真的沒有寫信告訴你？我想她可能是太難爲情了！她應該感到羞愧！我怎麼會有這麼一個不知羞恥的妹妹呢？」

法蘭克傻傻地望著思嘉麗，已經沒有接著問下去的勇氣了，手裡的韁繩也鬆開了一些。

「她下個月就要和托尼．方丹結婚了！唔，我真抱歉呀，要由我來告訴你這件事，太讓人難過了！她害怕自己成爲老小姐，所以說自己無論如何不能再等了！」

法蘭克扶著思嘉麗下車的時候，嬤嬤正好站在臺階上。顯然，她已經站在那兒很長時間了，因爲她身上的衣服都濕透了，圍在肩頭的舊披肩上也有許多雨點。她那皺巴巴的黑臉上流露著氣惱和憂慮的神色，嘴唇撅得比以往思嘉麗見過的哪一次都高。她瞟了法蘭克一眼，當她看清楚是誰之後，馬上變了臉色！

她立刻迎了上來，法蘭克伸出手要和她握手，她笑著鞠躬道：「法蘭克先生，你好，天啊！你現在真是闊氣啊！我要是知道思嘉麗是和您出去的話，就不用那麼擔心了！我剛剛回來，一看思嘉麗小姐不在，急得快跟沒頭的蒼蠅似的！我怕她一個人在城裡到處亂跑，到處都是流浪的黑鬼啊！小姐，你竟然不和我說一聲就出去了！你瞧，感冒了吧！」

思嘉麗狡猾地向法蘭克眨了眨眼睛，儘管剛剛聽到的那個消息正使他苦惱不堪，他還是微微一笑。

「你快去給我找幾件乾衣服來吧！嬤嬤。」思嘉麗說，「再給我們弄點熱茶來。」

「天啊！你的新衣服怎麼成這樣了啊！我得抓緊烘乾它們，不然怎麼參加今天晚上的婚禮啊！」嬤嬤吵吵著走進了屋內。

思嘉麗對法蘭克小聲說：「今天晚上來我家吃飯吧，我們實在是太孤單了；吃完晚飯後我們一起去參加婚禮，行嗎？你可以當我們的護花使者！還有，請不要在皮蒂姑媽面前提起我妹妹的事，那樣她會難過的……」

「我不會，不會的。」法蘭克忙說。

「今天你對我真是太好了！幫了我這麼多，現在我又有勇氣了。」

他離開時，思嘉麗緊緊地握住法蘭克的手，眼睛閃耀著美麗的光芒。

在門口等候的嬤嬤丟給思嘉麗一個捉摸不定的眼色，然後跟著她到樓上臥室裡去。

嬤嬤幫思嘉麗把濕衣服脫了，把它們掛在椅子上，然後扶她躺到床上。嬤嬤端來一杯熱茶和一塊包在絨布裡的熱磚，俯身用道歉的口氣說：「我的寶貝，你為什麼不和我說你去幹什麼了呢？不然我就不會大老遠跟著你來亞特蘭大，我年紀大了，身體也胖，活動一下都很不方便！」

「你這話是什麼意思？」

「寶貝，你可騙不了我！我剛才可是注意到了甘迺迪先生的表情，也看見了你的臉色！你的心思逃不過我的眼睛！我聽見了你對他說的悄悄話，是關於蘇倫小姐的，不會錯吧？我要是知道你是來找甘迺迪先生的，我一定待在家裡不跟著來了！」

「好吧。」思嘉麗應了一聲，把被子用力的向上拽了拽，在毯子底下蜷縮起來，知道要想瞞過嬤嬤是白費力氣的。她問：「你覺得我是來找誰呢？」

「孩子，我不知道，我還記得皮蒂派特小姐寫信給媚蘭小姐說過，那個流氓巴特勒有許多錢，甘迺迪先生雖然長得並不怎麼樣，卻是個上等人。」

思嘉麗氣憤地看了她一眼，「那麼你打算怎麼辦呢？出賣我，告訴蘇倫？」

「我會想辦法幫助你，使甘迺迪先生更開心。」嬤嬤將被子向思嘉麗的身子緊了緊。

思嘉麗靜靜地躺在床上。事情發展出奇的順利。嬤嬤把思嘉麗當成自己的女兒，只要是思嘉麗想要得到的，即便是別人的東西，她也要想辦法給她爭取來！

思嘉麗得到了支持，心裡又有了希望。「我不會被打垮的！」她高興地想。

「把鏡子給我找來，嬤嬤。」她說。

「把肩膀蓋好，不要露出來！」嬤嬤一邊說著，一邊把鏡子拿了過來，嘴唇上漾著笑。

思嘉麗對著鏡子認真地看著自己。

「我的臉白得像鬼！頭髮也亂得像馬尾巴似的！」她說。

「是啊，真是沒有過去精神了。」

「外面雨是不是下得很大？」

「是啊，傾盆大雨。」

「沒辦法，還得請你上街跑一趟。」

「外面的雨這麼大，我可不去！」

「你不去，那就只能我自己去！」

「是有什麼大不了的事非得現在去啊？你今天也實在夠累的了！」

「我要去買一瓶科隆香水，」思嘉麗打量著鏡子裡的自己，說，「你得給我用科隆香水洗頭，還有讓我的頭髮貼緊的髮油也買一瓶。」

「天啊，這樣的大冷天裡洗頭？還打算往頭上抹這東西，把自己裝扮成妖精？不，只要我還有一口氣活著，就不會允許你這樣做！」

「不，我必須這樣做！我錢包裡還剩下五元的金幣！去吧，趕快上街去！對了，還要再給我買一盒胭脂。」

「那東西是做什麼的？」嬤嬤用懷疑的目光看著思嘉麗。

「你甭管啦，趕緊買回來就是了。」

「不曉得做什麼用的東西我是不會買的。」

「那我就告訴你吧，那是一種用來擦臉的顏料，好了，別不高興地站在那兒了，快點去吧！」

「顏料？擦臉用的？」嬤嬤逐字逐句地重複說，「好啊，小姐，別看你長這麼大了，我不能揍你！這太丟人了！你真是……愛倫小姐要是看到的話，肯定會在墳墓裡為你難過的！」

「羅畢拉德嬤嬤以前就常用胭脂擦臉，你不是知道嗎？並且……」

「那時候流行穿小裙子，小到大腿都露出來，你也去學嗎？」

「天啊！」思嘉麗用力把毯子扔掉，惱怒地喊了起來，「你再囉嗦，就給我滾回塔拉農場去！」

「除非我自己願意走，否則你休想叫我回塔拉去。我現在可是自由的！」嬤嬤生氣地說，「我就是要待在這裡！你快把毯子蓋上，難道你要弄成肺炎不成？順便把胸衣脫下來，反正這種天氣你哪裡也不能去。我的天！你太像你爸爸了！好了，上床躺好，你長得那麼漂亮，用不著再擦那種東西了！寶貝，只有壞女人才擦那種東西呢！」

「但是你看她們擦了以後不是變得更漂亮嗎？」

「我的天，聽聽你說的！寶貝，別說這種丟人的話了。把濕襪子脫下來。我決不讓你自己去買那玩意。愛倫小姐會恨我的。快上床去躺下，我這就去買！說不定能找到一家沒人認識我的鋪子。」

那天晚上，埃爾辛太太家為范妮舉行了當時看來很隆重的婚禮。當思嘉麗挽著法蘭克的胳膊進來時，所有人都熱烈地表示著歡迎，吻她，同她握手，說他們曾多麼想念她，並叫她一定不要再回塔拉了，等等。

甚至梅里韋瑟太太、惠廷太太、米德太太這些過去對她的行為嗤之以鼻的寡婦們，也不提不愉快的往事，只談論她們共同經歷過的困苦；當然，她是查理斯的遺孀、皮蒂姑媽的侄媳這個事實不只一次地被提起。

她被問及最多的是家裡，還有媚蘭和艾希禮的情況，大家都很懷念他們，希望他們也能回亞特蘭大來。

那晚思嘉麗很高興，但半濕不乾的天鵝絨外衣總讓她忐忑不安，她擔心有人注意到，那樣人家就知道她只有這麼一件像樣的衣服了！不過讓她心理平衡的是，在場許多人的衣服都比她差得多，都是舊衣裳，而且顯然是經過反覆熨燙和洗滌的，甚至還有補丁；而她的衣服雖是濕的，但至少是新的！除了范妮的結婚禮服以外，她這件衣服算是晚會上最漂亮的了。

她發現新郎原來是自己認識的，是斯巴達的托米．韋爾伯恩。一八六三年，在他受傷住院的日子裡，思嘉麗曾經照顧過他！那時他是個非常帥氣的小夥子，從醫學院退學回來參加騎兵隊；可是由於肩部受傷，現在簡直變成一個駝背的小老頭了，他走起路來看上去十分吃力，像皮蒂姑媽形容的那樣，一瘸一拐，樣子很難看。但是他好像對自己的外表一點也不難堪，他當上了承包商，帶領著一支愛爾蘭工人隊伍，正在建造一間新飯店。思嘉麗非常不解，他這副模樣怎麼可能做建築業呢？

樂隊演奏起了音樂，托米過來邀請她跳支舞，「想不想跳一曲，思嘉麗，我總覺得應該請你……」

「不了，謝謝，我母親才過世不久！我不能跳！」

她在人群中找尋法蘭克，做了個手勢請他過來。她對法蘭克說：「我想到那邊坐一會兒，讓你幫我拿點主意，我們可以去那兒聊聊。」

法蘭克端著一杯葡萄酒和一片薄餅回到客廳，思嘉麗坐在一個角落裡；她認真地理了理裙子，把有髒點的地方都藏了起來。眼前這片歌舞昇平的歡樂景象使她非常興奮，之前在瑞德那兒受到的侮辱已經被遠遠拋之腦後了。或許明天會再想起來，那就到那時再去難過吧！

思嘉麗感到渾身都充滿了力量，綠色的眼睛發出閃閃的光芒，滿懷希望。她太想跳舞了，可是對她來說，現在和法蘭克坐在這個角落裡顯然比跳舞更有意義；她能夠更加從容地和他說話，把他引入胡思亂想的境界。

老利維的指揮更爐火純青了，樂曲感動了在場所有的人，思嘉麗很自然用腳打起了拍子。此時舞者嫻熟地挪動著腳步，一會兒旋轉，一會兒前進……

在經歷過塔拉的痛苦勞作之後，再次聽到這樣優美富有活力的節奏，看著熟悉親切的面頰在朦朧的燈光下微笑，思嘉麗心裡感到舒暢極了。這才是她喜歡的生活。

五年前的美好日子彷彿又回來了，假如閉上眼睛不看那些修補過的衣服和鞋子，她似乎就確信一切都回到從前了！

老人在餐廳裡四處尋找著酒瓶，用手遮擋著嘴說笑的太太們靠著牆站成一排，晃來晃去跳舞的年輕舞者們，思嘉麗突然發覺一切都變了，這些人都像是鬼魂似的。看上去和以前一樣，可是實際上和過去又完全不同，這是為什麼呢？

她坐在那裡，怎麼也想不明白，感到自己就像是一個從外星球來的人，講著和他們完全不同的話語，這種感覺就像和艾希禮在一起時是一樣的，非常大的隔閡在她與他之間存在著，彷彿有什麼無法打破的東西把他們徹底分隔成了兩個世界的人。

她凝視著激情狂舞的人們，心想他們是不是和自己一樣也經受了那麼多的苦難？自己的家人、孩子，還有在戰火中死去的情人、傷殘的丈夫、饑寒交迫的奴隸和永遠無法歸還的土地、迎接過無數客人的房子是不是也被無數次回憶？他們肯定和自己有相似的經歷，他們的痛楚可以隨時隨地和她的交換，她瞭解他們不比瞭解自己少，面對的現實問題也是一樣的！但是他們為什麼表現的態度迥然不同呢？

思嘉麗注視著他們跳舞時的笑臉——不，那不是臉而是面具，是一直不會被拿下來的微笑的面具！為什麼？他們為什麼要裝模作樣呢？難道他們真的不像她那麼生活艱難嗎？思嘉麗感到困惑。面對眼前這些人，她有一種莫名的痛苦，因為他們面對生活所採取的決定是她不能也絕對不願意接受的，他們和她是截然不同的兩類人！

面對著喜笑顏開和邁著輕盈腳步的舞者，思嘉麗覺得他們完全是一群傻瓜！儘管有天鵝絨的衣服，頭髮也噴了香水，雖然有著過去引以為榮的家族歷史和萬貫家財，但是思嘉麗感覺她已經完全不是個貴婦了。自從在塔拉農場那肥沃的紅土地勞動之後，她那優雅的風度就徹底消失了，她知道自己再也不是一位貴婦了。當然，假如有豐盛的美味佳餚和華美的餐具、閃光的銀器又擺在她的餐桌上，嗚嗚的馬和漂亮的馬車又回到她的牲口棚，她的塔拉農場裡又有黑人摘棉花而不再是她，那她或許就又成為一位貴婦了。

「是啊，區別就在這兒！」思嘉麗長嘆一聲，恨恨地想道：「儘管很窮，但是他們堅持認為自己是貴婦，但我不這樣想！」

這使思嘉麗感到心煩意亂，她曉得自己應該和大家的想法一樣，可是她沒辦法這樣。要想當貴婦就要有錢——當然，假如從自己的女兒嘴裡說出這樣的話，愛倫聽見一定會暈過去的。

這就是思嘉麗的感覺。她因為窮，淪落到不擇手段，吝嗇，和幹黑人幹的活兒，所以覺得恥辱呀！思嘉麗無奈地聳了聳肩膀。

世事艱苦啊，要想生存下去，就必須進行艱苦的抗爭，抗爭的目的當然是賺錢——這些人就是在這個問題上看法不一致。在他們看來，直接討論金錢，或者不擇手段地賺錢都是見不得人的事情，這其中也有些特殊的人，比如賣餡餅的梅里韋瑟太太和雷內，賣柴火的休·埃爾辛，當了包工頭的托米還開店了呢！

思嘉麗不想坐以待斃，她要主動出擊，要積極地改變現實，爭取她能得到的一切！

從一個幾乎一無所有的移民小子到塔拉農場的莊園主人，傑拉爾德的成功之路也是一步一步走出來的。父親能辦到，女兒一定也能辦到！法蘭克就是她的未來！他有店，有錢，只要能和他結婚，就可以使塔拉農場再維持一年；一年之後，法蘭克就會買下那個鋸木廠，她要先下手爲強！

思嘉麗腦裡忽然閃現出瑞德說他在戰爭期間的封鎖線上賺錢的事情，當時她並沒有理解這話。現在結合自己的處境認真一想，那不是非常顯而易見的事嗎？她感到驚訝，自己怎麼連這麼簡單的問題都不清楚？

看到法蘭克端著酒杯向她走來，思嘉麗勉強地擠出了笑容。爲了塔拉，自己值不值得和這個人結婚她還沒時間考慮，但是她下了決心，爲了塔拉農場，做什麼都值得。

她微笑著喝著酒杯裡的酒並注視著他；她十分明白自己臉上的紅暈比任何酒杯裡的酒都更動人心弦！思嘉麗扯了一下裙子，讓法蘭克靠在她旁邊坐下，然後隨意地揮動著手絹，讓風把她身上的香氣吹到他的鼻子裡。

思嘉麗爲自己灑了這種特別的香水感到自豪，法蘭克也察覺到這一點。激動下，輕輕附在思嘉麗的耳邊輕輕地說她臉上的紅潤美麗得像朵玫瑰花！

要是他不這麼膽小就好了。思嘉麗突然想起一隻一直躲閃和怯懦的棕色老兔子，又想起了熱情和豪放的塔爾頓家的雙胞胎，就是那粗魯無禮的瑞德也比這要好啊！假如那樣的話，他或許就會察覺到她那故作姿態背後所隱藏的險惡用心。

是的，他不瞭解女人，不懂得女人藏在心中的想法。這使得思嘉麗感到十分幸運，但並沒有增加對他的尊重。

chapter 36 閃電再婚

兩周後，思嘉麗和法蘭克·甘迺迪閃電結婚了。思嘉麗紅著臉告訴他，說他的求婚方式使她沒有機會拒絕他的熱情。實際上，在這兩周裡，思嘉麗一直因爲他對她所給予的暗示和鼓勵反應遲鈍而恨得咬牙切齒。在這關鍵時刻，她也擔心蘇倫會寫信來說些什麼！感謝上帝，幸好妹妹是個只喜歡收信而不太願意回信的人！

在這段日子裡，思嘉麗還曾收到威爾的一封短信，說強納斯·威爾克森又來塔拉農場一趟，威爾和艾希禮把他趕跑了。威爾來信的意思十分明白，無非就是提醒思嘉麗，離收稅的期限越來越近。這使思嘉麗心裡七上八下的，恨不能將世界上所有計時的東西都打爛，好讓時間停止！

思嘉麗的掩飾毫無破綻，法蘭克·甘迺迪一點都沒有發覺有什麼不對，他只看到年輕美麗的思嘉麗每天晚上都在皮蒂姑媽家的客廳裡等待著他的到來，帶著欽佩之情傾聽他經營店鋪和鋸木廠的發展計畫。她對他所說的每一句話都表示深切的理解和濃厚的興趣，使他因爲蘇倫變心而產生的心靈創傷逐漸癒合。

法蘭克幾乎天天都報到，嬤嬤總是站到門口向他微笑，使他感覺自己是有身分的人！皮蒂姑媽則拿來白蘭地，奉承著讓他喝酒；思嘉麗全神貫注地傾聽他所說的每一句話。有時候去談生意，他就帶上思嘉麗一同前去。那真是讓他感到無比愉快，當她提出一些可笑的問題時，他便在心裡想：「畢竟是個女人啊！」她則是撒嬌地說：「像我這樣的蠢女人當然不懂你們男人的事啊！」

這讓法蘭克的生活裡首次感覺自己像個男子漢，覺得上帝賦予了他一個保護這個弱小的傻女人的機會！最終，兩人便舉辦婚禮了！

法蘭克拉著思嘉麗的小手，看著妻子低垂的漂亮睫毛，在微微泛紅的臉龐上形成了兩彎黑黑的新月，法蘭克．甘迺迪驚呆了，茫茫然像做夢一般。這種浪漫的感覺是他生平第一次感受到，自己竟然讓這樣一個過去可望而不可即的大美人傾心，天啊！

他們沒有邀請任何友人來參加婚禮，證婚人是從大街上叫來的陌生人。思嘉麗堅持要這樣做，法蘭克也只好如此，雖然十分牽強，因爲他想邀請瓊斯博羅的妹妹和妹夫參加婚禮，要是能在皮蒂姑媽的客廳裡開個宴會那就更完美了！但是思嘉麗連皮蒂姑媽都不請。

「只有我們倆，就如同私奔那樣！法蘭克！」思嘉麗趴在他的胸前懇求著，「我一直想這麼做，親愛的，你成全我的夢想吧！」

正是這種新鮮的詞句和在思嘉麗綠色眼睛邊上那滾動的淚珠使法蘭克妥協了。男人就應該讓著女人，特別是結婚儀式這種事，因爲女人對這種事總是看得很重的！因此在他還沒有來得及弄清是怎麼回事之前，他便結婚了。

法蘭克給了思嘉麗三百塊，雖然對她這麼急著要這筆錢不是很理解，甚至有些不情願，因爲這樣一來他購買鋸木廠的計畫就要被推遲了，可是他總不能眼睜睜地看著她一家人被趕出塔拉農場啊！

看到拿到錢與高采烈的思嘉麗，他短暫的不快立刻就消失得無影無蹤了。過去還從來沒有一個女人對他這麼「深表感激」過，因此他覺得這筆錢花得很值得。

思嘉麗立刻讓嬤嬤回塔拉，讓她完成三個任務：一是把錢交給威爾；二是宣布她結婚的事；三是把韋德帶回亞特蘭大。過兩天，威爾來了封信，思嘉麗拿著反覆看，越看越開心。威爾說稅款已經付清了，但是強納斯表現得十分無禮，不過截至目前還沒有收到新的恐嚇，最後威爾禮貌地祝福她幸福快樂。

她知道威爾理解她爲什麼要這樣做，不會責怪她，相反對於她的勇氣和堅強理智還會稱讚一番呢！不過，艾希禮知道了會怎麼想呢？他會怎樣看我呢？前不久，在塔拉農場的果園裡自己還和他說過那些話呢！但是這麼快她就……思嘉麗頓時陷入了無限的想像之中。

她還收到一封蘇倫的信，滿紙的錯別字，措詞激烈地痛罵思嘉麗，信上還沾有淚痕。無論如何塔拉農場保住了，蘇倫的來信相比之下就不算什麼了。

思嘉麗明白，幾乎所有的亞特蘭大人都在非議她，但是她不在乎！嫁給一個男人這有什麼不道德呢？只要塔拉農場沒事，那就隨便他們去說吧！還有好多別的事需要她動心思來辦呢！要讓法蘭克知道，最重要的是那家店必須盡可能地多賺錢；因爲現在木材越來越貴，誰有了木材廠誰就發財！可是買木材廠的錢從哪裡來？就只有從店裡賺了！塔拉農場明年還要繳稅，強納斯．威爾克森的威脅還在她耳邊迴蕩！

假如讓思嘉麗來做決定的話，她會把店鋪抵押出去，用抵押換來的錢購買鋸木廠；可是在結婚次日，當她委婉地說出這個想法的時候，法蘭克只是微微地一笑，說她那可愛的小腦瓜不要再爲生意上的事擔心了。但是思嘉麗居然還清楚什麼是抵押，這倒讓法蘭克感到一點驚奇。

婚後幾天，這樣的驚奇越來越多，法蘭克感到有些震撼了！

有一次，他不經意間告訴思嘉麗說有些人欠了他的錢——他很謹慎地並沒有說出這些人的姓名——因爲他們的確沒有錢可還，現在看來要不回來了。那些人都是老朋友，也都是紳士，他不可能強迫人家。可是思嘉麗不止一次地追問，弄得法蘭克很後悔，覺得當初真的不該告訴思嘉麗。思嘉麗裝出一副清純的樣子，說自己只是好奇，想知道是誰欠了錢？欠了多少？法蘭克乾咳著，閃爍其詞，只能不斷重複說著那句她可愛的小腦瓜的那句話。法蘭克很快發現，這可愛的小腦瓜同時也是個富有心計的小腦瓜，比他的算計功夫還要高深，這讓他感到不安！

他發現她能把一連串數字的加法用心算的方法很快算出結果，而他超過三位數就必須拿筆才能算清楚！不僅這些，她竟然連小數點的計算也十分清楚！天啊！一個女人懂得算數實在是有失體統啊！假如這樣一種與貴族身分不相符的理解能力是她與生俱來的話，她就該裝出不懂的樣子來才對啊！

婚前思嘉麗就是那樣，法蘭克以爲她什麼都不知道！現在看來，她對許多事都瞭若指掌，法蘭克有一種上當受騙的感覺。一個女人竟然有如此精明的頭腦，法蘭克覺得自己的幻想徹底破滅了。

法蘭克究竟是在什麼時候才發覺思嘉麗在和他的婚姻中耍了陰謀詭計的，誰也不知道，也許是托尼．方丹來亞特蘭大做生意時向他透露的，也有可能是他在瓊斯博羅的妹妹聽說他結婚以後大吃一驚，寫信來告訴他的。但他肯定不是從蘇倫那裡聽到的，這一點可以確定。因爲蘇倫從來沒有來過信，他也不好意思寫信去解釋。自己都已經結婚了，解釋又有什麼用呢？

一想到蘇倫將永遠不清楚真相，以爲是自己拋棄了她，法蘭克就深感愧疚；其他人要是也都這麼認爲的呢？或許所有人也都在譴責他吧？自己怎會淪到這種尷尬的境地呢？

沒有任何辦法來洗刷自己的清白，這是最令他惱火的，一個男人怎麼也不能承認是被女人耍弄了。這場婚姻是個騙局的想法，法蘭克無論如何也無法接受，他寧可相信是思嘉麗突然愛上他，不顧一切地瘋狂和他結婚的！但這實際上是自圓其說罷了，思嘉麗在年齡上比他年輕一半，又是公認的美女，怎麼可能突然喜歡上他呢？

作爲一個要面子的人，這些困惑只好被暫時放在心裡，思嘉麗既然成了他的妻子，凡事就都依著她。有時她會坐在他的腿上，捋他的鬍子，直到他發誓說自己年輕了二十歲；她還出人意料的溫柔和細心，每天晚上他回來，就會看到拖鞋早已被烤在爐火邊，思嘉麗還會十分驚訝地抱怨他的腳弄濕了，怕他又不小心要感冒了。法蘭克愛吃雞胗和在咖啡裡加三勺糖，諸如此類的愛好和習慣她也記得非常清楚。讓法蘭克感到和思嘉麗生活在一起十分甜蜜，十分舒適，只是凡事都必須得依著她！

在結婚後的第二個星期裡，法蘭克突然感冒了，米德大夫要求他臥床休息。法蘭克只能躺在床上，蓋著厚厚的三條毯子發汗，中間每隔一個小時，嬤嬤和皮蒂姑媽都會給他端來煎好的各種藥湯讓他喝下去。可是一天一天地過去，病情似乎也不見好轉，起初法蘭克擔心鋪裡的事。那邊的事情只好由站櫃臺的夥計暫管，然後每天晚上到家裡來向他彙報店裡經營狀況和當天的交易。

思嘉麗期盼這樣的機會好久了，她把手放在他高燒滾燙的額頭試了試，說道：「親愛的，你就讓我去店裡看看吧！我可受不了你老這樣心煩意亂，如果我去看看，你就可以放心了。」

這樣，思嘉麗終於如她所願。

店鋪位於城裡的大街旁邊，新修的屋頂和舊磚牆顯得很不諧調。其實所謂的店鋪僅僅是在一間爛屋子外面建了個棚子，那個棚子一直從便道延伸至街邊，有幾匹騾子拴在棚子長長的鐵支撐桿上。騾背上還馱著破舊毯子，耷拉著腦袋，在雨裡站著一絲不動。

和布拉德在瓊斯博羅的那家商店幾乎完全相同，店裡光線昏暗，東西堆放得亂七八糟，有鮮豔的花布，污濁的瓷器和日用百貨；隔板的裡面乾脆連地板都省了，毫無次序地堆放著成箱成箱的貨物，只有把手伸進去把貨拿出來，才能看清楚裡面裝的是些什麼。犁、耙、傢俱、椅墊、馬具、烹飪物品、便器、碗、碟、高爾夫球棒、螺絲……所有的東西都亂放在一起，思嘉麗拿著蠟燭才把那些東西看了個大概。

「天啊，像法蘭克如此婆婆媽媽性格的人應該會把東西擺得井井有條啊！」思嘉麗想著，用手絹把手擦了擦。「這裡簡直就是豬圈！這竟然也叫商店，不把商品上的灰塵擦掉，會有人買嗎？擺到容易看得到的地方不是更容易讓別人買走嗎？」

看到貨物這個樣子就知道帳目也好不到哪兒去了！對，立刻就去看帳。思嘉麗舉著蠟燭到前面的櫃檯。那個店員很不情願才把那本骯髒的帳本給了思嘉麗。這傢伙雖然年齡不大，卻和法蘭克觀點一模一樣，認爲如果由女人管生意上的事就非常沒面子！但是思嘉麗三言兩語就把他制住，並打發他去吃午飯。

因爲是中午吃飯時間，街上人很少，店裡也沒人光顧，思嘉麗順手拿了把破椅子，隨即盤起腿坐在上面，翻開帳本，埋頭看了起來。

她逐字地看著法蘭克那寫得亂七八糟的人名和貨名，如她所料，這就是法蘭克缺少生意頭腦的證據！其中至少有五百元的欠款，而且還欠了好幾個月；欠債的人也是她熟悉的，如梅里韋瑟太太、埃爾辛太太也都位列其中。

「要是把債全部要回來，馬上就可以買下鋸木廠，無論繳任何稅都非常輕鬆！天啊，爲什麼還要賣東西給他們？任他們繼續拖欠？他們並不是完全沒錢還呀！既然能夠給范妮買得起那麼昂貴的緞子衣服，操辦那麼豪華的婚禮，埃爾辛太太怎麼可能還不起這點錢呢？很明顯是法蘭克心太軟，被人利用了！」

思嘉麗認真地想著：法蘭克這樣如何去經營鋸木廠？把一家店都開得像個慈善機構，還能指望他在鋸木廠生意上賺錢？用不了一個月，政府就可能把工廠給沒收了！不過，要是讓我來經營的話，肯定比他強上百倍！雖然我現在對木材生意不十分瞭解！

「男人什麼都行，女人什麼都不會幹！」思嘉麗從小接受這樣的教育。假如說一個女人可以像男人一樣做生意，一樣可以賺錢，那對她來說是一場驚天動地的變革啊！她不能確定她的想法是不是正確，但是這個想法已經深深地埋在她的心頭，而且給了她極大的鼓舞。

當她意識到這是過去從來都沒有人提出的大膽設想時，她自己都驚呆了。是啊，在塔拉時，自己做的不就是男人幹的活兒嗎？而且一樣非常出色！塔拉農場不就靠她一個人支撐著嗎？沒有男人的幫助，女人照樣可以做任何事情——除了懷孩子。

一想到自己可以像男人一樣做出一番事業，思嘉麗心裡有說不出的興奮，而且很強烈地想要實踐一下，她想如果錢就是靠自己掙來的，從此不用去求任何人，買東西更不需要向誰報帳了。

「希望我能把那家鋸木廠買下來！如果可以的話，我一定能使工廠興旺起來，一片木頭我都不會隨便賒的！」思嘉麗大聲地說。

可是她立馬又嘆起氣來，沒有什麼地方可以去弄錢啊！沒有錢，什麼計畫都是白費！但是只要能把別人拖欠的錢要回來，法蘭克就能夠去買鋸木廠。那樣的話，只要自己多用心監督他，就能夠經營得比這鋪子強得多。

想到這裡，思嘉麗在帳本後面撕下一頁紙，抄下那些欠債人的姓名，一會兒回家以後就要讓法蘭克去處理這件事！她一定要讓他懂得，即便是老朋友，即使是讓他們還錢有點不太好開口，但是欠款還錢是天經地義的，無論他們怎麼做也必須還錢！

這可能會使法蘭克十分爲難。大家都沒錢，怎麼叫人家還？他肯定會這樣說的。這倒也是事實，不過珠寶首飾或是房產，大家多少都還留下一些。法蘭克完全可以把那些東西要過來，然後再把它們賣了變成現金！

思嘉麗想：「我一定得告訴他這個辦法，他可以爲了友情受窮，但是我不願意。如果連這點勇氣都沒有的話，那他將來什麼事也做不成！他必須得賺錢，就算不由我當家，也得督促著他！」

正當思嘉麗這樣一邊寫一邊思考的時候，忽然鋪子的門被推開了，一個高個子的男人伴著一陣冷風吹進來；那個人邁著只有印第安人才有的輕快腳步朝她走過來。

思嘉麗猛然抬頭一看，竟然是瑞德·巴特勒！他穿著一件很漂亮的新大衣，披著新披風。當思嘉麗的目光和他的目光相遇的一刻，他摘下了他頭上高高的帽子，把它放在有褶的襯衣前胸，恭敬有加地深鞠了一個躬。在黑褐色的面孔襯托下露出他雪白的牙齒，一雙黑眼睛滴溜溜亂轉，緊緊地盯著思嘉麗看。

「我可愛的甘迺迪太太，」他邊說邊向思嘉麗走過來，「我最美麗的甘迺迪太太！」接著哈哈大笑了起來。

剛開始思嘉麗還以爲自己是遇到鬼了呢！隨後立刻放下盤著的那條腿，伸直了腰，冷冷地望著這個不速之客：「你來這裡做什麼？」

「我去探望皮蒂姑媽，聽說你結婚了，我是特意來給你道喜的。」

思嘉麗想起在他那兒所遭受的羞辱，怒火像火焰一樣燃燒起來：「你真是狗膽包天！你竟然還敢來這裡看我！」

「我爲什麼不能來看你呢？」

「啊，你這個可恨的壞蛋……」

「行了行了，我想我們還是和好吧！」他停住了，在他那稍縱即逝的笑容裡顯然有一種輕率的味道。但是，他根本不會爲自己的所作所爲感到羞恥，更沒有譴責思嘉麗做的事有違什麼規矩的意思。

思嘉麗在這樣的狀況下，也只能苦笑道：「他們沒有把你絞死真是讓人感到失望。」

「你這個想法也能代表一部分人的看法！我可不可以坐下呢？」

「不可以。」

他毫不在意她的拒絕，拿了把椅子在她的身邊不遠處坐下：「怎麼連兩個星期也不願意等我？你真是個水性楊花的女人！」他諷刺地發著感慨。

看思嘉麗沒有說話，又說：「思嘉麗，我們算是知己，你等我出獄不就行了嗎？難道嫁給甘迺迪那個老頭會比跟我發生不正當的關係更有誘惑力嗎？」

思嘉麗大笑起來。每當瑞德的話使她憤怒到極點的時候，她就會用大笑來對付他！

「完全是無恥的胡說八道！」

「你能不能滿足一下我的好奇呢？先後和兩個你完全不愛的男人結婚，你真的就沒有一絲厭惡感？沒有什麼顧慮？」

「瑞德・巴特勒！」

「我很小的時候就被灌輸女人都是敏感、脆弱、溫柔這樣的概念；可是我後來漸漸發現女人有一種男人所沒有的耐心和韌性。」

「你說到哪裡去了？」思嘉麗冷冷地回答道。想要轉移話題，緊接著加了一句：「你是怎麼從監獄出來的？」

「非常簡單，」他擺出一副輕鬆自在的樣子說，「也沒費很大的周折，他們今天早晨就把我放出來了。因為我對一個在華盛頓政府擔任要職的傢伙用了點小小的手段。他是一個非常了不起的人物！頭腦相當靈活，在戰爭期間，我從他那兒為南方聯盟買進好多武器彈藥和有裙箍的裙子；當他得知我的情況時，他立刻下令釋放了我！看吧，有權力就有一切！權力可以解決一切難題。是否有罪，那完全是個理論問題而已。」

「我敢發誓，你絕不是無罪的。」

「你說得很對！但反正我已經逃出牢籠，我可以坦率地向你承認我確實殺了那個黑鬼，他對一位太太傲慢無禮，於是我就殺了他；在某家酒吧裡，我和一個北方佬騎兵拌嘴，我也把他斃了。我還可以告訴你一件更加秘密的事，你不能告訴其他人——包括皮蒂姑媽——我的確得到了那筆錢！就存在利物浦的一家銀行裡。」

「什麼錢？」

「就是那些北方佬成天追問我的錢啊！思嘉麗，上次你向我借錢的時候，我不是沒有借你嗎？絕對不是出於小氣！我即使給你開了支票，你也拿不走一分錢，還會連累我也出不了獄！我唯一能做的就是不承認。我清楚我的錢非常的安全，即使他們找到了也完全不可能拿走！假如一定要拿的話，我就把在戰爭時期那些給我們南方聯盟武器支援的北方佬說出來，很多人現在已經在華盛頓當大官了。事實證明，我要脅他們之後，他們立刻就放了我！」

「你的意思是：南方聯盟的那些金子你真有？」

「當然不是全部。過去做封鎖線生意的時候，許多人都把錢存在納索、英國、加拿大等地，大概不下五十個人這樣幹！我大概存了五十萬吧。你想，是五十萬呢！假如你能克制住自己，不是那麼急著結婚的話！」

五十萬！天啊！一想到那麼一大筆錢，思嘉麗就像患了重病一樣感到一陣陣劇痛。那些諷刺的話，她一點也不在乎了，也可以說是根本沒有聽見；在這個充滿苦難的現實世界裡，在絕大部分人還吃不上飯的年代，竟然有人有這麼多的錢！但思嘉麗卻僅有一個又老又醜的丈夫和一家簡陋的小商店！老天爲什麼會這樣不公平呢，像瑞德這樣的壞蛋居然會如此富有，她卻一貧如洗地擔負著沉重的擔子！

思嘉麗痛恨這個坐在她旁邊誇誇其談的傢伙！她恨他，她要用最尖酸的話來消滅他的囂張氣焰！

「你認爲你能夠正當地拿著南方聯盟的這些錢嗎？不，絕對不可能！這和偷來的又有什麼區別？憑良心說，我是沒打算要這種錢的！」

「哈，今天的葡萄怎麼那麼酸啊！」瑞德笑說，「按照你的說法，我是偷的沒錯，可是我究竟是從誰手裡偷來的呢？」

她無言以對。這的確沒法回答！說實話，他所做的和法蘭克幹的沒有區別，只是後者比人家小很多罷了。

「這其中的一半絕對是用正當途徑換來的，是在一些貪小便宜的官員們的協助下換來的，他們心甘情願背叛他們的聯邦，在每一樣物品上都要獲取百分之百的利潤。其他一部分是戰爭初期我在棉花上所獲得的收益，那時的棉花非常的便宜，但是到了英國一磅就能賣一美元！另外還有一部分是在糧食投資的生意上賺來的。我自己辛苦賺來的錢，我當然要想辦法藏起來，我千辛萬苦賺來的錢憑什麼要讓那些北方人拿走呢？但是其餘的的確是南方聯盟的財產，南方聯盟那時命令我們想辦法把棉花通過封鎖線運輸出去，運到利物浦高價出售，然後讓我們幫他們買回皮革和機械；他們是實心實意的，我同樣也是真心誠意的，用我的名字把錢存在英國銀行也是按照他們的指示做的。」

「因為後來封鎖線太嚴，誰都沒辦法進出，錢也只有先存在英國的銀行裡了。我不清楚還有什麼辦法，難道要我像個傻瓜一樣，把錢從英國運回來，運到威爾明頓送給北方人嗎？封鎖線嚴緊，南方聯盟的失敗，難道是我的錯？這些錢過去是屬於南方聯盟沒錯，可是現在南方聯盟完全消失了，那麼錢算是誰的呢？我該把錢給誰呢？難道要給北方佬政府嗎？人家說我是賊，我絕不承認！」

瑞德從口袋中的皮夾裡掏出一根雪茄，津津有味地聞了聞，裝出一副焦急的模樣瞧著她，似乎是在等待她回答。

「該死，他總是搶先我一步，」她想。「他的行為我聽起來總有些錯的地方，可我卻指不出他底錯在哪裡。」

「你可以把這筆錢分給那些真正需要錢的人啊，」她一本正經地說，「南部聯盟是不存在了，但還有許多聯盟的人和他們的家屬正在挨餓呢。」

他把頭朝後一仰，粗魯地放聲大笑起來。

「老天！你現在這副僞善的樣子真是再迷人而又可笑不過了！」他嚷道：「思嘉麗，愛爾蘭人是世界上最不善於撒謊的民族。你還是坦率些吧，你對已經不復存在的南部聯盟從來不在乎，更不會去關心那些挨餓的人。要是我提出把所有的錢都給他們，你準會尖叫起來抗議的，除非我先把最大的一份給你。」

「我才不稀罕你的錢呢！」思嘉麗氣憤地喊道，並且盡量裝出一副冷漠嚴肅的樣子說。

「哎喲，你真的不要嗎？我看你現在都急得心癢了。只要我拿出一個二角五分的銀幣來，你就會撲過來搶的。」

「如果你到這裡來就是爲了侮辱我和笑我窮的話，那你就請便吧。」她一邊抗議，一邊設法挪動膝頭上那本厚厚的帳簿，以便站起來，使她的話顯得更有力些。但他搶先站起來，湊到她跟前，笑著將她推回椅子上去。

「你一聽到大實話便發火，這個脾氣什麼時候才能改呀？你說別人實話的時候卻毫不留情，爲什麼別人一講出你的實話你就受不了了呢？我不是在侮辱你。我倒認爲看重錢財是一種非常好的品德。」

思嘉麗明白他口中所說的看重錢財其實並不是什麼貶義詞，既然他表示了讚許，她的心情也就稍微平靜了些。

「我今天絕不是來諷刺你的貧窮，而是專門來祝賀你新婚之喜的！怎麼樣，對你的偷竊做法，蘇倫有何反應沒有？」

「我的什麼？」

「你公然偷走了她的法蘭克。」

「我並沒有……」

「好吧，我們不必在措辭上糾結了。她到底怎麼說的？」

「她沒說什麼。」思嘉麗說。

他一聽便眉飛色舞起來，指出她在撒謊。

「她可真夠寬宏大量呀。現在讓我來聽聽你哭窮吧。我有權瞭解，不久前你還到監獄來找過我。法蘭克有沒有給你想要的那筆錢呀？」

他絲毫不掩飾自己的放肆態度。她要麼忍受，要麼就請他離開。不過，現在她並不想趕他走。他說的話帶著刺，但都是些大實話。他瞭解她所做的一切，以及她爲什麼要這樣做，並不會因爲這樣而看不起她。即使他經常直截了當地說穿她的真實目的，可是他並無惡意；他是唯一一個可以聽她傾訴心裡話的人。

這對她是一種慰藉，因爲她很久沒有向人傾吐自己的心事了。要是她把心裡話都說出來、恐怕誰聽了都會大吃一驚的，而跟瑞德談話，就好比穿了一雙太緊的鞋跳舞後換上一雙舊拖鞋那樣，讓人感到無比輕鬆和舒適。

「你弄到交稅的錢了沒？可不要告訴我在塔拉還有挨餓的危險。」說這話時，他的聲調有點不一樣了。

思嘉麗抬起頭來，似乎有點不可思議地望著他的眼睛，突然她對他笑了一下，在這段日子裡，在思嘉麗的臉上難得出現像這樣甜美的微笑。這個傢伙實在很壞，可是有時候她卻發現他是那麼好。思嘉麗這才知道，瑞德這次來看她不是專門來嘲諷她的，只是想知道她是不是得到那筆挽救塔拉的錢，所以才會這麼著急。

即使他努力裝作一副無關緊要的模樣，但是從他一走出監獄就連忙來看她，就可以看出他的關心。如果現在她還需要錢的話，瑞德肯定會不假思索地把錢拿出來，可是如果是思嘉麗自己說需要錢的話，他還是會想方設法地諷刺她。他真是個叫人難以捉摸的傢伙。難道他真的對她有意思，比他自己所樂於承認的還要多？或者他懷有某種別的意圖？她想也許是後者吧。但是天知道呢？有時他淨做些這樣的怪事。

「不，」思嘉麗說：「我們不用挨餓了，我已經拿到錢了。」

「你拼命控制欲望，直到戴上結婚戒指的那一刻爲止吧？」

思嘉麗盡力克制著才沒有笑出來，這壞蛋竟一針見血地說破實情。

瑞德又坐了下來，伸直兩條長腿，悠閒地往後靠了靠。

「好了，現在談談你的困境吧。法蘭克這個老東西是否騙了你？他怎麼可以這樣欺負一個弱女子，我非重重地揍他一頓不可。思嘉麗，你就老實地告訴我吧！你對我沒必要有什麼保留，因爲你那些最糟糕的秘密我都清楚！」

「唔，瑞德，你真是個最壞的……唔，我不知該怎麼說才好！不，他倒不完全是欺騙我，不過……」她說：「瑞德，只要法蘭克能收回別人欠他的債，我就沒什麼好擔心了。有五十多人欠他錢呢！可是他一直不肯去催他們還，他總認爲上等人不能做這種事。」

「你那麼急著要回那些錢做什麼？難道你非得收回這些錢才夠吃用嗎？」

「不是這樣，我只是想用點錢……」說到那個鋸木廠，思嘉麗就兩眼放光。

「你要幹什麼？難道還打算繳更多的稅嗎？」

「這跟你有什麼關係？」

「當然有關係，因爲你一直在討好我借錢給你！你心裡想什麼其實我非常清楚，我會借給你的，甚至你過去所提出的那麼誘人的條件我同樣可以不要，我親愛的甘迺迪太太！但是，假如你仍然堅持，那也未嘗不可。」

「你可真是一個無可救藥的傢伙！」

「我其實很願意借錢給你！但是，我必須瞭解，你借這些錢到底用來幹什麼？假如這些錢是用來給你自己買衣服或者馬車用，我一定什麼都不會說！但是要是用來買褲子給艾希禮・威爾克斯的話，那就另當別論了。」

他的話讓思嘉麗感覺很生氣：「你……他沒向我要過一分錢！哪怕挨餓他也絕不會向我要錢的！你一點兒也不瞭解他！他是個非常自重的人！當然你不可能理解，像你這樣一個不折不扣的……」

「讓我們別開始罵人吧。我同樣可以拿出一些罵人的話回敬你！這種一點意義都沒有的做法今後我們還是不要做了吧！你可能忘了，我一直在透過皮蒂姑媽瞭解你的狀況，好心的皮蒂姑媽只要碰到一個同情者便無話不談。我知道艾希禮從羅克艾蘭回家之後一直住在塔拉，我也知道你甚至還容忍他的妻子守他在身邊，這對你一定是個嚴峻的考驗吧。」

「艾希禮是……」

「是啊！艾希禮應該值得尊敬！」瑞德擺擺手說，「像我這樣卑鄙的小人是難以受到人們尊重的！但是我作爲你們在『十二橡樹』親密一幕的見證人，從那以後的跡象告訴我他始終沒變。你也沒有變。要是我沒記錯的話，他那天對你的行爲並不是那麼值得尊重啊。我也不認爲他現在就比以前更崇高了！他爲什麼不帶著家眷自己出外去找工作，爲什麼他一定要住在塔拉農場呢？當然，這只不過是我突然想到的，如果你要是爲了要養這樣的人而向我借錢的話，那麼就不要怪我直言，一個子兒我也不會借給你的！最沒出息的事莫過於讓女人來養活的男人了。」

「你，你怎麼可以這樣說他呢？他就像個奴隸一樣在田裡辛勤勞作，幹著累死累活的工作！」思嘉麗一想起艾希禮滿頭大汗地劈木頭的場景她就一陣心酸。

「我敢說，他所值的黃金和他的體重一樣多。製造肥料方面，肯定是把好手，並且……」

「他……」

「肯定是啊，我知道。他已經非常的努力，可是他能帶給你的究竟又有哪些幫助呢？難道他就只能作爲幹農活的能手嗎？或許他還有什麼有價值的地方？威爾克斯家族現在已經徹底淪爲一個擺設了！消消氣吧，別在意我對那個驕傲而高尚的艾希禮說了這許多粗魯的話。我真奇怪連你這樣一個精明而講求實際的女人居然也會抱著這些幻想不放。」

思嘉麗沒有說話。

「你到底要錢幹什麼用？思嘉麗，你要記住，除了謊言以外，我什麼都可以容忍你！你對我的厭煩、你的壞脾氣、你的潑辣行徑等。但是僅僅有一點，就是不要撒謊！好了，你要錢到底幹什麼？」

瑞德沒來由地攻擊艾希禮，讓思嘉麗心裡十分惱火，她實在很想不顧所有一切地向他的臉上吐一口唾沫！就在她要做決定的那一刻，她的理智把她又給拉住了。她勉強壓住怒火，裝出一副文雅端莊的表情。

瑞德神情自若地靠著椅子，得意忘形的兩條腿都伸到爐火邊上了。他說：「和其他事相比，世界上只有一件事情更讓我感到興奮，那就是看你不知所措的內心鬥爭——這種金錢和原則之間的現實的鬥爭。我知道最後贏的一定是你天性中實際的一面，不過我很樂意等待，看是否有一天你能在更好的一方面也會取得一次勝利！要是這一天真的來到，那我就只好捲舖蓋走人，永遠地離開亞特蘭大了！……好，我們還是言歸正傳吧。你到底要多少，幹什麼用？」

「我也不曉得要多少，」表情麻木的思嘉麗說，「我想買一家鋸木廠——越早買就會越便宜，我還打算買兩輛貨車和兩頭騾子——一定要好的騾子，還有一匹好馬和一輛好馬車，是給我自己用的。」

「什麼？你要買鋸木廠？」

「對啊，如果你肯答應借給我錢的話，我可以考慮分給你一半利潤。」

「你要鋸木廠做什麼？」

「賺錢啊！鋸木廠可以賺很多錢，或者你借我，我付你利息，先讓我想想，利息應該是多少。」

「百分之五十的利息應該不錯。」

「百分之五十？你是在開玩笑吧！不准笑，我可是在說非常正經的話呢！」

「我就是在笑你的正經！除了我，還會有誰知道你那聰明的小腦袋裡裝的都是一些什麼樣的鬼點子呀！」

「你不要說這麼多廢話，瑞德，你仔細想想，這可是一筆非常好的生意！我聽法蘭克說，桃樹街有個鋸木廠，鋸木廠主人因爲急需用錢打算賣掉，所以願意廉價出售。現在這一帶沒有幾家鋸木廠，而人們蓋房子的熱情卻很高！並且可以讓廠主留下，讓他來管理工廠，然後給他工資就行了。這都是法蘭克的想法，付塔拉農場稅的那筆錢本來是他準備買鋸木廠用的。」

「噢！可憐的法蘭克，假如他知道正是你從他鼻子底下搶著把這個廠買下來，他會作何感想呢？你從我這兒借的錢，又打算怎麼向他解釋，而不至於損壞你的名聲呢？」

思嘉麗並沒有考慮過這一點，她一心想的只是這個木材廠可以賺大錢。

「嗯，我不告訴他就是了。」

「他總會知道你的錢也不是大街上撿來的啊！」

「那麼我就說，就說，我把我的鑽石耳環賣給你了，我也確實準備要把它給你呢！算作是我的抵押……吧！」

「我不要你的什麼耳環作為抵押品。」

「我也不想要它，因為我不喜歡，再說那也不是我的！」

「那是誰的？」

那個可怕的悶熱中午立刻浮現在思嘉麗的腦子裡，在寧靜的塔拉農場的走廊上躺著那個北方佬的屍體。

「是一個死人留下的，但是現在完全可以說已經是我的了。你把它拿去吧，我非常樂意把耳環兌成現金。」

「天哪！」他不耐煩地嚷道：「難道除了借錢，你就沒有其他可說的了？」

「沒有，」她坦率地答道，一面用她那雙尖利的綠眼睛盯著他。「要是你有過我這樣的經歷，相信你一樣也不會想其他的了。我發現錢是世界上最最重要的東西。上帝作證，我絕不要再挨餓了。」

這讓思嘉麗記起了在那火辣的太陽下，她的腦袋枕在火熱的紅土上，曾在心裡默念：我一定不要再挨餓了，絕對不要！

「我一定會有錢的，總會有那麼一天，我相信我會擁有很多很多錢，我想吃什麼就有什麼！那時候我的餐桌上絕不再有玉米粥和乾豌豆，我還會有很多美麗的衣服，全部都是綢子的……」

「全都是？」

「全都是！」思嘉麗對他言外的挖苦之意一點也不在意，「當我有了很多錢之後，我的塔拉就再也不會被北方佬拿走了！我不僅要在塔拉蓋新房子，還要蓋倉庫，買耕地，還有騾子……到時候，小韋德就不會有得不到自己想要的東西的痛苦！我們全家再也不會挨餓了！我說到做到，我一定要辦到，這些你永遠不可能理解，因爲你只是一條特別自私的獵犬！從來沒有被提包黨的人趕過，也從來沒有挨過餓，從來沒穿過破衣服……」

瑞德打斷了她的話，「在聯盟軍隊裡我可是足足待了八個月啊！我在那裡挨餓的感受你是絕對體會不到的！」

「你說什麼，在軍隊？呸，你從來就沒有耕過地，從來沒有摘過一次棉花，甚至從來沒……不許笑！」思嘉麗大聲一喊，他的手放到了她的手上。

「我不是在嘲笑你，而是笑你的外表和內心的距離實在太大了！我回憶我最初在威爾克斯家的野宴上碰見你的情景。你穿著綠色的衣服，腳上穿著一雙綠色的便鞋，四周圍著一大群男人，多麼得意呀。我敢說那時候你一定不知道一美元是多少分，那時你腦子裡想的全是怎樣去誘惑艾希禮……」

她把手猛地從他手底下抽開。

「瑞德，假如你還想和我相處下去的話，那就請你永遠別再提艾希禮，因爲他總會引起我們之間的爭論，而且你壓根就不瞭解他！」

「這麼說你對他是一清二楚了？」瑞德沒好氣地說，「思嘉麗，我要是借錢給你，那麼我就要保留談論艾希禮的權利，我愛怎麼說他便怎麼說。我可以放棄利息，但決不放棄這個權利。關於這個人的事我還有不少想知道的呢。」

「我不想和你談論他。」

「你必須說！因爲我掌握了錢袋的繩子呢，等你有了錢，你也可以行使自己的權利去這樣對待別人嘛。看來你對他還是有意的……」

「我沒有。」

「從你這樣迫不及待維護他的模樣來看，就證明我的判斷一點兒沒錯。」

「我絕對不能容忍別人嘲諷我的朋友。」

「那好，我們暫時先不談這個，就讓我們談談他對你怎麼樣吧？他對你還有意思嗎？還是已經忘了？或許是已經知道怎樣欣賞自己的妻子了？」

說到媚蘭，思嘉麗呼吸開始急促起來，差點忍不住要吐露全部真情，告訴他艾希禮只是爲了保全面子才同媚蘭在一起的，但話到嘴邊又慜回去了。

「這樣說來，還沒有充分感受到威爾克斯太太的優點了？甚至在監獄裡的困苦生活也沒有減輕他對你的熱情？」

「我覺得再談論這個問題實在沒有意思。」

「我就是要談，」似乎有一種真實的東西隱藏在瑞德的話裡，只不過思嘉麗一點兒也沒有在意。「說實話，思嘉麗，我真的很想弄清楚，並且你一定要回答我，他是否仍然還愛著你？」

「他愛怎麼樣就怎麼樣吧，我真的不想跟你談論他，因爲你根本不瞭解他！你更不懂那種愛！你所瞭解的愛可能就只是……只是貝爾．沃特琳的那一種！」

「啊！你的意思是說我只懂得淫欲嗎？」瑞德問。

「這些你自己心裡明白。」

「現在我才明白你爲什麼不願意跟我談論這件事了。原來是怕我這不乾淨的手和嘴唇會玷污你那純潔的愛情呢。」

「可以這麼說。」

「可是我對這樣純潔的愛情反倒更感興趣了。」

「瑞德，你就不要再討厭了！難道你認爲我們之間會有什麼不正當的關係？」

「啊！這我真的還沒有想過！實際上我對這件事這麼感興趣的原因也正是因爲這樣！爲什麼你們之間就不會有過一點不正當的關係呢？」

「你真的是太小看艾希禮了……」

「啊！這樣看來，堅守你們愛情的聖潔而鬥爭的其實是艾希禮而不是你了？你也真是的，思嘉麗，你怎麼能這麼易如反掌地就把自己給出賣了呢？」

思嘉麗惱怒又無奈地窺視著他平靜而不可捉摸的面孔。她說：「好了，我們不要再談這些了。我不要你的錢，請你趕快離開吧！」

「啊！不不不，你必須要我的錢！既然我們談了這麼久，爲何不繼續往下談呢？談論如此聖潔的一段愛情史，肯定不會有什麼害處的！既然裡面並沒有什麼見不得人的行爲！這麼說的話，艾希禮愛的是你的心，你的靈魂和你那高尚的品德嘍？」

思嘉麗清楚艾希禮愛的正是他所說的那些東西，也正因爲她清楚這一點，所以她才覺得生活還能忍受下去。深埋在她內心深處的美好東西只有艾希禮才能發現，並且是艾希禮讚賞的！艾希禮和她保持距離只是出於名譽上的顧慮，可是所有的真相被瑞德用那種嘲諷的口吻說出來之後就變了味道，就顯得不那麼美好了！

「這讓我又想起一種荒誕的想法，在我小時候認爲這樣純潔的愛是可以在這個混亂的世界上存在的！」他說，「這樣可以得出，他對你的愛根本就沒有肉體的因素存在了？如果你長得很醜，沒有像現在這樣雪白的肌膚，情況是否還會是這樣？假如你沒有一雙能讓所有男人神魂顛倒、寢食難安的綠色眼睛，那麼他還可能愛你嗎？還有你的俏臀，對九十歲以下的男人都有著極強誘惑性的浪勁？你那兩片嘴唇……啊，我可不敢讓自己的淫欲去冒犯呀！難道艾希禮對這一切都沒看見，還是他看見了，竟然無動於衷呢？」

她不由得又想起那天在果園裡的情景：艾希禮兩臂哆嗦著將她緊緊摟在懷裡，那張嘴狂熱地吻著她，似乎永遠也不會再分開了。她不禁臉紅了，這個變化自然逃不過瑞德的眼睛。

「看你創造了一個怎樣的地獄給艾希禮啊，真讓人感到可憐啊！」

「什麼，你說是我給他製造了地獄？」

「你的存在對他來說是一個巨大的誘惑，他和他家族裡的絕大多數人一樣，爲了保護虛僞的名譽，不管什麼樣的愛情都可以拋棄！艾希禮實在非常可憐，不僅沒有愛情，而且也沒有榮譽了！」

「他有愛情啊！我的意思是，他一直愛著我！」

「要是他真愛你，他怎麼會讓你跑到亞特蘭大來弄這筆稅金呢？如果是我所愛的人自己去弄稅的話，我寧願……」

「他不清楚，他並不知道我出來幹什麼。」

「難道你就沒想過他應該想到的嗎？」他的聲音明顯是在克制著怒氣。「要像你說的這樣，他真的愛你，他就該知道你在絕望的時候會幹出些什麼事來。哪怕把你殺了也不該讓你跑到這裡來借錢，並且不是找別人而是來找我！」

瑞德真是荒謬，似乎別人的心思他都能一眼看破！而且還可恨地揭露出來。

在這一瞬間，思嘉麗忽然意識到艾希禮是能夠阻止她的，只要艾希禮給她一個暗示，對她說有一天會好起來的，那麼她就一定不會來找瑞德了！在她上火車前，哪怕他對她只有一點愛的表達，送上一句溫暖的言語，那麼她也會毫不猶豫地回頭。可是，他只提及了榮譽！難道這次瑞德又說對了嗎？難道艾希禮真的完全知道她的計劃嗎？

不，思嘉麗立馬放棄了這個想法。以他那樣崇高的靈魂，肯定想不出這樣的想法來的！瑞德是在破壞他們之間的愛情，費盡心機要毀掉她心中珍藏的東西。

總有一天我會有錢的，到時候，我一定要讓瑞德這個壞蛋爲今天加給我的煩惱和羞辱付出代價！

「這究竟和你有什麼關係？這是我自己的事，不是你瑞德·巴特勒的事。」

瑞德聳了聳肩膀。

「思嘉麗，對你的忍耐力我是真的很讚賞，我很不願意看到你在過於沉重的精神負擔下崩潰。現在你父親病倒了，沒法再幫忙你，可是那麼大規模的管理是需要男人的！你現在有了丈夫，還有一個皮蒂姑媽，即便是不照顧看管塔拉農場和艾希禮一家，也實在夠你累的了！」

「艾希禮根本用不著我照顧，他自己……」

「行了，不談這個了！他現在幫不了你什麼，只會依賴你，假如將來你不能照顧他了，他就只能再找別人，這樣一直到死爲止。好了，我已經厭煩透了，不談他了！你究竟需要多少錢？」

思嘉麗這時真想破口大罵一頓，他加給她種種的侮辱，迫使她將心裡最寶貴的東西和盤托出，放肆地踐踏它們，最後再施捨點小錢！

但是她還是儘量克制住沒有罵出來。要是能夠傲然拒絕他的許諾，讓他滾出店門，那該有多痛快呀！可是自己還很窮，需要忍耐！一旦有了錢……啊，有了錢，自己就再也不會忍受任何苦惱的事情發生了！我一定要讓那些令人厭煩的傢伙都充軍到哈利法克斯去！瑞德就是頭一個！

思嘉麗想到這兒，她那綠色的眼睛裡閃動起活躍的火花，忍不住地要笑出聲來。這時瑞德．巴特勒也笑了。

「你實在太可愛了，思嘉麗！尤其是在想一些壞主意的時候。只要我能看見你那迷人的兩個酒窩，我心甘情願買十三頭騾子送給你。」

這時候，剛才去吃飯的店員回來了。思嘉麗立馬站起身來，披上圍巾，繫好下巴下的帽帶，她心裡有主意了。

「你今天下午有什麼事嗎?可不可以現在就和我去一趟？」

「我們要去什麼地方？」

「請你趕車送我去鋸木廠，因爲我過去答應過法蘭克，不會獨自出城。」

「難道我們要冒著雨去嗎？」

「是的，現在我們馬上就去，省得你改變主意。」

瑞德聽了哈哈大笑起來，這個舉止把那個站在櫃檯後面的店員嚇了一跳，奇怪地看著他。

「你難道忘了你又結婚了嗎？叫大家看見甘迺迪太太同流氓巴特勒一起趕車出城，那可夠你受的了，你要知道我是上等人家客廳裡不接待的人呀，你難道不顧自己的名譽了？」

「你說什麼呢？名譽？我得趕在你變卦之前，並且趁法蘭克還沒有發現之前就把這工廠給買下來才是最重要的，你再這樣磨磨蹭蹭的就晚了，現在外面不就是下了一點小雨嗎？我們快走吧！」

法蘭克同所有的男人一樣，認為一個妻子應該尊重丈夫比她高明的看法，應該全面接受丈夫的意見，決不自作主張。但是這回思嘉麗實在做得太過火了！甚至是不可饒恕！

當思嘉麗帶著迷人的微笑回答他所有的問題，並且宣布要自己親自經營那家鋸木廠的時候，法蘭克驚呆了。

「我要親自做木材生意。」這是她說的原話。

在亞特蘭大，現在還沒有哪個女人做生意的呢！其他地方也一樣。他從來沒聽說過有女人做生意的。過去法蘭克以為她只是開開玩笑，但是現在她真的要去經營那家鋸木廠了！

從那之後，思嘉麗比他還早起床，一大早趕著車去桃樹街，回來的時間比他還晚，大部分都是店鋪關了門，他到皮蒂姑媽家吃過晚飯後她才回來！

經常有些黑人或者白人流氓在路邊樹林裡活動，保護她的僅有一個不同意她做法的彼得大叔，法蘭克大部分的時間都在經營那家小店，所以沒有和她一塊去工廠。

當他表示抗議的時候，思嘉麗總是淡淡地說：「假如我稍有放鬆，那些木料就會讓那個聰明的約翰偷偷地賣出去，把錢放進自己的腰包裡！不曉得什麼時候能找到一個好人來管理，那時我就不用天天這樣跑了，我會把所有時間都用在賣木料上！」

看見女人賣木料，顧客們紛紛討論。其他人爭先恐後地告訴他她做了些什麼。

思嘉麗趕著車從一處建築工地旁邊路過，正好碰到托米・韋爾伯恩正從另外一個人手裡買木料呢，思嘉麗就立刻跑過去，當著所有幹活的愛爾蘭工人的面告訴他，說他上當了！她說只有她的木料品質是最好的！並且價錢還便宜！

為了證明她所說的話，她用了一大串數字進行解釋！她完全融入幹粗活的工人們之中，並且將她的計算能力暴露在大庭廣眾之下！

托米・韋爾伯恩決定訂她的貨之後，她仍然沒有走，和一個名聲極差的愛爾蘭工人強尼・加勒格爾又攀談起來，在城裡，光是這件事就傳了好幾個星期。

她果然在鋸木廠的經營上賺了錢，而任何男人都不會因自己的老婆在這樣不合婦道的活動中賺了錢而感到自在。最重要的是，她從來沒有把錢交給丈夫用在店鋪上。大部分的錢都寄到塔拉去了，她經常給威爾通信，叮嚀他如何利用這些錢。她還告訴法蘭克，等塔拉的修繕工作完成後，她準備將錢放出去生利息。

「天啊，這女人根本就不應該懂得什麼是抵押啊！」法蘭克無奈地說。

對於思嘉麗滿腦子的計畫，法蘭克感覺一個比一個恐懼！她甚至說要在被謝爾曼毀壞的倉庫上蓋一個酒店！法蘭克感覺開酒店是一件糟糕的事，就像把房子租出去開妓院是一樣的不道德。

思嘉麗回答他的是：「不可理喻。」

「事實上最好出租的就是酒店了，亨利叔叔過去就說過！」思嘉麗對法蘭克說，「租酒店的人總是按時的交付租金。而且，我們用賣不出的次等木材建造一個成本很小的酒店，這樣可以得到一筆很可觀的租金，加上鋸木廠的利潤，還有抵押貸款中所賺的錢，就又可以再買下幾個鋸木廠了！」

「我的天啊，親愛的，我們要那麼多的鋸木廠做什麼呢？」法蘭克大喊起來，「現在這個鋸木廠你就應該把它給賣掉，都快把人給累死了！你也清楚，讓黑人在你那裡工作會帶給你多大的麻煩啊！」

「是啊，用黑人是不怎麼好。」思嘉麗贊同他所說的話，只是關於賣掉鋸木廠她卻一點也不支持。

她又說：「約翰說了，每天早晨會有多少人來上班他永遠也不清楚，黑人最不可靠了。他們大都幹上幾天，只要有點錢就走了，花完後又回來，隨時隨地都有可能跑掉！」

「親愛的，你爲何不讓約翰先生狠狠揍他們呢？」

「那不行，那樣的話，他們會讓北方人把我送進監獄的。我確定你爸爸一輩子沒有打過黑人一下！」

對於思嘉麗的行爲，法蘭克實在感到不解，尤其是婚後她的變化，讓他感覺思嘉麗完全就像變了一個人似的！她說話的語氣態度堅決，女人那種優柔寡斷、瞻前顧後的樣子從來沒在她身上出現過，自己想幹嘛就幹嘛，乾脆俐落，絕不猶豫。

思嘉麗的我行我素，言行舉止同男人沒有絲毫差別，所以全城的人幾乎都在議論她。

「天啊，我也可能會被捲進去呀！別人會說我沒有好好管束她。」

還有一件丟人的事是，瑞德・巴特勒經常來皮蒂姑媽家！這個男人法蘭克非常討厭。但瑞德是皮蒂姑媽家的常客，表面上看，他似乎是來看皮蒂姑媽的，皮蒂姑媽也是這麼認爲的，所以非常高興。那個小韋德對別人很普通，對瑞德卻特別親，稱他爲瑞德伯伯，這把法蘭克氣得半死！可這樣的痛苦誰又知道呢？不，絕不能讓別人知道！

思嘉麗慢慢開始賺錢了，每天都回來的很晚。因爲她沒有任何做生意的經驗，工廠經營的很不容易。每當這時候，法蘭克就會乾咳一聲，說：「親愛的，既然這麼累你何必堅持幹呢！」或者說：「親愛的，如果是我，我肯定不這麼做！」

思嘉麗通常都是控制著怒氣，儘量不發脾氣。但是有時候也忍不住要大喊一聲，或是肆無忌憚地罵上一頓：你自己沒有膽量去賺錢，還有臉說我？現在這樣的年代裡，哪怕她做的不是一般女人所做的事情又怎麼樣呢？女人開工廠不也有賺錢嗎？而且賺來的錢是她和塔拉農場非常需要的！

這時法蘭克便只有保持沉默！經過四年的戰爭，他對自己的生活早已變得無所謂，只要平平安安，大家都一團和氣就行了！可是法蘭克發現，家裡的這種安定是要付出代價的，那便是思嘉麗的隨心所欲。她想做什麼就得做什麼。

但當他從外面工作回來，進家門看見微笑的思嘉麗出來迎接，在他的鼻子、耳朵或者其他的什麼不合理的地方吻了一下，或者是半夜法蘭克醒來，感到思嘉麗的頭依偎在自己的懷裡——只有這樣的時刻，他才感覺付出的代價還是值得的。

有時候他半夜醒來，看見一旁的思嘉麗在不停抽泣，連床都跟著她一起顫動，他非常驚訝地問：「怎麼了，寶貝？」

「別管我！」思嘉麗硬生生地把他頂了回去，他就不敢再追問了。

有的時候法蘭克自己也禁不住感慨，自己抓住了一隻顏色豔麗的熱帶鳥，但是卻發覺自己所需要的好像只是一隻麻雀，事實上那會更好一些。

chapter 37 恐懼的帷幕

四月的傍晚，一場傾盆大雨過後，法蘭克家傳來了急促的敲門聲。是托尼．方丹！

他是從瓊斯博羅騎馬回來的，渾身上下都濕透了，那馬好像馬上就要累死了似的。剛從睡夢中被叫醒的思嘉麗和法蘭克，心驚肉跳地趕緊把他迎了進來。

同強納斯．威爾克森曾經威脅要把她從塔拉農場趕走的時刻相比，這一次托尼傳來的消息要比那可怕得多！在大雨中急忙跑來的托尼，幾分鐘後就又急急忙忙地走了。就是這幾分鐘時間，卻給思嘉麗的生活揭開了一張恐懼的帷幕！思嘉麗絕望地感受到，這帷幕將永遠也不會落下了。

就是在那個狂風暴雨的晚上，急迫的敲門聲把思嘉麗引到了樓梯口的平臺上，思嘉麗向下一看，是面孔黝黑的托尼，但是法蘭克手裡端著的蠟燭隨之就被托尼吹滅了。

思嘉麗跑下去，握了一下他那冰冷的手，聽見他輕輕地說：「他們……都在追我……我要去德克薩斯，可是，可是，我的馬快要死了，我也幾乎快要餓死了。艾希禮說你們……一定不要有燈光啊！千萬不要驚動黑人們……盡可能不要給你們製造什麼麻煩啊！」

她們立刻把廚房裡的百葉窗和所有的窗簾都關好後，托尼才勉強同意點上一根蠟燭。他向法蘭克驚慌地講述著剛才所發生的一切，思嘉麗則在一邊緊張地給托尼準備吃的。

托尼既沒有穿棉大衣也沒有戴帽子，頭髮全都貼在腦袋上，渾身上下都濕透了，思嘉麗給他端來威士忌讓他喝下。

「真是該死！真是沒用！」托尼一邊罵一邊喝酒，「我快崩潰了，可是如果不立刻逃跑的話，同樣也是死！我要躲到德克薩斯去！艾希禮和我都在瓊斯博羅，是他讓我來找你們的！我現在急需一匹馬，還有一些錢。我的馬快累死了，而且我從家裡逃出來的時候太匆忙，既沒來得及穿大衣也沒戴帽子，甚至連錢也沒有來得及拿，其實我也沒有什麼錢可拿。我是否像一隻從地獄裡剛飛出來的蝙蝠啊！」

當他說到這兒的時候，他自己都笑起來了。

「你可以騎我的馬走，可是我手上只有十元，要是你能等到明天早晨的話……」

「不行，我沒有時間等！」托尼等不及法蘭克說完便急忙說，「也許他們就在我身後，我必須馬上走，越快越好！如果不是艾希禮把我拉出來的話，也許現在我已經被絞死了，艾希禮真是個好人啊！」

這麼說，艾希禮也同樣被捲入了！思嘉麗渾身顫抖，心都要提到嗓子眼裡了。艾希禮是否已經讓北方人給逮住了？法蘭克爲何不趕快問一問呢？他怎麼那麼鎮靜，那麼不在乎？思嘉麗就只有自己開口問了：「到底發生什麼事……誰……」

「是你父親從前的監工——那個該死的強納斯．威爾克森！」

「難道你……把他……打死了嗎？」

「我說思嘉麗，你認爲我把誰打死就會得到滿足？要是我打算殺死某人，肯定會將他碎屍萬段的！強納斯就是這個下場！」

「好極了，」法蘭克突然說，「我早就非常討厭他了！」

思嘉麗吃驚地看了看法蘭克，這是那個過去唯唯諾諾的法蘭克嗎？是那個猶豫不決，她可以任意地捋鬍子的傢伙嗎？怎麼變得這麼勇敢了呢？他變得冷靜、沉著，一句廢話都沒有。這個時候就是男人大顯身手的時候了！可沒有女人的份兒呢。

「艾希禮……怎麼樣了？」

「他告訴我他想殺那小子，但是我對他說那小子是我的事，因為薩莉是我的弟媳呀！最後他贊同了我的說法，我們就一起去了瓊斯博羅，因為他擔心那傢伙傷害我。艾希禮應該沒有任何問題的！好了，能不能再在玉米麵包上塗點果醬？然後包上些東西我在路上吃！」

「你要是不趕快把所有情況都告訴我，我可要大聲嚷嚷了！」

「等我走了之後你再嚷吧！趁法蘭克給我準備馬的工夫，我把事情講給你聽。那個該死的強納斯早就惹了不少麻煩。他對你進行恐嚇，只不過是他許多罪惡中一個小小的尾巴而已，最可恨的是他不斷地挑起黑人鬧事。北方佬不讓我們參加集體選舉，卻準備讓黑人參與選舉並且留下幾個有選舉權的民主黨人，他們把凡是參加過南方聯盟軍隊的人都排除在外。我的天啊，黑人假如有了選舉權，那麼我們不就徹底完了嗎？這個國家是我們的呀！絕對不是北方佬的！思嘉麗，一起起來幹吧，為著另一場戰爭也在所不惜！否則你等著瞧吧，這裡有黑人法官、黑人議員——全是些從樹林裡蹦出來的黑猴子……」

「快點告訴我吧！你到底幹了什麼?!」

「讓我再吃一口麵包吧，聽說在黑人平等權利這件事情上，強納斯已經太超過了，他整天和黑鬼們混在一起，說說笑笑的，竟然還說黑人有權跟白種女人……」

「我的天啊，托尼，這不可能吧？」

「就是這樣！你好像很傷心，這我並不奇怪！地獄著了火，思嘉麗，這對你來說不是新聞了。他們在亞特蘭大這裡也對黑鬼這樣說呢。」

「這我……我可不知道。」

「那一定是法蘭克不想讓你知道吧！不管怎樣，我們已經決定要在夜裡去教訓一下這個強納斯，可是還沒有等我們趕到呢——你還記得以前那個叫什麼尤斯蒂斯的渾蛋，過去一直在我們家當工頭的那一個？」

「我還記得。」

「就是他！今天，薩莉正在廚房做飯的時候，他跑到廚房裡面，不清楚跟薩莉說了些什麼，接著我聽見薩莉尖叫著跑了出來，便跑到廚房去，只見他站在那裡，喝得爛醉像個浪蕩子……思嘉麗，請原涼我用那些粗俗的字眼。」

「說下去吧。」

「他被我一槍打死了，於是母親趕忙跑來照顧薩莉，我就騎馬直奔瓊斯博羅，去那裡找那個強納斯·威爾克森，對這件事情他應該要負責！假如不是他的話，那該死的黑鬼又怎麼可能有那樣大的膽量呢？從塔拉農場路過時，我找到艾希禮，他就和我一同去了瓊斯博羅。到了城裡我才發現，我沒有帶槍！槍被我丟在了馬棚裡！那時我真的是被氣昏了……」

說到這兒，他又停住了，吃了口麵包。思嘉麗頓時感覺到一陣戰慄，方丹家族的粗暴行爲在全縣是有名的！

「這樣，就只好用刀了。我在一個酒吧裡見到了他，於是我把他抓到一個隱蔽的角落裡，艾希禮替我擋著，我先向他說明了目的，最後一刀解決了他，快到連我自己都還沒明白時，就結束了他的生命！」托尼努力回憶當時的情景，好像真的想不起來了。

「我清醒過來後，艾希禮趕我上馬，讓我到你們這裡來，在這種關鍵時刻他表現得很勇敢，他自始至終很鎮靜，有條不紊的，真是不簡單啊！」

這時法蘭克拿著自己的大衣走了進來，那是他唯一的一件厚大衣！但思嘉麗沒有表示異議。好像對這件事完全站在局外，這可純粹是男人的事呀。

「但是，托尼，你家裡人離不開你呀！難道你不應該回去看看，給他們解釋一下……」

「哈哈，你真的是娶了個傻老婆啊！法蘭克。」托尼邊穿大衣邊大笑起來。「她還以爲北方佬會給一個保護女人不受到黑鬼污辱的男人獎賞呢！思嘉麗，請親我一下吧？法蘭克你千萬別吃醋啊，可能咱們這次就是永別了！德州離這兒遠著呢，我現在不敢寫信，請轉告我家裡人，目前我一切平安。」

思嘉麗讓他親了一下，兩個男人走了出去，一陣輕輕低語之後，隨之而來的是馬蹄飛濺的聲音，托尼走了。

思嘉麗從門縫裡看到法蘭克把一匹踉蹌的馬牽進了馬棚，她關上門，兩個膝蓋哆嗦起來，最後一屁股跌坐下去。

北方人用槍炮給黑人做支撐和後盾，才可以讓那些黑人站到最上層指手畫腳，思嘉麗很可能面臨著被殺死、被強姦的危險，並且這樣的事情即使真的發生了，白人也毫無辦法，只能夠袖手旁觀！

「這可怎麼辦啊？」思嘉麗絞著雙手，害怕地想，「只是爲了保護一個像我這樣的女人，托尼就有可能被無辜地給絞死，難道就沒有辦法來對付那些壞蛋和流氓嗎？」

「這確實讓人無法忍耐！」

這是剛才托尼說的話，他說得對啊！的確是不能再容忍了。可是，我們不忍耐又能怎麼樣呢？全身發抖的思嘉麗生平第一次開始客觀地思考問題。她現在明白被嚇得膽戰心驚的她絕不會是唯一潛在的受迫害者，她和那些成千上萬的南方女人一樣，都處於一種孤苦無助的狀況下！並且還有成千上萬本來已經投降，並放下了武器的男人們，現在也不得不重新拿起武器來對抗了！即便前面就是死亡，也絕對義無反顧！

法蘭克臉上有一種和托尼一樣堅定和決絕的表情，最近，思嘉麗在亞特蘭大的男人臉上經常可以看到，是她過去注意到可是沒有太多的興趣和多餘的時間去研究的面孔。現在，在法蘭克和托尼的臉上，這種選擇又彷彿重新出現了。他們的眼睛裡包含有悲憤者和復仇者的火焰！自己彷彿和附近的人有一種如同家人的關係。思嘉麗竟然第一次發出感慨，人們所思所想其實都和她幾乎一樣，大家的心都是按照一個頻率在跳動，痛苦和擔心、歡樂和悲傷都是不可割開的啊！

當看到渾身濕淋淋的法蘭克走進來的一瞬間，思嘉麗突然一下跳了起來：「法蘭克，像這樣的日子，我們還要容忍多長時間啊？」

「只要看我們不順眼的北方人還存在，我們就必須忍耐下去。」

「難道沒有其他的辦法嗎？」

「我們還會有什麼辦法呢？我們一直都在想啊！」摸了摸濕淋淋的鬍子，法蘭克疲憊地說。

「那你想出來沒有？」

「還沒有呢，等有點眉目後我們或許會有辦法的，只不過大概要等很久的時間，或許要經過很多年，也可能南方就一直這樣持續下去。」

「天啊，不，絕對不可能的。」

「親愛的，睡吧！你會著涼的，看你冷的都在發抖呢。」

「這要什麼時候才能夠結束啊？」

「要等選舉權掌握在我們南方人的手中，所有的人都選擇我們南方人和民主黨人的時候吧！」

「什麼？選舉權？」思嘉麗失望地叫了起來，「那會有什麼用啊？他們黑人會全部失去理智，北方人會煽動黑人來對付我們的！」

法蘭克努力解說著怎樣通過選舉權來解脫當前的困境的方法，可是這對思嘉麗來說太複雜了，她根本就聽不懂。她還在想著托尼，想著她的塔拉農場將會永遠不再受強納斯．威爾克森所威脅了，她的心裡充滿著感激。

「可憐的方丹一家！現在就僅僅剩下亞可克斯了。為何托尼不等到晚上再行動呢？那樣的話別人就不知道是誰幹的了。」思嘉麗喊道。

法蘭克伸出臂膀摟住她，通常他總是戰戰兢兢地，生怕她會不耐煩地推開他，而今夜他的眼睛望著遙遠的地方，竟無所畏懼地把她的腰緊緊摟住了。

「親愛的，如今可是有遠遠比耕地要重要的事情等著你啊，給黑鬼們一點教訓看看，我們不用過分擔心，南方還是有人才的。好了，我們睡吧！」

「可是，法蘭克……」

「只要我們所有人團結一致，一起對抗北方人，總會有勝利的一天。你那可愛的小腦袋就別再為這事分心了。親愛的，讓我們男人多分擔點吧！」

思嘉麗告訴法蘭克，說她有孩子了。

思嘉麗因爲有了身孕，心情十分不好：一方面氣憤那些闖進她臥室的穿制服的粗魯士兵，把她的一些小東西給順手牽羊地偷走；另一方面又十分擔心托尼．方丹的事把大家都給連累了。那樣，不僅可能把她和法蘭克抓進去，就連無辜的皮蒂姑媽也有可能被抓！

一段時間以來，沒收叛黨的財產來抵償戰爭債款的宣傳一直在華盛頓盛行，思嘉麗感到十分恐慌，而且亞特蘭大也在盛傳一種說法，說凡是違反法律的人，不僅要剝奪自由，還要沒收財產！

思嘉麗很擔心，怕不僅僅是法蘭克會被抓進去，財產還會被沒收，他們將失去店鋪、工廠和房子！實際上就是不沒收的話，假如兩人一起被關進監獄，那和沒收財產又有什麼分別呢？沒有人管理了，任何財產都會自動消失。

她埋怨托尼給他們帶來了可怕的麻煩。托尼怎麼會對自己的朋友做出這樣的事來？艾希禮怎麼會叫托尼到這裡來呢？她再也不願幫任何人的忙了，因爲這似乎意味著讓北方佬像一窩蜂似地擁來向她勒索。以後她要把需要她幫助的人拒之門外，當然，除了艾希禮。

托尼走後的幾個星期裡，只要外面有輕微動靜，她就會從夢中驚醒，生怕幫助了托尼的艾希禮不得不逃去德克薩斯，也經過這裡。

不知道艾希禮現在的情況怎麼樣了，關於托尼來過的事，她也不敢寫信告訴塔拉農場，因爲信件可能被北方佬截獲，那就會給塔拉農場帶來滅頂的災難了！

幾個星期過去了，沒有什麼壞消息傳來，知道艾希禮總算沒有被牽連上。最後，北方佬也不再來打擾他們了。但是，思嘉麗仍然沒有從托尼來訪時開始的恐懼中擺脫出來。這種恐懼比圍城時的炮彈所引起的震驚更爲厲害，甚至比戰爭最後幾天謝爾曼的部隊所造成的恐怖還要厲害。

一八六六年早春，思嘉麗終於明白自己和整個南方面臨著怎樣的處境。南方就像被一隻狠毒的巨手弄得完全顛倒了，權力從白種人跑到了黑人手中，北方佬已經使南方屈服了，而且還打算繼續下去，直到永遠。

喬治亞州到處都有重兵看守，尤其是亞特蘭大，更是一副如臨大敵的情形。在各個城市的北方佬軍事指揮官擁有絕對的權力，怎麼做生意、給僕人多少錢、應該如何在公開和私下的場合講話、寫什麼樣的文章給報紙等，都有明確的規定。就連倒垃圾的時間和地點都有明確的說明；過去的南方聯盟的支持者的家屬只能唱什麼樣的歌曲，《狄克西》、《美麗的藍旗》之類的歌曲是絕對不允許的，假如違反，那就是僅次於造反的罪行！

越來越多的人被關進監獄，只要有一點不滿的言論或者有一點成爲三K黨的嫌疑，或者有黑人控告他態度傲慢，就足以把這個人抓進監獄了。只要有黑人的檢舉，什麼證據也不需要。在自由人協會的鼓動之下，樂意出來舉報的黑人越來越多。

奴隸成了主人，最下層的黑人爬到了上層！有些不願意擁有什麼自由的教養比較好的黑人，結果就只好遭受和白人一樣的命運了，吃了很多的苦。有很多過去當過管家的黑人，曾經是黑人之中最高等級的奴隸，現在不願意離開白人主人的家，就只好幹過去下等黑人幹的體力活。其實許多幹田間活的忠心奴隸也拒絕接受這種新的自由。

在奴隸制時代，這些卑賤的黑人一直是被幹家務活和庭園活的黑人所看不起的，他們被看成不中用的傢伙。正如愛倫那樣，整個南方農場主婦都讓那些黑人的孩子經過一番培訓和淘汰，從中選出最優秀的去擔任較重要的任務。派到地裡幹活的那些黑人是最沒有能力學習、智力最低下，最不老實，最不可靠，最壞和最粗野的。不過現在，這個在黑人社會層次中最低下的階層卻將南方搞得民不聊生。

原先的農奴，在那幫狂妄冒險家的支持下，加上北方那種近乎宗教狂熱的熾烈仇恨的慫恿，現在發現自己突然青雲直上，身居要職了，於是便在那裡放肆起來——不是恣意破壞取樂，便是無理取鬧。不受保護的白人成了直接的襲擊對象，走在街上就會被襲擊，房子和倉庫隨時可能被燒掉，雞鴨牛馬都會被偷走，一片混亂。

所有的危險之中，遭受危險最為嚴重的是白人婦女。很多女人因為戰爭，失去了親人而獨自生活在遠離市區的房子裡，她們就成了主要被凌辱的對象。這種暴行使南方的男人被激怒了，一夜之間冒出了三K黨！

北方的報紙在大聲疾呼反對這個夜間活動的組織，北方佬將追捕到的每一個三K黨徒都處以絞刑，因為他們居然膽敢將懲罰罪犯的權力拿到手裡。

這是一幅令人觸目驚心的景象：半個民族正企圖用刺刀強迫另外半個民族接受黑人的統治，而這些黑人有許多從非洲叢林中出來還不到一代人的時間呢。北方佬要求必須給黑人選舉權，剝奪白人的選舉權正是壓服南方的有效辦法之一。

「他們的所做所為只要哪怕收斂那麼一點點，我就會勉強服從他們的規定去宣誓一下，忠於什麼聯邦政府就可以了！但是，他們不這樣做，我就一點辦法也沒有了！」類似的話，思嘉麗已經聽了無數遍，實在聽得厭煩了！

思嘉麗已經徹底陷入了恐慌之中，黑人流氓和北方佬的雙重威脅讓她快發瘋了，有可能被收繳的財產、沒有保障的人身安全，連睡夢中都會突然被深深的恐懼所嚇醒！她為自己、為家庭、為朋友、為整個南方擔心，意志消沉，托尼的那句話總在腦子裡迴響：「實在是忍無可忍了！」

經歷了戰爭、大火和重建，亞特蘭大幾乎又恢復到了戰前的繁華，又一幅繁華熱鬧的情景。但是，大街上那些穿著制服的士兵和遊蕩的黑人卻讓人厭惡，讓人不得不相信現在已經不是以前了！

現在的亞特蘭大比以往任何一個時候都更匆忙和混亂。新人不斷湧入，大街小巷擁擠著熙熙攘攘的人群；北方佬的老婆和提包黨人的新貴坐著嶄新的馬車肆意橫衝直撞。沒有名氣的亞特蘭大由於戰爭一夜出名。各行各業都在突然來臨的喧鬧和繁華中找到了機會，赤裸裸的罪惡和醜陋面貌出現在亞特蘭大的大街小巷，酒店遍地，滿街醉漢，四處流浪的黑人和白人成了亞特蘭大的街頭景象！在街上流竄著賭徒、罪犯、小偷、妓女，各種各樣的社會敗類，打架鬥毆、開槍殺人是每天必不可少的，連妓院也正大光明地營業了！

朱門酒肉臭，路有凍死骨。饑寒交迫的死亡隱藏在華麗的衣服、美妙的燈光、悠揚的小提琴、動人的舞蹈、閃光的呢絨後面！征服者的專橫跋扈和被征服者的饑寒交迫差別竟是這樣的巨大！

chapter 38

解放黑奴

思嘉麗整天目睹這種情景，甚至連夢裡也不能躲避。因爲托尼的事，她和法蘭克已經上了提包黨人的黑名單，隨時都有可能被抓進監獄。一想到她的事業將功虧一簣，她就怎樣也承受不了！孩子即將出生，鋸木廠剛剛才開始賺錢，塔拉農場還得靠她的錢來維持！假如這些東西一下子都不復存在了，一切還都得從頭再來，她怎麼可能接受得了。

在一八六六年春天那一片破壞和混亂之中，思嘉麗將全部精力放在鋸木廠上，蓋新房的浪潮正在給她急需的機會，她曉得只要她不蹲監獄就準能發財。她不斷告誡自己，處世要溫和些，謹慎些，受到侮辱得忍受，碰到不公平的事要讓步，不要冒犯任何可能傷害她的人，無論是白人還是黑人。

她同別人一樣，非常憎恨那些傲慢無禮的自由黑人，每次聽到他們的辱罵或高聲大笑時都要氣得炸了肺。但是她從來連一個輕蔑的眼色也不敢表示。她憎恨提包黨人以及那些參加了共和黨的南方白人，恨他們那樣容易便發家致富，而她卻要艱難地掙扎著過日子，但是她從來不說一句指責他們的話。在亞特蘭大，沒有人比她更仇恨北方佬的了，只要看到那身藍軍服便氣得要命，但另一方面即使在家裡，她也從不談起他們。

六月開始，思嘉麗必須在皮蒂姑媽家休息，直到孩子出世！她懷了孕還往外跑受到大家的反對！法蘭克和皮蒂姑媽早就要求她不要再在公共場合出現，說那樣是給她自己和他們大家丟臉，她答應到了六月就不出去了。在她的腦袋裡，那個時間成了一個讓她只爭朝夕的準則，必須在那個時間以前賺到足夠多的錢，以防備可能發生的突發變故。

時間越來越逼近，而要辦的事情還是太多了，她真希望每天能再增加幾個小時，以便讓她爭分奪秒地去賺更多的錢。嚴肅而穩重的老黑人——彼得大叔——趕著車，拉著思嘉麗到處談生意，這已經成了亞特蘭大街頭一景。她在車上蓋著一條圍到腰圍的毛毯，用戴著手套的小手緊緊地抱住膝蓋。一件皮蒂姑媽給她親手做的綠色斗篷，遮掩她現在臃腫的體形；一頂和眼睛很相配的綠色的扁平帽子戴在頭上，顯得非常漂亮。臉上自然要塗上一點胭脂，還要灑一點科隆香水，這樣就更加迷人了。

剛開始，別的生意人都嘲笑她，女流之輩哪會做生意呢，但現在他們不再嘲笑了。一看見她驅車過來，他們便狠狠詛咒。事實上，正因爲她是女流之輩，事情反而對她有利，因爲有時她裝出一副毫無辦法和懇求的樣子，人們一看心就軟了。她無需用言語表達，就能給人一種她是個勇敢的上等女人的印象，是被嚴峻的環境所迫才落到如此不守婦道的地步的印象；這樣一個孤弱嬌小的女子，要是顧客不買她的木材，她說不定會餓死呢。

不過，一旦她那貴婦人式的風度沒取得應有的效果時，她轉瞬會變得像個冷酷無情的生意人，毫無顧忌地濫罵其他做木材生意的人。她做出一副不願揭露事實真相的樣子，嘆著氣告訴那個可能成交的顧客，說她的競爭者的木材價格實在太高，而且都是些爛木頭，到處是節孔，總之，品質糟透了。

迪凱特街上一個木料廠的老闆對思嘉麗的行爲進行公開的批判；然而與預想的相反，他的名聲反而受到了嚴重的影響，人們紛紛批評他這個窮白人居然敢謾罵一個上等女人！就是她的行爲再有問題，你一個男人也完全沒有理由指責她！

很快那個傢伙就破產了，思嘉麗開了個價，輕鬆地把他的工廠買了過來。這讓法蘭克非常吃驚！工廠到手了，可是去哪兒找一個值得相信的人來管理呢？

思嘉麗在城裡找了很多人都失敗了；有些提包黨人要來，被思嘉麗拒絕了。最後她採用托米·韋爾伯恩的建議，讓休·埃爾辛來管理。戰爭期間，休是一位有勇有謀、驍勇善戰的軍官。

但思嘉麗發現她雇錯了人。

「他太笨了，對生意上的事竟然一點也不懂，也許連二加二等於幾他也不知道，而且永遠也學不會！可是他確實是個老實人，絕對不會騙我！」

但是老實並不是思嘉麗需要的！「只可惜那個強尼·加勒格爾正在和托米合夥蓋一家旅館，」她想，他硬得像釘子、滑得像條蛇，這樣的人才是我真正需要的，只要工資合適，他一定會來的！我瞭解他，他也瞭解我！等那家旅館蓋好以後吧，在那之前只好先湊合著了，還是讓約翰管老廠，讓休·埃爾辛管新廠，自己就可以一門心思全力以赴地在城裡搞推銷了，加工和運輸的事情就由他們去辦。但是，假如自己一直待在城裡的話，那個約翰又可能偷賣木料！他要是沒有這個缺點就好了！

唉，得把查理斯留下的那塊地的一半蓋個倉庫，如果不是法蘭克強烈反對的話，那家酒店早就蓋起來了！不管他說什麼，以後她只要有錢就立即在那兒蓋酒店！如果法蘭克的臉皮不是那麼薄就好了；如果這時候自己不生孩子就好了！假如該死的北方佬不來管我就好了；假如……

假如！假如！假如！生活中的假如怎麼那麼多啊？法蘭克現在是賺得多了點，但是他總是病快快的，經常要臥床休息。不，不能靠法蘭克，除了自己，誰都不能指望！自己賺的錢實在太少了！要是哪一天北方佬突然把一切都搶奪走的話，那該如何是好？天啊，又是假如……假如……假如……

每個月賺來的錢，其中一半思嘉麗都要寄給塔拉農場，剩下的還瑞德的債，再剩下的就是自己藏起來。沒有哪個守財奴比她數錢數得更勤，也沒有哪個守財奴比她更害怕失去這些錢。她不肯把錢存到銀行裡去，因爲怕銀行倒閉，或者北方佬可能要沒收，她把錢藏在自己身邊，同時是別人一般不容易找到的地方：內衣裡、屋子的磚縫、壁爐的角落裡、《聖經》中。

日子一天天地過去，隨著她的錢在不斷地增多，她的脾氣也就變得越來越暴躁；因爲錢越多，丟了的話損失就越大，她就越恐慌不安、寢食無味。

法蘭克知道對於懷孕的婦女得遷就，所以他聽憑她繼續經營鋸木廠，聽憑她繼續在城裡到處亂跑，他預想再忍耐一段時間就差不多了。只要孩子一下地，思嘉麗又會成爲當年他追求的那個可愛姑娘了。但是不管他如何姑息遷就，她還是不停地發脾氣，因此他感到她像是鬼迷心竅了。

法蘭克和皮蒂姑媽和其他人對她那種隨時隨地都可能爆發的無名火都極爲體貼地容忍著，將她的壞脾氣歸咎於懷孕，然而，思嘉麗並沒有因爲別人的忍讓而改變。

「死亡的威脅、稅收的壓力、孩子的到來！天啊，幾乎完全不容商量的三件事情都來了！」

當初鋸木廠剛開始由思嘉麗管理的時候，亞特蘭大人感到十分驚訝；隨著時光的流逝，人們發現這個女人什麼事都做得出來！

無論哪個正派的白女或黑人婦女，只要一懷疑自己有了身孕，便幾乎都不再邁出家門，因此梅里太太說，從思嘉麗的行爲來看，她大概是想把孩子生在大街上了！

思嘉麗清楚大家的議論，她根本就不在意，也沒有時間去在意，她痛恨北方佬和當年塔拉農場被摧毀時一樣，只是現在她能不露痕跡地把真情掩飾起來了。她清楚只要想賺錢，就只能從北方佬那兒賺，和北方佬相處過程中，思嘉麗扮演的是一個溫柔多情的南方貴族女人，和他們保持合適的距離；但是，她溫和的態度和漂亮的外表足以讓北方佬們魂牽夢繞。這正是思嘉麗想要的結果。

因爲無法估計自己要在亞特蘭大待上多長時間，很多北方佬都把家屬接來，結果所有的大小旅館和公寓都沒有地方了，他們只好自己想辦法蓋房子！只要蓋房子就要買木料，買木料當然要從甘迺迪太太那兒買了！因爲她比城裡任何人對他們都更有禮貌。

還有那些撈了許多錢的提包黨人以及無賴們，也準備蓋房子，蓋的都是豪宅，還有一些旅館、酒店之類的經營場所。大家都覺得理應照顧這位相當有膽量卻有一個懦弱丈夫的女人。年輕美麗又楚楚可憐的思嘉麗開的鋸木廠就成了大家願意光顧的地方，思嘉麗看著自己的事業漸漸發展壯大，感到現在自己賺著北方佬的錢，很可能不久的將來還要靠他們保護！就這樣，和北方佬軍官的關係一直保持在一種她想保持的水準上，問題倒是出在和他們的妻子們的關係維持上。

思嘉麗非常不願意和北方佬的妻子們有任何聯繫，總在躲避她們；可是她們對南方和南方女人有一種特別強烈的好奇心，思嘉麗正好給了滿足她們願望的機會。坐在車裡的思嘉麗和北方佬軍官們在門外討論生意上的事的時候，男人們的妻子就會主動跑出來，堅持讓思嘉麗進屋喝水。思嘉麗雖然十分不願意，但是也很少拒絕，因爲她還要儘量找機會讓她們光顧法蘭克的鋪子呢！

有一天午後，思嘉麗和趕著馬車的彼得大叔一起回家，路過一座住著三家北方佬的院子，門口正好站著用思嘉麗的木料蓋房子的軍官們的妻子。三個女人爭先搶後地和她問好，揮手致意讓她停車歇會兒。

「我正想找你呢，甘迺迪夫人！」一個來自緬因州的瘦高女人說，「我對這個無知的城市實在知道得太少了！」

思嘉麗一邊在心中鄙視，一邊儘量笑容滿面地說：「你想知道些什麼呢？」

「我家的保姆布麗姬特突然到北方去了，她說在這種到處是黑鬼的地方實在是待不下去；這樣一來，孩子的問題就讓我非常煩惱了，請你告訴我怎樣才能找到一個保姆？去哪裡找呢？」

「這不難，」思嘉麗笑著說，「假如能弄一個剛從農村來、還沒有被自由人協會給慣壞了的黑人，那將會令你十分滿意的。你就站在這兒——你家門口，詢問每一個經過的黑人女人……」

三個女人一起氣憤地大叫起來。「什麼?!你竟然讓我把孩子交給一個黑鬼？」緬因州的瘦高的女人大聲嚷道，「我打算要的是一個愛爾蘭姑娘！」

「愛爾蘭僕人在亞特蘭大是沒法找到的。」思嘉麗冷冷地說，「我從沒見過任何一個白人僕人，我們家也沒雇用過，而且……」她忍不住在話裡帶點嘲諷的味道，「而且我敢保證，一個黑人女僕是值得信賴的。」

「天啊，黑人絕不能出現在我的家裡！你竟然這樣說！」

「就是看見她們我都受不了，更別說放在家裡讓她們照料孩子，那簡直是……」

就在這時候，嬤嬤那雙粗糙的手，那雙因為照料了愛倫、她自己和韋德而變得不再美麗的手突然閃現在思嘉麗腦海中，那是多麼溫暖、多麼讓人信任、多麼體貼、多麼讓人安心的手啊！

想到這兒，思嘉麗笑了。「不可思議，你們為什麼會有這樣的想法呢？不正是你們讓他們獲得自由的嗎？」

「反正不是我！」緬因州的高瘦的女人立即說：「上個月我來南方前，一個黑人都沒見過！我也不想看見；看見他們我就渾身起雞皮疙瘩，他們之中無論哪一個我都不會信賴的……」

思嘉麗早就發覺彼得大叔在急促喘氣了，這時那個來自緬因州的瘦高女人忽然大笑起來，指著彼得大叔嚷道：「瞧瞧那個老黑鬼吧，看像不像一隻癩蛤蟆？鼓鼓的！我敢說他一定是你們家的老寶貝了？這些黑鬼被你們南方人給寵壞了！」

彼得大叔倒吸一口涼氣，眉頭緊縮，兩眼死死地盯著前方。他這輩子還沒有讓任何人叫過黑鬼呢！儘管沒有回頭看，彼得大叔的情緒變化思嘉麗早已感受到了，她曉得受了侮辱的彼得大叔的下巴正在輕輕地哆嗦呢！

她忍不住瞧了好幾眼別在彼得大叔腰上的那把大馬槍，十分想把它拿下來，這些傲慢無知而又極其囂張的征服者真該殺啊！思嘉麗死死咬著牙，把腮幫子都鼓了出來！但是，理智告訴她現在時機不成熟，到時候她要告訴北方佬們，她究竟是怎樣看他們的。是的，總有一天。天哪，一定！不過現在還沒到時候呢。

「彼得大叔是我們家的人。」思嘉麗顫抖地說，「再見。走吧，彼得大叔。」

馬背被彼得大叔狠狠抽了一鞭子，馬猛地向前一躥，馬車飛奔起來。思嘉麗聽到背後那個瘦高女人用非常困惑的語氣說：「她家裡的人？親戚？不像啊！他那麼黑！」

她看了一眼彼得大叔，眼中一顆晶瑩的淚珠正沿著他佈滿皺紋的臉滑下來。悲傷和憐憫讓思嘉麗的眼睛也忍不住酸酸的，如同看見一個不知何故地受了欺負的孩子一樣。

彼得大叔被她們平白無故地侮辱了——這個同漢密爾頓上校一起參加過墨西哥戰爭，曾經把老主人抱在懷裡有幸逃生，後來又用心撫育了查理斯和媚蘭，還伺候了年老的皮蒂姑媽，——這位了不起的彼得大叔，而她們竟然說黑人不值得信任！

「彼得大叔，」她把手輕輕擱在彼得大叔瘦瘦的肩膀上，聲音顫抖著說：「你不要哭，不要管她們，她們只不過是些沒有人性的北方佬而已！」

「她們當著我面說，當我是一頭騾子，對她們的話一點也不懂。」他響亮地哼了一聲，說：「還叫我黑鬼！沒有任何一個白人叫過我黑鬼！老上校臨死的時候說過：『嘿，彼得，照顧好孩子們，照顧好年輕的皮蒂小姐，因爲她像個螞蚱一樣沒有頭腦。』這麼多年以來，我都是踏踏實實地按照這些話來做的啊……」

「是啊，除了天使之外，誰也不會比你更會關心人了！」思嘉麗說：「假如沒有你的話，我真不曉得我們該怎麼活。」

「謝謝你，小姐，我知道你懂！」

坐著馬車，兩個人都沒說話，靜悄悄地回家了。

黑人是怎麼一回事，這些北方佬不清楚，黑人和他們原先的主人間是一種什麼樣的關係，他們也不清楚。但是他們竟然發動了一場戰爭來讓他們自由！既然解放了，卻不願意和黑人打交道，不信賴黑人，更不理解他們。思嘉麗相信自己比他們瞭解黑人！也比他們更信賴黑人，黑人是忠直的、誠實的、勤勞的、仁愛的，他們的品德即使在這種殘酷的現實面前也沒有改變，金錢也改變不了！

「還是他們解放你們的呢！」思嘉麗對彼得大叔說。

「不、小姐！他們沒有解放我。我也不要讓這幫渾蛋來解放，」彼得生氣地說，「我還是屬於皮蒂小姐。要是我死了，她也得把我埋在漢密爾頓家的墳地裡，因為我是屬於這裡的呀……我要是告訴皮蒂小姐，你是怎樣讓北方佬女人侮辱了我，她準會十分生氣的。」

「我可沒有幹這種事呀！」思嘉麗吃驚地說道。

「就是你，思嘉麗小姐！」彼得大叔肯定地說，「假如你不和她們說話，她們能有機會侮辱我嗎？和她們說話是不對的！而且，你並沒有替我出口氣，沒有譴責她們……」

「我最後不是指責她們了嗎？」思嘉麗急道，「我不是說你是我們家裡的人嗎？」

「這算不上是責備，只是事實。」彼得大叔說，「小姐，你沒必要和她們打招呼的，你看誰家的小姐像你這樣？皮蒂小姐就永遠都不會搭理她們！」

彼得大叔的責備讓思嘉麗很傷心，比皮蒂姑媽或者別人的指責還讓她傷心：自己的僕人竟然敢這樣不尊重自己，對一個南方人來說這也是無法忍受的。

彼得大叔嘟囔著，「要是皮蒂小姐知道了，一定不會讓我再給你趕車了！」

「皮蒂姑媽肯定會照樣讓你給我趕車的！」思嘉麗嚴厲地說，「不要再說這件事了！」

「小姐，我的背現在痛得要命，都直不起來了，我的後背這麼疼，皮蒂小姐還怎麼讓我趕車啊……思嘉麗小姐，要是咱自家人都不贊同你的做法，就算所有的北方佬和街頭的人渣們都支持你，那對你也沒有任何好處啊！」

是啊，征服者對她表示了接受或者支持的態度，而家人和鄰居卻都持完全相反的態度，全城的人都在對她議論紛紛，就連彼得大叔現在都對她這樣了，不想再和她一起出現在大家面前！

就像彼得大叔所說，皮蒂姑媽果然惱火了，一夜之間彼得大叔的後背也直不起來了。這樣一來，思嘉麗只好獨自趕著車出門，她手上的繭子又磨出來了。

春天很快就要過去了，結束了冷雨飄飄的四月，迎來了鮮花遍野的五月。思嘉麗的肚子越來越大，行動也越來越不方便了。在這樣苦難的日子裡只有一個人瞭解她，那就是瑞德．巴特勒。

神出鬼沒的瑞德常常神秘地去新奧爾良，從來也沒說去幹什麼，這讓思嘉麗多少產生了點醋意，他一定又在和某個女人打得火熱了，至少是和女人有關的事吧！不過，彼得大叔不給思嘉麗趕車後，瑞德在亞特蘭大停留的時間就越來越長了。

在亞特蘭大，瑞德幾乎都在一家叫做「時代少女」的酒店裡賭博，有時候是在貝爾．沃特琳的酒店裡和提包黨人或者北方佬在談論一些賺錢的計畫，這樣全城的人更討厭他了！

爲了尊重皮蒂姑媽和法蘭克，皮蒂姑媽家他已經不來了，但他每天走到桃樹街和迪凱特街的幽靜路段時，便會經常騎馬追上思嘉麗的馬車，和她交談一會兒；有時候就乾脆直接把自己的馬拴在思嘉麗的馬車上，給思嘉麗趕著車，在她的兩個鋸木廠之間巡視一番。

現在思嘉麗越來越容易疲勞了，所以很樂意瑞德這樣陪著她，心裡十分感激他！每次在進城以前他就離開，但是兩人相會的事還是被城裡的人知道了。

有時候思嘉麗也想，他們真是偶然相遇的嗎？最近幾個星期以來，隨著城裡黑人鬧事的風聲越來越大，他們的相會次數也越來越頻繁了。如果說是有意爲之，有一點思嘉麗就想不明白了：自己現在越來越難看，原來他找自己可能還有什麼不良企圖，那麼現在呢？甚至連以前他有沒有這種所謂的不良企圖她也困惑了。

暫且不管瑞德的理由是什麼，他總是全神貫注地聽她發牢騷，聽她說她怎樣失去了顧客，怎樣放了呆帳，詹森先生如何欺騙她，以及休多麼無能等等。一聽說她賺了錢，便鼓掌歡呼；而同樣的事，法蘭克聽了只會溺愛地微微一笑，皮蒂姑媽更是茫然，她曉得瑞德一定經常在幫她招攬生意，因爲很多富有的北方佬和提包黨人他幾乎都認識，可是瑞德卻不承認幫了她什麼忙。

只要看見他騎著那匹大黑馬沿林蔭路轉彎過來，她便會高興得有點情不自禁了。等他跳進她的馬車，從她手裡接過韁繩，對她說幾句俏皮話，她便覺得自己精神煥發、神采飛揚，似乎她不是一個肚子一天比一天大的孕婦，而是一個正在熱戀中的美麗動人的少女。對他，她幾乎什麼話都可以和他說，不用掩飾，也不用顧慮什麼，更不會像和法蘭克在一起時沒什麼話可說。

對現在「舉目無親」的思嘉麗來說，有一個像瑞德這樣的朋友的確太好了；再加上他對她很規矩，讓她非常放心。

「瑞德，城裡的人們爲什麼非要議論我呢？」

「思嘉麗，你是不是什麼都想擁有？那可不行，既然不守婦道出來賺錢，就要理所當然受到別人的冷嘲熱諷，如果自命清高地過饑寒落魄的日子，那樣一定會有很多窮朋友的。實際上你已經做出選擇了，不能再改變了！」

「我可不願受窮！」思嘉麗喊道，「但是，這是否是正確的選擇呢？」

「如果你真的需要錢的話，那就絕對是正確的。」

「這毫無疑問，我愛錢勝過愛世界上的一切東西。」

「那麼這就是你唯一的選擇。不過這個選擇附帶著一種懲罰，就是寂寞。」

思嘉麗沉默不語了。這話說得真對啊！

「是啊……」以前她情緒低落時可以去找母親。自從母親去世後，總還有媚蘭和她作伴，可現在一個女伴也沒有了。思嘉麗感嘆道：「就和其他女人的關係而言，我是非常孤獨的。但是，亞特蘭大的女人們之所以討厭我，不僅僅只是因爲我在工作，反正她們就是不喜歡我！除了我的母親，包括我的妹妹，沒有一個女人真正喜歡過我，這到底是爲什麼呢？甚至在我和查理斯結婚之前，女人們對我好像也是心懷叵測……」

「你忘了威爾克斯太太了吧，」瑞德．巴特勒的眼睛閃爍了一下。「我敢說，除了殺人，無論你幹什麼她都會贊成的。」

「她甚至連殺人也贊同呢！」思嘉麗默默地想。然後輕蔑地悲嘆道：「唉，贊成我的女人只有媚蘭了，如果她有那麼一點點見識的話……」

說到這兒，她自己也感到有點不好意思了。

「假如她有那麼一點點見識的話，她就應該明白，很多事情不管怎樣她都不應該贊成的。」瑞德幫她把話說了，「當然，到底是怎麼回事，你比我更明白。」

「呸，你淨胡說八道！」

「我暫且不理會你粗魯的評價，還是說正經的吧！我看你的立場好像應該再堅定一下，既然主意已定，就不能動搖，必須有與世隔絕的決心，不僅與你同齡的人、你的父輩、你的子女都必須隔絕開來，因爲誰也不可能理解你，無論你幹什麼，他們都會表示憤怒。當然，也有例外，那就是你的祖父母，他們會說：『哈，她跟她父親一樣！』還有你孫子輩的，肯定會讚嘆說：『瞧，我們的老祖母是一個很有魄力的女人啊！』」

思嘉麗哈哈大笑起來。

「你這壞蛋有時候還真能悟出個真理來！我的外祖母羅畢拉德就是這樣。以前我一淘氣，嬤嬤就會拿她來說我，她非常嚴肅，對人對己都嚴格要求。但是，她嫁了三次，情人們爲她多次決鬥，她塗胭脂，穿領口開得非常低的衣服，還習慣……經常不穿內衣。」

「所以你很佩服她，儘管你想學的是你的母親，是吧？我也有個祖父，他是海盜。」

「天啊，是讓俘虜蒙上眼走船板的那種嗎？」

「假如那樣可以弄到錢，他肯定會那樣。他留下一大筆遺產給父親，家裡人都稱他為『船長』。在我出生前，他在一家酒館跟人吵架時被打死了。他的死對子女倒是一大解脫，因為他一天到晚喝得醉醺醺的，酒一落肚便忘記自己是個退休的船長，一味訴說過去的經歷，把他的兒女們都嚇壞了。不過我很佩服他，而且想更多的模仿他而不是我的父親，因為我父親是位和藹可親的紳士，有許多體面的習慣和虔誠的格言……所以你看事情就是這樣。我保證你的孩子們也不會贊成你。思嘉麗，就像梅里韋瑟太太和埃爾辛太太現在不贊成你這樣。」

「不知道我們的孫子們會是什麼樣的人？」

「我們？你是在暗示我和你將擁有共同的孫子？是嗎？甘迺迪太太！」

意識到自己說溜了嘴，思嘉麗臉紅了。不單是這句話，更主要的還是她的大肚子；雖然每次和瑞德見面，她都是把毯子蓋到腋下，天熱也如此，自以為是這樣一來就不會引起注意，現在他這樣一說，思嘉麗就有點羞憤交加的感覺。

「你這個流氓！滾！」她大喊了起來。

「我不會滾的，讓我滾你一定會後悔的。」瑞德平靜地說，「你還沒到家天就會黑了，最近那邊又來了一批新的黑人，就住在泉水附近的帳篷裡，聽說都是特別厲害的角色……你可沒必要給那些衝動的三K黨製造一個新的理由，讓他們今天晚上睡不好覺啊！」

「你滾吧，我不怕！」思嘉麗邊喊著就去奪瑞德手裡的鞭子，可是突然一陣噁心使她感到天旋地轉。瑞德趕緊勒住馬，把乾淨的手絹遞給她，又把她歪在一邊的腦袋熟練地扳正過來。

夕陽溫暖地撫摸著剛剛長出新芽的樹叢。眩暈和嘔吐過後，思嘉麗趴在車上大哭起來。她在一個男人面前嘔吐——這實在讓人尷尬，這樣一來，瑞德就明白她懷孕的事實了，真是丟人！

思嘉麗覺得沒有勇氣再看瑞德一眼！怎麼偏偏發生在他面前呢？一個從來不知道尊敬女人的傢伙！

思嘉麗一邊哭，一邊做好了聽她這輩子也忘不了的難聽的話的準備。

「好了，你如果感覺難爲情而哭那才傻呢！思嘉麗，不要再耍小孩子脾氣了；我又不是瞎子，早就看出你懷孕了。」

「啊！」思嘉麗驚愕了一聲，隨後捂住了臉。

「懷孕！」天啊，這是多麼赤裸裸的詞彙啊！在提到懷孕時，法蘭克經常都說「你的情況」，父親則說「坐月子」，女人則會說是「在困境中」。

「要是你以爲我不知道，那可太幼稚了；儘管你總是用毯子把下面蓋起來，但我還是一眼就看出來了，否則我爲什麼不和你……」

他突然打住不說了，於是兩個人都沉默起來。瑞德抖了抖韁繩，朝馬吆喝一聲，馬車又繼續向前走。

瑞德又緩和地說起話來，就如這傍晚時分和緩的空氣一樣，在思嘉麗的耳邊悄悄地淌過，讓思嘉麗緋紅的臉漸漸恢復了原來的氣色。

「思嘉麗，我一直覺得你是個很理智的人，沒想到還是這樣容易激動啊！難道你還在爲懷孕的事而感到難爲情嗎？我認爲看待孕婦和一般人並沒什麼兩樣，爲什麼能看天看地，或看任何別的地方，就不能大大方方地看她們的腰圍呢？卻偷偷向那裡瞧一兩眼，我認爲這樣才是不禮貌的！歐洲人就比我們明智多了，只要他們看到孕婦都要道賀的，儘管我不是說我們非得也那樣做，但是總比現在這種躲閃的態度要好得多啊！這實際上很平常，女人應該感到自豪和驕傲，躲在家裡不敢見人完全沒有必要，像是有罪一樣。」

「什麼？驕傲？呸！」思嘉麗輕輕地喊道。

「你難道不爲有孩子而高興？」

「你是說法蘭克的孩子嗎？不，一點也不！我恨孩子！」

「不管誰的孩子都恨？」

在如此的追問下，思嘉麗意識到又說漏了嘴，但還是裝作不知道一樣繼續聽他說話。

「這麼說來，我們就不太一樣了，我非常喜歡孩子。」

「你喜歡孩子？胡說八道！」思嘉麗驚奇地說，忘記了剛才自己的窘境。

「我喜歡小孩子，在他們沒有變得世故以前我喜歡，一旦他們懂得了撒謊和欺騙後，我就不喜歡了。你應該早就明白啊！我不是非常喜歡韋德嗎？雖然那孩子還不非常完美。」

思嘉麗想了想，確實是！他的確是非常愛和韋德一起玩，還常常給他帶禮物！

「很好，既然我們已經把話都完全談開了，你也在不久的將來會有一個孩子，那麼我就告訴你這幾個星期以來我一直打算跟你說的話吧！首先，你一個人趕車是相當危險的一件事；這件事可能別人已經給你重複了無數遍，就算你自己不在乎是否會被人強暴，你也得考慮考慮後果呀。因爲你的一意孤行，出了事情，就會讓亞特蘭大的南方男人熱血沸騰，爲了給你報仇，肯定不止吊死一個黑鬼。

「你有沒有想過，那些上等女人之所以不喜歡你，一個非常重要的原因，就是因為怕你引誘她們的丈夫或者兒子走上那條危險的路！如果三K黨人搞得實在太過分的話，北方佬就會對整個亞特蘭大採取更為嚴酷的鎮壓措施，那樣人們會認為連謝爾曼也是天使了！我這麼說絕對是有根據的，因為你也清楚我和北方佬的關係不錯；很不好意思，他們對我就跟對自己人一樣，當著我的面說過，為了徹底摧毀三K黨，他們不惜再一次燒毀整個亞特蘭大！還計畫把十歲以上的男人全部絞死！思嘉麗，你是否考慮過，如果那樣的話，對你也一定會有影響的！你的錢肯定就保不住了，大火可是無情之物啊，燒到哪兒算哪兒！就更不必說提高稅金、沒收財產、對行為可疑的女人進行罰款之類的措施了——這些可都是我親耳從他們那兒聽來的啊！三K黨……」

「你認識三K黨的人嗎？托米或者休是不是……」

瑞德不高興地聳了下肩膀：「我哪兒知道啊？我可是出了名的流氓加叛徒啊！人家是不會告訴我什麼的。當然，這也不能妨礙我獲得一些資訊：北方佬懷疑過的人，只要稍微出點差錯就會被送上絞刑架。我知道你對鄰居們上絞刑架是不會很在意的，但是一旦失去你的鋸木廠的話，你一定會受不了的！從你臉上的表情來看，你不信任我，就當我沒說吧！不過，請聽我一句話，把手槍隨時帶在身邊！並且，只要我在城裡，就會一直來給你趕車的。」

「瑞德，你真的是為我好嗎？你是……」

「不用懷疑，親愛的，是騎士精神在促使我這樣竭盡全力地保護你啊！」

瑞德的眼睛又開始閃爍了，剛才還一本正經的表情轉瞬即逝，「難道還有什麼其他原因嗎？是我濃濃的愛，甘迺迪太太。親愛的，對你，我一直有非分之想，既想遠遠地膜拜你，又想立刻就佔有你；可是呢，和艾希禮先生一樣，我也是一個品德高尚的人，把這一切隱藏在我心中。因爲你是法蘭克先生的妻子，從名譽的角度考慮，我還是不說的好；但是，即使是威爾克斯先生那樣有定力的人還難免有控制不住的時候呢，我今天也就不再努力控制了，乾脆也把自己的秘密情感向你表白算了，還有……」

「看在上帝的分上，請你不要表白吧！」思嘉麗感到非常狼狽，每次他都是將自己推到一個傻瓜似的位置上，然後開始冷嘲熱諷；況且她也很不願意將艾希禮捲進他們的談話中來。

「那你說說另一件事情是什麼？」思嘉麗轉移著話題。

「怎麼，當我正在表露一顆熱愛但被撕碎了的心時，你卻想改變話題了？好吧，另一件事是這樣的。」他眼裡的嘲諷神氣又消失了，臉變得陰鬱而平靜。

「就是你的馬！這匹馬脾氣不好，而且牠的嘴像鐵一樣硬！你趕著牠一定非常費勁吧？要是牠想脫韁逃跑，你根本無法制止牠。如果你被翻到陰溝裡，你和你的孩子可能都沒命了！你應該給牠戴上一副最重的馬嚼子，要不然讓我去給你換一匹比較好駕馭的馬，怎麼樣？」

思嘉麗抬起頭來，看著他那溫和的臉，一瞬間火氣全消了，就像剛才他就她的懷孕問題發表了自己的看法後她感到解脫了一樣，現在她又一次得到了解脫。天啊，這個瑞德，每次都在她覺得絕望地要死的時候讓她出奇的平靜下來，變得心安理得。現在他變得更加好心，連她的馬都想得非常周到，思嘉麗心裡湧出一陣感激之情，心想，他要是始終都這樣多好？

「是啊，這馬確實很難對付，弄得我的胳膊每天都是酸的，就按你說的辦吧！」思嘉麗溫柔地說。

那種閃爍又浮現在瑞德的眼中：「啊，這話聽起來十分舒服！很有女人味，甘迺迪太太，這話實在不像是你說的啊？與你平時那種下命令的腔調完全不一樣，看來，只要對付得當，還是可以將你變成一個乖乖地依靠男人的女人的。」

她的臉一沉，又發起脾氣來了。

「這次你非給我滾下車不可，要不我就用馬鞭抽你了。真不知道我為什麼老是能容忍你這個傢伙……為什麼總是對你那麼好？你這個不講禮貌、不講道德……算了，你快滾吧。我讓你快滾！」

瑞德立刻跳下馬車，順便解開自己的馬韁繩，站在暮色沉沉的路上，朝她咧嘴一笑。這使得思嘉麗也只好衝他咧咧嘴，然後駕車走了。

是的，這個瑞德．巴特勒的確非常粗魯，也十分狡猾，是一個不能讓你放下心來和他交往的傢伙。他手裡那把玩具似的鈍刀說不準什麼時候稍一不防就會變成最鋒利的武器，讓你措手不及、防不勝防。但是，儘管這樣，他卻很有刺激性，就像——就像偷偷喝上一杯白蘭地！

六月，思嘉麗回到了塔拉農場，不是為了休息，而是因為威爾來信：她的父親傑拉爾德過世了。

chapter 39 奔喪

思嘉麗搭火車到瓊斯博羅時，已經很晚了。六月的黃昏顯得格外長，深藍的暮色已經籠罩著大地。村子裡剩下的僅有幾家商店和幾所住宅射出了黃色的燈光。大街上的建築物，有的被炮彈打壞了，有的燒壞了，因此，房子與房子之間往往有很長的距離。破舊的房子呆呆地盯著她，黑黝黝的，一點聲音也沒有。

她下了火車走進棚子，看見幾個當凳子用的空桶放在那兒，她就在一個桶上坐下來，瞅著街道來回打量，她在等待威爾。威爾理應上這兒來接她。他應該知道：收到他那封簡短的信，得知父親去世的消息，她肯定會乘最早的一班火車趕回來的。

她來得很匆忙，手提包裡只裝了一件睡衣和一把牙刷，甚至一件替換的內衣也沒來得及帶。跟米德太太借來的緊繃繃的黑衣服穿在身上，極不舒服，因爲她沒有時間置辦喪服。米德太太現在變瘦了，而思嘉麗卻懷著快要足月的孩子，所以那件衣服讓她格外難受。

她雖然爲父親去世感到悲傷，但也沒忘自己是什麼樣子，她低頭看著自己的身子，她的身材幾乎完全變了形，臉和腳踝浮腫著。不到一個小時她就會見到艾希禮，所以她對自己的外貌在意起來。

即使在極度悲傷的時刻，一想到自己懷著另一個男人的孩子跟他碰面，就禁不住內心惶惶不安。她愛他，他也愛她，在她看來，這個不受歡迎的孩子彷彿成了她背叛他們愛情的證據。不過，無論她多麼不希望他看到這一點，現在也沒法逃避了。

伴隨著時間一分一秒地過去，她心煩地跺著腳。威爾應該來接她的。

她當然可以到布拉德商店去詢問一下，要是知道他來不了，她也可以找個人駕車，把她送到塔拉去。但是她不樂意到布拉德商店去。因爲那是星期六晚上，可能有一半男人都在那裡。她不想讓人家看見她這副樣子，因爲這件不合身的黑衣裳不但不能遮掩她難看的體形，反而使之更加突出了。

另外，她也不想聽人們出於好意，而對她父親之死沒完沒了地說些表示同情的話。她不需要同情。她怕一聽到有人提他的名字，她就會哭起來。她不想哭。要是哭開了頭，就會像那一回在亞特蘭大淪陷的那個恐慌的夜晚，她被瑞德拋棄在城外黑暗的大街上，她傷心地號啕大哭，連馬鬃都被止不住的淚水浸濕了。

這時，嘎吱嘎吱的腳步聲從她身後的鐵路上傳來，她急忙轉過身去，看到正在跨過火車軌道的亞可克斯，肩上扛著一袋燕麥，正朝著一輛大車走去。

「我的天啊！是你嗎，思嘉麗？」他大聲叫著，放下那袋燕麥，趕緊跑過來和她握手，歡樂的神情一下子出現在他那張黝黑的臉上。「見到你真是太高興了。我剛才看到威爾在鐵匠鋪裡給馬釘掌呢。火車晚點了，他以爲還有時間。好，我馬上就把他叫來。」

「好，快去吧，亞可克斯。」她微笑著說，內心的悲傷稍微有些緩解。此刻見到家鄉的人，讓她的心情好了許多。

「哦……是這樣……思嘉麗，」他仍然緊握著她的手，吞吞吐吐地說，「我爲你爸爸感到非常難過。」

「謝謝你。」她想，真希望他沒有說這句話。父親那張紅紅的臉和吼叫似的說話聲又浮現在眼前。

「咱們這片地區的鄉親都爲他感到自豪，思嘉麗，這對你也許或多或少是個安慰，」鬆開她的手，亞可克斯繼續說。「他……嘿，我們相信他就像個戰士那樣犧牲在戰場上。」

他的話是什麼意思？她心慌意亂地想著。一個戰士？難道他是被人開槍打死的嗎？像托尼那樣，他和支持北方佬的叛賊動起手來了嗎？這時她再也聽不下去了，假如繼續談論的話，她就會完全控制不住哭出聲來。

她絕不能哭，要哭也要等到坐在威爾的大車裡，離開村子，走到完全沒有陌生人能看到她的田野以後再哭。

「我現在不想再談這件事了，亞可克斯。」她直率坦白地說。

「我真的一點也不埋怨你，思嘉麗，」亞可克斯嘴上這樣講，心裡卻在火冒三丈，臉憋得通紅，「她要是我的妹妹，我會……嘿，對任何女人我一直沒有說過一句粗話，可是說實話，我真的覺得應該有個人拿鞭子教訓教訓蘇倫。」

他在胡扯些什麼呀？思嘉麗一點也聽不明白。蘇倫和這件事有什麼關係呢？

「可惜呀，這地方人人對她都是這個看法。只有威爾不責備她，當然還有媚蘭小姐，她是個大好人，在她眼裡誰都沒有缺點——」

「我說過了，這件事我現在不想談。」她冷淡無情地說，可是亞可克斯似乎並沒察覺到她的冷淡，彷彿知道她爲什麼這樣不客氣，這就使得思嘉麗更爲惱怒。她不願意從一個外人那裡聽到自己家中不好的消息，更不想讓他知道她對發生的事情毫不知情。威爾為什麼不把詳細情形寫信告訴她呢？

思嘉麗希望亞可克斯不要那樣盯著她看。她感到亞可克斯已發現到她懷孕了，這使她很不好意思。

「謝謝你和法蘭克幫了托尼的忙，」他說，「他能逃跑掉全依仗你們的幫忙，太感謝你們了。我聽說他在德州非常安全，可我不敢寫信問你。噢，你和法蘭克借錢給他了嗎？我願意替他償還……」

「啊，亞可克斯，不要再說啦！現在不是說這些的時候！」思嘉麗叫起來。就這一次，她沒把錢放在心上。

亞可克斯沉默了一會兒，接著說：「我馬上就去把威爾找來，明天的葬禮我們都會去參加的。」

這時，一輛馬車搖搖晃晃地從一條小路上拐出來，吱嘎吱嘎朝他們駛來。

威爾沒等下車就喊道：「我來晚了，不好意思，思嘉麗。」

威爾笨手笨腳地下了車，邁著沉重的步子走到思嘉麗面前，鞠了個躬，吻了吻她。他從未吻過她，每次提到她的名字，都總要加上「小姐」二字。因此，威爾這樣歡迎她，雖然出她意料之外，卻使她感到溫暖，令她十分高興。

他小心翼翼地扶她坐上大車。她低頭一看，發現這就是她逃離亞特蘭大時乘坐的那輛快要散架的舊馬車。這麼久了，它竟然還沒有散架？一定是威爾修護得很好。這輛車使她回憶起那天晚上的事，她多少有點兒懊悔、沮喪。她暗自決定，哪怕自己腳上穿不上皮鞋，或是皮蒂姑媽的餐桌上端不出飯菜來，她也一定要添輛新車給塔拉農場，把這一輛燒了。

威爾一直沒說話，思嘉麗對此非常感激，他把自己那頂破草帽往馬車後面一扔，對牲口吆喝了一聲，他們就出發了。

威爾仍舊是老樣子，又高又瘦，一頭淡紅色頭髮，目光和藹，跟拉車的馬一樣好脾氣。

他們走上通往塔拉的紅土路。天邊依然殘留著一些微紅，大片羽毛般的雲彩染成了金色和淡綠色。鄉間的夜幕悄悄地降臨，籠罩著周圍的一切，像祈禱一樣使人感到心靈寧靜。

思嘉麗在想，沒有鄉間的清新空氣，和土地的氣息，沒有甜美的夏夜，自己是怎麼熬過來的？那濕潤的紅土那麼好聞，那麼熟悉，她真有跳下車去的衝動，抓一捧家鄉的泥土。路邊紅土溝裡長滿了忍冬，枝葉縱橫交錯，雨後發出濃郁的香氣，和世界上最好的香水一樣香。

突然有一群燕子撲打著翅膀，從他們頭頂上掠過，還不時地有受驚的兔子穿過大路，從耕種的土地中間穿過，她高興地看到兩邊的棉花長勢良好，還有那綠色的灌木在紅土裡茁壯成長。這一切是多麼美好呀！她怎麼能在亞特蘭大待這麼久呢。

「思嘉麗，到家之前我要把一切都告訴你……在我跟你談奧哈拉先生的事情以前，有一件事情我要徵求你的意見，你現在是一家之主。」

「什麼事，威爾？」

他轉過溫和、嚴峻的眼光，望著她看了一會兒：「你要同意我跟蘇倫結婚。」

思嘉麗緊緊地抓住坐墊，驚呆得差一點摔下去。

威爾要跟蘇倫結婚！自從她把法蘭克從蘇倫那裡搶走以後，就從來沒有想到有誰會想和蘇倫結婚。有誰會要蘇倫呢？

「天啊，威爾！」

「這麼說，你是不反對嘍？」

「反對？不，可是……威爾，你真讓我吃驚，你跟蘇倫結婚，威爾，我一直以爲你對卡琳有意思。」

一直專注前面馬的威爾，慢慢地擺動著韁繩，不動聲色，可是她猜想他肯定輕輕地嘆了口氣。

「從前可能是這樣。」他說。

「怎麼啦，她不願嫁給你嗎？」

「我一直沒有向她求過婚。」

「啊，威爾，你真是個傻瓜，去向她求婚。她完全比得上兩個蘇倫。」

「思嘉麗，塔拉農場發生了很多你不清楚的事。最近一段日子，你不怎麼關心我們。」

「你說什麼？我不關心你們？」她的火氣「呼」地一下子上來了，「你以爲我在亞特蘭大幹什麼呢？坐著大馬車到處參加舞會嗎？我不是每個月都寄錢給你們嗎，我不是爲你們付了稅、修葺房頂、買了新犁和騾子嗎？我不是……」

「好了，別生氣，你要把那暴跳如雷的脾氣收斂一下，」他冷靜地打斷她的話。「要是有誰清楚你究竟幹了多少活兒的話，那肯定是我，我比誰都清楚，你至少幹了兩個男人的活兒。」

她略微平靜了一些，質疑道：「那你的話是什麼意思？」

「不錯，是你讓我們有房子住，有飯吃，這一點我不否認，可這裡的人們腦子裡在想些什麼，你就不大關心。我並沒有指責你的意思。可是，我要跟你說，我一直沒有向卡琳小姐求過婚，因爲我知道不可能。她一直像個小妹妹那樣，她跟我談話，比對世界上所有的人都真誠，但她始忘不了那個死了的情人，永遠也忘不了。我也不妨告訴你，她正想上查爾斯頓去做修女呢。」

「你不是開玩笑吧？」

「我清楚這話會讓你大吃一驚，我只想求你不要說她，笑她，也不要阻攔她，讓她去吧。她只有這麼一點兒要求，她的心碎了。」

「我的天哪！心碎的人多了，也沒見誰去當修女。就拿我來說吧，我不是曾經失去了丈夫。」

「可是你的心並沒有碎。」威爾心平氣和地一邊說，一邊從腳下拔起一根草棍，放到嘴裡，慢慢咀嚼起來。

這句話頓時使她洩了氣，她無話可說，但她還是無法接受卡琳要做修女的想法。

「答應我，不要去責備她。」

「唔，好吧。我就答應你。」思嘉麗帶著一種全新的目光打量著他。威爾愛過卡琳，現在還很愛她，設法幫助她，使她順利得到解脫。可是他卻要和蘇倫結婚。

「可是這蘇倫是怎麼回事？你不是不喜歡她嗎？」

「不，我喜歡她，」他說。「蘇倫並沒有你想的那麼壞。我相信我們會過得很融洽，一個丈夫和幾個孩子是蘇倫唯一的願望。」

馬車在坑坑窪窪的大路上前進，兩個人沉默著，但思嘉麗的心裡很不平靜。一定還有更深一層、更重要的原因，否則性情溫和、言語親切的威爾是不會想和蘇倫這樣一個愛嘮叨的人結婚的。

「威爾，其實真正的原因你沒有告訴我。假如我是一家之主的話，應該有權利知道。」

「說得對，」威爾說，「真正原因就是，我捨不得離開塔拉農場。那是我的家，思嘉麗，我唯

一、真正的家，我深愛那兒的每一塊石頭。我在那兒勞作，似乎那是我的農場。你花力氣在哪兒幹過活兒，就會喜歡上它。我的意思你理解嗎？」

思嘉麗的確明白他的意思。聽到他說他愛的正是自己最喜愛的東西，心裡不禁對他湧起一陣親切感。

「現在情況是這樣，你父親去世了，卡琳當修女以後，就剩下我和蘇倫兩人在農場。不跟蘇倫結婚，我就不能在塔拉待下去了，你知道人們會怎麼議論的。」

「可是……可是還有媚蘭和艾希禮……」

聽到艾希禮這個名字，威爾轉過臉來，盯著她，灰色的眼睛發出深沉的目光。她又一次感到威爾對她和艾希禮的事很清楚，不過他既不指責，也不表贊成。

「他們也很快就要走了。」

「離開？上哪兒？塔拉農場不僅是你的，也是他們的。」

「不，他們的家不是塔拉。這就是艾希禮一直難過的原因，他幹農活也不內行。憑良心說，他確實盡力了，可是他天生就不是幹農活的料，這一點你我清楚。他要劈木柴的話，就可能腳都砍掉；犁地呢，跟小孩一樣沒法犁得筆直；他不懂得怎樣使莊稼生長。當然錯不在他。他老覺得自己是個男子漢，卻靠一個女人的善心住在塔拉，而他沒有什麼可以報答的，心裡非常難過。」

「善心？他這麼說過……」

「沒有。他從來不說什麼。昨天晚上，我倆給你父親守靈，我把向蘇倫求婚的事告訴他，他也同意了，艾希禮說，這樣他就可以解脫了，待在塔拉農場，他覺得太難受，接著他就告訴我他打算離開塔拉去工作。」

「工作，什麼工作？上哪兒？」

「他要去幹什麼我不清楚，可是他說要去北方，他有一個北方佬朋友在紐約，那人寫信跟他說，在那兒的一家銀行可能有他能做的工作。」

「啊，不可以！」思嘉麗從內心深處發出一聲吶喊。

聽到那聲喊叫，威爾用同剛才一樣的眼神望著她。

「如果他去了北方，對所有人都好些。」

「不！不，我不贊同。」

她心想，一定不能去北方！那樣的話，她就再也見不到艾希禮了，儘管幾個月沒見，他還是沒有一天不被她想起。她為捎給威爾的每一塊錢能讓艾希禮日子過得舒服而感到高興。不能讓他離開喬治亞。必要的話，她會逼法蘭克給他在店鋪裡找個職位，把現在站櫃臺的小夥子辭掉。不可以，不行……艾希禮的位置既不該在犁後面，也不該在櫃檯後面。一個威爾克斯家族的人去站櫃臺！啊，那絕對不可以，一定要找個別的地方……有了，她的鋸木廠！

想到這兒，她大大地鬆了口氣，臉上露出笑容，但是她的建議他會同意嗎？他會不會以為那是出於同情？一定要籌畫好，讓他認為是她在求他幫忙，她會讓艾希禮管理老鋸木廠，她負責新鋸木廠，辭掉約翰。

她會對艾希禮說，現在法蘭克的身體有多麼糟糕，他被鋪子裡的活兒壓得完全沒法幫助她，她還會拿懷孕當做她需要幫助的另一個藉口。她要讓他相信，她確實需要幫忙。只要他願意接受……她樂意給他一半股權，無論什麼她都願意，只要他留在身邊，只要能看到他臉上帶著歡樂的笑容，只要有機會察覺他的眼睛裡偶爾表現出來仍然愛她的神情，她也告誡自己，千萬不要再鼓勵他表白，因爲他把名譽看得比愛情重要。

「我應該在亞特蘭大給他安排個工作。」她說。

「噢，那是你和艾希禮的事，在我告訴你你父親的事情之前，還有一件事得請你幫忙。我請求你別責怪蘇倫。事情已經發生，你衝著她大發脾氣，也不會使奧哈拉先生復活。況且，她當時真的認爲她完全是爲了把事情辦好才做的。」

「我正打算問你關於父親的事。爲什麼又提到蘇倫？剛才亞可克斯對我說了一通雲裡霧裡的話，還說她應該挨打，她到底做了什麼事？」

「可不是，今天在瓊斯博羅遇見的人都對我說，要是看到她，非取下她的腦袋，不過他們的氣會慢慢消的。好了，答應我，今天晚上我可不想看到你們吵架，客廳裡現在還停放著奧哈拉先生的靈柩呢。」

「他不想有人發生爭吵！」思嘉麗憤怒地想著，「說話的口氣就像塔拉已經是他的啦！」

這時她想起了躺在客廳裡去世的父親，突然傷心地哭起來。威爾伸出胳膊摟著她，把她摟近些，表示安慰，但什麼話也不說。

過去的兩年裡，她幾乎把父親忘了，那個總是盯著門看的眼神呆滯的老先生，等候著一個可能永遠不會進門的女人。她回憶起小時候，他似乎是世界上最了不起的人，那個吵吵鬧鬧騎著馬要跳圍欄的父親，把她放在鞍子前面，如果她淘氣，他就立刻轉過她的身子，用力地打她，然後她叫，他也叫，接著他把她放在一個地方，讓她安靜下來；她回想起他從查爾斯頓和亞特蘭大回家時，總帶回很多禮物，卻沒有一件是合適的。

她含著眼淚，好了，現在他可以跟母親在一起了。

「他生病的事你怎麼不寫信告訴我，我可以儘快趕回來……」

「他沒有生病，根本沒有。事情是這樣的，你一直給我們寄錢來，我和艾希禮用這些錢付了稅，買了騾子、種子和許多東西，還有幾頭豬和一些雞。媚蘭小姐雞養得真好，她是個好女人。雖然我們精打細算，但為塔拉農場購置了東西後，剩餘的錢也就沒剩多少了。那些各式各樣的裝飾品也沒錢買了，不過除了蘇倫外，我們所有人都不抱怨。媚蘭小姐和卡琳小姐待在家裡，穿著舊衣服，似乎以穿舊衣服為榮。可你是曉得蘇倫，沒有新衣服她受不了。每一次我帶她上瓊斯博羅或是費耶特威爾，她一直為不得不穿舊衣服而難過。蘇倫還要一匹馬和一輛四輪馬車。她說你有一輛。」

「那不是四輪馬車，而是輛舊輕便馬車。」思嘉麗氣憤地說。

「好了，不管那是什麼，我還是告訴你的好，對於你跟法蘭克結婚這件事，她一直耿耿於懷。雖然我怪她，可是我心裡清楚，你這是對親妹妹耍不光彩的招數。」

思嘉麗猛地抬起頭來，似乎是一條準備隨時進攻的響尾蛇。

「不光彩的招數，啊？還會使用文雅的說辭，我真該謝謝你，威爾！是他挑上了我，我能怎麼辦呢？」

「思嘉麗，你是個睿智的姑娘，我覺得是你讓他挑上了你，你是個很有吸引力的人。哦，在你去亞特蘭大的前一周，她還接到他的信，他對她的情意比蜜更甜，還說等他再多賺一點錢，他們怎麼結婚的計畫，我清楚，因為那封信她給我看了。」

思嘉麗不說話了，因為他說的是事實，她想不出什麼話來反駁。她沒料到，在所有人當中，審判她的是威爾，但她對法蘭克說的謊話從來沒有讓她的良心感到有什麼不安。假如一個女孩連情人都保不住的話，那麼活該她失去他。

「得了，威爾，別這麼刻薄，」她說，「如果他跟蘇倫結了婚，你認為她會為塔拉和我們花一分錢嗎？」

「我的意思是，你認為必要的時候，你會是很迷人的，」威爾一邊說，一面轉過頭來朝她微微一笑，「是啊，那就不能指望從法蘭克這個老傢伙那裡得到一分錢了。」

「不過你確實使了卑鄙的伎倆，這是無法回避的事實，假如你打算拿『只要目的正當便可以不擇手段』這話來為自己爭辯的話，那就不干我的事了，不管怎麼說，從那以後，蘇倫就像一隻大黃蜂。我想老法蘭克她也並不太喜歡，可是這件事觸動了她的虛榮心，她總是說你有好看的衣服還有馬車，住在亞特蘭大，但她卻守在塔拉。你知道，她很愛串門參加舞會和穿漂亮的衣服，女人都是這樣。

「大約是在一個月以前，我帶她到瓊斯博羅去，她去串門，我去處理事情。回家時，她無聲無息的，可是看得出她神情興奮，我還以為她看到或聽到了什麼有趣的閒話，我也沒怎麼把這事放在心上。大約有一個星期，她在家裡跑來跑去，就那麼興奮，也不怎麼說話。她去拜訪了凱薩琳・卡爾弗特小姐──思嘉麗，假如你看到了凱薩琳小姐，一定會為凱薩琳小姐難過得哭瞎了眼。可憐的姑娘，她嫁給那個膽小怯懦的北方佬希爾頓，簡直不如死了的好。你知道他把房子押出去，如今一定得離開這裡不可。」

「不，我不清楚，而且也不想知道，我只想瞭解有關父親的事。」

「好的，我立刻就要說到他了，」威爾非常耐心地說，「回家後，她說我們都把希爾頓看錯了。她管他叫希爾頓先生，說他是個非常好看的男人。然後，她領著你父親出去散步。有很多次，從田裡收工回家時，我看到她和他一起坐在牧場的牆上，她舞動著雙手，跟他起勁地聊著。老爺只是呆呆地看著她，臉上顯出一種迷惑的神情，搖著頭。他變得越來越不清醒，自己在哪兒或者我們是誰好像都不知道。有一次，我看到她指著你媽的墳，老爺哭了起來。」

「我說：『蘇倫小姐，你爲什麼要折磨你那可憐的父親，他大多時候並不記得你媽已經去世，你卻不停地講，故意惹他不愉快。』她聽了之後，只輕輕把頭一仰，笑笑說：『別多事，對我做的事，總有一天你會感到興奮的。』媚蘭小姐昨晚告訴我，蘇倫跟她談過她的計畫，但是媚蘭小姐講她當時並沒在意。她說她沒有對任何人說，因爲她一想起那個主意就心煩。」

「什麼主意？你能不能快告訴我？我們就要到家了，我要清楚父親的事。」

「我不是一直在設法告訴你嗎，」威爾說，「我先把車停在這兒，直到我講完爲止。」

他勒住轠繩，那匹馬站住腳。

「好了，她那個主意，大概來說，就是讓北方佬賠償我們被燒掉的棉花、擄走的牲口、拆掉的柵欄和牲口棚。」

「北方佬？」

「你難道沒有聽說嗎？只要支持聯邦制，對南方人被破壞的財產，北方佬政府便同意賠償。」

「我當然聽過，」思嘉麗說，「但是那和我們有什麼關係？」

「照蘇倫看來，關係大著呢。那天我帶她到瓊斯博羅，她碰到了麥金托什太太，閒聊時，蘇倫注意到麥托什太太穿著考究，自然要問一問。麥金托什太太就擺出一副神氣的架子對她說，她丈夫如何向聯邦政府提出申請，要求聯邦賠償財產損失，因爲他是一個忠誠的聯邦擁護者，從來沒有向南部以任何方式提供過支援和慰勞品。」

思嘉麗嚴厲地說：「這些假冒愛爾蘭人的蘇格蘭小氣鬼們！」

「不管怎樣說，政府給了他們賠償——我忘了是多少錢，反正是個非常大的數目，這使蘇倫動心了。整整一個星期，她一直想著這件事，可是一點兒口風也沒有向我們透露。那個該死的希爾頓給她出了不少壞主意。他甚至指出你父親不是在這個國家出生的，他沒有打過仗，也沒有兒子參加打仗，也沒有在南部聯盟任職。他給她出了一大堆這樣的餿主意，她回來以後就開始說服奧哈拉先生。

「思嘉麗，我敢拿自己的生命打賭，有一半時間你父親甚至不明白她在說些什麼。他最近幾個月頭腦很不清醒，我想這正是她所期盼的。我們誰也沒有想到會有這樣的事，我們光知道她在搞些什麼名堂，但是沒想到她竟然會利用你那死去的媽媽來責怪你爸爸，說他明明可以從北方佬那裡弄到十五萬，卻非要讓自己的女兒們穿得破破舊舊。」

「十五萬。」思嘉麗小聲說，撒這麼一個小謊就能得到這麼一大筆錢！唉，她怎麼會責怪蘇倫呢！天哪！那是多大的一筆錢啊！只要在效忠的誓言書上簽個名就能拿到手。

老天啊！亞可克斯要用皮鞭打她的原因就是這個嗎？人們為什麼要砍她的腦袋呢？傻瓜，他們個個簡直都是笨蛋。有了這麼多錢，她還有做不成的事？撒那麼小小的一個謊有什麼關係呢？說穿了，你從北方佬那兒弄到的每一塊錢都是來路正當的，不管你是如何弄來的。

「有一天上午，艾希禮和我在劈木頭的時候，蘇倫趕著輛大車出來，扶你父親上了車，他們要去縣城，沒有和任何人說一句話，媚蘭小姐預料到有什麼事情要發生似的，她祈禱讓蘇倫改變主意，蘇倫會做出這樣的事來是她始料未及的。今天，我聽到了發生的所有事情。希爾頓那個廢物在城裡那些投靠北方佬的人和共和黨人中間有些影響，蘇倫和他們商量好，只要他們睜一隻眼，閉一隻眼，承認奧哈拉先生是忠於聯邦的人，再渲染一下他是愛爾蘭人，沒有參軍打仗等等。最後在推薦書上簽個字，就可以分給他們一些錢……究竟分多少，我不知道。你父親只需要宣個誓，在宣誓書上簽個字，宣誓書就寄到華盛頓去了。」

他們迅速地念完誓言，你爸爸也沒說什麼，一切進行得很順利，接著蘇倫就讓他簽字。但就在這時，他似乎突然清醒了，便搖搖頭，我覺得他也不見得就知道這是怎麼回事，但是他不喜歡，蘇倫總是惹他發火。這樣一來，蘇倫就急了，所有的努力都白費了。她把他領出辦公室，坐在馬車上在路上來回轉悠，對他說你媽在九泉之下哭著指責他，明明可以好好的養活孩子們，卻讓她們受窮受苦了，我聽人說，你父親坐在車上，像個孩子似的嚎啕大哭，他一聽到你母親的名字總是這樣。這情景城裡的人都看見了，亞可克斯湊上去問這是怎麼回事，蘇倫把人家搶白了一通，叫他別多管閒事，他差點氣瘋。」

「不知她怎麼想出這個鬼點子的，下午，她弄了一瓶白蘭地，又陪奧哈拉先生來到辦事處，然後拿酒灌他。思嘉麗，塔拉農場已經有一年不準備烈酒了，只有一點迪爾茜釀的黑莓酒和野葡萄酒，奧哈拉先生受不了就喝醉了。蘇倫連勸帶騙，過了兩三個鐘頭，他終於屈服了，他說，好吧，她讓他簽什麼他就簽什麼。他們把誓詞又拿出來。他剛提起筆來要寫，蘇倫卻犯個了大錯。她說：『這下可好了，我想斯萊特里家和麥金托什家的人不會再在我們面前擺架子啦！』

「他們告訴我，蘇倫一說出那兩個名字，你父親就立刻直起了身子，望著她，顯出警惕的神色。他不再稀里糊塗，說：『斯萊特里家和麥金托什家也在這樣的東西上簽上了名字嗎？』蘇倫變得慌慌張張，一會兒說簽過，一會兒說沒有，結結巴巴地說不清楚，他立刻高喊叫：『告訴我，那個該死的奧蘭治派分子和那個該死的窮白人在這樣的東西上簽上名字了嗎？』希爾頓那傢伙說話圓滑，他說：『是的，先生，他們簽了名。獲得了許多錢，像你將要得到的那樣。』接著，像頭公牛似的，老爺發出一聲吼叫。亞可克斯說他在很遠的酒館都聽到了那聲吼叫。老爺用一口濃重的土音說：『難道你以爲塔拉農場姓奥哈拉的，會像笨蛋似的跟一個該死的奧蘭治派分子和一個窮鬼白人那樣耍下流的花招嗎？』說完，那張紙被他一撕兩片，扔在蘇倫的臉上，他叫著說：『你不是我的女兒！』接著，他像一陣風似的跑出帳房。

「亞可克斯說他看到老爺恢復以前的模樣了，自從你媽過世後，這還是頭一次。他還說你父親醉得腳步趔趄，東倒西歪，扯著嗓門罵個沒完。亞可克斯的馬停在那兒，你父親竟然爬上馬背，也不打個招呼就騎走了，太陽下山時，我和艾希禮坐在前門臺階上，看著大路，心裡非常擔心，媚蘭小姐躺在床上哭，什麼也不告訴我們。就在這時，我們聽到一陣越來越響的馬蹄聲和嚷叫聲從大路上傳來。艾希禮說：『真奇怪！聽起來像奥哈拉先生的聲音。戰前那會兒他經常騎著馬來看我們。』然後我們看到他從牧場盡頭騎著馬一路飛奔過來。那兒的圍欄他肯定已經躍過了。接著他用全力登上小山，扯著嗓門在大聲唱歌，好像他壓根一點煩惱也沒有似的，他一邊唱著歌，一邊用帽子打馬，那馬瘋了似的跑著，他跑近山頂的時候，沒有勒住轠繩，想從牧場的圍欄上跳過，我們全嚇得跳起來，接著他嚷叫：『瞧，愛倫！看我跳過這一道。』可是那匹馬在圍欄前一下子跪倒，你父親腦袋向下，從馬背上摔下來。當我們趕到時，他已經死了。我想他可能是摔斷了脖子。」

停頓了一下，威爾在等她說話，可是她什麼也沒說。他就拿起轠繩朝馬吆喝：「快跑啊，謝爾曼。」那馬敞開了步子奔跑在回家的大路上。

chapter 40 葬禮

幾乎一個晚上沒有睡著的思嘉麗，天剛剛亮，從雜亂的床上爬起來，來到窗前，坐在一個凳子上，把她疲憊的腦袋支在胳膊上，向遠處望去。從穀倉前的場地和塔拉的果園一直看到棉花地。小山坡東邊那片黑松林上空，太陽正靜靜升起來，一切都是鮮活的，撒滿露珠，靜悄悄，綠油油，呈現在眼前的棉花田讓她那顆痛苦的心得到了一點兒安慰，也似乎輕鬆了許多。

儘管塔拉農場的主人已經去世，但這座在朝陽下氣氛安靜的農場，顯然是備受呵護，被照管得很好。爲了不讓耗子和黃鼠狼鑽進去，那座矮矮的木雞棚上抹了泥，還刷上白灰水。

一行行玉米、筍瓜、扁豆和大頭菜在菜園裡長勢很好，野草除得乾乾淨淨。鴨啊，雞啊，正搖搖擺擺、神氣十足地向田野走去。因爲味美的蚯蚓和各種小蟲可以在莊稼底下、鬆軟的土地上找到。

這所有的一切都是威爾幹的，對他，思嘉麗心裡充滿了感激。想到過去塔拉農場只差一點兒就變成一片荒地，思嘉麗嚇得心差一點停止跳動。幸虧她和威爾同心協力，北方佬、提包客和大自然的侵蝕就這樣被他們擋住了。

最好的事是，威爾興奮地告訴她，等到秋天收了棉花，她就不用再拿錢了——除非另外有哪個對塔拉農場眼紅的提包客大幅度地提高稅金。思嘉麗清楚，沒有她的幫助，威爾的日子會過得很困難，可是他的獨立精神是她所佩服和敬仰的。只要他還是雇工，他就會拿她的錢，但是既然要成爲她的妹夫和當家人，他就打算靠自己的努力過日子了。可以說，威爾是上帝爲她安排的。

頭一天晚上，波克就把墓穴挖好了，緊挨著愛倫的墓。此時他手執鐵鍬，站在濕潤的紅土後面，等著過一會兒把土鏟回去。思嘉麗站在他的身後，六月的清晨，赤熱的歸光灑在她身上，呈現出無數的斑點。她兩眼望著別處，儘量不看面前那紅土墓穴。

沒多久，送殯的人用兩塊木板抬著棺木沿著小路歪歪斜斜地慢慢走來，後面，隔著適當的距離，跟著一大群鄰居和朋友，當他們來到花園裡充滿陽光的小路上的時候，波克把頭靠在鐵鍬把上哭起來。思嘉麗看到波克的頭髮幾個月前還是烏黑的，現在卻一片花白了，心裡不禁感到驚訝。

思嘉麗覺得有些疲倦，托上帝的福，昨天晚上她就把眼淚哭乾了。蘇倫在她身後掉眼淚，這哭聲使她無法忍受，要不是攥緊了拳頭，她真會轉身在那發腫的臉上給她一耳光。那天，沒有一個人和蘇倫說話，也沒有人向她投以同情的目光。大家都默默地與思嘉麗親吻握手，對卡琳甚至對波克說些安慰的話，看見蘇倫卻像沒這個人似的。

他們認爲，蘇倫的過錯不僅是害死了自己的父親。她還設法使父親背叛南方。她出身一個歷史悠久堅決支持聯盟的家庭，出身一個農場主的家庭，卻投靠敵人，給本地的所有家庭帶來了恥辱。

送葬的人一方面因爲忿怒而激動，另一方面因爲悲傷而沉悶，其中有三個人尤其如此，一個是麥克雷老頭，自從他許多年前從薩凡納來到這裡之後，他們就成了最要好的朋友。另一個是方丹老太太，她喜歡傑拉爾德，因爲他是愛倫的丈夫；還有一個是塔爾頓太太，她對傑拉爾德比對別的鄰居更親近些，她常常說，當地只有傑拉爾德一個人能分得出公馬和閹馬。

舉行葬禮之前，傑拉爾德的屍體一直停放在那間幽暗的客廳裡，看到那三張怒不可遏、一觸即發的臉，艾希禮和威爾感到有點害怕，就來到愛倫生前的辦事房裡商量對策。

「他們有人要譴責蘇倫，」威爾說，一邊把他嘴裡的稻草咬成兩截，「他們自以為有理由譴責她。也許他們是對的。不過，艾希禮，無論他們該說不該說，我們都不能贊成，因為我們是家中管事的男人。這樣一來，就會出麻煩。誰能想個法子，別讓麥克雷老頭講話，他的耳朵聾得幾乎連打雷也聽不到，即使有人讓他閉嘴，他也聽不到。此外，方丹老太太要是勞叨起來，天底下誰也沒法讓她停下來，至於塔爾頓太太——你看到了嗎？一看見蘇倫，她那雙眼珠子就骨碌碌轉個不停，她可能已經窩了一肚子火，快要忍不住了。他們要是說些什麼，我非得回頂他們不可。即使不和鄰居頂嘴，現在我們這裡的麻煩事也就夠多的了。」

艾希禮不無擔憂地嘆了口氣。他那些鄰居的脾氣他比威爾更清楚。

由於現場沒有神父，艾希禮只得依照卡琳的祈禱書來主持葬禮。卡琳是個虔誠的天主教徒，她在祈禱書上畫出了一些章節，讓他去念。

「沒有好辦法，威爾，」他一邊說，一邊弄亂他的金燦燦的頭髮。「我既不能阻止方丹嬤嬤，也不能把麥克雷老頭打倒在地，我更不可能用手捂住塔爾頓太太的嘴。」

「你聽我說，艾希禮，」威爾慢條斯理的說。「我今天決不讓任何人譴責蘇倫，不管他是怎麼想的，你等著看我的吧。你念完經文，作完禱告，就問：『有誰想要說幾句話的』你立刻望著我，這樣我就能搶先第一個說話了。」

這時的思嘉麗只關心那幾個抬棺材的人，正艱難地把棺材抬進那個墳場狹窄的入口，對葬禮結束後即將發生的糾紛一點也沒預料到。她帶著悲慟的心情，覺得父親這一入土，意味著把她同過去無憂無慮、無牽無掛的日子的最後一點聯繫埋葬掉了。

最後，抬棺材的人把棺材放在靠近墓坑的地方，站在一邊，同時活動活動酸疼的手指。艾希禮、媚蘭和威爾依次來到墓地，站在奧哈拉家三姐妹的身後。

比較親近的鄰居擠了進來，其他的人站在磚牆外面。思嘉麗頭一次和這些人見面，看見來了這麼一大群人，真是又驚訝又感動。雖然交通不便，來的人卻真不少，總共大約有五六十人。他們有些是遠道而來的，她不知道他們是如何得到消息，有些是全家帶著黑奴從瓊斯博羅、菲耶特維爾和洛夫喬伊趕來的。有許多還是住在遙遠的河對面的農民。

附近的鄰居全都來了。渾身乾癟、滿臉皺紋、膚色黃的如一隻脫毛的鳥的方丹嬤嬤，用手杖支撐著整個身體；薩莉．芒羅，方丹和年輕的方丹小姐站在她後面。嬤嬤的丈夫，老大夫沒有來，兩個月以前他也去世了。

哭得眼圈紅紅的塔爾頓太太責備地瞪了思嘉麗一眼，又盯著蘇倫看，一種怒不可遏的仇視。他們的四個女兒站在她和她丈夫背後，她們的紅頭髮同這個嚴肅的場合的氛圍顯得格格不入。

拿著卡琳那本陳舊的祈禱書的艾希禮走到前面的時候，大家都站著停住了，男人都摘掉了帽子，交握著雙手。

艾希禮開始念祈禱文了，所有的人都低垂著腦袋，他那有回聲、抑揚頓挫的聲音流利地念出簡潔而莊嚴的語句。

「啊！」思嘉麗想，感到一陣哽咽，「多麼優美的嗓音！真高興是艾希禮來主持，因爲父親不願意是由一個不認識的人來主持他的葬禮。」

讀完禱詞，艾希禮用他那雙哀傷的灰眼睛看著大家，他的目光與威爾接觸了，他說：「現在還有誰想要說幾句？」

塔爾頓太太笨拙地扭動著身子，可是還不等她完全反應過來，威爾已經走到前面，站在棺材的一頭開始講話了。

「親愛的朋友們，」他用平靜的語調說，「或許你們認為我自視過高，居然第一個站出來說話——一年前，奧哈拉先生還不認識我，可你們已經和他大概認識了二十年，或者還不止，但是，我在這兒舉出一個理由，他要是還能多活一個月的話，我就有機會叫他一聲爸爸。」

人們露出驚訝的神色，全部的眼睛都向卡琳那個方向望去，卡琳低著頭站在那裡，大家都知道威爾一向愛著卡琳，威爾看到大家都向那邊看，若無其事地繼續說下去。

「因為我即將和蘇倫小姐結婚，只等神父從亞特蘭大前來主持婚禮。」

威爾的話還未說完，人群裡就出現了一陣輕微的騷動，發出了像蜜蜂嗡嗡叫的喧鬧聲音。這聲音裡既包含著憤怒，也透著失望。大家都非常喜歡威爾，尊敬他，因為他為塔拉出了大力。大家也都知道他喜歡卡琳，因此當他們聽到他要和最近最受大家鄙視的人結婚的消息時，都感到無法接受。善良的威爾怎麼會和那個卑鄙可惡的蘇倫結婚呢？

氣氛一度十分緊張。塔爾頓太太兩眼射出了憤怒的目光，嘴唇動了動，彷彿要說什麼，卻沒有說出聲來。

在一片寂靜之中，可以聽見麥克雷老頭高聲懇求孫子告訴他，剛才威爾說了些什麼。威爾面對眾人，臉色依然溫和，但他那雙淺藍色的眼睛卻好像在說，看誰敢對他未來的妻子說三道四。霎那間人們難以決定，他們既疼愛威爾又鄙視蘇倫。後來還是威爾勝利了。

他接著說：「跟你們大家不一樣，鼎盛時代的奧哈拉先生我從來沒見到過。我所認識的只是一位非常好的老先生，不過有點糊塗。我從你們那裡瞭解到他過去的所作所為，我想在這裡說的是：奧哈拉先生是一位愛爾蘭戰士，是南方的一位高尚的人，是最忠於聯盟的一個人。這三種品德集中在一個人身上，是很難能可貴的，以後恐怕也不會有很多像他這樣的人，因為產生像他這樣的人的時代，和他本人一樣已經過去了。他是在國外出生的，但是他比我們所有送葬的人更有喬治亞人的特質。他熱愛土地，他的一個優點就是一旦他決心做某種事情，那就什麼力量也阻攔不住他，什麼人也嚇不倒他，他從來不怕穿著皮靴的士兵。任何外力都不能讓他屈服。英國政府要判他死刑，他沒有恐懼，他只是匆匆離開，離開了家。來到這個國家後，貧窮得很，他也沒有害怕，他去找活幹，賺到了錢，他不怕到這一帶來，當時這兒差不多就是荒野，印第安人才剛被趕走，他在荒野上建出一個非常大的農場。戰爭開始後，他的錢開始減少，可他並不怕重過窮日子。來到了塔拉的北軍，有可能會把他燒死或者殺掉，他沒有一點慌亂，也沒有被制伏。他堅定自己的立場，一點不讓，這就是我為什麼說他有和我們一樣的優點的理由：我們每個人都不能夠被任何外力所限制。但是我們的不足他也存在，因為他可以從內心被收服，也就是說，全世界辦不到的事情，他的心卻可以辦得到。奧哈拉太太一去世，他的心也一起走了，他被制伏了，後來我們看到的他，不是從前我們所見到的他了。」

說到這裡，威爾停住了，他的目光從容地向每個人看過去。站在熾熱的陽光下的那群人，好像被魔法所迷惑，立在地上都不能動了，對蘇倫的不滿，都已不復存在。威爾的眼睛在思嘉麗的臉上停留了一下，眼角稍稍皺了一下，就像他在心裡用微笑安慰她。

思嘉麗剛才湧出來的眼淚被壓回去，確實感到了安慰。

威爾轉過臉去，悄悄對塔爾頓太太說：「不知道您可不可以把思嘉麗小姐扶進屋去，太太，她不應該在太陽下站這麼久。方丹嬤嬤的精神狀態看來也不是那麼好，我的話並沒有任何不尊敬的意思。」

聽到威爾說起了她，思嘉麗不禁大吃一驚，看到轉過來看她的人們，她的臉漲得通紅。她懷孕的事已經很明顯了，塔爾頓太太無奈地轉身走去。正如威爾所想的那樣，這位太太把心思從蘇倫的身上轉移到總是使她迷人的生育問題上，無論是動物還是人的生育。她把住了思嘉麗的胳膊。

「進屋吧，寶貝。」親切而關心的神情出現在她的臉上。

人群向後退，閃出一條狹窄的路讓她們通過，她只能讓塔爾頓太太把她領出去。當她走到方丹嬤嬤旁邊，老太太伸出一隻就剩皮包骨的手，說：「你扶我進去吧，孩子。」

「我的天啊，你馬上就要生孩子了。」塔爾頓太太說，「威爾做得對，你在強烈的陽光下傻傻地站著，甚至可能會暈過去流產的。」

「威爾並不是擔心她流產，」方丹嬤嬤說，她喘著粗氣拼盡全力地走過前院，走上臺階。臉上浮出勉強的、燦爛的微笑。「威爾就是個鬼靈精。他不願意讓你或是我留在墓旁。我們想說的話會讓他恐慌，他知道這是唯一能夠擺脫我們的辦法……還不僅僅是因為這個。泥土落在棺材上的聲響他不想讓思嘉麗聽到。他的做法是對的。」

「一定記住，思嘉麗，只要那聲音你沒有聽見，對你來說，人事實上是沒有死。但是如果你聽到過那種聲音後……唉，這世界上最可怕的聲響……就像威爾所說的……你是你父親的寶貝女兒，這一點威爾瞭解得非常明白，事情已經到了這個地步，他可不想鬧得不可收拾，他想你的兩個妹妹應該不會太糟糕的。蘇倫有她的羞恥支撐她，而卡琳呢，有她的上帝。但是卻沒有什麼可以支撐你，是不是，孩子？」

「是的，」思嘉麗回答，挽著老太太漫步走上臺階，對那老人說出來的真實情況略微感到驚呆。「我從來沒有什麼依靠──除了我母親。」

「不過，失去母親後，你還能活下去，對不對？嘿，有一些人卻不行。你父親就是其中一個。威爾說得的確沒錯，你不要悲傷，沒有了愛倫，他沒有辦法過日子，現在他走了反而更快樂些，就像我，跟老大夫在一起會更快樂些。」

「不過……你也可以獨自生活呀。」思嘉麗說。

老太太用像鳥眼一樣的眼睛看了她一眼。「是呀，不過有時候是很難受的。」

「喂，嬤嬤，」塔爾頓太太插嘴說，「你不應該對思嘉麗說這樣的話。她已經夠難過的了。一路奔波趕回這兒，穿著這身裹得緊緊的衣服，心情不好，天氣又熱，即使你不火上澆油，說這些痛苦和悲傷的話，也夠她受的，難保不流產。」

思嘉麗氣憤地喊叫，「我沒有不舒服，我可不是那種病懨懨、受點風寒就會流產的女人。」

老太太說：「思嘉麗一定不會流產的，咱們在走道裡坐一會兒吧，這裡有過堂風涼快些，你到廚房去看看有沒有牛奶，給我們拿一杯來，要不就到放食品的地方看看有沒有酒，我現在可以喝上一杯了。咱們就坐在這兒，等他們告別以後再走。」

「你應該回去躺在床上。」塔爾頓太太堅持地說。好像她什麼都懂，連預產期是幾點幾分都能計算出來。

「去吧，」老太太一面說，一面用手杖捅了她一下，塔爾頓太太隨手把帽子往碗櫥上一扔，用手指攏了攏她那濕漉漉的紅頭髮，朝廚房走去。

思嘉麗往後靠在椅背上，解開緊身衣最上面的兩個扣子，走道因屋頂很高，再加上過堂風從後面一直吹到前面，在太陽底下曬了一陣之後，感覺特別涼爽，思嘉麗順著走道看去就能看到客廳，父親的靈柩原來就停放在那裡。

不過此刻她顧不上多想父親，又把眼光移向壁爐上方懸掛的外祖母羅畢拉德的肖像。這幅肖像雖然有刺刀破壞的痕跡。但那高挽的頭髮，那半袒的胸脯和那冷漠高傲的神態，依然和往常一樣，使她感到精神振奮。

「威爾剛才說他要娶蘇倫爲妻，這話是真心的嗎？」

「是的。」思嘉麗說，看著老太太的眼神。天啊，她還記得，從前她見了方丹嬤嬤總是害怕得不得了！現在，她成熟了，如果老太太干涉塔拉的事情的話，思嘉麗會直接叫她住口。

「他完全能娶到更好的女孩。」方丹嬤嬤說。

「是嗎？」思嘉麗傲慢地說。

「別顯出一副驕傲的樣子，小姐，」老太太尖銳地說，「我不會傷害你的寶貝妹妹，我的意思是說，這一帶男人少，威爾可以任意挑選：貝特麗絲的四隻野貓，芒羅家的那些姑娘，還有麥克雷……」

「可是實際上他快要和蘇倫結婚了。」

「你妹妹嫁給他真是走運。」

「塔拉農場有幸得到他。」

「你喜歡這地方，是不是？」

「嗯。」

「所以只要有個願意在這兒照料塔拉農場的男人，就算是把你妹妹嫁給一個階級地位比她低的人也不在乎嗎？」

「階級地位？」思嘉麗對這種說法感到吃驚，「只要能找到一個可以照顧她的丈夫，階級地位又有什麼關係？」

「這麼說，威爾成為你的家人，你不反對？」

「是的。」思嘉麗惡狠狠地答道；只要那位老太太指責的話一出口，她就會對她毫不留情。沒想到老太太卻說：「你吻我一下吧。」她帶著贊同的神態微微一笑。「之前，我不喜歡你，你從小就固執，一直像山核桃一樣堅硬，不過我喜歡你處理事情的方法。」

她順從地輕吻了她一下，雖然她不大明白老太太這番稱讚是何用意，但她還是感到很高興。

「你讓蘇倫嫁給一個下等人，雖然這裡人人都喜歡威爾，可還是會有許多人說三道四的。他們會異口同聲說威爾是個好人，同時又說奧哈拉家的小姐屈尊下嫁多麼可怕，不過這種話你也不必介意。」

「我從來不介意別人說些什麼。」

「這我倒也有所耳聞，」老太太的語氣裡有點尖酸刻薄的味道。「不論別人說些什麼，你別介意就是了。這門親事說不定會很美滿的。當然嘍，威爾結婚以後也還是一副窮光蛋的樣子，即使能賺上一大筆錢，也不可能像你父親那樣，為塔拉增添一分光彩。不過威爾是個正直的人，他知道應該怎麼辦。我們要是老想恢復失去的東西，老想著過去，就會毀了我們自己。對蘇倫來說，對塔拉來說，威爾的確是不錯的。」

「這麼說來，您是贊成我讓他娶蘇倫了？」

「天啊，不！」老太太用疲倦而痛苦的聲音說，但語氣很堅定。「贊成窮光蛋和名門世家通婚？不可能！我怎麼能贊成讓下等人和上等人結合呢？」

「可是您剛才還說這門婚事可能會是美滿的呀！」思嘉麗大聲說，她迷糊了。

「啊，我是覺得蘇倫嫁給威爾是件好事——對她來說，無論嫁給誰都是好事，因爲她很需要一個丈夫。現在她還能上哪兒去找一個丈夫呢？你又到哪兒找這樣一個好的管家來照料塔拉呢？不過這不等於說我喜歡眼下這種狀況，你不也一樣嗎？」

「可是我喜歡眼下這種狀況。」思嘉麗一面想，一面琢磨著老太太的意思。威爾要娶蘇倫，我是高興的。她爲什麼會認爲我介意呢？她憑想像就認爲我介意，她總是這樣。」

思嘉麗感到莫名其妙，別人老把他們自己的情緒和想法強加於她，說她如何如何。

老太太拿著芭蕉扇給自己扇涼，接著說：「我和你一樣，也不贊成這樁婚事，但又講究實際，你也一樣。碰上不順心的事，又沒有辦法，喊叫哭鬧都無濟於事，我們家和老大夫家經歷的曲折比誰都多，所以我知道該怎麼辦。要說我們有什麼格言，那就是：『別埋怨……面帶微笑，等待機會』。我們是非常有韌性的，因爲我們明白柔軟的益處。我們假意擁護地位低下的人那一套，從他們那兒得到有用的東西。等到我們夠強大了，有能力可以騎在那些人的脖子上了，我們就會毫不猶豫地踢開他們。我的孩子，這就是能生存下去的訣竅。」她停頓一下，緊接著又加上一句：「這個秘密我把它傳給你。」

思嘉麗望著整個身子完全靠在椅子上的老太太，突然發覺她老得讓人簡直不敢相信。交叉在扇子上面的瘦小的、爪子一樣的雙手，就如同死人的手，黃得和蠟似的。思嘉麗忽然產生了一個想法，她轉過身去，雙手握起她的一隻手。

「無論怎樣，還是要謝謝你。你真好，和我說這些話……我覺得很開心。」

此時，從穿堂裡過來的塔爾頓太太，手裡端著兩杯脫脂牛奶。

「快喝吧，那些人隨時要從墳地回來。思嘉麗，你真的打算要讓蘇倫嫁給威爾嗎？並不只是他配不上她，你知道他是個窮人，再說……」

思嘉麗的目光和老太太的目光相遇，她清楚地看到有一絲惡狠狠的光芒在那雙老眼裡出現，她絲毫不懷疑自己的眼睛裡也閃著同樣的光芒。

chapter 41 挽留

沉悶的葬禮終於結束了，一直堅持著向最後一個來的人告別的思嘉麗，一直等到最後一輛馬車輪的滾動聲和馬蹄聲遠去，她才回到愛倫的屋子，從寫字檯的文件架上發黃的文件裡拿出一件亮晶晶的東西，那是她昨天晚上藏在那兒的。

這時她聽到一邊在餐廳裡來回走動擺晚飯桌，一邊在不停地哭哭啼啼的波克，於是就把他叫到自己跟前，波克那張黑臉上一副凄慘的模樣，像是一條找不到主人的喪家狗。

「波克，」她大聲說，「不要再哭了，要是你再不停地哭，那我也要跟你一起哭了。」

「是，小姐。我試過讓自己不哭，可是沒用啊，我總是想起奧哈拉先生……」

「好了，你不要再想了。別人掉淚我受得了，看你掉淚我可受不了。」她突然溫和地說，「因為我清楚你是那麼愛他。快擦擦鼻子，波克，有一件東西我要送給你。」

波克用力地擦鼻子，一種感興趣的神情在眼睛裡表現出來，其實那主要是出於禮節，並不是真的感興趣。

「你還記得你到別人家的雞棚裡去偷雞的那個晚上吃了槍子兒！」

「上帝啊，思嘉麗小姐，我從沒……」

「行了，事情過了這麼久，你不用對我撒謊。你是否還記得我說過，你這麼忠心，我將來要送給你一塊錶？」

「是，小姐。我記得，我想你可能已經忘了。」

「沒有，我沒有忘，錶在這兒。」她掏出一塊金燦燦的大金錶來遞給他，錶殼上有著非常精緻複雜的浮雕圖案，還繫著一條有著很多掛飾和印章的錶鍊。

「上帝啊，思嘉麗小姐！」波克叫出聲來，「這不是老爺的錶嗎！我看見老爺看這錶不知看了多少次。」

「是的，是我父親的錶，波克，現在我把它送給你，你一定要收下。」

「啊，不行，小姐，」波克嚇得往後躲，「這塊錶是白人紳士才配用的，再說這是老爺的，你怎麼可以給我呢，思嘉麗小姐？這錶應該給小韋德的。」

「它應該屬於你。韋德為父親做過什麼事情？他照料過病危的父親嗎？給他洗過澡、穿過衣服、刮過臉嗎？自從北方佬來了之後，他對他一片忠誠？為他偷盜過嗎？別傻了，波克，要說這塊錶該由誰擁有的話，理當是你，我知道父親會同意的。拿去吧。」

她拉起波克的一隻黑手，把錶放在他的手心裡，波克盯著錶，臉上緩緩地露出喜悅，「真的給我，思嘉麗小姐？」

「是啊，沒錯。」

「好吧，小姐……謝謝。」

「我把錶帶到亞特蘭大去刻字，你願意嗎？」

「刻字是什麼意思？」波克的聲音中帶有顧慮。

「刻字的意思就是刻一些字在錶後面，例如說『送給波克——工作出色、忠心耿耿的僕人，奧哈拉家』。」

「不，小姐……謝謝，小姐，沒必要費事去刻字了。」波克往後退了一步，緊緊地握著那隻錶。

「怎麼啦，波克？我一定會把錶再帶回來的，難道你不信任我嗎？」

「怎麼會不相信你呢，小姐，我相信你——但是，小姐，你也會改變主意的。」

「我不可能那麼做。」

「小姐，你可能會把錶賣掉，我聽說它值許多錢。」

「你覺得父親的錶我會賣掉嗎？」

「不是，小姐……要是你有什麼需要的話。」

「你有這樣的想法真是欠揍，波克，我想把錶收回了。」

「不，小姐，你不會的，」悲傷了一整天的波克，這時臉上露出一絲笑容。「我清楚你……再說，思嘉麗小姐……」

「怎麼啦，波克？」

「您對待黑人的這片好心，只要拿一半去對待白人，我想人們對您也許會好一些。」

「他們現在對我夠好了，」她說，「去找艾希禮先生，告訴他我要馬上見他，請他立刻就來。」

艾希禮坐在愛倫的寫字檯前的那把椅子上，思嘉麗說出要把木材加工廠的一半股權給他的想法。他的目光一直躲避著她，半句話也沒說。

他坐著，低頭看著自己的一雙手，兩隻手不停地翻過來翻過去。他耷拉著腦袋，不做聲響，讓她心裡有點兒不舒服，更加努力地把加工廠說得有吸引力。

「艾希禮，」她說著突然停住了。她原沒打算用她的懷孕來勸說他，甚至她頂著個大肚子這副難看的樣子也不想讓他看見，但是既然她的其他理由他都沒有絲毫反應，於是她決定拿懷孕及沒人幫助當做最後一張牌拿出來。

「你必須要到亞特蘭大來。沒有你幫忙我真的不行，因爲我現在沒法照顧加工廠了，或者要幾個月之後我才能，因爲……你瞧……唉，因爲……」

「你不要說啦！」他粗裡粗氣地說，「老天啊，思嘉麗！」

他忽然站起身來，大步來到窗口，背對著思嘉麗，注視著窗外一群鴨子在糧倉的院子裡蹣跚而行。

「難道這就是……就是你不看我的理由嗎？」她可憐兮兮地問。「我清楚我的樣子……」

他忽地轉過身來，灰色的眼睛正好接上思嘉麗的目光。他眼中噴射出強烈的表情，使思嘉麗緊張得把兩手提到了嗓子眼兒。

「你的樣子在我看來永遠是美的。」

她沉浸在幸福中，眼睛流出淚水，「你能這麼說真是好極了！因爲我本來就感到很害羞，讓你看到我這副鬼樣子……」

「你爲什麼要害羞？害羞的應該是我，要不是我，你就不會落到今天這麼狼狽的地步，你跟法蘭克就永遠不會結婚。去年冬天，我不該讓你離開塔拉農場。啊，我真笨，我應該清楚你——知道那時候你實在是走投無路……我應該……」他的臉色變得很難看。

思嘉麗的心怦怦亂跳，他是在後悔當時他沒有跟她一起逃跑。

「你像收留叫花子一樣收留了我們，至少我應該爲你去搶劫甚至殺人，來替你弄到稅款，啊，都是我把事情搞砸了！」

她失望透頂，這些話不是她想聽的。

「無論怎樣，我還是要離開的，」她疲憊地說。「我不允許你做那種事情。還有，現在事情已成定局了。」

「是啊，事情已經沒法改變，你不會讓我去做這些不光彩的事，但是你竟然把自己出賣給一個你不愛的男人——和他生孩子，爲的是不讓我和一家人挨餓。在我無路可走的時候，是你保護了我，你真是個好人。」

他的聲音中帶著尖銳，說明他內心的傷口還沒有癒合，他的話使思嘉麗眼裡流露出愧色。艾希禮很快感覺到這一點，臉色也變得溫和了。

「你不會覺得是我在指責你吧？上帝啊，思嘉麗！不，我認識的女人中，你是最有勇氣的了，我是在指責自己。」

他又轉過身，向窗外看去。

她多麼希望他再說一些她能夠永遠都記在心裡的話。她很久沒有看到他了，在這段時間裡，她一直沉浸在對往事的回憶之中。她知道他是依然愛她的，他所說的每一句話、每一個痛苦的表情和自我指責的措辭、他對她懷了法蘭克孩子的憤恨，都說明了這一點。

她很想再聽他親口表達他的愛，很想引出話題使他能自動表白，但是她又不敢這樣做。她明白，要想使艾希禮留在她身邊，她必須遵守諾言。她只要說一句表示情感的話，使一個祈求擁抱的眼色，那就一切全完了，艾希禮就一定會到紐約去。她絕對不能讓他走。

「啊，艾希禮，不要責怪你自己！這怎麼可能是你的錯呢？你會來亞特蘭大來幫我忙的，是不是？」

「不。」

「可是艾希禮，」因爲痛苦和絕望，她的聲音都變了，「我非常需要你。法蘭克照顧鋪子已經忙得分不開身，他不可能幫我，你不來的話，我真不知道到哪裡能找到一個合適的人！亞特蘭大所有能幹的人都忙著自己的事，剩下的人都是那麼不中用和……」

「沒辦法，思嘉麗。」

「你的意思是說，你寧可去紐約，住在北方人那裡，也不樂意到亞特蘭大來？」

「這是哪個人告訴你的？」他轉過身來，正對著她，惱火的皺紋立刻出現在他額頭上。

「威爾。」

「是的，我已經下決心到北方去。戰爭之前，一個和我一同去歐洲旅遊的老朋友幫我在他父親的銀行裡找了個職位。我想還是這樣好，思嘉麗，我對你沒有什麼用處。木材買賣我什麼都不瞭解。」

「可是你對銀行業務懂得也不多，而我對你的瞭解卻比北方佬多得多！」

他的身子猛地退縮了一下，她知道她說錯話了。他又轉過身去望著窗外。

「我不需要別人理解我，我要靠自己生活。直到現在，我爲自己的生活做了些什麼呢？應該是我把自己鍛煉得有點出息的時候了──我靠你養活的日子已經很久了。」

「我打算把加工廠的一半股份給你，艾希禮！你一定會自立的，因爲……那是你自己的生意。」

「那一半股份我不可能買下，我得當做禮物來接受，可我已經接受了你太多的禮物了——供我吃，供我住，甚至給我、媚蘭和孩子衣服穿。可是我沒有回報你一點兒東西。」

「啊，你有！……」

「我現在劈柴已經劈得很不錯了。」

「啊，艾希禮！」她失望地喊叫，「我走了以後，究竟出了什麼事，讓你說起話來這麼生硬和尖刻！你過去可不是這樣的。」

「出了什麼事？一件很重要的事，思嘉麗，我一直在思考。投降後，一直到你離開這裡的這段時間裡，我覺得我沒有真正地思考過。我處於一種麻木狀態中，只要有東西可以吃，有床可以睡就行了。但是你去亞特蘭大，是肩負著一個男人的重任去的，我發覺自己遠遠不夠格做一個男人，甚至比女人更差。我要擺脫這種想法，有些人在戰爭結束的時候，情況還不如我，然而看看他們現在，所以我要上紐約去。」

「但是，我實在不明白。假如你要工作的話，亞特蘭大究竟哪裡比不上紐約，更何況，是我的工廠……」

「不，思嘉麗。這是我一生最後一個機會，我一定要上北方去，假如我到亞特蘭大去為你工作的話，那麼我就永遠完了。」

「完了」這個詞語，在她的腦海裡像宣告死亡的鐘聲一樣恐怖地響著。她迅速地瞥了他一眼，只見他的眼睛睜得圓圓的。

「你做了什麼北方佬要懲罰你的事嗎？我的意思是，有關幫助托尼逃走，不然……不然……啊，艾希禮，你不會也參加三K黨了吧？」

他迷離的目光又轉回到她身上，他短暫地笑了一下，笑意突然消失。「我忘了你喜歡按字面上的意思去理解，北方佬我一點兒也不害怕。我的意思是，我如果到亞特蘭大去，再接受你的幫助的話，就永遠失去了獨立的機會。」

「啊，」她馬上舒了口氣，「原來你是這樣想的！」

「是啊，」他又笑了，笑得比剛才還要冷淡。「就是這個樣子，爲了我作爲男人的驕傲，爲了我的自尊心，還有一點，你也許會稱之爲我的永遠不泯滅的靈魂。」

「可是，」她立即從另一個方向來勸說他，「在我這兒工作，你可以慢慢地把加工廠買過去，將來那工廠就成爲你自己的了，那時候……」

「思嘉麗，」他凶巴巴地打斷她說，「我可以直截了當地說，不行！還有其他的原因。」

「究竟什麼原因？」

「原因你該比世上任何人都清楚。」

「啊……那個呀？但是……那不成問題。」她立刻做出保證，「我在果園裡答應過你的，我會履行我的諾言，並且……」

「那麼你對自己比對我更有信心。我可不敢保證一定能履行這樣一個諾言，我本不該提這件事，不過我不能不讓你明白。思嘉麗，這件事我不想再談了，威爾和蘇倫結婚後，我就到紐約去。」

他瞪大雙眼，神情激動，瞥了她一眼後，就匆匆地朝門口走去。思嘉麗痛苦地望著他，這次談話已結束了，她失敗了。經過一天的勞累和悲傷，加上眼前的失望，她突然感到軟弱無力，精神也一下子垮了，她大叫一聲：「哎，艾希禮！」接著就倒在破舊的沙發上，號啕大哭起來。

一陣急促的腳步聲從廚房順著走廊傳過來，媚蘭闖進房間，她神色慌張，眼睛圓瞪著。

「思嘉麗……是不是孩子沒有……」

思嘉麗趴在滿是塵土的軟墊上，又尖聲大叫起來。

「艾希禮……他真壞！壞透了！……太可惡了！」

「啊，艾希禮，你對她究竟做了什麼啊？」媚蘭蹲在沙發旁，把思嘉麗摟在懷裡。「你對她說了什麼啊？你怎麼能這樣呢？這會使她早產的，來，親愛的，把頭靠在我的肩膀上，出了什麼事呀？」

「艾希禮……他真……真頑固，真可恨！」

「艾希禮，你真令我吃驚，害得她這樣傷心，也不看看她懷孕了，而且奧哈拉先生又是剛剛下葬。」

「你別朝他發火！」思嘉麗自相矛盾地說。她把頭從媚蘭肩上抬起來，她那濃黑的頭髮也從髮網裡散落出來，滿臉都是眼淚。「他有權利想幹什麼，就去幹什麼吧！」

「媚蘭，」艾希禮說，他的臉慘白，「聽我解釋，思嘉麗好心在亞特蘭大給我安排一個工作，在她的一家木材廠裡當經理……」

「經理！」思嘉麗惱火地叫喊，「我提出把一半股份給他，可他卻……」

「我告訴她我們已經決定到北方去，她就……」

「啊，」思嘉麗喊著，又開始不停地抽噎地哭起來，「我告訴他，我是多麼需要他——我真的找不到合適的人手來管理工廠——我馬上就要生了——可是他還是拒絕！算了，算了，現在我只得賣掉工廠，但是我明白根本賣不到好價錢，我馬上就要破產，也許我們就要挨餓，可是他卻一點也不關心。他是多麼狠心啊！」

她又把腦袋靠在媚蘭瘦削的肩膀裡，心裡閃現出一線希望，她意識到媚蘭對她忠心耿耿，能夠助她一臂之力，任何人，哪怕是自己親愛的丈夫，只要把思嘉麗惹哭了，都會使她氣憤的。

媚蘭就像一隻堅定的小鴿子那樣撲向艾希禮，這是她第一回攻擊他。

「艾希禮，你怎麼能拒絕她呢，不管怎樣，她爲我們犧牲了那麼多，你這樣做，使我們顯得多麼忘恩負義啊！眼下她還懷有身孕，沒有其他辦法——你卻這麼缺乏樂於助人的精神！在我們需要幫助的時候，是她幫助了我們，而現在她需要你了，你卻拒絕她！」

思嘉麗狡猾地偷偷看艾希禮，看到媚蘭那雙冒火的黑眼睛注視著他的時候，臉上表露出明顯的驚訝和猶豫的神情。

「媚蘭……」他沒有力氣地攤開雙手。

「艾希禮，你怎麼能拒絕呢？想想她爲我們……爲我們所做的一切吧！要不是有她，小博出生的時候，我已經死在亞特蘭大了！她……是她殺了一個北方佬，是她保護了我們。你明白嗎？她爲我們殺了一個人。在你和威爾來塔拉之前，她不顧一切地拼命幹活，就怕我們餓肚子。我只要一想到那時候她犁地，摘棉花，我真的只能……啊，我的寶貝！」

接著她立即低下頭去，帶著強烈的愛親吻著思嘉麗蓬鬆的頭髮。「現在是她第一次要求我們爲她做點兒事情……」

「你不要再說了。」

「艾希禮，你好好想想！我們要是留在亞特蘭大，除了幫她之外，還能和自己人生活在一起，不用跟北方佬待在一起，這是多好的一件事啊！還有皮蒂姑媽和亨利叔叔，還有我們所有認識的朋友，有那麼多夥伴們可以跟小博一起玩，一起上學……」

「媚蘭，」艾希禮說，聲調顯得異常平靜，「你是真的這麼一心一意地想到亞特蘭大去嗎？可是我們討論去紐約的時候，你從來沒有這樣說過，你從來沒表示……」

「啊，那時我以爲在亞特蘭大你無法找到工作，再說，按理我是不該說什麼的。做妻子的本分就是丈夫去哪兒就去哪兒。不過，現在既然思嘉麗這麼需要我們，而且還有一個職位讓你擔任，那我們就回家吧！」

她緊緊地抱著思嘉麗，用非常興奮的語調說：「這樣我就又可以看到五點鎮和桃樹街了，還有……還有……啊，我是多麼懷念那兒的一切啊！或許我們還能有一座小小屬於自己的房子。不管房子多麼小、多麼差，我都不在乎，那可是我們自己的家呀！」

她眼睛裡放射出了興奮、喜悅的光芒，另外那兩個人目不轉睛地看著她，艾希禮顯得不知所措，思嘉麗則驚訝又羞愧。她從來沒想到媚蘭這樣留戀亞特蘭大，盼著回去，盼著有一個自己的家。媚蘭表面上好像對待在塔拉農場非常滿足，想不到她那麼懷念亞特蘭大的家，這使思嘉麗非常驚訝。

「啊，思嘉麗，你真是太好了，給我們安排好了這一切！你不知道我是多麼想家！」

與往常一樣，媚蘭習慣於把並沒有什麼了不起的事情說成有高尚的動機，每當碰到這樣的情況，思嘉麗總是感到慚愧和生氣，不管是艾希禮還是媚蘭的眼睛她忽然無法正視了。

「我們可以擁有一間自己的房子，我們結婚五年以來，從來沒有一個屬於自己的家。」

「你們可以住在皮蒂姑媽家裡，那裡也是你們的家。」思嘉麗說，向下看的眼中隱藏的是得意的神態。

「不，可還是謝謝你，親愛的。那樣太擠了，我們要找一座屬於自己的房子……啊，艾希禮，你說怎麼樣？」

「思嘉麗，」艾希禮說，他的聲音又平靜又呆滯，「看著我。」

她嚇了一跳，抬起頭來，望見埋怨和充滿無奈的疲倦神色顯現在那雙灰眼睛裡。

「好，我去亞特蘭大……我鬥不過你們兩個人。」

艾希禮為他的家人在常春藤街上找了一所小磚房，正位於皮蒂姑媽家後面，而且兩家的後院還連在一起，中間只有一道參差不齊的女貞樹籬隔在中間。

媚蘭也是因為這個理由才選中這所房子的。她回到亞特蘭大的第一個早晨，又哭又笑地擁抱思嘉麗和皮蒂姑媽，說跟心愛的人們分開這麼久，她和她們再近也不會覺得過分。

房子原來是兩層的，城市被圍攻的時候，炮彈把上面一層打壞了，投降以後，房主因無錢修復，只好給殘存的這一層加了個屋頂，這樣一來，這所房子就顯得又矮又寬，不成比例。在思嘉麗眼裡，沒有比這再難看的房子了。可是媚蘭覺得就連「十二橡樹」也沒有這所房子好看。這是他們的家。她和艾希禮和小博總算在自己的家裡團聚了。

英迪亞．威爾克斯從梅里回到了亞特蘭大。自從一八六四年後，她和霍妮一直住在那裡，現在搬到她哥哥這裡來住，擠進他住的那座小院子。但是艾希禮和媚蘭非常歡迎她。時代變了，錢也少了，可是南方人的生活習慣無論如何也改變不了，大家都樂意騰出房間來給貧窮而沒有結婚的親戚住。

霍妮早就結婚了，據英迪亞說，她嫁給一個各方面都不如她的人，是一個來自密西西比州的西部人，現在定居在梅里。私下裡大家都認爲那個總是傻笑、頭腦簡單的霍妮竟然逮到了一個男人，實在令大家意外，她丈夫倒也是正經人，還頗有些財產，不過英迪亞生在喬治亞州，總認爲東海岸以外的人都是野人，所以她對能搬出來感到很高興，說不定霍妮的丈夫也同樣感到高興，因爲近來英迪亞很難對付。

常春藤街上的這所小院子的六個房間裡，很快擺上了少得可憐的幾件傢俱，而且全部都是從法蘭克的鋪子裡搬來的最便宜的松木和橡木傢俱。因爲艾希禮身無分文，所以他只能要價格最便宜的，即使只買了這些日常生活的必需品，也不得不賒帳。思嘉麗和法蘭克很樂意把店裡最好的桃花心木和雕花的黑黃檀木傢俱送給他們，可是艾希禮夫妻堅決不同意。

儘管媚蘭的心情很好，身體卻很糟糕。懷小博使她的健康大受損傷；小博出生後，她又在塔拉農場幹繁重的體力活，身體更壞了。她是那麼瘦，她雪白的皮膚彷彿隨時會被她細小的骨頭穿透。

在遠處看，她在後院與孩子一起玩耍的時候，簡直像個小女孩，腰細得叫人難以置信，事實上，可以說她沒有女人的身材。沒有胸脯，屁股也跟小博一樣扁平。可眼睛裡的神情還跟無憂無慮的少女時代一樣，始終沒有改變。戰爭、長期的悲慟和艱辛的勞作都沒能改變那雙清澈可愛的眼睛。彷彿就是一個幸福的女人的眼睛，這樣的女人或許飽經風霜，但她內心的平靜卻絲毫沒有被打破。

整個小鎮的人都來歡迎她。好多人都帶著禮物到這座小房子來，因爲媚蘭對長輩們非常有禮貌，同齡人、年輕的妻子、媽媽和寡婦也喜歡她，因爲她也遭受過她們經歷的苦難，卻從不抱怨，總是帶著同情的態度聽她們訴說。

由於媚蘭做人大方得體，在她周圍迅速形成了一個由年輕人和老人組成的社交圈，這些人幾乎都是戰前亞特蘭大的社交界剩餘的精英的代表，他們錢包裡幾乎掏不出幾個錢，卻爲家世感到自豪。

媚蘭從來沒有想到自己會成爲一個社交圈的領頭人物。她只覺得大家真好，來看望她，極力邀請她參加他們的縫紉會、交際舞俱樂部和音樂團體。媚蘭還是孤兒院的女幹事之一，幫助剛剛成立的青年圖書協會收集書籍，每月舉行一次業餘演出的演員們都吵著要她來。

有時候，思嘉麗見到客人們坐在草地上喝茶，茶是媚蘭家唯一能招待得起的飲料，她不懂媚蘭怎麼能這樣一點不害羞地展現自己的貧窮。

喬治亞州著名的英雄戈登將軍常常和家裡人一起到這裡來，里安神父是聯盟的著名詩人，他每次路過亞特蘭大，也一定會到這裡來。參加聚會的人津津有味聽他那風趣的講話。不用怎麼催促，他就朗誦他寫的《李將軍的戰刀》或朗誦他那不朽的詩句《被征服的戰旗》。他每次朗誦這首詩都把婦女們感動到落淚。

亞歷山大·史蒂芬斯，從前南部聯邦的副總統，只要在城裡，也一定會來。他到媚蘭家的消息只要一傳開，那座房子裡就擠得水泄不通。這個身體虛弱的殘疾人具有無窮的魅力，人們經常一坐就好幾個小時，耐心聆聽他那動人的話語。通常還會有幾個被父母抱著，一顛一顛地打瞌睡的孩子在場，沒有一個父母願意讓他們的孩子錯過這個機會，在多少年後，那些孩子還能說那位偉大的副總統曾經吻過他們，或是他們曾經握過那隻偉大的手。

每一個來到這個城市的重要人物，一定會找到威爾克斯家來，而且往往會在那兒住上一宿。那座小房子裡擠得到處都是人，英迪亞只能睡在給小博做育兒室的那間房裡的小床上，媚蘭還得打發迪爾茜急匆匆地穿過後面的樹籬，到皮蒂姑媽的廚娘那兒去借早餐用的雞蛋。

媚蘭從來沒有想過大家之所以聚集在她周圍，是因爲把她當做一面殘破而可愛的旗幟。因此在她的院子裡度過了一個快樂黃昏的米德大夫，吻了她的手之後，用慣用的語氣發表意見之時，她既驚訝又困惑不解。

「我們親愛的媚蘭小姐，我能住在你家裡永遠是一種最特殊的榮幸，因爲你——還有跟你一樣的女士們——是我們大家的心臟，是我們剩餘的一切，男人的年華和年輕女人的快樂被他們掠奪去了，我們的生活和習慣也被消滅和攪亂了，他們徹底毀掉了我們的產業，使我們幾乎倒退了五十年，在我們的孩子和老人的肩膀上壓上太沉重的負擔，而那些孩子本該去上學，那些老人應該在陽光中休憩，可是我們一定會重建家園，因爲我們有你那麼美麗的心靈可以依賴。只要有了這樣的心，即使一切都被北方佬強佔了，我們也不會害怕！」

思嘉麗的腰身越來越粗，腆著的大肚子連皮蒂姑媽的那條黑色的大披巾也遮蓋不了了，所以她常常和法蘭克悄悄穿過後面的樹籬，去參加媚蘭家舉行的夏夜聚會，但她總是坐在沒有一點亮光的地方。

躲在陰影保護下的思嘉麗，不僅不會讓別人注意，還可以在沒人注意的情況下能專注地望著艾希禮的臉。她完全是爲了艾希禮才來這裡的，因爲那些談話使她煩躁。

她環顧四周，看到躺在他們爸爸胳膊彎裡的孩子們，靜靜聽著那些仲夏夜的故事，「這些孩子也永遠不會談其他事。他們會以爲與北方佬打仗，瞎了眼，斷了腿回來——或許根本回不來，是無上的榮耀。可是我不。我甚至想都不願想起這場戰爭，要是可能的話，我寧可忘記它——那該多好啊！」

媚蘭談起在塔拉農場裡發生的所有事情，把思嘉麗說成是個女英雄，她是如何勇敢面對入侵者，查理斯的軍刀是怎麼保住的，稱讚思嘉麗怎樣撲滅了火。每次聽到那些話，思嘉麗總是渾身起雞皮疙瘩。她對那些事情的回憶既不感到高興，也不感到自豪。那些事情她根本不願談起。

「啊，他們爲什麼不願意忘記呢，爲什麼不願意向前看，卻要往後看呢？正因爲愚蠢，我們才去打這場仗。我們忘記得越快越好。」

但是除了她之外，幾乎沒有一個人想要忘記。

媚蘭想再生一個孩子，而且想得非常厲害，但是米德大夫和方丹大夫都說，假如再生一個孩子，她就有可能斷送性命。所以她只能勉強接受，可是並不完全贊同，大多數日子她跟思嘉麗待在一起，享受著並不是自己懷孕的幸福。

思嘉麗現在經常看到艾希禮，但都不是單獨見面。每天晚上從加工廠回家後，他會專門到她家彙報一天的工作，經常都有法蘭克和皮蒂姑媽在場，更糟的是，有時媚蘭和英迪亞也在。她只能問一些事務性的話題，提一些建議，然後說：「你想的真周到，以後每天都要過來，再見。」

「假如我能早點生下這個孩子的話該有多好，」她不厭其煩地想著，「那我就可以天天跟他一起騎馬，一起談話……」

她對自己的行動不便感到煩躁和憤怒，不僅因爲期盼跟他在一起，而且加工廠也需要她。自從讓休和艾希禮負責那兩家加工廠，自己不再管理後，工廠就一直在賠本。

思嘉麗眼睜睜地看著利潤從休的手指間消失，對自己的行動不便和他的無能，簡直被氣瘋了。只要孩子一出生，她就要辭退休，另外雇一個人。任何人都會比休好。她再也不會浪費時間跟自由的黑人打交道了。自由黑人總是不按時上班，他們能完成什麼工作呢？

「法蘭克，」她說：「我決定了，我打算要在加工廠裡租用囚犯幹活。前些時候，我跟托米的工頭強尼談到我們遇到的困難，那些黑人經常幹不出活兒來，他問我爲什麼不用囚犯。這聽起來倒像是個好辦法。他說如果租用那些囚犯，我幾乎不用花錢。」

雇用囚犯！法蘭克沒敢說一句話。思嘉麗淨出一些荒唐的想法，雇用囚犯是他聽到的最糟的主意了，甚至比她想蓋一個酒店的念頭更糟。

租用囚犯的新制度已經出現，因爲戰後政府困難，沒有能力養活那些囚犯，就只好把他們租給那些需要大量勞動力的人，去修鐵路，到松樹林裡去伐木和鋸木材。儘管法蘭克和他那些朋友們知道這個制度，但還是爲此而感到擔心。他們中許多人一直不願意相信奴隸制，認爲這比過去的奴隸制狀況要差得多。

思嘉麗居然要租用囚犯！法蘭克知道，要是她做了這件事的話，他就永遠別想抬起頭。這件事比她自己擁有和經營加工廠，或是她幹的其他任何所有事情要嚴重得多。他認爲這好比是販賣人口，是跟經營賣淫業一樣骯髒的買賣，假如他允許她這麼幹的話，那將是玷污人靈魂的一個罪證。

由於堅信這件事情不正當，法蘭克鼓起勇氣阻止思嘉麗這麼幹，並且言辭非常激烈，嚇了她一跳，她隨後一聲不響了。

最後，爲了讓他平靜下來，她順從地說，她不是真的想那樣做的。休和那些自由黑人把她折騰得沒有辦法，失去了忍耐。背地裡，其實她仍然在打這個主意。用囚犯作勞動力會解決她目前最困難的問題之一，不過如果法蘭克對這件事這麼憤怒的話……她嘆了口氣。

只要有一個工廠賺錢，她就頂得住了。可是艾希禮那個廠的經營狀況不見得比休好。艾希禮是那麼聰明，又念過許多書，爲什麼沒有賺到錢呢。思嘉麗的愛很快爲他找到理由，艾希禮只不過對業務不熟悉而已。但是，她發現艾希禮始終沒法像她所能做到的那樣，很快在心裡盤算，然後報出一個合適的正確的價格。

思嘉麗仍然覺得他能學會的，在他學的過程中，她以母親般的慈愛容許他處理不當，並且耐心等待他加以改正，每天晚上他到思嘉麗這裡來，總是無精打采的樣子，她孜孜不倦地給他出主意，既不傷他的自尊心，又對他有幫助，儘管她這樣鼓勵他，安慰他，但他眼睛裡總有一種莫名其妙的呆滯的眼神，她感到不可理解，甚至感到害怕，他變了，和以前大不相同。

這種情況害她一連好多天睡不好覺。她爲艾希禮擔心，一方面她發現讓休和艾希禮這樣兩個沒有商業頭腦的人來經營她的木材廠，簡直是受罪，爲了度過這最艱難的幾個月，她曾絞盡腦汁，制訂了周密的計畫，如今眼看著競爭對手把最好的顧客都吸引去了，實在感到痛心。唉，她要是能馬上重新開始工作就好了！由她親自來指導艾希禮，他就肯定能學會。

思嘉麗對自己的狀況很是惱火，「我再也不生第三個了！」她堅決地打定主意，「我不要像其他女人那樣每年生一個孩子。天啊，那意味著一年要有六個月不能去上班！可我現在即使一天不到廠裡去也受不了。我要毫不猶豫地跟法蘭克說，再也不生孩子了。」

法蘭克卻想要許多孩子，儘管如此，她堅信自己能說服法蘭克。她下定決心，這是她最後的一個孩子，因爲現在加工廠的生意太重要了。

chapter 42 三K黨

思嘉麗生了個像法蘭克一樣醜的女孩，小傢伙的腦袋光禿禿的，簡直像一隻沒有毛的猴子，法蘭克卻覺得她又可愛又漂亮，簡直是個天使。

她的名字叫艾拉．洛雷納，艾拉是依照她外祖母愛倫取的名字，而洛雷納是當時女孩子最時尙的名字，就像男孩子流行的名字是羅伯特、李或石牆將軍傑克遜，黑人孩子的熱門名字是亞伯拉罕．林肯和「解放」一樣。

小艾拉出生的那個禮拜，狂熱的氣氛籠罩著亞特蘭大，時局非常緊張，彷彿有不幸的事情要發生。

原因是這樣的，一個黑人吹噓自己強姦了一個白種女人，當時他就被逮捕了，但是在他被審訊之前，三K黨人襲擊了監獄，把他秘密地絞死了。三K黨人這麼做，是爲了避免那個尙未透露姓名的受害者在公開的法庭上作證。如果她爲她蒙受的恥辱出庭作證，她的爸爸和哥哥就會開槍打死她。與其發生那種事情，倒不如用私刑結束那個黑人的性命。

在這個城裡的人們看來，這不失爲一種非常明智的解決方法，實際上，這種解決方法也是唯一可做的。可是軍事當局卻反應強烈。

士兵們鋪天蓋地進行大搜查，他們叫嚷，一定要消滅三K黨，即便把亞特蘭大所有的男人都關進監獄。黑人們簡直嚇壞了。城裡的所有人都緊鎖大門，緊關百葉窗，待在家裡不出門，男人們也幾乎不出去處理業務，他們擔心撇下妻子和孩子，沒人照顧。

思嘉麗精疲力竭地躺在床上，靜靜地感謝上帝：有想法的艾希禮和性格懦弱的法蘭克，是不可能參加三K黨的。這種氣氛真叫人精神恐慌，就像眼睜睜地看著一根導火線慢慢地向一桶火藥緊緊逼近，思嘉麗的身體很快恢復了。

當初幫助她熬過在塔拉農場那些艱難日子的健康的體魄，對她大有裨益。在生下艾拉還沒有兩禮拜，她已經強壯得能坐起身來。三個禮拜後，她就可以起床了，她宣布要去看看加工廠。兩個廠都處於停工狀態，因爲休和艾希禮兩個人整天擔心扔下他們的家裡人會發生什麼事。

剛做了爸爸滿心驕傲的法蘭克，鼓起勇氣來阻止思嘉麗走出屋子，因爲外邊太危險。比這更糟糕的是，他和嬤嬤乘她行動不便時仔細地搜索了房子，把她藏的錢都找出來了。法蘭克用他自己的名字把錢存進了銀行，因此現在她幾乎連租一輛馬車也辦不到。

思嘉麗剛開始時對法蘭克和嬤嬤大發脾氣，接下來改變策略，改成哀求，最後整整哭了一個早晨，就像一個生氣、不滿足的孩子。但是儘管她費盡心思，她只聽到：「好了，親愛的！你就是個生病的小女孩，」還有：「思嘉麗小姐，假如你不停止叫嚷繼續叫個沒完的話，你的奶就可能會發酸，娃娃可能會肚子疼，肚子硬得就像鐵塊。」

思嘉麗被氣得衝過後院，來到媚蘭家，扯著嗓門把心裡的苦惱一股腦兒傾訴出來，還當眾宣布她要到加工廠去，走遍亞特蘭大，告訴所有人她嫁給了一個什麼樣的渾蛋。她會隨身攜帶一把手槍，誰敢威脅她，她就向誰開槍。……

現在連到自己的門廊都恐慌的媚蘭，聽到這樣的說法嚇壞了。

「啊，你千萬別去冒險啊！如果你有個什麼意外，那我就得去死了！啊！」

「我必須去……」

媚蘭在思嘉麗的臉上見到過去她常常見到的、奧哈拉在下定決心後的臉上所表現出的那種冒險的、寧折不彎的表情。她伸出胳膊緊緊地擁抱著她。

「這都是我的錯，一直把艾希禮留在家裡陪我，他應該到加工廠去，我真是渾蛋！沒有你那麼有勇氣！我會告訴艾希禮，我什麼也不怕，我會過來與你和皮蒂姑媽待在一起，他就能去工作了，而且……」

思嘉麗不得不承認艾希禮單獨應對不了這個局面，她叫嚷道：「你不要這麼做！每時每刻都在牽掛你的話，艾希禮怎麼能做好工作呢？我會一個人去。我會一步步走去。在哪兒找到一夥黑人……」

「啊，不行！你千萬不能這麼做！可能會發生可怕的事情。他們說許多不安分的黑人在迪凱特路上的貧民區裡，你可不能經過那兒。讓我考慮一下……答應我，今天什麼也別幹，我會想出個對策來的。答應我，你回家躺下好好休息。你現在看上去很消瘦。答應我。」

思嘉麗大發脾氣以後，幾乎沒有力氣，想到反正什麼都幹不成了，就沉著臉回家了。

回家後，她對家裡所有人任何願意和解的表示都高傲地不予理睬。就在當天下午，一個笨手笨腳的陌生人穿過媚蘭的樹籬和皮蒂姑媽的後院走了過來，很顯然，他是一個嬤嬤和迪爾茜所說的「媚蘭小姐從街上撿回來、讓他睡在她的地窖裡的下等人」。

媚蘭家的地窖有三個房間，過去有兩間是佣人的住房，其中一間是藏酒的。現在迪爾茜佔用其中一間，另外兩間一直暫時居住著可憐兮兮的、衣衫襤褸的過路人。除了媚蘭，沒人清楚他們從哪兒來，上哪兒去。除了她以外，也沒有人清楚，她是從哪兒把他們撿回來的。

思嘉麗把娃娃放在膝蓋，一個人坐在門廊上，沐浴著十一月暗淡的陽光，看著從眼前走過的男人，想：「他走路歪歪扭扭，一定是媚蘭那幫瘸腿狗中的一個。」

他慢慢走上臺階，向她走過來，他冷冷地注視著盯著他看的思嘉麗，說話前，他向欄桿外吐了一口唾沫。

「威爾克斯小姐派我來爲你工作。」他很簡單地說。說話的聲調很刺耳，似乎他不習慣和別人說話似的。「我的名字是安爾琴。」

「很抱歉，我這裡沒有工作給你，安爾琴先生。」

「我想你有的。據說你要像傻瓜似的獨自跑來跑去，威爾克斯小姐很擔心，她讓我來給你趕車。」

「什麼？」思嘉麗大叫起來，對這個粗魯的男人和媚蘭的干涉很生氣。

他那隻懷著敵意的獨眼與思嘉麗的眼光相遇，但這敵意並不是對她而來的。

「是啊，男人要保護自家女人，女人就不該找麻煩，你要是非出去不可，我就給你趕車。我恨黑鬼，也憎恨北方佬。並不是說我喜歡爲女人趕車去四處轉悠，但是威爾克斯小姐有恩於我，讓我睡在她的地窖裡，是她派我來給你趕車的。」

「可是——」思嘉麗無可奈何地說。但她剛一開口就又停住了，對這個人端詳起來。過了一會兒，她臉上露出了笑容，這個老傢伙的相貌她並不喜歡，可是用了他，事情就好辦多了。跟他在一起，她完全可以去城裡，可以趕車到加工廠去聯繫顧客。只要跟他在一起，就沒人會擔心她的安全，而且他那副嘴臉也足以阻止別人的嘴，不會引起流言蜚語。

「那就這樣決定了，」她說，「我的意思是，假如我丈夫同意的話。」

法蘭克不情願地同意了這件事。如果她決定到她那該死的加工廠去的話，那麼安爾琴如同是天上掉下來再好不過的幫手了。

安爾琴和思嘉麗是搭夥得十分怪異的一對，整個亞特蘭大都感到奇怪：那個粗暴、骯髒的老頭兒直挺挺地把一條木腿伸出來放擋泥板上，而那個容貌美麗、穿著華麗的年輕女人心不在焉地皺著眉頭。在亞特蘭大和亞特蘭大周圍，人們能夠非常容易在任何時間和任何地方看到他們，兩人很少說話，很顯然，彼此都是因爲互相需要而在一起。他需要錢；她呢，需要保護。最後，城裡的太太們說，這比跟那個叫瑞德的男人一起不害臊地坐著馬車轉悠要好得多。出於好奇心，她們想瞭解這些天來瑞德去哪兒了。因爲在三個月前，他突然離開了這個城市，從那之後，沒有一個人清楚他在哪兒，甚至思嘉麗也不清楚。

安爾琴是個沉默少語的人；只要你不與他說話，他幾乎從不開口，他回答起來，經常也是嘟嘟囔囔的。每天早晨，他從媚蘭的地窖裡過來，習慣坐在皮蒂姑媽房門前廊得臺階上，吃嚼煙，吐唾沫，直到等到思嘉麗出來，彼得把馬車從馬房裡趕出來。彼得大叔很怕他，只比怕魔鬼和三K黨稍微輕一點兒；甚至嬤嬤走過他身旁時也輕手輕腳、提心吊膽。

他討厭黑人，他們清楚這事，所以怕他。除了原有的手槍和獵刀之外，他又增加了一把手槍。有一次，思嘉麗非常好奇地問他，你幹嘛恨黑人，聽到的回答卻出乎她意料，因爲他通常對所有問題的回答是：「我想那跟別人沒有任何關係。」

「我恨他們，就像所有的人恨他們一樣。我們從來沒有喜歡過他們，也從來沒奴役過他們，是他們發動了戰爭，我也爲這事怨恨他們。」

「可是你也參加打仗了。」

「我認爲那是一個男人應該幹的。我也恨那些北方佬，比恨黑人更厲害，我最恨的是多嘴多舌的女人。」

安爾琴露骨地說出這樣無禮的話，頓使思嘉麗感到不快，恨不得把他甩掉，但是離開他又怎麼辦呢？還有什麼別的辦法讓她像這樣想到哪兒去就到哪兒去呢？

他既無禮，又骯髒，有時甚至身上有股怪味兒，但是他能解決問題。思嘉麗去木材廠，他送她，接她，還送她一家家去找她的顧客，在她談生意或下指示的時候，他就一邊啐唾沫，一邊望著遠處發呆。她一下車，他也下車，緊緊跟在後面。她要是和粗魯的工人，黑人或北方的軍隊打交道，他一般總是待在身邊，寸步不離。沒多久，人們就對思嘉麗和她的保鏢看慣了。

思嘉麗發覺，安爾琴爲她工作之後，法蘭克夜裡出去的次數變頻繁了。他總是說得結清鋪子裡的帳目，說是眼下買賣相當忙，在白天他擠不出時間去做這件事情。另外，他還得去看望生病的朋友們；還有民主黨組織，每星期三晚上黨員們開會，商討重新獲得投票權的各種事情，而法蘭克一次會議也不曾缺席。

艾希禮也經常去看望病人，也會去參加民主黨會議。在法蘭克出去的晚上，他也常常出去。在那些晚上，皮蒂、思嘉麗、韋德和小艾拉由安爾琴保護著穿過後院到媚蘭家去，兩家人一塊度過黃昏。政治跟她沒有任何聯繫，她從來不浪費時間去關心什麼政治。

思嘉麗租用了十個囚犯，每個加工廠各五個，安爾琴曾經說過如果她租用囚犯，他就不再給她趕車，他說話算數，拒絕做所有與她相關的事。儘管媚蘭一再懇求，甚至法蘭克同意提高他的工資，都沒辦法再說服他爲思嘉麗趕馬車。

保護媚蘭、皮蒂、英迪亞和她們的朋友在城裡各處走動，他都非常樂意，但是思嘉麗除外。假如馬車裡有思嘉麗的話，他甚至不給別的太太們趕車。思嘉麗心裡很難受，但是更尷尬的是，她瞭解到家裡的人和朋友居然都同意那個老頭的看法。

法蘭克懇請她別走這一步。艾希禮一開始也不安排囚犯工作。後來還是在思嘉麗哭哭啼啼、苦苦哀求下，同意情況一好轉，她就雇用解放了的黑人才說通了。鄰居們則直接表示不同意，法蘭克、皮蒂和媚蘭感到簡直抬不起頭來。甚至彼得大叔說租用囚犯幹活是不吉利的，幾乎每個人都說，從其他人的苦難和不幸中獲得好處，是不正當的事。

「你們可是一點也不反對讓奴隸幹活啊！」思嘉麗生氣地喊叫。

可是這不同，奴隸們既沒有苦難，也沒有什麼不幸！但是跟過去一樣，越是有人反對，思嘉麗就越是堅定地按自己既定的計畫去做。她把休從加工廠經理的位置上調離，讓他趕運木材的大車，定下了雇用強尼的詳細細節。

在她相識的人之中，他似乎是唯一贊成租用囚犯的人，他點點他的圓腦袋，說這一招很棒。思嘉麗望著這個有著兩條短短羅圈腿的小個子站在她的面前，他侏儒似的臉上帶著冷酷而世故的神情，心裡想：「誰願意把馬讓他騎，就說明誰不愛惜自己的馬，我不會讓他走到距離我的所有馬十英尺以內的。」但是她毫不猶豫把那撥囚犯交給了他。

「我可以自由地調派那些人嗎？」他問，他的眼睛就像灰瑪瑙那樣冷冰冰的。

「可以自由調派，但是我要求你管理的這個加工廠天天正常開工，我要木材的時候就按時送來，並且要多少送多少。」

「我是你的人了，」強尼簡短地回答，「我會去告訴韋爾伯恩先生，我不再爲他工作了。」

看著他搖搖擺擺地離開，思嘉麗鬆了一口氣。強尼強硬、冷酷，絕不容忍亂來，他的確是她最合適的人選。

「一心往上爬的貧民區出身的愛爾蘭人！」法蘭克這樣輕蔑地稱呼他，可是就是爲了這個理由，思嘉麗才更加器重他。她清楚一個決心要出人頭地的愛爾蘭人是一個值得雇用、完全可以重用的人，不管他個人的品性怎麼樣。

加工廠由強尼接管的第一個禮拜，就證明思嘉麗的決定是正確的，因爲現在他用五個囚犯幹的活兒比休用十個被解放的黑人幹得還多。還不僅僅如此，他使思嘉麗得到了自從去年到亞特蘭大以後最多的空閒時間，因爲他不願意她到加工廠去，而且非常直率地說出來。

「你只要負責管理銷售，我管理工廠，」他簡短地說，「囚犯營可不是太太應該來的地方。木材我保證按時運送給你，我不希望每天都有人來糾纏我。」

這樣一來，思嘉麗只得盡可能少地去加工廠，生怕去得太頻繁，強尼會辭職離開，那所有計畫就一敗塗地了。

艾希禮的變化使思嘉麗十分擔憂。現在他光亮的金髮中出現了白髮，肩膀總是疲倦地耷拉著，臉上很少有笑意出現。他不再是許多年以前她喜歡的那個和藹、彬彬有禮的艾希禮了。一種不能容忍的痛苦似乎總在暗暗地折磨著他，那副嚴酷而緊張的神態經常顯現在他臉上，令她沮喪和灰心。她多麼想深情地把他的頭抱在自己懷裡，用手輕輕撫摸他有些花白的頭髮，誠摯地對他說：「親愛的，你在爲什麼擔心，告訴我，我一定會爲你承擔一切！和你同舟共濟！」

但是他卻有意疏遠她，讓她沒辦法向他敞開胸懷。

chapter 43 冒險家

十二月的天難得這樣的好，陽光和煦得幾乎差不多與春天一般。那些漸漸乾枯了的紅葉依然高掛在皮蒂姑媽院子裡那棵橡樹上；而那些幾乎快要枯死的小草展示著很強的生命力，泛出淡淡的黃綠。

思嘉麗懷裡抱著孩子，坐在陽光底下的一張搖椅裡。她一邊哄著孩子，一邊自我陶醉地哼著歌；忽然她聽到街上傳來的馬蹄聲，便抬起頭，好奇地望過去，是瑞德！他正騎馬向這邊飛奔而來。

從傑拉爾德過世，到艾拉出生之前，瑞德有好幾個月都沒在亞特蘭大。她一直想念他，但是此時此刻，她卻非常強烈地渴望有什麼辦法能躲避他。

實際上，一看到他那張英俊的臉龐，一陣慚愧的慌亂就在胸中湧起。眼看著他在大門前停住馬，熟練地翻身而下，她一邊神經質地緊緊盯著他看，一邊在想他的外貌似乎就是韋德老是纏著她念的那本書中插圖裡的人物。

「就只差戴耳環，還有配一把短劍，要不然完全沒有差別！」她想。

此時，她非常熱情地同從街道上走來的他打招呼，同時臉上呈現出最可愛的微笑。幸運得很，她正好穿著新衣服，戴著合適的帽子，顯得格外美麗。他的目光迅速看遍了她的全身，她知道他也覺得她漂亮。

「剛生下的娃娃！啊，思嘉麗，真是難以置信！」他笑著說，彎下身子去，輕輕揭開那張蒙在艾拉小小的醜臉蛋上的毯子。

她臉漲得通紅，「你現在怎麼樣，瑞德？你離開好久了。」

「是不短，讓我好好抱抱娃娃。喲，他長得跟法蘭克一模一樣，就是沒有絡腮鬍子，但是將來可能會有。」

「將來她不可能有那玩意兒，她是個女孩。」

「女孩好啊，男孩實在是麻煩，一定不要再生男孩了。」

「你這次出門還好吧，瑞德，你究竟是去哪兒了？」

「去……古巴……新奧爾良……還有其他別的地方。」

她接過孩子，抱在懷裡。瑞德坐在欄桿上，看上去懶洋洋的，他從銀煙匣裡抽出一支香菸。

「你怎麼經常去新奧爾良啊？」她微微嘟起嘴，「你從來沒告訴我你去那兒究竟幹什麼。」

「我是一個勤奮的人，思嘉麗，我的業務需要我去那兒。」

「勤奮？你？」她放肆地哈哈大笑起來，「你一輩子都幾乎沒有幹過活兒，你所幹的僅僅只是——提包客在偷盜的時候——輕鬆幫他們一個小忙，把他們弄到手的錢分一半利潤；你還賄賂北方佬的官員，以便讓你可以參加掠奪我們納稅人的勾當。」

他抬頭放聲大笑，「我想總會有一天，你掙了足夠的錢之後會去大規模地賄賂官員的，或者靠你租用的囚犯大發橫財。」

「怎麼，」她有一點兒窘迫，「你怎麼這麼快就清楚我的事了。」

「我昨天晚上一到，就在『時代少女』酒吧裡玩了個通宵，從那兒可以探聽到這個城市的一切新聞。那完全是一個八卦的交換所，人們告訴我，你居然租用了一幫囚犯，那個小個子管他們，他不把他們活活累死才怪呢。」

「胡說八道，」她惱火地說，「他不可能累死他們的，我會管他的。」

「是嗎？」

「當然啊，你竟然拐彎抹角地聊起這些事情來了？」

「哦，很抱歉，太太！我對你的動機從來無可厚非的，但是，強尼是個陰毒的小暴徒我是不會看走眼的，還是注意點的好，不然，如果檢查員來了，你可能會非常難堪的。」

「管好你自己就可以了，我的事不需要你操心。」她很氣憤地說，「我不想再討論囚犯的事了。人人都怨恨他們。我租用囚犯是我自己的事——你還沒有告訴我，你在新奧爾良究竟幹什麼呢，你總是去那兒，好多人都在議論……」她不打算再說下去。

「他們都談論我什麼了？」

「大家都議論你有個情人在那邊，他們說你去找她結婚了。是不是，瑞德？」其實她對這件事好奇了很久，因此忍不住直接提出了這個問題。只要一想到瑞德結婚，就有一種莫名的忌妒刺痛她，至於出於何種原因，她也搞不清楚。突然，他那雙神態溫和的眼睛變得警惕起來，接著感覺到她在盯著他看，就也緊緊盯著她的眼睛，一直盯到她臉上泛出一點兒紅暈。

「這對你很重要嗎？」

「我不願意失去你的——友誼。」她裝出一副正經的樣子說，然後特意顯出漠不關心的表情，忽然彎下身去，順手給艾拉蓋了蓋毯子。

他笑說：「你別不看著我呀，思嘉麗。」

她有些不好意思地抬頭望著他，臉漲得比剛才更紅了。

「對了，你可以告訴你那些好奇心強的朋友們，假如有一天我真的結了婚，那是因為我沒有別的辦法把那個女人弄到手。目前為止，我還沒有發現哪個女人我深愛到非要娶她不可呢。」

這樣一來，她倒真的弄不明白了。她又想起那天晚上，他說我是不打算結婚的，而且露出要她做情婦的意思。她還想起那天到監獄去看他的可怕情景，想到這裡，她又感到一陣羞愧。瑞德注視著她的眼神，臉上漸漸露出一副譏笑的表情。

「看在你這麼坦率的分上，我就滿足你的好奇心吧。我到新奧爾良去，不是為了什麼情人，而是為一個孩子，一個小男孩。」

「什麼？一個小男孩！」這個意料之外的消息所引起的詫異消除了她的慌張。

「是的，我現在是他的合法監護人，我對他得負起監督責任。他在新奧爾良上學，我經常上那兒去探望他。」

「你還需要給他帶禮物吧？」難怪他很清楚韋德喜歡什麼樣的禮物，原來是因為如此！

「對的。」他有些不耐煩地回答。

「太出乎意料了！他長得漂亮嗎？」

「太漂亮了，不過這對他並沒有好處。」

「他聽話嗎？」

「不怎麼聽話，他是個十足的頑皮鬼，我恨不得他從來沒有被生下來，男孩子都叫人傷腦筋。你還要弄清楚什麼事嗎？」他彷彿要發怒了，緊緊皺著眉頭，似乎後悔不該提起這件事。

「算了吧，你不想說，我也就不問了……」她立刻裝出一副傲慢的樣子說，儘管她恨不能知道更多的消息，「可是我實在看不出你可以當監護人。」然後哈哈大笑，希望使他不自然。

「你自然看不出，你的視野很有限嘛。」他沒有說下去，抽著菸沉默著。

她想找出一句跟他一樣生硬的話，卻找不出來。

「要是你不告訴別人這些事的話，我會很感激，」他最後說，「雖然要求一個女人守口如瓶是不大可能的事。」

「我一定可以為你保密！」她說。覺得自尊心受到了傷害。

「真的可以嗎？知道朋友的私事是很有趣的，好了，別撅著嘴不高興了，思嘉麗，既然你要探聽隱私，便避免不了受到這樣的待遇，對我笑一笑，我們愉快地待一會兒吧，下面我就要提出一個令人不快的話題了。」

她馬上露出她甜甜的酒窩，逗他開心，「你還去過哪兒，瑞德，你不會一直待在新奧爾良吧？」

「沒有，我上個月在查爾斯頓待著，我爸爸過世了。」

「哦，我非常難過。」

「不要難過，連我都不難過，說真的，對他的過世我一點不感到難過。」

「瑞德，你怎麼可以這樣說！」

「假如我不難過卻裝作難過的話，那就不好了，我們父子倆從來沒有愛過彼此。我年紀越來越大，他對我的不滿乾脆變成厭煩，我承認，我也沒有做什麼來改變他對我的態度。當初他把身上沒有一個子兒，也沒有一技之長的我轟出家門，我什麼也幹不了，只能做個高明的槍手和高明的撲克賭徒。在他看來，我不但沒有挨餓，反倒巧妙地利用玩撲克的技能，靠賭博過著奢華的日子，是對他的輕視。他感覺巴特勒家的人去當賭徒，是一種不能容忍的侮辱，我第一次回家，他不許我媽見我。在整個戰爭期間，我在查爾斯頓城外釀私酒，我媽爲了跑來看我，只得撒謊找藉口，當然，這更不會加深我對他的愛。」

「這些我過去一點都不知道啊！」

「他是一個典型的舊式紳士，也就是說，他沒有多少知識、沒有心胸，除了按照他守舊的思想去考慮問題外，就沒有別的其他想法了。由於他跟我斷絕了關係，因此所有人都大爲敬仰他。在他的眼裡，我等於不在世上了。『假如你的右眼叫你跌倒，就挖出來丟掉。』[4]我就是他的右眼，他的長子啊，他竟然狠毒地把我挖出來丟掉了。」

他的臉上流露出一絲笑意，但他的目光更加冷漠了。

「不過，我可以不計較一切，但是我不能寬恕他對我媽和妹妹所做的一切。戰爭結束後，他們窮困潦倒。農場裡的房子都被燒掉，肥沃的田地變成沼澤。城裡的房子都賣掉付了稅款，她們只能住在兩間給黑人住也不適當的房間裡。我寄錢給他們，可是父親把錢退了回來——他視它爲骯髒的錢，曾經有幾回，我到查爾斯頓去，偷偷地把錢塞給我妹妹，但是總被父親發覺，對她大發脾氣，罵得她幾乎沒臉再活下去！他把錢退給了我。我不清楚她們是怎麼生活的。我弟弟盡可能拿出錢來，但是也拿不出多少，我的東西他也不願接受。他們靠朋友的接濟過活，你姨媽尤拉莉一直對她們很好，她送給她們衣服，還有……我的天啊！我母親到了靠人救濟的地步！」

4. 出自馬太福音第五章。

思嘉麗很少見他這樣摘去面具，他臉上露出了對父親的痛恨和對母親的憐恤。

「我那尤拉莉姨媽！但是，天啊，除了我給她的錢以外，她幾乎沒有任何經濟來源啊！」

「哈哈，原來她的錢也是從你那兒來的！你真是殘忍，親愛的，這事簡直丟人現眼，你卻當著我的面誇耀。你是要我還你錢嗎？」

「那太好不過啦。」思嘉麗說。她突然咧嘴笑了，瑞德也朝她笑了。

「思嘉麗，只要一提到錢，你的眼睛就會放光，除了愛爾蘭人的血統，你真的沒有蘇格蘭人或者猶太人的血統？」

「別這樣說，我聊起尤拉莉姨媽的事並不是有意的。但是，說實在的，她感覺我錢多得不得了，經常寫信向我要錢，天知道，我手裡儘管有錢，也不見得能養活查爾斯頓所有的人啊。你父親究竟是生什麼病死的？」

「是攏臭架子餓死的，我想——也這麼希望，他就是活該如此。他寧願讓她們跟他一起挨餓。既然他死了，我就可以照顧她們了。我立刻在炮臺區給她們買了一棟房子，還雇了佣人照顧她們。但是，當然不能讓其他人曉得那錢是我的。」

「那是爲什麼？」

「哦，親愛的。你還不瞭解查爾頓嗎？你到那裡去過，我家雖然窮，也得維持它的社會地位，要是讓人家知道這是用了賭徒的錢，投機商的錢，北方來的冒險家的錢，地位就無法維持了，她們對外是說我父親留下一大筆人壽保險金，他生前爲了按期付款，節衣縮食以至於餓死，就是爲了他死後她們的生活有保證，這樣一來，他的名聲可就更大了。……他要是在九泉之下知道母親和妹妹都過上了好日子，他的勁都白費了，因而不能瞑目那就好了。他是很願意去死的，所以我對他的死，可以說不感到遺憾。」

「爲什麼？」

「事實上他是李將軍投降的時候就死了。你知道他那種人，永遠也不能適應新的時代，沒完沒了地嘮叨過去的好日子。」

「瑞德，老年人都是這樣嗎？」她想到父親吉羅德以及威爾說的關於他的情況。

「既然說到這裡，我就要和你討論一個不愉快的問題了，思嘉麗。」

瑞德突然改變了話題，使得思嘉麗一陣慌亂，結結巴巴地說：「什麼……」心裡痛苦地說：「老天爺，問題來了。」

「我瞭解你的爲人，所以不指望你說實話，但是我當時卻信任你，真是太傻了。」

「我不明白你的意思。」

「我想你明白的，無論如何，你看上去是心虛的。我剛才來的時候，有人在樹籬後面就叫住我，原來是艾希禮太太！所以，我叫住馬，跟她閒聊了會兒。」

「是嗎？」

「當然了，我們談得挺開心。她還告訴我，她一直想找機會要讓我知道，她認爲我是那麼勇敢，甚至在最後緊急關頭，我還一直在爲聯邦戰鬥。」

「啊！媚蘭是個傻瓜。正因爲那天晚上你那英勇而高尚的行爲，差點讓她沒命。」

「假如要是真那樣的話，她可能認爲她是爲正義的事業犧牲生命的。接下來，我就問她，她到亞特蘭大幹什麼，對我的毫不知情她顯得非常奇怪，告訴我他們現在住在這兒，說你人非常好，還讓艾希禮當上了你工廠的合夥人。」

「是呀，那又怎麼樣？」思嘉麗簡短地問。

「你不要忘嘍——我當初借錢給你買加工廠時，可是有一條但書，而你同意了，那就是工廠絕對不可以用來養活、幫助艾希禮。」

「你不要欺人太甚，錢我已經還你了，工廠是我的，我要怎麼辦，那完全是我的事，跟你沒有關係。」

「那請告訴我，你是怎樣賺錢還清我的借款的好嗎？」

「那還要問？我是靠賣木材賺錢的啊。」

「那是靠我借給你的錢開了個頭，你才賺了錢，你卻用我的錢來養活艾希禮，你是個很沒信用的人。」儘管他說話的口氣顯得很輕鬆，但是眼睛裡卻閃爍著憤怒。

思嘉麗急忙把戰火引到對方的領土上去。

「你爲什麼這麼怨恨艾希禮，你是不是忌妒人家？」

話沒等說出口，她就恨不得立刻咬掉自己的舌頭，因爲他把腦袋向後一仰，忽然哈哈大笑，一直笑到她羞愧難當，滿臉通紅。

「哼！你不遵守信譽，還那麼傲慢，」他說。「你永遠也不可能忘記你是頂頂有名的大美人，你遇到的人幾乎個個都捨命地追你，對不對？」

她憤恨地喊著說，「你爲什麼這麼恨艾希禮我就是搞不明白，這是我唯一可以想到的解釋——嫉妒！」

「你再想想，小妖精。這個理由不對。至於我恨艾希禮……我既不喜歡他，也不恨他。事實上，我對他和他這一類的人只感到憐憫。」

「憐憫？」

「是的，還加一點鄙視。你現在可以像火雞那樣叫喚，你可以告訴我，像我這樣的流氓，一千個頂不上他一個，說我這麼無理真不應該，竟然覺得他可憐，還蔑視他。等你說完大話之後，我就會把我的真實意思全部告訴你。」

「去你的！我才不感興趣呢。」

「可是我還是要告訴你，因爲你繼續緊緊地抱著那個可愛的幻想讓我無法忍受——認爲我會嫉妒他。哼！我是可憐他。我輕蔑他，因爲他的世界幾乎被毀了，他不曉得自己該去哪兒。」

「他們沒有過去快樂，是因爲他們沒有錢了。」

他哈哈大笑起來：「不是因爲沒有錢，我可愛的寶貝。我非常肯定地告訴你，是由於他們的世界不存在了——他們曾經被撫養長大的那個世界。他們就像離開了水的魚，我憐憫他，是因爲他早就應該死了，而他沒有死。我鄙視他，是因他的世界已經完了，而他不知如何是好。他究竟還有什麼事情可做呢？他還能靠頭腦或是雙手勞動嗎？我敢肯定，那個工廠自從由他經營以後，你的虧損應該不是一點半點。」

「絕對沒有！」

「那好，哪個星期天我可以查查你的帳本嗎？」

「你現在可以走開了，這跟你毫不相干。見鬼去吧！」

「哦，我親愛的寶貝，鬼嘛——我倒是真見過，他是個乏味的傢伙，我不想再到那兒去了，甚至爲了你……你那會兒非常需要用錢的時候，拿了我的錢，我們曾經有過協議，可你違反了這個協議。請你記住，可愛的小騙子，有朝一日你還要向我借錢的。你會要我以低得無法置信的利息向你提供資金，這樣你就可以再買幾家木材廠，再買幾頭騾子，再開幾家酒館。但是，我提前告訴你：你別希望我會再借給你半個子兒。」

「呸！需要錢的時候，我會去向銀行借，也不會去打擾你的。」她冷冷地說著，只覺得滿腔憤怒發洩不出來。

「哦，你不明白？我有好多股份在銀行裡呢。」

「你說的是真的？」

「那是當然，一切正當的實業和投資我都非常感興趣。」

「總會有別的銀行……」

「沒錯，銀行有的是。然而我有辦法讓你從任何一家銀行也借不出一分錢來；哦，對了，到時你可以去找放高利貸的提包客。」

「當然，我會非常高興地去找他們。」

「對！你一定會去的，但是只要一聽到他們的利率，你就會不開心了。我的漂亮寶貝，用不正當的手段做買賣在商業界中是要受到懲戒的，你最好對我老老實實承認你的錯誤。」

「你是個大好人，如今這麼有錢有權有勢，怎麼非要跟潦倒得一塌糊塗的人，就像我和艾希禮過不去呢？」

「不要把你自己算作那一類人，你才不窮呢，無論什麼都不可能叫你潦倒，但是他卻窮得一塌糊塗，除非有個精力十足的人在背後引導和保護他一輩子，不然他會永遠潦倒下去。我才不樂意把我的錢施捨給這樣的人呢。」

「過去你幫我忙的時候，我也潦倒得一塌糊塗，而且還……」

「親愛的，你是個冒險家，是個很有意思的冒險家，爲什麼呢？因爲你沒有依賴男人，你走出家門，四處忙碌奔波，現在你的財產有了牢固的基礎，這裡面不僅有從一位死者的錢包裡偷來的錢，還有從聯盟偷來的錢。不但偷過別人的丈夫，還殺過人，不但試圖私通還撒謊，做生意不擇手段，只要一有空子能鑽，便會在帳目上耍些就是仔細檢查也查不出來的花招。這些事情件件叫人欽佩，說明你是個幹勁十足並且果斷的精明人。思嘉麗，可以在這世界上活下去的只有精明的人。奇怪，你究竟是怎麼讓他乖乖地來亞特蘭大？並且還說服他去管理那個工廠。他最初反對過你的邀請嗎？」

她又回憶起葬禮後她跟艾希禮在一起的情形了，可是這回憶馬上就被她撇開了。

「當然沒有啦，」她非常生氣地回答，「我向他說我需要他的援助，因爲我的工廠不想讓那個窩囊廢管理，而法蘭克又太忙，幫不上我，我又馬上要……咳，生艾拉了，他就欣然同意了。」

「原來你是用了這個辦法啊。現在你已經把他擺在你要他擔任的這個位置了，可憐的人，他是被你的恩情束縛著，就猶如那些囚犯被鐵鍊束縛著一樣。願你們兩位幸福。不過，不論你耍什麼聰明的花招，也沒法從我這兒再弄到一分錢了，太太，您太心口不一了。」

這時候，她既氣憤又失望，感到莫名的痛苦。本來她算計很久了，想再向瑞德借些錢，可以買上一塊地，在城裡商業區建一個差不多的堆木場。

「不用你的錢，我照樣幹得很好！」她吼著，「從強尼管的加工廠裡我賺了很多錢，而且還把一些錢放出去，用作抵押貸款，我家的鋪子能賺很多的現金。」

「對對對，這我早就聽說過。你真是聰明，專門欺騙那些走投無路的人、孤兒、寡婦的錢！不過你假如一定要騙的話，爲什麼不去騙有財有勢的人的錢，偏偏要騙鰥寡孤獨的人呢？自打綠林好漢羅賓漢那時起一直到今天，人們都認爲劫富濟貧是好漢的壯舉。」

「是因爲……」思嘉麗馬上答道：「這可是照你的說法——騙窮人更安全、更容易得多。」

儘管沒有出聲，他卻笑得似乎肩膀都在抖動。

「太厲害了！你真是一個十足的無賴，思嘉麗！」

「你要是想氣我的話，」她無奈地說，「那你就別費心思了。我清楚我沒有像應該的那樣循規蹈矩，也不像我過去接受的教養要求的那樣心眼好，可是我沒辦法，瑞德。說真的，我沒辦法。我還能怎麼做呢？在北方佬來到塔拉農場的瞬間，我假如手軟一點的話，那我、韋德、塔拉農場以及全家人會有什麼結果呢？我原本應該——可我甚至想都不願意想。強納斯想要強行霸佔我的家園時，要是我還如淑女般的循規蹈矩的話，那今天我們會在哪兒呢？要是我僅僅是個頭腦簡單、性情溫和，不跟法蘭克軟纏硬磨，強行逼著他收回那些欠債的話，那樣我們就會……算了，不說了。可能我真是個無賴，可是我不會永遠做個無賴。這些年來，甚至現在，不這樣又怎麼辦呢？我有什麼別的出路呢？我一直覺得我是在暴風雨中划一條載得很重的船，爲了使船繼續前行，我得應付很多事，我不能讓那些不重要的瑣事來打攪我，我擔心我的船會沉沒，以至於我把那些看來不是非常要緊的東西都扔下船了。」

「比如自尊心、名譽、真理、道德，還有仁慈，」板著臉的瑞德一一列舉，「你說得沒錯，思嘉麗。當船要沉沒的瞬間，那些都不重要了。不過，看看如今你身邊的朋友們，他們要嘛有的堅持把整船貨物運到彼岸，要嘛有的心甘情願地隨船沉沒。」

她毫不避諱地說：「他們全是大蠢貨，這個時代做什麼都可以，等我有了許多錢，我也會依照你喜歡的那樣變好的。我也會做個體面的好人。」

「是啊，你可以……但是你如今不願意做了。打撈扔在海裡的貨物是不容易的事情，即便打撈上來，也早就壞得沒法使用。恐怕到了打撈起你那被扔的美德、仁慈、名譽之類的東西時，會發現那些東西都被海水泡得變了樣，沒有一點用處，甚至變成奇怪的東西……」

話說完，他就立刻站起身來，拿起帽子。

「你幹什麼，要走嗎？」

「對。好讓你輕鬆一下。我讓你那殘存的良心來懲罰你。」

他停住一會兒，慢慢低頭看著那個艾拉，伸出一根手指讓她抓弄。

「法蘭克一定興奮極了？」

「那當然。」

「對這個娃娃他一定有很多偉大的計畫吧？」

「哦，男人對自己的孩子都這樣。」

「那就提醒他，」瑞德說，忽然停住嘴，一種怪異的表情出現在臉上，「提醒他，假如他將來想看到這些偉大計畫都得以實現的話，最好還是留守在家裡過夜，不要像如今這樣一直往外面跑。」

「這是什麼意思？」

「就是這個意思。跟他說晚上一定乖乖待在家裡。」

「哦，你真壞！是在暗示可憐的法蘭克會……」

「啊，老天！」瑞德突然大笑起來，「我的話裡也沒有說他拈花惹草的事啊！」

他走下臺階，放聲大笑。

chapter 44

驚魂記

三月的一天下午，天氣特別冷，寒氣逼人，風也非常大。思嘉麗用毛毯緊緊蓋住腰和雙腿，在凱迪公路上獨自駕著馬車朝強尼管的那個工廠方向駛去。

她清楚她獨自趕車外出是非常危險的，而且比以往任何時候都更冒險，因爲黑人幾乎徹底失去控制了。她把法蘭克的手槍放在馬車的墊子內。她必須得路過一條小路到工廠，那條小路的兩旁是光禿禿的樹林，還有一條小河在不遠處，河邊就是貧民區，只要一駛上小路，她就會發狠一樣用力催馬加鞭。每次穿過這個由廢棄了的軍用帳篷和木板小房子組成的破爛骯髒的地區時，她都感覺特別害怕。

這一帶是亞特蘭大遠近聞名的混亂地帶，由於住在這片污穢土地上的，幾乎都是無家可歸的黑人、黑人妓女和處於社會最底層的五花八門的窮白佬。社會上都傳播這是黑人和白人罪犯最理想的避難所。士兵總是先到這個地方來搜查要通緝的人，開槍以及捅刀子的事在這兒是稀鬆平常的，當局都懶得費事去關心了。

安爾琴爲思嘉麗趕車那時，她一直沒把貧民區放在心上，因爲就是最大膽的黑人女人也不敢在她面前發出笑聲。但是，自從她一個人趕車經過，發生了許多令人氣憤和惱火的事情。每一次她路過那兒，那些黑人女子就出來搗亂。她除了置之不理，憋著一肚子的怨氣別無他法。她甚至沒法把她的麻煩跟她的鄰居或家人說，因爲她的鄰居很可能會幸災樂禍。她家裡的人會因此想方設法阻止她去工廠，可她又不甘心就此罷手。

哦，今天路邊竟然沒有穿得破破爛爛的壞女人，真是謝天謝地啊！當她的馬車馳過那條通往貧民居住地的小路的瞬間，她厭煩地望著下午餘陽照射下擠在泥地上的讓人沮喪的小房子。一陣涼風吹來，飄來一股燒木柴、炸豬排以及廁所混合在一起的氣味，她避開氣味、勉強側著身子，用力地用韁繩抽著馬背，恨不得那匹馬飛一樣地衝過公路的拐彎處。

她的心被嚇得幾乎跳到喉嚨，就在她剛剛鬆了一口氣的時候，突然一個身材高大的黑人從一棵大橡樹後面走出來，嚇了她一跳。

當她的馬被強行拉住時，她順手舉起了法蘭克的手槍。大喊道：「幹什麼？」盡可能表現出最嚴厲的神態。

那個高大的黑人猛地躲到橡樹後面，膽怯的回答：「上帝啊，思嘉麗小姐，一定別向大個兒薩姆開槍啊！」

大個兒薩姆！她有一會兒沒有明白過來。是塔拉農場的工頭，大個兒薩姆，她最後一次看到他還是在圍城期間。難道……

「你出來，讓我看清楚你是不是薩姆！」

他磨磨蹭蹭地從樹後走出來，一個穿得破破爛爛的、身材像個巨人的大高個兒，光著腳，上身穿一件聯邦軍服上衣，斜紋布褲子，她看清楚那人真的是大個兒薩姆後，馬上順手把手槍插進車墊，接著高興地笑了。

「真的是你，薩姆，見到你我非常高興啊！」

薩姆飛快跑到馬車前，高興得眼睛轉個不停，兩排閃閃發亮的白牙齒露出來。他用兩隻大得像熊掌一樣的黑手緊緊地握住了思嘉麗伸出來的手，整個身體在扭動，並伸出紅紅的舌頭，那高興的動作就如同看門狗看到主人似的又可愛而滑稽。

「上帝啊，太好了，又可以看到家裡人。」他一邊捏緊她的手，一邊不停地嚷著說，「思嘉麗小姐，現在你怎麼變得像壞人還隨身帶著手槍。」

「不帶槍不行啊，這社會亂得很，如今壞人太多了。你怎麼會在貧民區這烏七八糟的地方？你可是一個體面的黑人啊，你爲什麼不到城裡看我呢？」

「思嘉麗小姐，我只是暫時停留在這兒，天啊，我不是在貧民區，給我白住也不願意住在這個地方，我這輩子從沒有看到過那麼下流的黑人。我以爲你在塔拉農場呢，不知道你在亞特蘭大，我早就打算一有機會就回塔拉農場找你。」

「自從圍城以來，你就一直住在亞特蘭大嗎？」

「不，小姐，我去過好多地方，」他放開了手，他把她的手捏得很痛，她順勢彎曲了幾下，試試骨頭有沒有被捏斷，「你是否還記得你最後一次看到我是在什麼時候？」

她點了點頭。

「嘿，我非常拼命幹活，裝沙袋，挖戰壕，一直等到南軍撤出亞特蘭大。那個讓我照顧的上尉軍官被殺死後，沒有人來告訴大個兒薩姆該去幹什麼，因此我就乾脆躲在樹叢裡。我一直想辦法要回到塔拉農場去，但是聽說塔拉那一帶的房子都被燒掉了。況且，我也沒有辦法回去，因爲沒有通行證會被巡邏隊抓住。後來，北軍進城了，其中一個上校是北方軍官，很喜歡我，就把我留下照看他的馬和皮靴。小姐！我感覺很神氣呢，跟波克完全一樣是貼身佣人了，而我過去卻是個種地的。」

「我從來沒有告訴那上校，我過去是幹地裡活的，但是他……對了，思嘉麗小姐，北方佬個個啥也不明白！他看不出有什麼不同，這樣，我就跟他一直待在一起。當謝爾曼將軍去薩凡納的時候，上帝啊，思嘉麗小姐，在路上，看到的都是非常可怕的事情，到處是燒殺搶掠——他們是不是把塔拉也燒了，思嘉麗小姐？」

「他們是點著了，但是火又被我們給撲滅了。」

「小姐，那太好了，塔拉農場是我的家，沒有比這更令人興奮的事情了，我正打算回那兒，戰爭結束後，上校對我說：『薩姆！我一定會付給你高薪的。』你跟我到北方去吧，和其他黑人那樣。我因此就跟上校到北方去了。啊，小姐，我們去了紐約、華盛頓和上校住的波士頓。我可是出過遠門的黑人！思嘉麗小姐，北方街上的馬和馬車多得簡直沒有辦法數，就算你大聲吆喝牠們，牠們也不會停住，我總是擔心會被牠們給撞倒呢。」

「噢，你現在喜歡北方嗎，薩姆？」

薩姆搔搔他的腦袋：「喜歡，但又不是很喜歡。上校理解黑人，但是他妻子卻不同。她第一次看到我時，居然管我叫『先生』，當時我感覺比死還難受，上校對她說，應該管我叫『薩姆』，她才改口，可是其他的北方佬第一次見我時，都叫我『奧哈拉先生』。他們還要求我跟他們坐在一起，彷彿我跟他們一樣有身分似的。得了，我幾乎從來沒有跟白人一起坐過，他們把我當做跟他們一樣身分的人對待我，然而在他們的心裡，他們害怕我，因爲我的塊頭很大。他們還總是問我追趕我的兇惡的獵狗是什麼樣，我有沒有挨過打。老天啊，思嘉麗小姐，我可是從來沒有挨過打！你清楚傑拉爾德先生從來不會讓哪一個人來打我這樣值錢的黑人的！我把這和他們說了，還告訴他們愛倫小姐待黑人很好，我得肺炎那時，她在身邊服侍了我整整一個星期，他們聽了都不相信我的話，我終於感到想念塔拉農場和愛倫小姐了，我覺得再也忍受不了啦，突然有一個晚上，我趁晚上天黑就跑了出來，一路上搭乘貨車來到亞特蘭大，如果你能給我買一張到塔拉去的車票的話，我非常願意回家。我很想再看到愛倫小姐和傑拉爾德先生，我已經有過足夠的自由了，只要有個人願意給我一天三餐，吃飽就可以，跟我說清楚不能做什麼，什麼可以做，在我生病的時候能照顧我。思嘉麗小姐，你這是怎麼了？」

「哦，薩姆，爸爸和媽媽都已經不在了。」

「不在了？你在和我開玩笑吧，思嘉麗小姐，這種玩笑不能開啊！」

「是真的，我沒有開玩笑，在謝爾曼的士兵路過塔拉農場的那時候，媽就去世了；爸爸他……去年六月也去世了。薩姆，你不要哭，你一哭，我也要哭了。薩姆，我們不要談這事了。我以後會詳細告訴你的……蘇倫小姐在塔拉，她嫁給了一個非常好的人，就是威爾先生，還有卡琳小姐，她在……行了，薩姆，擦擦鼻子，告訴我，你現在真的想回家嗎？」

「只是我想的都是和愛倫小姐在一起。小姐，還有……」

「薩姆，你就留在亞特蘭大給我幹活兒吧，好嗎？我如今正差一個車夫呢，目前四處全是壞人，我需要一個車夫。」

「可不嘛，小姐，我早就想對你說你一個人趕著馬車在這一帶走是非常危險的。我到這兒才不到兩天，就聽到他們議論起你。昨天，在你趕車路過時，那些下流黑人朝你喊叫，我就認出了你，但是你的馬車趕得飛快，我追不上你。可是我把那幾個黑鬼揍了一頓，算是替你出口惡氣！今天，他們就不敢在這兒露面了。」

「原來是這樣啊，謝謝你，薩姆。可是，你願意給我趕馬車嗎？」

「我想我還是願意到塔拉農場去。」

「我不會虧待你，你要是跟我幹，我一定給你高工資。」

他臉上帶著驚慌的神情，又走近點，在靠近馬車邊上伸著身子，小聲說：「思嘉麗小姐，我現在必須得離開亞特蘭大，必須到塔拉農場不可，在那兒沒有人能找到我。我……我殺了一個人。」

「黑人？」

「不，小姐，是個真正的白人？是一個北方士兵，他們在四處抓我。因此我才躲避在貧民區。」

「究竟是怎樣一回事？」

「他喝醉時，說了許多羞辱我的話，我就順勢用兩手掐住了他的脖子……我並沒打算要殺死他，思嘉麗小姐，但是我的手勁太大了，沒等我鬆手，他就咽氣了。可是把我嚇壞了，不清楚該怎麼辦！所以就跑到這兒藏起來了。昨天，我看見到你路過這兒，我說『上帝保佑！思嘉麗小姐！她一定會幫助我的，她不會讓北方佬把我抓去的，她會幫我回塔拉農場的。』」

「他們已經曉得是你幹的了嗎？所以他們在抓你。」

「是的，小姐，我這麼大個子，他們剛才已經來這兒找過我了，幸好有一個黑人女孩把我藏在樹林中的一個洞裡，才沒被他們發現。」

思嘉麗緊緊皺起眉頭，愣愣地坐了一會兒。她一點不為薩姆殺人感到恐慌或者擔心，卻為她沒法留住薩姆給自己趕車感到遺憾。無論怎樣，她一定要把他順利地送到塔拉農場去，絕對不能讓北方佬逮住他。他是個好黑人，絕不能被他們絞死。他可是塔拉農場最好的工頭！

在思嘉麗眼中，幾乎一點也沒有想到他已經被解放了。他還是屬於她的，像嬤嬤、波克、彼得大叔和百里茜，他依然是「我們家的人」，他應該得到我的庇護。

「今天晚上我就幫你回塔拉農場。」她最後說，「薩姆，我得再趕一段路，在太陽下山之前我回來的時候，一定不要告訴其他人，你一定要在這等我，你最好用帽子擋住你的臉。」

「但是我沒帽子呀。」

「我現在給你錢，你去隨便買頂帽子吧。記得，在這兒跟我碰面。」

「我記住了，小姐。」

又有人告訴他應該怎麼辦了，他終於鬆了口氣，又眉開眼笑了。

思嘉麗一路上盤算著：威爾一定會歡迎一個種田的好手，薩姆肯定能夠接替波克，波克就可以有空到亞特蘭大來，和迪爾茜待在一起了，這是父親去世前，她曾答應過他的。

太陽就要落下去的時候，她來到加工廠。

強尼站在一個破爛棚屋的門洞裡，那所給囚犯睡覺的狹長的棚屋前面，橫放著一根圓木，思嘉麗交給強尼管的那五個囚犯，有四個一起坐在上面。因為出汗，他們的囚衣又髒又臭，步伐沉重，腳鐐的鐵鍊在腳踝中間噹噹啷啷地響著，神態絕望又冷漠。

思嘉麗一眼便看出他們都非常瘦弱，可是在前段時間她雇用他們的時候，他們還個個都結實得很。她跨下馬車的時候，他們幾乎抬不起眼來，只有強尼向她轉過身來，大大咧咧地摘掉帽子。

她責備說：「我不想讓你把人都弄成這個樣子。他們看起來身體很糟，現在還有另一個人在兒？」

強尼說：「他生病了，待在棚子裡。」

「得了什麼病？」

「懶病，你還是不要去了吧。他或許光著身子呢。放心，我會好好照顧他的。明天他一定來幹活兒。」

思嘉麗此時看見一個囚犯毫無力氣地抬起腦袋，眼裡充滿強烈的憎恨，狠狠瞪了強尼一眼，然後又把目光慢慢移到地面上。

「你是在用鞭子打他們嗎？」

「太太，不好意思，究竟是誰在管這個廠？你說過我可以自由管理。你現在這不是雞蛋裡頭挑骨頭嗎？我不是為你多弄出了幾乎一倍的木材嗎？」

「對，的確如此。」思嘉麗說著，打了個冷戰。

奇怪，這個蓋著難看棚屋的伐木區有一種陰森可怕的感覺，有一種休在管理時候所沒有的氣氛，一種令她心裡發冷的與世隔絕荒涼的氣氛。這些囚犯任由強尼擺佈，他們也不敢向她告狀，怕她走後會受到更重的懲罰。

「這些人為什麼個個都皮包骨，你讓他們吃飽了嗎？天曉得！我在他們的伙食上花了多少錢，就是要讓他們吃得跟豬一樣強壯。上個月，僅僅麵粉和豬肉就花掉二十多元呀。你給他們晚飯究竟吃的是什麼？」

說著，她走到那間當作廚房的棚屋前。一個黑白混血的胖女人站在一個生滿鐵銹的舊爐子前，當她看見思嘉麗時，稍微禮貌地彎了彎膝蓋，行了個禮，之後接著繼續攪拌鍋裡的煮豆。

思嘉麗清楚強尼在跟她同居，可是覺得最好還是裝作不明白的好，她看到除了豇豆和一盤玉米餅以外，根本沒有其他什麼飯菜。

「你沒有給他們吃別的東西嗎？」

「沒有，太太。」

「爲什麼在豇豆裡沒有鹹肉？」

「太太，沒有。」

「這樣吃了會沒有力氣，爲什麼不放鹹肉？豇豆裡不放鹹肉不行。」

「強尼先生說放鹹肉也沒有用。」

「你得放鹹肉。哦，你把我送來的食品都放在哪兒了？」

那個混血女人非常害怕地把眼睛朝那個做食品儲藏室用的小屋望去。思嘉麗立刻把門砰的一聲打開，小屋的地板上放著一桶已經開了蓋的玉米粉，還有一磅咖啡、一小袋麵粉、一點糖、一加侖糖漿和兩個好好的火腿，架上還放著剛煮熟的火腿，僅僅只切掉了一兩塊。

看到這一切，思嘉麗非常氣憤，她立刻向強尼猛地轉過身去，而他也正盯著她，目光憤怒、冷冷的。

「上星期我送來的五袋白麵現在去哪兒了？我不是還送來過五個火腿、十磅鹹肉、不少的紅薯和無數的馬鈴薯，還有那袋糖和咖啡呢？你說呀，東西究竟在哪兒？就算你一天給這些人吃十餐，一禮拜內也不可能吃完這麼多啊。它們是不是被你給賣了！這就是你幹的好事！居然把我供應的食品給賣了，把錢撈到你自己的口袋裡，給這些人吃乾豆子和玉米餅，噢，難怪他們都瘦得皮包骨！你給我讓開。」

她來到屋簷下怒氣沖沖地走過他身邊。

「喂，你……那邊的那個人……對，就是你，過來！」

那人應聲後，顯然很笨重地站起身走過來，腳鐐發出噹噹啷啷的聲音。她看到他赤裸的腳脖子被鐵鍊擦傷了，又紅又腫，皮都幾乎快磨掉了。

「你最後一次吃過火腿是在什麼時候？告訴我！」

那個人立刻垂下雙眼。

「說！不用害怕！」

那人依然不說話，過了好一會兒，他忽然抬起頭來，用請求的眼神望著思嘉麗，之後又緩緩垂下頭來。

「哦，你害怕說，也好！馬上進食品儲藏室去，立刻從架上把火腿拿下來，把火腿分給那些人吃。麗蓓嘉，給他們馬上做些鬆餅和咖啡，一定多放些糖漿，馬上動手，我要親眼看著。」

麗蓓嘉咕噥著：「不，那可是強尼先生自己的麵粉和咖啡。」

「強尼先生的？見鬼！照我說的做，立刻！強尼，你跟我到外面來。」

她昂首挺胸地走過木材堆得亂七八糟的場地，她看著那些人扯下一條條火腿，拼命地塞進嘴裡狼吞虎嚥著，心裡舒服多了。看他們那副挨餓的吃相，彷彿他們的火腿隨時都會被搶走似的。

「你是個少有的渾蛋。」她衝著強尼喊叫，他站在車輪旁，帽子戴在後腦勺上。「你必須把我供應食品的錢還給我。從今天之後，我按天把食品給你，省得你再欺騙我。」

強尼說：「我不會在這幹了。」

「你，你打算不幹了？」

就在這時，思嘉麗的話幾乎都已經到嘴邊了：「走吧，你不幹最好！」但是經過冷靜和慎重的思考，她的話沒有說出口。如果強尼不幹的話，她將怎麼辦呢，他能保證交的木材要比休交的多一倍。眼下，她剛剛接了一筆訂單，是她接到過的訂貨中數目最大的一筆，並且交貨的日期也很緊，她必須把那批木材按期運到亞特蘭大去。如果強尼真不幹了，那她去找誰來管理這個工廠呢？

「對，我打算不幹了。你是把這兒交給我全權負責的，你曾經說過，你對我的要求只有盡可能地多出木材，而沒有跟我說怎樣管理，我不喜歡被別人限制。我怎樣出木材用不著你來過問。我是為你賺錢，可是你到這兒來管這管那，插上一手，當著那些人的面破壞我的威嚴，今後你怎麼還能依賴我維持紀律呢，儘管他們沒有營養，伙食的味道也不好，那又怎樣呢，他們不應該吃得太好，要麼你做你的事，我做我的事，分工合作，要麼我今天就離開。」

這時候，他那絕情的臉比其他任何時候的神情都要強硬。思嘉麗猶豫不決，他要走的話，她怎麼辦？她不可能一整夜待在廠裡一步都不離開地看管囚犯呀！

她露出左右為難的表情，強尼的表情馬上發生了微妙的轉變，他緩和了臉上冷酷的神態，說話的語氣也從容悅耳了。

「時間似乎很晚了，太太，你還是馬上回去的好。我們可不能為了這麼一丁點兒小事鬧翻，對不對？你可以在我下個月的工資裡少給十塊，這事就算結束了。」

思嘉麗看了看那夥可憐巴巴在啃火腿的人，又想到那個躺在透風的棚屋裡的病人。她應該把強尼立刻趕走。他是個人面獸心的渾蛋，天知道她不在場的時候，他是如何對待這些囚犯的。可是，從另一方面說，他聰明能幹，她需要的正是一個能幹的人。

算了，她眼下不能解雇他。她只要保證讓這些囚犯吃上好一點的飯也就可以了。

「不，我必須得從你的工資中減掉二十塊，」她氣憤地說道，「明天早晨我會再來跟你理論的。」說著，她立刻拿起韁繩。她明白這件事情到此結束，她明白強尼也清楚這個，他只不過是想給自己找個臺階下罷了。

她飛快地沿著那條小路向迪凱特路駛去，一路上，她的良心跟她賺錢的欲望在不停地鬥爭。她明白不該把那幾個人的性命交給那個狠心的小個子男人擺佈。若是他把其中一個人活活整死的話，她會跟他一樣有罪，因為她在清楚他的種種野蠻行為後卻沒有阻止，但是從另一個角度講，人就不應該為非作歹變成囚犯嘛。他們犯了法，被抓住，那他們就該任人擺佈。這個想法或多或少令她的良心得到了一點寬慰，可那一張張囚犯沒精打采的瘦臉一直浮現在她的腦海裡。

當她來到貧民區那條大路拐彎處的時候，太陽已經下山了。周圍的樹林黑黑的，冷風輕輕吹過昏暗的樹林，光禿禿的樹枝啪啪做聲，枯葉發出沙沙的響聲。她以前沒有一個人這麼晚在戶外走動過，她覺得很害怕。

但是大個子薩姆連個影子也沒有出現，她勒住韁繩等他，為他擔憂，怕他已經被北方佬抓住了。後來，終於聽到從小路那邊傳來了腳步聲，哦，她頓時放心地舒了一口氣。我一定要把薩姆狠狠地罵一頓。

但是，來到大路拐彎處的竟然不是薩姆，是一個穿得破破爛爛的大個兒白人和一個矮胖的黑人，那個黑人的胸脯和肩膀幾乎像大猩猩，很恐怖。說時遲，那時快，她立即掄起韁繩在馬背上抽了一下，而且還緊緊地握住了手槍。那匹馬立刻小跑起來，但沒跑幾步就嚇得往後直退，原來那個白人把馬車攔住了。

他說：「哎，太太，給我一點錢吧！我快餓死了。」

「走開！」她儘量使自己的聲音平和些，「我一分錢也沒有……」

那個男人的手立刻迅速地拽住了馬籠頭。他朝那個黑人喊道：「快抓住她，她的錢就藏在她的胸口！」

對思嘉麗來說，即將發生的一切彷彿一場噩夢，所有的事情都發生得那麼突然。她飛快地舉起手槍，本能地感覺到她不能向那個白人開槍，因爲那樣很可能會傷到馬。

那個黑人齜牙咧嘴地現出猙獰的樣子，她便朝他的方向開了一槍，可因爲靠得太近，並沒有打中他。她的手腕被緊緊抓住了，幾乎被扭斷，手槍也被他們搶走了。那個黑人就站在她身旁，離得非常近，她可以聞到他身上的臭味。他用力把她從馬車上往下拉，她用那一隻沒被抓住的手抓他的臉，瘋狂地和他搏鬥，突然她感到他的大手掐住了她的喉嚨，隨後將她的緊身上衣從脖頸直撕到胸部。接著那隻黑手在她的胸口亂摸，她體會到一種從未有過的恐慌和厭惡，她放開嗓子發瘋地尖叫起來。

那個白人嚷著，趕快堵住她的嘴！那隻黑手立刻從思嘉麗的臉上摸到嘴上。她拚命地咬他的手，然後又大聲尖叫起來。她一邊尖叫，一邊聽到那個白人在咒罵，就在這一刻，那條昏暗的小路上又來了一個人。堵在她嘴上的那隻黑手拿開了，黑人連忙閃開，躲避兇猛撲過來的大個子薩姆。

薩姆一邊大聲叫，一邊跟那個黑人廝打在一起。

「快走，思嘉麗小姐！」

思嘉麗感覺到全身發抖，她尖聲喊叫，抓起韁繩和馬鞭一起打在馬身上，馬猛地一跳，立刻跑了起來。

她覺得車輪碾過一塊軟綿綿的東西，是一塊妨礙輪子前進的東西，哦，是那個白人，薩姆先把他揍倒了，現在正好讓車輪軋過去了。

她被嚇壞了，拼命地打著那匹馬，馬拼命地往前跑著，馬車顛簸得都要翻了。過了不知多長時間，她才恐慌地發覺到背後還有奔跑的聲音，所以她更加起勁地對馬大聲吆喝起來。要是那個猩猩一樣的黑人再趕上來的話，她可能就沒命了。

她背後突然傳來大聲的喊叫：「思嘉麗小姐！快停車！是我。」她沒有立刻放鬆韁繩，回過頭，只看到大個兒薩姆在她後面的大路上追趕跑來，兩條腿如同飛快運動的活塞那樣用力擺動。他一下子撲進馬車，龐大的身軀將她擠到了一邊，汗水和血水混合著從他的臉上滴下來。

「他們傷著你了嗎？」他喘著粗氣問。

她幾乎講不出話來，他的目光朝她這邊一掃，隨即急忙避開了。她這才發現自己的緊身衣已經被裂到了腰部，胸部和胸衣完全露在了外面。哦，她用發抖的手把兩片衣襟緊緊地抓在一起，低著頭，魂魄未定地哭起來。

「把韁繩給我！」薩姆把韁繩從她手裡抓過去，「馬兒快跑！」鞭子啪啪地響個不停，受了驚的馬發瘋一般飛跑起來。

「我感覺那頭黑猩猩可能被打死了。」他不斷喘著粗氣，「但是，他要是傷著你的話，我就立刻回去，非把他弄死不可。」

她嗚咽著說：不……不……快點，快點趕車吧！」

chapter 45 不尋常的夜

傍晚，法蘭克有意把皮蒂姑媽、思嘉麗和孩子全部都打發到媚蘭家裡，然後和艾希禮一起騎馬出去了，幾乎什麼話也沒說。

思嘉麗肺都快氣炸了，她覺得又憋氣又傷心。哼！她剛遭到了打劫，他卻要去開什麼會！事後想想真是害怕。他簡直自私無情。

當薩姆扶著哭哭啼啼的她進屋時，他只是平和地問：「寶貝，你是受傷了？還是被嚇著了？」她又氣又惱說不出話來，薩姆在一旁回答：「她是被嚇的，他們剛扯開她的衣服時，我及時趕到那兒。」

「多虧了你，薩姆，我一定不會忘記你的功勞的，如果有什麼事我能幫你辦的話……」

「哦，先生，那就麻煩你把我送到塔拉農場去吧，北方佬正在四處抓我，越快越好。」

法蘭克同樣沉默不語地聽著薩姆訴說他剛才的經歷，什麼也沒有問。他的神情十分像那夜托尼來敲他們門時表現的那種神態，似乎這是一件完全由男人去處理的事，是一件該沉默不語去處理的事。

「我會派彼得晚上把你送到馬虎村，你躲在樹林裡，等到天亮，就可以乘火車到瓊斯博羅了。這樣比較穩妥……我說，寶貝，別哭了，事情都過去了，你也沒有受傷。哦，皮蒂小姐，請你把嗅鹽遞給我好嗎？還有嬷嬷，馬上給思嘉麗小姐倒杯酒來。」

不知爲什麼，思嘉麗又流淚了，可這一回完全是生氣的眼淚。她原本希望得到他的安慰，聽到他說爲她的遭遇感到憤慨，聽他說要爲她復仇等話。她甚至希望他衝她大發脾氣，說他早就提醒過自己的，會遇上這樣的事情——不管如何，都比他對一切都漠不關心，彷彿把她遭受的危險看做是一件無足輕重的小事。當然，他的態度是親切平和的，但他卻心不在焉，似乎腦子裡有什麼更重要的事情似的。

哼！見鬼，那件更重要的事原來僅僅是一個小小的政治集會。

法蘭克告訴思嘉麗換好衣服，準備好，他護送她到媚蘭家度過一晚上。當時，她完全不能相信自己的耳朵，他應當清楚她那場飛來橫禍多麼叫人苦惱，應當明白她不想到媚蘭家去過夜，而是迫不及待地躺在床上，放鬆身體，蓋上毯子——還要一塊燙磚溫暖她的腳指頭，一杯熱酒消除她的恐慌，他如果真的愛她的話，在這樣一個晚上，不管什麼事都沒法強迫他從她身旁消失。他應該待在家裡，應該握著她的手告訴她：假如她有個三長兩短，他也可能活不下去了。

是的，等他回來，和她單獨在一起的時候，他肯定會對她這麼說的。

今天，媚蘭家的小客廳跟過去一樣——每逢法蘭克和艾希禮出去開會，她們便是這樣，超然而平靜，女人們圍坐在一起做針線活。擺在桌上的那盞燈照出柔和的黃光，照亮了四個女人光亮的頭髮，她們的腦袋全湊在她們的針線活上，八隻小巧的腳使四條裙子輕輕顫動，腳非常優雅地擱在低低的腳墊上。韋德、艾拉和小博安靜的呼吸聲從開著門的育兒室裡傳出來。安爾琴就坐在爐火旁邊的凳子上，鼓著臉頰、嘴裡嚼著煙葉，背靠著壁爐很近，他在用力地削一根木頭。這個蓬頭垢面的老頭兒和那四位衣著整潔的女士形成非常鮮明的對比，似乎他是一條兇惡的看門狗，而她們是四隻平靜的小花貓。

媚蘭一直巧妙地把話題扯到其他地方。這令思嘉麗特別生氣，哼，她們個個跟法蘭克同樣自私。真是的，她剛剛從一場那麼可怕的劫難中逃脫，她們怎麼可以這麼寧靜和沉著地對待她呢？

煩人的安爾琴不停削木頭的聲響讓她更加煩躁，可她只能向他皺皺眉頭。忽然，她覺得這情形有些古怪：他為什麼一直坐在那兒，他在晚上守衛的時候，一般都直挺挺地躺在沙發上睡覺，呼出來的氣可以把他的長鬍子一直吹到空中。

就在她看著他的那一瞬間，他突然向壁爐轉過身去，將一大口煙葉全部吐在爐火上面，非常用力，甚至把媚蘭、英迪亞和皮蒂都嚇得直害怕，彷彿聽到一顆炸彈。

英迪亞忍不住問他：「你為什麼用那麼大的勁兒？」聲音同樣非常粗暴。思嘉麗奇怪地望著她，因為英迪亞一直是沉著鎮定的。安爾琴眼睛一眨也不眨地緊緊盯著她。

「不用這麼大勁兒就沒法吐出來。」他冷冷地回答，又吐了一口。

媚蘭無奈地皺了皺眉頭，朝英迪亞看了一眼。

「我親愛的爸爸就從不嚼煙葉。」皮蒂姑媽說道，媚蘭的眉頭幾乎快要擰成一個疙瘩了，她突然朝她轉過去，脫口而出的是思嘉麗一直沒有聽到過的語氣。

「閉嘴，你真不會說話，姑媽！」

「呀！」針線活被皮蒂姑媽全部摔在膝上，氣得直撇嘴，「我不清楚是什麼事情讓你們不舒服，瞧瞧，你和英迪亞兩個就像發神經一樣。」

可是卻沒有人搭理她。媚蘭也沒有為自己的過錯道歉，而是繼續做針線活兒，可下針的力度比剛才更加重了。

「喲！看看你那針腳兒，都有一英寸長了，」皮蒂很不滿意地說，「以後還得拆掉，這不是白縫嘛！你到底是怎麼了？」

媚蘭依舊低頭不語。

怪事！她們爲什麼會這樣？思嘉麗暗想。因爲她剛才的心思太集中在自己的恐慌上了，而沒有發覺嗎？可不是，儘管媚蘭費盡力氣地想表現得一如往常，可是氣氛卻不同，總有一種非常緊張的感覺。

思嘉麗偷偷地觀察其他人，正巧英迪亞也在看她，英迪亞的目光令她很不舒服，因爲那是一種審查的眼光，在那深沉冷峻的眼光中藏著一種比輕蔑更富於侮辱性，比憎恨更激烈的東西。

思嘉麗生氣地推斷她是在認爲我應該爲發生的事情受到懲罰。英迪亞的目光從思嘉麗的臉上移開後又轉向了安爾琴，目光中帶著焦急詢問的意思。可是他的目光並沒同她相碰，他偏偏望著思嘉麗，那目光跟英迪亞的一樣毒辣而冷漠。

媚蘭再沒有說一句話。沉悶和寂靜充斥著房間。安爾琴的臉上露出戒備、警惕的神情，他那雙毛茸茸的耳朵似乎像穩重的狗耳朵那樣，一直在用心傾聽。

媚蘭與英迪亞表現出一種好不容易才壓制住的不自在的表情，她們每每聽到路上嗒嗒的馬蹄聲響、枯葉在草坪上翻滾的沙沙聲音，光禿禿的樹枝在風中吱嘎作聲，就從針線活兒上抬起頭來。聽到壁爐中的木頭燃燒時的劈啪聲，她們也會驚得抬起頭來，似乎聽到壞人的腳步聲。

肯定有事會發生！可思嘉麗拿不準究竟是什麼事。她向皮蒂姑媽瞟了一眼——那張絲毫無心機胖胖的臉和撅起的嘴告訴她，那位老太太和她一樣完全一無所知。可是媚蘭、安爾琴和英迪亞肯定清楚。

思嘉麗把縫補的東西隨手扔在地上，說：「神經都繃得這麼緊，我還能做針線活嗎？我神經緊張得幾乎要叫起來了。我要馬上回家睡覺。法蘭克真不應該出去。他總是說什麼保護婦女不受黑人和北方佬的侵犯，然而輪到保護我的時候卻不在家裡，他究竟在哪兒呢？」

她氣憤地盯著英迪亞的臉，英迪亞的呼吸非常急促，她那沒有眼睫毛的灰眼睛帶著冷酷的令人難以容忍的神情回敬著她。

「我說，英迪亞！你要是不爲難的話，」她挖苦道：「可以告訴我，爲什麼一直老是盯著我，那我會非常感謝的。我想我的臉還沒變成綠色吧？」

英迪亞的眼睛發出亮光說：「哼，我早就打算告訴你了，我會爲此而高興得不得了。我厭煩你貶低甘迺迪先生這樣一位好人。哼！要是你知道這個時候……」

「英迪亞！」媚蘭接著打斷道，她緊緊地握緊雙手，非常用力地壓在她的針線活兒上。

「我對自己的丈夫比你更瞭解。」思嘉麗說。

眼看馬上就要吵起來了，這是她第一次公開和英迪亞吵架，神經也不像剛才緊張了。她的勁兒忽然上來，媚蘭的目光打斷了英迪亞的話，英迪亞不情願地閉上了嘴。但她心頭的怒氣直往上躥，已經憋不住了。

「你真讓我生氣！你居然談什麼受保護！你哪裡有一點想要受到保護的意思！你想要的話，怎麼會打扮得花枝招展在城裡四處轉悠，拋頭露面，在陌生男人面前賣弄自己！你今天下午遭遇的事真是活該，假如世界上還有公道的話，你應該遇到更糟糕的事。」

媚蘭大聲嚷道：「啊，英迪亞你不要胡說。」

思嘉麗回嘴道：「你讓她說，讓她開心地說。我知道她一直恨我，可她是個虛僞的人，不願意承認。」

英迪亞受到了羞辱，騰地一下站起來，瘦削的身子氣得直發抖。

「不錯！我的確恨你，」她用發顫清晰的聲音說，「只是，並不是由於虛僞才不說出來。是因爲你根本不明是非，連一星……一星半點的教養、普通的禮貌都沒有。因爲我認識到我們大夥如果不團結在一塊，沒有消除小小的怨恨的話，我們就不可能戰勝北方佬。但是你……你……你做盡了降低聲望的勾當——做買賣，給一個好丈夫帶來羞辱，使北方佬和那些無賴都有機會嘲諷我們，利用侮辱性的言辭說我們缺乏教養。北方佬不清楚，你不是我們自己人，從來都不是。你趕著馬車在樹林子來回路過，惹得那些黑人與下流的白人對你下手，就是你自己犯賤。你還讓我們的男人遭受危險，因爲他們不得不……」

「上帝啊，你睜開眼，英迪亞，你這該死的東西！」媚蘭大聲叫著。

就連惱怒中的思嘉麗聽見媚蘭開口罵人也驚呆了。

「你趕緊閉上嘴！她不清楚，她……快閉上嘴！你不要忘了，你答應過……」

「哎喲，小姐們！」皮蒂姑媽懇求著說，嘴唇抖動著。

「什麼？我不清楚什麼？」思嘉麗猛得站起身來，面對英迪亞冷冰冰的怒火，望著媚蘭懇求的眼光。

「一群母雞。」安爾琴轉移話題說，大家還未來得及責怪他，就發現他灰白的腦袋忽地一抬，飛快地站起身來：「有人從小路上過來了，不是威爾克斯先生，你們不要吵了。」

他的聲音裡充滿了男性的權威，女人們都默不作聲，臉上的怒氣也平息下去。只看到他一拐一拐地經過房間，朝門口方向走去。

「誰?」來的人還沒有敲門，他便先問了。

「巴特勒船長。趕快讓我進去。」

媚蘭小跑著經過房間，裙箍強烈地晃動著，安爾琴還沒來得及伸手抓住門把，她已經迅速把門打開了，瑞德站在門廊裡，一頂黑色闊邊軟呢帽極低地垂在眼睛上，狂風吹亂他的斗篷。

就那麼一次，他來不及表示禮貌，沒來得及脫帽，沒有向別人看一眼，目光緊盯著媚蘭說：

「他們究竟去哪兒了?趕緊告訴我，人命關天。」

思嘉麗被這句話震驚了，英迪亞像一隻精瘦的老貓來到媚蘭身旁，「不要告訴他，他是奸細，是叛賊!」

瑞德連看也不看她一眼。「快，威爾克斯太太，或許還來得及。」

媚蘭彷彿嚇癱了，緊緊地盯著他。

「到底發生了什麼事……」思嘉麗問。

「你閉嘴吧!」安爾琴發號施令，「媚蘭小姐，你也閉嘴。滾!你這個可惡的投機商。」

「不，安爾琴，別這樣!」媚蘭一邊喊道，一邊把發抖的手放在瑞德的胳膊上，似乎是保護他不受安爾琴的傷害似的。「究竟出了什麼差錯?你，你怎麼……你怎麼會知道?」

瑞德臉上流露出急切的神情。「天啊，威爾克斯太太，他們一直受到懷疑……但是，他們總是自認為是……我怎麼會清楚，我剛才在和兩個喝得爛醉的北軍上尉玩撲克，他們吐露了秘密，北軍清楚今晚要出事，已經做好了準備，那夥愚昧的人馬上要鑽進圈套了!」

聽了這些話，媚蘭彷彿重重地挨了一拳，身子發起抖來，瑞德順勢伸出一條胳膊挽住她的腰，好讓她站穩。

「不要告訴他！他一定是在套你的話！」英迪亞大聲喊著，瞪大眼睛盯著瑞德。「你沒聽他說，今天晚上還和北軍軍官在一起鬼混嗎？」

但瑞德依舊不看她一眼，他的目光一直停在媚蘭那張蒼白的臉上。

「快告訴我，他們究竟在哪兒？他們是不是有一個開會的地方？」

思嘉麗雖然害怕和困惑，但也意識到她過去從沒有看到過如此嚴肅的臉。

媚蘭最終信任了瑞德。她挺直弱小的身體，聲音在發顫，假裝鎮定地說：「他們在去迪凱特的大路上，老沙利文莊園的地窖裡面——那個幾乎燒掉了一半的別墅，貧民區周圍。」

「非常感謝你，我馬上趕去，北軍馬上會到這裡來，你們全要說什麼也不清楚。」

他走得十分迅速，一會兒，他的黑斗篷就在黑暗中消失得無影無蹤，他們甚至懷疑他到底有沒有來過，直到他們聽到小路上石子飛濺的聲響和一匹馬飛快地遠去的馬蹄聲。

「哎呀！不得了了！北方佬馬上要來了？」皮蒂姑媽大聲喊著。那雙支撐著她身子的小腳一挪動，就躺倒在沙發上了，害怕得幾乎哭不出來。

「究竟是怎麼回事？他剛才的話是什麼意思，你不告訴我，我會急瘋的！」思嘉麗用手緊緊拉住媚蘭的胳膊，用力地搖晃她，似乎她再用點力氣，就能搖出一個圓滿答案。

「究竟什麼意思？意思是說，你就是斷送艾希禮和法蘭克先生性命的罪魁禍首！」雖然英迪亞受到恐慌的煎熬，她的聲音中卻有得意的意思，「你別搖晃媚蘭了，她快暈過去了。」

「不，我不會暈過去的。」媚蘭一邊低聲說，一邊緊緊地抓住身後椅子。

「我的上帝，我怎麼可能會殺死艾希禮呢？說，趕緊告訴我究竟是怎麼回事！」

安爾琴的聲音迅速打斷了思嘉麗的話，「坐下。」他命令道，「立刻拿起你們的針線活兒來，就像什麼也沒發生過一樣，可能北方佬在太陽下山後，就一直在這座房子旁邊暗中監視呢。快，坐下，繼續幹活兒。」

儘管她們打著哆嗦，但是依然照辦了，就連皮蒂姑媽也順手撿起一隻襪子，她的眼睛就像一個嚇壞了的孩子的眼睛那樣睜得大大的，一個勁兒地東看西看。

「艾希禮究竟在什麼地方？究竟發生什麼事了，媚蘭？」思嘉麗大聲問。

「喲……你不在意你的丈夫在哪兒嗎？」英迪亞灰眼睛裡帶著瘋子一般的惡意。

「哦，英迪亞，請不要這樣激動！」媚蘭抑制住自己的聲音，但是她煞白哆嗦的臉露出非常痛苦的神情，說明緊張的心情正折磨著她。

「思嘉麗，可能我們應該告訴你，但是……但是……你今天剛遭受了這麼可怕的事，我們……法蘭克認為不應該……哦，你過去又一直這麼堅定地反對三K黨……」

「什麼？三K黨？」

開始思嘉麗對這個詞兒完全沒有認識，就像不明白這個詞兒的意思一樣，接著立刻就清楚了。「三K黨！」她差點叫出來，「艾希禮怎麼可能是三K黨，法蘭克一樣也不可能是，他曾經答應過我！」

「法蘭克是三K黨，艾希禮也是，還有我們大家認識的所有男人都是。」英迪亞平和的口氣中有些得意，「他們畢竟是男人，對不對？不但是白人還是南方人，你應該為法蘭克感到驕傲，還有……」

「難道你們早就清楚，只有我一個被蒙在鼓裡……」

「我們怕你著急上火。」媚蘭解釋道。

「所以他們每次說開會，就是上那兒去？啊，可是法蘭克答應過我！這下完啦，北方佬肯定會來沒收我的工廠和商店，還可能將他關進監獄……哦，瑞德剛剛的話是什麼意思？」

英迪亞與媚蘭的目光在恐慌中對視著。思嘉麗猛地站起身來，將針線活兒扔在地上。

「你們如果不告訴我的話，那我就立刻到熱鬧的市區去打聽，遇到人我就詢問，直到有人告訴我爲止……」

安爾琴生氣地盯著她：「你坐下！我來告訴你，由於你今天下午出去閒逛，由於你自己的過錯，遭遇麻煩，艾希禮先生、法蘭克先生和其他的男人今晚全部出去了，如果在那兒找到了那個黑鬼和那個白人的話，就把他們全部幹掉，而且還要把整個貧民區消滅掉。假如瑞德那個叛賊說的話是真的，北方佬產生了疑慮，已經派出部隊，埋伏在那裡，我們的人就會進入圈套；假如瑞德說的不是真的話，那麼他肯定是個奸細，他會將他們的行蹤路線報告北方佬，他們仍然避免不了被幹掉！如果他確實去報告他們的行蹤，那麼我就要幹掉他，就算這是我這輩子最後唯一一件事情。如果艾希禮他們沒有被幹掉的話，也不得不逃離，只能到德克薩斯躲藏起來，隱姓埋名，也許永遠回不來了。這全是因爲你！瞧，你的雙手沾滿了鮮血。」

媚蘭看到思嘉麗的臉上漸漸露出理解的神情，緊接著又變成了恐慌，但是在她自己的臉上，憤怒代替了恐懼的表情，她突然站起身來，將一隻手輕輕搭在思嘉麗肩上。

「你假如再這麼說話，就立刻離開這所房子，安爾琴，」她嚴肅地說，「這怎麼能說是她惹的呢？她只不過是做了……做了一件她覺得她不得不做的事。我們的男人幹的也是他們認爲不得不做的事。用我們自己的想法去判斷別人的想法——是不正確的，你和英迪亞怎麼能夠說這麼難聽的話，這回我丈夫和她丈夫可能真……也許真……」

「安靜，」安爾琴突然打斷她的話，「太太們，馬上坐下，有馬蹄聲。」

媚蘭迅速靠在一張椅子上，拿起艾希禮的一件襯衫，頭垂在襯衫上面，將花邊扯成條條兒。哦，真是一群馬向這邊飛奔跑來了，那急促的馬蹄聲音越來越響。馬蹄聲很快在房子前停下了，其中有一個人的聲音比其餘人的高，在下命令，大家聽見腳步聲從旁邊的院子朝後門廊這邊走來。

她們覺得有一千隻充滿敵意的眼睛在拉下遮光簾的前窗外看著她們。四個女人心裡滿是恐慌，低著頭，繼續做針線活。

思嘉麗的心在胸膛裡亂跳：「是我把艾希禮害死了！我竟然害死了他！」在這個急死人的時候，她幾乎沒想到她也許害死了法蘭克，她的腦子全被艾希禮佔據著：哦，我的艾希禮躺在北方騎兵的腳邊，滿頭金髮染著斑斑血跡。

門終於被敲響了，砰砰砰，聲音顯得那麼刺耳。思嘉麗朝媚蘭望去，只看她那張緊張的臉上顯露新的驚慌，一種她剛剛在瑞德臉上見到的神情。

她鎮靜地說：「安爾琴，開門。」

大家看到安爾琴把刀子輕輕地插進靴筒，順手解開皮帶上的手槍，一瘸一拐地走到門前，砰的一聲迅速把門打開。

皮蒂姑媽看見門廊裡站著一個北軍上尉與一隊士兵，嘴裡輕輕地發出一聲喊叫。思嘉麗認識那個軍官，稍稍鬆了一口氣，那人是瑞德的朋友，她過去賣過木材給他，他是個有教養的人，就不會拉她們去坐牢。

他也一眼就認出了她，順手脫掉帽子，鞠了一個躬，似乎有一點不好意思。

「太太，晚安。請問這裡哪一位是威爾克斯太太？」

「我！」媚蘭一邊回答一邊猛地站起身來，雖然她身材矮小，但渾身都很醒目，「深更半夜，你們爲什麼這樣闖進別人的家裡？」

上尉的眼睛很快地眨巴著，之後環視一下房間，有意讓目光在每個人臉上停留一下，隨後又迅速地從她們的臉上轉到帽架和桌子上，彷彿在尋找男人來過的蹤跡。

「太太，很抱歉，我想和艾希禮先生與法蘭克先生講話。」

「可是他們不在。」媚蘭是柔和的聲音裡夾帶著冷淡的意思。

「是嗎？」

安爾琴一聽就很生氣：「莫非你不相信太太的話？」

「太太，請抱歉，我毫無懷疑您的意思。」

「如果你們願意，可以隨便搜查，他們可能去法蘭克先生的商店裡開會了。」

「不，他們今天晚上沒有開會，他們沒在那個商店。」上尉嚴厲地說道，「那我們就在外面等他們，一直等到他們回來爲止。」

之後，他微微欠身鞠了個躬，走出房間，隨手關上了門。

房間裡的人聽見他以嚴厲的口吻在下命令，由於外面有風，聽不太清楚，似乎應該是：「包圍房子。每個門口、每個窗口都站一個。」

一陣登登的腳步聲之後，思嘉麗似乎看到每扇窗外都有長著鬍子的臉在看著他們。

媚蘭嚇得坐下來，拿起桌子上的一本書。那是一本破舊的《悲慘世界》，這部小說深受南軍士兵的歡迎。就著爐火，她將書從中間翻開一頁，用單調、清晰的聲音輕輕地讀，三個女人受到了媚蘭平靜的聲音的鼓勵，也拿起了針線活。就這樣，在他們的監視和守候下，媚蘭究竟念了多長時間，思嘉麗也不清楚，只感覺時間好像有幾年那麼漫長。

這時，她一個字也沒聽進去媚蘭究竟在念什麼，她用勁地將指甲掐進手掌心，一直到出現四道鮮紅的月牙形痕跡。艾希禮可能正處在被絞死的危險中，媚蘭怎麼可以這麼安靜地念個不停？可是，在媚蘭念著冉阿讓的種種不幸的柔和而寧靜的聲音中，好像真有一種力量在穩定著她，讓她不至於跳起身來尖叫。

瑞德——或許瑞德已經及時追上了他們。瑞德的身上一直習慣帶著許多現金。可能他會借給他們足夠多的錢，願意幫他們渡過難關。可是那真怪，瑞德爲什麼要不顧安危地關心艾希禮的安全呢？不必說，他討厭他，並且他一直輕蔑他。莫非……這究竟是爲什麼呢？

她痛心地責怪自己：「啊，全怪我！英迪亞和安爾琴說得沒錯。全部是我的錯。但是我從來沒有想到他們兩人這麼愚蠢，竟然去參加三K黨！我也從未想到我真的會出大亂子。但是我沒有其他別的辦法。媚蘭說的的確是實話。人們不得不做他們不得不做的事情。我不得不保證工廠開工！我不得不賺錢！但我現在或許會失去所有的錢，並且不管怎樣，那應該全怪我！」

此時此刻，媚蘭的聲音開始顫抖，逐漸變小，直到聽不到。思嘉麗向窗口扭過頭去，四處打量，似乎已經沒有北軍士兵隔著玻璃注視了。其他人也全跟她一樣正在傾聽屋外的聲音。

遠遠傳來馬蹄聲和歌唱聲，由於門窗都緊緊關著，因此聲音顯得低沉，雖然聲音被風吹往相反的方向，可是依然聽得出聲響。那是所有歌中最可惡最可恨的歌，一首關於謝爾曼的士兵的軍歌——《進軍喬治亞》，唱歌的肯定是瑞德。

第一段還沒有唱完，就聽見另外兩個醉漢的聲音，開始數落他唱歌唱得實在不怎麼樣，兩個人氣呼呼地說起話來斷斷續續，聲音含糊。上尉在門廊前及時地下命令，接著是飛快跑動的腳步聲。可是在響起這些聲音之前，屋裡的幾位就愣住了，因爲那兩個醉漢不是其他人，正是艾希禮和休。

哦，天啊，走在房前的小路上，聲音越來越小了。上尉簡短的盤問和休的夾著傻笑的尖叫聲、瑞德深沉而無所謂的回答和艾希禮怪異的喊叫：「啊，見鬼了！見鬼了！」

思嘉麗不可置信地想：「那怎麼會是艾希禮呢？他是從來不喝醉，再加上瑞德……咦，瑞德喝醉後，一直是非常安靜……他過去可不這麼嘟嘟囔囔。」

媚蘭站起來，安爾琴也跟著站起來。他們都聽見那個上尉尖利的聲音：「立刻將這兩個人抓起來。」安爾琴的手緊緊地握在他的槍柄上。

媚蘭神態堅定地低聲吩咐：「先別動，讓我來。」她臉上的表情跟那天在塔拉農場盯著那個北方佬的屍體時一模一樣，只見她突然將門拉開了。

「嘿——立刻把他扶進來，瑞德船長，」她用咬牙切齒的、清晰的、惡毒的聲調大聲喊叫，「肯定是你又把他灌醉了。哼！趕快把他帶進來。」

這時，那個北軍上尉在黑暗中急忙發話了：「太太，很抱歉，你丈夫跟休先生已經被我們逮捕了。」

「被捕了？爲什麼？難道喝醉酒也犯法？要是每個亞特蘭大人都因爲醉酒而被捕的話，那整個所有北方駐軍的官兵都會陸續被關進監獄了。好吧，將他帶進來，瑞德船長——假如你自己還可以走路的話。」

那一瞬間，思嘉麗的腦子一直沒轉過來，她什麼也沒有弄清楚，她曉得，不管是瑞德，還是艾希禮，肯定都沒有喝醉；她也清楚，媚蘭曉得他們沒有喝醉。但是爲什麼往常那麼溫文爾雅的媚蘭卻在這兒當著北方佬的面，就像潑婦似的尖叫著，卻偏說他們醉得路也走不成了呢？外面傳來一陣模糊的爭辯聲，其中還有咒罵，接著凌亂的腳步從臺階上走上來了。

門廊裡突然出現了艾希禮，腦袋耷拉著，臉色煞白，一頭金髮亂蓬蓬的，他的高高的身子從脖子到膝蓋全部裹在瑞德的黑斗篷裡。瑞德和休站得也很不穩，在左右扶著他。顯然，假如不是他們幫忙，他便會立刻倒在地板上。那個北軍上尉就緊緊在他們身後站著，他的臉上顯露既懷疑又覺得有趣的表情，這種混合的神情實在有意思。他就站在門口，他的部下在他的後面好奇地看著，寒冷的夜風吹進了溫暖的屋子。

思嘉麗非常疑惑地向媚蘭瞟了一眼，然後將目光又轉移到虛弱的艾希禮身上，終於她似乎有點懂了。她幾乎差一點叫出聲來：「他不是真的喝醉了。」

她硬是將話憋回去，她察覺到這是一場戲，一場性命攸關的危險的戲。她清楚，她和皮蒂姑媽都不是戲中的角色，但是其他的人是，他們彼此銜接得非常好，就像演員們在預演似的，她只懂得了其中一部分，當然，只是明白一部分就已經足夠令她不敢出聲了。

「先將他放在椅子上吧，」媚蘭憤怒地嚷著說，「瑞德船長，你馬上給我離開這屋子，你怎麼又把他灌醉了呢？居然成這副模樣了，哼！你真夠行的！」

他們很小心地將艾希禮放在一把搖椅上，瑞德搖搖晃晃地抓住椅背，想讓自己站穩，然後朝那個上尉說話，聲音裡夾雜著苦楚。

「我這簡直是好心得不到好報啊！要不是我，警察早就將他抓走了，我是好心好意把他帶回家，他卻又嚷又叫，還非要打我！」

「我說，休，我簡直替你害臊！你那可憐的媽媽一定會感到傷心的！喝得爛醉如泥，跟一個……跟一個北方佬歡迎的叛賊一起出去！哎喲，再說說你吧，艾希禮先生，你怎麼不曉得丟人現眼呢？」

艾希禮說罷「啊，喝，媚蘭，我真的沒醉。」身子突然向前一倒，臉緊緊貼在桌子上，兩隻手手牢牢抱住頭，擺出一副喝醉的樣子。

「我說安爾琴，你立刻將他扶進他的臥房，把他丟在床上——跟過去一樣。」媚蘭吩咐，「皮蒂姑媽，請馬上去整理床鋪。……哇……」她忽然放聲大哭起來，「啊，你不是答應過不喝酒了嗎！你怎麼竟然還是這樣屢勸不改？」

安爾琴把胳膊伸到艾希禮的肩膀下。皮蒂姑媽心裡沒底，站著不知如何是好，此時，一個上尉又接著發話了。

「中士，立刻過來！不要動，他被捕了。」話音剛落，那個中士抱著步槍，走進房間，瑞德爲了站穩自己的身子，特意將一隻手放在中尉的胳膊上，好不容易才站住。

「我說，湯莫，你爲什麼逮捕他呀？難道他醉得還不夠厲害。哦，我還看到過比他更醉的人呢。」

那個上尉大聲嚷著說，「喝醉了？哼！見鬼去吧，那算得了什麼，就算他躺在污水溝裡我也管不著。我不是警察。明白嗎，他和休先生被捕，是因爲他們今天夜裡一起參加三K黨的一次對貧民區的襲擊。其中一個黑人與一個白人被殺死了。這些都是由這個艾希禮先生帶頭幹的。」

「今天晚上？」瑞德開始哈哈大笑起來。他笑的聲音那麼響，最後倒坐在沙發上，兩手捧著腦袋，「不可能是今晚，湯莫，」待他喘過氣來後說，「今晚這兩個人始終和我在一塊……從八點一直到現在，哦，他們只是跟別人說是去開會了。」

「什麼？他和你在一起，瑞德。但……」

那個上尉的眉頭突然皺起來了，疑惑地看著打呼嚕的艾希禮與他哭哭啼啼的妻子，「但……你們剛才到底在哪兒？」

「這個不方便說……」瑞德那雙機靈的醉眼很快地向媚蘭看了一下。

「你還是說的好！」

「我們到門廊上去吧，我會告訴你我們剛才究竟在哪兒的。」

「你就在這裡說吧！」

「在這兒當著許多太太小姐們的面，我不好意思說。哦，你們這些太太小姐假如離開房間的話……」

「我決不離開！」媚蘭嚷著說，氣呼呼地用手絹擦雙眼，「我有權利曉得我丈夫剛才待在哪兒！」

「貝爾的妓院！」瑞德表現出害臊的神情，「他一直在那兒，還有法蘭克、休和米德大夫，還有……還有很多人。對了，剛才有一個酒會，香檳酒和女人，非常熱鬧的酒會，嘖……」

「啊？他們在那兒……」

一瞬間，媚蘭的聲音響起來，強烈的悲痛令她的聲音變得沙啞。每個人都擔心地扭過頭去望著她。她雙手緊緊捂住自己的胸口，還沒等安爾琴拉住她，她就已經暈過去了。

接著是繼續吵鬧，一片混亂場面，安爾琴將她扶起來，英迪亞迅速跑到廚房裡拿水，皮蒂和思嘉麗也忙著給她扇風，不斷拍打她的手腕。

休慶幸似的大聲喊叫：「這下你該高興啦！」

瑞德惡毒地說：「嘿，這下全城都清楚了，你高興了吧，湯莫？明天亞特蘭大肯定沒有一個妻子再理會她丈夫了。」

「瑞德，我真沒想到……」儘管寒風穿過開著的門吹到他的背上，他卻一直在流汗，「喂，你發誓他們剛才是在……哦……在貝爾那裡？」

「當然，我發誓。」瑞德喊道，「你如果不相信的話，去問貝爾好了。行啦，讓我把太太立刻抱到她的房間去。把她交給我，我肯定抱得動她。安爾琴。皮蒂小姐，請在前面掌燈。」說著，就從安爾琴的胳膊上輕鬆地接過媚蘭。

「噢，你把艾希禮先生扶到床上去吧，安爾琴。今後，我再也不理他了……」

皮蒂姑媽的手哆嗦得更加厲害，令人擔心她會將燈掉到地上，可是她總算拿穩了，邁著快步走在最前面，朝漆黑的臥室方向走去。安爾琴答應了一聲，將一條胳膊伸到艾希禮的胸前，扶起了他。

「但……但是，我得抓捕他呀！」

瑞德在幽暗的走廊裡轉過身來向他說。「那你就等明天早晨再逮捕吧，你放心吧，他們醉成這樣子，是沒有辦法逃的——何況，我過去從來不曉得在妓院裡喝醉酒是犯法的。天啊，湯莫，有五十個人可以出面證明他們剛才在貝爾那兒。」

「居然有五十個人證明一個南方佬在一個他或許根本沒去過的地方，」那個上尉憋著一肚子火氣說，「那你立刻和我走，休先生。如果有人發誓作保，那我一定先寬限艾希禮先生……」

英迪亞冷冰冰地說：「我是艾希禮的妹妹，我可以保證他隨叫隨到。」

「行了，請你走吧，行不行？這一晚上真夠折騰的。」

「對不起，」那個上尉客氣地鞠躬，「我僅是希望證人可以說明他們是在……唔……貝爾小姐……貝爾太太那兒。請你務必轉告令兄，明天早晨一定要去憲兵司令部報到，接受審查。」

英迪亞不情願地給他鞠了躬，休．埃爾辛跟他們一起離開了，她隨即砰的一聲將大門關上。她甚至看也不看思嘉麗一眼，快速來到各個窗口去拉下遮光簾。

思嘉麗嚇得膝蓋直發抖，她在剛才艾希禮坐過的那張椅子穩住自己的身體。她看見椅背墊上有一個黑糊糊的濕漬，比她的手還要大。她覺得困惑，用手摸了一下，她的手掌上於是沾了一片濕乎乎的血跡，她簡直嚇壞了。

「英迪亞，」她悄悄說，「英迪亞，艾希禮……受傷流血了。」

「蠢貨！你以爲他真的喝醉了？」

英迪亞啪地拉下最後一道遮光簾，飛快地朝臥房跑去，思嘉麗緊緊跟隨在她身後，她的心幾乎跳到了嗓子眼。瑞德高大的身體擋在門口，可思嘉麗從他肩膀上看見艾希禮靜靜躺在床上，一動不動，臉色煞白。

媚蘭剛才還差一點暈過去了，這會兒卻動作俐落得超乎尋常，她在用繡花剪刀剪開他那件泡滿了血的襯衫。安爾琴把燈光極低地照在床上，他那隻骨節鮮明的大手按在艾希禮的手腕上。兩個女人一塊嚷著問：「他死了嗎？」

「沒有，他流了很多血，剛才暈過去了，子彈肯定打穿了他的肩膀。」

「你這笨蛋，爲什麼要把他帶回家？」英迪亞叫道，「你爲什麼非要把他帶到這兒來讓他們逮捕呢？」

「他的身體太虛弱，經受不起去外地了，沒有其他的別的地方能帶他去，威爾克斯小姐。何況……難道你要他如同托尼·方丹那樣甘心當罪犯嗎？難道你忍心要你的十幾個鄰居在德州背著假名度過後半生嗎？哦，有個機會可以讓他們都擺脫罪名，對，要是貝爾能……」

「讓我先過去！」

「不，威爾克斯小姐。你還有其他活兒要幹，你應該要去請個大夫——米德大夫不行，他牽連在這場亂子裡，眼下或許正在跟北軍辯解哩。另外去找別的大夫。你敢一個人走夜路嗎？」

「敢！」英迪亞的灰眼睛格外發亮。「我什麼都不怕。」她迅速抓起掛在走廊裡鉤子上的媚蘭那件帶兜帽的斗篷。「我立刻去請老迪安大夫。我曾經管你叫過很多次笨蛋，很抱歉。我過去不瞭解，我十分感謝你幫了我哥哥——但是我依舊不喜歡你。」

「我佩服你的坦率——我爲你的坦率表示感激。」瑞德深深鞠了一個躬，嘴唇輕輕朝下一撇，勉強擠出一個有趣的微笑，「好吧，要經過小路。抓緊去吧，你回來時，假如看到附近有士兵的跡象就不要進來。」

英迪亞堅定痛苦地看了艾希禮一眼，之後裹上斗篷徑直往外走，一轉眼就消失在夜幕中。

思嘉麗瞪大了驚訝的雙眼，從瑞德的肩膀上望過去，她看見艾希禮的眼睛緩緩睜開了，媚蘭從臉盆架上順手拿過一條毛巾，緊緊地用力按住他流血的肩膀，他看著她的臉好像安心了似的，無奈地笑了。

思嘉麗感受到瑞德尖銳刺透人心的目光盯著她，清楚她臉上的表情明顯地洩露了自己的心情，可是她已經顧不得這些了。

艾希禮一直在流血，可能馬上要死了，但卻是她這個深愛他的人害得他的肩膀讓子彈穿了個窟窿。她多麼想立刻跑到床旁將他緊緊摟住，但是她的膝蓋一直在打戰，她幾乎沒力氣走進房間。她傷心地用一隻手捂住嘴，望見媚蘭又拿起另一條毛巾按住他的肩膀，那麼使勁，彷彿她能把他的鮮血重新壓進他的身體裡一樣，但那毛巾立刻就被鮮血染紅了。哦，一個人流了這麼多血之後還可能活嗎？

瑞德說：「你要挺住。」聲音裡透著冷酷並且略帶嘲笑的意思。「他肯定死不了。喂，抓緊幫威爾克斯太太拿著燈。我得安排安爾琴去做其他的事。」

拿著燈的安爾琴看了一下瑞德。「我不聽你的調遣！」他簡潔地表明了態度，將嘴裡的煙葉換到另一邊，繼續嚼著不停。

「你趕緊照他的吩咐去，抓緊，趕快去。」媚蘭嚴厲地說，「無論瑞德船長說什麼，你必須照辦。思嘉麗，你立刻過來拿著燈。」

思嘉麗急忙走過來，拿住那盞燈。她隱約地聽見安爾琴一瘸一拐地穿過房間，走到瑞德跟前，隨後聽到瑞德在急促地說話。她的心思全部在艾希禮身上，因此僅聽見瑞德壓低了嗓門：

「你騎我的馬去……要拚命用力地騎……拴在外面，當然越快越好。」

安爾琴悄聲地問了些什麼，思嘉麗聽見瑞德回答：「一定要找到塞在煙筒裡的長袍，在老沙利文的別墅，之後必須統統燒掉。」

安爾琴應許了一聲：「嗯。」

「一定不要忘了，你必須將地窖裡的兩個人弄到馬背上，護送到貝爾家後面的那片空地上……就是在她房子與小路中間的那一片空地。一定要小心。假如有哪個人見到你的話，你跟我們所有的人一樣都要被絞死，將他們都放在那片空地上，把手槍放在他們身體附近，哦，不，最好放在他們的手裡，給……我的手槍。」

思嘉麗從房間裡遠遠望過去，看見瑞德從自己的晚禮服下面拿出了兩把左輪手槍。安爾琴接過手槍，很小心地別在自己的腰上。

「哦，記住每把手槍都得開一槍。看上去如同是一場決鬥，懂嗎？」

安爾琴點著頭應允，接著一種欽佩的眼神從他那冷漠的眼睛裡流露出來，可思嘉麗一點也不清楚。剛才這半個鐘頭簡直如同一場噩夢，她覺得沒一件事情是清楚和明白的，但是看來瑞德完全掌握著整個局面，這或許是個安慰。

安爾琴轉身準備走，又立馬轉過身來，那隻獨眼帶著困惑的眼神盯著瑞德的臉看。

「難道是他？」

「是。」

安爾琴哼了一聲，向地板上啐了口唾沫，一邊一瘸一拐地向後門走去，一邊說：「真糟糕！」

這兩個男人的對話在思嘉麗的心中引起了新的恐慌和猜測，這種感覺就如同一股不斷朝上冒泡的冰涼泉眼。哦，期盼那股泉水一沖而出——她就嚷嚷著問：「法蘭克究竟在哪兒？」

瑞德迅速地走到床前，高大魁偉的身子竟然像隻貓那樣毫無聲響。

「過會兒再說吧，」他說著，而且笑了一下，「思嘉麗，把燈拿穩，你不會想燒著艾希禮吧。媚蘭小姐……」

媚蘭抬起頭，就像一個等待命令的好戰士。情況非常緊急，她完全沒有想到瑞德會這麼稱呼她，是的，僅僅有老朋友和親戚才這麼叫她。

「哦，我得請求你原諒，我是說，威爾克斯太太……」

「啊，你不要這樣，我是說，你儘管叫我『媚蘭』，如果不加上小姐的話，我將感到十分榮幸。我感覺你好像是我的——親哥哥——是堂哥。你的心地十分善良，我該如何感激你呢？」

「謝謝！」瑞德說。這一瞬間，他似乎有點不好意思，「我不應該這麼無理，但是媚蘭小姐，」他的聲音裡帶著抱歉的意思，「很抱歉，我不得不說艾希禮剛才是在貝爾的屋子裡。對不起，我把他和其他人都牽連在這樣一個……一個……但是騎馬出發的時候，我反覆思考，只想出這麼一個好辦法。」

「我想我的話會被接受的，因爲我在北方軍官中有很多好朋友，他們把我當做自己人，這令我的名聲受到疑惑，因爲他們清楚，我在這個城裡的所有人中間——不妨說是『不受歡迎』吧，——你看，今天我是在貝爾的酒吧裡打撲克。有十幾個北方佬完全能證明這是事實，並且貝爾和其他的姑娘們會心甘情願地撒謊，說艾希禮和別人……整個晚上都在樓上。北方佬十分相信她們的話。北方佬就是那麼奇怪，他們不會想到這個行業中的女人也十分愛國，有強烈的忠誠度，或許說，北方佬不相信一群正派女人的話，卻完全相信那些……那些風塵女子的話。我想靠一個叛賊和十幾個風塵女子的證詞，應該可以令那些人免遭一死的。」

當他說到最後時，臉上露出明顯的自我譏諷和嘲笑，但是當媚蘭臉上充滿感謝之情的時候，他的譏諷和嘲笑幾乎消失了。

「瑞德船長，你真是機智聰明！就算你說他們去過地獄，我也沒關係，只要能救他們就行。因爲我清楚，每一個瞭解的人都清楚，我丈夫是永遠不會到那種地方去的！」

瑞德顯得很不好意思：「事實上，他今天晚上真的去過貝爾那兒。」

媚蘭凜然地挺直了身子。「不管你再怎麼說，也沒辦法讓我完全相信這樣的事。」

「媚蘭小姐，很抱歉，你聽我慢慢解釋！今晚，當我趕到老沙利文那裡的時候，發現艾希禮已經受傷了，當時和他在一起的還有米德大夫、休和梅里韋瑟老頭兒……」

「這不可能！那老頭兒……怎麼可能！」思嘉麗大聲嚷著。

「嘿！男人嘛，絕不會因爲年紀大而不做蠢事的，對，還有你的亨利叔叔……」

皮蒂姑媽突然叫出聲來：「噢，天啊！」

「跟部隊交鋒過後，別的人都分散了，這夥沒有被全部打散的人來到沙利文的莊園，將長袍隱藏在煙囪裡，查看艾希禮先生受的傷究竟有多嚴重。假如不是他受了傷，他們……他們所有人這會兒可能早已直奔德克薩斯去了，但是他沒辦法騎馬趕那麼遠的路，他們又不想撇下他。由於一定要證明他們是在其他別的地方，而不是在他們剛才逗留過的那個地方，因此我只好把他們抄小路帶到貝爾那兒。」

「啊，我明白了。我剛才說話冒犯了，瑞德船長，請你原諒，可是他們那麼多人進去，免不了會被看到的啊！」

「可是沒有人看到我們，我們走的是那扇對著鐵路的後門。平時一直鎖著沒人走。」

「那你們究竟是怎樣……」

「我手裡有把鑰匙。」瑞德簡單地說，他的目光平和地和媚蘭的相遇了。媚蘭被這話中的含義震驚得心神不定，以至於手頓時不聽使喚了，手上的毛巾從傷口上滑了下來。

她含糊地說著，「哦，我不是有意打聽……」那張白淨的臉漲得通紅，她急忙把毛巾重新按在傷口上。

「對不起，都怪我，不得不跟一位太太討論這種事情。」

「看來，的確是真的嘍。」思嘉麗帶著悲痛想，「那麼，他確實跟那個壞女人在同居，對，那座房子還是他的呢！」

「我見了貝爾之後，就把一切都跟她說了，我交給她一張今天晚上參加活動者的名單，她跟她的那些姑娘都可以作證，他們整個晚上都在那個地方。隨後，爲了讓我們的離開更令所有人注意，她叫來兩個在那兒一直維持秩序的保鏢，將我們拉下樓來，穿過酒吧廝打著，還將我們推到大街上，就像對付那些酗酒鬧事胡作非爲的醉漢似的。米德大夫扮演的醉漢不怎麼像樣，在那樣的時刻，他還覺得扮醉漢有損尊嚴。」

他講到這兒齜牙咧嘴地笑起來了。「但是你的亨利叔叔與梅里韋瑟老頭倒演得超級好，他們不做演戲這一行，真的是太可惜了。」

砰的一聲，後門突然開了，英迪亞匆忙進來了，在他後面緊隨著老迪安大夫，他那長長的白頭髮亂蓬蓬的，破舊的皮袋露出在斗篷下邊，他輕輕點點頭，迅速揭掉了艾希禮肩膀上的繃帶。

「傷口部位高，不會傷著肺的，」他說，「假如他的鎖骨沒有被打碎的話，那就一定不礙事了，多拿些毛巾來，太太小姐們，還有棉花，再來些白蘭地。」

瑞德從思嘉麗的手中接過燈，放在桌上，媚蘭與英迪亞聽從大夫的安排，在屋裡跑來跑去，拿需要的東西。

「你在這裡幾乎什麼忙也幫不上，趕快到客廳壁爐旁去吧。」瑞德挽著思嘉麗的胳膊，將她扶出房間，他的手跟聲音都發出一種他從前沒有的溫柔。

「這一天你也夠累的了。」

她被扶到客廳。儘管她站在壁爐前的小地毯上，人卻始終在打冷戰。她昂起頭，緊緊地盯住瑞德那張毫無表情的臉，一瞬間，她想說卻說不出話來。

過了好一陣子，她終於能問出來了：

「法蘭克，剛才也……和你們在貝爾那兒嗎？」

瑞德回答得非常生硬。「不在。現在，安爾琴可能早就把他送到貝爾家前的空地上去了。他的頭上挨了一槍。」

chapter 46 貝爾·沃特琳

這是一個非同尋常的夜晚，整個北城區差不多沒有人能夠入睡。英迪亞把三K黨遭到圍剿和瑞德的策略飛快地傳播給所有人，她就像一個幽靈悄無聲息地穿過一個個後院，迅速地把消息傳進每戶的廚房，之後又隱沒在風疾天高的黑夜暮色之中。

一路上她給許多人帶去了渺茫，帶去了恐慌，也帶去了希望。毫不誇張地說，是英迪亞低聲傳遞的消息才避免了一次大逃亡。

「在大路上有人監視，瑞德船長說不要逃跑，他早就和那個女人貝爾安排好了……」

在一個個非常漆黑的房間中，男人們低聲說：「為何要信任瑞德那個該死的叛賊的話呢？或者這是個圈套。」

女人們的聲音在請求：「還是別逃跑了！他如果救了艾希禮與休，那他就肯定會救所有的人。英迪亞和媚蘭如果相信他的話……」

他們十分疑惑，但最終還是沒走，當然，他們也沒有其他的道路可以選擇。

接到上尉的傳訊通知後，貝爾親自來了。他還沒來得及說明他的想法，她就嚷嚷著說今晚妓院得關門了，說有一批喜歡打架的醉漢在昨天傍晚闖進來，總是互相廝打，將那個地方打得稀巴爛，她最好的鏡子都被打了，年輕的姑娘都嚇壞了，因此今晚得停業了。但是，假如上尉要想喝一杯的話，酒吧倒還開著，會好生招待他的。

聽了這話，上尉敏銳地感覺到他手下的人都在擠眉弄眼，與此同時，他覺得到自己是在跟迷霧搏鬥，惱怒地說他既不要也不打算要喝什麼酒，只是詢問貝爾是不是知道那些砸碎東西的顧客的姓名。

啊，他們是她的老顧客。可不是，貝爾幾乎都認識他們。他們每個星期三晚上都來，經常管自己叫「禮拜三的民主黨人」，但是他們這樣說到底是什麼意思，她也不在意。

「看來那些該死的南方叛亂分子組織得比我們的特務機構都要完善。」他說，「麻煩你和你的那些姑娘明早過來一趟，見見憲兵司令。」

「哎，請問，憲兵司令能讓他們賠償我鏡子嗎？」

「到時找瑞德去賠吧，讓你的鏡子見鬼去吧！聽說那地方是他的。」

當然，女人們一直對思嘉麗恨得咬牙切齒。因爲那場悲劇由她而起，可是聽說她丈夫已經喪命，大家怨恨的情緒也就有所減輕了。法蘭克和托米冰冷的手裡握著手槍，僵硬地靜靜躺在空地上的枯草叢裡，北方佬會說他們是在一場酒醉後的吵架中，爲了貝爾那兒的一個姑娘彼此互相殺死對方的。

人們非常同情范妮——托米的妻子，她剛生孩子，可是已經沒有人可以在黑夜中溜到她那兒去安慰她，因爲一群北軍包圍著房子，正在等候托米回家。而另一群士兵則把守在皮蒂姑媽家的周圍，準備逮捕法蘭克。

第二天雨雪交加，但是當傍晚漸漸來臨的時候，雨雪突然停了，接著刮起了寒風。媚蘭緊緊裹在斗篷裡，跟在一個素不相識的黑人馬車夫的後邊，從自家面前的小道上走出來，被秘密地叫到一輛停靠在她家前面的緊閉門窗的馬車前。

她剛走近馬車旁，車門就打開了，她看到漆黑的車廂裡坐著一個女人。媚蘭急忙湊過去向裡面看，一面問：「你是哪位呀？要不進屋去坐會兒？外面天那麼冷……」

「請您還是上車來吧，同我一起坐會兒，威爾克斯太太。」車廂深處有親切而又體貼的口吻，可聲音裡包含著沒法掩飾的窘迫。

「天呀，是貝爾小姐……太太！」媚蘭順口喊出，「我也非常想見你，趕緊下車進屋來坐會兒吧。」

「不，這可不行，威爾克斯太太，」貝爾的聲音似乎感受到驚訝，「請你趕緊上車來，同我坐一會兒好嗎？」

媚蘭上了車，那個車夫立刻關上了車門。

她坐在貝爾身旁，親切地握住她的手：「你今天做得那麼出色，我不知道該如何感謝你才好，我們每一個人都不清楚要如何感謝你才好！」

「您不要這樣，威爾克斯太太，你今天早晨不該派人把那張便條交給我，我接到你送來的條子感到很驕傲，可是那樣十分不好，因爲條子有可能落在北方佬的手中，至於說你要來看望我，我十分感謝……啊，威爾克斯太太，你肯定是失去了理智才會想出這個辦法。這不，只要天稍稍一黑，我馬上趕到這兒來告訴你，千萬不要再想這件事，哦，對你……對我……都不是非常適合。」

「不，探望一個救了我丈夫生命的恩人，向她表示感謝，有什麼不合適的？」

「啊，千萬不要這樣！威爾克斯太太，你明白我的話是什麼意思！」

媚蘭沉默了一會兒，領會了她話裡的意思。不管怎樣，這個坐在黑幽幽的馬車廂中、長相迷人、衣著大方的女人的外貌與她想像中的不正經女人——妓院老鴇的形象一點兒都不一樣。儘管她的話聽起來有些粗俗和土氣，可是卻和老鄉一樣親切。

「今天，你在憲兵司令面前的表現真是太棒了，貝爾太太！你同其他——你的那些年輕漂亮的姑娘真的是我們那些丈夫的救命恩人。」

「要我說，威爾克斯先生才是真正厲害呢。我真不知道他如何站起來，講他那一套想好的話，表情是那樣沉靜自如。昨天夜裡我看到他時，他流了很多血。他的身體現在怎樣？太太。」

「還好，謝謝你。大夫說雖然他流血很多，但僅僅是皮肉傷，早上他喝了很多白蘭地提神，不然也不會這樣順利地應付過去的。不過，主要是你——救了他們。那時你氣得發瘋一樣談到打碎的鏡子時，說得就像真的一樣。」

「你太過獎了，太太。不過，我……我想瑞德也做得非常出色。」貝爾說，聲音裡帶著一種異樣的驕傲。

「對，他太了不起了！」媚蘭充滿感激之情地說，「北方佬必須認可他的證詞，他把整個事情處理得那麼巧妙，我真不知道該如何感謝他……還有你——你們真是十足的大好人啊！」

「非常感謝，太太。我十分願意為你這樣做。我……我希望，我是說威爾克斯先生去我那兒的事沒有讓你感到丟臉，其實你知道，他壓根兒沒來過……」

「我清楚。而且我一點也不覺得難堪，我只是很感激你。」

「我相信別的太太們是不會感謝我的，」貝爾發狠說，「我堅信她們也不會感謝瑞德的，我敢保證，她們會更加恨他，我確信你是唯一向我表示感激的太太。我相信她們在街上看到我時，甚至不看我一眼，但是我不在乎。她們的丈夫要是被絞死的話，我一樣不會難過，可是我關心威爾克斯先生，我忘不了你在戰爭時待我多好，把我捐的錢帶到醫院去。城裡沒有哪位太太小姐對待我像你這樣好，我絕不會忘記你的恩情。我想到假如威爾克斯先生被絞死的話，你便成了寡婦，還有一個孩子，威爾克斯太太，我一樣有孩子，因此我……」

「是嗎，你也有個孩子？他在……」

「啊，不，太太！他現在不在亞特蘭大。他一直沒來過這裡，他還在上學。在他還小的時候，我們就分開了，我……唉，無論如何，瑞德要我爲那些男人撒謊時，告訴我那些人是誰，我聽到其中有威爾克斯先生，我就不猶豫了。我和那些姑娘們說，要是不說整個晚上你們與威爾克斯先生在一起的話，我一定把你們打死。」

「啊！」媚蘭聽到貝爾說出她的「姑娘」，越來越尷尬了。「啊，那是……呃……你的心眼好，她們……心眼兒也十分好。」

「爲你做是應該的。」貝爾激動地說，「要是換成別人，不管是誰，我肯定不理。假如是思嘉麗的丈夫一個人的話，無論瑞德怎麼說，我也不會幫忙的。」

「爲什麼？」

「太太，做我這一行的，知道的事情太多了。很多名門的太太小姐如果清楚我對她們的事情知道的這麼多的話，她們全會感到驚訝和驚奇的。她的所做所爲太過分了，太太，她害死了她丈夫同那個好小夥子托米．韋爾伯恩，簡直是她親手開槍把他們打死似的，她就是這場戰爭的罪魁禍首，一個人獨自在亞特蘭大來來往往，招惹那些窮白人和黑鬼。哼，說實話，就連我的姑娘也沒有一個像她那樣……」

「哦，你不要說我嫂子的壞話。」媚蘭立刻變得冷冰冰的。

貝爾馬上把一隻手放在媚蘭的胳膊上以示歉意，接著又立刻縮回去。「請別冷落我，威爾克斯太太。你剛剛對我那麼友好和親切，我這個人接受不了冷落，我忘了你那麼喜歡她，我對剛剛說的話感到抱歉，也爲甘迺迪先生的去世感到遺憾，他是個好人，我常向他買一些屋裡所需的東西，而他總是待我非常客氣，可是甘迺迪太太……她和你不是一路的，太太，她是個冷血的女人，我那樣想的話，也希望請你原諒……哦，對了，他們打算何時埋葬甘迺迪先生？」

「明天一早。無論怎樣，你對甘迺迪太太的看法是不對的。唉，眼下她傷心得馬上就要支撐不住了。」

「也許你是對的。」貝爾顯得非常不相信，「好了，我必須走了。我要是待太久的話，可能有人會認出這輛馬車，那對你不好，威爾克斯太太，今後你要是在街上遇見我的話，你……不用一定同我打招呼，我心裡什麼都知道。」

「不，我不怕，我十分願意同你打招呼，我希望……希望咱們還會有機會見面。」

「不！」貝爾說，「那樣不是很方便。再見了。」

chapter 47 梅開三度

思嘉麗靜靜地坐在臥室裡，沒有心思地吃著嬤嬤帶來的晚餐。整個房子都在一片死氣沉沉的寧靜當中，儘管房門開著，卻聽不到一絲聲音。自從法蘭克的屍體運回家裡後，艾拉和韋德一直待在媚蘭家。廚房裡也沒有聲音了，不再有賓客、嬤嬤和廚娘爭論的聲音。樓下的書房裡，皮蒂姑媽爲了儘量不打擾思嘉麗，也不敢晃搖她那張嘎嘎吱吱的椅子了。

沒有一個人進來看她，每人都認爲她想帶著悲痛獨自靜靜待著，可是思嘉麗最不願意獨自待著，要是僅僅有悲痛陪伴她的話，她還可以忍受，就像她能忍受其他的傷痛一般。但是除了法蘭克突然的死亡令她產生的那種茫然的失落感之外，還有怨恨、恐慌和突然發現的良心的折磨。

在她的一生裡，她頭一次後悔自己做的事情，並且是帶著無限的恐懼後悔那些事情。於是，她不禁迷信起來，斜眼看著她和法蘭克一起睡過的那張床。

哦，是她害死了法蘭克，彷彿是她的手扣動了手槍的扳機一樣，他求她別獨自到處溜達，但是她不聽他的話。因爲她的倔強，他送了命。老天會爲這事懲罰她的。

還有一件事情讓她的良心感到更加不安，比他送命這件事還要沉重許多、還可怕——那件事情之前從未令她煩惱過，直到她看著他躺在棺材裡的面孔才覺察到，那張一動不動的臉上有一種憂慮和無可奈何的表情在譴責她。當時他的確是喜歡蘇倫的，她卻嫁給了他，老天會爲這個懲戒她的，她會永遠哆嗦地縮在審判台前，爲她那回從北軍的兵營裡坐著他的馬車回家的路上她所說的謊言受到懲罰。

她做的唯一使他真正高興的事，是給他生了艾拉，但她清楚，要是她有辦法不生艾拉的話，艾拉可能永遠不會來到這個世上。

她在不斷地害怕，她真想法蘭克還一直活著，那她就能好好地照顧他，彌補之前的過失。如果媚蘭跟她在一塊，就能令她的恐慌悄然退去，但是媚蘭要照顧艾希禮。

有一會兒，思嘉麗想到把皮蒂姑媽叫來一起做伴，好分散一些良心對她的譴責，可是她感到憂慮。皮蒂姑媽或許會把情況弄得更糟糕，因爲她真心地爲法蘭克難過。

與其說他是思嘉麗一樣時代的人，還不如說他是皮蒂姑媽一樣時代的人。作爲家裡的男人，他滿足她的一切需求，送她禮物，哄她開心，在晚上她給他補襪子的時候，給她讀報聽，還給她講述當天的話題。

皮蒂姑媽非常想念他，一面輕輕地擦她那雙哭紅腫的眼睛，一面反覆重複著：「要是他不與三K黨一起出去的話，那該多好啊！」

沉甸甸死一般的寧靜把孤獨緊緊地壓在她的心上，直到她感覺沒有援助再也忍受不下去爲止。她站起身來，把門半開著，然後在她放內衣的衣櫃下層抽屜裡到處翻找，終於找出了藏在那裡的皮蒂姑媽那個盛白蘭地的酒瓶。她舉起酒瓶，靠近燈光，看見只剩下半瓶酒了。

昨天晚上還是滿的，只不過是昨天晚上到現在，她不可能喝了那麼多啊！

啊，白蘭地帶給她一種火辣辣的滋味，它在任何時候好像都可以給人一股無窮力量，比淡而無味的果子酒好多了。到底爲什麼女人只能喝果子酒而不能喝烈酒呢？

想到這些，她又喝了一口，讓辣辣的白蘭地在她的喉嚨裡自由流下去，令她渾身顫抖，她溫暖了，可是還沒法把對法蘭克的思念從腦子裡忘掉。男人真是太蠢了，居然說酒可以叫人忘掉煩惱這樣的話來！除非她喝得沒有感覺，她依舊會看到法蘭克的臉，那張臉上帶著譴責、靦腆和抱歉的神情，就如他最後一次懇求她別再一個人出門那樣。

忽然，前門的門環響起無力的敲門聲，讓這所寧靜的房子產生回音，接著她聽見皮蒂姑媽搖搖晃晃走過走廊的腳步聲與開門聲。傳來招呼的聲音和不清楚的說話聲。

此時，一個響亮而慢騰騰的男人聲音蓋過了皮蒂姑媽的悲傷而低啞的聲音，她清楚是誰來了——是瑞德，她的心中突然洋溢著欣慰和喜悅的感情。自從他向她說出法蘭克死亡那個壞消息後，她還一直沒有見過他。她心裡立刻明白，他才是今晚唯一能幫助她的人。

「哦，我想她會樂意見我。」瑞德的聲音傳上樓來。

「不，她早就睡下了，瑞德船長，不管是誰，她都不會見了。可憐的孩子，她幾乎支撐不住了，她……」

「我想她會願意見我的。請轉告她，明天早晨我就要走了，也許要離開一段日子，是很重要的事。」

「可……」皮蒂姑媽不知道說什麼好。

思嘉麗急忙跑出來，她驚訝地發現自己竟然沒法站穩，於是順手倚在樓梯欄桿上。

「我這就下樓去，瑞德。」她彷彿是在叫著說。

她瞟了一眼姑媽，她那雙眼睛瞪得如貓頭鷹一般，帶著不同意和驚奇的表情。

這下會傳遍全城了，在我丈夫葬禮即將舉行的那天，我的行爲十分不像話，思嘉麗立刻回到臥室，一邊整理頭髮，一邊想。

她把自己身上那件暗黑色緊身上衣的鈕扣一直扣到下巴底下，用服喪的別針把領子緊緊別住。她靠近鏡子看，心裡想，我現在看起來似乎不怎麼迷人，臉色蒼白，表情慌張。她順手拿起花露水瓶，往嘴裡倒了一大口，精心地漱口後吐到痰盂裡。

她應該是跑下樓的，皮蒂姑媽被思嘉麗的舉動搞得心神不安，壓根兒就沒心思請瑞德去坐。他非常禮貌地穿著黑禮服，襯衫有飾邊，舉止十分符合習俗的標準，他是以老朋友的身分前來弔唁一個遺孀的。

實際上，他扮演得很完美，有點兒像演戲，不過皮蒂姑媽並未發現。他用語得體地朝思嘉麗表示遺憾，還為不能出席葬禮而表示遺憾，因為他在離開亞特蘭大之前得做完一些事。

「他到底為什麼而來？」思嘉麗困惑，「他講的這些話恐怕僅僅只是藉口而已。」

「說真的，我不打算這時候冒昧地來看你，可是我有件不可以等的事要跟你商量一下，原來甘迺迪先生曾打算同我……」

「哦，我不知道你和甘迺迪先生有何業務來往。」皮蒂姑媽說，法蘭克怎麼會有事情隱瞞著她呢？真叫人氣憤！

「嘿，事實上甘迺迪先生是個興趣非常廣泛的人，」瑞德恭敬地說，「我們去客廳說吧。」

「不！」思嘉麗大聲叫著，朝關著的門裡瞅了一眼。她依然覺得那個房間裡停放著棺材。她希望自己永遠不要進去。皮蒂這一次才算領會了她的暗示，但是心裡卻是老大的不情願。

「還是去書房吧，我得……得上樓去，趕緊把我縫補的活計拿來。哎呀！最近這個星期，我把這些活計都給忘了，真是……」

皮蒂姑媽上樓時，突然轉過頭來，用責怪的表情掃了一眼。但不管是瑞德還是思嘉麗，都未注意到她這一眼。

瑞德閃身站在思嘉麗身邊，好讓她先走進書房裡。

「到底是何業務？」她直截了當地問。

他走近小聲悄悄回答：「任何事也沒有，我只不過是要把皮蒂小姐支走而已。」他朝她探出身子，「喏，這樣絕對不行，思嘉麗。」

「什麼不行？」

「用花露水啊。」

「告訴你，我一點也不明白你的話。」

「你懂的，你喝的還真多！」

「哼，我喝多少與你有什麼關係嗎？」

「哪怕沉浸在悲傷的深淵裡也要注意禮貌。別一個人喝酒，思嘉麗，人們總會發現的，這樣就會把名聲毀了。再說，獨自一個人喝悶酒也不好。你究竟怎麼啦，親愛的？」

他十分體貼地把她領到花梨木沙發前，她也就一聲不說地坐下了。

「請問，我可以關上門嗎？」

她明白假如嬤嬤要是看見門關著的話，會非常吃驚，一定會爲這事嘮叨很多天的，但是如果開著門，嬤嬤無意中聽到他們在談論喝酒的事，特別是想到那瓶找不到的白蘭地，就更糟糕了。於是，她點點頭，瑞德把那兩扇拉門關上了。

他立刻轉過身來，坐在她身邊，兩隻黑眼睛機靈地在她的臉上搜尋。他散發出的活力驅散了她的悲痛，令她覺得屋子裡又像個家一般變得高興了，燈光映出紅色的溫馨。

「告訴我，怎麼啦，親愛的？」

這個世界上，沒有任何人能如瑞德那樣，把那個表示親熱的詞說得如此動聽，就算他是在開玩笑，可是這時他應該不是在開玩笑。她抬起緊張的眼睛看著他的臉，不清楚爲什麼，她看到那張冷漠、難以琢磨的臉卻能得到欣慰。

她不明白爲什麼會有這種感覺，因爲他是一個難以捉摸、冷漠無情的人？或許如他所說，他們太像了。有時候她感覺，除了瑞德以外，她所結識的其他人都不瞭解她。

「怎麼，真的不能告訴我嗎？」他溫柔地握住了她的手，「不只是老法蘭克丟下你去世了的事吧？是不是你沒有零用錢了？」

「沒有錢了？上帝啊，不。瑞德，我很害怕。」

「不會吧，思嘉麗，你這輩子從來沒有怕過。」

「不，瑞德，我非常害怕！」

她內心的話不斷地地往上冒，她不管什麼話都可以告訴瑞德，他一直是個壞人，所以也不會做審判她的判官，世界上到處都是爲了拯救靈魂而不肯撒謊的人，寧可挨餓也不願做醜事的人。

「我怕，我害怕死後會被打入地獄。」

假如他譏笑她的話，她當時就會死掉。但是他沒有譏笑她，一點也沒有。

「你的身體不是很健康嗎？可能其實世界上沒有什麼地獄。」

「不，有，瑞德！有！」

「對，它在這個世界上應該存在著，思嘉麗。比如說你現在感覺到的就是下地獄的味道了。」

「啊，瑞德，這可是污辱上帝的話呀！」

「就算是，但能給人安慰。告訴我，你爲什麼覺得自己會下地獄？」

這會兒，他真是在嘲諷了，她能從他的眼神裡看出來，但是她不在乎，因爲他那雙手是那麼的溫暖和結實，他正緊緊地握著它。

「唉，瑞德，我不應該跟法蘭克結婚的。法蘭克是蘇倫的情人，他愛的是她，不是我，可是我欺騙他，告訴他蘇倫很快要跟托尼結婚了。啊，我怎麼能幹這麼缺德的事呢！」

「哦，原來是因爲這個呀！我懂了。」

「之後，我讓他過得很不開心，我迫使他幹一切他不願意幹的事情，比如讓有些人在確實付不出錢的時候付清欠款；我管理加工廠、蓋酒館和租用囚犯，這些事都讓他傷心。他感到丟臉，抬不起頭來。瑞德，是我親手害死了他。但是，我真的不清楚他參加了三K黨。我怎麼也想不到他有這麼大膽。唉，我應該清楚的，我，是我害死了他！」

「難道浩瀚大海的水能洗盡我手上的鮮血嗎？」[5]

「你在說什麼？」

「沒什麼，你接著說。」

「接著說？這些難道還不夠嗎？我嫁給了他，我讓他日子過得不幸福，我又害死了他，啊，我的上帝！我一直想不通自己怎麼能幹出這種事來！我欺騙了他，騙他娶了我。我在幹這些事情

5. 出自莎士比亞名劇《馬克白》第二幕第二場。

的時候，覺得都是正確的，可是我現在清楚自己做的是多麼的過分。瑞德，這所有的事情彷彿都不是我幹的。我對他那麼刻薄，可是我並不想這樣。我受的不是那樣的教養，媽……」

她忽然停住嘴，抑制著衝動的感情。是啊，她整天都在避免想到母親，可是現在她再也控制不住了。

「我不清楚，在我看來，你很像你爸爸。」

「我媽媽她是……啊，瑞德，我頭一回爲她的去世感到開心，那樣她就看不見我所做的事了，她一定不樂見把我養成一個卑鄙的人，她對人那麼溫和，那麼好，她寧可我挨餓，也不願我這樣幹。我極力想在各方面學她，可是我一點也做不到。我之前從來沒想到過這件事，因爲總是有那麼多心煩的事要想，可是我想像她那樣，我不願意像父親。我愛他，可是……。瑞德，有時候，我真想善待別人，對法蘭克好，可是噩夢又會來臨，嚇得我要死，我想跑出去，把錢從別人手裡搶過來，雖然那錢不是我的。」

眼淚滾落下來，她幾乎顧不上去擦了。她緊緊地抓住他的手，甚至連指甲都掐到他的肉裡去了。

「究竟是什麼噩夢？」他的聲音是那麼平和，能給她欣慰。

「噢，我忘了告訴你，是這樣，每當我想要善意待人，對自己說錢不是一切的時候，我睡覺時就會做噩夢，夢見我媽去世，北方佬剛剛來過，我又回到了塔拉農場。瑞德，你無法想像……我一想起那時的情形就哆嗦發抖。我看到所有的東西都被燒光了，農場是那麼安靜，我們什麼吃的也沒有了，啊，瑞德，儘管是在夢中，可我卻覺得又冷又餓。」

「之後呢？」

「我肚子太餓了，所有人都在挨餓，爸爸、妹妹們、黑人們，他們一遍一遍地說：『我們肚子餓。』我也餓極了，痛苦極了。我腦子裡總是在想：我要是脫離這光景的話，就永遠都不會再餓肚子，接著，夢境裡浮現一片灰濛濛的霧，我在霧中不停地跑啊跑，拼命地跑，跑得肺都要炸開了，好像有什麼別的東西在追我，我氣都透不過來了，但是我總是在想我要是到哪兒的話就安全了，可是我並不清楚自己要到哪兒去，接著就醒了，嚇得我渾身發冷，我又冷又餓。我從夢中醒來，好像全世界的錢都無法消除我對饑餓的恐慌。但法蘭克說話又是那麼愛繞彎子、慢條斯理，他簡直使我急得發狂，我就忍不住大發脾氣。我想，他不是很理解，而我又沒法使他明白。我一直在想，如果有一天，等我們有了好多錢，我不怕餓肚子了，我會一心一意報答他。現在，他死了，一切都太遲了。我在幹那件事情的時候，覺得沒什麼過錯，可是所有一切都錯了，要是一切可以從頭來過的話，我絕不會再那麼做的。」

「哦，不要說了。」他一邊說，一邊把手從她緊緊握著的手中抽出來，從兜裡掏出一條乾淨的手絹，「擦乾你的眼淚吧，別這樣。」

她接過他的手絹，擦她那滿是淚水的臉，不知不覺心裡似乎輕鬆許多，似乎她把負擔轉移到他結實的肩膀上去了。他看起來那麼能幹和沉著，甚至他的嘴輕輕一撇也讓人感到寬慰。

「哎，現在是否覺得好些了呢？那麼，我們來徹底地談論這件事。你說要是如果能從頭來過的話，你確定不會那麼做，可是你能說到做到嗎？想想看。你能不能說到做到呢？」

「我一定能。」

「不，你一定還會再做同樣的事。」

「也是！」

「那你怎麼還會那樣難受呢？」

「我過去對他那麼不好，而他現在死了。」

「嘿，他要是沒死的話，你還是會那樣對他的。我清楚，你並不是真的爲嫁給法蘭克、辱沒他、無心斷送了他的性命而難過，你只是因爲怕下地獄而感到不安。」

「什麼呀？這話我不明白。」

「嘿，其實你的道德觀一團混亂。你和一個當場被抓住的小偷的情形一樣，不是爲你偷東西而感到難受，而是會進監獄才覺得難過的。」

「小偷？」

「是啊，也就是說，要是你不覺得自己會被懲罰入地獄，被烈火焚燒的話，就會想這樣一來也不錯，正好可以跟法蘭克徹底說再見了。」

「哦，瑞德！」

「得了，你聽起來是在懺悔，其實是把實際情況懺悔成一個非常體面的謊言。你那一次建議把那件比生命還寶貴的寶石首飾換成三百元的時候，你的良心呢？」

她之前喝的白蘭地這時候似乎開始起作用了。她感到有點頭暈，同時覺得對他說謊有什麼用呢？他那雙眼睛總是能把她看透。

「說實在，當時我真的沒有想到上帝，甚至地獄什麼的。我想到的是……噢！我僅僅只是相信上帝會原諒我的。」

「但是，你卻認定上帝不清楚你爲什麼要跟法蘭克結婚！」

「瑞德，既然你也不相信上帝，怎麼還能這麼談論上帝？」

「可是你卻相信上帝會爲此而懲罰你，上帝怎麼會不理解呢？塔拉農場依舊是你的，那兒沒有住著北方佬，投機商也沒有把它奪走。你爲這感覺難受嗎？你會因爲沒有挨餓或沒有穿得破破爛爛而難受嗎？」

「啊，不！」

「除了跟法蘭克結婚之外，你當時還有別的其他選擇嗎？」

「沒有。」

「再說，是否跟你結婚的權利掌握在他的手裡，雖然你逼著他去幹那些他不願做的事，但對他而言並不是非做不可呀！」

「這個……」

「思嘉麗，不要爲這件事煩惱了！要是從頭再來一回的話，你還是會不自覺地說謊話的；他呢，還是會跟你結婚。你還是會出去亂跑，他肯定要爲你報仇了。假如他跟蘇倫結婚，她或許不會斷送他的性命，但是她很有可能比你還讓他不開心。」

「話又說回來，我本來可以對他好一些的。」

「哦，你本來可以……假如你是另一個人的話。可是你與生俱來就是要欺侮你可以欺負的人的，強者生來就註定是要欺侮弱者，而弱者生來就是註定被欺負的。法蘭克不用馬鞭抽你，那完全是他自己的錯……思嘉麗，你到了這個年紀，竟然還會增長良心，這真叫我驚訝。像你這樣見利忘義的商人是萬萬不能有良心的。」

「什麼？你剛才管我叫什麼商人？」

「見利忘義！」

「我投機取巧怎麼了？」

「一直被認爲是很不道德的——尤其是有機會但沒有那麼幹的人都會這麼說。」

「啊，瑞德，你又在拿我開玩笑，我還以爲你會對我好點呢！」

「我永遠都對你好。思嘉麗，寶貝，你是喝醉了，所以才成現在這個樣子。」

「你！」

「我不說了好嗎？你都快哭成淚人了，我們換個話題，告訴你一些你關心的消息，讓你開心起來。其實，這才是我今晚到這兒來的真正目的，在我出遠門之前，告訴你關於我的一些事情。」

「你要去哪兒？」

「英國，可能要幾個月。你要忘掉你的良心，思嘉麗。我不願意再跟你討論靈魂，你想聽有關我的事情嗎？」

「你究竟有什麼事？」她吃力地說，用他的手絹擦擦鼻子，把她已經散亂的頭髮弄好。

「這是我的私事，」他嬉笑地低頭望著她，「我依然愛你，勝過我過去看到過的任何女人，既然法蘭克已經去世了。我想，你對這件事會感到興趣的。」

思嘉麗猛地抽出手來，差點跳起來：「哼，你才是世界上最沒有人性的人，在這個時候上我這兒來尋開心……我就知道你本性難改。法蘭克現在屍骨未寒！你要是還有一點兒道德的話，就請你立刻離開。」

「小點聲，你不要生氣呀，不要大驚小怪，要不皮蒂小姐立刻會下樓的，」他並沒有站起身來，而是伸出手，緊緊握住她的兩個小拳頭，「恐怕你誤會我了。」

「誤會你？我才不會誤會你呢，」她猛地抽出那雙被他緊緊握著的雙手。「你放開我，立刻滾出去，我從來沒有聽到過這麼不要臉的話，我……」

「你別叫，我在向你求婚呢，非得我跪下來你才相信嗎？」

她喘著粗氣，突然「啊」了一聲，之後僵硬地跌坐在沙發上。她緊緊盯著他，嘴巴張著，心裡在想是不是白蘭地在她的腦子裡開玩笑？

就在這時，她卻無意間想起他的譏笑——「親愛的，我是個永遠不結婚的男人。」她一定喝醉了，要不就是他瘋了。不過，他看來並沒有瘋。他看起來很正常，就像是在談論天氣似的，他的聲音平和，平靜地流進她的耳鼓，一點強迫和爭吵的意思都沒有。

「記得我第一次在『十二橡樹』看到你，當時你扔了一個花瓶，從那之後，我就一直想，無論怎樣都要把你娶到手。可是你和法蘭克已經積攢了一點兒錢，我清楚你再也不會被逼無奈地來向我提出任何借款和擔保了，所以現在我清楚：我必須跟你結婚。」

「瑞德，你不是在跟我開一個惡毒的玩笑吧？」

「不，我說的都是真心話，而你卻不相信我！思嘉麗，我是真誠地向你求婚。我承認這樣做很不對，可是我明天早晨要出去，離開好久。我怕再等到我回來後，你或許又嫁給另一個有錢的男人了。所以我在想：你爲什麼不願意嫁給我，花我的錢呢，說真的，思嘉麗，我不打算這麼過一輩子，等著你一次又一次地選擇別人做你的丈夫。」

確實，他是非常認真的，這可以確定。她細細分析這些話，感覺口乾舌燥。她控制著自己的感情，緊緊盯著他的眼睛看，卻看不出什麼結果。他的眼睛裡全是笑意，可是除此之外，在他眼睛深處還有別的神情，那種神情是她過去從來沒有看到過的，一種難以說明白的眼神。

真的，他的確在向她求婚，他在做一件叫人無法相信的事。以前她曾經想過，假如有一天他向她求婚，她要折磨他，讓他丟人難堪，以解心頭之恨。可現在，他真的求婚了，她卻不知道如何應對了，事實上，他全部掌握著局面，她像個初戀的小女孩那樣慌亂，臉漲得通紅，甚至連話都不連貫了。

「我，哦，我不可能再結婚了。」

「不，你一定會再結婚的，你一定會的。你生來就是要結婚的。爲何不跟我結呢？」

「可是瑞德，我……我並不愛你。」

「那沒有關係，我記得你前兩回婚姻也沒有什麼愛情。」

「你怎麼能這麼說，你知道我喜歡法蘭克！我喜歡他！我真的喜歡他！」

「得啦，咱們不用爭辯這個了。在我走後，你好好考慮一下我提的要求，好嗎？」

「瑞德，我不喜歡拖拉，我寧願現在就讓你知道。我不久就要回到塔拉農場去了，英迪亞會一直留在這兒和皮蒂姑媽住在一起。我要回家去待好長一段時間，而且……我，我不打算再結婚了。」

「到底爲什麼？」

「啊，不要問了。我就是不願意過結婚後的生活。」

「唉，你這個可憐的孩子，你還沒有真正地結過婚，你還不知道結婚的樂趣呢。我知道你一直運氣不好——一次是爲了出氣才結婚，一次是爲了錢才結婚，你從來沒有想過——爲了自己高興結婚？」

「高興，別說那種傻話，結婚怎麼會有樂趣呢。」

「怎麼會沒有？」

她稍稍平靜了一些，「對男人來說，可能有快樂——不過只有上帝清楚爲什麼，我卻怎麼也不能理解，幾乎所有的女人從結婚中得到的只是一日三餐，永遠幹不完的活兒，必須忍受男人的粗暴、骯髒……還有一年生一個孩子。」

他禁不住大笑起來，笑聲是如此的響亮，之後思嘉麗聽到廚房開門的聲音。

「請不要笑了！嬤嬤的耳朵靈得就像猞猁，剛死了人就這麼放肆地笑是很不禮貌的——別笑了。你清楚這是真的。樂趣，那是胡說！」

「我剛才說過，你運氣不好，你的話證明我沒說錯話。和你結婚的，一個是孩子，另一個是老頭，我敢說，你媽跟你說過女人應該忍受『這種事情』，因爲可以得到做母親的幸福。得了，這完全不對，你怎麼不嘗試跟一個壞名氣，卻有特殊本事對付女人的真正男人結婚呢，那將是非常有意思的。」

「別說了！你真粗魯、自大。我看這次談話扯得太遠了。」

「但也很有趣呀，是不是？我敢打賭，你過去從來沒跟一個男人談過婚姻關係，即使有查理斯和法蘭克這兩任丈夫。」

她突然皺起眉頭，很生氣地盯著他。瑞德怎麼能這麼瞭解女人。她感到驚訝，他從哪兒聽來這麼多關於女人的事呢，真不正經。

「嘿，別再皺眉頭了。定個日子吧，思嘉麗。爲了你的名聲，我並不催你立刻結婚，我們要等到合適的時候。順便問一下，你打算讓我等多久？」

「誰說我要嫁給你了？這時候談論這件事不合適。」

「我剛才已經告訴過你了，我爲什麼要在這個時間跟你講這事，我明天早晨就要出遠門，我是很認真的求婚，我再也無法抑制我的感情了，或許我的求婚方式有點粗魯。」

說著，他突然從沙發上滑落下來，跪在地上，把一隻手高雅地按在胸口，急迫地說：

「原諒我吧，我的感情太過激烈，打擾了你，我親愛的思嘉麗——我的意思是，我親愛的甘迺迪太太。這逃不過你的雙眼，我過去一直藏在心裡、對你的友情已經轉變爲一種更加深厚的感情了，這是一種更美好、更純潔、更神聖的情感。我之所以敢向你吐露感情，是愛情給了我這麼大的力量！」

「你先起來！」她懇求他。「你像個傻瓜，要是嬤嬤進來看到你這個樣子的話，那還了得？」

瑞德站起來，「思嘉麗，你已經不是個孩子了，怎麼還用這種愚蠢的藉口來搪塞我呢？說你願意一直等我回來跟我結婚；要不，上帝作證，我就不走了，我會一直待在你旁邊，天天晚上在你窗下彈吉他，唱情歌，破壞你的名聲，那樣，你爲了保護你的名聲，就只能乖乖地嫁給我了。」

「哎，瑞德，你應該講理呀，我不想跟任何人結婚了。」

「真的不想？你沒有跟我說出真正的理由，不是完全出於女人的顏面吧，可那又是什麼原因呢？」

這一刻，她忽然想起了艾希禮，好像他就一直站在她身旁似的，金燦燦的頭髮、帶著茫然的神色，一副高貴的氣派，跟瑞德完全不一樣。他就是她不想再結婚的真正原因，雖然她並不討厭瑞德，有時候還真心喜歡他，但她屬於艾希禮，永遠。

她從來沒有完全屬於查理斯或是法蘭克，也絕不可能完全屬於瑞德。她的每一部分，甚至她做的所有事，她所追求的、得到的，都屬於艾希禮。她做的一切，都是因爲深愛他。她屬於艾希禮和塔拉農場。她給查理斯和法蘭克的微笑、大笑和吻，是應該屬於艾希禮的，儘管她從來沒有說過，也永遠一直不會說。在她內心最深處，還藏著一個美麗的願望——把自己留給他，儘管她清楚他永遠都不會接受她。

她沒有發覺自己的臉色很快就變了，也沒發現自己想的出了神，以至於臉上露出一副瑞德以前從來沒有見過的表情。他望著那雙眼角稍微上挑的綠眼睛，大大地睜著，卻神情無光，他看著她嘴唇柔和的曲線，在那一時間，她幾乎屏住了呼吸，接著他的嘴角劇烈地往下一撇，煩躁而又焦急地大聲罵了起來。

「思嘉麗呀思嘉麗，你真是個十足的傻瓜！」

還沒等她從遙遠的地方把思緒收回，他的兩隻胳膊早已把她摟住了，摟得又緊又結實，就像很久之前在那條通往塔拉黑沉沉的公路上那樣。他把她靠在他胳膊上的頭往後順勢一仰，借勢吻住她，剛開始很溫柔，之後變得越來越激烈，使她緊緊地抓住他，似乎他是這個讓人暈頭轉向的搖晃的世界上唯一靠得住的東西。

他的嘴勉強地分開她那哆嗦的嘴唇，使她的神經狂亂地顫抖不停，於是她產生了一種奇怪感覺，這是一種她過去從來不知道的，一種使人頭暈的旋轉的力量不斷地轉動著她的整個身體，沒等那天旋地轉的感覺完全控制她，她已經意識到自己正在回吻他。

「別這樣……不，我幾乎暈過去了！」她低聲說，吃力地把頭從他胸前強行轉開。

他緊緊地把她的頭靠在他的肩膀上，她錯亂地望了他一眼。他的眼睛發出新奇而又怪異的光芒，他的雙臂不停地傳給她一陣甜蜜的恐慌。

「我一直盼望著你暈過去呢，我要讓你立刻暈過去，你等了多年才嘗到愛情的滋味，沒有一個你認識的笨蛋這樣吻過你，對吧？不管是你親愛的查理斯或是法蘭克，還有你那個愚昧的艾希禮……」

「求你別……」

「我說你那愚昧的艾希禮。那些號稱紳士的僞君子——可他們對女人究竟瞭解多少呢？他們對你又瞭解些什麼呢？只有我真正理解你。」

剛說完，他的嘴就又立刻貼在她的嘴上了。這次她沒有掙扎的意思，扭頭的力氣都沒有了，甚至轉動的意思也沒有，她的心狂亂地跳，全身都在顫抖，他要是不停地吻下去的話，那她真的就要暈過去了。哦，希望他永遠不要停下來。

「答應我！」他的眼睛湊得那麼近，看上去顯得大得出奇，彷彿填滿了整個世界，「答應我，你這該死的小美人，要不然……」

她甚至沒有思考，就低聲說：「我同意。」好像這話是出於他的意思，而並不是出於她自己的意志才這麼說的。

可是就在她說這話的瞬間，她的心情突然平靜了許多，頭也不再暈了，甚至白蘭地所帶來的醉意也似乎削減了。在她不打算答應他的時候，她竟然答應了。她搞不清楚這是怎麼回事，可是她並不遺憾。這時候，看來她答應也是非常應該的——幾乎可以說這是上帝的意思，一種比她大的力量在抑制著她，在替她做出抉擇。

就在她答應的這一刻，他迅速地吸了一口氣，立刻彎下身去，好像又要吻她似的。她閉上了眼睛，頭隨即往後仰，等待他親吻。可是他並沒有吻她，這讓她感到些許氣憤。當然，這也讓她清楚了一點：這樣的接吻還真的從來沒有過，太讓人激動了。

有那麼一陣子，他把她的頭一直貼在自己的肩膀上，幾乎一動不動。似乎經過了一番努力，他的胳膊不再發抖了。在他鬆開她一點，低頭看她。她慢慢睜開眼睛，看到他臉上剛才顯出的那種瘋狂的激情已經退去。可是不清楚什麼原因，她不能相信自己的所見，因爲她內心正激動得心慌意亂。他終於開口了，聲音很平靜。

「你剛才的話算數吧，你不會後悔吧？」

「不會。」

「哦，該怎麼說來著？該不是我，用我的，呃……激情逼得你投降的吧！」

她無話可說，因爲她不清楚說什麼才好，她也不敢正視他的眼睛，他立刻伸出手，托住她的下巴，輕輕抬起了她的臉龐。

「聽著，我過去告訴過你，不管你幹什麼，我都受得了，除了撒謊。現在我要你說實話，你到底爲什麼答應我？」

她仍不說話，但比剛才平靜了些。她不安地讓眼睛一直往上看，嘴角一揚，流露出一絲絲微笑。

「看著我，真的是爲了我的錢嗎？」

「嘿，瑞德！你怎麼能這樣問！」

「抬起頭來，看著我，不要跟我甜言蜜語。我可不是查理斯和法蘭克，或者哪個會被你忽悶的眼睛迷住的小夥子，難道是爲了我的錢？」

「嗯……是的，有一部分原因是的。」

「一部分嗎？」看上去他並不是很生氣。

「好了，」她無奈地說，「錢的確很有用處，你曉得，瑞德，法蘭克沒有留下多少錢，另外……對了，瑞德，咱們倆非常合得來，你是我遇到的男人中唯一受得了女人說真話的人。再說，有個丈夫不認爲我愚昧，而且還不願意我說謊話，這總是件非常好的事——另外就是，好吧，告訴你……我真的挺喜歡你的。」

「喜歡我？」

「好啦，」她不耐煩地說，「我要是說我愛你愛得發瘋的話，那可就是在撒謊了，何況你也看得出來。」

「有時，我覺得你說真話說得太過了，我的寶貝。難道你不這麼認爲？你說『我愛你愛得幾乎快要死了，瑞德』聽起來更好聽些，不都說——美麗的謊言嘛。」

他望著她，哈哈大笑，「說個日子吧，親愛的。」接著他又彎下身去親吻她的雙手。

她看到他的心情逐漸變好，心裡也就放鬆了，所以也露出了微笑。他撫摸了一會兒她的手，隨後抬起頭來，笑瞇瞇地望著她。

「你在小說中有沒有看到過沒有愛情的妻子最終愛上了她的丈夫那種老套故事？」

「我從不看小說。」她說，「再說了，你過去說過：夫妻相愛是最沒意思的。」

「媽的，我過去說過的這種話多了！」他回擊她。

「不要罵人啊。」

「今後你會習慣挨罵，而且也有必要學會罵人。你會習慣我的所有壞毛病，這是你愛我、愛我的錢的沉重代價。」

「得啦，不要因爲我說了真話沒有讓你得意洋洋，你就這麼大發脾氣。你並不愛我，對嗎，我爲什麼要愛你呢？」

「很對，親愛的。我並不愛你，就像你不喜歡我一樣。就算我愛你，我也不告訴你。願上帝保佑那個曾經真心愛過你的人吧。你讓他的心都碎了。親愛的，你是個狠心而富於破壞的小貓，你是那麼充滿自信，甚至不願意遮掩你那雙美麗而又迷人的爪子。」

突然，他猛地一把拉起她來，又開始吻她，不過這一回他的嘴唇似乎跟剛才不一樣了，他好像特意要弄痛她，欺負他。他的嘴唇往下滑到她的脖子，最終貼在她的胸脯上，貼得那麼緊，他的呼吸使她的皮膚幾乎都發燙了。她掙扎著把雙手舉了起來，擺出一副端莊，惱怒的模樣把他推到一邊。

「你竟然敢……」

「哦，你的心在怦怦地狂跳，」他嘲笑地說，「假如僅僅是喜歡，你的心不會跳得這麼快吧。收起這種橫眉怒眼吧，你不過是擺出一副清純的處女派頭罷了。告訴我，我該從英國給你帶什麼禮物？戒指？你想要什麼樣的戒指？」

她遲疑了一下，因爲她對他最後那句話非常感興趣，同時，她又想假裝生氣。「啊……鑽石戒指……瑞德，一定給我買一個很大很大的。」

「那樣你就能夠在那些窮朋友面前炫耀了，很好，你會有一個大戒指。」說完，他就邁開步子，一直走到門口。

她跟了過去。一時不知道他要幹什麼。「你這是打算上哪兒去？」

「回去收拾行李啊。」

「哦，可是……」

「可是什麼？」

「沒什麼，祝你一路順風。」

「謝謝！」說著，他打開門，來到客廳。思嘉麗仍跟在他後面，她顯得有點困惑，她對這種意想不到的近乎虎頭蛇尾的場景有些失望。他迅速地穿上外套，戴上手套和帽子。

「我會給你寫信的。你要是改變了主意就立刻告訴我。」

「你不……」

「什麼？」他似乎急著要走。

「你，你不想跟我吻別嗎？」她低聲說道，生怕被別人聽到。

「難道你接了那麼多吻還不滿足嗎？」他低頭朝她笑了笑，「想想看，一個端莊有教養的年輕寡婦……噢，我早跟你說過了，接吻很有意思，對不對？」

「啊，你真討厭！」她氣憤地喊道，不管嬤嬤會不會聽到。「你就是永遠不回來，我也不在乎！」

她轉身向樓梯走去，心裡卻渴望他溫暖的手抓住她的胳膊，請求她不要離開。可是他卻打開了門，頓時一陣冬天寒冷的風吹進了屋子。

「我一定會回來的。」

瑞德從英國帶回來的那個鑽戒真的很大，大的思嘉麗都不好意思戴了。儘管她喜歡華麗而昂貴的珠寶，可是這次卻全然不同，人們會說，這真是個十足俗氣的戒指。

戒指中間是一顆四克拉的鑽石，四周鑲了許多綠寶石，戒指大的蓋住了她整個指關節，她的手被壓得幾乎無法打彎了。思嘉麗想瑞德一定費了不少心思才訂做這樣一個戒指，有一種特別趣味。

瑞德回亞特蘭大後，思嘉麗戴上了那枚戒指。在這之前，她沒有把她的意思告訴任何人，就連她家裡人她也沒說。

她一宣布婚約，就引起了一場軒然大波。自從發生三K黨事件以來，除了北方佬，瑞德和思嘉麗就是城裡最不受歡迎的兩個人。之前，她不爲查理斯穿喪服就遭受大家的指責；後來因爲她開工廠這件事，人們的指責變得更加強烈；她懷孕時還拋頭露面，自從她給法蘭克和托米招來殺身之禍，他們憋在心裡的怨氣就變成了公開的責難。

因爲瑞德在戰爭時發國難財，所以一直遭到全城人的憤恨，後來他又投靠了共和黨人，就越發地不讓人喜歡了。在他們宣布結婚之前，人們還照禮數對待他們，現在連那冷冰冰的禮貌也沒有了。

他們訂婚的決定像炸彈一樣驚天動地，把整個城市都震得搖搖欲墜。法蘭克去世不到一年就要結婚，並且完全是她害他送了命！而且，恰恰是嫁給瑞德，他不但擁有一家妓院，還跟北方佬聯繫在一起，幹著許多騙錢的行爲，他們兩人不結合在一起倒還可以饒恕，可是思嘉麗和瑞德居然厚著臉皮結婚了，這實在叫人難以接受！這兩個臭名昭著的可惡罪人，應該把他們從這個城市趕出去。

就在思嘉麗和瑞德決定婚約的一個星期前，曾經舉行過一次州長選舉。南方民主黨人推舉戈登將軍，喬治亞州最受愛戴的人，作爲他們支持的候選人。同他對抗的是共和黨人布洛克。

選舉持續了三天。一列列火車滿載著一車車黑人，從一個城市匆匆趕到另一個城市，在沿路的每一個選舉區參加投票。布洛克最後大獲全勝。假如說謝爾曼佔領喬治亞州讓人痛苦，那麼北方佬和黑人佔領州議會讓人更加憤恨。而瑞德恰恰正是那個被人憎恨的布洛克的朋友！

思嘉麗跟平常一樣，對一切不直接發生在她眼前的事情漠不關心，甚至不清楚在舉行選舉。瑞德並沒有參加選舉，他跟北方佬的關係跟過去也沒什麼兩樣。不過，事實終究是事實，瑞德是個叛徒，他是布洛克的朋友。假如舉行了婚禮，那思嘉麗也就變成叛賊了。訂婚的決定一傳來，城裡的人就想起了這對男女的所有過錯，好處卻被全部忘記了。

思嘉麗儘管已經知道城市受到了震動，卻沒有料到人們已經憤怒到了什麼程度，直到梅里韋瑟太太在她那夥朋友的一再鼓動下，才勉強同意跟她談談這件事。

「因爲你受大家尊敬的母親已經死了，而皮蒂小姐一直沒有結婚，她沒有資格，好吧，我跟你好好談談這件事情。我想我有必要提醒你，思嘉麗，出身好人家的女孩子絕不該嫁給瑞德船長那種可惡的人，他是個……」

「他可是救過梅里韋瑟爺爺的命啊，其中還有你的侄兒。」

這讓梅里韋瑟太太很氣憤。就在一個小時前，她跟爺爺還有過一次令人不快的交談。老人說，假如她真在乎他那條老命，即使瑞德是叛賊和幫兇，她也應該對他心存感激。

「哼！他跟我們開了一個可恥的玩笑，思嘉麗，你使我們在北方人面前感到無地自容。」梅里韋瑟太太接著說，「你和我都清楚，這個人簡直就是個無賴。他永遠這樣，現在更糟糕透了，他是正派人不屑一顧的傢伙。」

「不是吧？這倒使人驚訝了，梅里韋瑟太太，在戰爭時，他可是一直在你的客廳裡出現。他還送給梅貝爾一件白緞結婚晚禮服，不是嗎？難道是我記錯了？」

「戰爭時候是特殊時期，好人和許多不太壞的人聯合起來。那是爲了一致對外，這很正常。你不願意嫁一個沒有當過兵、一個諷刺軍人的男人吧？」

「可是他當過兵。在部隊待了八個月，他參加了最後的戰役，在富蘭克林打過仗，是跟約翰斯頓將軍一起投降的。」

「我從沒聽說呀，」梅里韋瑟太太說，她的神情好像在說她不相信這些話，「但他並沒有受過傷。」她得意洋洋。

「戰爭期間有很多人沒負過傷。」

「不，只要是勇敢的人都可能負傷，我認識的人幾乎都負過傷。」

這話可讓思嘉麗惱火了。

「哼，你認識的男人都是蠢貨，不清楚什麼時候該進屋去躲避炮彈或是步槍子彈。聽著，我可以毫不猶豫地告訴你，梅里韋瑟太太，你可以把我的話帶給你那些愛管閒事的朋友。我就是要嫁給瑞德船長，即使他在北方佬一邊打過仗，我也不害怕。」

那位受人尊敬的老太太失望地走了，氣得幾乎連她的帽子也一晃一晃的。思嘉麗清楚她自己又多了一個公開的敵人，不過她不在乎。梅里韋瑟太太的言辭和行動沒有使她有一點兒動搖。任憑所有人說三道四，她都不怕，但嬤嬤除外。

皮蒂姑媽聽到這個事後一下子就暈了，艾希禮也一下蒼老了許多，而且總是回避她的目光，彷彿是祝福她。波琳姨媽和尤拉莉姨媽從查爾斯頓寄來的信簡直令她哭笑不得，她們被這個消息嚇壞了，企圖反對這門親事，並告誡她，那樣不但會損壞她的名聲，而且還會危及她們。

媚蘭擔心地皺緊眉頭，真誠地說：「當然了，瑞德船長比大多數人好得多。他想出那種辦法救艾希禮，證明他心地善良，機智，再說，他曾經爲聯邦打過仗。可是思嘉麗，你不覺得你還是別這麼快就決定的好嗎？」

她聽後忍不住笑出聲來。是的，無論是誰她都不在乎。但是嬤嬤的話最讓她不高興，也最傷她的心。

「我親眼看到你做了一大堆讓愛倫小姐傷心的事，這實在使我難過，不過，這件事是你幹得最糟糕的，嫁給一個下三濫，是的，小姐，我說他是個下三濫！別跟我說他家世很好，那樣也不會有什麼轉變，下三濫生在上等人家還是個下三濫，我看著你從霍妮小姐那兒強行搶走查理斯先生，但你根本不愛他；你從你親妹妹那兒又搶走了法蘭克先生。你幹了一大堆事，我什麼也沒有說，就像賣次等木料賺錢，用手段欺騙其他的木料商，獨自坐著馬車到處轉悠，把自己暴露在那些流浪的黑人面前，害得法蘭克送了命，不給那些可憐的囚犯吃飽，餓得他們渾身無力，我一直閉著嘴，什麼也不說，哪怕愛倫小姐在天堂裡說：『嬤嬤！你沒有把我的孩子照看好。』小姐，我忍受著一切，可是這一次我實在無法容忍，思嘉麗小姐，你不能跟那個下三濫結婚。今天只要我還有一口氣就不同意。你聽見沒有？」

「我沒聽見！我願意跟誰結婚就跟誰結婚，」思嘉麗氣憤地說，「別忘了你的身分！」

「對，我忘了現在是什麼身分！我不跟你說這些，還有誰對你說呢？」

「我已經決定了，嬤嬤，決定了我就不會改了！你最好回塔拉農場去。我會給你一些工錢的……」

嬤嬤嚴肅地挺了挺身子：「我現在是自由之身，思嘉麗小姐，你不能把我打發到我不想去的地方。要我回塔拉農場，你要跟我一起去。我不會扔下愛倫小姐的外孫女，讓一個下三濫的養父去養活她。我就一直在這兒，哪兒也不去！」

「我才不會讓你待在我的家裡礙手礙腳，你還會對瑞德粗暴無禮。我一定要跟他結婚，這不可能改變了，你不要再說了！」

「我要說的話多著呢！」嬤嬤針鋒相對，她那雙含著淚水的老眼中流露著戰鬥的光芒。「我過去一直沒有想到會和愛倫小姐的女兒講些這話，可是，小姐，聽我說，你只是頭套著馬鞍的騾子。人們可以擦亮一頭騾子的腿，把牠的毛皮擦得乾乾淨淨的，在牠的鞍上裝滿銅飾，給牠一套漂亮的馬車，可是騾子仍然是騾子，牠騙不了人。你就是這樣，你身上穿著綢子衣服，你擁有加工廠、店鋪和錢，你給自己裝出的派頭好像一匹好馬，可是你仍然是一頭騾子，你騙不了所有人。還有那個傢伙，儘管他是好人家出身，打扮得漂漂亮亮，似乎像一匹賽馬，可他跟你一樣，都是套著馬鞍的騾子。」

嬤嬤用銳利的目光緊緊盯著她的女主人。思嘉麗不說話，受到了這樣的訓斥，氣得渾身直哆嗦。

「如果你要嫁給他的話，那就嫁吧，你呀，跟你父親一樣頑固。不過，記住，思嘉麗小姐，我一定不會撇下你的。我會一直待在這兒，看你會得什麼報應。」

嬤嬤說完轉過身走了，那氣勢可以完全理解爲：「等著瞧吧，我一定不會放過你的！」她的聲調明顯地流露出了不好的預兆。

思嘉麗和瑞德在新奧爾良度蜜月時，把嬤嬤的話告訴了他，使她吃驚和惱怒的是，他聽完嬤嬤那個騾子套著馬鞍的比方卻哈哈大笑。

「我從來沒有聽到過用這麼簡潔的方式深刻地表達這麼一個深奧而又實際的事，太精闢了！」他說，「嬷嬷可是個聰明的老人，這樣的人很少見，我希望能得到她的尊敬和原諒。不過，既然我是頭騾子，可能從她那兒我是什麼也得不到了。在婚禮後，我興致勃勃地拿十塊金幣送給她做禮品，她都不肯收下。我看得多了，很少有人見錢不服軟的，可她盯著我的眼睛說謝謝我，說她不需要我的錢。」

「她爲什麼非要這樣氣我，爲什麼所有人都像一群母雞那樣衝著我嘰嘰喳喳地叫個不停呢？我跟誰結婚，不管結過幾次婚，這全是我自己的事。我從不愛管閒事，可別人卻非要管我的事！」

「哦，我的寶貝，世上什麼人都能得到饒恕，只有不愛管閒事的人除外。你不是說無論別人說你什麼，你都不放在心上，爲什麼不用事實證明你的話呢？你知道，你一直毫無防備地使自己在一些小事上遭人評論，你不能指望在這種大事上能逃過，你也清楚，嫁給我這樣一個有名的無賴，是免不了要被人說閒話的，要是我出身卑微，窮得叮噹響的話，人們一定不會這麼兩眼發紅了，可是一個有錢的，生意越來越興旺的惡棍——那是該千刀萬剮的。」

「該正經的時候你必須認真點兒。」

他的黑眼睛在她的臉上突然閃了閃，似乎想在她的眼睛裡尋找什麼，卻一直沒有找到。他笑說：「你還是忘了亞特蘭大，忘了那些可惡的老婆子吧。我帶你到新奧爾良是來玩的，我一定要讓你玩得開心。」

chapter 48 蜜月生活

事實上，她過得的確很開心，自從戰爭前的那個春天之後，她還從沒像現在這麼真正開心過。新奧爾良真是個非常好的地方，一個十足的花花世界。思嘉麗就像被解放的囚徒，放開了手腳隨心所欲地盡情享受著這裡的種種樂趣。

在這裡，北方佬們都是千方百計地巧取豪奪，不計其數的老實人饑寒交迫無法生存，而一個黑人竟然當上了副州長。但無論怎麼說，瑞德讓她親眼看到的那個新奧爾良，卻是她有生以來所見過的最繁華的歡樂世界。她所遇到的那些人，好像口袋裡揣著永遠數不完的錢。瑞德介紹給她認識的貴婦都打扮得很時尚，人也長得十分漂亮，一雙雙白白嫩嫩的巧手，不帶半點操勞的跡象，對所有事情，她們都付之一笑，從不談論嚴肅的話題，更不說「時世艱難」之類的很傻的話。還有她所遇見的所有男人——那才叫夠刺激呢！和亞特蘭大的男子截然不同。他們主動邀請她跳舞，千方百計地想法討好她，好像她是個剛剛出道，又是百裡挑一的妙齡少女。

一點沒錯，這裡的男人都和瑞德一樣，一副見多識廣毫無顧忌的神態。他們的眼睛卻一直保持警惕，就像經常和危險打交道似的，心存戒備已形成了習慣。

他們全都彬彬有禮，穿著時尚，而且他們都十分尊敬她。他們擁有寬大的豪宅、精美的馬車，經常帶她和瑞德外出兜風，請他們去吃飯，他們專爲他舉辦晚會，這才是最要緊的。思嘉麗很喜歡他們。當她把心裡的想法全部一股腦說出來時，瑞德特別高興。

「哦，我早就想到你會喜歡他們的。」說完他便哈哈大笑。

「爲什麼不可以喜歡他們？」

「爲什麼？哼！他們幾乎全是渾蛋，流氓，他們全是冒險家，是北方佬裡的貴族。他們這些人不是像你丈夫那樣靠搞糧食投機發大財，他們要麼是同政府簽訂特殊的合同而中飽私囊，再不就是專做一些見不得人的事情，從中掙些黑心錢。」

「不！我才不信呢。你不要騙我，他們是些很好的老實人……」

「哼，本城最老實的人全在挨餓呢！」瑞德說，「你清楚戰爭期間我在這裡參加過好幾起罪惡陰謀，這些人永遠不會忘掉我呢！思嘉麗，你一直讓我感到很有趣。合你心意的，偏偏是些你不應該看重的人和不該看重的事，而且無一例外。」

「不管如何，他們都是你的朋友啊！」

「朋友？哦，我很喜歡與流氓爲伍。我從小就在小船上靠賭博混日子，所以我瞭解那些人。對他們的真正面目我也看得很明白，而你呢……」他又哈哈大笑，「生來就不具備辨別人好壞的能力，始終分不清渺小人物和傑出人物。有時候我一直在想，你所接觸到的傑出女性，不就是你母親和媚蘭小姐這兩個人嗎，而她倆似乎都沒在你心目中留下很好的印象。」

「什麼？媚蘭，她就像舊靴子那樣不討人喜歡，穿的衣服寒酸可笑，對什麼事都沒有自己主見！」

「我說，收起你的嫉妒心吧，太太。美貌並不能使人變得高尚，衣著也不能使人顯得尊貴。」

「不要說啦！咱們走著瞧吧，瑞德，我就是要讓你好好看看，既然我現在——我們現在有了錢，我一定要做個你生平所遇見過的最尊貴的女性。」

「好啊，那就讓我就拭目以待吧。」他說。

應該說，和這些新認識的朋友比起來，更讓思嘉麗感到高興的是瑞德爲她添置的那些漂亮行頭。從顏色到衣料乃至款式，都是瑞德親自爲她挑選的。裙箍幾乎已經過時了，眼下最流行的款式是把裙面從前身一直圍至後身，疊蓋在後腰的裙撐上，看上去很是迷人。

後腰的裙撐上還裝飾有花環，蝴蝶結和紋狀花邊等一些小小飾物。想到以前穿的那種樸素的裙子樣式，再看看這些新款式，穿到身上小腹便輪廓分明地展現出來，一時間還真是讓人有點不好意思。

還有那小巧玲瓏的軟帽，斜斜地蓋住人的一隻眼睛上，上面插滿了裝飾品，花花草草啦，隨風起舞的羽毛等，還有飄飛的絲帶！可惜瑞德愚昧至極，居然把她買來用以豐富自己直髮的假髮全給燒了，不然一綹綹假髮就可以從小軟帽後沿偷偷地向外張望，那該有多好啊！

還有那些由修女們手工製作的精美內衣，的確相當漂亮，一套又一套，全部由她一人享用。睡袍、睡衣、襯裙，幾乎全是用上好亞麻布料縫製的，上面有精美的刺繡和玲瓏剔透的飾紗。還有用緞子做的便鞋，後跟足足有三英寸高，人造寶石鞋扣簡直又大又亮。還有真絲長襪，一買就是一打，再也不穿土氣的棉織襪了！

她絲毫不吝惜，一口氣給家人購置了好多禮物。給韋德買了一隻毛茸茸的聖伯納德小狗，他早就希望能有這樣一條小狗了；給小博買的是隻波斯貓；給小艾拉買的是珊瑚手鐲；給皮蒂姑媽送的是條沉甸甸、鑲有寶石墜子的項鍊；給媚蘭和艾希禮的是一套莎士比亞全集；給彼得大叔的是一副精緻馬具，包括一頂專門供馬車夫戴的絲質禮帽，外帶一把好刷子；另外她還給塔拉農場的所有人都準備了一份像樣的禮物。

「我說，你給嬤嬤買了什麼呢？」瑞德一邊望著攤在旅館房間大床上的一大堆禮物，一邊問，順手又把小狗和小貓挪到更衣室裡去了。

「嬤嬤？什麼也沒有買。她把咱們叫做騾子，我還給她買什麼禮物！」

「哦，寶貝，你怎麼只要一聽到有人說實話就火冒三丈？你必須給嬤嬤準備件很好的禮物，假如不給她準備，她肯定會傷心的——像她那樣高尚的心，可不能輕易讓它受傷。」

「管她傷心不傷心呢！說什麼我也不給她買禮物，她不配。」

「唉，那就我給她準備一份。我記得嬤嬤常說，在她死的時候要穿塔夫綢的襯裙，衣服料子要堅挺，一直不走樣，好讓上帝認爲那是用天使的翅膀做成的。我要給嬤嬤買塊紅塔夫綢，叫裁縫給她做件漂亮的襯裙。」

「不要費心啦，她一定不會要你送的襯裙呢！她寧死也不會穿的，不信就等著瞧吧。」

「這我倒是相信，不過我還是必須表示一下心意呀！」

新奧爾良這地方本來就以食品聞名。回想起在塔拉農場忍饑挨餓的艱苦日子，還有前一陣子捉襟見肘的困難，思嘉麗面對眼前豐富的飯菜，就感到胃口大開，覺得怎麼吃也吃不夠。

「嘿，瞧你這樣子，就像以後再也吃不到似的，」瑞德說，「不要刮盤子，思嘉麗，廚房裡還有好多。你打發侍者送來就可以了。要是你再這樣不停吃下去，保證你會胖得像古巴婆娘，那時候我可不會要你了。」

可她只是衝著他吐吐舌頭，立刻轉身又要了一份薄餅，在上面塗了厚厚一層巧克力，真香啊！

啊！能像現在這樣無憂無慮地花錢而不需計算，真是人生最幸福的事。想吃什麼就吃什麼，而不必擔心愛挑剔的人在一旁指責你有失淑女風範，這多自由！還有香檳酒，只要自己喜歡，喝多少都可以，多開心！說實話，僅僅和瑞德一塊兒出去走走，也會讓人興奮不已。因爲他人長得很帥。她以前怎麼沒有注意過他的相貌。在新奧爾良，她發覺到別的女人不住地看他，而在他慢慢彎下腰去吻她們手的時候，她們的身子居然緊張得簌簌發抖。

一發現到別的女人都被自己的丈夫所吸引——說不定她們還在私下裡嫉妒自己——而自己卻能始終形影不離地在他身邊，思嘉麗心中不由自主地湧起一種幸福感。

「嘿，我們倆可真稱得上是一對俊男美女！」思嘉麗心中不斷愉快地想。

正如瑞德當初說的那樣，結婚有不少令人高興的樂趣。她發現與瑞德結婚同她過去和查理斯或法蘭克的婚姻很不相同，查理斯和法蘭克都很愛她，而且怕她發脾氣，然而瑞德卻一點也不怕她，即使在他熱情迸發的時刻——有時還帶幾分虐意，讓人覺得既好氣又好笑……他好像總能控制自己，像是一直套著一副馬嚼子。

「爲什麼呢？是因爲他並非真正愛我嗎？」她想到這裡，感覺這正合她的心意。「假如他真的在我面前完全放縱自己的感情，我不恨死他才怪呢。」

不過，這種可能性也是應該有的，於是她的好奇心又被激起來了。接著就開始不停胡思亂想。

跟瑞德同居，她又瞭解到他的許多新事情，有時候他會熱情、溫柔地愛她，可是一轉眼，又變成個粗俗無比的渾蛋，惹她生氣藉以取樂。在新奧爾良度蜜月的日子裡，她掌握了他的各種秉性，但仍摸不透他的內心真實世界。

有幾天清晨，他打發走女傭，親自給她端來早餐，像餵小孩似的餵她吃；他從她手裡接過梳子，耐心地為她梳理那一頭又長又黑的長髮。也有幾天清晨，他把她身上的被子掀掉，特意撓她的腳底，硬把她從睡夢中弄醒。有時她講述自己的生意經，他在一旁津津有味地耐心聽，不時還點頭稱讚她精明能幹，而有時，卻對她不太正當的經商手法大加諷刺，罵她「吃死人肉」、「攔路搶劫」和「敲詐勒索」。

他經常帶她去看戲，卻在她耳邊小聲說上帝大概不會認可這種娛樂之類的話；他帶她去教堂，在她耳邊不斷悄悄說些低俗的下流話，隨之又埋怨她不應該笑出聲來。他鼓勵她有話就直說，她從他那兒學會了說刻薄話、諷刺挖苦別人的本事，也學會了口齒伶俐地刺傷他人而從中尋開心。但是她永遠不會像瑞德那樣，在狠毒之中加上幾分幽默，譏笑自己的同時，實際上是在嘲諷其他人。

瑞德深不可測，她沒法明白，也掌控不了他。是啊，她幾乎不瞭解瑞德，也不願意去瞭解他，儘管他有些地方著實使她感到困惑。譬如，瑞德有時會在一旁偷偷注視她，以為她並沒看到這一點，她立即轉過臉去，和他既警覺又急切的期待的目光撞個正著。

「你為什麼一直那樣看著我？」有一回她生氣地問，「就像饞貓盯著耗子似的。」

但他迅速變換了一副表情，總是笑而不答，沒過多長時間，她就把這件事忘了，不再費心思去關心有關瑞德的事……只是一想到艾希禮就不一樣了。

說實話，瑞德讓她幾乎沒有時間去思念艾希禮。白天，跟艾希禮有關的念頭很少進入她的思緒；可到晚了上，她跳舞跳累了，或許是由於喝了過量的香檳酒，頭感覺暈暈的，這時候她就會情不自禁地想起艾希禮來。她昏昏欲睡地躺在瑞德的懷裡，腦子裡往往會閃蹦出這樣的奇異想法，倘若是艾希禮這麼緊緊地把她擁在懷裡，如果是艾希禮把她的黑髮從臉頰上撩開，攏在脖頸後面，那麼生活真算得上是美滿了。

那一次，她這麼一直想著，不禁嘆了口氣，把臉轉向窗外，馬上覺得她頸下的那條胳膊變得像鋼鐵一樣堅硬了。寧靜中響起瑞德的聲音：「願上帝懲戒你那騙人的心吧，讓它永遠墜入地獄！」

接著他立刻起床穿上衣服，獨自不響地離開了臥室，不搭理她那一連串出於驚恐的反抗和質問。

次日她在自己房裡吃早餐，他又突然出現了，頭髮亂糟糟的、整個人顯得醉醺醺的、滿臉鄙夷不屑的表情，看上去心情糟糕透了，他既不辯解，也不說夜裡究竟去了哪裡。思嘉麗像沒事一樣，儼然一副受了冤屈的神情；她吃完早飯，任憑瑞德在一旁瞪著一雙充血的眼睛，獨自換好衣服，竟然上街購物去了。

等她回到住處時，他也出去了，直到吃晚飯的時候才出現。

這頓晚飯吃得很壓抑，思嘉麗儘量壓制住自己的脾氣，因爲這是她在新奧爾良的最後一頓晚餐了，她要盡情享受一下龍蝦的美味。可他在一旁瞪著眼，自己又怎能好好享受呢？不管怎麼樣，她還是吃了一隻大龍蝦，又喝了不少香檳。

或許正因爲在這種情況下又吃又喝，結果那天晚上做了過去常做的那個噩夢。醒來時發現一身冷汗，痛心地低聲哭泣。她夢見自己又回到了塔拉農場，到處一片荒蕪。母親撒手而去，帶走了人世間的所有力量和智慧。在這茫茫的大千世界，她舉目無親，沒有依靠。同時又有個可怕的怪物在她身後不停追她，她跑呀跑呀，最後竟然跑進了濃霧裡，她不停大聲呼喊，當她醒來時，瑞德正低頭注視著她。他默默地把她像孩子似的抱起來，緊緊摟進懷裡；他那結實的胸膛給了她及時的安慰，最後她停止了哭泣。

「哦，你不曉得，瑞德，我又冷又餓，我累極了，我在大霧裡不停地跑呀跑呀，可是什麼也沒找到。」

「你究竟要找什麼，我親愛的寶貝？」

「我也不知道，我要是清楚就好了。」

「這是你過去經常做的噩夢嗎？」

「嗯，是的！」

他輕輕地把她放回床上，摸黑點了根蠟燭。暗暗地燭光下，發現他雙眼佈滿血絲，那張線條粗獷的冷峻的面孔，石雕似的沒有任何表情。他的襯衫沒扣扣子，腰部以上幾乎都敞開著，袒露出長滿胸毛的棕色胸膛。

思嘉麗渾身發抖，她覺得那黑褐色的胸膛是那麼的堅實安全，於是她低聲懇求：「趕緊抱住我，瑞德。」

「哦，親愛的！」他馬上應了一聲，緊接著用力把她抱起來，在一張大靠椅上努力坐好，就像抱小孩似的將她的身子緊緊地貼在自己的胸口。

「哦，瑞德，挨餓的滋味可真不好受啊。」

「什麼？吃完一頓好幾道菜的晚餐，一隻特大龍蝦，還做夢挨餓，這滋味想必一定不好受。」

「哦，瑞德，我一直跑呀跑，到處找，就是找不到我要找的東西。那東西就隱藏在濃霧裡。我清楚只要找到它，我就永遠可以安全了，再也不會擔心挨餓受凍了。真的。」

「那麼，你要找的究竟是人還是物呢？」

「我也不清楚。我過去沒有想過。瑞德，你認爲我會在夢裡找到那個安全的地方嗎？」

「不會的。」他一面整理她略顯蓬亂的頭髮，一面說：「那只是做夢。我覺得如果你在平常生活裡安全了，穿得暖，吃得飽，便不會再做那樣可怕的噩夢了。再說，思嘉麗，我一定會讓你生活得很安全很踏實。」

「哦，我的瑞德，你對我真好！」

「思嘉麗，我要你每天早上醒來的第一句話就是對自己說：『我再也不會挨餓了，只要瑞德一直守在這兒，只要合眾國政府永遠維持下去，無論什麼也動不了我一根毫毛。』」

「什麼？合眾國政府？」思嘉麗大聲問道，吃驚似的直起身子，臉上的淚珠還沒有擦乾。

「不要這麼大驚小怪的，我告訴你，過去從南部聯邦政府那兒賺來的錢，現在總算可以用在正途上了，我將其中大部分都拿來買了政府公債。」

「胡來！」思嘉麗大聲地叫道，一骨碌用勁坐直在他的膝上，此時，她已經忘記了剛才的恐慌：「你是告訴我，你把錢全部借給北方佬了？」

「完全正確，利息還挺高的呢。」

「百分之百的利息我也不稀罕！你快把公債賣了。讓北方佬用你的錢，虧你想得出來。」

「那你說，我究竟該用它來做什麼呢？」他突然反問了一句，此時他忽然注意到思嘉麗的眼睛不再因爲害怕而瞪得大大的了。

「哦，該……應該去買塊地皮呀，憑你手裡的錢，買下廣場那兒全部的地產都沒有問題。」

「謝謝，我可不想買地皮。現在北方佬的政府實際上已經全部控制了喬治亞，誰也不能肯定今後會發生什麼，一大群貪婪的老鷹正從四面八方地朝喬治亞來撲來。你清楚我得跟叛賊四下周旋，巧妙應對。但是我不信任他們，我不可能把錢花在購買房地產上，我寧可買公債。你想想看，債券可以藏起來，房地產可就不那麼好隱藏了。」

「你認為……」她突然想到了自己的加工廠和商店，臉色刷地一下變得蒼白無光。

「別嚇成這副模樣，思嘉麗，我與那位新州長可是最要好的朋友。只是目前局勢太不穩定，我不打算把太多的錢投在房地產上。」

這時他把思嘉麗挪到另一個膝蓋上，身子往後靠了靠，拿起一支雪茄。她坐在瑞德的膝上，不停搖晃著雙腳，注視著他那黑褐色胸膛上起伏的肌肉，恐慌全都消失了。

「既然談到了房地產這個問題，思嘉麗，」他說，「我早該告訴你，我一直想建幢房子。你可以逼法蘭克住進皮蒂小姐家，我可不願意。那老小姐整天吵吵嚷嚷的，我受不了。再說，彼得大叔要是看到我住進漢密爾頓家聖殿，不把我宰了才怪。皮蒂小姐嘛，可以讓英迪亞小姐去陪她住，免得壞人來找事。在我們回到亞特蘭大後，可以暫時住在國民飯店的新婚套房裡，等到咱們的房子建好了再搬進去住。在我們離開亞特蘭大的時候，我已經買下桃樹街的那一大塊地皮了，就是靠近萊登家宅院的那塊地。」

「哦，瑞德，太好了。我一直想要一幢屬於自己的房子，一幢屬於自己的豪宅。」

「咱們終於有一致的想法了，建一幢就像這兒的房子，你覺得怎麼樣？」

「瑞德，新奧爾良的這些房子顯得太老舊了，我知道要造什麼樣的房子，我們要蓋就要蓋最新式的，我曾經在雜誌上看到過一張照片……讓我想想是什麼雜誌……哦，是《豎琴師周報》，那是照瑞士農莊風格建造的別墅。」

「瑞士農莊？」

「對！」

「噢！」他捋了捋小鬍子。

「簡直是漂亮至極，上面是高高的，斜度完全不同，分成兩段的屋頂，頂部有尖樁柵欄，兩端豎有塔樓，一定用最好的木瓦砌蓋，塔樓窗戶用的是紅藍兩色玻璃，看上去很時尚。」

「哦，我想門廊應該是呈鋸齒狀的吧！」

「對極了，難道你見過這種房子？」

「見過，不過肯定不是在瑞士。瑞士人聰明絕頂，對建築美尤其別具匠心。你真的一直想要這樣的房子？」

「嗯，那還用問？我一定要在房子四周的牆壁上貼紅色牆紙，所有門上一律掛上紅天鵝絨門簾；哦，對了，還要許多豪華的胡桃木傢俱，鋪上美麗的厚地毯，哦，不管誰見到了咱們的房子，一定都會嫉妒得直流口水。」

「嘿，我原希望你與我生活一段時間，品味會有所提高呢，思嘉麗，你可曾想過，眼下幾乎每個人都窮困潦倒，而你卻處處炫耀，把家裡裝飾得那麼金碧輝煌，似乎有點兒不符合社會要求吧？」

「我才不管呢！」她堅持地說，「我就是要讓過去曾經說我壞話的人心裡不好受。我一定要舉行大型宴會，把全城的人都請來，讓他們都後悔當初不該說我的壞話。」

「既然我們一直在談錢，不妨讓我說明白。裝修房子，衣飾穿著，想花多少錢你儘管開口向我要，如果你偏愛珠寶首飾，你也可以買，不過一定得讓我替你挑選，你的品味太糟糕，我的寶貝，給韋德或艾拉買什麼都可以；如果威爾種棉花不景氣，我也樂意鼎力相助，你感覺這麼做怎麼樣？」

「你真大方！」

「不過，你聽好了。至於你的那個商店還有工廠，我是肯定不會在上面投資一分錢的。」

「嘿！」思嘉麗不高興了。蜜月期間，她總是在想怎麼能把這個話題提出來，她正考慮用一千元買五十英尺地皮擴大她的工廠面積呢。

「原來是這樣！你總是誇口說自己有多麼多麼心胸寬廣，看來你和外面的人一樣……也擔心人家把我們當茶餘飯後的話題，丟你的面子。」

「巴特勒家裡到底誰是一家之主，誰也不會有什麼疑慮的，」瑞德慢吞吞地說，「傻瓜們說些什麼，我不在意，事實上，我是缺乏教養；家裡有個十分精明能幹的老婆，我還頗爲得意呢！我非常希望你繼續辦好商店和廠子。把這些給你的下一代吧。等韋德長大了，要是還由繼父撫養，他會感到很難堪的，他可以把商店和工廠接過去繼續管理。可在這個產業上，我一定不會再投資了。」

「到底是爲什麼？」

「我不想一直出錢來養活艾希禮。」

「看來你是存心要翻舊帳了？」

「沒有，是你問我，我才實話實說的。還有一點，你不要在我面前弄虛作假，什麼買衣服、維持家用的開銷啦，想偷偷攢私房錢可以給艾希禮置辦幾頭騾子，或是計畫買下別家工廠，不要妄想！每筆帳我都會親自過目，仔細核對帳單，而且我清楚全部的價格。別以爲我是在找你的麻煩，假如你要那麼幹，我絕不會坐視不理。事實上，凡是涉及塔拉農場或艾希禮的所有事，我一定不會任你隨便行事。對塔拉農場還可以適當地關心，不過，對艾希禮必須完全劃清界限，不能有一點兒含糊，清楚嗎？不過，我的寶貝，我駕馭你的韁繩不會拉得很緊，你會有一定的空間自由地活動。但是，你不要忘了，我還可以用馬勒和馬刺。」

chapter 49 眾矢之的

埃爾辛太太豎起耳朵用心聆聽著過道裡的動靜。當她聽到媚蘭的腳步聲逐漸變小，而廚房裡立刻響起了盆碟的劈啪聲和銀器的叮咚聲時，她就知道馬上要上點心了。她趕緊立刻轉過臉，壓低聲音同客廳裡的婦女們繼續聊起來。

女人們在客廳裡圍坐成一圈，每人的膝頭都放著一個針線籮筐。

「我不管是現在還是將來都不打算去拜訪思嘉麗。」

這些女人都是婦女縫紉會的成員，該會是爲了救濟南部聯邦陣亡士兵家屬而專門成立的。她們一聽埃爾辛太太開口了，所有人都放下手裡的針線活，拉著搖椅圍攏過來。

其實所有在場的女人早就急不可待地想討論思嘉麗和瑞德的事了，她們只是因爲媚蘭在場不方便開口。就在前一天，這對夫婦從新奧爾良回來了，現在就住在國民飯店的新婚套房裡。

「唉，他對我說，看在瑞德過去救過他性命的分上，我應該去探望他們。」埃爾辛太太接著說，「可憐的范妮站在休的一邊，也說打算要去看他們。我對她說：『范妮，要不是思嘉麗，說不定托米這時還活得很好，你現在去看他們，你覺得對得起托米的在天之靈嗎？』可范妮就是鬼迷心竅，居然說：『媽，我不是去看思嘉麗，而是去拜訪瑞德船長。他冒著生命救托米，雖然最後沒救成，可這不能怪他呀！』

「現今的年輕人真讓人難以置信！」梅里韋瑟太太說，「去探望他們！真說得出口！」當初她好言規勸思嘉麗千萬別嫁給瑞德，結果反被說了一頓，氣死我了，「我們家的梅貝爾和你女兒范妮一樣不懂事。」

「她說她要和雷內結伴去拜訪，要感謝瑞德船長搭救，雷內才沒被絞死。我說要不是思嘉麗喜歡顯擺，雷內根本不會有任何危險。思嘉麗竟然嫁了這個男人。戰爭期間他投機取巧，靠囤積糧食發國難財；現在他竟然變本加厲，巴結北方佬，同叛賊狼狽為奸，而且還是那個臭名遠揚的渾蛋州長布洛克的朋友。去看望他們，哼！這話簡直說都說不出口！」

「更重要的是，她是殺死法蘭克先生的元凶！」英迪亞插嘴了，她言語刻薄尖酸。每次只要想到思嘉麗，她總會不自覺地想起斯圖爾特．塔爾頓，因而說話時就很難把握分寸。

「我一直認為她和瑞德那傢伙，在法蘭克先生被打死前就關係不正常，他倆之間的曖昧比想像中更厲害。」

這些評論的話竟出於一個老處女之口，不禁叫那些老太太們大為吃驚，可她們幾乎還沒從震驚之中反應過來，就發現媚蘭出現在客廳門口了。她們只顧非議思嘉麗，全然沒聽到女主人的腳步聲。此刻，在她面前，她們就像說悄悄話的女學生被老師當場抓住似的，看到媚蘭臉色轉變，她們在震驚的同時臉上又增加了幾分驚慌。

媚蘭氣得渾身打戰，原本溫柔的眼睛直冒火星，鼻孔一張一合地不停顫動著。誰也沒有見到她有過此般憤怒的表情。

「你竟然如此胡亂議論，英迪亞？」她用微弱而顫抖的語氣質問她說，「你的嫉妒心把你變成什麼樣子了？我真為你感到丟人！」

英迪亞被嚇得臉色煞白，但依舊昂首挺胸：「我們才沒有胡說八道，我說的都是事實。」她大聲地回了一句，但內心卻忐忑不安。

「難道這是嫉妒嗎？」她想。對塔爾頓、霍妮和查理斯的事情，她一直歷歷在目，難道她沒理由記恨思嘉麗嗎？尤其是現在她認爲思嘉麗正想方設法迷惑艾希禮！她暗暗對自己說：「有關艾希禮和你那親愛的思嘉麗，我可以提供許多情報呢。」

英迪亞心情矛盾，兩種願望在相互鬥爭，既想什麼也不談論，以維護艾希禮的名聲，又想把自己的各種猜測告訴媚蘭和所有人，省得艾希禮愚蠢中計。假設她真的把這些抖出來，思嘉麗就得有所顧慮，從此不敢再對艾希禮心存非分之想。但是這麼做，目前還爲時太早。她還沒有確鑿的證據，頂多僅僅只是懷疑。

「我肯定沒有胡說八道！我說的全部都是事實。」她立刻又念叨一遍。

「那你從此刻起就住到別人家裡吧。」媚蘭針鋒相對。

英迪亞突然蹦了起來，一張黃臉頓時漲紅了。「媚蘭呀媚蘭，你……你可是我的親嫂子呀……沒想到你爲了那個賤人，居然會跟我翻臉！」

「思嘉麗也是我的親嫂子呀。」媚蘭同英迪亞對視，「她對我，已經超過親生姐妹。她對我的恩情你可以忘記，但我永遠不能忘記。北軍圍城時期，她本來可以回家的，就連皮蒂姑媽也逃到梅里去了，她卻一直陪在我身旁。北方佬要攻進亞特蘭大城了，她卻還在爲我接生。後來，她決定要回塔拉農場，她本可以把我丟在這兒的醫院裡，受北方佬欺負，但她卻置危險不顧，一路奔波勞累，帶著我和小博一道走。她自己受寒挨餓，卻無微不至地照料我們。由於我身體不好，她讓我睡塔拉農場裡最好的一張床鋪。當我能下床走動時，她把家裡僅有的一雙鞋拿給我穿。她爲我做的所有事情，你可以不記在心上，但我可沒法忘記。艾希禮剛回到家時，生病了，心情不好，家沒了，身上又沒錢，但她立刻就像親妹妹一樣接待了他。後來，我們打算去北方謀生，但又非常捨不得離開喬治亞州，此刻又是思嘉麗伸出援助之手，讓他去管理工廠。另外還有瑞德船長，他救艾希禮的命完全是出於一顆善良的心。因爲他又不欠艾希禮什麼人情。我很感謝思嘉麗和瑞德船長！但是你，你怎麼可以忘記思嘉麗對我和艾希禮的這番深情呢？你竟然把你哥哥的命看得那麼低賤，使勁往他救命恩人的臉上抹黑？我實話告訴你，你就是現在跪在瑞德船長和思嘉麗面前，也報答不了他們的恩情。」

「媚蘭。」梅里韋瑟太太尖酸刻薄地說，她已經恢復了平時的平靜，「不要再罵英迪亞了。」

「哼！你剛才說思嘉麗的那些壞話我也聽到了！」媚蘭立刻指著那位身材豐滿的老太太大聲說。她說話時的表情像一個決鬥的人，才把一個對手堅決打倒在地，又抽劍立刻衝向另一個對手。

「還有你，埃爾辛太太！你對思嘉麗有什麼想法，那是你的事，我管不著，可你在我家裡說她的壞話，又正好讓我聽見了，我就一定要管。你腦袋裡怎麼能有如此可怕的想法呢。對你家男人的生命，你就那麼漠不關心？難道你不希望讓他們活著，而願意眼睜睜地看著他們死掉？對不顧生命危險挽救他們生命的恩人，竟絲毫沒有感謝之意？假如真相披露出來，北方佬也會把他看做是三K黨的一個成員將他吊死。忘恩負義的人，這就是你們的本質。我要你們每個人都爲自己講過的話表示道歉。」

埃爾辛太太緊閉著嘴巴，站起身來，把針線活往籮筐裡順手一扔。

「假如有人對我說這樣沒有教養的話我還真不信！不過，媚蘭……哦，不，我肯定不會說對不起的。英迪亞說得沒錯，思嘉麗是個虛榮、喜歡耍伎倆的賤人。我清楚地記得她戰爭期間的所作所為，也忘不了她現在的所做所為，她口袋裡稍微有了幾個臭錢就胡作非為，她真是一個十足的賤人。」

「我知道你記恨的，」媚蘭緊緊握起拳頭，放在腰間，「是過去思嘉麗撤了休的職，那只能怨他自己沒本事，管不好她的工廠，怪不得人家。」

埃爾辛太太把頭高傲地一抬，立刻大步朝門口走去，她手已經摸到了前門的把手，但又站住轉過頭來。

「媚蘭，」她說，口氣已經緩和些了，「親愛的，這真令我難過。我是你媽媽最親密的朋友，是我幫助她把你帶到這世界上來，我很喜歡你，就像親生女兒一樣看待。要真是為了重要的事，聽你說出這樣的話來，倒也不會讓我太難過，可是為了思嘉麗這樣可惡的女人，難道你不清楚，她可能會傷害到你，就像傷害我們一樣。」

「你們都給我聽明白了！」媚蘭說，「假如你們當中有誰不去拜訪思嘉麗，那今後就別再進我這個門了！」

一聽這話，屋裡頓時亂成一團。埃爾辛太太的針線筐這時也掉到了地上，但誰也沒顧上去管它，她扭過身子，就連頭上的假髮也歪到了一邊。

她嚷道：「這條件我不接受，除非你瘋了，媚蘭，我不會把你剛才的話當真的。你永遠是我的好朋友，我也一直永遠是你的朋友，這件事不會影響咱倆的關係。」說完，她放聲大哭。

不知是怎麼了，媚蘭也突然倒在她懷裡，立刻哭了起來，但是媚蘭一面抽泣還一面強調，她剛才說的每句話都是真的。

旁邊好幾位太太也都滿臉淚跡，梅里韋瑟太太也一邊拿手絹捂著臉大哭，一邊抱著埃爾辛太太和媚蘭，皮蒂姑媽呆呆地看著眼前這般場景，一下子癱倒在地，這是她多少年來很罕見的原發性昏厥。此刻，哭泣的哭泣，找溴鹽的找溴鹽，拿白蘭地的拿白蘭地。

在這炸了鍋似的屋子裡，只有一張臉自始至終保持著平靜，只有一雙眼睛裡沒有一滴淚，這就是英迪亞，她趁亂悄然走開了。

沒過幾個小時，梅里韋瑟爺爺在「時代少女」酒吧裡遇到亨利叔叔，把上午發生的事一五一十地說了一遍。他是從梅里韋瑟太太那邊聽來的。他講得興趣頗高，心裡非常興奮，自己媳婦已經挺厲害的了，可這次竟然有人把她給制住了。說實在的，他自己可沒這個能力。

「哦，這幫傻婆子到底想要幹什麼？」亨利叔叔很生氣地說。

「那我就不清楚了，」爺爺說，「可是從整個事情來看，這一局好像媚蘭占了優勢。我敢保證她們一定會去的，最起碼會去一回。大家都很給你侄女面子的，亨利。」

「嘿！面子？媚蘭是個蠢蛋，太太們說得沒錯，思嘉麗是個十分惡毒的女人，我真搞不懂當時查理斯怎麼會娶她。」亨利叔叔皺著眉頭說，「不過，媚蘭的話也有她的道理，瑞德船長救過那些人的性命，按情理，他們應該去拜訪一次。無論如何，我對瑞德並不怎麼厭惡。那天晚上，他救了大家的性命，這說明他是個好人。只是思嘉麗像根黏在尾巴上的芒刺，讓人十分反感。無論他是不是叛徒，反正我正想去拜訪拜訪他們，畢竟，思嘉麗是我的侄媳婦。好了，今天下午我就去。」

「好，那咱們一起去，亨利，假如是多莉知道我也跟著去了那兒，不生氣才怪呢，稍等一下，讓我喝兩口酒再走。」

「唉！別喝啦，到了瑞德船長那裡，自然有你喝的。那時我一定主動張口要，他那裡有各種各樣的美酒。」

事實上真是那樣。瑞德說固執派肯定不會跪下投降，這話還真不假。他心裡明白，他們登門探望一兩次，壓根就沒多大作用，並且他也知道他們上門拜訪的原因。最初，三K黨那次失敗行動參與者的女家眷們果然都拜訪了，可是從那之後，來拜訪的次數就漸漸減少了，而且他們幾乎從來不邀請瑞德夫婦去他們家做客，就算是客氣話也從未說過。

瑞德一針見血地說，她們如果不是害怕媚蘭的絕交手段，根本就不可能來。至於究竟他是從哪裡聽到這些的，思嘉麗不明白，也懶得去關心。對像埃爾辛太太、梅里韋瑟太太這樣的人，媚蘭怎麼會掌控得了她們的言行呢？她們過後再也沒有來過，她不會因爲這個感到難過，實際上，她們來或者是不來，她根本沒放在心上。她的新婚房整天有很多朋友不間斷地來拜訪。不同的是，他們是另一種類型的人，用亞特蘭大當地人相對婉轉的話說，他們是「外來戶」。

是的，在國家飯店裡住著好多這類「外來戶」，也在等待他們新房子的建成。他們跟瑞德在新奧爾良結識的那些朋友一樣，吃喝玩樂、資產雄厚，穿的幾乎全是名牌，花起錢來無所顧忌，至於他們的家庭背景，就沒人清楚了。這些人幾乎全是共和黨人，在亞特蘭大一直從事「跟州政府有關的生意」。對於他們究竟到底從事什麼樣的「生意」，思嘉麗一點也不知道，當然，她也不想去弄明白。

瑞德那幫北方佬和叛徒朋友的好多家屬，還真是成堆結夥地來探望他們。不僅如此，來訪的竟然還有思嘉麗銷售木料時候認識的那些「外來戶」。瑞德說，因爲過去已經同他們做生意了，所以就應該接待他們，她發覺同他們相處非常有趣。他們從不談論戰爭，不抱怨社會，談話的內容僅僅是漂亮衣服、醜聞以及牌經。思嘉麗從來沒打過紙牌，沒玩幾天，她就成了高手了。只要她一待在飯店，房間裡肯定會聚集一夥牌友。

眼看著那紅牆灰瓦的新宅轉眼間拔地而起，矗立於桃樹街附近住房之上，思嘉麗不禁滿心興奮，幾乎忘記了店鋪和木料廠，全身心地投入到工地上，天天和木匠們爭吵，同瓦匠討價還價，也從不讓承包商安寧。隨著基牆迅速地升高，她心裡暗暗得意：等到竣工後，這將會是全城最氣派，最豪華的宅子。

「告訴你，即便是陌生人，也能一眼就看到這座豪宅是用不義之財建造起來的，」瑞德說：「要知道，思嘉麗，有句古老的諺語：不義之財一定不會帶來好的運氣。這幢房子可能就是個例子。只有暴發戶才能蓋得起這樣氣派的房子。」

思嘉麗根本不理會這些話，她只是調皮地擰了一下他的耳朵，笑著喊：「叫你亂說！叫你亂說！」

從蜜月的日子到在國民飯店的小住，他們彼此相處十分融洽，可是一搬進新居，思嘉麗常常把那些新朋友邀請到自己房間裡，他倆就會常常爭吵。吵架的時間並不長，因爲不管她火發得再大，話得講再不好聽，瑞德一直是忍著脾氣不吱聲，然後看準時機，朝她的痛處狠狠猛刺一句。所以真正一直在吵架的是思嘉麗，而不是瑞德。他只是對她本人、對她的一些舉動、對她的房子以及對她新結交的朋友，發表自己一些真實的觀點。

比如瑞德對嬷嬷百般順從，就把她氣得不行。嬷嬷認定瑞德是頭配上馬鞍的騾子。她對瑞德儘管客氣，卻總是冷冰冰的，自始至終稱他「船長」，從沒改口叫「瑞德先生」；瑞德送她那件紅襯裙後，她連謝謝都沒說，當然也沒穿上過。

瑞德不僅沒解雇嬤嬤，也沒有對她發脾氣，反而對她更加尊重，實際上，他對嬤嬤的尊重程度甚至高於思嘉麗。照思嘉麗來看，瑞德應該對嬤嬤更加嚴格些，只有這樣才能顯示出一家之主的位置，而瑞德聽了常常只是一笑而過，並且總是說嬤嬤才是真真正正的一家之主。

唉！錢可真是好東西！舉辦宴會簡直完全不考慮花費，採購豪華的傢俱和服飾，喜歡購買美味可口的食物，也都不用在乎帳單究竟多少錢！隨便提起筆來，就可以輕易隨手簽發很多張數額很大的支票，然後寄給查爾斯頓的波琳姨媽和尤拉莉姨媽，還寄給塔拉農場的威爾，簡直太好了！

哦，那些羨慕的傢伙竟然說金錢不是什麼都能辦得到的，瑞德居然還說金錢根本不會給她帶來什麼好處，哼！簡直就是個大笨蛋。

沒錯，思嘉麗邀請了所有認識的新舊朋友，就連平時那些她不歡迎的人，也全部送了請柬。這次舉辦慶祝喬遷之喜的慶典活動，按現在流行的說法是「上流社交盛會」。不單單是有宴會，而且還有舞會，並且場面非常宏大、豪華，在亞特蘭大社交史上簡直是空前絕後。

共和黨人執政後，亞特蘭大城進入一個以任意揮霍為榮的社會，表面上的附庸風雅遮掩不了現實的邪惡和庸俗。富有和貧窮之間的差距從未像此刻這麼明顯。上層人物從來都不關心下層的人們，那些身陷貧困的亞特蘭大市民忍凍挨餓，有的甚至死在大街上，那些共和黨人卻視而不見。

然而思嘉麗卻過得如沐春風，衣著華麗富貴，光彩奪目，她靠著瑞德的錢財而無所顧忌。這個時代也正適合她的想法——粗俗、花哨、賣弄。

有時思嘉麗也用心思考眼前的事，她心裡明白，她所交的這些朋友，用母親愛倫的標準來衡量，沒有一個可以稱得上是合格的女人。可是，打從她站在塔拉農場的客廳裡決定做瑞德太太的那天開始算起，她已經不清楚有多少次打破了愛倫定下的規矩，此刻，她並不感覺良心上有什麼過不去。

瑞德指出，現在來他家做客的男子，絕大多數過去都曾經穿過那種藍色軍服，但是她極力反駁：「北方佬只有穿上了那套藍色軍服，才像是真正的北方佬。」對她這樣的看法，瑞德抖抖肩說：「你始終是個只看表面的傻蛋啊！」

說實話，思嘉麗十分憎恨北方軍官那套藍得刺眼的軍服，同時正因爲北方軍官們對此不大清楚，她就有意不好好對待他們，越來越覺得這樣做很刺激。就連幾乎被思嘉麗看做知己的那些太太們，也不得不忍受她的無理取鬧。

實際上瑞德更不容易對付，原因是他看透他們是什麼樣的人。瑞德總是無所顧忌地當眾揭他們的傷疤，就算他們是來他家做客也不例外，而他的言辭通常非常尖銳刻薄，說得他們目瞪口呆，沒有話說。他先是談起自己如何發財的，口氣裡沒有什麼羞愧，誘使別人誤以爲瑞德對他們說出了最隱私的事。人家都不怕揭老底、露底牌了，不少人也忍不住說出自己發財的不可告人的手段和秘密。一有機會，瑞德總是把大家聚到一起，誘使別人暴露出隱秘，然後他還大加評論。

對思嘉麗來說，他依舊是個謎，一個不用浪費精力去解開的謎。對她所做的一切，他都只是微微一笑，他縱容她大把大把地花錢，任憑她無理取鬧，雖然他總是嘲笑她裝腔作勢，但同時他又願意爲她償還所有的高額帳單。

chapter 50

喜獲愛女

儘管說瑞德性格奇怪，討厭任何人在他跟前撒謊、裝模作樣，或誇大其詞，不過和他在一起過日子，有時反倒讓人覺得挺高興的。思嘉麗與他討論商店、工廠和酒吧裡的一些事，他總是一邊認真地聽著，一邊還給她想些精明而又切實可行的法子。

她喜歡舉辦晚會或舞會，他也好像很願意地幫忙應酬。她發覺只要自己當面提出來，瑞德對她總是有求必應，有問必答，如果她旁敲側擊地作些提示，或者用說謊的方法想弄到什麼，他總是立刻拒絕，他喜歡讓她下不了臺，當猜出她的心思之後，再粗魯地嘲笑她一番。

每次她想到他對待自己的那種斯文而又冷漠的態度，總是納悶地嘀咕：他怎麼會娶自己？男人結婚要麼是爲了愛情，要麼是養孩子，要麼是爲了錢財、事業或地位。她知道瑞德娶她不是爲了這幾條理由。

他肯定不愛她。她建了這麼一棟華麗富貴的房子，他卻稱之爲建築界之一大不幸，還說他寧願住在飲食起居舒適的飯店裡，也好過住在這樣的家裡。他也不像查理斯和法蘭克那樣，暗示想要孩子。有一次她刻意賣弄風情，問他爲什麼和她結婚，他卻瞇著眼睛調皮地說：「親愛的，我僅僅是爲了養一隻寵物。」氣得她勃然大怒。

很顯然一般男子結婚的理由，幾乎都連不到瑞德頭上。他跟她結婚的理由，就是想要她，想把她追到手。

記得那天晚上他向她求婚時說，他要她，就像要貝爾一樣。這個說法簡直是對她赤裸裸的侮辱。可是她聽了之後只是抖抖肩膀，因爲她已經學會了，只要是遇到不開心的事就抖抖肩膀把它忘記。不管怎樣，他倆算是做成了一筆交易，而就她這一方來說，對這筆交易非常滿意，至於他是否真正的滿意，她根本就不怎麼關心。

這天下午，她覺得消化不良去找米德大夫，卻聽到一個讓她非常不高興，卻又沒有辦法抖抖肩膀就隨便忘記的事。

傍晚時分，她氣哄哄地跑進臥室，告訴瑞德她有孩子了。瑞德正穿著絲織睡衣，悠閒地躺在床上吸著菸，在她說話的時候，他只是用眼睛緊緊地盯著她的臉，什麼話也不說，默默地注視她，臉上表情顯得有點緊張，等到她把話講完時，她根本沒有注意到瑞德的表情。她只感到氣怒、絕望。

「哼!你曉得我不想要孩子，以後再也不想要孩子了!日子剛剛好些，我就有孩子了。呵，你別坐在那兒光顧傻笑啦!你也不願意有孩子啊，我的天呀!」

瑞德微微繃起臉，眼裡有些茫然若失。

「哼，我真想把你殺了!我告訴你，我不願意要這孩子，就是不願意要!」

「真不想?你繼續往下說呀!」

「我一定會有辦法的，我再也不是過去那個傻丫頭了。現在我知道，假如女人不想要孩子，不一定要把孩子生下來，可以打……」

他跳起來，使勁摟住她的腰，神情凝重，臉上滿是著急和恐慌。「你這個蠢貨，老實說，你沒做什麼蠢事吧？」

「還沒有呢，不過我正打算立刻就去做。你認爲我還會讓我的身材就這麼毀掉嗎？現在我的腰好不容易才瘦了一些，可……」

「你從哪兒聽來的這個壞主意的，誰教你這些的？」

「梅米．巴特……她……」

「只有妓院的老鴇才懂得這套做法，那個女人以後再也別想進我這個家門，你聽清楚了沒？這是我的家，我才是一家之主，以後不許你再跟她說話。」

「不要管我！我想怎麼做就怎麼做。放開我！我不用你費心！」

「孩子嘛，無論你生一個還是二十個，我都不在乎，但假如你死了，我能不在乎嗎？」

「死？」

「女人做這樣的事要冒很大的危險，我想梅米沒對你說過這些吧？」

「沒說，」思嘉麗低下頭輕聲說，「她只是說這辦法挺好用。」

「天呀，我非殺了她不可！」瑞德大聲嚷道，氣得臉都綠了。

他低頭望著思嘉麗滿臉淚跡，稍稍平靜了一些，可還是繃著臉，一把把她緊緊抱起來，在椅子上坐下，他緊緊地抱著她，好像擔心她跑了似的。

「聽著，小乖乖，我可不想讓你去白白送死。你聽到了嗎？我的天啊，我跟你一樣都不願意要孩子，但假如有個孩子我還是能夠負擔得起的，我不想再聽到你說那些傻話，要是你真敢去試……思嘉麗，有一次我就親眼看到一個女人因爲這個把命送掉了，她才……唉，這種死法是很難過的，我……」

「瑞德，你沒事吧？」聽到他話裡充滿了柔情，她大吃一驚，進而把自己的煩惱全部忘掉了。她從來沒有看見過他這麼動情。「在哪裡，她是誰？」

「在新奧爾良……哦，是很久以前的事了。那時候我還很年輕，簡直不懂事，又很容易激動。」他低下頭去，輕輕吻她的頭髮。「無論怎樣你都得把孩子生下來，思嘉麗，就算今後幾個月裡把你拴在我的手腕上，我也在所不惜。」

她在他膝蓋上坐直了身子，驚訝地盯著他的臉。在她強烈注視的目光下，那張臉忽然變得平靜而溫和了，一臉的氣憤好像全被魔法抹去了。

「我對你真的那麼重要？」她低著頭問道。

他深深地望了她一眼，好像在考慮這句話裡究竟含有多少賣弄風情的意思，等到他領會出她這番舉止的真正意思時，心不在焉地答了一句：

「可不是嘛，你看，我在你身上投了那麼多的金錢，當然不願意賠本了。」

媚蘭一步一步地走出思嘉麗的房間，雖然已經很累了，卻為思嘉麗生下女兒而感到開心，她甚至高興得幾乎流出了眼淚。此時瑞德非常緊張地站在走廊裡，腳下已經扔了幾乎一圈雪茄煙頭，地毯上被燒出好幾個洞來。

「現在你可以進去了，巴特勒船長。」她非常害羞地說。

瑞德迅速地從她身邊過去，走進了思嘉麗的房間。媚蘭朝房裡看了一眼，只看見他彎下身去親吻那已經抱在嬤嬤膝蓋上的渾身赤裸的嬰兒。之後，米德大夫把門輕輕關上了。

媚蘭坐在椅子上，由於目睹了剛才那一幕親暱的景象，她覺得滿臉通紅。暗想：「多好啊！

這些天他滴酒不沾，真是爲難他了。很多男人還等不到妻子把孩子生下來，就已經喝得不省人事了，他現在真該好好喝點酒慶賀，可我怎麼能向他提出這樣的主意呢？不，太過分了。」

媚蘭隨意地靠在椅子裡，感覺舒服了好多。這些天她一直覺得腰酸背痛，覺得自己的脊背好像被壓斷了一樣。思嘉麗真是好命，她生孩子的時候，丈夫就這麼一直守候在病房外面！想當初小博出生時，如果有艾希禮在場，她可能就不會覺得那麼難過了，假如那扇房門後面的小女孩是自己的女兒，而不是思嘉麗的，那該多好啊。

「哦，我心腸簡直太壞了，」她內疚地責罵自己。「思嘉麗一直對我那麼好，我竟然想要她的孩子。主啊，原諒我吧。我並不是真的想要思嘉麗的孩子，可是……可是我是多麼想自己再生一個孩子啊！」

媚蘭脊背此時又酸又痛，她把一個小坐墊慢慢移到身子後面，心裡依然在考慮自己要有個女兒該多好，可在這個問題上，米德大夫一直堅持自己的說法。雖然她願意冒生命危險再要一個小孩，但艾希禮說什麼也不同意。

一個女兒，唉，要是真有個女兒，艾希禮不知道會如何疼愛她呢！一個女兒！天呀，她忽然恐慌地坐直了身子。我忘記告訴瑞德，嬰兒是個女孩子，他肯定期待著有個小男孩的。哦，太可怕了。

媚蘭非常明白，對一個女人來講，不管生男生女都一樣幸福，可對男人來說，尤其是對瑞德那種要面子的男人來說，生個女孩可是非常沒面子的事情。哦，真是應該感謝上帝，幸虧她唯一的孩子是個男孩！她想，假如自己是瑞德船長的妻子，第一胎生下一個女兒，那她寧願在生產時死去，也不敢把這孩子交給他。

不過，當她看到嬤嬤咧開大嘴笑，樂呵呵地從病房裡出來的時候，她立刻放心了許多，同時又非常困惑，瑞德究竟是個怎樣的人呢？

「剛才我在給孩子洗澡的時候，」嬤嬤說，「我抱歉地對瑞德先生說，很可惜是個女孩子。可是，老天呀，媚蘭小姐，你知道他是怎麼說的嗎？他說：『噓，小點聲，嬤嬤，誰想要男孩呀，男孩子挺沒意思的，只會永遠給你添麻煩。女孩多有意思呀！拿一打男孩子來換這個女兒我都不願意。』說著，他想從我手裡把小娃娃抱過去，可小娃娃滑溜溜的，還光著身子，我趕緊拍他手腕說：『老實點，瑞德先生，我在等那一天的到來——，到時我告訴你多了個胖小子的時候，我倒要看看你是不是會高興得哈哈大笑呢。』他樂呵呵地搖搖頭說：『嬤嬤，你真傻，男孩子有什麼好處？我不就是個例子嗎？』說實話媚蘭小姐，在今天這件事情上，他的行爲倒像個上等人。」

嬤嬤頗有涵養地說完這句話。

媚蘭是個細心人，清楚瑞德這回的言行可以說舉止非常得體，居然能讓嬤嬤對他刮目相看。

「也許我以前有點冤枉瑞德先生了，今天對我來講真是個幸福的日子，媚蘭小姐，我給羅畢拉德家三代女娃子換過尿布，今天可真是個幸福的日子啊！」

「哦，是呀，是個幸福的日子，嬤嬤！只要是有孩子出生的日子，都是最幸福的日子。」

這幢房子裡唯有一個人不覺得今天是個幸福的日子，那就是小韋德。他一個人顯得可憐巴巴地待在餐廳裡；他先是挨大人的罵，之後又被人撇在一邊不理睬，幾乎一天都沒人搭理他。那天，嬤嬤大清早就突然把他叫醒，匆匆忙忙地幫他穿好衣服，隨後送他和艾拉去皮蒂姑媽家去吃早飯。大人們也不告訴他真實原因，只說媽媽可能生病了，他在房間裡弄出聲音來會讓媽媽很難過的。

皮蒂姑媽家裡其實也亂糟糟的，因爲老太太一聽到思嘉麗生病的事，就立刻癱倒在床上，廚娘在一旁細心伺候著，所以早飯是彼得大叔給孩子們做的。

伴隨著上午的時間一點一點過去，韋德逐漸害怕起來，如果媽媽死了該怎麼辦？韋德十分擔心媽媽，只要一想到她也會被裝在伸手不見五指的柩車裡，被幾匹插著羽毛的黑馬拉走，他那小小的胸口就隱隱難受，痛得幾乎沒辦法呼吸了。

中午，彼得一個人忙著做飯，韋德一聲不吭地竟然從正門溜了出去，邁開兩條小腿拼命往家裡跑。瑞德叔叔、媚蘭姑姑或嬤嬤肯定會把實情告訴他的，但是無論哪兒也找不到瑞德叔叔和媚蘭姑姑，而嬤嬤和迪爾茜手裡卻拿著毛巾和一盆盆熱水，沿著後樓梯不斷跑上跑下，根本沒有在意到他在前屋的走廊裡。

有一次他聽見母親呻吟的喊叫，便不由自主地哭起來。他想母親快死了。一會兒，嬤嬤從樓梯走了下來，圍裙居然皺成一團，上面幾乎全是斑斑點點，連頭巾也歪了，她看到韋德，就立刻緊鎖眉頭。嬤嬤爲什麼見到他竟然皺起了眉頭，韋德頓時渾身覺得哆嗦起來。

「你是我見過的所有孩子中最不乖的孩子，」她說：「我早晨不是送你到皮蒂小姐那兒去了嗎？快！立刻回到那兒去。」

「是不是媽媽快要……她會死嗎？」

「你真的是我見到過的最不讓人省心的孩子！怎麼會死？老天呀，肯定不會啊！天呀，男孩子可真是會折騰人。真不清楚老天爺爲什麼把男孩子送到人間來。喂，趕快離開這裡。」

可是韋德沒有離開。他悄悄躲在走廊門簾後面，對剛才嬤嬤說的話半信半疑。她說男孩子最讓人煩心，這可真刺傷了他的心，因爲他一直都在努力做個好孩子。

半個小時後，看到媚蘭姑姑匆匆忙忙下樓來，臉色很蒼白，非常疲憊的樣子，然而卻帶著微笑。

「難道媽媽真的要死了？」

「天呀，你怎麼可以這樣想，韋德！不要做蠢孩子！」之後又用平和的口吻對他說：「剛才米德大夫給你媽媽順利接生了一個非常可愛的小寶寶，是個可愛的妹妹，你以後可以逗她玩；假如你聽話的話，今天晚上就可以看見她了。現在你出去玩會兒吧，不要在屋裡吵鬧。」

過了好一會兒，米德大夫和瑞德一起下樓來，站在餐廳門口小聲談話。只見瑞德叔叔送走了大夫，關上門，迅速走進餐廳，拿起酒瓶給自己斟了滿滿一杯，這時他才看到韋德。

韋德把身子抱成一團，心想大人又要責怪他調皮不聽話了，必須回皮蒂姑婆那裡才行，沒想到瑞德叔叔衝他淺淺一笑，韋德從來沒有見過他那樣微笑，也從來沒有見他這麼高興。於是他鼓起勇氣，從窗臺上往下一跳，朝著瑞德叔叔跑去。

「你有妹妹了，」瑞德叔叔拉著他的手說：「我敢保證，你從沒見過這麼可愛的小娃娃呢，哎，你怎麼哭了呢？」

「媽媽……」

「你媽媽正在津津有味地吃著豐盛的午餐，有雞肉、米飯、肉汁和咖啡，過一會兒我們還可以給她吃點冰淇淋，要是你也想要，也可以吃上兩盤，我還要帶你去看看你妹妹呢。」

韋德終於放心了，可是大家都對這個女孩子很感興趣，對他的事，再也沒有誰來關心了，甚至媚蘭姑姑、瑞德叔叔也是如此。

「瑞德叔叔，」他說，「與男孩子相較，大家更喜歡女孩，是嗎？」

瑞德放下手裡的酒杯，盯著那張小臉蛋仔細看了一會兒，立刻流露出領會的眼神。

「不會吧。」他表情嚴肅地說，似乎在仔細斟酌似的，「這是因爲女孩子比男孩子更會給人找麻煩，對那些給人找麻煩的孩子，大家通常就要更操心些。」

「可是嬤嬤剛剛說，男孩子就喜歡給人找麻煩。」

「哦，嬤嬤心情不太好，這話不是認真的。」

「瑞德叔叔，你是想要個小男孩，不是想要小女孩？」他充滿希望地說。

「不是，」瑞德果斷地說，看到韋德低下了腦袋，他連忙說：「哎，我已經有了一個男孩，爲什麼還再要一個呢？」

「你已經有了一個？」韋德叫了起來，聽到這個消息他吃驚得張大了嘴巴，「他在哪裡呢？」

「就在眼前呀，」瑞德把他抱起來，放在自己的膝蓋上，「有你這麼好的小男孩，我已經知足了，兒子。」

此刻，那種還有人關心的安全感和幸福感立刻湧上了韋德的心頭，他似乎馬上要哭出來了。他轉動眼珠子，使勁把眼淚憋了回去，一頭扎進瑞德的懷裡。

「你是我的孩子，不是嗎？」

「一個人可以……可以同時做兩個人的孩子嗎？」韋德問。兩種感情在他心裡矛盾著：一是對那位從來沒有見過的親生父親的忠誠，二是對跟前這個如此體貼他、愛護他的繼父的愛。

「能，」瑞德肯定地說，「就好比你不僅是媽媽的孩子，同時又是媚蘭姑姑的孩子一樣。」

韋德仔細分辨這句話的意思，覺得很有道理，便笑了，害羞地在瑞德懷裡扭動著身體。

「你非常瞭解小孩子的想法，是嗎，瑞德叔叔？」

瑞德黝黑的面孔立刻認真起來，臉上又出現那一道道深粗皺紋，接著嘴唇也繃緊了起來，「對呀，」他難過地說，「我很瞭解小孩的。」

韋德有點恐慌害怕，恐慌之中又夾雜著一些不知從何而來的忌妒。瑞德叔叔現在心裡想到的絕對不會是他，肯定是其他的孩子。

「你還有其他的孩子嗎？」

瑞德把他放到地上。

「我現在想喝點酒，你也喝點，韋德，這是你第一次喝酒，為你的新妹妹乾一杯。」

韋德想繼續問下去，看見瑞德伸手去取裝著葡萄酒的長頸瓶，想到自己也可以跟大人一樣喝酒慶祝，興奮極了。

「哦，我不可以喝的，瑞德叔叔！我答應過媚蘭姑姑，在我大學畢業以前絕對不能酗酒，假如我做到了，她要獎賞我一塊手錶。」

「那我再給你配一條錶鏈，如果你喜歡的話，就把我現在掛在錶上的這一條給你。」瑞德說著，臉上洋溢著微笑，「媚蘭姑姑的話說得有道理。可是她說的是白酒，而不是葡萄酒。你要和上等人一樣喝葡萄酒，兒子，此刻就是學喝酒的最佳時機。」

他拿起玻璃瓶，熟練地往紅葡萄酒裡倒水稀釋，看到酒色呈淡淡的粉紅色時，才把酒杯遞給韋德。

就在這時，嬤嬤走進了餐廳，換上了只有週末才穿的黑色盛裝，就連圍裙、頭巾也是嶄新的。她扭著身子，優雅地走著，衣裙裡不時發出窸窸窣窣的絲綢聲音。她咧著那張沒有幾個牙的大嘴，笑得很開心。

「恭喜你，瑞德先生！」她說。

「我想你比較喜歡蘭姆酒吧，」瑞德邊說邊伸手從酒櫃裡拿出一隻矮矮的酒瓶來，「我女兒非常漂亮是嗎？嬤嬤。」

「那還用說！」嬤嬤說道。一邊接過酒杯，一邊抿著嘴唇。

「你見過比她更好看的女嬰嗎？」

「哦，當然見過呀，思嘉麗小姐剛生下來的時候，幾乎跟她一樣好看。」

「再喝一杯，嬤嬤。我說嬤嬤，」他語氣嚴肅，但眼珠子卻在骨碌骨碌地轉，「我聽到窸窸窣窣的聲音，那是什麼呀？」

「天呀，瑞德先生，是我那件紅綢襯裙在響呀！」嬤嬤哈哈大笑，不停扭著身體，最後連她整個肥大的身體也晃動起來。

「是襯裙響嗎？我不信，你身上發出的聲音好像是一堆乾樹葉在那裡摩擦響個不停。讓我看看。」

「瑞德先生，你可真討厭！唷，我的天呀！」嬤嬤輕輕叫了一聲，向後退了一米的距離，隨後將衣裙撩起一點，露出那件紅絲綢襯裙的褶邊。

「這襯裙怎麼現在才穿上。」瑞德嘟囔著，可他那雙黑眼睛卻流露著幸福的微笑。

「是呀，放的太久了。」

接下來的話，韋德就有點聽不懂了。

「已經不是套著馬鞍的騾子了？」

「瑞德先生，思嘉麗小姐可真壞，竟然把這樣的話都告訴你，你不會怨恨老媽子的這句話吧？」

「怎麼會呢，我只是隨便問問而已。再來一杯，嬤嬤。把這一瓶都喝光了。乾杯，韋德！爲了我們乾一杯。」

打從女兒來到世上的那一天開始，瑞德的言行舉止就變得讓周圍人很不理解。世上爸爸到處都是，但誰也不會想到他竟然在光天化日之下公開炫耀爸爸的身分，並且一點也不感覺不好意思。他走在路上見人就攔，不停地向別人說自己女兒有了哪些進步，毫不謙虛地認爲自己的孩子就是了不起。

同樣，嬤嬤對那些來應徵的保姆，也是怎麼看都不順眼。她難以理解爲什麼不讓她照顧韋德、艾拉的同時照應小嬰兒呢？實際上，嬤嬤上了歲數，再加上患有風濕病，行動不方便，瑞德不敢把這一點提出來當做另雇保姆的理由。僅僅對她說，像他這種家世的人，家裡絕對不能只雇一個保姆，那顯得太寒酸了。他要再雇兩個助手給她當下手，讓她當女佣人領班。

對於這種說法，嬤嬤表示可以諒解，家裡佣人多，不僅讓瑞德，自己臉上也有光彩，但她語氣堅決地說，那些剛解放的什麼也不會的黑人蠢貨別想進她的嬰兒房來。後來彼得大叔推薦了一個侄孫兒，叫洛兒，是皮蒂小姐表兄伯爾家的一個女黑奴。

思嘉麗在還不能隨意走動的時候，就注意到瑞德的精力全部都撲到孩子身上了，不知怎麼，看到他在客人前自豪地誇獎自己的女兒，總感覺心裡彆扭，甚至有點氣憤。當父親的愛自己孩子是沒錯，可是像他這樣非常誇張地炫耀自己的父愛，也太缺少男人氣概了。他應該和其他男人一樣，態度隨意些才好。

「你真是不知臉紅，」她生氣地說，「我真不懂你到底要怎樣。」

「哦，你不會理解的。因爲她是第一個真正屬於我的人。」

「她也是屬於我的。」

「不，你有另外兩個孩子。她是我的。」

思嘉麗說，「孩子是我生的，不是嗎？再說，親愛的，我也是屬於你的。」

瑞德的目光越過小孩滿頭烏髮的腦袋，停在思嘉麗身上，臉上露出不自在的微笑。

「是真的嗎？親愛的？」

就在這時，媚蘭走了進來，阻止了這場馬上就要爆發的戰爭，這段時間他們之間好像經常爭吵。原來一次瑞德在彎身看小孩的時候隨便說了句：「她這雙眼睛以後一定是淺綠色的。」

「才不呢，」媚蘭氣憤地回擊說，忘了思嘉麗的眼睛也是這種顏色，「以後一定是藍湛湛的，就和奧哈拉先生的一樣，藍湛湛的……」

「好啊，就叫她瑪拉．巴特勒[6]。」瑞德笑著從媚蘭手裡抱過小孩，更加細心地觀察那雙小眼睛。小孩以後就叫瑪拉了，最後，就連她的父母也忘記了曾經還以一位皇后或女王的名字給她取過名字呢。

6. 瑪拉、巴特勒分別為英語「美」、「藍」的譯音。

chapter 51 勃谿

思嘉麗終於又能出去活動了，思嘉麗叫洛兒用最大的力氣幫她拉緊束腹帶，以便她的腰圍可以收緊。雖然這樣，思嘉麗還是對自己「二十英寸」的腰圍禁不住長嘆一聲，唉，這就是生孩子的後果，身材全走樣了。以前那纖細的小腰現在差不多快與皮蒂姑媽和嬤嬤的那麼粗了！

「洛兒，再使點勁兒，看可不可以回到十八英寸半以下，要不然這些衣服全部都不能穿了。」

「再用勁，帶子就快拉斷了！思嘉麗小姐，腰已經粗了，用腹帶勒也不是個辦法呀。」洛兒勸道。

「一定會有辦法的，」思嘉麗一邊想，一邊用手使勁撕著衣裙縫線的地方，想讓衣裙變得肥大些，「從現在起，我再也不要孩子了。」

女兒瑪拉長得十分標緻，思嘉麗非常沾沾自喜，但是表現得最高興的還是瑞德。

以後思嘉麗不想再生孩子了。那麼如何才能夠達到目的呢？她心裡還是沒有底，因爲她不能用對付法蘭克的那個方法來對付瑞德。瑞德自始至終就沒有怕過她。看現在瑞德對瑪拉愛不釋手的樣子，來年他又想生個男孩了也不一定。不管女兒還是兒子，不能再生了，已經有三個孩子，夠操心的了。

思嘉麗叫僕人準備好馬車，決定親自去趟鋸木廠。在路上，思嘉麗非常興奮，剛剛關於腰圍的事早就忘在了腦後，因爲她很快就可以見到艾希禮了，和他一起檢查帳本。如果運氣好的話，還能單獨在一起。對思嘉麗來講，跟艾希禮在一起工作有很大的樂趣。

馬車就要到鋸木廠時，思嘉麗高興地看到一堆堆跟山一樣高的木料，木料堆中，許多顧客正在與休·埃爾辛交談，還有騾子大車，黑人車夫正在往車上裝木料，眼前這一切都讓她自豪，她不禁小聲嘀咕：「六組騾車！這都是我一手經營起來的！」

艾希禮走到事務室門口時，看到思嘉麗來了，馬上露出驚喜的表情；他快速走上前去，扶她下車，接著又把她迎進事務室，如同她是個皇后一樣。

可是，當思嘉麗檢查了帳本並且和強尼·加勒格爾的帳本核對時，內心的喜悅逐漸消失。艾希禮管理的鋸木廠勉強收支平衡，但強尼管理的廠卻有很多收入。此刻，思嘉麗看著兩方的帳頁，雖然沒說什麼，但艾希禮卻從她的臉上讀懂了她內心的想法。

「思嘉麗，對不起。我只想說，但願你可以讓我辭退這些犯人，雇一些自由黑人來工作，我堅信那樣的話我會幹得更好。」

「黑人，嘿，僅僅是他們的工資就足以讓我們破產，雇犯人幹活相對就便宜多了。如果像強尼雇用犯人能賺那麼多錢……」

艾希禮非常困惑地目視前方，眼中的喜悅也無影無蹤了。「像強尼那樣讓犯人工作，我做不到。我不會硬逼別人去工作。」

「奇怪！強尼就能做得非常好。艾希禮，你必須得逼他們多幹活才可以。強尼跟我提過，每次如果哪個懶鬼不想幹活，跟你說生病了，你就會給他一天的病假，天哪，艾希禮，這樣能賺得到錢嗎？你應該使勁打他們幾下，他們就什麼病也沒了，只是別真打斷他們的腿……」

「思嘉麗！別說了！我受不了你這種說話的語氣。」艾希禮大聲地說，眼睛再次盯著她，並且透出一種嚴厲的光，這使得思嘉麗停了下來。

「你怎麼就沒有想到他們也是人，他們已經夠可憐了，要麼生病，要麼營養不良，而且……哦，親愛的，你以前是多麼溫柔可愛，我真的不想看到你被他教唆得這麼殘暴……」

「你說什麼呢？」

「我現在必須說了。就是你……你那位瑞德，只要是被他摸過的東西，哪一樣不遭到毒害？你原來儘管性格有點兒野，可是心地善良，慷慨大方，現在他把你弄到手，對你也進行洗腦……你被他影響得竟是如此無情，如此不講理。」

「哦。」思嘉麗喘著氣，雖然心存愧疚，但仍然禁不住心裡的喜悅：原來艾希禮對她還這樣深情，還覺得她溫柔。感謝上帝，她的想法卻被艾希禮歸罪於瑞德，這其實是她自己不對，與瑞德沒有一點關係。不過，反正瑞德已經臭名遠揚，再多背一個罪名也不算什麼。

「如果是別人，我也不會這麼擔心……但不巧就是瑞德．巴特勒！他到底對你做了什麼，我全看得清清楚楚。你還沒搞清楚是怎麼回事呢，他就先把你的思想扭曲了，引著你走到歪路上去。我知道我不應該這麼說……他對我有救命之恩，我非常感激他，但是我心中總是在默默地祈求上帝，但願娶你的不是他而是別人！眼睜睜看著你的天生麗質被他玷污，你的美麗容顏、你的嫵媚動人全部都交給這樣的人，我卻沒有辦法，我的心裡實在難受，每次一想到他和你在一起，我……」

「他一定要過來吻我啦！」思嘉麗美滋滋地想著，「這可不能怪我。」她扭動著腰身向他面前湊過去，但是他卻突然向後退去，彷彿感覺到自己說了太多的話——說了一些自己從來都不想說的話。

「我非常真誠地向你道歉。我……我自始至終都在拐彎抹角說你丈夫是個小人，但是我這些話，恰恰證明了我自己是個小人。我沒有權利在一個妻子跟前說她丈夫的不對。我也找不到什麼理由，要麼……要麼……」他吞吞吐吐的，臉都皺了。

回家的路上，思嘉麗腦子裡亂哄哄的。沒有理由，要麼……要麼是他喜歡我。一想到自己躺在瑞德的懷裡，他艾希禮就會怒氣衝天，難道這還不能證明什麼嗎？

嗯，那這樣吧，既然艾希禮這樣懷恨在心，從此以後我再也不要瑞德擁抱了。思嘉麗想，就算她和艾希禮名分上各有各的家庭，但在肉體上依然是相互忠貞，那將是多麼美妙，多麼有浪漫色彩的事呀！

這樣的想法帶給她新的興趣，帶給她豐富的想像。如果真是這樣，還解決了一個非常現實的問題，那便是思嘉麗再也不用去生孩子了。

回到家，她小心的推開嬰兒室的門，瑞德正坐在瑪拉的小床邊，笑著看韋德把兜裡的東西挨個地掏出來，艾拉坐在他的腿上。瑞德喜歡孩子，關心孩子，他不像其他繼父那樣把前任丈夫的孩子看做眼中釘，這真是一件幸運的事。

「我有些話想要跟你說，」思嘉麗一邊說一邊徑直向臥室走過去。心裡想道：晚些說還不如早些說。

「瑞德，」臥室門剛關上，她便迫不及待地說道：「我決定以後再也不要孩子了。」

這麼突然的話卻沒讓瑞德有任何反應，也看不出他的驚訝。他依然懶散地坐在椅子上，把身子斜靠在椅背上。

「寶貝，瑪拉出生前我就和你說過，你生一個孩子或者是生二十個，這對我來說都不重要。」他這人就是這麼壞，輕輕鬆鬆地一說，就把問題的重要部分給跳了過去。似乎要不要孩子與把孩子生下來這兩件事壓根就沒有關聯。

「我認為這三個孩子已經夠了，我不想一年生一個。」

「三個似乎正好。」

「你心裡知道……」她想要說什麼但又停了下來，下面的話實在是有些不好意思說出口，她一時間憋得滿臉通紅。「你知道我說這話表達什麼意思？」

「我知道。不過你是不是也知道，現在，我一樣也可以向你提出離婚，原因就是你平白無故地拒絕我作爲丈夫應該享有的合法權益。」

「你這人怎麼可以這麼粗俗，居然會想到那種事情上去。」她大聲衝他嚷道，眼看這次談話已經不能照她原來的想法進行下去，一時覺得氣憤難平。

「如果你有一點點男人氣魄，你就會……你就會多替別人想想，就像……嗯，看看人家艾希禮·威爾克斯，媚蘭沒辦法再生孩子，他就……」

「艾希禮，那個不值一提的僞君子，」瑞德說這話時，眼睛裡閃爍著一種異樣的光芒，「請你接著往下說。」

思嘉麗一下子給制住了，她的話說完了，已經沒什麼可說的了。這會兒她才意識到自己有多笨，幻想能和平地解決一件這麼重要的大事，更何況對手還是瑞德這樣一個見色忘義的臭流氓。

「今天下午你是不是去過鋸木廠了？」

「這與我們現在談的事情有關係嗎？」

「你喜歡狗，是吧，思嘉麗？那你是想把你的狗安置在養狗場裡，還是硬放在馬槽裡呢？[7]」她的內心一時間充滿了氣憤和絕望，根本顧不上去仔細斟酌這句話的意思。瑞德站起來，輕輕走到她的身旁，用手托著她的下巴，使勁一扭，把她的臉強行扭向自己。

「你真是個不懂事的小孩！到現在為止，你已經有與三個男人生活的經驗了，可是你還是不瞭解男人。」

他像開玩笑似的在她的下巴上輕輕擰了一下，把手放了下來。濃眉豎起，冷冰冰地在她臉上注視了好久：「思嘉麗，你聽清楚了，假如你和你的那張床對我真的還有吸引力，你把門鎖上也好，你苦苦哀求也罷，都不要想阻止我做任何事情，而且我也絕不會因為此事而感到可恥。因為你我之間有過那麼一張協議，而自始至終都在遵守約定的只有我，是你自己違約，算了，你還是守住你那張貞潔的床吧，寶貝。」

「你是想告訴我，你一點也不在乎……」思嘉麗嚷著。

「你已經開始厭煩我了，不是嗎？你應該明白，相較於女人，更容易喜新厭舊的是男人，堅守著你那份可笑的純潔吧，思嘉麗。這對我沒有什麼損失，沒什麼大不了，」他抖抖肩，抿嘴一笑，「這世界上有的是床，並且絕大部分床上都有女人。」

「你的意思是，你……」

「那還用問！親愛的小寶貝！你難道以為我一直會這樣安分守己，那絕對不可能，我也從來不認為對彼此忠貞是一種美德。」

7. 指對別人需要的東西，哪怕白白放著不用，也不許別人用。

「從今天開始，我會把門鎖上，每天晚上。」

「不需要這麼費事，我要真想要你，什麼樣的鎖也別想把我擋在門外。」說完，他扭身走了出去，似乎這場討論對他已經沒什麼意義了。

思嘉麗聽到嬰兒室裡傳出孩子們的歡呼聲。她欣然坐下，感到心裡無限滿足。因爲這是她的希望，更是艾希禮希望的。可這並沒有她想像的那麼高興。她的虛榮心遭受到了極大的傷害，她沒料到瑞德對這件事竟然是這樣毫不在乎，他不再需要她了，還把她放在同那些淫娃蕩婦們一樣的位置上，她能不感到這是對她的一種巨大的侮辱嗎？

她本來想用一個巧妙的辦法讓艾希禮知道，她和瑞德已經不再是夫妻了，但現在她知道這件事自己說不出口，事情全都被自己搞砸了，她開始後悔自己不該再提這事。

以前她和瑞德同床共枕，在床上有說不完的趣事，看著夜色中雪茄煙頭閃閃發光，以後，他和她再也不可能有如此溫馨的時刻了。這之前，當睡夢中的自己在潮濕而冰冷的霧氣中狂奔驚醒的時候，瑞德總是會把自己摟在懷裡，給她溫暖和安慰，可是，從今以後再也不會有這種幸福了。忽然，她感到了無限悲傷，忍不住趴在椅子扶手上放聲痛哭起來。

chapter 52

慈父形象

瑪拉剛過周歲生日的一天下午，外面下起了大雨，韋德只能在臥室裡玩。他有點不太高興，一次又一次地走到窗臺前，把小臉貼在滿是水珠的玻璃窗上，向外張望。

他已經八歲了，看上去遠小於實際年齡。他總是沉默寡言，而且非常害羞，從來不敢主動與別人說話。此刻，他異常的鬱悶，不知道該玩點什麼。艾拉坐在角落裡，獨自在玩她的洋娃娃。思嘉麗坐在寫字檯前，一邊核查帳本，一邊不停地嘮叨。瑞德則躺在地板上，晃動著金色的懷錶鏈，逗瑪拉玩。

韋德拿起幾本書，刻意讓書頁稀裡嘩啦地掉在地上，之後又大聲地嘆氣。這惹怒了思嘉麗，對他說：「韋德，到外面去玩。」

「可是外面下雨呢！」

「是嗎？我還真沒看到。嗯，實在不行你去玩點別的，免得在這兒瞎折騰。叫波克趕車把你送到小博那裡去玩會兒。」

「他不在家。」韋德哀怨地嘆了口氣，「他現在應該在參加拉烏爾．皮卡爾的生日聚會。」

拉烏爾是梅貝爾．皮卡爾的小兒子，是一個尖嘴猴腮的小傢伙，思嘉麗一向討厭他。

「那好，你想找誰就去找誰。讓波克送你去。」

「他們都不在家。他們全都去參加生日聚會了。」

很明顯，韋德是在這個「他們」之外的，可思嘉麗正專心核對帳目以至於沒有注意到韋德的話。

瑞德連忙坐起來問：「那你爲什麼不去參加生日聚會呢？兒子。」

韋德側著身子朝瑞德走去：「他沒有邀請我，先生。」

瑞德把手中的錶遞給了瑪拉，站起來說道：「思嘉麗，別弄你那讓人厭煩的帳本了！他們的生日聚會居然沒有邀請韋德，爲什麼呢？」

「看在上帝的分上，瑞德，你不要再來煩我了。哦，艾希禮是怎麼回事，把帳做得亂七八糟！不就是個生日聚會嘛，我想，他們沒有邀請韋德的原因可能是……就是他們來請，我也一定不會同意他去的！你難道忘了，拉烏爾是梅里韋瑟太太的外孫，她寧願把一個剛剛獲得自由的黑人請進客廳裡，也不喜歡讓我們中的任何一個人進到她家去。」

瑞德若有所思地仔細盯著韋德，嚇得韋德直往後退。

「來，過來，兒子。」他把孩子拉到眼前，「你是不是很想參加那個生日聚會？」

「不是非常想，先生。」韋德乾脆地回答道，但眼皮卻始終不敢抬起來看他。

「哦。那你告訴我，喬·惠廷家的聚會，法蘭克·邦內爾家的聚會，還有其他的小朋友家的聚會，你以前有去過嗎？」

「都沒去過，他們都沒有邀請我去。」

「韋德，你一定在說謊！」思嘉麗扭過身來大聲質問道：「上星期你不是已經參加過三次聚會了嗎？巴特家、格勒特家還有亨頓家……」

「你能不能不要把騾子拉出來湊數！」瑞德慢慢地說。「你在那些人家裡聚會高興嗎？韋德。」

「不高興。先生。」

「什麼原因呢？」

「我，我不清楚，先生。嬤嬤告訴我，那些人全都是些白人笨蛋。」

「我一定要去剝了嬤嬤的皮！」思嘉麗嗖地一聲站了起來。「你也是，韋德，你竟敢跟媽媽講這樣的混帳話！」

「韋德說的全是實話！嬤嬤說的更是實話。」瑞德異常認真地說。「就算把真相放在你面前，你也絕對不願意承認。……不要害怕，兒子。有些聚會如果你不喜歡去，那就不要去好了，給你。」

他從口袋裡隨意拿出一些錢。「讓波克趕上車，帶你到城裡好好玩，你還可以去買糖吃，想買多少買多少，隨便吃，吃個夠。」

韋德高興極了，把錢塞進口袋裡，然後又回頭看了看媽媽，好像是在問她可不可以。但思嘉麗卻緊皺著眉頭看著瑞德。瑞德伸手把瑪拉抱過來，小心翼翼地放在懷裡，還把自己的臉貼到她的小臉上。

韋德蹦蹦跳跳地走了，高聲喊著波克，高興得簡直無法形容。

瑞德則再次將小瑪拉抱了起來。

「我從未想過他會那麼的難過，以後可不能叫我的小瑪拉也淪落到這種地步。」瑞德緩緩地說。

「淪落到什麼地步？」

「你以爲我會喜歡瑪拉因爲有我這樣的父親而感到羞愧嗎？讓她在十歲左右時被其他孩子的生日聚會拒絕嗎？孩子們是沒有錯的，錯誤在於你和我！」

「哦，是爲了孩子們的聚會呀！」

「現在只是孩子們的聚會，可以後就會是男女社交場合了。你認爲我會讓女兒在她成長時期就被亞特蘭大上流人士的圈子徹底排除嗎？我不會允許有那麼一天。只因爲母親是個笨蛋，父親是個渾蛋，就沒有一個有名望的南方家族肯娶她做老婆，到最後不得不嫁給一個北方佬或外國人。」

這時韋德再次回到門外，對他們的談話有點不太明白：「瑪拉可以嫁給小博呀！瑞德叔叔。」

當瑞德扭過身來面對韋德時，臉上的憤怒馬上就消失了。他裝出在認真思考韋德的建議的樣子——這是他對待孩子們的常見態度。

「對！韋德。瑪拉可以嫁給小博，可你會娶誰呢？」

「我誰也不會娶！」韋德果斷地答道，他感覺自己已經是個大人了。「我要去哈佛念書，像我爸爸一樣當個大律師，然後，像他一樣做一名勇敢的士兵。」

「媚蘭以後能不能不要再跟孩子們隨便胡說了」思嘉麗大聲嚷道，「韋德，你不能去哈佛念書，那是北方佬建的學校，我怎麼可以允許你去北方佬創立的學校呢？你應該去喬治亞大學，畢業後再回來幫我打理商店。至於你爸爸是個勇敢的士兵……」

「噓……」瑞德打斷了思嘉麗的話，他發現韋德只要一提到自己的父親就兩眼發光。「長大之後，就應該和你爸爸一樣當個勇敢的士兵，他可是個英雄呀！如果別人敢說不，你就讓他閉嘴！你爸爸娶了你媽媽，難道不是嗎？這就足以證明他的英雄氣魄了。我肯定會讓你進入哈佛去念書，當大律師。現在馬上去叫波克帶你進城去玩吧！」

「如果你肯讓我自己管教我的孩子，我會非常感謝你的！」思嘉麗等韋德跑出去後，不滿地大聲嚷道。

「交給你管教？那一定不會有比那更糟的事了！看看艾拉、韋德被你管教成了什麼樣子？你不要妄想再這麼教育瑪拉。我的瑪拉會成爲一個真正的小公主，世界上沒有人不喜歡她，她想要去哪裡就去哪裡，她想幹什麼就幹什麼，我一定不會讓她和你們這群白人蠢貨混在一起！」

「你還比不上白人蠢貨呢！」

「哼！親愛的！他們或許對你來說算得上是好人，但對瑪拉來說就不是了。你看看那幫人，來路不明，個個都有很大的野心……你可不要以爲我會把瑪拉嫁給這種人家當媳婦，我的瑪拉有著巴特勒家族的優秀血統，還有羅畢拉德家族的血統。」

「還有奧哈拉家的……」

「奧哈拉家族在以前可能是愛爾蘭的名門望族，但你爸爸卻只是個掉到錢眼裡的愛爾蘭佬，和你一樣，都好不到哪裡去！當然，我曾經也犯過錯誤，什麼都不放在心上。然而瑪拉對我來說卻非常重要。天啊，我之前多麼的愚蠢啊，就算我媽媽、你的兩位姨媽有多大的本事，瑪拉也不會被查爾斯頓的上流社會所接納！只有我現在就採取補救措施……」

「哦，瑞德，你把問題想得太嚴重了，這多麼可笑！就憑我們的錢，有什麼……」

「錢？哼！有再多的錢也得不到我想要給瑪拉的東西。我寧願讓她去皮卡爾那種窮人家吃乾麵包，或者到埃爾辛太太那快要散掉的穀倉裡去做客，我也不希望她成爲共和黨人執政的慶典上眾人關注的交際花。思嘉麗，幾年前你就該爲孩子們好好計畫一下，計畫他們的前途……讓他們以後在社會中有立足之地。但你甚至都沒想過要保住現有的社會地位，唉，一切都太遲了，就算你願意馬上改正也做不到了，爲了錢，你已經傷害了那麼多人。」

「不要再囉唆了！」思嘉麗冷冰冰地打斷他，回過身再一次開始翻查帳本，表示自己不願再跟他談下去了。

「目前肯幫助我們的就只剩下威爾克斯太太一個人了，但你又極力地冷落她，認爲他們窮，還嘲笑人家穿衣打扮窮酸！實際上，她才是亞特蘭大一切正義之氣的靈魂與核心。真的感謝上帝，幸好還有這麼一個好人能夠幫助我。」

「你要做什麼？」

「我要給城裡那些固執派中的母老虎們做做心理工作，尤其是梅里韋瑟太太、埃爾辛太太、惠廷太太和米德太太。假如這些母老虎一定要讓我跪在她們跟前低頭認輸，那我也願意。我要忍耐她們的冷淡和鄙視，表現出要重新做人的模樣，對於她們那令人厭惡的慈善事業，我也會給予資助，還會到她們那些可惡的教堂裡去做禮拜。要是還不行的話，我還要參加那令人厭煩的三K黨……我想上帝不會這樣來懲戒我吧？對於你，我的太太，我也請你放我一馬，以後千萬不要在我背後使壞，對我使勁討好的那些人，你得大度一些，千萬不要取消他們的抵押品贖回權，更不要把壞木材銷售給他們，也別刻意去找他們的麻煩。哼！布洛克州長以後再也別想踏進這房子一步！你聽到沒有？請你那些花天酒地的朋友們以後少進我家的門，如果你借用我的名義讓他們來，那就不要怪我讓你下不了臺。只要他們來，我就會去貝爾的酒吧。如果有人問我爲什麼不在家裡招呼客人，我一定會告訴他們，我根本就不想看見你的那些朋友……」

思嘉麗的心像被針扎了一樣異常難受，可她還是冷笑道：「看來河船上的賭徒和投機商想當正人君子了，照我說，你如果真的想改邪歸正的話，那就先去賣掉貝爾·沃特琳的那所房子。」

這其實只是她試探性的進攻。實際上她從來都沒有確鑿的證據可以斷定那所房子是瑞德的，而瑞德卻很瞭解她的想法，笑著說：「那真要多謝你的提醒了！」

實際上，瑞德進行這個改邪歸正計畫的時候，正趕上一個最困難的時期。共和黨人和叛賊的惡名已經達到了空前絕後的地步，而北方佬的政權已經腐敗透頂，自從南軍投降之後，瑞德的名字已經和北方佬、共和黨及反叛者緊緊聯繫在了一起。

亞特蘭大的人民唯一能做的就是咒罵，他們咒罵布洛克和共和黨，咒罵與他們同流合污的人，而瑞德恰好與這些人有著模糊的關係，所有的人都認爲瑞德與布洛克是一夥的，而且凡是壞事就都會有他的份。不久前，他還隨波逐流，如今他卻要逆流而返，自然游得很艱辛，但是瑞德依舊信心百倍地進行著他拉攏人心的偉大計畫，同時他也留意到了運用僞裝——學會不引起人們的懷疑。

他避開以前的那些老朋友，不再和北方軍官、逆賊以及共和黨人攪和在一起，他主動參加民主黨的集會，故意讓別人看到他在給民主黨投票。他戒掉了揮霍金錢的賭博習慣，而且也不喝酒了。雖然有時還會在貝爾那邊，可他也同當地的所有體面人一樣，只星期天才去，再也不像以前那樣大搖大擺的。

星期日做禮拜時，他一定要等到聖公會教堂坐滿人以後，才拉著韋德躡手躡腳地走進去。大家看到韋德，驚訝的程度絲毫不下於見到瑞德，因爲所有人都以爲韋德是信天主教的。因爲思嘉麗是天主教徒，這麼多年以來，她從來都不進教堂，宗教對她來說沒有絲毫影響，就好像愛倫的很多教導對她沒有任何影響一樣。

只要瑞德可以管住自己那張尖酸刻薄的嘴，並讓那雙黑眼珠子平靜地平視著前面，他也可以裝出一副紳士的派頭來。爲了幫自己增加幾分鄭重和嚴肅，他就連背心都改穿素色的了。

當然，同以前那些自己曾經救過的人建立友誼是非常容易的。如果不是因爲瑞德太驕傲、一點也不在乎人家的情分，他們早就和他相當友好了。熬到現在，休·埃爾辛、雷內、西蒙斯兄弟、安迪·邦內爾這些人都發現了瑞德的可愛之處。當他們談到要報答他的救命之恩，他居然臉紅了：「這其實沒什麼，如果是你們，一定也會這麼做的。」

他甚至爲修繕聖公會教堂捐了很多錢，同樣給了墓地管理協會幾筆數目不小的資助，最後一筆錢他是讓埃爾辛太太轉交的，而且還真誠地要求她爲自己保守秘密。事實上他比誰都明白，越叫她保密，她越是不可能做到。至於埃爾辛太太自己卻是很不願意接這筆投機商的「昧良心錢」，但協會卻非常著急用錢。

「是別人的話我無話可說，但我不明白他究竟想幹什麼？」她很生氣地問。

瑞德卻以相當溫和的態度向她說明，捐錢是爲了表達對戰友的思念。他們比他更加勇敢，卻沒有他幸運，他不忍心讓他們躺在地下被所有人遺忘。

聽了這話，埃爾辛太太剛才還一副傲氣十足的臉立刻暗淡了下來。多莉曾在背後告訴她：聽思嘉麗說，巴特勒船長也入伍打過仗。這是她所不願意相信的。

「你以前確實在部隊打過仗？告訴我你在什麼連什麼團？」

瑞德挨個回答。

「哦，炮兵團呀！爲什麼你不早告訴我呢？這又不是什麼見不得人的事！」

瑞德裝傻地看著她，真誠地說：「請你相信我，爲南部聯邦貢獻力量是我這一生最開心的事情;可是,我只是……只是……覺得不好意思。」

埃爾辛太太很快就找到了梅里韋瑟太太,把捐款這件事和瑞德所說的話全部都告訴了她。

「胡說!」梅里韋瑟太太壓根不相信這些。「我才不相信!說到他參軍打仗,放心,這事我一定會查清楚的。假如他真在炮兵團裡待過,我馬上就可以打聽到,炮兵團的指揮官卡爾登上校是我姑婆的女婿,我寫封信給他。」

於是她真的寫了封信。然而上校的回信讓她呆住了。上校在信中稱讚了瑞德,說他作戰非常勇敢,性格更是堅韌,還誇他特別的謙遜,不願意接受上級獎勵的軍銜。

「唉!」梅里韋瑟太太一邊把信給埃爾辛太太看,一邊相當的感慨。「真是讓人感到吃驚!說這個傢伙沒有上過戰場真是錯怪了他。或許咱們應該信任思嘉麗和媚蘭所說的話,但無論說得如何好,他仍然是個叛賊,是個流氓!我就是看他特別不順眼!」

「也許……」埃爾辛太太現在也不像以前那麼肯定了。「也許,他沒有你想像的那麼壞……真正壞的應該是思嘉麗。多莉,我敢說他這時候肯定在替思嘉麗覺得羞愧。他不願說什麼,可能是因為礙於他紳士的面子。」

「羞愧?呸!他倆是一路貨色。你為什麼還看不出來呢,真傻!」

埃爾辛太太此時也不高興了。「昨天他冒著傾盆大雨帶著三個小孩,是的,也包括那個小嬰兒,一起坐在馬車裡繞著桃樹街轉圈;還要我上車,送我回家呢。我有些奇怪就問他:『巴特勒船長,怎麼回事?在這大雨天還帶著三個孩子在外面逛,幹嘛不回家呀?』他不好意思,也沒說什麼,可旁邊的老嬤嬤卻忍不住了,插嘴說:『家裡有那麼多白人垃圾,他寧願讓孩子在外面淋雨也不要待在那個家裡!』」

「他沒說什麼嗎？」

「他還說什麼呢！他有些無奈地瞪了那個嬤嬤一眼，沒說一個字。你應該知道，昨天下午思嘉麗又在家裡舉辦那個什麼牌會，她把那些無所事事的女人全都請到家裡去了。我想，他應該是不願意讓那些女人們接近他的孩子吧。」

「喲！」梅里韋瑟太太堅定的立場開始動搖了，但因爲她的個性向來固執，所以她還是不願意相信。可是，到第二個星期的時候，她也不得不改變自己的立場。

就在最近，瑞德在銀行裡幫自己擺了一張辦公桌。關於他在那裡究竟做些什麼，職員們也不清楚；但是大家對這位大股東的古怪行徑都不敢妄加評論。他只是很斯文地坐在那兒，而且他對業務也很在行，因此職員和客戶都慢慢習慣了。

梅里韋瑟太太想擴大自己麵包店的生意，便來到銀行想貸兩千元，把自己的住房作爲抵押品，然而卻沒有成功，因爲她已經用這所房子押借了兩筆貸款了。

她正怒氣衝衝地要衝出銀行大門的時候，瑞德上來攔住了她，說：「您不要生氣，可能是發生了一些誤會，梅里韋瑟太太，憑您這樣的身分，貸款壓根用不著抵押品！只要您和我們說一句，我們就會非常願意把錢貸給你的。像你這樣很會經營的客戶太少了。哦，你先在這待一會兒，就在我的椅子上稍微休息一會兒，我現在馬上就去給您辦理。」

他回來後滿面笑容地解釋說，是有一些誤會，可現在都解決了，兩千元的貸款已匯到她的帳上了，想什麼時候用就什麼時候用。「只需要您在這兒簽個名字就可以了。」

梅里韋瑟太太感到生氣卻又沒有辦法，她居然不得不接受一個她一直看不順眼的人的幫助，因此儘管嘴上一直說謝謝，但心裡並沒有那麼多的誠意。

可瑞德裝出一點都不在乎的樣子。一邊將她送出門，一邊問：「我一直對您豐富的知識羨慕不已，我現在很需要請教您一些問題，不知道您是否願意幫忙。」

她點頭時，帽子上的羽毛都沒動一下。

「您的孩子梅貝爾在小時候也常常吃大拇指嗎？該怎麼做才能使小孩子戒掉這個陋習呢？」

「你問這些幹什麼？」

「我女兒瑪拉總把自己的大拇指放到嘴裡，我不知道怎麼制止她。」

「你必須要管住她呀！」梅里韋瑟太太神情嚴肅地開口說道。「否則的話會毀了孩子的嘴型！」

「我明白！我明白！她有很漂亮的小嘴呢！但我真的不知道該怎麼辦！」

「思嘉麗應該懂得這些啊！」梅里韋瑟太太充滿嘲諷地說：「她不是已經帶過兩個孩子了嘛！」

瑞德不說話只低頭看自己的鞋子，嘆了口氣說：「我把她的指甲縫裡塗滿了肥皂。」假裝沒聽到她對思嘉麗的指責。

「肥皂？那管什麼用！我在梅貝爾的大拇指上塗的是奎寧！嘿，和你說吧，從那以後，她再也沒吮吸過大拇指。」

「奎寧！我爲什麼沒有想到！真是不知道該怎麼感謝您，梅里韋瑟太太。這件事可讓我愁了好長時間。」

他充滿真誠地衝她笑了一下，這樣反而讓她覺得有些不好意思了。她不願向埃爾辛太太承認自己錯怪了這個人，可她心裡說：一個這麼疼愛女兒的男人肯定不會是壞人。

思嘉麗對這麼可愛的女兒怎麼能沒有一點點關心，難道不怕別人笑話？一個男人還要照顧孩子，這可真是太不容易了！瑞德深知這樣的事情會引起別人的同情，至於對思嘉麗的名聲有沒有損壞，他現在可不想管那麼多。

瑪拉剛學會走路，他便經常帶她到外面去玩耍，有時乘坐馬車，有時就讓孩子坐在他的馬鞍上。每當下午他從銀行回到家，就帶著她在桃樹街散步，與此同時，他還非常耐心地回答她提的各種各樣問題。

傍晚時分，家家戶戶的門廊裡都坐著人，他們看到瑪拉那可愛的樣子：黑亮的捲髮、湛藍的眼睛，都想逗逗她。這個時候，瑞德不說話，只會靜靜地在一旁等著，臉上流露出一種作父親的自豪與驕傲。

隨著瑪拉一天天的長大，越來越像她的外公傑拉爾德。一雙小腿結實有力，一雙愛爾蘭人的藍眼睛特別的明亮，還有她那方方正正的小下巴非常有看頭，再加上那特有的倔強而固執的個性。這一切，簡直跟她外公是一個模子刻出來的。

平時，只要爸爸在她的身邊，她便要風得風，要雨得雨。雖然嬤嬤和思嘉麗總是百般勸說，可瑞德仍是對女兒千依百順，就像對待女皇一般。但是有一件事卻讓他非常傷神：女兒怕黑。

兩周歲之前，瑪拉同韋德、艾拉一樣都睡在育兒室裡，每晚只要一上床就睡著了。可是後來，每當晚上嬤嬤帶著燈離開房間後，她就會一直哭鬧個不停。有時在半夜也會不停地哭鬧。這不僅影響了其他兩個孩子的休息，也弄得全家人惶惶不安。

有一次沒辦法，還請米德大夫過來，大夫診斷後也只是說做了噩夢，沒什麼大事。儘管瑞德對這個診斷非常不滿意，卻也無計可施。全家人都不斷地哄她逗她，她卻只是哭鬧著說「黑」。

最後只好將瑪拉搬到瑞德的房間，正好他與思嘉麗分開住了，瑪拉的小床就安放在他的大床旁邊，桌子上的燈整夜都亮著。

這事傳到外面以後，全城都議論不斷。雖然她才兩歲，但女孩睡在父親的臥室裡實在是有失體統。而且有了更多關於思嘉麗的閒話。第一，證實了她一直同丈夫分居的說法，這讓人很吃驚。第二，本該是她跟女兒睡在一個房間的，一個當媽的怎麼可以這樣，沒有責任感，沒有母愛！

自從她那天說不再生孩子後，瑞德就真的沒再進過她的房間，甚至沒去碰她的門把。在瑪拉害怕黑的事情發生前，他幾乎不在家裡吃晚飯，有時甚至徹夜不歸。

思嘉麗躺在房門緊鎖的臥室裡，聽著時鐘敲過一點、兩點，心裡一直想著他會去哪兒了呢。每到這個時候，她便會回想起瑞德曾說過的那句話——「還有其他的床可以睡呢！親愛的！」

瑞德因為瑪拉戒了酒，這樣，他那張原本因為酗酒而有些微胖的臉漸漸地恢復了原有的形狀，眼袋也變小了，黑眼圈也消失了。

因為瑪拉喜愛騎馬，他便花更多的時間到外面去遛馬。這樣，他那張原本黝黑的臉龐顯得更加健康了。總之，他的精神異常飽滿，臉上常常掛著笑容，又好像是一個充滿朝氣的年輕人了，似乎又讓人們看見了當年那個闖蕩封鎖線、在亞特蘭大非常有名氣的瑞德．巴特勒。

那些曾經對他有成見的人開始轉變了對他的態度，因為他們常常看見他帶著小女兒騎馬。那些將他當成壞人的女人們更是慢慢改善了和他的關係，有時候也會駐足於大街上與他們父女二人交談一番，說些稱讚誇獎瑪拉之類的話。甚至連那些最最頑固的老太太們也改變了曾經的觀點：一個能針對小孩身上的壞毛病而常常請教她們的大男人就算壞也壞不到哪兒去。

chapter 53 生日驚喜

艾希禮的生日要到了，媚蘭希望能給他一個驚喜，所以決定在晚上爲他舉行一個生日舞會。在這之前，這件事所有人都知道了，卻只瞞著艾希禮。就連韋德和小博也聽說了這事，他們發自內心的高興，發誓一定會保守這個秘密。

這個城市裡所有上流社會的人士都接到了邀請。甚至連戈登將軍一家人都承諾會來參加舞會。亞歷山大·史蒂芬斯在信中說，最近身體欠佳，但如果身體允許的話，他一定會來參加。南方聯邦中被譽爲「暴風雨裡的海燕」的巴布·圖姆斯也答應了。

整整一上午，思嘉麗、媚蘭、英迪亞和姑媽忙裡忙外，吩咐黑僕把洗乾淨的窗簾掛好、擦乾淨傢俱和清洗乾淨銀器，爲地板打蠟，做各種美味的食品，以及製作和品嘗各種點心。思嘉麗有史以來第一次看到媚蘭這樣開心。

「你知道嗎？艾希禮已經好久沒過生日了，自從，自從……你還記不記得從前在『十二橡樹』舉行的烤肉晚宴？是的，從那次之後，他就再沒過生日。他每天忙活，回到家後也總是提不起精神來，怎麼還會想到自己的生日呢？今晚客人們都來了，我想這一定會給他帶來驚喜。」

「可是草坪上那些燈籠該怎麼辦？威爾克斯先生下班回家時肯定會看見的。」安爾琴生氣地問。

「哎呀，我竟然忘了這件事！」媚蘭大聲喊道。「安爾琴，還好你提醒了我。但是，這該怎麼辦呢？燈籠必須掛到樹上，還得裝上蠟燭，一旦客人們都到齊了就點亮它們。思嘉麗，我想你不能叫波克在我們用完晚餐時辦這種事吧？」

「威爾克斯太太，你比其他女人都精明，怎麼也沒想到呢？」安爾琴說。「千萬不要讓那個黑鬼碰那些彩繪燈籠，他一定會把燈籠弄壞的；那麼漂亮的燈籠如果弄壞了多可惜呀。等你跟威爾克斯先生吃飯的時候，我來幫你掛上吧。」

「你可真是太好了！安爾琴！」媚蘭那雙烏黑透亮的大眼睛眨巴著，語氣裡滿是誠摯的感激。「如果沒有你，我真不知道該怎麼辦才好。你乾脆現在就去把蠟燭安上，要不然等到晚上就來不及了。」

「好的，我現在就去，我一定能幹好……」說完，他一瘸一拐地向地下室走去。

「對付這種人最好的方法就是說些好聽的話，不然無論怎麼樣也行不通。」媚蘭確信他完全走下去以後，微笑著對她們說。

「我原本就打算讓他去掛燈籠的，可是他那脾氣你們也清楚，你叫他做什麼，他偏不願意做什麼。好了，這下咱們可終於把他支走了，免得他在這礙手礙腳的。這裡的黑人都挺怕他的，他在旁邊，大家都別想好好幹活。」

「媚蘭，要是我，肯定不會把這個老傢伙留在家裡。」思嘉麗憤怒地說。她和這個安爾琴一直不和，現在連話都不說。如果不是在媚蘭家，安爾琴才不會和思嘉麗待在一塊呢。「這個老傢伙早晚會給你惹麻煩的！不信你就等著瞧吧！」

「哦，其實他真的不是壞人，只要你誇獎誇獎他，讓他認爲你給了他面子就可以了。」媚蘭很誠懇。「退一步說，他對艾希禮和小博還是很忠心耿耿的，有他在，我也覺得踏實。」

「我看你是說他對你忠心耿耿吧，媚蘭。」英迪亞說話了，她用愉悅的目光看了看她的嫂子，臉上呈現了淡淡的笑容。「我確信，自從他老婆死了之後，你肯定是他愛上的第一個女人。我仔細琢磨過，他一直希望有人來欺負你，這樣他就有理由把他們都殺了，以便顯示他對你的尊敬。」

「天啊！你到底在亂說些什麼！英迪亞！」媚蘭氣得臉都發紅了。「在他眼裡，我就是個大笨蛋。這你還不清楚嘛！」

「我覺得你根本不用理會這個渾身臭味的土包子。」思嘉麗說。只要一想到安爾琴對她雇用囚犯很有意見，而且總是當著很多人的面公開指責她，她就覺得非常生氣。

「我想我該走了。午飯後，我還得去商店給夥計們發工資，順便還得去一趟工廠，把工資發給休和那些車夫們。」

「你要去工廠嗎？」媚蘭問。「艾希禮下午晚點也會到工廠找休，你能不能想點辦法把他穩住啊？當然，如果能把他拖到五點最好！假如他提前回家的話，肯定會看見我們在做蛋糕的，到時候他就知道晚上的生日舞會了。」

思嘉麗馬上高興起來：「放心吧，我一定會幫你穩住他！」

當她說話的時候，英迪亞抬起那雙睫毛稀少的灰眼睛看了她一眼。兩個人的目光立馬相遇了。我只要一說艾希禮，她總會這麼奇怪地看著我，真是太奇怪了！思嘉麗暗暗思量。

「你就想辦法把他拖到五點以後再回家。」媚蘭認真地說。「那個時候，英迪亞就會趕車去接他的。思嘉麗，晚上你一定要早點來哦！今晚的生日舞會不許你遲到一秒鐘！」

思嘉麗在回家的路上暗暗思量著。「她如果真心希望我不要遲到的話，那就該讓我跟她、英迪亞和姑媽共同接待客人才對呀？」

假如是在其他的生日舞會上，媚蘭叫不叫她接待客人，她才不會理呢。但是這次不一樣，這可是艾希禮的生日舞會呀！思嘉麗多麼希望自己可以站在艾希禮的身旁，陪他一起迎接賓朋啊。但是，她心裡很明白自己沒有被媚蘭請去招待來賓的原因。如果她自己真想不清楚，那麼瑞德的話就算是一語道破天機了。

「以前的聯邦分子和民主黨的領頭人物都會去參加這個生日舞會，她是不會讓一個叛徒來招待來賓的！你的想法儘管迷人，但也太不切實際了。你能被邀請去參加生日舞會就已經是媚蘭給你的天大的面子了。」

下午，思嘉麗打扮得異常漂亮。明快的變色塔夫綢禮服——這件禮服在閃爍的燈光下會由蒼綠變成淡紫。淺綠色的時尚軟帽，上面嵌著翠綠色的孔雀羽毛。如果瑞德答應的話，她也可以把前額的頭髮剪成劉海式，再捲上幾個波浪似的大捲的話，那就更完美了。因爲這帽子的風格配那樣的劉海最好。但是瑞德說了，她如果敢捲劉海，就馬上把她漂亮的頭髮全部剪掉。這段時間他的脾氣更加暴躁，沒準真會這麼做。

午後的天氣非常晴朗。微風徐徐吹來，思嘉麗的心情就好像是她帽子上的孔雀羽毛一般在風中輕輕飄蕩。想想也是，興奮、期待，每一次她見到艾希禮，她總會有這種奇怪的激動心情。這段時間以來，她可以跟他單獨見面的機會真是太少了，沒想到媚蘭竟然會主動提出讓她拖住艾希禮，這簡直太棒了！

她來到商店，將工資發給了威利和另外兩名員工。然後就向工廠駛去。路上，她愉悅地跟那些北方佬的闊太太們打招呼，還不停地與那些在街上飛揚的紅塵土中手持禮帽向她致敬的男人們還禮。看來這一定會是一個美好而又開心的下午，她是那麼的幸福、快樂！

到達工廠時，天色已經晚了，只留下休和車夫們還坐在木堆上等她。

「艾希禮在嗎？」

「在，他在辦公室呢。」休回答道。

「哦，他今天可應該少操點心！」她說完壓低了嗓子。「媚蘭說讓我先過來把他穩住，等他們把晚上的生日舞會都準備好了之後再來接他回家。」

休也笑了，他知道今晚生日舞會的事。他很愛熱鬧，從思嘉麗的一舉一動中，他看出來思嘉麗也在爲晚上的聚會而高興。她急匆匆地發完工資，進了辦公室。艾希禮早就站在門口等著迎接她了，在斜陽的照射下，他的金髮熠熠生輝，嘴角邊上是難以掩飾的愉悅。

「哎喲，思嘉麗，都這麼晚了，你怎麼還趕過來？幹嘛不留在我們家協助媚蘭準備生日舞會呢？」

「不是吧？艾希禮！」思嘉麗有點生氣。「你怎麼會知道這事的！你應該因看到酒會而大吃一驚才對啊，要不然媚蘭一定會失望到極點的。」

「放心吧，我一定會大吃一驚的！而且我保證我將是全亞特蘭大最大吃一驚的男人。」艾希禮眉開眼笑地說。

「究竟是誰這麼討厭，竟然把這個秘密告訴你了？」

「每個受到媚蘭邀請的男人幾乎都對我說了一遍。第一個讓你感到討厭的人就是戈登將軍。梅里韋瑟爺爺也給我提醒。他跟我說，有一次他太太出乎意料地爲他準備了一場酒會，到最後大吃一驚的卻是他太太，因爲梅里韋瑟爺爺那天爲了治療風濕病，偷著喝了一整瓶威士忌，因此躺在床上醉得不省人事……呵呵，凡是經歷過這類酒會的男人都把經驗傳授給我了。」

「他們真是太過分了！」思嘉麗雖然帶著憤怒的口氣，但臉上卻依然掛著笑容。

艾希禮笑得很開心，好像又回到從前在「十二橡樹」時她所認識的那個年輕帥氣的艾希禮。這麼長時間他很少這麼開心過。

哦！艾希禮開始變得健談了。此時此刻，怎麼能不讓她由衷地感到高興呢？她的心在怦怦地亂跳，幾乎讓她自己都感到有點窒息了，但眼睛卻噙滿了幸福的淚花兒。她真的好想摘下頭上的帽子，把它高高地拋向空中，同時大聲呼喊「太棒了」！艾希禮見她這麼開心，還以爲是因爲秘密的洩露而感到好笑呢，所以他也跟著她放聲大笑起來。

「快過來坐會兒吧，思嘉麗，我還得查帳。」

她踏進了那間灑滿陽光的小屋。

「我們不可以把這大把的好時光浪費在這些無聊的帳目上啊？艾希禮，我每次一換新帽子，大腦中的數字就消失了。」

「呵呵，當然，戴上這麼漂亮的帽子，腦子裡沒有數字也很正常。思嘉麗，你可真是越來越漂亮了。」他跳下桌子，緊緊地握住她那雙纖纖玉手，隨後又將它們向兩邊展開，用心仔細地欣賞她的衣裙。

「你真的太漂亮了！我知道你肯定會永遠都這麼年輕漂亮的！」

當兩人的手相碰的瞬間，她便知道這正是她一直盼望的。整整一下午，她都在期盼著他那雙溫暖的大手，當然還有他情意綿綿的眼神和體貼的話語。可儘管他握住了她的手，但她卻無法找到那渴望已久的激動！

真是太奇怪了！假如在以前，只要他一靠近她，她的心就會因激動而顫抖起來。但是現在，她只感到一種奇妙的友情和難以言說的滿足。這雙溫情的大手並沒有給她帶來狂熱和奔放，她的心是這樣平靜、這樣踏實。所以，她覺得非常惆悵。她愛他，勝過愛她自己……可為什麼……

她暫時把心中的疑問拋到一邊，只要讓自己和他在一起，讓他握著她的手，哪怕只是純粹的朋友式的，沒有緊張，也沒有激動，那對她來說也是無法言表的滿足。

「艾希禮，我想我一定是老了……」

「哎，那只不過是年齡！思嘉麗，哪怕你六十歲了，但在我看來，你依舊還是年輕時候的樣子。還記得那次野宴嗎？你坐在橡樹底下，被一群帥小夥子圍著，你獨特的氣質和風采永遠刻在我的心底。我甚至還記得你那時穿的衣服。那是件白底綠花很淑女的裙子，肩上還披了一條白色滾邊的蕾絲圍巾。你腳上是一雙極其漂亮精緻的綠舞鞋，還有黑色的鞋帶。頭上戴著一頂義大利樣式的大草帽，上邊有兩條翠綠的絲帶。我之所以記得這麼清楚，是因為在獄中的日子太難熬了，我開始回憶起以前的點點滴滴，像翻舊照片一樣，我甚至可以把每個細枝末節都仔細地看個遍……」他猛地打住了話頭，熱切的神情也慢慢從他的面頰上消失，他緩緩放下她的雙手。她仍然坐在那兒平靜地等待著，等待著他的下一步動作或語言。

「從那時起，我們倆各自走過了一段很漫長的歲月，對吧？思嘉麗。這段歲月是我們怎麼也沒有想到的；你健步如飛，一直向前走，而我卻左拐右拐，艱難前行。」

他再次坐回到桌子上，兩眼還是深情地望著她，臉上露出一絲微笑。可這笑容跟剛才的明顯不同，不再使她快樂了，有的只是淒涼和落寞。

「是啊，你飛速前進，而我卻只能跟隨在你的車後。思嘉麗，我常有一種奇想，假如沒有你，我會落魄到一種怎樣可憐的地步呢？」

思嘉麗連忙勸慰他。她非常敏感，因爲他的話讓她一下子想起了瑞德在這個問題上的看法！

「事實上我沒有幫你做什麼！艾希禮，即使沒有我，你還是可以生活得很好。總有一天，你可以出人頭地、發家致富……」

「不，思嘉麗，我身上從來都不曾有過偉人的細胞。我知道，如果沒有你，我可能早就不存在了！也許還不如可憐的凱薩琳・卡爾弗特以及其他更多跟他一樣曾經顯赫一時而又突然走向衰敗的人們。」

「艾希禮，千萬不要這麼說。這聽起來太傷感了。」

「不，我並沒有因爲這個而傷感。我也不會再傷感了。以前，我的確傷心至極，可現在，我只是……」

他忽然停了下來。霎那間，她似乎突然明白他在想什麼了。當他用自己清澈而又落寞的眼神掃過她的時候，她一直以來第一次領悟到了他的想法。當愛的激情撞擊她的心扉時，他的心房卻依然緊閉；現在，他們之間剩下的似乎只有一種平靜的友誼了，她終於可以進入他的心房，對他的想法有些許領悟了。

對！他再也不會傷感了，南方投降後，他曾經一度感到無限的傷感和憂慮，這令他幾乎絕望，當她懇請他回到亞特蘭大時，他心中也有苦衷。但現在呢，他似乎只能聽從命運的擺佈了。

「我不願再聽你說這些話，艾希禮。」她有點生氣了。「你的話跟瑞德的話沒有什麼區別。他那動不動就是『物競天擇，適者生存』的論調簡直讓我厭煩透了。」

艾希禮微笑了一下：「你有沒有平心靜氣地想過，思嘉麗，我跟瑞德從本質上來說基本上沒什麼差別。」

「當然不是！你儒雅、體面而又高貴，但他……」她停了一下，頓時卻不知該說什麼好。

「我們很像。家庭背景、生活模式甚至思維方式。唯一不同的是，我們在人生旅途中，在人生的某一個地方走了岔道。事實上到今天為止，我們的想法依然沒有什麼差別，也許只是對每件事的反應不同而已。就如同我們都不相信戰爭，但我卻願意去打這場沒有把握的仗，他卻不一樣，直到戰爭快結束時他才加入了隊伍。我們都明白，從一開始這就是一場錯誤的戰爭，輸定了。有時，我也覺得他是對的，可話又說回來……」

「艾希禮呀艾希禮，你究竟什麼時候才能不患得患失啊？假如一直這樣下去，那你必將一事無成。」

「說起來容易，可做起來……思嘉麗，你總是想要得到所有的東西，可我還是不明白。你也知道，我壓根就不想得到任何東西。我只想做回我自己。」

她想得到什麼？這個問題真的很可笑！那還用問嗎？那當然是錢了！有錢就擁有了一切！但是，她心裡卻在想，她有了錢，而且也擁有了很多東西，這顯然是在這動亂的年代裡所希望擁有的最大限度了。可在她看來，只有這些好像還不夠。

對！有了錢可能會少了許多煩惱，同時不用整天擔驚受怕，可是這一切並沒有讓她覺得有多麼幸福。「唯有你陪伴，那才算得上最幸福的、最美妙的！我明白，從以前到現在你才一直是我最想得到的！」她心裡還是這麼想著，眼神更是充滿了渴望。對，她沒有說出自己心裡的真實想法，她擔心說出來後會破壞他倆之間的關係，他的心會再次對她封閉起來。

「你真的只想做回自己嗎？」她苦笑著問。

「不能夠做回我自己是我這輩子最大的煩惱。至於我想得到什麼，哦，我想我可能已經得到了我一直想要的東西了：財富、安全以及……可我壓根不在乎自己有多少財富。」

她可能從來沒想過，世上居然會有人不在乎自己有多少財富。

「那你究竟在乎什麼呢？」

「現在我一點也不明白了，以前很清楚，但是現在又都不記得了。也許是這樣的吧：安靜悠閒，不想見到那些讓我討厭的人，不想做那些讓我討厭的事。或許，我應該再回到舊時代，但我心裡很明白這是不可能的。時間不會倒流。可昔日的往事卻始終纏繞著我，我的耳邊不斷迴蕩著舊時代崩潰的聲音。」

思嘉麗一時間無話可說，其實她並不是很理解他這番話的真正意義。但他的語氣和態度卻激起了她對過去的回憶。她突然感到心中一陣無來由的酸楚……她確實沒有辦法忘記過去的一切。那一夜，她倒在「十二橡樹」那片荒涼的果園裡，孤零零的只有她一個人，得不到任何人的一點幫助，她曾經說過「我絕不會再回首這些往事！」從那天起，她果真沒再回憶起過去。

「我更喜歡如今的自己。」她說著，「現在的生活總有那麼多激動人心的事情，聚會、宴請。一切都是那麼精彩；可曾經的生活呢，似乎有點太乏味了。我更喜歡現在的自己。」她的聲音帶著乾澀。

他跳下桌子，衝著她笑了一下，伸出手托起她嫵媚的下巴，好使她整個臉龐都對著自己：

「思嘉麗呀，你說謊的本事可沒達到爐火純青的地步。當然，今天的日子的確很開心，可問題也恰好出現在這裡。說句心裡話，過去的生活雖然確實沒有什麼光彩，但卻有一種內在的魅力！有著一種真正的美感，有一種單純的情趣，而這些是無可替代的！」

他放下那隻托著她下巴的手，又重新溫柔的抓起她的另一隻手，輕輕地握在自己的手心。他對她說：「你記不記得？」

他那富含磁性的聲音彷彿帶著一種異樣的魅力，在他的話語中，這間小小的辦公室開始悄然隱去，天哪！時光彷彿真的開始倒流，她彷彿又回到了以前，那是一個陽光明媚的春日，他們兩個人騎著馬在小徑上浪漫地並肩而行。他一面說一面輕輕把她的手握住，他的聲音裡藏著那些早已被人遺忘的老歌曲裡的淺淺的憂傷。她似乎又聽到了馬蹄聲——那時他們正一起趕往塔爾頓家。哦，他那富有磁性的嗓音好比小提琴和班卓琴的協奏極具感染力。他們似乎在潔白的庭院中翩翩起舞……月明星稀的夜晚，沼地裡可以聽到清亮的狗吠……他猛地停了下來，兩個人四目相對，彷彿在沉默中回到了那金燦燦的青春年華！

「我總算明白你為什麼不開心了。」她傷感地說著。「曾經我一直不清楚為什麼，甚至連自己不開心也搞不清楚怎麼回事。可是……現在，你瞧我們說話的語氣多像年邁的老人們呀！」想到這裡，她既驚訝又有幾分失落。

但當她再次抬頭看著艾希禮時，卻發現他已不再年輕，青春的年華已經從他身上逝去。他低著頭，若有所思地牽著她的手，曾經在陽光下閃爍著明亮金色的頭髮呈現一綹灰白，就像是死水裡的一片皎潔的月光。忽然間，思嘉麗感到那美好的春光明媚的四月天不見了，她曾經美好的過往也已煙消雲散了，只有憂傷而甜蜜的回憶所留下的苦澀。

「真不該讓他勾起我的往事！」她覺得心中分外淒涼。「我說過不再回憶這些事了！回憶不但使人痛苦，而且還牽腸掛肚又消磨意志。艾希禮就錯在這兒！他一直都無法規劃未來。他害怕現實和未來，因此只能借助那看似美好無比的回憶度日。以前我不明白這些，更不瞭解艾希禮。哦，我最愛的艾希禮呀，你一定不能再靠這些回憶生活了。你也不該讓我回想起那段往事！你現在痛苦與悲傷都是那不堪回首的往事帶給你的！」

她情不自禁地緩緩地站起來，可那隻手還被他握著。她應該走了，她再也不想回首往事了，她再也無法面對他那張疲憊而又蒼白的臉了。

「一切已經過去了，早都過去了，艾希禮。」她邊說邊壓制住自己激動的情緒，儘量讓聲音顯得平靜。

「這就是現實啊！」艾希禮說，「現實就沒義務給我們提供所期待的一切，我們都應順其自然！接受現實，不是嗎？」

她想起自己曾經經歷過的那坎坷的道路，心中滿是說不完的酸楚和無奈。腦海裡也總是呈現出那個喜歡男孩子們給她獻殷勤、喜歡漂亮服飾、整天夢想著有朝一日也能像愛倫那樣做個人人羨慕的貴夫人的年輕放肆的思嘉麗·奧哈拉。

淚水不知何時悄悄地滑落。她呆呆地站在那裡，一動不動，只是看著他，他就像是一個受了委屈卻不知道該怎麼辦才好的孩子。艾希禮什麼話都沒說，只是輕輕上前將她攬入懷裡，讓她的頭可以輕輕地依偎在自己肩上，又低下頭把臉緊貼在她的臉上。

她全身一陣酥軟，只好緊緊地依偎著他，並用雙臂用力地環抱住他的脊背。是啊！只有依偎在他的懷裡，她才可以覺得前所未有的踏實與溫暖。哦，就算只能輕輕依偎在你的懷裡我也覺得很滿足，不會有過多的雜念，只有純潔的友誼，不會再激動與緊張，只剩下平靜與溫暖……也許只有艾希禮能明白這一切！因為他們之間有著共同的回憶、共同的青春，也只有他明白她的過去與現在。

她聽見外面傳來了緩慢的腳步聲，卻並沒有在意，她還當那只不過是車夫們要回家了。因此她只顧安心地在艾希禮的懷裡，聆聽著他心臟那有節奏的跳動。突然，艾希禮猛地推開了她的雙臂，用勁之大讓她非常驚訝。她困惑地抬起頭來看著他的臉，可他並沒有看她，只是呆呆地望著門口。

她回過頭去，啊，是英迪亞來了，她的臉色很難看，眼神裡滿是清晰可見的憤怒。她的旁邊是安爾琴，也同樣怒氣衝衝，就像一隻獨眼的大鸚鵡讓人恐怖，他倆身後是埃爾辛太太。

她到底是怎麼從那群女人中間跑出來的，她自己也記不清了。她似乎記得艾希禮讓她儘快離開辦公室，而他則留在那試圖跟安爾琴進行談判。英迪亞和埃爾辛太太背對著她站在屋外。她又羞愧又害怕，恨不得有翅膀立馬飛回家。那個可惡的安爾琴就好像猛地變成了《舊約》影片中的復仇天使。

家裡沒有一個人，整棟房子靜靜地沐浴在夕陽的斜照中。傭人們似乎都去參加某個人的葬禮了，孩子們都待在媚蘭家的後院裡嬉戲。媚蘭……媚蘭！思嘉麗跑回自己房間後，只要一想起這個名字便渾身不寒而慄。媚蘭會知道的。剛才英迪亞說她一定會去告訴媚蘭，她不是個善罷甘休的女人，她巴不得興高采烈地向別人講述這件醜事，她可不在乎敗壞哥哥的名聲。至於這件事會不會傷媚蘭的心，她更不在乎。她的目的就是要在思嘉麗身上出口惡氣。

埃爾辛太太同樣不是個省油的燈，就算她當時什麼都沒看清，但這同樣不會阻止她添油加醋地向別人大肆描述。晚飯時，整座城市都將傳遍這件醜聞。晚上的生日舞會上，女人們同樣會七嘴八舌地討論這件事！唉，她這下可倒楣了，這事傳開以後不知道會成什麼樣子？怕是跳到黃河裡也洗不清了。那些愛管閒事的人們不會僅僅滿足於這個簡單的過程：她傷心地哭了，他只是把她擁入懷裡，可過不了多久，留言就會傳遍整座城市，思嘉麗與艾希禮通姦還被人當場捉住。哎，事實上，他們只不過是簡單的擁抱而已。

思嘉麗突發奇想：如果是那年耶誕節他休假結束他們接吻的時候，讓人看見那該多好啊！也或許在塔拉時，我懇求他跟我一起私奔，讓人看見那也行啊！……可現在這樣被所有的人誤會真委屈啊！我只不過是作爲一個朋友禮貌地和他擁抱而已！但現在，現在……

那些攻擊、輕視、諷刺和亂七八糟的傳聞，她一定能忍受得住，但是她該如何去面對媚蘭呢？哦，不行！哎，艾希禮肯定恨死我了！都是我害了他！想到這兒，她感到很害怕，立即停止哭泣。還有瑞德，他會怎麼對我啊？

也許他永遠都不可能知道。不是有句嘲諷人的古語：「當丈夫的往往最後一個知道。」或許不會有人告訴他。天哪！千萬不要讓他知道啊！但她馬上又想到了安爾琴——那可是個冷酷又大膽的人，他那隻無情的獨眼充滿了對每個女人的仇恨；特別是對行爲不軌的女人。對，他說過要告訴瑞德的，不管艾希禮怎麼勸阻，他也一定會這麼做的。

「現在我不能再想這事了，等到我可以忍受時再想……」她無奈地自言自語著，把腦袋壓到了枕頭裡。

天黑了，她似乎聽見僕人們陸續回來的聲音，但今天爲什麼如此安靜？就連僕人們準備晚飯也靜悄悄的，可能是自己太多慮了吧。嬤嬤上樓叫她開門，她說她不想吃晚飯，把嬤嬤打發走了。哦，時間爲什麼過得這麼慢啊！後來，她聽到瑞德上樓的腳步聲。她好緊張，差不多是鼓起了自己全部的勇氣——她想要全盤托出。

沒想到他卻走過了她的房門回自己的房間。她大大地吐了一口氣，也許他不知道呢！幸好有言在先，不允許他再進她的臥室。感謝上帝，他仍然遵守著她的這項冷酷無情的要求，否則他進屋後肯定會從她的臉上看出破綻。而且她還得撒謊說自己病得很嚴重以至於不能去參加生日舞會了。

過了很長時間，她似乎聽見瑞德不停地在自己的房間裡走來走去，還不時地跟波克說著什麼。是啊，她根本沒有勇氣叫他過來！四周一片寂靜，只有她躲在床上瑟瑟發抖。

天哪！他來敲門了。她拼命克制住自己緊張的情緒，說：「請進。」他一邊推門進來，一邊嘲諷似的說道：「你真的允許我進入你這聖殿嗎？」

屋裡很黑，她看不清他臉上的表情，但從他的聲音裡聽不出任何異樣。他走進來，關上房門。「你準備好了嗎？我們該去參加生日舞會了。」

「真的不好意思，我有點頭疼。」奇怪的是她的聲音居然沒有一點異樣！還好天黑看不見臉上的表情。「我不去了。你一個人去吧，瑞德，幫我向媚蘭道個歉。」

黑暗中，突然傳來了他那陰陽怪氣的責罵聲：「我還從來沒有見過像你這麼懦弱的偷漢子的女人！」

完了，他知道了！她全身開始哆嗦。只聽見他在黑暗之中摸索了一會兒，然後，他劃著了一根火柴，屋裡一下子有了亮光。他來到她的床邊，低頭看著她。她看到他身上穿著晚禮服。

「你給我起來！」他大聲說道。「陪我去參加生日舞會。快來不及了！」

「哦，瑞德，我不想去了。你知道……」

「我都知道了！快起來！」

「瑞德，安爾琴他竟然……我想你應該馬上去殺了他，他是在胡說八道……」

「我有一個壞毛病，那就是從來不殺說實話的人。我沒空跟你耍嘴皮子！快點起來！」

她無奈地坐了起來，裹了裹身上的睡衣，看著他的臉。希望看出些什麼來，可他陰沉的臉讓人捉摸不透。

「我不能去，瑞德。我真的不能去，除非這次……把這次誤會澄清。」

「如果你今晚不和我出席，那你下半輩子就不要想在這座城市中生活下去了。我能容忍自己的老婆是姦婦，但不能容忍她是膽小鬼，今晚你一定要去，就算是從亞歷山大．史蒂芬斯到下面的傭人都對你怒目而視；哪怕威爾克斯太太對我們下逐客令，你也必須得起來跟我去。」

「瑞德，求求你聽我解釋。」

「我不想聽，也沒有時間聽，起來穿衣服。」

「他們誤會了……英迪亞、埃爾辛太太，還有安爾琴，他們都那麼恨我；英迪亞更是一直都對我有成見，為了中傷我，她甚至把親哥哥也推下水。你能不能聽我解釋？他們肯定又在添油加醋地到處謠傳了，今晚不管怎樣我也不能去。」

「你必須去！」他說，「我就算是捏著你的脖子，用皮鞋對準你那迷人的屁股，走一步就踢一腳，我也會把你踢去！」

他雙眼露出凶光，一把將她拖下了床，然後又揀起緊身內衣扔給她。

「穿吧！要我替你扣扣子嗎？扣扣子是我的拿手好戲。我可不會叫嬤嬤來幫你的忙，省得你趁機反鎖了房門，像個膽小鬼一樣躲在被子裡。」

「我不是膽小鬼！」她被激怒了，大聲嚷道。「我……」

「行啦，不要再提你那老掉牙的打死北方佬的故事了。你這個膽小鬼，哪怕不為了你自己，你也應該替瑪拉想一下，所以你今晚必須得去！我可不允許你斷送了她的前途！快穿吧。」

他拿出一條新做的碧玉波紋的綢衣裙，低領、大裙撐，還配有一朵粉紅色的天鵝絨玫瑰花結。「就穿這件吧！」他隨意地把衣裙扔到床上，走到她面前對她說。「今晚你可不要再穿鴿子灰或淡紫色的裙子了！還有，一定要濃妝豔抹，我相信，膽敢和道貌岸然的法利賽人通姦的女人，臉色絕對不應該這樣慘白。」

說完馬上轉過身去，他把她腹部的腰帶狠狠一勒，疼得她大叫起來。對於他的野蠻，她感到既恐懼又沒有辦法。

「疼？」他冷笑了幾下，她幾乎不敢去看他的臉。聽到他冷冷地說道：「只是這東西爲什麼沒繫在你脖子上啊！」

媚蘭家燈火通明，大老遠就能聽到喧鬧的音樂聲。還沒走進大門，就能聽到一陣陣歡聲笑語，裡面一定是高朋滿座濟濟一堂啊。甚至有客人坐在門廊裡，還有客人坐在院子裡的長椅上。

我不可以進去！我不可以！坐在馬車裡的思嘉麗心一直在瘋狂地跳著，手絹早已被她攥得皺巴巴的了。我不能……我不能去！我應該跳下車……逃到塔拉去……爲什麼瑞德一定要強迫我來呢？大家會怎麼看待我？媚蘭將怎麼對我？她一定會怒目圓睜！哎！我哪有臉去見她！我必須馬上逃走！

瑞德似乎猜到了她的心事，緊緊抓住她的手，那野蠻兇狠的樣子像個流氓。她覺得她的手肘肯定都被捏紫了。

「我還真不知道原來愛爾蘭人這麼懦弱！平時你不是一直吹噓自己如何如何勇敢嗎？現在爲

什麼這個樣子？」

「瑞德，我求你了，讓我回家吧！回家後我慢慢給你解釋好嗎？」

「解釋，以後有的是機會！可上競技場卻只有今晚這一個機會。下車吧！親愛的！讓我們看看那些兇狠獅子會怎麼把你吃掉。下車！」

她不知怎樣下的車，她覺得自己挽住的不是手臂而是一塊堅硬的大石頭——不過！這石頭多少也給了她一點點勇氣。上帝呀，我必須正視他們，我一定可以做到。他們都算些什麼東西呢！不過就是一群嗷嗷亂叫的野貓！我必須得給他們點顏色瞧瞧。我才不會在乎他們的看法呢！我在乎的只有媚蘭一個人。

他倆踏進了門廊，瑞德微笑著手持禮帽向左右兩旁的人行禮致意，他的聲音聽起來平靜而親切，毫無怒意。他們倆一進屋，音樂立即停了，思嘉麗的腦子裡突然間一片空白，她覺得眼前的這些人一下子變成了咆哮的浪濤，向她奔騰而來，隨即又悄然離去。不就是很多雙憤怒的眼睛嗎？哼！統統見鬼去吧！她挺胸抬頭，落落大方地微笑著。

她還沒有來得及側過身子和離她最近的一個客人打招呼，忽然有一個人從人群中擠了過來。四周馬上安靜了下來，思嘉麗心裡正納悶呢，只見人群中讓出一條通道，原來是媚蘭邁著歡快的腳步來迎接她。難道她是要搶在所有人前面同她說話嗎？她挺直了腰板，抿緊了嘴唇，好像除了思嘉麗外沒有別的客人在場似的向她快步走來。然後她伸出手親熱地摟住了她的腰。

「親愛的，你的裙子好漂亮！」她聲音不大，但在場的人卻都能聽得很清楚。「你能做我的幫手嗎？今晚英迪亞好像有事不能來幫我了。你幫我招呼一下客人好嗎？」

chapter 54 離家出走

回到臥室，思嘉麗覺得安全了，她一下子倒在床上，躺在那裡動也不動，傻傻地回憶著自己站在媚蘭與艾希禮之間迎接客人的情景。天哪，太可怕了，真是太可怕了！哪怕讓她再次面對槍林彈雨和北方佬，她也不想去回憶這一幕了。後來，她戰戰兢兢地從床上爬起來，在地上來回走著。

經歷過高度緊張之後，她的全身都在不停地發抖。髮夾不知不覺間從手中滑落到地板上，她想用梳子同往常一樣梳理按摩一下頭皮，可梳子不知道怎麼卻梳在了太陽穴上。她不止一次地踮著腳尖來到門邊，想聽聽樓下有什麼動靜，可是她什麼也聽不見，整個家死一般寂靜。

生日舞會後，瑞德把她送上馬車，叫她自己一個人回家。呵呵，這正是她求之不得！可瑞德到現在還沒回來！感謝上帝，他不回來才好呢……她既羞愧又害怕，無法克制自己的顫抖，可是他能去哪兒呢？

她不由想到貝爾。思嘉麗第一次爲有這麼一個妓女而欣慰！她真要向她說聲謝謝，要不然瑞德就沒有地方可去了。真希望他平息他那股殺氣騰騰的憤怒後再回來。

丈夫去嫖女人，妻子在家居然會感到高興？這真是太不正常了！可在這個時候，或許這才是最爲明智的選擇。即使是他在外面突然死了，她也同樣感到高興！只希望今晚可以不再見到他那副尊容，那就謝天謝地了。

明天……對，明天又會是新的一天了。也許到了明天，她就想出別的辦法。哦，那就到了明天再去回憶這可怕的情景吧，也許到了那個時候就沒有這麼痛苦了。哎，還好有媚蘭，她挺著消瘦的肩膀，頂著無數雙仇視的眼睛向思嘉麗走來，向她伸出了雙手，拯救了思嘉麗和艾希禮。

整個晚上，媚蘭始終沒有離開過思嘉麗半步，她用她的坦誠與勇氣制止了這場醜聞的傳播。出席生日舞會上的客人們雖有些異樣，可大多數人還是平靜客氣的。

這樣一想，她突然覺得自己無限的悲哀——自己居然被媚蘭保護著。假如沒有媚蘭，她會馬上被那些冷漠無情的眼神給擊垮！爲什麼救了自己的人偏偏是媚蘭呢？

思嘉麗不禁打了個冷戰。哦，她覺得她必須去喝點酒！否則她肯定睡不著覺、平息不了心中的緊張、懊惱與悲哀，她在睡衣的外面又披了件外套，疾步走向走廊。整座樓死一樣寂靜，只有她的拖鞋發出來的聲響——喀嗒喀嗒……

當她走到樓梯一半時，發現餐廳的門緊閉著，門底下透出了一絲燈光。她怔在那裡，心臟好像也突然間停止了跳動。難道她回家時餐廳就亮著燈？哎，都怪自己當時太慌亂了！難道……是瑞德剛剛回來過，也許他走的是後門。假如他真的在這裡，那她肯定不敢去喝酒了，而應該馬上回臥室去！她必須得躲著他！她害怕見到他！她必須將自己鎖在房中。

就在她打算彎腰脫鞋跑回臥室時，餐廳的門突然打開了，昏暗的燭光映出瑞德的身影。他是那麼的威武高大！在思嘉麗的眼裡簡直就像個魔鬼。

「能請您進來陪陪我嗎？巴特勒太太。」他的聲音有點含糊不清。

他醉了，看樣子還醉得不輕！真的，好像以前他從沒醉過，不管喝多少酒，他也不會醉。她停了下來，猶豫著沒有說話。他揮揮手如同發出命令：「過來！你馬上給我過來！該死的！」她的心突然非常慌亂。以往他喝得再多，言行舉止也會斯文，像一個好面子的紳士……

「一定不可以讓他看出來我不敢見他。」她一邊想，一邊哆嗦著拉緊了睡衣，走下樓梯。他側身站在門口，對她鞠躬，煞有介事地把她引入屋內。他臉上那充滿嘲諷的表情讓她看了全身瑟瑟發抖。她瞄了他一眼，看到他沒有穿外衣，襯衫的領口敞開著，領結隨意的耷拉在襯衣領子的兩側，露出濃密的胸毛。他蓬頭垢面，眼睛裡佈滿血絲。餐桌上點著一支蠟燭，燭光映得餐廳一片陰森，好像是在爲那些野獸般的黑影襯托環境。桌面上有一個銀盤子，裡面放著一個細頸的酒瓶，酒瓶的雕花玻璃蓋已經被啓開了，散發著酒味。

「坐。」他冷冰冰地說。

突然間一種新的恐懼爬上她的心頭，無論是言行還是舉止，瑞德此刻都像極了一個野蠻人。她從來沒見過他這樣子。過去，哪怕是在最最親密的時候，他也總是有條不紊的。就算是生氣了，他也有點紳士派頭，大不了說一些奇怪的話。這麼多年以來，她以爲瑞德對什麼事情都無所謂。在他眼裡，生活中的一切事物，也包括她——思嘉麗·奧哈拉在內，都只是他諷刺和取笑的對象。可現在，當她隔著桌子望著他時，心中一下子就明白了，今天的這件事讓他認爲重要了，而且十分重要。

「就當是我不知趣地貿然回家，可也不影響你在睡前喝上一杯呀。」他說。「怎麼？你需要我幫你倒酒嗎？」

「我根本不想喝酒！」她板著臉。「我只是聽到動靜才……」

「你怎麼可能聽到動靜！你如果聽見我在家的話，你壓根不可能下樓半步。我一直坐在這裡聽你在臥室裡徘徊。你就是想喝酒了，對吧！那你喝啊！」

「我不想喝！」

他拿起酒瓶，晃晃悠悠地把眼前的杯子倒滿，而且溢出好多。

「拿著。」他毫不客氣地把杯子硬塞到她手裡。「你在哆嗦。哦，不用裝了。我知道你常常背著我喝酒，我也知道其實你酒量不小。我早想跟你說了，要想喝就正大光明地喝，沒必要這樣偷偷摸摸的，你不會以爲我會在乎你喝酒吧！」

她一邊接過杯子，一邊在心裡暗暗詛咒他。他確實很瞭解她，甚至可以說是看透了她；可在這個世界上，她唯一極力想瞞住的人又偏偏是他。

「喂！喝吧。」

她手腕挺直，一舉酒杯，一仰脖子，把杯中的酒一飲而盡，動作乾脆的就像當年的傑拉爾德。可她卻沒有注意到，這個動作對一個女人來說是多麼不體面。

瑞德看了，禁不住撇嘴笑了一下：「坐下吧，我們來開個家庭會議，好好商討一下剛剛出席過的那個我們一生中最不平凡的生日酒會。」

「你喝醉了！」她語氣冰冷地說。「我要上樓睡覺了。」

「我喝醉了，對！可我今晚還要喝！你也別想去睡覺，現在還早著呢！坐下！」

雖然他的語調沒有太多地變化，可她仍然聽出了弦外之音。那是隱藏著的強烈的怒火，那是憤怒的狂風，就像鞭子，就像炸彈……她剛想要站起身來離開，他就猛地躥了過來，一把將她的雙手緊緊抓住。他只輕輕地一拉，她便疼得嗷嗷直叫。於是她不得已又坐了下來。

此刻，無邊的恐懼籠罩著她，這是她從來沒有經歷過的感覺。當他低頭盯著她時，她看見他那張黑臉憋得通紅，眼睛露出殺人般的寒光。霎時間，她有些分不清他的這種神態，比憤怒更加深沉，比痛恨更加強烈，以至於他的渾身都在噴發著一種逼人的寒氣。她只能懦弱地低頭敗下陣來。而他也像洩了氣的皮球一樣頹廢地坐回到自己的椅子上。

他又給自己倒了一杯酒。而她則在努力地整理著思緒，想盡一切辦法築造一道強有力的防線，可她並不清楚他即將開始的攻勢究竟會是什麼樣，所以在他開口之前，她壓根不知道應該怎麼應付。

他一邊喝酒，一邊盯著她，露出緩慢而沉重的表情。思嘉麗感覺自己全身的神經都繃緊了，她努力抑制住自己，好讓自己不要顫抖得太厲害。過了好一會兒，他的臉上還是沒有太多的表情，可卻忽然間發出一陣狂笑，目光像釘子一樣盯著她。她全身不由自主地劇烈顫抖了起來。

「今晚真像一個喜劇，對吧？」

她沒話可說，只得把鞋裡的腳趾使勁縮緊了，以便能控制住全身的戰慄。

「這個喜劇中角色多麼齊全，所有的人全湊在一起朝偷男人的女子扔石塊，而那個可悲的戴了綠帽的丈夫卻像個紳士一樣拼命地維護著自己的面子；而姦夫的妻子出於對基督的信仰，想憑藉自己的好名聲，努力掩蓋這樁醜聞，而那個可惡的姦夫……」

「求求你不要說了好嗎？求求你。」

「哦，親愛的，你不應該求我。求我也沒用。這個喜劇真的是太有意思了！那個姦夫就像個十足的大笨蛋，恨不得一死了之。親愛的，你能讓一個你如此痛恨的女人支持你，幫你把罪過從頭到尾遮蓋住，你作何感想？可以給我講一講嗎？坐下！」

她只好坐下。

「我覺得你應該不會因她的袒護而改變對她的看法的，你不知道她是否完全瞭解你和艾希禮之間的醜事。假如瞭解的話，她應該沒理由還要這樣做啊？爲了保全她自己的名聲嗎？你心裡清楚，她這麼做也只是個十足的大笨蛋，儘管她現在使你免於臭名昭著的下場，但是……」

「我不想再聽……」

「不，親愛的，你一定得聽下去。我說給你聽的原因，只是想要安慰你。媚蘭真的好傻，可她跟你想像的不一樣，雖然有人告訴了她那件事，但她堅決不信。當然！哪怕她親眼看見，她也不可能相信，不是嗎？她純潔、善良又有尊嚴，根本沒辦法接受她所愛的人和她自以爲的好朋友竟會做出如此丟人現眼、如此下流的事情，我想像不到艾希禮是拿什麼話來騙她的……唉，就是再可笑的謊話她也一定會相信的，因爲她深愛著他，同時她也愛你。我就是想不明白，她怎麼會那麼愛你？但她就是愛！她愛你——這對你來說將是你永遠卸不下的十字架。」

「如果你現在沒有喝醉，如果你不是這樣胡說八道的話，我想我會把這一切從頭到尾講給你聽。」思嘉麗輕聲細語地說，理智已經讓她更加清楚自己的處境。

「我不想聽你的任何解釋。對事情的經過我想我比你清楚得多。我告訴你，假如你再站起來我就……哦，對了，我還發現了一件比今晚的喜劇更有意思的事情：你一邊以我犯有的種種罪惡爲藉口，鄭重其事地拒絕與我同床，另一邊卻一直在心裡同艾希禮．威爾克斯通姦，在心裡熱戀——這個詞太準確了，太貼切了！《聖經．新約．馬太福音》第五章：『凡看見婦女就動淫念的，這人心裡已經與她犯姦淫了。』那本書裡確實有許多妙語警句呀，你說對吧？」

「哪本書？」

她腦子裡全亂了，想尋找些什麼，但又不知道那到底是什麼。昏暗的燭光下，銀盤子彷彿也失去了光澤，整個屋子都籠罩著陰森森的氣氛。

「你總覺得我很粗俗，配不上你，因此你毫無顧忌地把我扔在一邊，也不願再懷我的孩子。這讓我很難過！我的寶貝，你知道那是什麼滋味嗎？因此我賭氣去外面尋歡作樂，讓你一個人去清靜高雅！可你卻成天想著你那位高貴的威爾克斯先生！該死的東西！他是不是人啊？他在精神上對妻子不忠，卻又不在肉體上背叛她，他怎麼就這樣優柔寡斷呢？你不會爲他生兒育女，然後欺世盜名地說那是我的孩子吧？」

她氣得尖叫了一聲，從椅子上一下子跳了起來。他也站起來，冷冷地笑著，那笑聲讓人聽著都毛骨悚然。只看見他生硬地伸出那隻褐色的大手，毫不憐惜地使勁把她按到了椅子上，而後俯身盯著她。

「看仔細點，喏，我這雙手，親愛的。」他邊說邊將拳頭握起讓她看。「我現在不費一點力氣就可以把你給撕了！如果我這麼做能夠徹底把艾希禮從你的腦子裡清除的話，我會毫不猶豫地這麼做的。可這好像只是白費力氣，所以，我想換種方式，你看，我會用兩隻手掐住你的腦袋，像捏核桃一樣把你的腦袋捏碎，然後把艾希禮從裡面給逮出來。你看怎麼樣，親愛的？」

說著，他就真的捧住了她的雙頰，用勁撫摸著，然後緩緩把她的臉扭過來對著自己。她現在看到的是一張完全陌生的臉，那是一個醉醺醺的壞男人可怕的臉。她無論在何種恐懼的情況下，都會有一種頑強的意志力，而現在她的血管裡又再次湧現出了這種意志。她挺起胸膛，冷冷地盯著他，斷然地發出命令。

「你這個酒鬼！給我拿開你的髒手！」

她沒想到他真的鬆開了手。然後，他又坐回到了桌邊，給自己倒了一杯酒。

「我一向佩服你的勇氣，親愛的。尤其是現在，無處可逃了，你卻還是底氣十足。」

她緊緊了身上的外衣，想馬上回自己的房間，然後鎖上門休息。是的，不管如何，必須先離開這兒。這麼多年來，她第一次見到瑞德醉成現在這副德性。她下定決心了後，就強裝鎮靜地站了起來，但兩腿仍在發抖。她把外套又緊了緊，俐落地捋了一下額前的頭髮。

「我沒有走投無路！」她擲地有聲，「你永遠都別想看到我走投無路的樣子！瑞德，你不用來恐嚇我。你這個人面獸心的酒鬼，就只知道尋花問柳，什麼事你沒幹過！你不可能瞭解我的，你也永遠不可能瞭解艾希禮。你每天生活在污穢中，哪裡可能知道這世上還有淨土！你一向就只知道妒忌！無知的人！晚安！」

她鎮靜自若地轉過身去，徑直朝門口走去，但就在這時，她聽見了他的一陣狂笑，就停下了腳步。她轉過頭，看見瑞德搖搖晃晃地跟了過來。天哪，他的笑聲太可怕了！他這是在笑什麼啊？

思嘉麗不由自主地往門口退著，一步，兩步，幾乎已經退到了牆邊。他突然伸過雙手，狠狠地抓住了她的肩膀，並把她狠狠地推在了牆壁上。

「不許再笑了！」

「我就是要笑！我笑自己居然會為你如此傷心。」

「傷心？為我？是為你自己傷心吧！」

「老天能作證，我是在為你傷心。我親愛的，我漂亮的小姐、夫人。你是不是覺得受不了？你不單怕嘲笑，而且還怕被同情，對嗎？嘿嘿……」

他不再笑了，但身體卻突然倒向她，幾乎要貼住她的胸部。她感到自己的肩膀被抓得生疼。

他的臉痛苦地扭曲著，強烈的酒氣熏得她扭過頭去不再看他。

「妒忌？你說我？」他說。「我怎麼可能不去妒忌呢？我一直在妒忌艾希禮。別狡辯，也不用向我解釋什麼。我知道你在肉體上忠於我。你想說的不就是這些嗎？其實不用你說，我也知道。這麼多年了我還不清楚嗎？我是怎麼知道的？嘿，我太瞭解艾希禮了，我太瞭解他那個人了。他啊！他是個紳士、貴族。親愛的，我們算不上紳士、貴族，因爲我們不是上流社會的人！對吧？也因此咱們沒有別人值得尊敬的地方，因此咱們才能像綠色的月桂樹那樣不斷繁榮茂盛。」

「滾開，我不想在這兒受你這種人侮辱！」

「我沒有侮辱你，我是在表揚你肉體上的忠貞。但是，你休想騙我，你認爲男人都是傻子！思嘉麗，你也太小看你的對手了吧，我可不是傻子，你人雖然躺在我的懷裡，可心裡卻想著艾希禮．威爾克斯，你真的以爲我不知道這些嗎？」

她無話可說，滿臉充斥著恐懼。

「真是太可笑了！不是嗎？一張雙人床上居然會有三個人。」他使勁地搖晃著她的雙肩，一下子打了兩個酒嗝，臉上有著陰險的笑。

「呵呵，你在肉體上忠於我，只不過是因爲艾希禮不要你。哼！他如果要你，我會拱手相讓的。身體算得上什麼，尤其是女人的。可我實在不想把你那顆心，你那顆多情卻冷漠的心交給他，可那個世界上頭號的大傻瓜卻不想要你的心，而我呢，卻恰好不想要你的身體。哼！我可以隨便花點錢買到任何女人的身體。可是我想要的卻是你的愛情、你的心！可我卻永遠無法得到，就如同你永遠也不可能得到艾希禮的心一樣。明白了嗎？這就是我爲你傷心的理由。」

思嘉麗在恐懼與不安中感受到了嘲諷。

「爲我傷心？」

「對，我是在爲你傷心！思嘉麗，你不過是個孩子，是一個哭鬧著非要把天上的月亮摘下來的孩子。可你摘下了月亮，又能怎樣呢？你又能把艾希禮怎麼樣呢？的確，我爲你傷心。因爲我看到你拋棄了現在你所擁有的幸福，拼命去爭取那些永遠不可能讓你幸福的東西。所以我爲你傷心，你這個大笨蛋！你真的不知道金瓜配銀瓜，西葫蘆配南瓜的道理嗎？哪怕我死了、媚蘭也不在世上了，你如願以償得到了你那高貴體面的心上人，你就會幸福嗎？不要做夢了！你永遠也別想看透他！他對於你，就像是除了對音樂、詩歌、書籍以及金錢以外的其他東西一樣，都看不透、看不懂。而我們，親愛的，哪怕你願意給我半個機會，我就可以讓你幸福到永遠，因爲咱們實在太像了。咱們是天生的一對，咱們如果生活在一起，你想要什麼就有什麼，想要多快樂就會有多快樂。因爲我愛你，因爲我瞭解你！這一點是艾希禮一輩子也不可能做到的事。因爲他一旦瞭解了你，那他就會看不起你。可你呢，偏偏想要這個你根本無法瞭解的男人！所以我也只好去找那些妓女，在她們身上發洩自己的感情。可我敢保證，如果你願意，我們一定會過上幸福美滿的生活！」

忽然，他鬆開了她，搖搖晃地走向酒瓶。過了好一會兒，思嘉麗仍然傻傻地站在那兒，一動也不動，各種雜亂的想法不斷變換呈現在她的腦海裡。瑞德說他愛她。這是真心話嗎？是酒後胡言亂語，還是在開玩笑，想尋她開心？艾希禮……月亮……自己哭著喊著要摘的月亮。突然，她朝穿堂跑去，彷彿要逃離惡魔的追捕一樣。她想回到自己的臥室！

就在這慌亂的奔跑中，她不小心扭傷了腳踝，只好停下，想扔掉那隻鞋。可這時，瑞德卻追上來了——他敏捷得就像是一個印第安人。他喘著粗氣，把一股熱浪吹到她的臉上。他快速地把手伸進她的睡衣裡，手掌觸碰到了她光滑嬌嫩的肌膚。然後，他沒有猶豫，粗魯地抱住了她。

「你爲了他，把我扔在一邊，逼得我不得不去找妓女。天哪，今天我的床上只允許我們兩個人睡！」他將她攔腰抱起，向樓上走去。她的頭被擱在他的胸口，她可以清楚地聽到他的心在怦怦直跳。她被他的胳膊夾得生疼，不由得叫喊起來，可是沒一會兒嘴就被他給堵住了，她的叫喊一點用也沒有。思嘉麗感覺自己就像是被一個陌生人給綁架了。她快要被他悶死了，說不出一句話。

走到樓梯拐角時，他突然停住了，把她一下子翻轉過來，低下頭瘋狂地吻她。粗魯、強烈而又完美的吻卻讓她忘記了這一切，只感到自己好像墜入了無底的深淵，而他的雙唇卻緊緊地封住了她的嘴唇。

他全身都在顫抖，好像是在狂風暴雨之中。他的熱吻一直從思嘉麗的香唇開始，沿著她身上漸漸往下移動，佔領了她的肌膚。與此同時，他竟又開始自言自語，而那些話她竟然一點也聽不懂，只是覺得身體裡有一種感情被他的吻喚醒了。

黑暗裡，兩個人像是喪失了一切的動物，只有熱吻還屬於他們。她張開嘴巴想要說點什麼，可嘴唇卻被他的熱吻壓住了。此時此刻，一種來自體內的生理衝動佔領了她的全身。那是一股交織著歡悅與恐懼、衝動與美妙的複雜的力量，這力量征服了她！在他那強有勁的大手和熱辣辣的狂吻的召喚下，她終於被征服了！這真是一種奇妙的變化！她有史以來第一次碰上了比她還要厲害的對手，她無法勝過他或是降服他，只好在他面前俯首稱臣。

就在這個時候，她的雙手已經不覺間牢牢地勾住了他的脖子，她的唇熱烈地回應著他性感的舌頭。他倆逐漸走向那黑暗中的瘋狂、刺激與盪氣迴腸。

次日，等思嘉麗醒來時，他早已離開了。如果不是身邊那只明顯還皺巴巴的枕頭，她還不敢相信昨晚所發生的一切；天哪，那就像一場春夢。就是現在回想起來，她仍舊羞得面紅耳赤，她匆忙拉過被子遮住自己的身體。她看著窗外那明媚的陽光，希望自己的思路可以馬上清晰起來。

突然間她明白了兩件事。她和瑞德一起生活了這麼多年，同床共枕、吵架拌嘴，甚至還給他生過孩子，可自己好像從來不曾瞭解過他。昨夜那個抱著她上樓的男人竟然讓她感到那麼陌生——她從沒想到世間上竟然會有這種人。即便現在，她依然努力想使自己憎恨他，卻怎麼也做不到。他羞辱她、蹂躪她，整整一個夜晚的瘋狂，他徹夜不止對她肆意踐踏、毫無體貼可言，可她卻為此興奮不已，甚至心花怒放。

也許，她該感到恥辱，不該再回顧黑暗中那些熾熱而令人眩暈的情景。在經歷這樣的一個夜晚之後，一個體面的女子，一個真正的淑女，一定是羞惱得快要瘋掉了。可是，回味那銷魂蕩魄的滿足、那飄飄欲仙的快感、那屈服於強暴的狂喜，都遠遠勝過了自身的羞惱與慚愧。她有史以來第一次感覺到自己體內的那種活力，和來自肉體激情澎湃的力量。這種活力與力量，就如同那晚她逃出亞特蘭大時所經歷的恐懼一樣，原始而熱烈、樸實而強烈；又好似她開槍打死那個北方佬時所萌生的仇恨一樣，迷茫而真切，苦澀而滿足。

瑞德是愛她的！況且他親口對她說過，對！他確實愛她，不用再懷疑了。天哪，這個冷漠野蠻而粗魯的陌生人竟一直愛她！這可真讓人想不明白！真的太不可思議了！她不知道該如何對待這個新發現。雖然她沒有十足的把握，但她的大腦中還是不止一次閃過這個念頭，這讓她笑了出來。他愛她，那麼說她總算得到他了。怎樣讓這個目中無人的男人乖乖地聽從自己的指揮呢？

她曾經想盡一切辦法，甚至是誘騙他愛上自己——這事兒她幾乎已經忘得一乾二淨了，可現在回想起來，卻不禁有點沾沾自喜。昨夜差不多是通宵達旦，她由著他擺佈、折騰，可也因此抓住了他的致命弱點。從那一刻起，她要牢牢地控制住他。這些年來，她已經受夠了他的冷嘲熱諷和尖酸刻薄，現在她終於可以變被動爲主動了，她要讓他成爲馬戲團裡的猴子，只要她舉起一個鐵圈，他就必須得心甘情願的跳起來鑽過去。

她想到又要與他在青天白日下見面……哎，又有點難爲情，但卻又感到一種欣慰。

「我怎麼會緊張地像個新娘呢……還是面對瑞德！」她回味著，禁不住又笑了起來。

但是，瑞德直到晚上也沒有再露面，他去哪裡了？等待中的一天對她來說竟然是那樣漫長！她幾乎整個晚上都沒有合眼，兩隻耳朵一直聽著動靜。可是到最後她仍然沒盼來那鑰匙扭動門鎖的聲音。他居然沒有回家。整整兩天了，都不見他的蹤影。思嘉麗又惦念又失望，同時又害怕出了什麼事情。後來，她去了銀行，但仍然沒找到瑞德。她悶悶不樂地來到商店，不由自主地發了一通脾氣。每個顧客進來，她都要抬頭看看是誰，她特別期盼瑞德會走進商店。但是，最終她還是沒看到他。萬般無奈，她來到了工廠，無緣無故地罵了休一頓，將休嚇得直往木堆後面藏。當然，瑞德是不會出現在這裡的。

她靦腆地向朋友們打聽瑞德的消息，她很想問僕人們。可是她能感覺到，僕人們似乎已經知道什麼了。確切地說黑人們一向都消息靈通，這兩天嬤嬤卻一句話也不肯說。她總是有一搭沒一搭地看一眼思嘉麗，嘴上卻什麼也不說。整整兩天兩夜了，思嘉麗決定去報案。可能他出了意外，或許他從馬上摔下來了，此時正躺在某個泥坑裡奄奄一息呢。或許……哦，天啊，也許他已經死了……

吃過早飯之後，思嘉麗回到自己的房間，剛準備戴上帽子出門，就聽到一陣上樓的腳步聲。她心裡忽然有種石頭落地般的放鬆的感覺，於是便一頭撲倒在床上。瑞德進來了。他剛理了髮剃了鬍子，好像還剛剛做了個臉部按摩，整個人看上去格外清爽潔淨；除了兩隻眼睛裡佈滿血絲，眼袋和腮部還有點浮腫——那是他前兩天酗酒的傑作。他很瀟灑地揮了一下手說：「嘿！」

一個丈夫竟然不跟妻子打個招呼就離家出走，兩天兩夜不回家，第三天回家之後居然還能如此輕鬆地說「嘿」！在他們度過了那樣一個難忘的狂歡之夜後，他竟然像沒有任何事發生過一樣？不能這樣，不能！除非，除非……她的大腦裡閃過一個恐怖的念頭——除非那樣一個夜晚對他來說無所謂！

想到這裡，她半天都說不出一個字，原本準備好的行動——向他撒嬌、向他賣俏——全不可能實現了。他幾乎沒有靠近她，也沒有像尋常那樣地親她一下，而只是遠遠地站著，手裡拿著一支點著的雪茄，笑嘻嘻地看著她。

「你去了哪兒？」

「我去了哪兒了？不要告訴我說你真的不知道？大家都知道了，你竟然還不知道？這還真應了那句老話——當老婆的總是最後一個才知道。」

「你究竟在說什麼啊？」

「我還以爲前天晚上光臨了貝爾那兒以後……」

「貝爾……那個……那個……那個女人！你這幾天居然都在她……」

「那我應該在哪兒？可不要告訴我你在擔心我？」

「離開了我，你就去了……哦！」

「哦！行了，行了！思嘉麗，不要再和我裝模作樣了！你一直都知道我在貝爾那裡！早就知道！」

「丟下我，你就去找她，你們……」

「我們……對，那個，哦！」他做了個無所謂的手勢。「有時啊……我是有那麼一點放肆……哼！我和你，前天夜裡……我的確有點過分了！哦，很抱歉。可是，看在我那天喝醉了的分上……況且，當時你又那樣性感，我只是失去了理智……你要不要聽聽你的性感之處？要不現在我給你講講細節……」

頓時，她有一種放聲大哭的衝動。天哪，他居然一點都沒變！真是狗改不了吃屎！她真是個十足的笨蛋，居然會對他的愛信以爲真！原來那一切都是假的！那不過是他一個酒後的玩笑，一個無恥的醉鬼同她開了一個下流的玩笑。他在她身上耍酒瘋、發洩情欲，把她也看做一個像貝爾一樣的妓女！現在他回來了，卻還是那副無恥的嘴臉。

她的心在顫抖，卻只能咬緊牙關把眼淚往自己的肚子裡咽。永遠都不能讓他明白我的心思！永遠！如果讓他明白，他一定會嘲笑我的。對！不能讓他明白！

她飛快地掃了他一眼，他的目光依然是那樣令人難以揣測，但眼裡彷彿又閃著期盼的熱忱，似乎是在等著她說話。但是？他想等她說什麼呢？等著她歇斯底里地發作一通，然後再讓他嘲笑一番？哼！才不呢！她聳聳雙肩，厲聲回答。

「你和那個騷貨的醜事我當然早就知道了！」

「那你爲什麼不問我？你的好奇心呢？假如你問我，我一定會向你坦白的。親愛的，從你跟艾希禮相互有約，請求我和你分居那天起，我就跟她同居了。」

「你居然在妻子面前說這個……」

「嘿！不要裝出妒忌的樣子讓我看！我心裡清楚，只要我能給你提供足夠的錢，將家裡的帳單按月全付清，你壓根不會在乎我在外邊跟誰好！你心裡也明白，我最近的生活完全像個光棍兒，你雖然是我的老婆，可自從有了瑪拉之後，你哪點像個老婆的樣子？我在你身上得到過一點點快樂嗎？你自己清楚。思嘉麗，貝爾比你強多了！所以我再也不會給你什麼錢了。」

「錢？難道你給了她……」

「我覺得，更準確的說法是——贊助她開張。貝爾是一個精明能幹的女人，我打心眼裡想幫她有所作爲，只要有錢買房子，她馬上就會發大財。你知道，對女人而言，只要有一點錢就可以創造出奇蹟來，你自己就是一個活生生的例子。」

「你居然拿我跟她比？」

「你和她都是女強人嘛！不過，貝爾好像還比你略勝一籌，她的心地善良，脾氣也好……」

「你現在就給我滾出去。」

他懶散地走到門口，一道橫眉還滑稽地豎了起來。他怎麼可以如此粗俗下流地對待妻子呢？憤怒幾乎快讓她失去控制了。看來他是故意的，故意污辱她、嘲弄她。這幾天，她一直在真心地期盼他回來，卻沒想到他竟然在妓院裡醉生夢死！這真傷透了思嘉麗的心！

「滾！你現在就滾出去！以後也別想再進我的房間！我早和你說過。你居然還厚著臉皮蹭進來！哼，你這個無恥的東西，壓根不配做紳士！從明天起，我會把門鎖得緊緊的！」

「沒必要吧。」

「我要鎖！那天夜裡，你，你的行爲……一個醉鬼，真讓人覺得噁心！」

「喲！親愛的，噁心？怎麼可能呢？」

「滾！」

「我會滾的，你何必著急啊！從今天起我再不會進來了，這是最後一次！你給我聽清楚，假如你覺得我不配做紳士，不想再和我繼續生活，那我會同你離婚的，但是你得把瑪拉給我，其他的，我才無所謂呢。」

「我才不會同你離婚呢！丟人現眼……」

「假如媚蘭小姐死了，你也不會怕丟人現眼了！對嗎？一想到你會馬上同我離婚，我還真有點接受不了……」

「你還不快點滾？」

「滾，我這就滾！我今天回家就是想告訴你。我會去查爾斯頓、新奧爾良還有……哦，反正，就是要來一次漫長的旅行，今天就走！」

「什麼？」

「我還預備帶瑪拉一起去。你快告訴那個傻乎乎的百里茜，讓她幫我的小寶貝收拾好衣服。她要跟我一起走！」

「你別想把我的女兒帶走！」

「她同樣是我的女兒好不好，巴特勒太太。我現在要帶她去見她的親奶奶，你沒有權利反對！」

「哼！你不要跟我撒謊！你每天總是喝得半死，怎麼照顧女兒？我一定不會讓你把這麼小的孩子帶走，帶到貝爾妓院那種髒地方去的！」

他惡狠狠地扔掉雪茄，燃燒著的煙頭馬上點燃了地毯，隨即散發出一股羊毛焦糊的味道。他氣得臉色發白，一個箭步衝到她的面前。

「如果你是個男的，我現在就把你的腦袋給揪下來。看在你是個女人的分上，我勸你一句，你最好馬上閉上你的臭嘴！你以為我不愛我的女兒？我可以帶她去……她是我的女兒！天啊，你腦子難道有什麼毛病啊！哼！說起來還真讓人噁心啊！到現在你才想起你是個當媽的？知道嗎？如果比當媽，貓也比你強！你哪一點像個當媽的！你為孩子們做什麼了？韋德和艾拉都被你嚇得快要死了！如果不是媚蘭，他倆壓根就不知道這世界上還有母愛這個詞！瑪拉是我的女兒！連我這個當爸爸的都比你強！你認為我會讓你像對待韋德和艾拉一樣，任意訓斥管教我的瑪拉嗎？會讓瑪拉整天跟耗子見了貓一樣怕你嗎！哼！不可能！快點去給瑪拉收拾行李，我給你一個小時，不然，等著你的將是比那夜更粗暴的行為。其實，我一直在合算，如果用馬鞭結結實實地抽你一頓，可能對你大有益處！」

她剛想開口，他卻已快步走出了房間。她可以非常清楚地聽見，他穿過走廊，進了育兒室，推開房門，裡面馬上就爆發出輕快、稚嫩而又動人的聲音，那是三個孩子的呼叫聲，其中瑪拉的聲音最清脆：「爸爸……你幹什麼去啦？」

「爸爸在找白色的兔子皮，好把我的小瑪拉給包起來。哦，快來瑪拉，瑪拉，快過來親親你的好爸爸！」

chapter 55

沉重的十字架

「親愛的，你什麼都不需要說，沒有必要向我解釋什麼。」媚蘭一邊誠懇地說，一邊用手輕輕地捂住思嘉麗想要說話的嘴。「如果你覺得咱們之間需要解釋的話，那你就小瞧了自己了，更把我和艾希禮看扁了，不是嗎？咱們三個始終……一直就像是親密無間的戰友，同世俗奮鬥了這麼多年。假如你認爲幾句不切實際的謠言便能離間咱們，那我可真要爲你羞愧了。你以爲我會相信你和我的艾希禮……嘿！這根本不可能！這個世界上絕對沒有人比我更瞭解你，難道你還不清楚？你對我們全家人，我、艾希禮和小博算得上是恩重如山，你不僅救過我的命，更在那種艱難的情況下收留我們。你認爲我是那種忘恩負義的人嗎？那年，只爲了我和小博可以有一口飯吃，你居然光著腳一瘸一拐地跟在那匹北方佬的馬後邊扶犁耕地，雙手磨得滿是血泡！這些我怎麼可能會忘記呢？你真認爲我會聽信那些謠言嗎？那你就錯了。我不會聽你解釋的，思嘉麗，因爲我們都知道，完全沒有這個必要！」

「但……」思嘉麗怎麼也說不出自己的心裡話。

一小時前，瑞德帶著瑪拉與百里茜出城了，這讓思嘉麗那原本已經滿是羞愧與氣惱的心更增添了幾分落寞。而且，面對媚蘭的真心實意，她又感到無比的愧疚不安。如果媚蘭聽信了英迪亞與安爾琴的話，在晚會上對她冷眼相待，或加以責罵，那她反而會昂首挺胸地給予反擊，心裡也可能會痛快一些。可現在，一想到那像寶劍一般守在自己身前幫自己遮擋嘲諷責罵，保護著自己的聲譽和安全，她就覺得唯有懺悔才可以安慰自己，必須要坦白地說出來，從很久之前，從塔拉農場夕陽斜照的門廊裡所發生的事情說起，一五一十地全部都講清楚。

良心在譴責她，雖然長期以來她的良心始終被抑制著，但是現在它又復活了——一個真正天主教徒的善心是不滅的。「懺悔你自己的罪行，在反省與悔悟中洗淨你的靈魂。」——這句話母親曾經對她說過許多許多遍。可這一霎那，母親的教導彷彿迴響在她的耳邊，喚醒了她的良知。她必須懺悔！是啊！把自己做過的一切、每一句話、每一個動作，尤其是那數得過來的幾次擁抱全部講出來……這樣，上帝才會解除她壓抑很久的痛苦並給她內心真正的安詳與平靜。

作爲懲罰，她需要面對一種變化——那就是媚蘭對她的友愛與信任驟然變成恐懼與厭惡。哦，這將是多麼殘酷的一件事！她將一生都刻骨銘記媚蘭臉上的這種表情，她將被媚蘭永遠地唾罵——因爲她是極度的猥瑣、虛僞又卑鄙！想到這些，她的心都快要碎了。

她既害怕把真相告知媚蘭，又希望能夠誠實地對待媚蘭。她不願再這樣戴著虛僞的假面具欺騙這個一直保護著自己的好女人，於是便下定了決心。這天上午，等瑞德和瑪拉一走，她就急匆匆地來見媚蘭了。

卻沒想到，她剛一開口——「媚蘭，我必須向你解釋一下那天……」媚蘭就把她的話給堵了回去。思嘉麗看著她那雙閃爍著愛和恨的黑眼睛，無窮的失望與內疚湧上心頭。她終於意識到：一旦真相說出，那麼幸福和安寧就會永遠離她而去。媚蘭這兩句話一出口，首先一掃而空的是她那一直想要懺悔的念頭。

思嘉麗平日裡從來不願講什麼人情世故，但此刻真情湧現——她突然開始懂得一個道理：將自己內心深處的痛苦轉嫁給別人，那是多麼自私而且不道德的。懺悔——難道只是爲了解脫自己的心理負擔，但卻去嚴重傷害另一個純真潔白的心靈嗎？她因媚蘭的仗義呵護已經欠下她一大筆感情債了，而今她也只能用沉默這種方式來回報她了，假如告知媚蘭她丈夫真的另有所愛，而且他愛的那個人就是她的知心朋友，那她的一生將不會再擁有任何幸福！

不能這樣做！絕對不能！

她悲切地告誡自己：「不能說出真相，即使是良心受到怎樣的譴責也不能說出來。」這時她突然又記起了瑞德酒後曾經說的那句話——「她無論如何也無法想像她最愛的人和她最好的朋友會做出這樣下流的勾當……就讓這些事情成爲你的十字架吧。」

是啊，她將一直背負這個沉重的十字架，她的內心將永遠被這難言的痛苦煎熬，感情將一直被愧疚束縛。以後，媚蘭對她的每一個溫存的眼神、每一句溫馨的問候、每一次關懷的舉動都會讓她羞愧難當。

「如果媚蘭不是這樣一個傻瓜，一個使人愛憐又總是輕易相信他人的女子，那事情就不會這麼難辦了。」她又無奈又氣惱。「我不是沒挑過重擔，但卻從來沒有像現在身上的這副擔子這樣重，簡直是煩死人了！」

「別人總是喜歡說你的壞話，我都聽厭了，親愛的。」媚蘭說：「這次我無論怎麼樣也忍不下去了，我必須要反擊。唉，我明白，他們那些人就是因爲妒忌你，看你比他們聰明又能幹，而且現在又成功了，他們就更加生氣了。親愛的，我這樣說，你一定不要在意。很多男人都幹不了的事，你卻能遊刃有餘，並且做出了這麼好的成績。他們說你不遵守婦道，根本不像個婦道人家。我可不敢苟同。錯誤的是他們，這些人啊，上下嘴唇一碰什麼瞎話都敢說。事實上，他們一點也不瞭解你，其實他們就是容不下比他們能幹優秀的女人！但是，話又說回來了，他們哪來的權利僅因為你的聰明睿智和成功就說三道四、品頭論足呢？居然還說你跟艾希禮……這真是荒唐！」

她最後那句話聲音並不高，但卻像粗獷的男人咒罵那些令人仇恨與厭惡的東西似的，讓思嘉麗都有點震驚了。

「他們三個——安爾琴、英迪亞、埃爾辛太太居然敢當著我的面，編造出這麼下流的謠言來！他們真是膽大包天！當然，埃爾辛太太再也沒有來過。我知道她沒臉來找我。她開始就妒忌你，僅僅因為你比她的范妮好。後來你把休給換了，她便更加不滿意了。這與你無關，你做得對！不論誰都該把那個只知道吃飯不幹活的飯桶給開除了！」

媚蘭就這樣把她孩提時代的夥伴、少年時代的朋友完全否定拋棄了。

「至於安爾琴，我當初真是瞎了眼，不應該留下這個老傢伙。開始時大家都叫我別收留他，我卻不當回事。親愛的，就因為用犯人幹活，他便開始憎恨你了！哼！他憑什麼管你的事？殺人犯！殺的還是手無寸鐵的弱女子！我對他那麼好，可他卻跑來欺騙我！如果艾希禮真的開槍打死他，我也絕不會說什麼。告訴你，我當時馬上訓斥了他一頓，並讓他立刻捲舖蓋滾蛋了！他現在已經不在城裡了。」

「英迪亞，這個沒有出息的丫頭！親愛的，當我第一次看見你們在一起時，就知道她很嫉妒你，甚至仇恨你，因為你長得比她漂亮多了，你身邊總是有那麼多的追求者。在斯圖爾特·塔爾頓這事上，她對你更是懷恨在心。她一直深愛著斯圖爾特，所以……唉，親愛的，我真不想對艾希禮的妹妹說長道短，可是我認為她太執著了，腦子不太正常，否則就無法解釋她的所作所為……我已經鄭重警告她，叫她日後再也不許踏進我的家門。如果讓我再聽到她胡說八道，我就當眾讓她難堪！」

媚蘭驟然而止，臉上的憤怒一點都沒了，取而代之的是一臉憂愁。無疑，她同所有的喬治亞人一樣，腦子裡都有十分強烈的家族觀念，一想到這場家庭內部的糾葛，她就覺得自己的心就要碎了。她猶豫了一下，思嘉麗是她最最親近的人，所以不再顧及接著往下說：

「你知道的，我最愛你，親愛的，就連這個她也忌妒呢。唉，她不敢再來了，不管在哪兒，只要她在場，我一定不會靠近半步。艾希禮也願意我這樣做，儘管他心裡非常難受，但自己的親妹妹竟然這麼胡說……」

媚蘭一提到艾希禮的名字，思嘉麗那緊繃著的神經總算斷開了，她再也控制不住自己的淚水。爲什麼自己總是傷害他的心？她唯一的想法其實就是讓他快樂開心呀，但每一次似乎都以傷害他而結束。是她，毀掉了艾希禮的自尊與平靜，使他建立在忠實之上的生命轉眼間盡是污濁，而現在，自己又造成他和同胞姊妹反目成仇。

是啊，爲了保全思嘉麗的名聲和媚蘭的幸福，他也只有忍痛讓妹妹成爲犧牲品了——她在眾人的眼裡即將完全成爲一個愛嚼舌頭、瘋癲而且又特別愛吃醋的老處女了。其實，英迪亞沒有錯，每當艾希禮看著妹妹的雙眸，他一定都會看見真理之光在裡面閃爍。威爾克斯家的人，無論男女，全都是正直而又勇敢的人。

思嘉麗知道艾希禮是個特別愛面子的人，他把名譽看得比所有東西都重要。此時此刻，面對這樣境況，他一定痛不欲生。是的，他和思嘉麗一樣不得不來求助於媚蘭的保護。雖然他這樣做是被逼無奈，雖然他遭受這不白之冤的罪責完全是因爲思嘉麗，可是他也太沒有男人的勇氣和膽識了。如若他真的開槍打死安爾琴，向媚蘭說出這一切，而且把所有真相公諸於眾，那樣她會對他產生從來沒有的敬重。她明白自己這樣要求對艾希禮是很不公平的，可是苦痛與辛酸使她不可能顧忌更多的事情了。

此時，她忽然又想起了瑞德說過的那些調侃及鄙夷的話來，於是便開始產生懷疑，懷疑艾希禮在這件事上能不能真的表現出一個男人的氣度。從她愛上艾希禮那天起，思嘉麗一直感覺這個白馬王子身上籠罩著一層奪目的光環，而如今這層光環不知不覺間竟開始逐漸消退了。她不光為自己，更為艾希禮感到羞愧難挨。她極度想驅散這種感覺，但好像適得其反。於是乎，她哭得更加傷心難過了。

「別哭了，別哭了！」媚蘭放下手中的活兒安慰她，並且慌忙坐到她身旁，她伸出瘦弱的胳膊把思嘉麗摟在懷裡。「都因為我，我不應該再提起這事，看把你傷心的，我知道你受了委屈，心裡難過，以後我再也不會提了，不僅是咱倆之間不提了，也絕不讓別人提，就只當這事完全沒發生過。可是，」她的語氣雖然平靜，卻透露出一樣的果敢與堅定，「我會給英迪亞及埃爾辛太太一點顏色看看，別整天總想著胡說八道，故意造你和我丈夫的謠。我會讓她們在亞特蘭大永久都抬不起頭來！誰如果聽信她們的謊話，誰如果把她們當朋友，那他就是我的敵人！」

想到從此之後的漫長歲月，思嘉麗便傷感起來。對她而言，這是個再明確不過的形勢了——在以後的幾十年中，這座城市和這個家族將會因為她思嘉麗的名字而分裂成敵對的兩大派別。

媚蘭言行一致，從那以後，她再也沒有和思嘉麗與艾希禮提過這件事情，當然也不會與外人談及與之相關的話題。平常假如有人不小心在她面前說走了嘴，她會立即不給那人一點好臉色，甚至怒目以待。

在這之後的幾個星期裡，因瑞德的神秘出走，整個城市更加議論紛紛。可是從觀點來看仍是兩大派別。而媚蘭對待那些說思嘉麗壞話的人毫不留情，不管是親朋好友，還是許多年的至交。她就是一棵歐龍牙草[8]一樣跟思嘉麗緊密地站在一邊，不論何時何地都形影不離。她強迫思嘉麗每天都去商店和木材工廠，並且她也會一路同行。她還時常催促思嘉麗趁空閒驅車到戶外活動——就是向衆人示威。

其實思嘉麗不想這樣，因爲全城的人都會用一種好奇而又痛恨的目光盯著她。但媚蘭卻一點也不在意，她要求思嘉麗跟她串門子拜訪好友。經常有意把她推進那些她已經兩年多都沒有去過的客廳——在與驚訝萬分的女主人們說話時，媚蘭臉上充滿了傲岸和威嚴，很顯然她把自己和思嘉麗放到了同一條船上。無論是去哪家拜訪，媚蘭與思嘉麗總是最早到、最後走。這是她刻意的安排，這樣可以防止那些太太們肆無忌憚地談論思嘉麗。

對思嘉麗來講，這些拜訪簡直是活受罪，可是她心裡卻又十分清楚，媚蘭是爲了她好。那些太太們都在心裡偷偷揣測她是不是真的和男人偷情——思嘉麗也清楚，這些女人們裝模作樣地同她搭話，都只是爲了給媚蘭面子。一想到這些，思嘉麗的心裡就更加不好受了。可是，她心裡有數，只要這些女人招待過她一次，那麼以後就不會再特意冷落她、讓她難堪了。

那些站在媚蘭這一方的人強調，像媚蘭這麼一個有道德觀的人怎麼可能幫助一個壞女人呢？甚至於還牽扯到她的丈夫！不！媚蘭是不可能錯的。是英迪亞這個神經病似的老處女，因爲嫉恨思嘉麗才到處編織造謠；可英迪亞的支持者們卻反問，假如思嘉麗沒有暗地裡偷男人，那麼巴特

8. 一種帶刺的有毒植物，常喻指佩劍的衛士。

勒船長又為什麼一氣之下出走呢？若干個星期後，思嘉麗懷孕的消息傳開了。這下英迪亞這方的人就更是抓住了小辮子，這絕不是巴特勒的孩子。他們夫妻一直分居——這是一個誰都知道的秘密——又怎麼會有孩子呢？

就這樣，一些人終於徹底相信思嘉麗是個忠貞的女人，但這壓根不是因為她本人的原因，而是因為媚蘭始終都堅信她是個忠貞的女人。還有些人仍然半信半疑，可是她們對思嘉麗的態度卻開始變客氣了，有的人還主動登門來拜訪她。而英迪亞的支持者們見到思嘉麗時，或是冷漠地點頭，或是不屑一顧地瞥她一眼，或是根本不予理睬。這不僅讓她難堪更讓她氣惱，但她又有什麼辦法呢？思嘉麗心裡比誰都明白，如果不是媚蘭一直在前面勇敢地護衛她，怕是滿城的人都早已把她當成是過街的老鼠了。

chapter 56 不幸流產

瑞德走了三個月了。在這三個月中，思嘉麗沒有關於他的任何消息。她不清楚他身在何處，更不知道他何時會回來。老實講，她對他是否還會回來一點把握都沒有。這些日子裡，她雖然表面上風風火火地處理著自己的業務，可內心深處卻有著無法言喻的苦衷。她的身體有點不好，可是在媚蘭的催促下，她仍舊硬撐著每天堅持去商店和工廠，並且儘量裝出一副十分耐心的樣子。然而實際上，她對經營商店開始感到厭煩，雖然那兒的營業額比去年翻了兩倍，可以說是財源滾滾。

在店裡，她總會忍不住向夥計們發脾氣。由強尼管理的那個廠，產品幾乎供不應求，可她卻總是故意找強尼的麻煩。強尼有時忍不住了就會朝她大發雷霆，而且總是揚言要辭職。到最後，她只能表示道歉才算了事。

她再沒去艾希禮負責的那家工廠，即便是必須去的時候，她也會特意選她認爲艾希禮不在時。她知道艾希禮也在故意躲著她，從那次之後，他倆就從未單獨交談過，她很想向他問個清楚，她想知道他現在是不是恨她；他是如何向媚蘭解釋的？可是他對她卻一直保持著距離，好像是在拜託她不要開口詢問。眼看著他的面容因悔恨而變得越來越憔悴，她打心眼兒裡心疼。此外，他管的工廠每個星期都在賠錢，她更加心急如焚，有苦難訴。

她一籌莫展，如果換作是瑞德，早已是另一種情形了。他從來都不等待，即便明知是錯的，他也要徹底做完。對此，她雖然不太喜歡，卻充滿了欽佩之情。

開始時，她對瑞德的無禮舉動痛恨到了極點，可如今她開始惦記起他了。隨著時光的流逝，他的音訊越來越渺茫，這種惦念也就越來越明顯了。他走時給她留下的瘋狂、憤怒、怨氣和破碎的自尊，如今只剩下極度的沮喪在慢慢啃噬著她的肺腑。她想他，想念他的幽默，想念他的嘲弄和譏諷，想念著他的一切一切……他不在身邊，她失去了說話的對象。唯有對瑞德，她可以敞開心扉毫無保留地大談那些生意經，沒有一點忌諱；而他聽了總是會大加讚賞。假如換成別人，哪怕她稍有提起，就早已驚得目瞪口呆了。

沒有瑞德和瑪拉，她感到了前所未有的寂寞。她甚至驚訝自己怎麼會如此惦念孩子。她想到了瑞德臨走前針對韋德和艾拉對她說過的那些充滿諷刺的話，就讓自己多些時間陪陪孩子。但結果卻無濟於事，並且發現了更加令人難過的事：在兩個孩子還是嬰兒的時期，她只顧忙著賺錢，加上脾氣煩躁，常亂發脾氣，因此沒能獲得他們的信任與愛戴。如今再努力已爲時過晚，而且她仍舊沒有足夠的耐心，也沒有天生的智慧去探究孩子們的內心世界。

媚蘭卻很擅長跟孩子打交道，當他們和媚蘭在一起時，就口若懸河，媚蘭的兒子小博算得上是全城最爲乖巧、特別討人喜歡的孩子。思嘉麗與他相處要比和自己的兒子相處容易多了，因爲小博在大人面前從來不膽怯、害羞。每次小博遇到她，總是不等招呼便爬上她的膝蓋。他長了一頭漂亮的金髮，眉眼長得同艾希禮一模一樣，性情也活潑可愛。唉，如果韋德能像小博那樣該多好啊！

「最起碼，」她想，「瑪拉是愛我的，她喜歡同我在一起玩。」可誠實的本性又迫使她不能不承認，瑪拉更愛爸爸。也許，她再也看不見瑪拉了……她想，瑞德現在可能在波斯或埃及，他不會再回來了。

當米德大夫告訴她，她懷孕了，她非常驚訝，怎麼可能懷孕呢？她的眼前馬上就浮現出那個既燥熱又瘋狂的夜晚，於是臉開始漲得通紅。雖然說對那夜狂歡的回憶被後來發生的事情蒙上了些許陰影，可這孩子畢竟是那夜銷魂蕩魄的一個紀念。她平生第一次因自己懷孕而感到美好。希望這次是個男孩！她將會好好待他的。現在她有足夠的時間來看護孩子，錢也有許多，她該快樂而且滿足了。

霎那間，她忽然想給瑞德寫封信，發給住在查爾斯頓的老太太，讓她轉交給她兒子，把這個好消息告訴他。但是，假如給他寫信的話，他一定會認爲她是在盼望他回家，那他就將會更加得意了。不，不能讓他察覺到她是多麼的想他、多麼的需要他。

她最終決定不給他寫信了。然而，在這關鍵時刻，她收到了查爾斯頓波琳姨媽的來信。從信中她得知，瑞德正住在查爾斯頓他媽媽那裡。這是三個月以來，她第一次得到丈夫的消息。雖然波琳姨媽的信讓她非常不高興，但從中得知瑞德仍在美國，她還是鬆了一口氣。姨媽在信中提及，瑞德曾經帶瑪拉看望過她和尤拉莉姨媽，信中充滿了對瑪拉的讚美之詞。

「瑪拉長大後一定是個美人，但依我看來，不管是什麼樣的男人想追求她，都必須先徵得巴特勒先生的認可，因爲我從來沒看到過誰家的爸爸這樣疼愛女兒。親愛的，我必須得向你懺悔。在看到巴特勒前，我一直覺得你嫁給他是件丟人的事，因此一開始我和尤拉莉對是不是要接待他還拿不定主意，當然最終我們還是同意他來拜訪了。不管怎麼說，瑪拉畢竟是我們的親外孫女。見到他後，我們驚喜萬分，這才後悔當時不該相信那些流言蜚語。他很有風度，人長得也帥，談吐舉止都很文明，並且對你和孩子都疼愛到了極限。

「親愛的，聽聞你有時會親自管理甘迺迪先生生前留下來的那個商店。我們知道，戰後初期日子難過，你這樣做也是形勢所迫，可現在不必這麼做了，據我所知，巴特勒很有錢，他也可以幫你打理業務。我們爲了弄清真相，曾向巴特勒問起過此事。他不太想說，可還是告訴了我們，你每日上午都去商店忙活，這使你不得不常常獨自趕車外出，甚至由一個流氓替你趕車，這件事很傷他的心，這一點我們可以看得出來，我們認爲他對你一定是嬌慣得過頭了。思嘉麗，不要再這麼任性下去了。你媽媽已經不在人世了，她不能再管你了。可我必須代表她說說你，不爲別的，也要爲孩子們多想想呀，他們長大後知道媽媽曾經拋頭露面、成天混在男人堆裡，讓別人說三道四，會感到可恥和屈辱的！這就是不守婦道……」

還沒看完，思嘉麗就把那封信扔到了地上，不守婦道？哼！如果她守婦道，兩位姨媽可能連信也寄不起了。這個該死的瑞德，爲什麼把所有事全告訴了她們？難道沒什麼可說的了嗎？他騙得老太太們信以爲真，把他看成一個紳士、一個忠心於妻子的好丈夫、一個疼愛女兒的好爸爸！如今他肯定在自鳴得意呢！

他果真回來了，就像是突然襲擊，事前也沒來信。他回來的第一個明顯信號是把行李放到走廊的地板上，發出的重重地砰的一聲；緊接著，就是瑪拉的那高聲叫喊：「媽媽……」

思嘉麗急忙跑出房間，跑到樓梯口，看到女兒正邁著一雙肉乎乎的小腿使勁往樓上爬，懷裡躺著一隻可愛溫順的小花貓。

「這是姨姥姥送我的。」她興高采烈地說著，並一下揪住小貓的後頸把牠拎了起來。

思嘉麗一把抱住女兒，使勁地親著她的小臉，心中暗自慶幸好在有女兒，讓她可以避開與丈夫久別重逢的尷尬場景。

她的目光越過瑪拉的頭頂看到了瑞德，他正在樓下的門廳前給馬車夫遞錢，哦，他仰起了頭，也看到了她，一邊動作瀟脫地摘下禮帽，一邊彎下腰行禮。當她的目光碰撞到他那對光亮的黑眸子時，她的心突然就亂了。不管他是個什麼樣的人，不管他做了什麼事，現在他總算是回家了，她心中高興不已。

「嬤嬤呢？」瑪拉邊問邊開始想要掙脫媽媽的懷抱，思嘉麗只好將她放下來。

看來事情遠比她預想的要困難得多，用這樣的方式與丈夫打招呼已經夠令她難爲情的了，更甚者她還得親口告訴他懷孕的事！

他上樓來了。她望著他的臉——黝黑、冷淡而又難以揣摩。她站在高高的樓梯上，身子倚靠著扶手，心想他也許會走過來吻她，可他沒有，只是漠然地說：「你的臉色很難看，巴特勒太太。難道胭脂都用光了嗎？」

他竟然連一句親熱的話都沒說！即使他心裡沒有，嘴上也該說一句呀。至少也應該當著嬤嬤的面親她一下。嬤嬤在向他行過禮後，就拉著瑪拉下樓去了。樓上就只剩下他們兩人。他漫不經心地打量著她。

「你爲什麼成了這副模樣，是想我才這樣嗎？」他嘴角掛著一絲邪惡的微笑，眼神空洞洞的。

看來他是狗改不了吃屎！還是這樣讓人厭惡！忽然，她感覺自己肚子裡的孩子立即變成了一個厭惡的東西；這東西不能帶給她哪怕半點幸福；而面前的這個男人——這個什麼都不在乎地將一頂寬大的巴拿馬禮帽隨意放在屁股下的男人，也突然間變成了她的仇人——是她一切痛楚的根源所在！她的目光裡充滿了仇恨與惡毒，以至於他嘴角僅剩的一絲笑容也很快消失了。

「我現在這副模樣還不是你造成的嗎？想你？哼！不要做夢了！我……」哦，她完全沒想過要以這種方式告訴他，可那些令人難爲情的話卻不知不覺地冒了出來，她顧不得僕人們會不會聽見，歇斯底里地向他吼道：「我有了孩子！」

倏地一下，他倒吸了口冷氣，兩眼快速地仔細打量著她的身子。他疾速地衝到她面前，好像想要伸手挽住她的手臂，可她卻閃開了。面對她兇惡的目光，他的臉色突然陰沉下來。

「是真的？」他冷冷地問：「那誰是那個幸福的父親呢？艾希禮？」

她使勁地抓著扶手，如果不是那木頭雕刻的獅子耳朵刺疼了她，她一定不會鬆開手。對於他的無恥行徑她很瞭解，卻沒有料到他會用這種話來玷污她，即便這是玩笑，也未免太傷人了！她恨不得伸出十指來摳掉他的眼珠子、搗毀他臉上那股惡毒的氣勢！

「你這該千刀殺的渾蛋！」她說話的聲音都在顫抖。「你……你明知道這是你的孩子，還……我並不比你更想要這個孽種！就你這種無賴，哪有女人肯爲你生孩子！我多麼祈盼……哦，上帝呀，我真希望這不是你的孩子！」

她看到他的臉在猛烈地抽搐，憤怒和一種無法言表的東西狠狠地抽打著他的心。

「太好了！」她內心得意至極。「太好了！這下我終於把他刺疼了！」

可令她沒想到的是，一瞬間他又恢復了常態，甚至又像以前那樣輕佻地捋著小鬍子說：「高興點吧，小心你會流產的……」他轉身朝樓上走去。

猛然間，她感到一陣眩暈，所有痛苦與屈辱一下子全都湧上心頭：翻江倒海的嘔吐、寂寞厭煩的期待、蠢笨醜陋的身材、連續幾小時的劇痛——這些都是男人永遠不可能體會的。他倒是輕鬆自在，還拿她尋開心。

她想伸出手狠狠地撓他一把，她攢足力氣像貓似的向他撲去。瑞德先是一驚，接著本能地一躲，同時伸手阻擋。地板不久前才上過蠟，她又正好站在最高一級樓梯的邊上，所以她撲出去時，身體的重心全都集中到往前伸的手臂上，再被他一阻攔，整個身體就失去了平衡。

她慌忙想要去抓旁邊的樓梯扶手，結果卻撲空了，整個人便頭朝下的栽倒在樓梯上。她感到一邊的肋骨疼痛難忍，眼前漆黑，她想穩住身子，可卻怎樣也穩不住，整個身子滾到了樓梯腳下。

除了生孩子，這還是思嘉麗第一次病倒在床上，她一向不認爲生孩子是生病，因爲那不會感到孤寂淒涼和懼怕，可現在她卻感到痛苦得難熬，整個身子一點力氣都沒有。她明白自己的傷勢很重，因爲周圍的人都不敢將實情告訴她。她甚至有種快要接近死亡的預感。肋骨摔斷了，每次呼吸都疼痛得鑽心，臉上好多處青紫，整個腦袋像要炸開似的，渾身上下沒有地方不是傷，彷彿是被刀割鞭打過一樣。她開始體會到了死後餘生是多麼的可怕。

當她知道自己肚子裡的孩子保不住時，心頭如同被刀剜似的疼痛難忍。奇怪的是，這是她第一次真心想去懷個孩子。她苦思冥想，想弄明白自己爲何非要這個孩子不可，可是她想不出原因。只剩下死亡的恐懼開始纏繞著她、壓迫著她。死神好像就在這間屋子裡，但她卻沒有一點力量與它對抗、更沒有任何能力可以戰勝它。她瑟縮在驚恐之中，希望會有一個強壯的人來保護她，可以握著她的手，將死神擊退。

她很想見瑞德，可瑞德不在眼前，但她又放不下身段讓人把他找來。她還記得他從漆黑的走廊裡跑過來，緊緊抱起樓梯下的她。他面無血色，一改往日那種滿不在乎的表情，惶恐萬分地喊叫著嬤嬤。她模模糊糊地記得，自己被人抬上了樓，之後發生的事就不清楚了。

當她醒來時，屋子裡可以聽到低低的說話聲，還有姑媽的哭泣聲與米德大夫的指示聲，隱隱約約地可以聽見踮著腳走路的聲音。媚蘭握住她的手，把它輕輕地貼在自己的臉頰上，她立刻感到死亡和恐懼的陰影慢慢退去了。

思嘉麗想轉過頭來看著她，可怎麼也轉不過來。有一次她叫了聲：「媚蘭！」回答她的卻是嬤嬤：「她馬上就來，孩子。」嬤嬤一邊將一條冷毛巾放到她的額頭上，一邊急切地叫喊：「媚蘭，媚蘭小姐。」但媚蘭過了相當長的時間才出現。其實，媚蘭剛才去了瑞德房間。瑞德又喝醉了，他把頭伏在媚蘭的膝上，竟然哽咽起來。

每當媚蘭走出思嘉麗的臥房時，都可以看到瑞德發呆的情形。房門大開著，他呆呆地盯著思嘉麗的屋門，屋子裡亂七八糟，滿地盡是丟棄的菸頭，送來的飯菜也不曾動過。他不停地吸雪茄，房間裡煙霧繚繞，他連鬍子也不刮，臉都塌了進去。

媚蘭總是在他門口多站一會兒，還主動與他搭話：「你不能放棄任何希望啊，巴特勒船長。我去幫你煮一點咖啡，弄些吃的。你自己可一定要保重呀！」

她眼看著他漸漸消瘦，就產生出無限的同情與憐憫。所以儘管她也快要累垮了，卻還是強打起精神對他表達出足夠的關懷。

這次她終於高興起來了，她要儘快把思嘉麗病情好轉的消息告訴他，可眼前的情形卻使她不知該怎麼辦才好。床邊的小桌上擺著一瓶威士忌——酒已被喝掉了多一半。整個屋子裡全是酒氣。他抬起頭看了看她，雖然他緊咬牙關，可嘴角仍然難以控制地在打戰。

「她死了嗎？」

「哦，不是！她好多了！」

「上帝呀！」他邊說邊用雙手捂住了臉。

媚蘭可以看見他那壯健寬厚的肩膀強烈地抖動起來。她滿是同情地看著他，可是當她看到他情不自禁地流下痛楚的眼淚時，同情竟變成了恐懼。男兒有淚不輕彈呀！媚蘭從來沒有想過，像瑞德這麼一個堅強而又喜歡嘲諷他人的男人竟會傷心地流淚。

當她將手輕輕放在他肩上時，他迅速地攬住了她的裙子。還來不及等她有所反應，她的身子已經被推到床邊上了，然後他跪在了地上，順勢將頭伏在她的雙膝上，他的雙手、雙臂痛苦地抱住她的腰，甚至於都弄疼她了。

她輕輕地撫弄著他有點雜亂的黑髮，就如同母親一樣安慰道：「好了好了，不要這樣！她很快就會好起來了。」

聽她這樣一說，他的雙手卻抓得更緊了，他聲音嘶啞，痛苦地開始敘述起來，好像對著一座永遠都不會出賣自己任何秘密的墳頭敘述似的，他首次釋放出自己心裡的話，毫無保留毫不吝嗇地剖析著自己，將自己的想法赤裸地展示給媚蘭。他說的事，是她在同性面前都不曾聽到過的秘密，這讓她羞臊得滿臉通紅……恰好他低著頭看不到她的臉。

她就像拍打小博似的拍打著他說：「好了，不要說了，巴特勒船長，你不該對我講這些，你肯定是傷心極了，別說了。」

但他仍舊不停地往下說著，他拼命地責怪自己，含糊不清地提及了貝爾，然後使勁搖晃她，懺悔道：「都是因爲我！是我殺了思嘉麗！我是凶手！你不清楚，她一點也不想要這個孩子，但是……」

「快不要說了！真是亂說！不要孩子？哪有女人不想要孩子的！」

「不！不是的！你想要，可她不想要！她不願意要我的孩子！」

「不要再說了！」

「你不明白！她原本就不想要孩子，是我強迫她懷上的……都怪我呀！我們已經好久都沒有同床了……那天晚上我喝醉了，就想出口氣……報復她一下，因爲她極大地傷害了我。我知道，她一點也不愛我。她一直就沒愛過我……我用盡一切辦法，我千方百計，但……」

「哦，我的天啊，別說了。」

「我不知道她懷孕了，直到今天……她從樓上摔下來。她不知道我的去向，無法告訴我……即使她知道我的去向，我知道，她也不肯主動給我寫信……我如果事先知道這件事，我一定會馬上趕回來的……無論她要不要我……」

「哦，我相信你肯定會馬上趕回來的。」

「天呀，我都做了些什麼呀！那天見面時，她把懷孕的消息告訴我……你猜我說了什麼？我還開玩笑：『你會流產的！』然而她真……」

媚蘭低下頭來，看見他那滿是黑髮的腦袋正在自己的膝蓋上無比痛苦地擺動，心中油然生出無限驚慌，雙目圓睜，臉色極度蒼白。借著午後的陽光，她好像第一次看清了他那雙極其富有男人風格的手——那麼大、那樣結實手背上的黑毛那樣濃密。她無意識地瑟縮了一下，從他的手上，她感覺到了一份潛在的凶殘與瘋狂，可此時此刻，這雙手卻在極度虛弱地揪著她的裙子。

難道說是思嘉麗與艾希禮的謠言深深刺激了他？荒誕無恥的傳聞竟然會讓他大生妒火？但是，他不可能聽信那些謠言的。他很有頭腦，尤其是最後說的那幾句，一定不是真的。他這樣一個深深愛著思嘉麗的男人絕對不可能說出那樣恐怖的話！是的，他一定是喝醉了，不正常了！

她的語調很平和。「不要說了，我完全明白。」

他忽然抬起頭來，用那雙充滿血絲的眼睛使勁盯住她，同時一併將她的雙手狠狠甩開。

「不，不！你不懂！你不可能明白！你，你心地那麼善良，怎麼會懂得這些呢？你還是不相信我呀！但我說的每句話都是真的！哦，我快瘋了，因爲妒忌，我真的瘋了！她待我一向都是虛情假意！我原本認爲我能夠感動她，但她壓根不愛我，她從未愛過我，她愛著……」

當他那滿是醉意的目光和她純淨的目光相撞時，他咽下了後半句話，他呆呆地張著嘴，好像此刻才看清楚面前的人是誰。

「我是個小人！」他嘟囔著，把腦袋又重新埋入她的雙膝間。「我從未見到過像你這樣的好人！你不可能將我說的話當真的，對嗎？」

「對！我不可能當真。」媚蘭一邊回答，一邊輕柔地撫摸著他的頭髮。「她馬上就會好的。不要再哭了，巴特勒船長！不要再哭了！她馬上就會好起來了。」

chapter 57

交易

一個月後，瑞德將身體依舊虛弱的思嘉麗送上了開向瓊斯博羅的火車，韋德及艾拉也跟去了。看見媽媽那副無精打采的樣子，他倆大氣兒也不敢多出，只是本能地將身子緊緊貼在百里茜身邊。他們懂事了，媽媽與繼父的關係使他們感到恐懼。

回塔拉老家調養是思嘉麗的想法，她感到自己筋疲力盡，極度憂鬱，她不想再在亞特蘭大住下去了，她必須回家，此時的她就像一個迷路的孩子被荒涼的原野困擾著，找不到方向。唯有逃離這個城市，才能丟掉一切煩惱。

她再一次拿起她慣用的法寶──「我不想這些事了，再這樣下去我會受不了的！等明天再說吧！明天等我回到塔拉我再去想這些！明天，明天將是嶄新的一天！」

對啊，只要可以讓她回到故鄉，回到那久別的靜謐而又充滿生機的田野上，眼前一切的煩惱就都隨之消失了，她便會有方法把那些紊亂的思緒重新調理清晰，就可以找到生命的支柱了。

直到再也看不到火車的影子了，瑞德才緩緩地將自己的目光收回來。他心事重重，臉上滿是痛楚，一聲長嘆後，他騎著馬沿著常春藤街向媚蘭家走去。

在那個陽光明媚的早晨，媚蘭一個人坐在門廊裡，葡萄藤剛好爲她遮下一片陰涼的綠蔭。她身旁的針線籮裡邊還有很多破襪子。就在此時她看到瑞德下了馬，他將轠繩扔給了黑僕人。她感到有點不知所措，心中不由慌亂起來。哦，那天簡直是不堪回首啊！思嘉麗臥病在床，他喝得酩酊大醉……從那以後，媚蘭還沒有同他單獨見過面呢。

她甚至不願再回憶起那天的情形，思嘉麗臥床調養的那個時期，她也只偶爾見過他幾次，出於禮貌與他打招呼，卻一點也不敢直視他的眼睛。好在他就像什麼也未發生過似的……他不至於唐突到登門道謝吧？

她不禁站起身來。面前的這個男人魁梧高大、瀟灑矯健，但卻不如往日那樣精神。

「思嘉麗走了嗎？」

「走了。回塔拉對她有好處。」他微笑著說。「思嘉麗不能離開那片生她養她的紅土地。對她來說，看一眼綠油油的棉花田，要比吃米德大夫的補藥更有效！」

「請坐吧。」媚蘭說著，她感覺到自己的手在微微顫抖。她在那些高大英俊特別富男人氣概的異性面前總有一種惴惴不安的感覺。

「媚蘭小姐，我是來求你幫忙的，求你撒個謊，但我知道你也許不願意。」

「撒個謊？幫忙？」

「是的！事實上是我希望我們可以做筆交易。」

「哦，天啊！你最好和我丈夫去做吧！我對交易買賣這樣的事一竅不通，我怎麼會有思嘉麗那樣能幹啊？」

「思嘉麗確實能幹，可是太能幹了反而傷了她自己。」他振振有詞。「我就是因爲這事才來找你的。你知道，我爲她的身體擔心，我害怕她累壞了，媚蘭小姐。我想勸她把工廠的股份賣掉，可她哪肯聽我的？媚蘭小姐，我明白，除了威爾克斯先生，思嘉麗不會將工廠轉給任何人，所以我想建議威爾克斯先生將全部產權買下來。」

「什麼？哦，那自然好，可……」媚蘭突然停住了，用勁咬住嘴唇。

「媚蘭小姐，我可以借給你們這些錢。」

「那真是再好不過了，但是，我們得何時才能還清呢？」

「不用還。不要生氣，媚蘭小姐，請聽我把話說完。讓思嘉麗用不著每天趕著馬車行駛幾英里去工廠操心受累，就抵上這筆借款了。那個商店就夠她忙活的了，只要她感到快活也就可以了……難道你還不明白？」

「哦……我明白了……」媚蘭稍稍有些遲疑地回答。

「你不是希望你的孩子能擁有一匹小馬嗎？你還希望他上大學、進哈佛、去歐洲嗎？」

「是的！」提到孩子，媚蘭立刻興奮起來。「我一直都盼望我兒子能有出息……可現在這情形，家家都這樣窮，也就……」

「一旦威爾克斯先生能夠買下工廠，一定會賺到錢的。我想，小博一定會有出息的，他會擁有他想要的一切。」

「巴特勒船長，你可真瞭解別人的心思！」她笑著說：「你知道我最疼兒子，便拿這個向我說理！可謂用心不良啊！」

「你不該那樣說！確切的講是用心良苦！」瑞德的眼神中頭一次閃爍出喜悅的光芒。「那好，我先把錢借給你們。」

「可你講的撒謊又是什麼意思？」

「這事我希望可以瞞住思嘉麗和威爾克斯先生。」

「哦，上帝啊！這可不能！」

「如果讓思嘉麗知道了，即使是爲她好，她也不可能原諒我！你瞭解她的脾氣。此外，我也怕威爾克斯先生不願接受我所提供的資金，所以不能告知他們這筆錢的來路。」

「但是，假如我丈夫得知了真相，他不會不接受的，他也很爲思嘉麗擔心。」

「這我知道。」瑞德很平和地說。「可他一定不會接受我的錢，你應該很瞭解他的家族，他們都講究面子、非常清高。」

「那……」媚蘭有些爲難了。「我確實不想……巴特勒船長，我不應該欺騙我的丈夫。」

「就當爲了思嘉麗可以嗎？」瑞德誠摯至極。「你們親如姐妹呀……」

媚蘭的眼中閃爍著淚花。

「你不要再說了，爲了她，我願意做任何事情。她對我恩重如山，是我這輩子也不能報答完的，我答應你……」

「你可以對威爾克斯先生講，這錢是你的一個親戚死後在遺囑裡留下的。」

「哦，巴特勒船長，但是我的每個親戚都窮得叮噹響。」

「那如果我將錢通過郵局寄給他，而且不讓他知道是誰寄的，你能承諾這筆錢僅僅用來買工廠，而不會給那幫聯邦分子們呢？」

聽到他最後這半句話時，她有點生氣，感覺這是對艾希禮的一種批評與不信任，可當她抬起頭看到他那張充滿真摯與理解的臉，便也就無所謂了。

「我承諾。」

「那就說定了。讓我們保守這個秘密好嗎！」

她看了看他，她自始至終一直都覺得他是個好人，他對思嘉麗情真意切！他做這一切都是爲了思嘉麗！真難爲他這麼拐彎抹角地想出辦法來！她感到心中一瞬間充滿了溫暖，不由得脫口而出說：「思嘉麗真是幸運！有一個這樣疼愛她的好丈夫！」

「這是您的想法，她可不這麼想。再者，我也同樣盼望能夠體貼你，媚蘭小姐。我給您的，要給比思嘉麗的多得多。」

「給我的？」她有些困惑了。「哦，你是說小博嗎？」

他拿起帽子站起身來，仔細端詳著這張樸實又純真的臉。長長的V形髮夾夾在額上，一雙黑色的眼睛是那麼淳樸莊重，不曾有一點世俗的雜質——對任何人都不會懷有戒備之心。

「不，不是說小博。我是想要給您一種比小博還要珍貴的東西，希望你能想像得到。」

「我的確想像不到。」她感到十分迷惑。「對我來講，世界上壓根沒有什麼比小博更珍貴的了，除了，除了，除了艾希禮……」

瑞德沒有再說話，只是平和地凝望著她。

「您願意爲我做些事，我感謝不盡，巴特勒船長，但是說真的，我已經感到很幸福了——一個女人在這世上應該有的東西我現在全都擁有了。」

「那就好！」瑞德說，臉色忽然沉重起來。「我希望您會永遠地擁有它們。」

思嘉麗從塔拉回來了。她就像換了一個人似的，面頰再次變得紅潤，綠色的眼睛裡再次閃現出奪人的光華。瑞德與瑪拉到車站接她們母子三人時，看到他們，她爽聲大笑起來——這是她幾周以來的第一次開懷大笑，此時的她渾身散發出一種奪目的光彩。

她是被這父女倆的那副樣子給逗樂了，兩根火雞羽毛正插在瑞德的帽檐上，瑪拉穿的是她最好的那件上衣，可卻被劃破了很多口子，兩條靛藍色的水彩條畫在她的小臉蛋上，鬈髮上還有一根有她一半身高長的孔雀翎子。不必問，他們父女二人在來車站之前肯定是在做一個印第安人的遊戲。從瑞德那種支支吾吾的語氣和嬤嬤那張怒氣衝衝的臉上就看得出來，瑪拉不願意在接到媽媽之前卸妝。

「看你現在的樣子就像一個小乞丐！」思嘉麗一邊吻女兒一邊說她，然後轉過臉去讓瑞德在自己的面頰上吻了一下。如果不是因爲在車站、在眾目睽睽之下，思嘉麗是絕不可能這麼做的。瑪拉的這副打扮讓她十分難堪，四周的人正朝著他們笑呢，儘管這種笑不含有惡意，可卻讓思嘉麗感到渾身不自在。瑞德疼愛女兒在亞特蘭大是眾人皆知的事，人們一貫把這傳爲佳話；因此他們的形象也便在大家心目中有了一種和善的味道。

在回家的路上，思嘉麗滔滔不絕地講著鄉下的新聞。天氣炎熱乾燥，棉花長勢特別快，甚至連那拔節的聲音她幾乎都能聽到。可據威爾推測，今年秋天棉花的價格可能不會太好。蘇倫又要生孩子了——這句話她是用字母一個一個說的——這樣才不會讓孩子們聽懂。

思嘉麗口若懸河，滔滔不絕，然而，有些事卻一個字也沒提——她怕會引起更多的感慨和悲傷。在鄉下，她與威爾一起趕著馬車轉了一圈，一路上她壓制著自己不去回憶那些昔日的田野——曾經就在這裡，綿延數千里的棉田無邊無際！現在那些農場都變成了無人打理的森林，蔓生的雜草、岑寂的廢墟、悄悄繁衍著的矮橡樹、矮松樹，這一切都使人膽戰心驚。

「最少需要五十年這片土地才能重新振作來。」威爾十分感慨地說。「多虧咱們咬緊牙關，思嘉麗，塔拉農場目前在全縣也是出類拔萃的了。不過，一共才有兩頭騾子，與以前比還相差甚遠。比咱們塔拉稍差點兒的，也就只剩下方丹家的農場與塔爾頓家的農場。儘管他們經濟上並不寬裕，可是還能勉強維持生活。其他的農場全垮掉了……」

「這裡情況怎麼樣？」當他們到了家，在門廊坐下來後，她詢問起來。

一路上，她之所以喋喋不休，就是害怕與瑞德之間那種沉默的尷尬。自那天從樓梯上摔下來後，她還沒與他單獨說過一句話。此時她也不想與他單獨相處，因為她對瑞德還沒有多大把握，不清楚他的想法是什麼。

在她調養的那段痛苦難挨的日子裡，他對她的確很好，但那僅僅是普通朋友間的關心和愛護。她需要什麼東西，他都能預想並考慮到，並且安排得妥貼周到。同時，他也把孩子們都管得乖巧溫順，不讓他們來打擾母親。此外，他還幫忙打理商店和工廠的業務。但他自始至終沒對她說過一句「對不起」，或許他根本就不覺得自己有什麼對不起她的地方。或許他一直認為那個流產的孩子不是他的。她完全猜不透他的心，在他那張黑黝黝的臉上，她完全看不出他內心的一絲痕跡。就像他們之間從未發生過那些不愉快……思嘉麗悶悶不樂地想著！好了，如果這是他所希望的，那她也只好保留這層窗戶紙。

「這裡一切還好嗎？」她重新問了一遍。

「這裡的一切都好。」瑞德答道，「瑪拉還有我都很開心。但自從你走了以後，她就沒梳過頭。這裡基本上沒什麼新聞，一切如故。」

然後，他若有所思地加了一句：「昨晚尊敬的艾希禮來了一趟，他問我願不願意把你工廠的股權全部賣給他。」

思嘉麗坐在搖椅上，手裡拿著一把火雞毛的羽毛扇，悠然自得地扇著，一聽見這話便停了下來。

「賣給他?艾希禮哪來這麼多錢?他家窮得都快揭不開鍋了。他那點報酬，媚蘭都不夠用。」瑞德聳聳肩膀:「我以爲她是個省吃儉用的人，看來我對她家的情況遠不如你瞭解得多啊。」這種帶刺的話顯現出瑞德還是和過去一樣，這讓思嘉麗有點生氣。

「你先去別的地方，寶貝，媽媽想和爸爸談點正經事。」她命令瑪拉。

「不!」瑪拉一點也不願意離開，牢牢抱住了爸爸的腿。

思嘉麗朝她皺起了眉頭，瑪拉也嚴肅地繃緊了小臉，那個神態儼然就像她的外公傑拉爾德，讓思嘉麗看了差點忍不住笑出聲來。

「就讓她在這裡玩吧。」瑞德平靜地說:「他的錢是一個什麼人給他的，好像在羅克艾蘭的時候，那個人染了天花，是艾希禮一直在照顧他。這件事讓我對人生重新有了信心，這世上還是有良心的人多啊。」

「那個人是誰?我們認識嗎?」

「信上沒有落款，是從華盛頓那邊寄來的。連艾希禮也記不起這個人的姓名了。可是話又說回來，艾希禮曾經去過那麼多地方，而且總是樂善好施，他哪還能記得住每個人的姓名呢。」

如果不是思嘉麗替艾希禮默默地高興，對於瑞德這句話的挑釁，她早已奮力反擊了。在塔拉的時候她就下定決心，以後但凡牽涉到艾希禮的事，她絕對不會和瑞德爭吵。她對自己在這件事情上所處的位置還拿捏不準，因此在她徹底弄明白自己的位置之前，她不想隨便進行反擊。

「那個人要買下我的工廠?」

「是的。可是我同他講過了，你是不會賣的。」

「我想你應該少管我的事！」

「我只告訴他你不會賣工廠的，這是千真萬確的吧！我同他說，你一向愛管閒事，要是你把工廠賣給他，你就沒有理由再管他的事了。」

「你居然敢在背後這樣說我？」

「有什麼不可以？這難道不是實際情況嗎？我相信他也非常贊同我的觀點。不過他是個十足的紳士，所以有些話他不好意思挑明罷了。」

「你不要自以爲是了！我會把工廠賣給他的！」思嘉麗高聲反駁著，言語裡滿是憤怒。

就在那瞬間之前，她壓根沒要賣掉工廠的想法。過去幾年，她如果打算賣掉工廠，隨時都可以賺上一大筆，但是她拒絕了所有的買家。因爲這個工廠是她孤軍奮戰，用自己的心血才打拼下的事業，工廠裡的一磚一瓦，一草一木都見證著她的經營和理想。她爲擁有這樣的工廠爲傲。最重要的是，工廠是她與艾希禮維持聯繫的唯一途徑。如果工廠沒有了，那她會很難再見他一面。

她多麼想弄明白艾希禮對她的感情究竟有多深啊；她多想弄清楚在那個生日聚會以後，他對她的愛會不會由於愧疚而徹底消失；像現在這樣被蒙在鼓裡的日子不能再繼續了。不行，她不能賣掉工廠。可是一想到瑞德在艾希禮面前把自己貶得一文不值，她便生氣地下定決心，要把工廠全部賣給艾希禮，而且價錢要很便宜，這樣就可以讓他明白她的友善和大方。

「我賣！」她怒氣衝衝地說，「你有什麼看法嗎？」

瑞德的眼睛深處，閃現出不易被人察覺的勝利表情，他匆忙躲開她詢問的目光，彎下腰去幫女兒繫鞋帶。

「我覺得你會後悔的。」他說。

其實她早已後悔了。假如自己面前的不是瑞德，她一定會把剛才說的話收回來……哪怕厚著臉皮她也情願。唉！自己怎麼這麼急著表態呢？

她眉頭緊鎖，瞪了瑞德一眼，恰巧他也正在觀察她，思嘉麗有點兒不安，疑心自己中了他的計，爲什麼會又讓他騙了呢？

「是不是你在後面搗鬼？」她兇狠狠地問瑞德。

「我？」他高聳雙眉，故作驚訝地道，「你還不知道我嗎？助人爲樂、行善積德的事，除非迫不得已，我是根本不會做的。」

就在那天晚上，她把工廠賣給了艾希禮。從金錢的角度來看，她完全沒有吃虧，因爲艾希禮不接受她提出的低廉價格，最後以別人以前出過的最高價格成交了。她在合同上簽字後，就意味著失去了自己心愛的工廠。媚蘭給艾希禮和瑞德各自端來一小杯葡萄酒用來慶祝；可思嘉麗卻心如刀割，如同賣掉了自己的孩子。

親手賣掉這份她一手經營起來的家業使她的心情無比沉重，她比誰都更明白如果沒有她的經營，艾希禮一定會把這份產業全部弄垮。艾希禮容易輕信別人，並且至今仍然分不清各種木材的規格。如今她再也不可以向他提出任何建議了，就因爲瑞德在艾希禮面前說過她愛管別人的閒事這種話。

「天啊，該死的瑞德！」她現在能夠確定，這件事肯定是他操縱的。至於他是如何操縱，意圖又是什麼，她就想不明白了。

這時，瑞德跟艾希禮的交談再次引起了思嘉麗的怒火。

「我想你會馬上把那些犯人都辭退掉吧?」他說。「辭退犯人?怎麼能這樣做?瑞德應該很清楚,工廠的利潤最大一部分都來自這些廉價的勞力。他在談到別人的經營時爲什麼口氣竟然這樣肯定呢?他瞭解他什麼?

「是的,讓他們立刻就走!」艾希禮肯定地答道,盡力躲開思嘉麗那驚訝的目光。

「你瘋了嗎?」她大聲喊道,「這麼做的話,合約期內的傭金就都泡湯了!再說,你去哪找這麼多工人?」

「我去找那些自由黑人。」艾希禮說。

「自由黑人?你想得美!他們的工資那樣高,而且那些北方佬會隨時盯著你,看你是不是每天三頓都給他們吃雞,晚上睡覺有沒有給他們蓋鴨絨被子。若是你敢用鞭子抽他們哪怕一下,那麼從亞特蘭大到多爾頓的北方佬就會同時向你大聲叫嚷,一定會把你關進大牢。哼!犯人才是唯一的……」

媚蘭低著頭不說話,只是看著放在膝上的雙手。艾希禮臉帶怒色,可是態度依然很強硬,他幾乎沒出聲。過了一會兒,他看了一眼瑞德,瑞德也看了看他,兩人似乎從中得到了理解與共識——思嘉麗把這一切看在眼裡。

「我不喜歡用那些犯人,思嘉麗。」艾希禮的語氣很平靜。

「好吧,先生!」她高聲回應著,語氣裡滿是諷刺。「可是,爲什麼不喜歡?是怕別人像議論我一樣在背地裡議論你嗎?」

艾希禮抬頭說:「我人正不怕影子歪!我做得對,別人也不可能議論我什麼。再說我從一開始就不願意用那些犯人。」

卻並不一定認爲對。」

「我不願用強制別人的勞動來賺錢。」

「那你是認定我所賺的錢全都是骯髒的嗎？」思嘉麗厲聲責問他。

「思嘉麗，我沒有在責怪你！真的。只是咱們有一些看法大相徑庭罷了，你覺得是對的，我卻並不一定認爲對。」

「爲什麼啊？」

她突然希望這裡就只有她和艾希禮兩個人，那樣她就可以大聲喊出：「可我希望自己的看法跟你相同！到底我應該怎麼做，才能跟你的相同呢？你告訴我啊！」

但媚蘭就在面前，對這場爭吵她不知所措。而瑞德卻一直朝著自己笑，那神態擺明著是在挖苦她。因此她也只能強制自己保持冷靜。

「這是你自己的事，艾希禮，我不應該指指點點，只是，我提醒你要好自爲之！至於你的態度和剛才說的話我依然不能理解。」

「我讓你生氣了，真的很抱歉，思嘉麗，我不是故意這樣的。請你相信我，諒解我。我說話沒有別的意思，我只是覺得，來路不正的錢不會給人帶來幸福。」

「你這想法不對！」她不自覺間再次抬高了嗓門，她有些控制不住自己了。「看著我！你應該清楚我的錢是如何來的，是從樹上掉下來的嗎？不，是從犯人、酒館那兒……」

「別忘了你還殺死過一個北方佬。」瑞德輕聲說道，「事實上，你是在殺了他之後才走上發家之路的。」

思嘉麗忽然轉向他，心中的怒火真不知該怎麼發洩，可瑞德卻搶先開了口。

「你的錢讓你非常非常幸福！是吧，親愛的？」他的話聽著特別順耳，可實際每句話裡都藏著刀。

思嘉麗竟然一下子無法應答了，她張著嘴，目光掃過眼前的這三個人。媚蘭的神態似乎就要哭了，艾希禮面色蒼白地緊抿嘴唇，瑞德嘴裡叼著雪茄怡然自得。她真想放聲大叫：「那是當然，我的錢就是讓我很幸福！這有什麼不對嗎？」

可是不知道爲什麼，她就是喊不出來。

chapter 58 政黨輪替

思嘉麗發覺瑞德身上的改變發生在她生病的那段時間，她並不確定這種改變是好是壞。瑞德不再同過去那樣經常喝酒和吵鬧，只是沉默寡言，他也經常回家吃晚飯，對僕人們和顏悅色，對韋德和艾拉也更溫和了。對那些舊事，他一個字也不提。思嘉麗也保持著特有的沉默，從表面上看兩個人都是風平浪靜的。

在她身體基本恢復後，他對她表現得畢恭畢敬又若即若離，不像從前那樣動輒就挖苦諷刺了。她突然醒悟：以前他故意用那種毒辣的語言冷嘲熱諷並且惹得她反唇相譏，那是因為他把她放在心上的緣故。可現在她覺得他不再關心她了。他這種冷漠的態度反而使她倍加懷念他過去的作風，她很想念那些和他爭吵、辯論、喊叫的場面。

現在的他失去了往日的光彩，從前他的眼睛無時無刻不在追隨著她，現在這對眼睛卻只追隨著瑪拉，就像他生命的所有激流已轉入了另一條狹窄的河道了。思嘉麗感慨：假如瑞德願意把傾注在瑪拉身上的情感分出一半給她，哪怕只有一小半，那麼他們現在的生活一定會變成另一番景象。

最近瑞德總喜歡深更半夜回家，可他並不是酩酊大醉地回來。她常常聽到他輕輕吹著歡快的口哨經過她的房門。有時候他也帶一些男性朋友回家，一起坐在餐廳裡聊天喝酒。這些朋友不是他們結婚後第一年交往的那些人，那些北方佬、反賊和共和黨人都不再是他的朋友了。為了弄清楚，思嘉麗常常躡手躡腳地藏在樓梯口那裡偷聽他們聊天，竟然是雷內·皮卡德、休·埃爾辛、安迪·邦內爾和西蒙斯兄弟這些人。梅里韋瑟爺爺與亨利叔叔則是每次必到。有一次，米德大夫也在場，這真是讓她大吃一驚，因為以前在這些人看來，瑞德是罪該萬死的。

一天夜裡，瑞德很晚還沒回家，甚至比平常夜裡還要晚。思嘉麗心急如焚，等啊等啊，終於聽到了鑰匙開門的聲響，於是她再也堅持不住了，披上衣服衝出了臥室，把他攔在樓梯口。看到她站在樓梯口紋絲不動，他異常驚訝。

「瑞德，你必須告訴我，說實話……你是三K黨嗎？……你每天半夜三更才回來是不是因為這個原因，你說實話……」

在煤氣燈光的照射下，他很隨意地瞅了她一眼，然後微笑了一下。

「你呀，落後了！現在的亞特蘭大哪兒還有三K黨？恐怕連整個喬治亞州也沒有了。你聽到的那些謠言估計都是無中生有或者道聽塗說的吧。」

「真沒有了嗎？我希望這不是你為了安慰我而說的假話！」

「親愛的，我什麼時候想過安慰你了？是真的，我沒說假話，現在沒有三K黨了。我們意識到弄那些活動弊多利少，只會招惹那些北方佬，替布洛克州長的造謠機構提供更多的把柄。不過謝謝你關心我；實話告訴你，打從我離開了那夥叛賊，成為一名順從的民主黨人後，這裡就沒有三K黨的影子了。」

得到這樣的答案，她心裡的一塊石頭就放下了。瑞德不會同法蘭克一樣被殺掉，她也不會丟掉她的店鋪和金錢了，可他用了「我們」這個詞引起了她的注意：難道現在他和那些「頑固分子」成爲一夥了？

「瑞德，」她語氣生硬地問，「三K黨的解散是不是和你有關？」

他看著她，眼中有一種明亮的東西。「親愛的，當然有關。這事還是我同艾希禮牽頭的。」

「你……和艾希禮？」

「是的，『政治會讓人們團結起來』這句話雖然是古語，但在現實中確實一點錯也沒有。我與艾希禮不是朋友，可是我們的觀點一致——我們反對暴力和蠻幹。三K黨如果再這麼繼續蠻幹下去的話，只能讓北方佬更加張狂。我倆就說服了大家，讓他們相信靜待時機養精蓄銳，比身穿蒙面長袍、手舉燃燒的十字架那樣要好很多。」

「那些年輕氣盛的人肯聽你的話嗎？你這種……」

「我這種人！一個投機商、叛賊！與北方佬狼狽爲奸的人！你可不要忘記了，巴特勒太太，我如今可是一名優秀的民主黨人！一個敢於爲收復失地而獻身的優秀民主黨人。我的想法是對的，所以他們自然就會聽。現在，我們民主黨已經在州議會中占了絕大多數，過不了多久，我們就可以讓那些共和黨人也去嘗嘗鐵窗和大牢的味道。最近他們無惡不作，真是放肆到了極點！」

「你想把你曾經的朋友關進監獄？你可不要忘了，是他們讓你買鐵路公債，你大大地撈了一筆！」

瑞德咧開嘴一笑——依舊是他往日的笑法。

「啊，我不會將他們怎樣的……可是，沒辦法，只是立場不同了。倘若我能幫著同一立場的人多做點兒好事，何樂而不爲呢？這是建立威信的好機會！而且我對另一立場的人又如此瞭解，倘若州議會開始進行調查，我掌握的這些情報將是很有價值的。你呀，最好提醒一下你的那些朋友，比如格勒特夫婦、亨頓夫婦等，一有風吹草動就趕快逃跑吧！州長都可能被逮到，他們更是小菜一碟兒了！」

這麼多年來，思嘉麗親眼看到，共和黨人在強勢的北軍支持下牢牢地掌控著喬治亞州的大權，州政府的力量可以說是堅不可摧的，因此她對瑞德的這番話很不以爲然。

「你不要再誇口了！」她說。

「這不是說大話。即使州長不能被我們關到大牢裡，他也絕對不可能再當選了！下一次我們的州長肯定會是民主黨人！大家輪流執政嘛！」

「瞧你那樣子，好像你將立下汗馬功勞似的！」她諷刺地說。

「那是當然了！寶貝，我是絕不會退縮的！這些天我很晚回家，就在這個原因。現在我全力以赴，比淘金那段時間還要積極，當然也是爲了把這次選舉搞好。對了，我還捐了不少錢，我知道你聽了一定會心疼的，巴特勒太太！但是，你記得多年前，在法蘭克店裡，你和我說過，私藏聯邦政府的金幣是不正當的。現在你看，我的做法終於跟你的看法一致了，聯邦政府的金幣正被用來使聯邦分子重新執政。」

「你是用錢在填無底洞！」

「無底洞？民主黨可不是無底洞！」他惡狠狠地瞪了她兩眼，馬上又恢復了冷靜。「誰能在大選中勝出對我來說沒有什麼意義。最重要的是，所有的人都看到我爲大選出過錢出過力！他們記住這一點，這樣對瑪拉日後的生活百利而無一害。」

「聽你剛才那些話，我還真的認爲你想要改邪歸正了呢！沒想到，你對民主黨同對其他任何東西一樣仍然是虛情假意。」

兩人的對話把瑪拉驚醒了。儘管她睡意正濃，可還是迷迷糊糊地叫了聲「爸爸」。瑞德慌忙丟下思嘉麗，跑向女兒的房間。

「瑞德，你先不要走，我話還沒說完。你以後再去開什麼政治會的時候，不要再帶上瑪拉了，把一個小女孩帶去那種地方多不成體統！別人看了會怎麼說呢？開始我真不知道你帶她幹什麼去了，如果不是亨利叔叔和我說起來……多難堪啊，他還以為我早就知道這事呢！」

他一下子轉過身來，陰森著臉說：

「為什麼不成體統了？一個小女孩在爸爸的懷裡聽大人們聊天，哪裡不成體統？你可以當做不成體統！可事實上這很成體統！很多年以後，人們也不會忘了，當我幫助他們把共和黨人驅趕出喬治亞州時，瑪拉就在場。許多年過去以後，人們仍然會記得……」

他的臉部表情逐漸柔和，只是雙目中依然閃著惡狠狠的光。「你肯定不知道吧，當大人們問她最愛誰，她會說：『最愛爸爸和民主黨』。問她最恨誰，她一定說：『最恨叛賊。』感謝上帝，人們最容易記住這些小孩子的話。」

思嘉麗一下子非常生氣，抬高嗓門：「我看你還會跟她說，她的母親……我，也是個叛賊吧！」

「爸爸……」瑪拉叫的聲音有些著急了。瑞德匆忙走進女兒的房間，走時朝思嘉麗冷冷地笑了一下。

果然，當年的十月，布洛克州長辭職後就逃離了喬治亞州。在他任職期間，挪用公款、大肆揮霍和收受賄賂已達到了空前的規模。這激起極大的民憤，就連他自己的黨內部也土崩瓦解了。

而民主黨人在州議會中占了大多數，說明他大勢已去。

艱難的日子總算是過去了，重建時期也快到尾聲了。儘管代理州長仍然是一名共和黨人，但十二月的大選已經成了定局。當選舉的日子漸漸來臨時，共和黨人雖然奮力地垂死掙扎，卻於事無補，喬治亞州終於選出了一個民主黨州長。

歡樂又一次淹沒了這座城市，這次的歡樂讓人更激動、更讓人感覺清新真切。所有的教堂都擠滿了人，牧師們忙得不亦樂乎。在這種喜悅之中，人們體會到了驕傲與自豪。喬治亞州說得上是飽受欺凌，歷盡磨難，到現在終於是苦盡甘來了。

一八七一年的耶誕節是喬治亞人十多年以來最快樂、最值得慶賀的一個耶誕節。但是，對思嘉麗來說，她卻滿是煩憂。特別是人們對瑞德態度的改變——從一個最讓人討厭的傢伙瞬間變成了一個最受人擁戴的人物——這讓她啼笑皆非。而且她最清楚，瑞德之所以會有今天，完完全全是因爲他低聲下氣地討好大家，卑躬屈膝地把他所有的時間、精力、思想和金錢都貢獻給了民主黨。

當他懷裡抱著穿著藍衣的小瑪拉騎馬走在大街上，微笑著向人們表示他的高高在上和彬彬有禮時，大家都會很友善地和他打招呼，而且用慈愛的目光關注他胸前的小女兒……至於她——思嘉麗……

chapter 59 再次打擊

瑪拉是個聰明伶俐，非常讓人喜歡的孩子，儘管她的任性越來越明顯，可是沒有人捨得去管她。嚴格地說，她這種任性飛速滋長的原因，完全取決於爸爸帶她一起出去旅行的那幾個月。在那段時間，她肆意玩耍、上床睡覺還有其他作息的時間都被打亂了。

這些出門旅行時被瑞德慣成的壞毛病，在思嘉麗生病期間和回到塔拉休養期間變得更加堅固了，因此現在想立刻矯正過來那是不實際的。

在瑪拉稍微懂事些的時候，思嘉麗也曾經試圖對她嚴格管教，避免她變得太過任性而又蠻橫，可是沒有任何效果。因爲不管這個孩子有多麼調皮，瑞德總會袒護她、縱容她，任憑她無理取鬧，久而久之，大人在講話時，瑪拉總是喜歡插嘴，甚至有時候還會駁斥爸爸，可是瑞德卻從不責備她，甚至連思嘉麗想要打瑪拉幾下手心以示懲罰，也被他制止了。

「幸好這孩子長得還算漂亮，否則的話是不會招人喜歡的。」思嘉麗難免有些傷感。她早就看出來了——女兒跟她一樣倔強而且有膽量。「她最聽瑞德的話，如果他想管女兒，還是有辦法讓她克服一些壞習慣的。」

可是瑞德卻沒有絲毫想要女兒改變的意思。在他眼裡，女兒哪裡都好。甚至對女兒提出的一些無禮要求，他也有求必應，毫不含糊。女兒的美麗、捲髮、酒窩和天真可愛的舉止都讓他從心裡感到自豪。他從內心喜愛女兒那股任性的勁兒和她撒嬌時候的可愛方式。雖然她任性、調皮，甚至有些驕橫，可她卻是那樣的天真可愛。他把她看做自己心中的女神，她更是把他當做無所不能的上帝。在她的心目中，他的位置是至高無上的，所以，他絕不會忍心爲了管教她而失掉這個彌足珍貴的地位。

她就像影子似的緊緊地追隨著他。早上他還在睡覺，她就把他吵醒了；吃飯的時候，她更是一定要坐到他身邊，而且只願意吃他盤子裡的東西；騎馬出門的時候，她必須得坐在他的胸前；上床睡覺的時候，她也只願意讓他給自己脫衣服，並且非得要他把自己抱到小床上去。

思嘉麗對瑪拉能把爸爸緊緊地牽制在自己手中，除了覺得有趣之外，還頗覺感慨。像瑞德這樣狂妄自傲的男人，在女兒面前居然這麼服服貼貼，真是不可思議！不過同時，思嘉麗也感覺到一陣陣妒忌，因爲四歲的瑪拉對瑞德的瞭解，已經遠遠超過了和他在一起生活這麼多年的她，對瑞德也超越了她從前任何時候、任何方式的控制。

嬤嬤對瑪拉的行爲舉止很有看法：「一個女孩子家，哪能夠劈開腿騎馬呢，還坐在爸爸胸前，裙子都飛起來了……真不雅觀……」

瑞德對嬤嬤所講的關於教育女孩的話一向都是認真吸取，這次當然也不會例外。所以，他很快就買來了一匹棕白兩色的雪特蘭馬[9]。這匹小馬非常漂亮，毛皮光滑閃亮同綢緞一樣，馬鬃和馬尾既長又密，再配上那副小巧結實、鑲著銀邊的馬鞍，看起來真是讓人賞心悅目。

表面上看，這匹小馬是給三個孩子買的，並且還爲韋德也配了一副鞍子，但是韋德不太喜歡

9. 雪特蘭位於英國最北端的群島，所產的雪特蘭馬比普通馬矮。

騎馬，他更喜歡那隻聖伯納狗。至於艾拉，她從不靠近這匹馬半步，因爲她一直都害怕動物。因此這匹小馬事實上是瑪拉獨自享用，而且取了個很好聽的名字——「巴特勒先生」。

瑪拉得到這匹小馬以後愛不釋手，雖然還有一件事不太如願——她不能再學爸爸一樣跨騎在馬鞍上了。不過，當爸爸和她說側坐式更難的時候，她又開始高興起來，而且很快就學會了。瑞德看到女兒英姿勃發地騎著馬，手握韁繩，騎術日漸成熟時，心中有說不出的高興。

給瑪拉做騎裝的時候，自然是讓她自己去挑選顏色和布料。她毫不猶豫地選了藍色。

「聽話，親愛的，不要挑藍天鵝絨！那個是我做晚禮服用的。」思嘉麗解釋，「黑色的布最適合小女孩了。」她看見那對黑色的小眉毛不滿地皺在一起，於是只好對瑞德說：「看在上帝的分上，請說說你的女兒吧！藍天鵝絨不耐髒……」

「哦，就讓她穿藍天鵝絨的吧，不耐髒就多做兩套。」瑞德很輕鬆地答道。

於是，瑪拉便擁有了一套心愛的藍天鵝絨的騎馬裝——藍色的裙擺一直拖到小馬的腹部，再配上一頂黑帽子，上邊還插了根紅色羽飾。從那以後，每到晴天，人們總可以看見他們父女倆在桃樹街上並駕齊驅。瑞德勒緊自己的大青馬緩步前行，以免讓瑪拉的那匹小馬落後。

有時候，他們還在寧靜偏僻的街道上賽馬。瑪拉舞動著她的短把馬鞭抽打她的「巴特勒先生」，這會使那馬兒揚尾奮蹄更加賣力。瑞德總是控制著自己的速度，有意讓女兒的馬跑在前頭。

當瑞德覺得女兒的騎術相當嫻熟的時候，就讓她學習跳低欄了。於是，他就在後院裡架起一個低欄，還專門雇了彼得大叔的一個小侄子沃什來訓練跳欄，工錢很可觀，每天廿五美分。跳欄高度由起初的兩英寸逐漸增加到了一英尺。可這一安排卻引起了三方面的意見。一是沃什，他起初就有點怕馬，擔任這份工作完全是出於想多賺幾個錢，所以他才勉強訓練這匹小馬；二是小馬本身，牠對小主人拉牠的尾巴、檢查牠的蹄子這些都還能夠忍受，可對跳欄這苦差事牠有點不太願意；三是瑪拉，她幾乎不讓任何人碰她的小馬，因此在小馬跳欄時，她總會一直在旁邊拍手跺腳來表達她的不耐煩。

後來，當瑞德覺得小馬的訓練已達到了要求，便讓女兒騎上小馬跳欄了。瑪拉激動極了，第一次試跳就很輕鬆地成功。從那以後，瑪拉每天幾乎都不想幹別的，一心只想著跳欄，有時都不願意跟爸爸一起出去騎馬了。

對此事，思嘉麗認爲孩子僅僅是貪圖一時的新鮮，沒多久自然就會玩膩了，那時候就能讓四鄰得到安寧了。可是，許多天過去後，瑪拉仍然對跳欄保持著很高的興致；每天上午整個院子都是女兒興奮的呼喊聲。

第一個星期過去的時候，瑪拉一定要把跳欄加高到一英尺半。

「等到你六歲的時候才可以跳這麼高。」瑞德勸說，「那時候你會長高的。爸爸會給你買一匹大一點的馬。『巴特勒先生』的腿還不夠長。」

「夠長了，夠長了！牠連媚蘭姑姑家的薔薇樹都可以跳過去了！那個可比這個高多了！」

「不可以，要再等幾年！」瑞德很堅定。但瑪拉卻不依不饒，又是喊叫又是撒嬌。瑞德有點妥協了。

「好吧，」那天早晨，他終於答應了把跳欄提高一截，「要是摔下來，你可不許哭呀！也不許怪我！」他的語氣裡帶著寵溺的笑意。

「媽媽……媽媽……」瑪拉興奮不已，朝思嘉麗的臥室高聲喊道，「媽媽，快來看！爸爸說我能跳了。」

這時，思嘉麗正在梳理頭髮，一聽到瑪拉的叫喊便來到窗前，她微笑地遠遠看著女兒嬌小而激動的背影。看到她穿著那身沾滿了塵土的藍色騎裝，有著幾分小大人的可愛神情。

「我該再給她訂做一套新的騎裝，」她尋思著，「但是只有上帝知道，我該怎樣才能夠讓她脫下這套舊的呢？」

「媽媽……看著我啊……」

「我看著呢！親愛的。」思嘉麗笑容滿面地回答著。

瑞德把女兒舉起來放在小馬的背上。思嘉麗看見女兒昂首挺胸地坐在馬上，英姿颯爽，心裡一陣自豪感，因此滿心歡喜地喊道：「太棒了！寶貝！」

「媽媽也很棒！」瑪拉也讚美了思嘉麗一句後，就用腳後跟對著小馬的兩邊用力一扣，向著涼亭飛奔而去。

「媽媽，看我給你跳過去！」她一邊大聲衝思嘉麗喊著，一邊揮鞭策馬衝向跳欄。

看我給你跳過去……這聲喊叫像是從思嘉麗的心底深處響起的，是啊！從前在什麼地方聽到過？這是個不祥的預感！什麼不祥之兆呢？她突然間想不起來！

她不解地望著樓下，女兒正輕鬆而愉快地坐在馬背上，小馬向前飛馳。倏地一下，思嘉麗倒吸了一口冷氣，以至於眉毛瞬間牢牢地擰在一起。瑪拉飛馳著，黑色的捲髮在風中飛揚起來，藍色的眼睛閃閃發亮。

「她的眼睛太像她的外公了。」思嘉麗想著，「果真是典型愛爾蘭人的藍眼睛……她的性情也和她外公如出一轍！」

由於想起了父親，她的腦海裡忽然出現了剛才一直沒有想起來的那段回憶。啊，那幅景象一下子變得那麼清晰，那好像夏夜的閃電瞬間把整個田野照亮似的。她似乎聽到了一個愛爾蘭人在愉快地歌唱，聽到了鏘鏘的馬蹄聲穿過塔拉的牧場，聽到一個毫不畏懼的聲音在喊，同剛才瑪拉的喊聲一樣——「愛倫，看我給你跳過去！」

於是她慌忙喊道：「不！不！瑪拉，停下來！停下來！快快停下來！」

就在她探出身朝窗外望去的一瞬間，下面傳來了木頭裂開的聲響，還有瑞德那撕心裂肺的喊聲，地上攤開一大團的藍色天鵝絨，那匹小馬栽倒在地上，然後又掙扎著站起來，驚魂未定地朝前跑去，但是牠的後背上卻只留下一副空蕩蕩的馬鞍。

就在瑪拉死後的第三個晚上，嬤嬤蹣跚地來到了媚蘭家的廚房。她身穿一身喪服，從頭到腳都是黑的，那雙昏花的老眼裡滿是血絲，眼皮也腫起老高；全身好似都在散發出一種叫做痛苦的味道。

一會兒，媚蘭出來了，她的手裡拿著餐巾，臉上盡是愁容。

「思嘉麗怎麼樣了？」

「她沒事，她挺得住，現在恢復過來了。」嬤嬤低聲說著，「不知道你在吃飯，太不好意思，可是媚蘭小姐，我確實有些急事。」

「那我就不吃飯了，」媚蘭體貼地說，「迪爾茜，把其他菜端上去吧。嬤嬤，和我來吧。」

嬤嬤跟在她的後面，路過餐廳時，看到艾希禮坐在餐桌的首位，旁邊是小博、韋德和艾拉，四個人正在吃晚餐，把湯匙弄得叮叮噹當響個不停，特別是思嘉麗的兩個孩子幾乎是歡聲笑語。

對他們來說，可以到媚蘭姑姑家住宿吃飯簡直就像外出去旅行野餐那樣開心。媚蘭向來疼愛他們，妹妹的死好像並沒有給他們帶來什麼影響，他們只知道妹妹被摔死了，媽媽哭了好久，然後媚蘭姑姑就把他們帶過來了，讓他們和小博一塊玩，想吃點心就隨意拿著吃。

媚蘭把嬤嬤帶到起居室後，隨手把門關上。媚蘭讓嬤嬤坐在沙發上。

「我本想一吃完晚飯就過去，聽人說巴特勒船長的母親到了，那麼明天上午就可以舉行葬禮了吧？」

「葬禮？唉，我就是因爲這件事來的。我們全沒法子啦，所以，我才來懇求你。如今家裡不像個樣子了，親愛的，完全不像個樣子了。」

「難道是思嘉麗的身體……自從瑪拉……哎，我到現在還沒見過她呢。她一直將自己關在屋裡，巴特勒船長又不在……況且……」媚蘭急得團團轉。

說著說著，嬤嬤便哭了起來。媚蘭慢慢地坐在她身邊，溫柔地拍著她的肩膀，在她耳邊低聲細雨勸她別哭。過了一會兒，嬤嬤把黑裙子掀起來擦了擦眼淚。說道：「你幫幫忙吧，媚蘭小姐。我確實是沒有法子了！」

「思嘉麗她……」

嬤嬤用手擦了擦鼻子：「對上帝的磨煉，思嘉麗小姐可以挺得住，因爲她已經吃了夠多的苦，但瑞德先生他……他從生下來到現在也沒有受過這樣大的挫折。我來找你就是爲了幫助他。」

「我能替他做什麼呢？」

「今天晚上你無論如何也得和我過去一趟，或許瑞德先生能聽進去您的話，他向來都很尊敬你，崇拜你。」

「哦，我究竟能夠做些什麼呢？你快點和我說清楚呀！」

嬤嬤再次挺了一下身子：「媚蘭小姐，瑞德先生他……恐怕已經瘋了，他不許我們把小姐下葬。」

「天啊？不會吧？」

「怎麼不會？真的，這是真的！他親口告訴我們誰都不許埋他的孩子……對，就一個小時之前說的。你說這是不是瘋了？」

「他不可能……這怎麼可能……」

「媚蘭小姐，實話告訴你吧。按理這種事不應該跟外人說，可你不是外人，我就將事情全部告訴你！他是那樣疼愛他的孩子，我還沒見過這樣的男人，當聽大夫說孩子的脖子被摔斷了，活不成了，他馬上就急瘋了。他拎起槍箭步衝了出去，當場就把那匹可憐的小馬打死了。看到他當時那兇狠的眼神，我真怕他會自殺。思嘉麗小姐當時就嚇得暈過去了，瑞德先生恍恍惚惚的，將孩子抱得緊緊地。我想幫孩子洗洗臉、將那些血跡擦掉，但他動都不讓我動一下。等思嘉麗小姐醒過來後，我鬆了口氣。上帝保佑！我想他倆這回應該能相互安慰一下彼此了。」

說到這裡，她又開始流眼淚了，可她沒有心情擦眼淚。

「可沒想到，思嘉麗小姐朝他大罵了起來：『是你殺了我的女兒，你還我的女兒！』」

「啊？她不可能這樣說的！」

「她是這樣說的。她醒過來後就衝過去打罵他：『是你殺了我的女兒！』當時我很替瑞德先生難過，他一下子就哭了，看上去好像被痛打了一頓的落水狗一樣。我就趁那時候把孩子抱了過來：『把孩子給我吧，我幫她擦一下。』我將孩子抱進房間給她洗洗臉，清掉了血跡。我聽到他們仍然在吵。唉，他們說得那些話我聽了都難受。她一直在罵他是劊子手，一定要讓女兒跳那麼高的欄桿被摔死；他怨她從來都沒關心過孩子，根本不配當媽媽……」

「不要說了，嬤嬤！別說這些了，你不應該告訴我這些！」媚蘭強烈地阻止了嬤嬤的話，她在替那對不幸的夫妻難過。

「我知道我不應該告訴你這些……但我藏在心裡更不好受。唉，我被嚇糊塗了，後來瑞德先生自己抱著孩子去找辦喪事的人，後來又把孩子抱回來，放在他臥室裡的那張小床上。當思嘉麗小姐說該把孩子放在棺材裡，擺在客廳時，瑞德先生氣得就好像要去殺了她似的。他毫不客氣地說：『孩子必須在我的臥室裡。』然後他又轉過身來叮囑我：『我先出去一下，你把孩子給我看好，誰也不許碰她！』然後他騎上馬就出門了，到天黑時才回來。我知道，他一定喝了酒了，可並沒有喝醉。他不管不顧地衝了進來，完全不理睬思嘉麗小姐，上樓跑進了自己的臥室，忽然大聲叫我。我跑上去，看到他沮喪地站在床邊，百葉窗已經放下來了，房間裡非常暗，因此我看不清他的表情。他凶巴巴地吩咐我：『打開百葉窗，快，快點打開，房間太黑了！』我慌忙打開百葉窗，他兩隻眼睛死死地瞪著我。哎呀！媚蘭小姐，當時我被嚇得兩腿發麻，差點就癱在那兒。他的臉色難看極了。他大聲地命令我：『趕快拿燈來。多拿一些，都給我點上，不要再拉窗簾了，更不要關百葉窗。你不知道瑪拉小姐她怕黑嗎？你難道不知道嗎？』」

媚蘭露出恐懼的目光，嬤嬤禁不住顫抖了一下。

「我慌忙給他拿去一包蠟燭，他命令我：『出去！』之後就把門鎖上了，自己一個人在裡面陪孩子。連思嘉麗小姐去敲門他也不理，就這樣，已經過去兩天了。至於下葬的事，他一句話不說。早上他就把門鎖上，騎馬進城，直到天黑才醉醺醺地回家，之後再把自己反鎖在屋子裡，不吃飯，不睡覺。今天他母親從查爾斯頓趕來參加葬禮，蘇倫小姐和威爾先生也從塔拉趕來，但瑞德先生誰也不理。唉，媚蘭小姐，你看這該怎麼辦？別人會說閒言碎語的……今天晚上……」

嬤嬤擦著眼淚繼續說，「他回來時，思嘉麗小姐在樓上堵住了他，和他說：『葬禮就在明天早上！』但他卻說：『你如果敢把我的女兒埋了，我馬上殺了你！』」

「哎，他一定是瘋了！」

「沒錯。之後他們的聲音小了，我聽不太清楚，可我似乎聽見他說孩子怕黑，墳裡那麼黑，孩子會害怕。過了一會兒，思嘉麗小姐說：『你真行啊！害死了自己的女兒還把氣撒在別人身上！瑪拉死後，你的反應真的讓我忍無可忍了。如今全城的人都在背後對你指指點點，你就曉得天天喝酒把自己灌醉，不要把我當傻瓜，我知道你每天都在那個叫貝爾的女人那裡鬼混！』」

「天啊，嬤嬤，不可能吧。」

「思嘉麗小姐就是這樣說的。其實，媚蘭小姐，這是真的。很多事，我們黑人比白人知道得清楚。我敢確定他就是在那兒，不過，我可從來沒跟別人說過，但連他自己都承認了。他說：『我就是在那裡，你也沒有必要爲這大動肝火，你不是不在乎嗎？這個家是地獄，貝爾那兒卻是天堂，再說，貝爾比你心腸好，脾氣好，她也不會破口大罵，說我殺了自己的孩子。』」

「天啊！」媚蘭驚訝地說。

媚蘭對這些烏七八糟的事情根本無法相信。忽然，她想到一件事，那天瑞德埋頭在她膝蓋上痛哭時確實提到過貝爾，可他真的是深深愛著思嘉麗的呀，這一點她非常確定。自然思嘉麗也深愛著他，可他們之間怎麼會弄到這步田地呢？夫妻畢竟是夫妻呀，爲什麼會仇恨到這種地步呢？

嬤嬤又嘮嘮叨叨地說起來了。

「沒過一會兒，思嘉麗小姐就走出來了，她的臉色很難看，下巴一絲不動，一看就明白她下定了決心。她和我冷冷地說：『明天下葬！』然後就從我身邊走開了。我的心亂成一團，我知道她說話一向都是當真的，可他也說了，一旦要下葬就把她殺了。我快急死了，媚蘭小姐，該怎麼辦呢？唉，我心裡很難受啊！媚蘭小姐，這一切全是我的錯，我有罪呀，其實瑪拉小姐怕黑都是被我嚇出來的。」

「唉，嬤嬤，沒關係的……現在……現在不是都過去了嗎？」

「當然有關係！我有罪！後來，我就趁他沒鎖門的時候進去了，我說：『瑞德先生，我有罪……』他一下子轉過身來朝我喊叫：『滾！』天哪，把我嚇壞了。我壯了壯膽子，繼續說：『請讓我說出來吧。小姐怕黑是讓我嚇的，你要殺就殺了我吧。』說完，我就把腦袋一低等著他發落，但是他一句話也沒說。我就接著說：『我當時沒有別的意思，只是想嚇唬她，她膽子太大了，什麼都不怕。其他孩子睡著了之後，她總愛從床上爬起來，光著腳在房間裡亂跑，我是擔心她摔著或者碰著，於是嚇她說那些黑地方有魔鬼有妖精。』聽了我的話後，非常奇怪，他的臉色卻好多了，他走向我，輕輕地把手放在我的肩膀上，他以前從未對我這樣客氣。他說：『她很勇敢，對吧？除了怕黑，她什麼都不怕。』我一聽馬上哭起來了。他拍了拍我說：『別哭了，你能告訴我這些我很高興，我明白你是愛瑪拉小姐的，你是因爲愛她才和她講那些話，所以我不怪你，從這些就能看出一個人的心腸好壞。』聽他這麼一說，我也就安心了，就接著問他：『那下葬的事怎麼辦呢？』然而他馬上又生氣了，他瞪大眼睛對我說：『哼！我還當別人不理解，可至少你應該理解！我女兒那樣怕黑，我怎麼可以把她埋到黑暗的地下去？我現在就可以聽見她在黑暗的地底下發出可怕的哭喊聲，我無論如何是不會埋葬她的！』媚蘭小姐，我清楚地明白了——他已經瘋了。從早到晚，他就知道喝酒，不吃飯、不睡覺，和魔鬼沒什麼兩樣了。他一把將我推了出來，嘴裡罵著：『快給我滾！』我只好下樓，心裡一邊悄悄想：他死活不讓下葬，思嘉麗小姐卻偏要明早下葬，他還揚言要殺了她，大家都沒有辦法，我就想到你了，媚蘭小姐。你一定得幫幫忙呀。」

「可是，嬤嬤，這事我出面不是很合適。」

「除了你，不會有更合適的人選了？」

「我也沒有任何辦法呀！嬤嬤！」

「沒辦法也必須想個辦法呀！對了，你可以先和他談談，說不定他會聽您的話呢？他挺尊重您的，媚蘭小姐，你自己也許沒有感覺到，但這是千真萬確的。我可聽他說過不只一次了，他說女人裡你是最賢慧的……」

「可我……」

媚蘭不知所措地站了起來，說實話，去勸瑞德她確實有點發怵。一想到自己必須硬著頭皮走進那間燭火通明、而且停放著一個小女孩屍體的房間，她的勇氣立刻就被瓦解了。

她猶豫了一會兒，怎樣去勸瑞德呢？突然聽見小博快樂的歡笑聲。她想：如果自己的兒子死了，她將怎麼樣呢？

「天哪！」她驚呼了一聲，就在此時，她理解了瑞德。是啊，如果小博死了，自己肯定不捨得把他快速地埋掉啊，誰可以忍心把自己的孩子孤零零地埋在黑暗中任憑狂風暴雨的吹打呢？

「哦，可憐的人！」她自言自語，「好，我馬上就去，我去勸勸他。」

她匆忙走到餐廳，和艾希禮簡單交代了兩句，之後緊緊地摟住小博，深情地吻了他一下。

她慌慌忙忙出了家門，帽子也沒有戴，箭步如飛地向前趕著，將嬤嬤落得遠遠地。

當媚蘭到思嘉麗家的走廊時，她只禮貌性地朝那些人——皮蒂姑媽、巴特勒母親、威爾、蘇倫等點點頭，便急步踏上樓梯，在思嘉麗的臥室前暫停了一下。

嬤嬤氣喘吁吁地趕了上來，上氣不接下氣地說：「別，先不要進去……」

媚蘭放慢了腳步。到了瑞德房門前時，她停了下來。猶豫了一會兒之後，終於下定決心，敲響了臥室的門，低聲說：「巴特勒船長，請讓我進來，我是威爾克斯太太。我要見見瑪拉。」

臥室的門打開了，嬤嬤慌忙躲到一邊。看到瑞德高大的身影從燭火通明的房間裡走了出來。他搖搖晃晃的，似乎喝醉了，連嬤嬤都可以聞到他身上刺鼻的酒味。他低下頭看了看媚蘭，然後抓住她的手，將她拉進房間，順手關上了門。

過了好久，房門打開了一條細縫，之後露出媚蘭蒼白而又緊張的面頰。

「趕快提壺熱咖啡來，還有三明治。」

每當遇上急事，嬤嬤就勤快得像個十幾歲的小女孩，她非常想走進瑞德的房間看清楚，因此她的動作更快了。但是，媚蘭只將房門打開一條小縫，將咖啡和三明治接了進去，把嬤嬤關在了門外。

雖然她用力聽裡邊的動靜，但除了刀叉瓷器交叉的聲響和媚蘭溫柔的低音之外，她什麼也聽不到。

又一會兒，她聽見瑞德沉重的身體砰地一聲倒在床上，然後便是靴子咚咚落地的聲音。後來，媚蘭開了房門，媚蘭看上去特別累，眼裡噙著淚花兒，眼神卻很安詳。

「你去告訴思嘉麗，巴特勒船長已經答應明天早上舉行葬禮了。」她輕輕地說。

「感謝上帝！」嬤嬤放心地說。「你是怎麼……」

「小點聲，他睡了。對了，嬤嬤，告訴思嘉麗，我今天留在這兒為瑪拉守夜，請你幫我沖點咖啡拿上來。」

嬤嬤拖著略顯沉重的身體向前走去，心裡輕鬆了許多。走到思嘉麗門前時，她略微停了一會兒，似乎是在調整內心的感激和好奇。

「真不清楚媚蘭小姐是用什麼辦法勸動他的，我想，一定是上帝都在幫她說話，假如明天能下葬，我得趕快告訴思嘉麗小姐，至於媚蘭替小姐守夜的事，我最好不告訴她吧，她會反對的……」

chapter 60 懺悔

世界變了，竟是如此令人傷感，好像到處都是可怕的煙霧，嚴密地把思嘉麗圍在中間。這些不斷地勾起她對死去女兒的回憶，悲傷和痛苦就像無形的魔爪，把她牢牢地抓住，她每一刻都有一種無處安身，無處依靠的感覺。

她想起了瑞德，以前瑞德輕輕一笑就能幫她把恐懼驅散……他那肌肉發達的身軀還有強健有力的胳膊總是給她無限的安全與溫暖。想到這些，她開始把目光投向瑞德，用前所未有的角度重新審視這個作爲丈夫的男人。現在的瑞德就像變了一個人，他不再對她笑了，不再會給她任何安慰了。

瑪拉死後的很長一段時間，她一直在生他的氣，並且一直沉浸在悲痛中，她幾乎不想和他說話。她無暇顧及到瑞德，根本沒有想到瑞德也在內疚，並且其中的痛苦比她的更重。在那很長一段時間裡，他們互不干涉，不管是吃飯還是說話都沒有一點感覺，就好像他們只是碰巧住在同一家旅館的兩個不相干的人一樣。

現在孤寂的她再次感到恐懼了，她需要瑞德。事實上，現在她已經不生他的氣了，她想跟他道歉，她想告訴他她可以理解：瑪拉的死他沒有錯。她想撲在他的懷裡痛哭一場，她想親口告訴他，她也爲女兒的騎術感到驕傲和自豪；她當時不該責怪他害死了女兒，她當時太難過了，只想拼命刺痛他來減輕自己的傷痛。但是，她沒機會向他表達這些內心的話。他總是冷眼相對，讓她沒有辦法開口。

爲什麼會落到這種地步呢？連她自己也不明白。她和瑞德是夫妻，她是那樣想念她的丈夫，希望在他那溫暖的懷抱裡得到一絲安慰，她想要和丈夫一同回味過去，她想跟丈夫訴說自己的心聲，但是現在這種情形，他們之間似乎沒有什麼可以交流的。

最近幾天，他基本上天天不在家。有時回來吃晚飯，可是也已經喝醉了，喝醉之後一句話也不說，滿臉愁容，有時還有點兒癡呆。有些天，他凌晨三四點才到家。她可以聽見他下馬的聲音，然後他砰砰砰地敲僕人的門。波克被叫醒之後，將他扶進後門，之後扶到樓上的臥室，以往他總是把別人灌醉，如今他幾乎成了個酗酒鬼。

陪伴她多年，寸步不離的老嬤嬤也回塔拉農場了——是的，她不會再回來了。她走的時候沒有說原因，只是和思嘉麗要了路費，她昏花並且淒涼的眼睛望著思嘉麗的臉，思嘉麗哭著拜託她留下來，她卻一再推辭說：「我聽到愛倫小姐在叫我——『老嬤嬤呀，回來吧。你的任務已經完成了。』親愛的，我真的該回家了。」

瑞德在一旁聽著她倆說話，一聽說嬤嬤要回去，立刻就把路費給了老人家，並且還鼓勵似的拍了一下嬤嬤的肩膀。

「對，嬤嬤，愛倫小姐說得有道理，你在這裡的任務已經完成了。回家去吧，還需要什麼，就告訴我。」

思嘉麗惱火地想要阻止她，瑞德卻大聲命令：「你閉嘴！蠢貨！讓她走！如今沒人想待在這裡了！」

他閃出一道惡狠狠的目光，嚇得思嘉麗後退了回去。

「米德大夫，你看他會不會……嗯，會不會瘋了？」最後她想來想去還是去諮詢大夫。

「我想他不會，可是更糟的是他這麼長久地酗酒，假如不節制，生命就可能有危險。他太想念那個可憐的孩子了，思嘉麗，他只是借酒消愁。我勸你一句話，小姐，快點再給他生個孩子吧。」

思嘉麗離開診所時心裡很難過。生孩子——說起來容易，做起來那就難了。當然，假如有人能把瑞德眼中的凶狠神色去掉，且把她心裡的痛苦撫平，她願意再為他生個孩子，哪怕生好幾個也可以。可以生個兒子——長相同瑞德一樣好看；或者可以生個女兒——美麗漂亮、快樂而任性，笑起來和銀鈴一樣動聽。絕不要和艾拉那樣呆滯。既然上帝非要奪走她的一個孩子，那為什麼不奪去那個艾拉呢？

可是……瑞德似乎不想要孩子。他一直沒進過她的房間，雖然現在她的房間不再上鎖了，甚至有時她故意半開著臥室的門想誘惑他進來，可他連看都不看一眼，現在他感興趣的是威士忌和那個紅頭髮的臭女人！

思嘉麗遭到全城人唾棄，她們都覺得思嘉麗的心腸狠毒，失去女兒後還是一副不在乎的樣子。事實上這些人並不理解思嘉麗內心有多麼痛苦、多麼孤獨。這真是天大的諷刺！瑞德反而獲得了全城人的同情。

這段時間，除了皮蒂姑媽、媚蘭和艾希禮，她的其他老朋友們都不肯來這裡了。唯有那些新交的朋友經常坐著豪華的馬車來看她。她們爭先恐後地對她表示同情，可她卻不太喜歡她們。思嘉麗想起了梅貝爾、范妮、埃爾辛太太……她想看到她們，她想同她們聊天，她甚至還想到了那個從來不給她面子的梅里韋瑟太太……那些都是老朋友老鄰居，她們都清楚她的過去，她們同她共同經歷過戰爭和苦難，她們都失去過親人、忍饑挨餓、重建家園的經歷。

是啊，她多麼盼望老戰友之間那種毫無忌諱地暢談過去的感受呀！可這些曾經與她共同經歷風雨的老戰友都已經離她而去了。她知道這全是自己的問題，這不怪別人。現在她終於後悔了——是瑪拉的死、是孤獨與恐懼、是這個天天酗酒、精神萎靡的瑞德讓她知道了後悔。

chapter 61 媚蘭病危

身在瑪麗埃塔的思嘉麗突然收到一封加急電報，電報是瑞德發來的。看來必須得趕回亞特蘭大了。十分鐘後，思嘉麗就坐上了那班火車。因爲走得太匆忙，她大部分東西都沒來得及帶，手裡只有一個小包。臨行前，她把兩個孩子全託付給了百里茜。

瑪麗埃塔離亞特蘭大僅有二十英里，可火車行駛的很慢，並且逢站必停。在那個秋天的下午，潮濕的空氣還有緩慢的速度讓思嘉麗異常焦躁，再加上那封電報，她簡直是心慌意亂。

瑞德的電報報文如下：

媚蘭病危。速歸。

傍晚時分，火車才剛開進亞特蘭大。暮色之中細雨濛濛，爲這個城市增添了幾許哀怨的氛圍。瑞德坐了一輛馬車來接她。他的臉色讓她驚慌難安，甚至比接到電報時更吃驚，她從未見過他這種表情。

「她沒……」她急迫地問。

「沒呢，還留著一口氣。」瑞德將她攙進馬車，告訴車夫：「到威爾克斯家，越快越好！」

「她究竟得了什麼病？我為什麼一點兒也不知道？上周不還好好的嗎？難道是出了什麼意外？哦，瑞德，不會真像你說的那樣病危了吧？」

「她馬上就要死了，真的。」瑞德的語氣很嚴肅，「死前她只想見你一面。」

「啊？她不會死的！哦，媚蘭怎麼可能死呢？她究竟是得了什麼病？」

「流產了。」

「流……流產？不會吧？瑞德，她怎麼可以……」思嘉麗有點前言不搭後語了，這個消息確實讓她大吃一驚。

「你真的不知道她懷孕了？」

她無力地搖著頭。

「哦，對了。我想你也不知道。她一定沒告訴任何人。她準備給大家一個驚喜。可是我知道她懷孕了。」

「你怎麼可能知道？她一定不會告訴你這種事的！」

「用不著她告訴我，我就看出來了。這兩個月來，她一直精神煥發，滿臉容光，這不是因為懷孕高興又是為了什麼？」

「瑞德，大夫說她再生孩子會有生命危險的！」

「沒錯！」瑞德說罷，又不耐煩的轉身對車夫說道，「我說，你快點趕好不好？」

馬車終於停在媚蘭家門口。瑞德把思嘉麗攙下車。她渾身在打戰，似乎沒辦法鎮定下來，她的心已經被淒苦淹沒了，她緊緊地抓著他的手。

「瑞德，你陪我進去吧。」

「對不起，她只想見你，你還是自己去吧。」他說完就回到馬車上了。

她一路小跑著上了臺階、穿過門廊，幾乎是撞開了房門。昏暗的燈光裡坐著艾希禮、英迪亞和皮蒂姑媽。思嘉麗腦中突然地閃過一個疑問：「英迪亞怎麼也來了？媚蘭親口說過不叫她再登這個門的。」

屋裡的三個人一見到思嘉麗便都站了起來。皮蒂姑媽的嘴唇一直在不停地抖動，但又什麼也說不出來，只是咬緊了下嘴唇。英迪亞呆呆地望著思嘉麗，目光中不再充滿仇恨，有的只剩下無法言表的傷感。艾希禮好像成了另一個人，那種神態似乎是在夢遊。他慢慢地走向思嘉麗，並把手放在她的臂腕上，嘴裡發出喃喃的聲音：

「她想見你一面……她想見你一面。」

思嘉麗轉過身去看了一眼媚蘭那關得緊緊的房門，然後急切地問：

「我現在能去見她嗎？」

「現在還不行。米德大夫正在幫她看病。你能來我非常高興，思嘉麗。」

「我是急著趕回來的。」思嘉麗邊摘下帽子脫下外套邊說：「那該死的火車……快告訴我，她有沒有好些了，艾希禮？你快說話呀，不要發呆呀！她不會……」

「她一直在念著你的名字。」他盯著她的雙眼，那木訥的神情好像是在告訴她——媚蘭真的會死。

就在那短暫的一瞬間，她的心似乎停止了跳動，她感到一種從來沒有的恐懼——一種比焦慮和悲傷強烈幾百倍的恐懼。她的胸中好像被這種恐懼堵滿了，讓她透不過一點氣息。媚蘭怎麼可能死呢？不！不！她拼命地壓下這種不安，可那激動的心緒使她更加不安。哪怕米德大夫醫術再高也有誤診的時候。我不相信她會死！我死也不會相信！

「我不信！」她拼命喊著，然後瞪著那三張哭喪的臉，似乎故意跟他們叫板，盼望他們能一起反駁自己似的，「媚蘭怎麼不告訴我呢？如果我早點知道的話，絕不會去瑪麗埃塔了。」

艾希禮似乎剛從恍惚中清醒過來，他的目光裡全是哀苦。

「她誰都沒有說，思嘉麗，也不會告訴你。她是怕你知道後會責怪她，阻止她。她想等三個月後，那時候胎兒情況穩定了再給大家一個驚喜，那她就可以笑呵呵地否定大夫的話了。想起來，那段時間她真是特別的開心。你知道，她是多麼喜歡孩子，做夢都想再有個女兒。唉，剛開始時一切都好，但突然一下子就不行了——真想不到啊！怎麼會這樣？」

這時，媚蘭的房門輕輕地打開了，米德大夫一聲不響地走了出來，之後又很細心地帶上了房門。他先是低著頭站了一會兒，灰白鬍子一直懸在胸前。大夫掃了一眼大家，最後目光落在思嘉麗身上。他輕輕地走向她。她在他眼中看到了悲涼、厭惡，甚至還有蔑視。於是，她那原本就慌張的心情又添了幾分愧疚。

「你總算出現了！」他語氣冰冷地說道。

沒等思嘉麗答話，艾希禮就向媚蘭的房間快步走去。

「你先等一下再進去。」大夫說，「她有話想要跟思嘉麗說。」

大夫緊緊地抓住思嘉麗的肩膀命令道：「小姐，千萬記住，不要大聲喊叫，更不准向她懺悔，否則我就擰斷你的脖子！聽見沒有？不要再傻盯著我！你知道我這話的意思！媚蘭小姐應該平靜安詳地走！你不要為了寬慰自己的良心而對她講任何有關艾希禮的事情。我活了大半輩子還不曾欺負過一個女人呢，但如果你說了不該說的話，小心我破例開殺戒。」

不等她回答，他就推開房門，把她推了進去，之後又隨手關上了房門。

媚蘭虛弱地躺在小床上，被子下面的身體看起來只剩下一把骨頭了。兩條黑辮子攤在臉龐的兩邊，閉著的雙眼深深地凹陷在紫黑色的眼窩裡。看見媚蘭這副憔悴的模樣，思嘉麗不由得靠在門上，她被驚呆了。儘管房間裡燈光很暗，可她仍然看清了媚蘭那面無血色的死人般的臉，蠟黃而又乾癟，鼻子、顴骨似乎全塌了進去。她一下子明白了，在戰爭的時候她也在醫院裡見過很多傷患，他們的臉色就是這樣的——這就是死亡的徵兆。

哦，媚蘭要死了。可一時間思嘉麗仍是無法接受這一點。媚蘭不會死！她怎麼可能一下子就死了呢？偏偏是在思嘉麗這麼需要她的時候，她為什麼會死呢？上帝保佑！

她以前從來沒有意識到自己這麼需要媚蘭。但現在，這種需要如同潮水一樣湧到她的內心深處。原來她是那樣依賴媚蘭，如同她依賴自己一樣，可自己以前怎麼從來沒發覺呢？如今媚蘭要走了，思嘉麗才意識到失去她，自己簡直無法活下去。

她踮著腳尖忐忑不安地走向媚蘭，才恍然明白，媚蘭一直是陪伴她出生入死的一把寶劍，媚蘭一直幫她抵擋硝煙戰火、是為她帶來安全可靠的一面盾牌，是她的力量，是她的慰藉。

「我必須得留住她！不許她就這麼死去！就這麼離開我。」她一邊下定決心，一邊坐在媚蘭的床邊，抓起媚蘭放在被子外的一隻手——那隻手無力而又瘦弱，那麼冰涼，讓她倒吸了一口涼氣。

「是我，媚蘭。」她低聲說。

媚蘭的雙眼勉強睜開了一道細縫，可隨即又閉上了，似乎是看到思嘉麗之後就放心了。過了一會兒，媚蘭才吸足了一口氣，低聲請求：「答應我嗎？」

「答應，我全都答應！」

「好好對小博……」

思嘉麗感到喉嚨似乎被什麼卡住了一樣，哽咽得說不出話來，因此只有點頭表示答應，同時又用力握了一下她的手，想要給她一些力量。

「我把他交給你了……」媚蘭的臉上竟然浮現出一縷微笑，「從前，我就把他給過你……記得嗎？……在他生下來之前……」

她怎麼可能忘記那個時刻呢？她記得清清楚楚；那是那麼可怕的一天啊！她還記得，當時她是那樣痛恨媚蘭、希望媚蘭早點死掉呢。「都怪我害死了她。」她因迷信感到極度自責，「我曾多次詛咒她死去，上帝真的聽見了，因此才來重重地懲罰我。」

「哦，媚蘭，不要說這些了，你會好起來的，會的……」

「不。你答應我。」

思嘉麗哽咽了一會兒才說出話來。

「你知道我會答應你的，我會跟疼愛親兒子一樣待他。」

「大學……」媚蘭的聲音很低但卻異常清晰。

「對！讓他去大學！上哈佛，去歐洲留學！他想去哪兒都可以！他要什麼，我就給什麼……對了……還要一匹……小馬……還要幫他請老師上音樂課……求你了，媚蘭，一定要撐住啊！挺住啊！媚蘭，堅持住！」

一陣沉默後，媚蘭的臉色更加灰白了，可她掙扎著仍要說話。

「艾希禮，」她停了一下，「你和艾希禮的……」她因為哽咽而無法說出下半句。

思嘉麗的心臟突然間停止了跳動，渾身一片冰涼。哦，原來媚蘭知道。思嘉麗將頭伏在床罩上，想哭但哭不出來。媚蘭沒有被蒙在鼓裡！說也奇怪，這個時候，思嘉麗不再感到羞愧和可恥了，當然也沒其他的感情，除了深深的懊悔——懊悔這麼多年來她居然一直在傷害著這位善良的女子，媚蘭早就知道了……但她卻始終是我最忠實最可靠的知己。唉，假如時光可以倒轉，從頭再來，我一定讓自己的目光離艾希禮遠遠的。

「哦，上帝呀！」她心裡祈禱著，「拜託你讓她活下去吧！叫我徹底償還欠她的所有東西。我一定好好待她，一定不再跟艾希禮說一句話、說一個字了！我求求你讓她別死！」

「艾希禮他……」

媚蘭氣息微弱地嘆了一口氣，吃力地抬起手摸了摸思嘉麗伏在床罩上的頭。她用拇指和食指慢慢地拉了一下思嘉麗的頭髮，可她的手上沒有一點氣力。思嘉麗知道她的意思，媚蘭盼望她抬起頭來看著自己。然而，思嘉麗卻沒勇氣面對她，她感覺到媚蘭的目光會把自己刺穿……

「艾希禮……」媚蘭又叫了一聲。

思嘉麗聽見這個名字心如刀絞——她明白即使將來面對上帝的審判也不會像現在這樣難受。她感到自己的靈魂正在不斷縮小，可還是鼓起了勇氣抬起了頭。

沒有想到媚蘭的眼睛依然那麼善良，臉龐還是那麼溫和，她的表情沒半點仇視和不滿，更沒有一點兒恐懼與不安。她顯現出來的只有焦慮——她在擔心自己沒有力氣把遺囑說完。

這出乎思嘉麗的預料，思嘉麗因此對上帝充滿了感激之情。接下來，她便做了有生以來第一次虔誠的祈禱：「謝謝上帝！儘管我明白自己沒有資格，可還是要感謝你沒讓她知道！」

「你說艾希禮，怎麼了，媚蘭？」

「你願意……照顧他嗎？幫我照顧他？」

「哦，是的。」

「他很容易……感冒……」

屋子裡是無言寂靜。

「關心他的……生意……好嗎？」

「好，我一定會。」

她幾乎是用盡了所有的氣力。

「艾希禮他……沒有經驗。」

假如不是到了彌留之際，媚蘭一定絕不會這樣評價自己的丈夫的。

「多關心他……思嘉麗，但……不要讓他知道，好嗎……」

「我一定關心他，關心他的生意，我保證不讓他知道。我只會幫他出主意想辦法……」

媚蘭看著思嘉麗的眼睛，用盡全力地笑了一下，兩個女人目光相遇時達成了一種默契，呵護艾希禮的任務就從一個女人手中移交到另一個女人手中，可此事又絕對不能讓艾希禮知道，以防止傷害他作爲一個男人的自尊。

媚蘭的表情平靜了，似乎她已經不再惦念什麼了，思嘉麗已經答應了她的請求，她能放心地走了。

「你聰明能幹……敢作敢當……而且對我一直都這麼好……」

一聽見這些讚美和感激，思嘉麗的喉頭再次哽住了，她真想馬上哭出來，像不懂事的孩子一樣痛痛快快地大哭一場，而且徹底向媚蘭坦白——「我是大騙子，我一直在騙你！我一直沒有真心對你好過！就算以前對你好過，那也是為了艾希禮！」可她拼命地捂住了自己的嘴。

她實在忍不住了，猛地一下站了起來。出於理智，她用牙咬緊了自己的大拇指，逼迫自己鎮定下來。此時，瑞德的話再次迴蕩在她的耳際——「她是真心愛你的，讓她的愛做你的十字架吧。」現在，這個十字架更加沉重了。過去，她總是在想方設法、千方百計地想將艾希禮從她手中奪過來，這罪惡是難以饒恕的！但現在，媚蘭——這個對她從未有過半點懷疑的好女人，在臨死之際，還給了她一如既往的愛和信任，這使她有了罪上加罪的感覺。

不，不可以把真相說出來。是的，她甚至不敢鼓勵媚蘭挺住，她想讓媚蘭安詳地死去——沒有痛苦、沒有悲哀。

就在這時，房門輕輕地打開了，米德在門口命令般地向她招手。思嘉麗忍住在眼眶裡拼命打轉兒的眼淚，彎下腰，握緊媚蘭的一隻手貼到了自己的臉頰上。

「晚安……」她輕聲道別，聲音卻比她想像得鎮定很多。

「答應我……」媚蘭低聲重複著，聲若游絲。

「我全答應你，親愛的。」

「巴特勒船長……要好好對他……他……很愛你……」

「瑞德？」思嘉麗一時間有些疑惑，她心裡否決著——說這些幹什麼？已經沒用了！

「好吧，我會的。」然而嘴上她還是仍然答應了媚蘭。之後，她吻了吻媚蘭的手，又把它放回到了床上。

當她走出房門時，聽到米德輕聲囑咐：「讓那兩位女士趕緊進來。」

透過淚影，她看到了英迪亞和皮蒂姑媽，她們兩個小心翼翼地提著裙角走了過來，盡力地不讓裙擺發出聲響。房門再次被輕輕地關上了。過道裡寂靜無聲。哦，艾希禮在哪兒？思嘉麗如同一個被罰站的小學生，待在牆角把頭抵在牆上，伸手撫弄著又疼又乾的喉嚨。

思嘉麗站在牆角，有一種失魂落魄的感覺。起居室裡的爐火發出讓人害怕的耀眼光芒，將她的身影投到牆壁上，顯得毛骨悚然。……哦，艾希禮！艾希禮去哪兒了？她不由自主地走向起居室，如同一隻被凍壞了的動物急需找到火一樣，她需要艾希禮。

可是，艾希禮不在這兒。她暗暗下定決心一定要找到艾希禮。她剛發現了媚蘭的力量，但這力量卻馬上就要消失了，可艾希禮還在呀！他高大英武，又有遠見卓識，可以給她新的力量！是啊，在艾希禮的身上，在艾希禮的愛中，可以感受到一種奇異而又獨特的力量，可以幫她重新振作，使她擺脫恐懼，是她忘掉悲傷，忘掉這一切。

他一定在自己的房間裡。她邊想邊輕聲走過走廊來到他的房門前。她低聲地敲了幾下門，可沒有回應。於是她推開房門——哦，艾希禮呆呆地站在梳粧檯前，正出神地瞅著媚蘭的一副舊手套。她忍不住用顫抖的聲音叫道：「艾希禮！」他慢慢地轉過身來，無力地看了她一眼。他那雙大大的灰眼睛裡沒有凜然的高貴，有的卻是惶恐和怯懦。

與思嘉麗相比，他的慌恐更加可憐，他的怯懦更加軟弱。他那張受過驚嚇的臉上沒有一點血色，一片灰白。她緩緩地向他走去。

「我怕得要死！」她低聲喃喃著道，「哦，艾希禮，請抱住我！快！我真的好害怕……」

可他卻一動不動。他手裡攥著那隻舊手套，呆呆地盯著思嘉麗。她靠近他，伸出一隻手拉住他的手臂，低聲詢問：「這是什麼？」

他的眼睛裡出現了熱情，上下端詳著她，似乎找東西找了半天仍沒找到一樣。他緩緩地開了口，聲音有些異樣。

「剛才我特別想找你！就同一個等待大人安撫的孩子！哦，沒想到你也是個孩子，你一樣被嚇壞了；沒等我去找你，你反而先來找我了。」

「不，你不可能害怕！你不該害怕！」她大聲喊道，「世上沒有什麼事情可以讓你害怕！可我……是的，你是無所畏懼的……」

「我是無所畏懼嗎？假如真是，那只是因爲有她在做我的後盾。」他的聲音帶著點沙啞，邊說邊又低下頭仔細端詳著那只手套，然後用另一隻手撫平了手套，「可現在完了，我的無所畏懼也將跟著她一同離開了。」

他的聲音更低沉了，語調中是一種無法勸慰的絕望，這簡直完全出乎她意料，令她不敢相信。她馬上抽回了手，然後退了一步。在一片沉寂中，她突然明白了——自己有生以來第一次看清了這個男人。

「哦——我明白了，艾希禮，你最愛的一直是她，對吧？」她的問話很慢。

他含糊了好一會兒才說出話來。

「我曾經有過無數的幻想，可只有她永遠留在我的記憶中，也唯獨她在我的生活中存在過，也只有她沒有在無情的現實面前破碎。」

她的心感到了前所未有的沉重和痛苦。「你是世界上頭號的傻瓜，艾希禮！哼！你怎麼就看不出她比我強一千倍，好一萬倍？」

「求你了，思嘉麗，不要說了，你該理解這些日子以來我的苦……」

「你的苦！難道你以爲我……哦……艾希禮，幾年前你就應該明白，你愛的是她而不是我！你怎麼就不早點明白呢？你要是早點明白的話，一切事情就都會是另一番樣子了！你不該用你那些所謂的名譽和犧牲之類的謊言和把戲把我吊在那裡。假如你幾年前就跟我說明這一切的話，我會……當然我一定會很難受，可我能挺過去！但你卻一直拖到現在，拖到媚蘭快死去的時候你才睜開眼睛！而現在，這一切都太晚了！什麼也來不及了！哦，艾希禮，這種事該是你們男人先知道啊！我們女人又怎麼可能在你們之前知道呢？你早該知道你愛的是她！而你之所以需要我，只是像……像瑞德需要貝爾一樣！」

聽了她這一席話，他猛地後退了一步，可他的眼睛卻沒有躲開她的注視——他在乞求她別講下去了，不然他將承受不了。他臉上的每一根線條都顯現出同意她的話的形狀，而他低垂下來的雙肩也說明了他內心此時正充滿愧疚與自責。他無話可說地站在那兒，手裡緊緊地攥著那隻舊手套——似乎那是一隻能給他安慰和同情的手似的。

沉默中，她的火氣與怨怒慢慢消失了，與此同時，她內心生出了蔑視和同情。良知使她感到了十分愧疚——怎麼可以落井下石、乘人之危呢？她才答應過媚蘭要照顧他的……才答應過，又怎麼可以轉身就責罵他，使他傷心呢？他已經開始自責了。她淒慘地想：他還是個沒長大的孩子，和我一樣，恐懼失去媚蘭。媚蘭早就知道他會這樣——她對他的瞭解超過了我，因此她才囑咐我照顧他和小博。中年喪妻——多麼大的打擊呀！艾希禮一定承受不了的！可我能承受！我，什麼都可以承受！那麼多的艱難，我不是一一熬過去了嗎？但他不能，沒了媚蘭這個後盾，他什麼也承受不了！

她緩緩伸出雙臂帶著幾分溫柔地對他說：「對不起，親愛的，我知道你現在很難受，我不應該責怪你，可你要知道——她什麼也不知道——幾乎對我們沒有一點懷疑……上帝對我們實在是太過仁慈了。」

他跨過來一下子把她抱住。她拼命地抬著腳跟，將溫熱的面頰貼向他的臉，還伸出一隻手撫弄著他腦後凌亂的頭髮。

「別哭，親愛的，她希望看到你堅強的樣子。她一會兒就要見你了，你必須堅強！不可以讓她看見你臉上的淚痕，否則她會牽掛你……會走得不安心。」

他緊緊地抱緊了她，導致她都喘不過氣來。他在她耳邊哽咽低語：

「我活不下去了，沒了她，我真的沒辦法活下去呀……」

「我們會想到辦法的！」她安慰他。

這時，走廊裡的那扇門猛地被人推開了，隨後她聽到米德大夫急切的聲音傳來：

「艾希禮，快點！」

「我的天哪！她走了！」思嘉麗暗自痛惜，「艾希禮還沒和她告別呢……也許……」

「快！」她一邊大聲催促，一邊用力推了他一下，因爲他此時正愣在那裡，不知所措，「快去呀！」

艾希禮如同大夢初醒一般跑了出去——他裡還攥著那隻舊手套。走廊裡傳來他急促的腳步和關門聲。

她忍不住長嘆一聲：「天哪，我的天哪！」然後她緩步走到床邊坐下來，用雙手抱住了頭。她覺得渾身癱軟，一切感情都枯竭了。現在，她甚至感覺不到悲哀和悔恨，也沒有恐懼和驚慌。她只覺得累，覺得自己的心像壁爐架上那只小鐘一樣機械地跳動著，十分沉悶。

在這種沉悶中，一個清晰的問題湧了上來——艾希禮一點也不愛我，並且從來也沒有真正地愛過我。得知了這個事實之後，她一點也不感到難受。我該難受呀，甚至應該歇斯底里……長期以來，她之所以拼搏著活下來的動力不就是他的愛嗎？沒有他的愛，她絕不能走到今天。然而，這個結果卻是——他不愛她！而她卻不在意，怎麼會不在意？那當然是因爲她也不愛他！正因爲這一點，他的所作所爲才不會讓她傷心、失望或者難過！

她乾脆躺在床上，將頭埋在枕頭裡。覺得自己沒有必要去否定這個結果；更沒有必要對自己說假話——我是愛他的，我愛他愛了這麼多年，愛絕不可能一下子就消失了。然而，愛確實消失了，如今一絲一毫也沒有了。

「他一直沒有真正地存在過，一切都是我的想像。」她很疲倦地想。「我愛的只是自己虛構的一個影像——一個沒有生命和靈魂的幻影。我幫它做了一套漂亮的衣服，之後就愛上它了。當艾希禮騎著馬走來時，那麼的英俊瀟灑、風流倜儻，我就把那套衣服給了他，一點也不管他合身不合身，最重要的是，我根本不願意去看清他到底是怎麼一個人。我一直愛著的是那套我自己虛構出來的漂亮衣服——沒愛過他本人。」

「我簡直太傻了！」她自哀自憐地想，「我有現在的結果簡直是咎由自取！我一直盼望著發生的事終於發生了。我一直盼著媚蘭死掉，那樣我就可以得到艾希禮，而現在她真的死了，我也真的能得到他了，但我又不想要他了。假如不是答應了媚蘭，這輩子都不見他我也無所謂！」

chapter 62 澈悟

她聽見外面有人在悄聲討論著什麼，所以她走到門口，看見有幾個擔驚受怕的黑僕人聚在後走廊裡，迪爾茜費勁地抱著已經睡熟的小博，彼得在不停地抽泣，廚娘正撩起圍裙擦眼淚。看到她出來，一時間，三個人都不知所措地呆望著她。

她看了一眼起居室，英迪亞和皮蒂姑媽正手牽著手站在那兒，英迪亞臉上那種常有的清高已蕩然無存。她和皮蒂姑媽一樣在用乞求的眼神看著思嘉麗，好像在等待她的吩咐。她進了起居室，她們立刻就圍了上來。

「哦呀呀，思嘉麗，可怎麼辦才好呢……」皮蒂姑媽禁不住問，她那胖乎乎的嘴唇一直在顫抖。

「別出聲，別跟我說話，否則我就要大喊大叫了。」思嘉麗抑制著自己的感情。聽到她這種如同命令的話，她們不約而同地退縮了，滿臉疑惑和無奈地盯著她。

「我千萬不能當著她們的面哭出來，」她暗自告誡著自己。「我一哭，她們都會跟著哭，這幾個黑人僕人也會湊熱鬧，那就亂了。我必須打起精神，需要幹的活兒還很多。得去找殯儀館的老闆，得安排整個葬禮，得叫人把房子打掃乾淨，還得接待前來弔唁的朋友。唉，這一大堆的事艾希禮不可能會做，只有我來幹了。唉，我這個人一向喜歡自討苦吃！往往是爲了別人，而不是爲自己！」

她掃過英迪亞和皮蒂姑媽，那兩張茫然又怯懦的面孔讓她想到了媚蘭，她感到一陣內疚。媚蘭一定不希望她這麼刻薄地對待她們。

「對不起，我剛才說話有點過分了，」她有些吃力地道歉，「我可怎麼辦呢？哦，真對不起，皮蒂姑媽。我想去門廊上待一會兒。去單獨待一會兒。等一下我就回來，咱們再一塊……」

她拍了拍皮蒂姑媽就快步走向前門。因爲她清楚，如果再在房子裡多待一會兒，哪怕就多待一分鐘，她就會大哭起來。她必須馬上走開。她要找個地方去大哭一場，不然她的心就要被憋碎了。

她反手將門帶上，隻身來到外面黑糊糊的門廊裡，將頭倚在門廊的一根立柱上，準備痛痛快快地大哭一場，但不知爲什麼，眼睛裡卻流不出一滴淚水。

這場災難太深重了，以至於淚水都無法表達她內心的痛苦。她不覺地顫抖起來，全身一下子失去了控制。

真沒想到，她生命中的兩座堡壘居然同時坍塌了，一是媚蘭——爲什麼自己一直沒有察覺到對媚蘭的愛呢？二是艾希禮——爲什麼自己一直要那麼一意孤行，瘋狂地迷戀著他？

她想，「今晚我不能再見到艾希禮了，今晚我什麼都幹不了了！我明早再過來吧，明早再來處理那些七零八碎的事！今晚不行！我馬上就要垮了，我必須回家。」

她家離這兒不是很遠，只有五個街區，她索性連外套和帽子也沒回去拿，就衝下臺階、奔到了濃霧瀰漫的夜色中。

她三步併作兩步地朝前走著，拐過街角，走到了通往桃樹街的那條斜坡路上。夜晚的道路寂靜無聲，讓她不禁聯想起夢中的某些情景。

她不快不慢地向前走著，胸中壓抑著無限的傷痛，走著走著，恍然間到了一個非常熟悉的地方——陰冷潮濕、迷茫昏暗——這明顯是自己多次來過的地方呀！怎麼會呢？惶恐的感覺襲上心頭，她不由自主地加快了腳步。

難道是思維混亂，一時迷糊？然而，她卻無法擺脫這種思緒，整個身心都被這種思緒糾纏著。她淒淒惶惶地環顧了一下四周，因此心頭的恐懼更加深重了。突然間，她仰起了頭，就好像察覺了險情的動物一樣。

驀然間她想起來了，此時恐怖也倏然襲上心頭。對，在她過去無數次的噩夢中，她就在這樣的濃密的大霧裡奔跑……這是一個迷茫而又危機四伏的地方，鬼魂經常出沒、濃霧陰森可怕，那些張牙舞爪的魑魅魍魎盡情追逐在自己的四周。難道她又在噩夢中了？還是那個噩夢變成了現實？

霎那間，她彷佛已經不在人間，來到了一個極爲陌生的地方。恐懼和戰慄同時向她壓來，讓她無法承受。她又一次墜入了死亡與黑暗的深淵。她開始奔跑……就像在噩夢中……不顧一切地向前奔跑，但她不知道該跑向哪裡，因爲她不知道哪裡是安全可靠的。

她順著濕漉漉的大街拼命向前奔跑著，顧不上抬頭看方向，她的心咚咚就像快要跳出嗓子眼兒了，冰冷的雙唇不停地戰抖著，她沒命地朝前跑著，裙擺幾乎都濕透了，甚至緊緊裹住了她的小腿，但她顧不上去整理。她的肺好像都要炸開了，心臟也就要破裂了——她期盼著有一個地方能讓她平靜下來。

好了，終於看到人間的燈火了，一盞，兩盞，哦，一大排燈光。儘管燈光有點模糊，可它們卻是真實存在的。在以前的噩夢中，她還沒有遇見過燈火。看來這不是夢！猛然間，她停下了腳步，緊緊攥起了雙拳，目不轉睛地盯著前面那排燈火——那是桃樹街的煤氣燈，那裡絕不會有什麼妖魔鬼怪！

她忍不住摸了一下自己的胸口，心臟怦怦地跳個不停。

「我這是想跑到哪裡去呢？」

她慢慢地恢復了鎮靜，雙手有力地插在腰間，眼睛直直地望著桃樹街——那裡是她的家！從這裡可以眺望，家裡燈火明亮，看上去親切又生動。

家，哦，那麼真實的地方！她望著黑夜中家的輪廓，雖然在霧氣中有些模糊，可非常熟悉，禁不住心中湧起無限的感念和渴切。

哦，她要跑向的地方就是家！家裡有瑞德！她要找到他！

明白了這點，她渾身來了勁，恐懼馬上就煙消雲散了。原來從那天夜裡她狼狽不堪地逃回塔拉以來，那種世界末日般的恐懼就未曾離開過她，它一直存在於她的夢境中，一直困擾著她。那天晚上，她到塔拉之後第一個發現的就是自己丟掉了一些東西——安全、力量、智慧、柔情和理解，不只是一點，而是全部！那些都曾是母親身上閃光的東西——也曾是她少女時代的榮耀。雖然後來她獲得了物質上的安全，可在夢中她仍是個受驚的孩子，仍要不停奔跑，四處去尋覓那個不復存在的世界。

如今她終於找到了這個世界——這個安全而又溫暖的地方。那不是艾希禮，對，絕不是！她現在才發現，艾希禮像一盞沼氣燈，空有亮光但卻不能給他帶來溫暖；艾希禮是一片流沙，金燦燦安靜靜的，但缺少她需要的那種可靠與穩固。

那個安全而又溫暖的地方是瑞德！他堅實有力的臂膀能把她緊緊地摟在懷裡；他寬闊溫暖的胸膛能給她撫慰；更重要的是：他愛她。

但爲什麼她以前不知道呢？爲什麼他以前沒有發覺呢？儘管他經常對她冷嘲熱諷，但他對她的愛卻與日俱增！這到底是爲什麼？哦，她自己一直不明白，可媚蘭卻看出了這一點！真是當局者迷呀！

「哦，」她心想，「我和艾希禮一樣，既愚鈍又缺乏自知之明！我早應該發現這一點的！」直到此刻她才明白，瑞德一直在身後深情地愛著她、一直善解人意地向她伸出救助的大手，適時地出現在她身後。在義賣會上，是瑞德幫她擺脫了服喪的束縛和難堪；在亞特蘭大的淪陷之夜，也是瑞德冒著生命危險護送她穿過槍林彈雨到達安全地帶；後來，還是瑞德借給她錢，讓她做起了自己的事業；每當她從噩夢中醒來，總是瑞德把她摟在懷裡溫柔地給她慰藉。是的，假如不是對一個女人愛到極點，哪個男人可以做出這種種舉動呢？

「我愛他，」她心裡呼喊。「我爲什麼沒發現呢？我已經愛他愛了那麼多年了！如果不是因爲艾希禮，我一定早就清楚這一點了。可惜我沒有早點看清這一切，是艾希禮擋住了我的眼睛。」

「我必須趕緊把心裡話統統告訴他！」她計畫著，「他可以理解我的！會的！他一直都那麼理解我！我要告訴他我是多麼可笑、多麼傻！我會大聲告訴他我是多麼愛他，我一定要想方設法地回報他。」

她下定了決心，她的內心再次充滿了快樂，她不再害怕眼前的黑暗和濃霧了。她的心裡又蕩漾出歡聲笑語，她不再懼怕這漫長的夜晚了。不管將來遇到多黑的夜、多大的霧，她都不會害怕了，因爲她知道該去哪裡尋找安全和幸福，因爲她知道她身後會永遠有一個堅強地依靠。

於是她邁著歡快的步子往家中走去……是的，現在，她突然恨這條街太長太長了。

於是她撩起裙擺放開步子飛快地跑了起來。是的，她不再害怕了，因爲她馬上要回到家中，回到瑞德的懷裡了。

chapter 63 明天又是嶄新的一天！

家門大敞著。

思嘉麗三步併作兩步地跑進大廳，她的心在狂跳。家裡全部的燈都打開了，一片光明，卻沒有聲息，甚至還有死寂的感覺。難道說……不祥的預感猛地躥上她的心頭，這令她感到一陣害怕。

她下意識地尋找著瑞德，客廳裡、書房裡、樓道上，沒有，都沒有！思嘉麗的心跳開始加劇了，她感到了新的恐懼——丈夫不見了，他不在家……也許是他出去了，就像過去那無數個夜晚一樣，他到貝爾那裡去了？

這時，她看了一眼餐廳那扇緊閉的門。她悄悄地把餐廳門推開，就發現了瑞德。只見他歪著身子坐在椅子上，面前有一瓶酒，瓶蓋好像是剛打開的，旁邊有一隻空酒杯。謝天謝地！看起來他還沒開始喝呢！她帶著一腔衝動推開門，向他走過去。然而，當她的目光和他的相遇時，她猛地打了個冷戰，到了嘴邊的話又咽下去了。她看到瑞德的雙眼裡有種異樣的東西。

他那空洞而又冷漠的眼睛無奈而悲切地望著她，好像是在打量一個陌生的女人。她披頭散髮的樣子並沒引起他的關懷，衣裙上的泥點還有濕漬更沒有引起他的好奇；他既沒有大驚小怪地刨根問底，更沒有陰陽怪氣地嘲弄。他只是自顧自地坐在椅子上，衣著不整、神情散淡。不知怎麼回事。

瑞德用一種從未有過的目光——淡然的近乎寧靜的目光望著思嘉麗，慢慢地說了一句話：

「過來坐吧。她死了嗎？」

那種和藹裡透著冷漠的口氣讓思嘉麗生出一身恐懼。她怯怯地點了點頭，又想了片刻，才走了過去。

她看見他的表情，心裡滿是失望——為什麼會這樣，她卻說不清。他仍然歪坐在椅子上，滿不在乎地拿一隻腳挪出一把椅子給她，她坐了下來。她不願在這個時候與他談媚蘭，剛剛被壓抑住的悲傷會一下子湧上來的。等以後再回憶這段辛酸悲傷的經歷吧。此時此刻，她唯一想做的事就是告訴他我愛你！是啊，她想要真誠地向瑞德傾訴。可是，他那種異乎尋常冰冷的表情卻讓她無法啓齒。這時，媚蘭的影子再次浮現在她的腦海裡；這個溫良而卻淒苦的女人的死使她的羞恥心又復活了，她不願在媚蘭屍骨未寒的時候談情說愛。

他沉重地說：「唉，讓她安息吧！死也是一種解脫……上帝會保佑她的。她是個好女人！是個少見的好女人。」

思嘉麗幾乎是在沉悶與哀愁中發出了聲音：「瑞德！你那會兒為什麼不跟我一塊進去看看她呢？哦，太可怕了，我，我多麼盼望你能在我身邊呀！」此刻，她又想起往日媚蘭的音容笑貌。

他低低地回了一句：「我怕自己也會支撐不住……」

他那憂傷且真摯的目光並沒有在思嘉麗身上停留，迷茫而憂鬱地望著遠處，似乎在目送媚蘭的身影和靈魂在這夜色中遠去。他的臉異常平靜，沒有苦痛、也沒有哀傷；他似乎是在沉思，內心那種早已泯滅的純善之情又悄然復活了，他感嘆了一句——「一個了不起的女人啊！」

思嘉麗不由得顫抖起來，原先那種激動和熱情在他的平靜與漠然前頓時煙消雲散，飛奔的渴望和溫暖的期待都不見了。她模模糊糊地察覺到眼前的這個男人——正在和他唯一敬愛的女人道別，因此她的內心陡然襲過一陣悽楚，這完全不涉及個人情感的恐懼，這只是一種非常強烈的危機感。

她說不清自己此時的感覺，可她知道，媚蘭的死使瑞德受到了一種前所未有的震撼。思嘉麗也曾被那個賢慧而又溫柔的媚蘭打動過，那是她最後一次真誠地擁抱她時才發現的。從瑞德的雙眼裡，思嘉麗看見了一個南方女人真正的美——溫良恭儉。就是那種美讓整個南方充滿了力量、保住了家園還有國土！就是那種美，使南方婦女熱烈地張開雙臂迎接她們慘敗歸來的親人！那種美，永遠使每一個南方人都感到自豪和驕傲。

恍惚間，他的目光又緩緩地收了回來。他冷冷地注視著她，用譏諷的腔調問道：「這下好了，她死了，你的障礙沒了。你終於可以如願以償了？」

「你在亂說些什麼呀？」她像被揭開了癒合的傷疤一樣，尖叫著站了起來，淚水模糊了她的雙眼，「你真的不知道嗎？我是那樣地愛她……」

「哦，我真的不知道，我只知道，你向來都不愛窮人！如果你真的那麼愛她，那可真是太陽從西邊出來了！不過，我必須對你刮目相看啦！」

「你胡說什麼？我愛她！這一點你壓根不明白！因爲我們是女人！你不可能瞭解的，你不可能像我這麼瞭解她的！」

「不要說得這麼絕對。」

「她天生就是個好人，愛惦記別人，不計較個人得失……你不會想到的，就在她咽氣之前，她還惦記著你！」

他一下子就轉過身來，目光變得焦急卻又親切。「她惦記著我？」

「對。瑞德，不過以後我再告訴你吧。」

「馬上就告訴我！」他抓住她的手腕，手指不自覺地用了力氣，這讓她感到疼痛。思嘉麗現在真的不願告訴他媚蘭的話，因爲她一心想要向他說出自己內心的愛意，是的，對此，她已經打算好了，如今還不是說的時候。然而，瑞德的手捏得她妥協了，她不得不開口了：

「她說……她說……『你應該好好待巴特勒船長。他是最愛你的。』」

他盯著她，不覺間鬆開了她的手腕。片刻間，他的目光再次垂了下去，臉色變得陰沉。沒等思嘉麗回過神來，他就刷地一下站起身來，走到窗前，伸手拉開窗簾，安靜地望著窗外，似乎是在霧氣中看到了什麼東西。

「她還說別的什麼了嗎？」他背對著她發問。

「她拜託我照顧小博，我答應了，我會像親媽一樣待他。」

「還有別的嗎？」

「還有艾希禮……她叫我幫她照看艾希禮。」

屋子裡一片尷尬的沉默。

瑞德輕輕地自嘲地笑了：「前妻允許了，一切都好辦了，不是嗎？」

「你什麼意思？」

他轉過身來，「我什麼意思你不明白嗎？媚蘭死了，你便可以放心大膽地跟我離婚了，反正你的名聲也不怎麼好，離不離婚的對你也沒什麼影響。你已經完全沒有宗教信仰了，你還在乎教會什麼的嗎？很明顯，你不久就能跟你的老相好艾希禮在媚蘭的祝福下重溫舊夢了。」

「離婚？」她驚叫了一聲。「不！不！」她著急地猛然間跳起來，撲到他的面前，不安地握住了他的手。「你想到哪去了？錯了！錯了！一切全錯了！我才不要離婚呢！我……」她突然間說不出下句了。

他伸出另一隻手輕輕托起她的下巴，她的臉完完全全地映在了燈光下，他仔細地望著她的眼睛。她也睜大了雙眼，可卻掩飾不住眼神裡的慌亂。她動了動緊張的雙唇，努力想說些什麼。然而，她說不出什麼；就在這時，他抽回了那隻手，鬆開她的下巴，轉身又坐到椅子上，懶散地將下巴抵在胸口上，然後又用那種冷漠的目光，默默地看著她。

她只好走近他，站在他的面前，她有點兒不安地把雙手交叉在一起。

「你想到哪兒去了？」她開始表白，「瑞德，今天晚上，我忽然明白過來，而且，而且我匆忙跑回來就是爲了告訴你。哦，親愛的，我……」

「你累壞了，」他目不轉睛地盯著她說，「快點去睡吧。」

「不，我想跟你說，把一切都告訴你！」

「思嘉麗，我現在什麼也不願聽。」

「但是你還不知道我想說什麼呢！」

「嘿！寶貝，你想說的話都已經明明白白寫在你的臉上了，我看見了。天啊，真不清楚是什麼原因使你翻然醒悟了，你一下子明白你那位不幸的威爾克斯先生原來只是個不折不扣的死海果子，大得連你也嚼不碎。就是在他的對比下，你終於看到了我的魅力和光彩，體會到了我對你的吸引力，」說到這兒，他低聲嘆息了一下，「但現在一切已經晚了！太晚了！」

思嘉麗驚訝不已——怎麼自己的心事全被他看出來了呢？是啊，他那雙犀利的眼睛向來都能輕易地洞析她的心底，爲此，她曾不止一次地表示過憤慨。可現在，她感到了從未有過的欣慰，因爲她正想把心聲傾吐給他，可他卻已經知道了。感謝上帝，讓他進入我的內心了，他明白一切了！

然而，他爲什麼會說已經太晚了呢？難道他還心存疑慮？難道他還在生我的氣？她深信在今後的日子裡，她將想盡一切辦法，讓自己真誠的愛去打動他、包裹他——這會是多麼幸福的一件事情啊！

「親愛的，不管如何我必須跟你說。」她邊說邊躬下身去，抓住他坐的椅子的扶手。「過去我錯了，現在我明白了，是我錯了，我太傻了……」

「思嘉麗，別說了。哦，你不要這麼低聲下氣的，我可受不了。你不要說了，替自己留點體面吧。我們總算夫妻一場，爲彼此都留下一個好的印象吧。到了這最後的一步，你就別再走了。」

她猛然挺起腰身。最後一步？爲什麼會成了最後一步？這怎麼可能？該是剛剛開始的第一步！這將是兩個人的新時光才對！

「不管怎樣，我要把話說出來。」她急迫地表白著，好像他會突然站起來捂住她的嘴似的。「哦，瑞德，我是那麼愛你，親愛的！我敢說，我早在很久以前就深愛著你了，只因爲自己太傻，才沒有發覺。瑞德，你要相信我！你一定要相信我！」

他抬起頭久久地望著她，好像是在望著她的內心和靈魂。從他的目光裡，她看出了信任，也看出了冷漠，她覺得他對她已經沒有了熱情，甚至連一點興趣都沒有了。啊，怎麼會這樣？他是故意要折磨我，要報復我？

「我相信你！」他最終還是說話了。「不過，艾希禮該怎麼辦呢？」

「艾希禮？」她邊說邊揮了一下手。「我，我，這麼多年來，其實我並不太在乎他……嗯，或許曾經關心過他，可那只是養成的一種習慣吧……瑞德，如果我早知道他是這樣一個男人，相信我，我才不可能關心他呢！他滿嘴的仁義道德，但他只是個優柔寡斷的無能之輩。」

「不對！」瑞德接過來說，「你評價一個人一向帶有偏見。艾希禮沒有你說的那麼差，他是一個正人君子，可他生不逢時，卻又偏偏喜歡墨守成規，不明白適應社會，順應潮流，因此總是被碰得頭破血流。」

「哦，瑞德，咱們別說他了！行嗎？說他有什麼意思呢？你難道不想知道……哦，我的意思是說，既然我……」

當她的目光和他疲憊的雙眼相遇時，她突然感到了一種羞澀，如同少女初戀的那種羞澀。這個時候，她期盼著他的鼓勵，使她可以在這種難為情的處境下完完全全地說出自己的心裡話。是啊，她想像著，期待著他張開雙臂把自己緊緊摟在懷裡，還用他的雙唇輕輕地親吻她，那該有多好呀！那樣，她便可以不再像含羞草一樣吞吞吐吐了。可是，一瞬間，她彷彿又突然明白了，他並不是故意不理她，而是因爲過於勞頓，沒有精神聽她說下去了。

「不想知道。嗯……」他開口說道，「假如是過去，我一定會欣喜若狂的！但現在，現在沒有這個必要了。」

「沒有這個必要了？怎麼會呢？你不要弄錯嘍！這話很有必要！瑞德，你是愛我的！對嗎？你最愛我！媚蘭說過！你最愛我！」

「對，她說的是真話，不過，思嘉麗，你知不知道，哪怕最最深厚的愛也會被慢慢耗盡的。」

她聽了這話愣住了，嘴巴張了張，卻說不出一個字來。

「我的愛全耗盡了，」他很嚴肅地說，「被艾希禮耗盡了！被你耗盡了！你固執，固執得像一隻哈巴狗，想要什麼就非要得到不可……只懂得一條路走到黑！唉……」

「不！愛是不可能耗盡的！」

「怎麼不會呢？你現在對艾希禮的愛不就沒有了嗎？」

「不，不！你知道的，我對艾希禮的愛並不是真正的愛！」

「看來，你的確喜歡自欺欺人！事情都到現在這個地步了，你還在說假話！思嘉麗，我沒有其他的意思，也絕不是想要戳穿你、讓你難堪。我拜託你安安靜靜地聽我說說心裡話，只要幾分鐘，不要打斷我，好不好？唉，上帝是最清楚的，我的心難道你還不明白嗎？」

她輕輕地坐下來，蒼白的面頰被燈光映照得更加慘澹。她用茫然的眼睛悄悄地望著他，她覺得他如此陌生。她傾聽著他平靜的話語，卻感到那些話沒有什麼意義。他變得嚴肅了，不再像以前那樣調侃嬉笑了，也不像以前那樣撲朔迷離了，他一句一句地表達著，如同一個男人對自己的女友說話一樣，這可是以前從來沒有過的。

「你從來沒有體會到，我對你的愛已經到達了一個男人對一個女人愛的極限！你根本不知道，在我娶你之前，就已經愛你愛了很多年了。戰爭期間，我曾做過很多努力，多少次都想遠走高飛，把你徹底忘掉，可是，我做不到，我無法掙脫對你的思念。戰爭結束後，我冒著被抓的危險趕回來，也全是因爲你。可你呢，卻急匆匆地嫁給了法蘭克。我真是又氣又恨。你知道嗎？就算法蘭克那次沒死，我也會想法子把他幹掉的。我一直深愛你，可我不能讓你知道。你對所有愛你的男人都表現得異常殘忍！思嘉麗，毫不誇張地說，你會抓住男人的愛，把這種愛當成鞭子，狠狠地抽打他們的腦袋。」

在這一席話中，只有他愛她這件事使她感到無比重要。當她聽出他話語中細微的激情時，她又感受到了激動和希望。可她按捺住了自己，靜靜地等著他的下文。

「你嫁給我時，我知道你並不愛我。從一開始，我就知道你對艾希禮的感情。唉，說起來我也夠傻的，總以爲我的努力會讓你愛上我。你想要什麼，我就給你什麼！我寵你、疼你，也從不違背你。我之所以跟你結婚，是想保護你、讓你安全、快樂、自由、讓你心想事成——就跟後來我對瑪拉那樣。只有我最瞭解你，也最體諒你。這麼多年以來，你經歷風雨、遭受磨難，勇敢地拼搏。思嘉麗，我是真心地疼愛你！我只想讓你停下，讓你過上安頓而又幸福的日子，哪怕是讓我去爲你奔波、操勞、去出生入死，我都樂意！我真心地想讓你無憂無慮、快快樂樂、簡簡單單，就像個孩子那樣……當然，你確實是個孩子，你是個受過驚嚇可卻依然勇敢而又執拗的孩子。我想，我沒有說錯，你只是個沒有長大的孩子，因爲只有孩子才會這樣任性、這樣不以爲然。」

他竟如此平靜，以至於聲調中帶著掩飾不住的疲倦。

「我一直相信咱們是天造的一對、地設的一雙。你跟我的個性極爲相近，爲人冷酷、貪婪卻又敢想敢幹。在所有認識你的人中，只有我，在看清你的本質之後還願意對你一往情深。我確實是愛上你了，當然，我想碰碰運氣。我一直僥倖地想，隨著時光的流逝，你可能把艾希禮淡忘。可沒想到，」他聳了聳肩膀，「我用盡了渾身的解數仍無濟於事。思嘉麗，我是多麼愛你呀，而你卻不肯給我任何機會，如果你給我一點點機會，我也會非常溫柔非常周到地待你的，是的，我會全身心地愛你，超越世界上所有男人對女人的愛。只是，在那時，我不想讓你知道，因爲我十分明白，一旦你知道了我對你的愛，你會認爲我沒有出息，你會利用我的愛來折磨我。於是，我就去找貝爾，在她身上尋找慰藉。儘管她是個大字不識的文盲，但她卻實心實意地待我，疼我、愛我、敬重我，將我當成一個人物。不瞞你說，和她在一起，我真的感到很快樂——那是一種虛心得到徹底滿足的快樂。可你呢，親愛的，說實話，你從未給過我這種快樂。」

「瑞德……」她一聽見貝爾的名字就感到渾身不自在，就想開口打斷他的話，但他卻伸出手示意她不要開口，只顧自己說下去。

「那個夜晚，你不可能忘記吧。我將你抱上樓去……當時我打算，我希望，當時我滿腔熱情，但等第二天早上，我卻不敢面對你，我怕我弄錯了，我懷疑你並不是真的愛我，一切都只是我自作多情。我怕你嘲弄我，因此就跑出去喝了個爛醉。當我回家時，腿都在發抖，那時候只要你肯走到樓梯口來迎我一下，略微給我一點暗示，我馬上會虔誠地趴在你的面前吻你的腳。但你連面也沒有露。」

「不，瑞德，我那時是很想你的，上帝作證！但是你卻是那副神情！說心裡話，那時我是想要你的，非常想！真的，那可能是我第一次意識到我是愛你的。就從那以後，我的腦子裡就不再出現艾希禮了，可是，你卻是那麼一副討厭的德行，我……」

「也許是吧，」他接過話來繼續道，「看來當時咱們確實是相互誤會了。不過，如今一切都晚了，說這些都沒有用了。我之所以給你解釋這些，就是怕你以後不瞭解。後來呢，你流產了，那全都怪我，因此我一直站在你的門外，等著你喊我，等著你把我作爲你的依靠，可你沒有。於是，我突然恍然大悟，我是這世界上頭號的傻瓜，我太自作多情了。」

他停了下來，用艾希禮常有的那種目光從她的雙肩上望過去看著遠處，好像是在迷茫中看到了清晰的東西；可她卻呆呆地看著他那張既熟悉又陌生的臉。

「但話又說回來，那時候好在還有小瑪拉，因此我並沒有萬念俱灰。我把她當成你，事實上，她就是你的翻版，任性、勇敢、樂觀而又熱情，她全身上下沒有一點不像你。我寵她、縱容她——就像對你一樣。可她有一處不像你——她愛我。我可以把你不要的愛給她，那也算是件高興的事情，是我前世修來的福分……但她死了，我的一切全沒了。」

「哦，親愛的。」她邊說邊有意湊向他，她希望他趕快伸出他強壯的胳膊把她摟進懷裡，「親愛的，千錯萬錯全是我的錯！不過，我會改的！以後我會償還你的！如今咱們把話說出來了，誤會解除了，我們徹底瞭解對方了，今後我們的日子會變得無比幸福的！而且……瑞德……你看著我……瑞德，我們還可以生個孩子——不像瑪拉，而……」

「謝謝你，不過不要生了。」他說話的口氣非常堅定，好像是在拒絕別人遞給他的麵包，「我累了，也真的沒有精神拿我的心去做第二次冒險了。」

「瑞德，你看你在說什麼！哦，我真不明白怎麼做才會讓你相信。我不是已經給你道歉了嗎？啊？」

「親愛的，你還真是個孩子！你認爲道聲歉就能解決一切問題了嗎？這是多少年犯下的錯誤呀！太多太多的傷害……傷口太深了……喏，給你，我的手絹，思嘉麗，在任何緊要關頭，我都沒見你用過手絹。」

她接過手絹，擦拭了面頰、眼睛還有鼻子，再次坐回到自己的座位上。她明白了，他現在是不可能把她摟進懷裡了。她似乎一下子就明白了，他剛剛所說的那些愛對她來說已經沒有意義了，那只不過是一個很久遠的故事。

「你今年多大了，親愛的？你從不願告訴我你的年齡。」

她正在用手絹擦著嘴，但還是迅速地回答了他：「二十八歲。」

「這還不算大，尤其是對一個獲得了成功卻也失去了靈魂的人來說，還是很年輕的，對吧？打從我認識你以來，你想要的只有兩樣東西，一樣是艾希禮；另一樣是金錢，如今你已經得到了第二樣東西；至於第一樣，如果你想的話，現在也是唾手可得。不過，現在看來，這兩樣東西還滿足不了你的欲望。」

一陣強烈的恐懼穿過思嘉麗，瑞德才是我真正的靈魂！而我現在卻要失去他了。假如我真的失去他的話，那我活著還有什麼意義呢？不管是金錢，還是什麼別的人，縱使再多，對我也沒有一點意義了。

她擦乾眼淚，不顧一切地問道：「瑞德，過去你那樣愛我，到現在不會對我連一點點情意也沒有了吧？」

「到現在我對你只剩下同情和憐憫了，而這又是你最最討厭的。」

「同情和憐憫！天啊！難道……難道說，我已經毀滅了你全部的愛……你真的不再愛我了？」

「是的。」

「可是，」她依然自顧自地說著，如同一個任性的孩子，「可是我愛你！」

「那是你的不幸！」

「瑞德，不要這樣！我一定……」

猛然間，他做出一副驚慌失措的樣子，舉起一隻手，就同往日對她冷嘲熱諷時那樣，使勁地揚起兩道濃濃的眉毛，讓它們形成很有特點的新月造型。

「千萬不要擺出這副斬釘截鐵的樣子，你會把我嚇壞的。我認爲你只是打算把你的狂熱從艾希禮身上轉移到我身上，但我卻會因此失去自由和平靜。不，思嘉麗，告訴你，我絕不會像艾希禮那樣被你死死地纏住。我馬上就要離開這裡了。馬上。」

離開這兒？不，不能讓他走！如果他走了，她該怎麼辦呢？她一定會活不下去的。身邊的朋友全離她而去了，現在就剩瑞德一個了。如果他再離開的話……他不會走的！對，他不會走的。但是，她該怎麼留住他呢？面對他那顆冰冷的心，聽著他那冰冷的話，她感覺自己也失去了熱量。

「我要走了，我原想等你一從瑪麗埃塔回來就告訴你的。」

「你要拋下我一個人？」

「你不要裝得像可憐的貝爾似的，思嘉麗，你不應該這樣，我想你不會同意離婚，甚至也不打算分居。這樣也好，以後我會經常回來看你的，也順便遮遮別人的耳目，省得他們說三道四。」

「我才不管別人說三道四呢！」她生硬地說著，「我就要你！你帶我一起走！」

「不行。」他的口氣十分堅定。

她真的很想像孩子似的大哭一場，可是她身上僅存的自尊心使她巍然不動地站在那兒。她暗自思忖——假如我真的哭了，他也只會嘲笑我，或是冷眼看著我。我一定不能流淚，也絕不可以跟他低三下四！我絕不能叫他小看我、恥笑我。就算是……他真的不愛我了，我也必須讓他看得起我。

於是，她高高地揚起臉，鎮靜而坦然地問：「你要去哪兒呢？」

他的目光中露出一縷欽佩。

「可能去英國……也可能去巴黎，還可能去查爾斯頓跟家人緩和一下關係。」

「可你仇恨你的家人的呀！你總是在罵他們，而且還……」

他使勁地聳了一下肩。「對，沒錯，如今我依然在罵他們恨他們……但話又說回來，思嘉麗，我的流浪生活應該結束了，我已經四十五歲了，一個人一輩子還有幾個四十五歲呢？人到中年，誰都會惋惜他年輕時不經意間扔掉的那些東西，比如家庭、宗族、名聲、安逸……哦，不！我不是在悔過自新，也不是在向他們道歉。老實說，這些年我過得很快活——快活得我都有點膩煩了，所以現在我想要換個口味了。」

思嘉麗又想起了那年冬天的塔拉農場，農場裡的果園。那時艾希禮的目光和現在瑞德的目光一模一樣。於是，她情不自禁地將當年艾希禮說的話重複了出來……

「魅力——無窮的魅力……如同古希臘的藝術一樣，美妙絕倫、無可指摘。」

瑞德很奇怪地看著她，問：「你怎麼會說出我想說的話呢？」

「這不是我說的話，那是艾希禮說的話，在塔拉農場，他談論舊時代時說的。」

他不自覺地聳了聳肩，眼神裡剛燃起的亮光猛然間又消失了。

「又是艾希禮。」他重重地沉悶地說了一句，然後就沉默起來，過了一會兒才開口，「思嘉麗，你四十五歲時就可能明白我現在的意思了。就我看來，你真的是本性難移。哪怕到老，到死，你也只懂得迷戀漂亮的外表，你不會看重內在，注重實際。就算會，我也等不到那天了，而我也不想等了。說實話，我如今已經厭煩極了。我想到那些舊時代的城鎮和鄉村去，去找那些古樸的遺風和淳樸的影子。我現在很消沉，亞特蘭大對我來說太浮華太庸俗了……」

「你住嘴吧！」她斷然地命令著。其實他的這番話她根本沒聽進去。可她明白，她無法再忍受他那種超然物外的冷漠了。

他疑惑地望著她。

「你是說你已經懂得我的意思了，是嗎？」他邊說邊站了起來。

「不，不。」她大聲答道，「我不明白。這一切我都不明白，我只是明白你真的不再愛我了，你要走了！啊，親愛的，你一走了之，那我該怎麼辦呢？」

他猶豫了一下，好像是在左右爲難——是該對她實話實說？還是說句善意的謊言來安慰她？然後他又聳了聳雙肩。

「思嘉麗，我是個沒有耐心的人——我不可能花很多的時間把一件已經破爛不堪的衣服再一點一點地補好，之後還自欺欺人地告訴自己，這打滿了補丁的衣服和新衣服一樣好。親愛的，破了就是破了，它不是完好的！我更願記住破衣服的樣子，也不願意把它補好後，再穿一輩子。假如我年輕一些的話或許還……」他嘆了一口氣，「現在我不會相信『一切從頭來過』這樣的話了，我不想騙你，對你今後的日子我沒辦法再關心了，這是真話。」

她傻傻地望著他走上樓去，只感到喉嚨裡有什麼堵住了，她喘不上氣來，快要被憋死了。隨著他那漸行漸遠的腳步，她最後的一線希望也徹底破滅了。她恍然大悟——任何感情抑或理性都無法使他那格外冷靜的大腦改變主意。她如今才明白，雖然他說那些話時顯得那樣輕鬆，但他的每一句話卻都是格外認真的、不可更改的。

她之所以能明白，是因爲她從他的背影上看到了他與眾不同的剛毅、堅強還有任性——這一切正是她一直想要從艾希禮身上尋找而卻從未發現的。

對於她所愛過的這兩個男人，她其實從未真正地瞭解他們，因此才先後失去了他們。直到現在，她才弄清楚，如果她早一點真正地瞭解艾希禮，那她絕不會愛上他；如果她早一點真正地瞭解瑞德，她也絕不會失去他。想到這些，她頓生一種難言的淒涼：這個世界上又有哪一個男人是自己真正瞭解過的呢？

霎那間，她覺得大腦一片混沌，根據她的經驗，這種情況之後便是劇烈的疼痛，就像人們的肌肉組織，剛被外科大夫的手術刀切開時是一陣很短暫的麻木，但緊接著而來的就是強烈的難以忍受的疼痛。

「我現在不會再想這件事了，」她再次拿起了自己慣用的法寶，咬著牙說道：「假如我現在非要去想失去他的痛苦，那我肯定會瘋掉的。明天再說吧！」

「然而，」她心中突然冒出了一個念頭，如同疼痛襲來一樣，「我現在不能讓他走啊！一定有辦法留住他的！」

「現在我不想這件事了！」她再次大聲喊道，努力想把心中滿溢的不幸與痛苦放到一邊，「我……對了！對了！明天我就回塔拉去。」想到這兒，她竟然平靜了一些。

是的，她曾因恐懼和失敗回過一次塔拉，在那兒經過一段時間的休整，她再次恢復了元氣，為以後的成功與勝利打下了基礎。上次既然能做到——上帝保佑——這次她也能做到。至於如何才能做到，她現在還不清楚。當然，她現在也不願去弄清楚。她現在只需要一個自由安逸的空間，她要努力讓傷口癒合，然後東山再起。

一想起塔拉，一想起家，就好像有一隻輕柔涼爽的大手在撫慰她焦灼不安的心。她看見了那幢掩映在火紅的秋葉裡的白色房子，在親切地等她回家；她好像感覺到了那靜謐而肥沃的田野，眼前呈現出塔拉連綿不斷的山巒和蒼翠可人的松樹林。

鄉間的美景給她增添了一種愉悅的力量，她的信心好像又出現了，她身上的傷口不見了。她站在那兒，回憶起那些可愛的事物——塔拉農場那古柏森然的小道，小河西岸香氣襲人的素馨花，白牆之外的綠草地，隨風飄動著的雪白的窗簾。對，還有可愛的嬤嬤，她就在塔拉！這時，她又有了自己對嬤嬤的那種渴望了，就同小時候想要她幫忙一樣——她那安全而又寬廣的胸懷、她那粗大卻溫柔的雙手會給她溫暖和愛撫！是啊，現在只有嬤嬤一個人是自己與那舊時光千萬種聯繫的紐帶……

她的祖先不害怕失敗，給了她這種大無畏的精神，使她勇敢地抬起頭，她一定可以再次得到瑞德！得到他的心，得到他的愛。她知道自己會勝利！只要她一心想得到，從來還沒有哪個男人可以從她這裡逃脫！

「明天回塔拉後再計畫這一切吧！我可以承受這一切的！明天，明天，我一定有辦法再次得到他！無論怎麼樣，明天又是嶄新的一天！」

全書完

經典新版世界名著：2
飄(下)【全新譯校】

作者：〔美〕瑪格麗特．密契兒
譯者：劉澤漫
發行人：陳曉林
出版所：風雲時代出版股份有限公司
地址：10576台北市民生東路五段178號7樓之3
電話：(02) 2756-0949
傳真：(02) 2765-3799
執行主編：朱墨菲
美術設計：吳宗潔
行銷企劃：林安莉
業務總監：張瑋鳳

初版日期：2019年2月
版權授權：鄭紅峰
ISBN：978-986-352-671-1

風雲書網：http://www.eastbooks.com.tw
官方部落格：http://eastbooks.pixnet.net/blog
Facebook：http://www.facebook.com/h7560949
E-mail：h7560949@ms15.hinet.net
劃撥帳號：12043291
戶名：風雲時代出版股份有限公司

風雲發行所：33373桃園市龜山區公西村2鄰復興街304巷96號
電話：(03) 318-1378
傳真：(03) 318-1378
法律顧問：永然法律事務所 李永然律師
　　　　　北辰著作權事務所 蕭雄淋律師

行政院新聞局局版台業字第3595號 營利事業統一編號22759935

定價：440元

國家圖書館出版品預行編目資料

飄 / 瑪格麗特．密契兒著. -- 初版. -- 臺北市：風雲時代, 2019.01　冊；　公分

ISBN 978-986-352-671-1 (下冊：平裝)

874.57　　107021016